HEYNE BÜCHER

SCIENCE FICTION

Herausgegeben
von Wolfgang Jeschke

Vom **BATTLETECH™-Zyklus** erschienen in der Reihe
HEYNE SCIENCE FICTION & FANTASY:

Die Gray Death-Trilogie:
William H. Keith jr.: Entscheidung am Thunder Rift · 06/4628
William H. Keith jr.: Der Söldnerstern · 06/4629
William H. Keith jr.: Der Preis des Ruhms · 06/4630

Ardath Mayhar: Das Schwert und der Dolch · 06/4686

Die Warrior-Trilogie:
Michael A. Stackpole: En Garde · 06/4687
Michael A. Stackpole: Riposte · 06/4688
Michael A. Stackpole: Coupé · 06/4689

Robert N. Charrette: Wölfe an der Grenze · 06/4794
Robert N. Charrette: Ein Erbe für den Drachen · 06/4829

Das Blut der Kerensky – Trilogie:
Michael A. Stackpole: Tödliches Erbe · 06/4870
Michael A. Stackpole: Blutiges Vermächtnis · 06/4871
Michael A. Stackpole: Dunkles Schicksal · 06/4872

Die Legende vom Jadephönix – Trilogie:
Robert Thurston: Clankrieger · 06/4931
Robert Thurston: Blutrecht · 06/4932
Robert Thurston: Falkenwacht · 06/4933

Robert N. Charrette: Wolfsrudel · 06/5058
Michael A. Stackpole: Natürliche Auslese · 06/5078
Chris Kubasik: Das Antlitz des Krieges · 06/5097
James D. Long: Stahlgladiatoren · 06/5116
J. Andrew Keith: Die Stunde der Helden · 06/5128
Michael A. Stackpole: Kalkuliertes Risiko · 06/5148
Peter Rice: Fernes Land · 06/5168
Michael A. Stackpole: Die Kriegerkaste · 06/5195
Victor Milán: Auge um Auge · 06/5272
James D. Long: Black Thorn Blues · 06/5290
Robert Thurston: Ich bin Jadefalke · 06/5314
Blaine Pardoe: Highlander Gambit · 06/5335
Don Philips: Ritter ohne Furcht und Tadel · 06/5358
William H. Keith jr.: Pflichtübung · 06/5374
Michael A. Stackpole: Abgefeimte Pläne · 06/5391
Victor Milán: Im Herzen des Chaos · 06/5392
William H. Keith jr.: Operation Excalibur · 06/5492
Victor Milán: Der schwarze Drache · 06/5493
Blaine Pardoe: Der Vater der Dinge · 06/5636
Nigel Findley: Höhenflug · 06/5655
Loren Coleman: Blindpartie · 06/5886
Loren Coleman: Loyal zu Liao · 06/5893 (in Vorb.)

Loren Coleman

Blindpartie

Sechsunddreißigster Roman
im BATTLETECH™-Zyklus

Deutsche Erstausgabe

WILHELM HEYNE VERLAG
MÜNCHEN

HEYNE SCIENCE FICTION & FANTASY
Band 06/5886

Titel der Originalausgabe
DOUBLE BLIND
Übersetzung aus dem Amerikanischen von
REINHOLD H. MAI

Umschlagbild: FASA

Umwelthinweis:
Dieses Buch wurde auf chlor- und
säurefreiem Papier gedruckt.

Redaktion: Joern Rauser

Printed in Germany 1998
Umschlaggestaltung: Atelier Ingrid Schütz, München
Technische Betreuung: M. Spinola
Satz: Schaber Datentechnik, Wels
Druck und Bindung: Elsnerdruck, Berlin

ISBN 3-453-12654-8

Für meine wundervolle Gattin,
Heather Joy Coleman.
Für ihren Glauben.

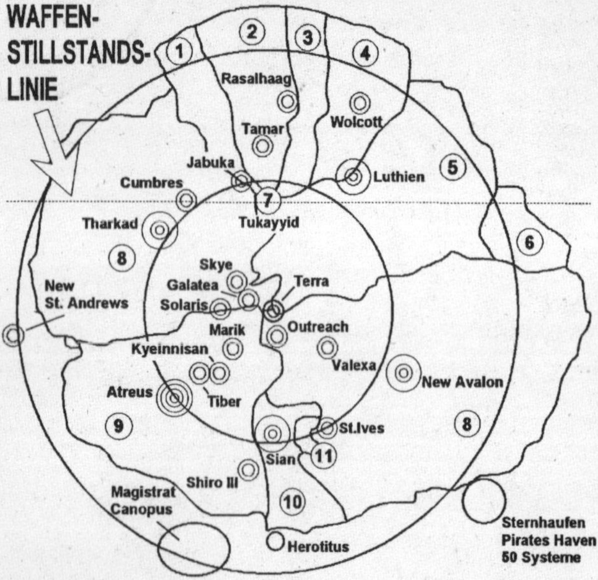

KARTE DER NACHFOLGERSTAATEN

1• Jadefalken/Stahlvipern, 2• Wölfe, 3• Geisterbären,
4• Nebelparder/Novakatzen, 5• Draconis-Kombinat,
6• Außenweltallianz, 7• Freie Republik Rasalhaag,
8• Vereinigtes Commonwealth, 9• Liga freier Welten,
10• Konföderation Capella, 11• St. Ives-Pakt

Karte erstellt durch COMSTAR,
nach Informationen des COMSTAR-EXPLORERDIENSTES
und des STERNENBUNDARCHIVS, Terra

TOWNE
(Hyborischer Kontinent)
Eiskaltes Meer
Gunderlandberge
AQUILONIEN
HYPERBOREA
CIMMERIEN
GUNDERLAND
BRYTHUNIEN
Kreisbucht
KOTH
Westlicher Ozean
Eiglophen
NEMEDIEN
CORINTHIEN
ZINGARA
ZAMORA
TURAN
ARGOS
OPHIR
Golf von Argos
Tropen
STYGIEN
Turanisches Meer
Zu den Inseln
Nach Almuric
LEGENDE
1-Port Howard
2-Sarnath
3-Kordava
4-Lager Mariposa
5-Athalau
6-Shadizar
7-Agrapur
8-Donnerfluß
9-Python Stützpunkt
10-Tal von Shamballa

Der Autor möchte an dieser Stelle die Namen folgender Personen bekannt geben, deren Verschwörung dieses Buch möglich gemacht hat.

Jim LeMonds dafür, daß er alles ins Rutschen gebracht hat. Meine Eltern, für ihre Unterstützung. Alle in der Orlando Gaming Group, die mich mit ›diesen Spielen‹ bekanntgemacht haben, unter besonderer Erwähnung von Ray Sainze. Eine Menge Leute im hinteren Reaktorraum der *U.S.S. Theodore Roosevelt CVN-71*, die wiederholt dem Lärm meines Typenraddruckers ausgesetzt wurden und mich trotzdem am Leben gelassen haben.

Jonathan Bond, für seine Hilfe bei der ersten Kontaktaufnahme mit Leuten in diesem Geschäft. Der Eugene Professional Writer's Workshop, der mich hart zurechtgestutzt hat, insbesondere Dean Wesley Smith und Kristine Kathryn Rusch, die sich meiner erbarmt und mir viel beigebracht haben. Christopher Kubasik und Doug Tabb, die mir die ersten Möglichkeiten eröffnet haben, und Greg Gordon für seine Tips, wie man Romane schreibt, die Spielwelten als Hintergrund haben.

Die wunderbaren Leute bei FASA, die all das möglich gemacht haben. Bryan Nystul, ein sehr geduldiger Mann, und Sam Lewis, der mich übers Telefon mit Bryan bekanntgemacht hat. Donna Ippolito, die mit mir ein Risiko eingegangen ist und mir danach geholfen hat, diesen Roman zu verbessern.

Meine Frau, Heather Joy, die an mich geglaubt hat, und meine Söhne, Talon LaRon und Conner Rhys, die Zeit an ihrem liebsten lebenden Klettergerüst aufgegeben haben.

BUCH I

Jede Art der Kriegsführung beruht auf Täuschung.

– Sun Tzu, *Die Kunst der Kriegsführung*

Die tatsächlichen Ereignisse eines Krieges sind zweitrangig. Wie diese Ereignisse wahrgenommen *werden ist es, was die Zeit und Mühe eines Herrschers vorrangig in Anspruch nimmt.*

– Sun-Tzu Liao, *Tagebucheintrag,*
5. August 3051, Outreach

PROLOG

Blakes-Wort-Lagerhalle, Harrisburg
Gibson, Prinzipalität Gibson, Liga Freier Welten

15. Oktober 3057

Präzentorin Demona Aziz trat in die Tür des schwach erleuchteten Zimmers. Das Büro lag in der Ecke einer riesigen Lagerhalle, einer von mehreren, die Blakes Wort auf Gibson unterhielt. Während der Rest der Halle bis fast an den Rand ihrer Aufnahmefähigkeit mit Kisten, Fässern und Paletten vollgestellt war und die engen Gänge nach Staub und den Dieselabgasen der Gabelstapler rochen, war das Büro makellos sauber. Die schmucklosen Wände waren weißgetüncht, und die spärliche Einrichtung bestand aus mehreren metallenen Klappstühlen, einem Schreibtisch mit einer kleinen Lampe, die als einzige Lichtquelle diente, und einem Rauschgenerator als Abhörschutz für Gespräche.

Das Bürofenster, aus dem man auf einen fast bis zur Decke reichenden Kistenstapel blickte, klapperte, als der gesamte Hallenboden unter regelmäßigen Erschütterungen vibrierte. Alle Anwesenden erkannten die monströsen Schritte des zehn Meter hohen BattleMechs, der durch Harrisburgs Lagerstadt patrouillierte. Bei ihrer Ankunft hatte Demona die riesige Kampfmaschine erkannt: einer der neuen *Großkreuzritter*. Sein wuchtiger Rumpf erinnerte sie an einen gedrungenen, muskelbepackten Ringer. Die Verbindung aus tödlicher Zielbestimmung und modernster Technologie erinnerte sie an Worte des Seligen Blake, der seine Anhänger gelehrt hatte: »Jene, die um die Erhaltung von Wissen und Technologie kämpfen, sind die größten aller Kreuzritter.«

Jerome Blake, Seliger Gründer des ComStar-Ordens, der halbreligiösen Organisation, die es sich zur Aufgabe gestellt hatte, Wissen und Technologie über die Apokalypse des ›Dunklen Zeitalters‹ zu retten, wie Blake es prophezeit hatte. Fast dreihundert Jahre hatten sich seine Mitglieder in Geduld gefaßt und die Hyperpulsgeneratoren – die einzige Möglichkeit rapider Kommunikation zwischen den Sternen – für die Großen Häuser der Inneren Sphäre gewartet.

Wie der Selige Blake es vorhergesagt hatte, waren die gewaltigen Raumbereiche, der von den Söhnen und Töchtern Terras kolonisierten Welten in diesen Jahrhunderten der Kriegsführung in Chaos und Verzweiflung versunken, in eine lange, dunkle Nacht, aus der ComStar ihnen den Weg zurück ins Licht der Zivilisation weisen würde. In jüngster Zeit hatte der Orden versucht, die Zeit abzukürzen, indem er gezielt Chaos gesät hatte, um den Anbruch der Neuen Ordnung zu fördern. Blakes Wille geschehe – ComStar würde die Innere Sphäre vor sich selbst retten.

Aber dann hatte ComStar vor sechs Jahren diese heilige Pflicht aufgegeben, als die Verräter Anastasius Focht und Sharilar Mori Prima Waterly ermordet und selbst die Führung ComStars an sich gerissen hatten. Schamlos hatten sie ihre Absicht verkündet, den Seligen Orden in eine weltliche Organisation umzuwandeln, die freimütig all die technischen Geheimnisse weitergab, die ComStar über Jahrhunderte eifersüchtig gehütet hatte. Und noch erschreckender war, daß so viele Mitglieder des Ordens bereit gewesen waren, ihnen in dieser Häresie zu folgen.

Aber nicht alle. Demona Aziz trat in den Raum und überließ es jemand anders, die Tür hinter ihr zu schließen. Manipulative kleine Gesten wie diese waren Teil ihres Wesens. In diesem Fall war es ein subtiler Hinweis auf ihre Machtposition. Ein halbes Dutzend Mitglieder der Toyama-Fraktion von Blakes Wort standen oder saßen im Innern des Büros. Die meisten hüllten sich zum Schutz vor der Kälte der Lagerhalle enger in ihre weißen Roben. Demona ließ die goldbestickte Kapuze über die aufbauschenden Schultern ihrer formellen Robe sinken und ignorierte den kalten Luftzug.

Ihr Zorn würde sie wärmen.

Der Mann hinter dem Schreibtisch erhob sich im selben Augenblick, als die Tür hinter ihr leise ins Schloß fiel. Er faltete die Kapuze nach hinten und legte kantige Züge frei, die im schwachen Licht des Büros bedrohlich wirkten. Mit einem Schritt zur Seite deutete er auf seinen Sessel. »Präzentorin«, nickte er respektvoll.

Demona schüttelte den Kopf. Ein paar wilde Strähnen ihres dunklen Haars peitschten der Bewegung folgend durch die Luft. »Ich bleibe stehen, Cameron.«

Sie war drei Wochen von Atreus, der Zentralwelt der Liga Freier Welten, hierher unterwegs gewesen. Eingezwängt in der Enge eines Landungsschiffs, von einem Sprungschiff zum anderen wechselnd, um die Lichtjahre zu überwinden. Nach dieser langen Periode ohne Kontakt mit dem Rest der Inneren Sphäre fühlte Demona sich einer lebensnotwendigen Substanz, einer Droge beraubt, die sie jetzt erst wieder empfing. Sie würde Demipräzentor Cameron St. Jamais gestatten, seinen Platz zu behalten, und ihm so das Gefühl gesteigerter Wichtigkeit geben. Gut. Er war ein mächtiger Mann, und Demona brauchte Anhänger seines Kalibers. Aus denselben Gründen nahm sie seine theatralischen Anwandlungen hin – diese versteckten Treffpunkte, die schummrige Beleuchtung, den Rauschgenerator. Sie hätte sogar darauf wetten mögen, daß er um des dramatischen Effekts willen absichtlich den Thermostat der Lagerhalle heruntergedreht hatte.

Aber auch Demona Aziz verstand die Notwendigkeit der Geheimhaltung, möglicherweise sogar besser als irgendein anderes Mitglied der Toyama. Sie hatte das Meiste zu gewinnen, und daher auch das Meiste zu verlieren.

Als die Verräter Focht und Mori die Zügel ComStars an sich gerissen hatten, war es Demona Aziz, Präzentorin Atreus und Mitglied des Ersten Bereichs des Ordens gewesen, die sich als erste gegen sie gestellt hatte. Sie erinnerte sich heute noch der Wut und des Gefühls des Verrats, als die beiden Ketzer ihre Reformen vorgestellt hatten. ComStar hatte fast dreihundert Jahre bestanden und die Kommunikationswege zwischen den tausenderlei Systemen der fünf Großen Häuser aufrechterhalten, die das sternenübersäte Weltenmeer der Inneren Sphäre wie einen gewaltigen interstellaren Kuchen unter sich aufteilten. Mitanhören zu müssen, wie Focht und Mori über eine Reform präsidierten, die ehernen Grundsätze verwarfen, auf deren Fundament ComStar ruhte ...

Aziz war nach Atreus geflohen, um sich dort der Unterstützung von Generalhauptmann Thomas Marik, des Herrschers der Liga Freier Welten, zu versichern. Sie war es gewesen, die den Rechtschaffenen den Weg in eine neue Heimat gezeigt hatte. Sie, die als erste den Widerstand gegen den ›reformierten‹ ComStar organisiert hatte. Sie, die Blakes Wort gegründet hatte, eine zutiefst den Gründungsprinzipen ComStars verpflichtete Organisation, wie sie vor so langer Zeit vom Seligen Jerome Blake niedergelegt worden waren.

Und sie war es gewesen, die wiederum verraten und bei der Wahl der Führung übergangen worden war, als Thomas Marik und hochrangige Mitglieder der neuen Organisation Präzentor Blane als Sprecher für Blakes Wort unterstützt hatten. Demona wußte, mit welcher politischen Münze Blane sich diesen Posten erkauft hatte. War es etwa nicht Blane gewesen, der als erster vorgeschlagen hatte, Thomas Marik zu ihrem neuen

Oberhaupt, zum Exilprimus, zu bestimmen? Währenddessen hatte sich Demona mit der Führung der Toyama begnügen müssen, einer bloßen Minderheitsfraktion innerhalb der von ihr selbst erschaffenen Organisation.

Über fünf Jahre hatte sie jetzt daran gearbeitet, ihre Vorrangstellung zurückzuerlangen, sicher in der Überzeugung ihres göttlichen Rechts, Blakes Wort zu seinem Schicksal zu führen. Die Toyama gehörte immer noch zu den kleineren Fraktionen, aber sie besaß inzwischen ein politisches Gewicht, das nur noch von Blanes Wahren Gläubigen übertroffen wurde. Und die Toyama umfaßte mächtige Männer und Frauen, die zu mehr als nur Gerede und Verhandlungen in der Lage waren. Sie konnten Dinge bewegen.

Demipräzentor Cameron St. Jones war einer von ihnen. Er führte die ultraradikale Bewegung des 6. Juni an, eine Splittergruppe innerhalb der Toyama, die ihren Namen dem Tag entlehnte, an dem die Verräter Focht und Mori Prima Myndo Waterly ermordet hatten. Der 6. Juni forderte die Ermordung aller Hausfürsten der Inneren Sphäre. Es konnte kein Zweifel daran bestehen, daß dies den erforschten Weltraum und seine Bewohner in das Chaos stürzen würde, aus dem Blakes Wort den Weg zurück zur Ordnung wies. Noch waren St. Jamais' Methoden nicht erprobt worden, aber seine Überzeugung verlieh ihm und damit Demona eine machtvolle Stimme. Wenn Streicheleinheiten für sein Ego und eine gewisse Toleranz für seine Theatralik der Preis dafür waren, dann war Demona durchaus bereit, ihn zu zahlen. Ja, sie kannte den Wert der Geheimhaltung, und den Wert und die Funktionsweise der Loyalität begriff sie noch besser.

Letzteres verstand auch St. Jamais, und er blieb stehen, während Demona sich nacheinander zu jedem einzelnen der versammelten Toyama-Mitglieder umdrehte. »Es gibt keinen leichten Weg, den Schlag zu lindern, der uns zugefügt wurde«, sprach sie mit leiser

Stimme, die jedoch das Zittern der Wut nicht verbergen konnte. »Blane« – sie sprach den Namen wie den schlimmsten Fluch aus – »hat in seiner unendlichen Weisheit entschieden, die Toyama nicht an der Rückeroberung Terras teilnehmen zu lassen.«

Alle sechs Toyama-Mitglieder stießen wütende Proteste aus. Diejenigen unter ihnen, die bisher gesessen hatten, sprangen nun auf. Nur Demona und St. Jamais blieben ruhig. Sie hatte ihre Wut bereits auf dem Systemflug nach Gibson in der Abgeschiedenheit der Landungsschiffskabine ausgelebt, und St. Jamais gestattete sich grundsätzlich keine Gefühlsausbrüche.

Terra, der Geburtsort der Menschheit, befand sich seit fast dreihundert Jahren unter der direkten Kontrolle ComStars. Sie den Ketzern zu entreißen, würde den Glauben an Blakes Wort auf die Probe stellen. *Unser göttliches Recht.* Die Vorbereitungen für Operation Odysseus liefen seit zwei Jahren, und die Toyama hatte in einigen Punkten entscheidende Hilfe geleistet. Tatsächlich stammte die entscheidende Idee des gesamten Plans – die Infiltration Terras durch ein unter falscher Flagge segelndes BlakeGuards-Mechregiment – von Demona Aziz.

Demona sah zu St. Jamais hinüber, der ihrem Blick mit stählerner Härte begegnete. Vor seiner dunklen Haut schien das Weiß seiner Augen im Licht der Schreibtischlampe fast gespenstisch zu leuchten. Sie konnte das zum Sprung geduckte Raubtier in seinem Innern wahrnehmen, das nur darauf wartete, ein Opfer zu finden. *Ich werde dir geben, wonach du suchst*, versprach sie ihm in Gedanken.

Auf ihr Nicken schlug St. Jamais mit der flachen Hand auf die Schreibtischplatte, daß es laut knallte. Sein kurzer Befehl: »Genug!« ließ das Stimmengewirr verstummen, mit einem letzten »Das kann er nicht machen« als Coda.

»Er *hat* es getan«, stellte Demona fest und drehte sich noch einmal langsam herum, damit alle im Raum die ruhige, aber beherrschende Miene sahen, die sie aufgesetzt hatte. »Indem er uns nicht erlaubt, in der Schlacht um Terra mitzukämpfen, beraubt er uns der Anerkennung, die wir verdienen.«

Zu Demonas Linken erhob sich eine leise Stimme, die sie als die von Demipräzentorin Jill Adams erkannte. »Vielleicht werden sie ohne uns versagen. Das könnten wir als Beweis für Blanes Unfähigkeit anführen.«

Demona schüttelte entschieden den Kopf. »Ich habe Präzentor Blane großzügigerweise zwei Kompanien überschwerer BattleMechs der Toyama als Ersatz für Maschinen leichterer Ausführung oder fragwürdiger Zuverlässigkeit zur Verfügung gestellt. Außerdem habe ich ihm unsere letzten Geheimdienstberichte über die ComStar-Kräfte auf Terra zugestellt.«

Demipräzentor St. Jamais beugte sich vor, die Hände auf den Schreibtisch gestützt. »Warum?«

Es war keine Herausforderung, nur eine simple Nachfrage. Demona fühlte sich in der Wahl ihrer Stellvertreter für die bevorstehende Mission bestätigt. »Blakes Wort *muß* Erfolg haben, mit oder ohne uns. Es muß der ganzen Inneren Sphäre beweisen, daß wir ein Machtfaktor sind. Ich werde seine Stärke nicht untergraben, nur um unsere interne Stellung zu festigen.«

»Dann müssen wir unsere Stärke auf andere Weise vergrößern«, erklärte St. Jamais gelassen. »Um der Unterstützung, die Blane nach der Einnahme Terras genießen wird, ein Gegengewicht entgegensetzen zu können.«

»Das und noch mehr«, stimmte Demona zu. »Nach Terras Rückeroberung plant Blane eine aggressive diplomatische Offensive mit dem Ziel, Beziehungen zu den unabhängigen Welten der Umgebung aufzubauen. Allermindestens hofft er, mit ihrer Hilfe eine Pufferzone aufzubauen. Außerdem wird ihm dies den Ruf eines Friedensstifters eintragen, eine mächtige symbolische Geste, die ihn nichts kostet und ihm viel einbringt. Ich halte seine Erfolgschance für hoch, und nehme an, daß er diese zusätzliche Machtbasis dazu benutzen will, sich zum Primus auszurufen.«

Während unter den anderen erneut ein erregter Tumult ausbrach, nahm St. Jamais die Nachricht ruhig auf. Hätte Demona ihn nicht beobachtet, hätte sie verpaßt, wie sich seine Augen ein wenig verengten und sein Blick sich ein paar Sekunden verschleierte, bevor er wieder zu ihr herübersah. *Ja, Cameron,* dachte sie. *Auch in deinen Gedanken ist das Primat nie weit entfernt, nicht wahr? Du bist noch jung, aber du lernst schnell.* Sie schenkte ihm ein dünnes Lächeln. Ihr Blick war fest. *Eines Tages mag es dazu kommen, daß du dieses Amt erreichst. Du hast den Ehrgeiz, es soweit zu schaffen. Aber erst nach mir.*

St. Jamais war der erste, der sich wieder voll im Griff hatte. Er beruhigte die anderen und beherrschte durch schiere Willenskraft die Versammlung. »Vielleicht hält sich Präzentor Blane inzwischen für wichtiger als er tatsächlich ist, so wie andere Fürsten der Inneren Sphäre auch.«

Demona erkannte den kaum verhüllten Vorschlag, hatte den Gedanken aber bereits verworfen, den 6. Juni gegen Blane von der Leine zu lassen. »Auf keinen Fall. Praktiken dieser Art sind für den Einsatz außerhalb unseres Heiligen Ordens reserviert.«

Demona gestattete den anderen einen Augenblick des Nachdenkens, bevor sie weitersprach. »Präzentor Blane war nicht so leichtfertig, die Toyama ohne jede noch so sehr an den Haaren herbeigezogene Erklärung auszuschließen. Dafür hält er sich für zu clever.« Sie lächelte. »Blane behauptet, zu sehr mit der Planung und Mobilisierung unserer Kräfte für Operation Odysseus beschäftigt zu sein, um andere wichtige Vorhaben überwachen zu können.« Sie sah von einem Gesicht der um sie herum Versammelten zum anderen. »Daher hat er mich gebeten, einen anderen seiner Pläne auszuführen: Die Herbeiführung einer Vereinigung zwischen dem Magistrat Canopus und dem Tauruskonkordat.«

Sie machte eine Pause, um ihre Eröffnung wirken zu lassen. Das Konkordat und das Magistrat waren zwei der mächtigeren Staaten in der Peripherie, jener fernen Region des Weltraums jenseits der Grenzen der Inneren Sphäre. Emma Centrella, die Magestrix von Canopus, hatte bereits ein begrenztes Bündnis mit dem benachbarten Konkordat geschlossen. Aber jeder in diesem Raum wußte mehr darüber, wie diese spezielle Entwicklung zustande gekommen war, als er zugeben würde.

»Blane hat sogar ›momentane Feindseligkeiten zwischen dem Magistrat und der Marianischen Hegemonie‹ als möglichen Ansatzpunkt erwähnt«, fügte sie hinzu, und ihr Grinsen wurde breiter.

Trotz all der düsteren Eröffnungen ließ Präzentor Raymond Gabriel ein trockenes Kichern hören. »Der Mann ist ein Narr. Blakes Wort würde das Entstehen eines neuen Staates in der Peripherie, der in der Lage wäre, einem Nachfolgerhaus Konkurrenz zu machen, begrüßen, aber Blane muß glauben, durch Glück und Gebet allein fielen ihm die dazu benötigten Mittel in den Schoß. Wir könnten auf seinem eigenen Schiff unter seiner Matratze Waffen schmuggeln, ohne daß er etwas davon erführe.«

»Aber der Mann ist kein Narr, Präzentor«, widersprach St. Jamais ruhig. »Schön wäre es. Wir haben nur von Umständen profitiert, die das Geschehen als natürliche Entwicklung früherer Ereignisse haben erscheinen lassen.«

Demona Aziz hörte interessiert zu und stellte wie üblich fest, daß St. Jamais in der besseren Position war. Die Marianische Hegemonie, ein weiterer Staat der Peripherie, wurde von Cäsar Sean O'Reilly regiert und lag randwärts der Liga Freier Welten Haus Mariks. Ihre Außengrenze lag in der Nähe des Magistrats Canopus, dessen zwischen der Hegemonie und dem Tauruskonkordat gelegenes Territorium sich über rund dreihundertfünfzig Lichtjahre erstreckte. Die Toyama schmuggelte seit fast vier Jahren Waffen und moderne Technologie in die Marianische Hegemonie und ermunterte O'Reilly zur Aggression gegen Canopus. Das war es gewesen, was Emma Centrella in eine Allianz mit dem Tauruskonkordat getrieben hatte. Im Verlauf des letzten Jahres hatte O'Reilly seine Überfälle auf canopische Grenzwelten verstärkt. Damit konnte er Canopus nur noch enger an das Tauruskonkordat treiben. Aber es ging um mehr.

»Es geht um mehr«, sprach sie ihren letzten Gedanken laut aus. »Im Augenblick ist die Marianische Hegemonie bereit, uns bei nahezu jeder Anstrengung zu unterstützen. Ich schlage vor, den Druck auf Canopus noch zu steigern. Unsere Nachschublinien stehen, und wir kontrollieren die Schlüsselfunktionen. Demipräzentor Adams, könnten wie den Strom von Waffen und Material nach Astrokaszy verdoppeln oder sogar verdreifachen?«

»Mindestens verdoppeln«, antwortete Adams. »Vielleicht verdreifachen, aber damit würden wir riskieren, daß man unsere Beteiligung entdeckt.«

Demona nickte. »Dann verdoppeln wir ihn zunächst. Blane möchte innerhalb eines Jahres eine umfassende, an eine Vereinigung grenzende Allianz zwischen Canopus und Taurus. Das sollten wir bereits in sechs Monaten schaffen können. Indem wir das Entstehen dieser Allianz kontrollieren, verschaffen wir der Toyama den Einfluß, den wir brauchen. Dann lassen wir die Hilfe für die Marianische Hegemonie durch Blakes Wort auffliegen.«

»Und Blane wird zum Sündenbock«, beendete Präzentor Gabriel den Gedanken. »Sehr schön.«

»Nicht ganz.« Demona Aziz lächelte dünn. »Wir sind bereits darauf vorbereitet, entweder der Konföderation Capella oder der Liga Freier Welten die Schuld aufzuladen. Ich bin dafür, Thomas Marik den Schaden einstecken zu lassen. Es wird seinen Ruf als edler Idealist zerschlagen, und das wird auch auf Blane als seinen eifrigsten Anhänger abfärben.« *Und ich kann mich im Namen des Seligen Blake an den beiden rächen.*

»Aber wir bereiten uns weiter auf beide Eventualitäten vor, richtig?« fragte St. Jamais.

Demona zögerte kurz, dann nickte sie. »Ja. Bis jetzt hat sich Sun-Tzu Liao als leicht berechenbar erwiesen, aber wir sollten darauf vorbereitet bleiben, einen Keil zwischen ihn und Thomas zu treiben, falls er zu unabhängig wird. ›Vorbereitung ist allzeit der Schlüssel zum Sieg‹ spricht der Selige Blake.«

Schweigen beantwortete Demonas letzte Worte. Alle dachten über die Macht nach, die sie über Blakes Wort ausüben würden. In der Ferne konnte Demona die schweren Schritte des Streife gehenden BattleMechs wahrnehmen, deren Erschütterungen sich durch den Boden unter ihren Füßen fortpflanzten.

Ich habe die Innere Sphäre auf diese Weise erschüttert, als ich Blakes Wort erschuf, dachte sie. *Man mag es Blane oder sogar Thomas Marik anrechnen, aber in Wahrheit war ich es. Diesmal werde ich sie mit einem Donnerschlag aus ihren Träumen reißen, der den Aufstieg der Toyama verkündet.* Sie blickte zu St. Jamais, der wieder in Gedanken versunken schien. *Und wenn ich endlich meinen Platz als Prima eingenommen habe, ist es gut möglich, daß sich die ganze Innere Sphäre mir zukehrt, als der einzigen großen Herrscherin diesseits des Grabes.*

1

Ceruman Plateau, Ashentine Mountains
New Home, Chaos-Marken

17. März 3058

Zwei Kilometer vor dem südlichen Rand des Ceruman Plateaus, an dem die Hochebene an die nahezu senkrecht aufragenden Klippen der Ashentines stieß, war eine längst verlassene Industrieanlage Schauplatz der jüngsten Schlacht um den Planeten New Home. Die donnernden Explosionen der Raketen und krachenden Entladungen schwerer Energiewaffen hatten die Stille des frühen Morgens bereits zerrissen, aber noch lagen die Frühnebel über dem Gelände und wogten um die riesigen Beine der BattleMechs.

Nahe dem Zentrum der Anlage pirschte ein *Kriegshammer* in braun-grauer Tarnbemalung für Bergeinsätze durch das von Nebelschwaden durchzogene Gelände zwischen verfallenen Fabriken und aufgegebenen Lagerhallen. Seine Arme, die in den langen Rohren von PPK-Läufen endeten, schwenkten hin und her. Auf dem linken Unterschenkel des Mechs, dort, wo die Panzerung in einer geraden Fläche vom Kniegelenk zum Knöchel verlief, war ein grobschlächtig wirkender, unrasierter Engel mit weiß- und schmutziggraugefiederten Schwingen und einem Gyrojetgewehr in den Händen aufgemalt.

Nicht unbedingt ein Motiv, das angetan war, den Glauben an den Allmächtigen zu fördern, sofern man sich den Himmel nicht wie ein Militärlager vorstellte.

Schweiß lief am Gesicht von Marcus GioAvanti herab, dem Kommandeur der Söldnerkompanie Gli Angeli di Avanti, biß in den Augen und hinterließ einen salzigen Geschmack auf den Lippen. Die Luft im Cockpit des *Kriegshammer* war heiß, trocken und stickig. Nur die seine Körpertemperatur senkende Kühlweste machte es einigermaßen erträglich. Daran, wie leise und blaß das Raketen- und Energiefeuer nur noch zu ihm durchdrang, erkannte er, wie tief die Kontrahenten schon ins Innere des Komplexes vorgedrungen waren.

Macht nichts, dachte Marcus. Er blinzelte heftig, um sich klare Sicht zu verschaffen, dann suchte er die Sichtprojektion nach dem feindlichen *JägerMech* ab, den er im hügeligen Gebiet hinter den weitverteilten Gebäuden aus dem Auge verloren hatte. Die Sichtprojektion komprimierte die volle 360°-Rundumsicht der Sensoren auf ein 120° breites Sichtfeld und projizierte es über die obere Hälfte des Hauptschirms. Die Sichtprojektion richtig zu interpretieren gehörte zu den schwierigeren Fähigkeiten, die sich ein Mechpilot aneignen mußte. Aber dieser *JägerMech* war mit ziemlicher Sicherheit die Maschine des feindlichen Kommandeurs. Ein Sieg über ihn würde einen erheblichen Beitrag zum Sieg in dieser Schlacht leisten. Also setzte Marcus seinem Opfer nach und verließ sich darauf, daß seine Leute selbst zurecht kamen.

Wie sich herausstellte, fand der gegnerische Mech ihn zuerst, als Marcus den *Kriegshammer* gerade durch die schuttübersäte Ruine einer eingestürzten Lagerhalle bewegte. Plötzlich tauchte der 65 Tonnen schwere *JägerMech* hinter einem weiter voraus gelegenen Gebäude auf. Der gedrungene Torso und die großen, tonnenförmigen Arme machten die Identifikation zum Kinderspiel. Aus den Autokanonen seiner Arme spie er fünfzig Millimeter dicke Granaten aus erschöpftem Uran, die hämmernd in den Torso und das rechte Bein des *Kriegshammer* einschlugen und den Mech auf dem lockeren Trümmerfeld stolpern ließen.

70 Tonnen aufgerichtetes Metall im Gleichgewicht zu

halten, ist alles andere als einfach. Marcus packte die Steuerknüppel des *Kriegshammer* fester. Die Neolederbezüge saugten den Schweiß auf seinen Handflächen ab, während er darum rang, die gewaltige Kampfmaschine auf den Beinen zu halten. Während er die Mecharme bewegte, um das Gewicht zu verlagern, speiste der Neurohelm auf Marcus eigenem Gleichgewichtssinn basierende Signale aus seinem Gehirn geradewegs in den enormen Kreiselstabilisator und die Myomermuskeln des Mechs.

Diesmal gelang es, und Marcus fand lange genug einen Halt zwischen den losen Trümmern, um die Partikelprojektorkanonen in seinen Mecharmen auszulösen. Zwei azurblaue Energiebahnen zuckten auf den *JägerMech* zu. Eine streifte sein linkes Bein, die andere bohrte sich tief in den bereits angeschlagenen rechten Arm. Die Panzerung zerschmolz und ergoß sich in Sturzbächen verflüssigten Stahls auf den Boden. Dann fiel der rechte Arm des *JägerMech* plötzlich nach unten, ein rußgeschwärztes, zertrümmertes Wrack, das nur noch locker am Schultergelenk baumelte. Einer seiner Hauptwaffen beraubt und vom Verlust von zwei Tonnen Panzerung erschüttert, wich der feindliche Mech schwankend hinter das Gebäude zurück.

Marcus verließ das Schuttfeld und blieb stehen, um die taktische Anzeige zu überprüfen. Soweit er dies aus dem Muster farbiger Punkte und Striche entnehmen konnte, war seine Einheit noch intakt und wie geplant in Position. Er schluckte mühsam und versuchte, etwas Feuchtigkeit zurück in seine ausgedörrte Kehle zu bringen. Dann atmete er tief durch. Ranziger Schweißgeruch drang in seine Nase, aber er ignorierte das Stechen und sprach ins Helmmikro.

»Allgemeine Bekanntmachung«, rief er und gab Ki-Lynn einen Moment Zeit, ihn in den offenen Kanal der Einheit einzuspeisen. Ki-Lynn Tanaga fungierte als seine KommTech und überwachte alle nicht essentiellen Gespräche zwischen Marcus und der Kompanie. Sie war auch besonders geschickt im Entschlüsseln feindlicher Kommunikation – und zugleich der Grund für Marcus' Überzeugung, es im Cockpit des *JägerMech* mit dem gegnerischen Kommandeur zu tun zu haben.

»Erzengel an Schwarm«, fuhr er fort und beschleunigte seinen *Kriegshammer* auf 40 km/h. »Macht ihnen Druck! Prometheus-Element, gebt mir ein Feuerwerk.« Noch während er den Befehl gab, beschleunigte Marcus den *Kriegshammer* auf dessen Höchstgeschwindigkeit von 65 km/h. Der *JägerMech* war noch nicht wieder hinter dem Gebäude aufgetaucht, und Marcus hielt die Geschütze schußbereit, als er vorpreschte. Das Cockpit schwankte leicht von einer Seite zur anderen, als der Kampfkoloß die Distanz mit riesigen Schritten zurücklegte, die Maschine und Pilot regelrecht erzittern ließen.

Dann erblühte weit entfernt zu Marcus' Rechten ein greller, orangeroter Lichtblitz und verwandelte den sonst gelben Glanz der Instrumententafeln in ein kränkliches Rosa. Er hörte das tiefe Wummern der gewaltigen Explosion etwa im selben Augenblick, in dem der Boden erbebte, auch wenn die Erschütterung den *Kriegshammer* auf diese Entfernung kaum spürbar betraf. Eine Feuersäule brodelte in den Himmel und verwandelte sich schnell in ein öliges Schwarz, eine dunkle Narbe auf dem Blau des Firmaments.

Das wär's, dachte er und grinste grimmig, während der *Kriegshammer* durch die Gebäudewand brach.

Noch vor sechs kurzen Monaten waren New Home und ein paar Dutzend ähnliche Welten unter der friedlichen Herrschaft des Vereinigten Commonwealths vereint gewesen – jenem mächtigen Imperium der Inneren Sphäre, das fast dreißig Jahre zuvor durch eine Heirat zwischen den Herrscherhäusern Steiner und Davion entstanden war. Zwei Jahrzehnte hatte es den Anschein gehabt, kaum etwas könne den Steiner-Davions noch ernsthaft widerstehen. Es war die erste große Allianz seit dem Zerfall des Sternenbunds dreihundert Jahre zuvor gewesen. Viele hatten gehofft – und andere hatten befürchtet –, es werde eine Rückkehr zu ruhmreicheren Zeiten heraufbeschwören, zu den Tagen, als die gesamte Innere Sphäre unter der Regierung des Sternenbunds vereint gewesen war. Möglicherweise wäre es ohne die Clan-Invasion sogar dazu gekommen, ein Debakel, von dem sich die Innere Sphäre noch immer nicht erholt hatte.

Erst vor sechs Monaten hatten die Liga Freier Welten und die Konföderation Capella ein eigenes Bündnis geschlossen, um die VerCom-Systeme der sogenannten Mark Sarna anzugreifen und die Welten zurückzuerobern, die sie fünfundzwanzig Jahre zuvor an das Vereinigte Commonwealth verloren hatten. Gleichzeitig waren auf Dutzenden anderer Welten Rebellionen angezettelt worden.

Dann war es zu einer Entwicklung gekommen, die viele für einen möglichen Todesstoß hielten, als Katrina Steiner-Davion die Steiner-Hälfte des Vereinigten Commonwealth aus dem Staatsverband gelöst hatte – unter dem neuen Namen Lyranische Allianz. Innerhalb weniger Wochen hatte Prinz Victor Davion Jahrzehnte politischen Bodens verloren, und ein riesiger Raumbereich im ehemaligen Herzen seines Reichs war plötzlich zu einer Art interstellarem Niemandsland geworden. Über fünfzig besiedelte Systeme wurden mit einem Schlag unabhängig, und auf viele von ihnen erhoben nicht weniger als drei Großmächte der Inneren Sphäre Besitzansprüche.

Die Hälfte von ihnen, Welten, die ursprünglich, bevor die Davions sie erobert hatten, capellanisch gewesen waren, bekannten sich wieder zu Liao. Der capellanische Kanzler Sun-Tzu Liao hatte seine Stellung hier jedoch noch nicht konsolidiert. Entweder war er nicht bereit oder nicht in der Lage, seine militärischen Mittel so weit zu strecken. Trotzdem blieben diese Welten unter seinem Einfluß, und für den Garnisonspreis von drei bis vier BattleMechregimentern konnte die Konföderation Capella einen Raumsektor von fast sechzig Lichtjahren Durchmesser zurückgewinnen.

Die andere Hälfte der Mark Sarna, eine weitere Raumkugel von etwa sechzig Lichtjahren Durchmesser im Zentrum der Inneren Sphäre, wurde schnell unter dem Namen Chaos-Marken bekannt. Der Name ergab sich wie von selbst aus einer Situation, in der keine einzelne Regierung die Oberhand besaß und die verschiedensten Systeme in byzantinische Machtkämpfe verwickelt waren, in denen gelegentlich drei oder vier verschiedene Seiten miteinander konkurrierten. Und ständig baumelte ihnen die verlockende Karotte der Unabhängigkeit vor der Nase.

Die meisten Welten verlangten nach dieser Unabhängigkeit. Ein paar wenige gingen so weit, kleinere Bündnisse mit Nachbarsystemen zu etablieren, während die Großen Häuser nicht daran dachten, ihre Ansprüche aufzugeben. Eine derartige Lage führte zu einer Menge möglicher Aufträge für kleinere Söldnereinheiten wie die Angeli, allerdings verbunden mit einem starken Bezug auf die politischen Besonderheiten der jeweiligen Situation und ein beachtliches Potential für Verrat. Es war unmöglich, genau zu sagen, welche Seite in einem bestimmten Moment die Oberhand besaß – der Verbündete von gestern konnte einem heute in den Rücken fallen.

Und die Angeli hatten das bereits deutlich zu spüren bekommen.

Die Einheit hatte erst vor kurzem einen Kontrakt auf Arboris beendet, wo die Farmerbefreiungsfront sie zur Unterstützung gegen die capellanischen Truppen auf dem Planeten angeheuert hatte. Aber irgend jemand mußte sich schließlich entschieden haben, einen Teil der Unkosten für die Verpflichtung einer Kompanie BattleMechs wieder reinzuholen. Nach zwei Monaten erfolgreicher Guerillaüberfälle auf die Ishara-Grenadiere hatte die FBF die Position der Angeli im wörtlichen Sinn an den Grenadierkommandeur Choung Vong verkauft. Die Söldner hatten es gerade noch ins All geschafft – unter empfindlich schmerzenden Verlusten. Sie hatten zwei Krieger und drei ihrer Mechs verloren, und der Rest der Kompanie war schwer angeschlagen. Die Einheit auch nur annähernd wieder auf Sollstärke zu bringen, hatte die Angeli den letzten Credit in der Kompaniekasse und den größten Teil ihrer persönlichen Ersparnisse gekostet.

Angesichts der Gefahr, von den Betriebskosten einer Militäreinheit zur Auflösung der Kompanie getrieben zu werden, hatte Marcus augenblicklich zugegriffen, als Baron Shienzé ihm angeboten hatte, New Home bei der Verteidigung der neuerworbenen Unabhängigkeit zur Seite zu stehen. Der vereinbarte Sold reichte kaum, seit zwei Monaten überfällige Rechnungen zu zahlen, aber er umfaßte weitreichendere Bergerechte, als sie die Angeli seit langem genossen hatten. Nicht ausreichend, um sie nach Abzug der Unkosten wieder auf volle Gefechtsstärke zu bringen, aber möglicherweise genug für einen Anfang.

Und so waren Gli Angeli New Home zu Hilfe gekommen, ein Auge in die Zukunft gerichtet, das andere mißtrauisch auf ihren neuen Auftraggeber.

Der Planet kämpfte um seine Freiheit, unterstützt von der 13. Lyranischen Garde, die sich gegen Katrina Steiners Angebot entschieden hatte, in die Lyranische Allianz zurückzukehren. Die New Home Regulars, eine Fraktion der von Sun-Tzu Liao unterstützten Terrororganisation Zhanzheng de guang, führte zu diesem Zeitpunkt bereits seit Monaten einen recht erfolgreichen Guerillakrieg gegen die Dreizehnte. Mit ihrer Entscheidung gegen Katrina hatte die Garde ihre Hauptnachschubquelle verloren und konnte es sich nicht leisten, die Verluste eines längeren Feldzugs zu riskieren. Und so war es den Angeli zugefallen, mehrere abgelegene Stützpunkte der New Home Regulars aufzuspüren und zu vernichten, um deren Widerstand zu brechen.

Es war eine Aufgabe, für die sich Gli Angeli di Avanti besonders gut eigneten.

Die Angeli waren spezialisiert auf Blitzkriegsaktionen, Unterwanderungen, Rettungsaktionen, Überfälle – Situationen jeder Art, die ein hartes Zuschlagen mit anschließendem schnellen Abzug erforderten. Es war eine Gefechtsphilosophie, die sich aus der Hölle der zweijährigen Clan-Invasion entwickelt hatte.

Viele Historiker datierten den Fall des Sternenbunds vom Augenblick des Exodus General Aleksandr Kerenskys im Jahre 2784 an, als er über achtzig Prozent der Sternenbund-Verteidigungsstreitkräfte versammelt und mit ihnen aus der Inneren Sphäre geflohen war, bevor seine Truppen in den Konflikt gezogen werden konnten, der später als ›die Nachfolgekriege‹ bekannt geworden war. Fast dreihundert Jahre später waren Kerenskys Erben zurückgekehrt und hatten sich als die größte Gefahr herausgestellt, der sich die Innere Sphäre je gegenübergesehen hatte. Die Angeli waren damals Teil der VSDK Haus Kuritas gewesen, eine provisorisch ausgehobene Einheit von sechs BattleMechs, die reguläre Truppen bei der Abwehr der Clans verstärken sollte. Marcus hatte ihre Aufgabe inoffiziell immer als *Blutopfer* charakterisiert, denn die Angeli waren grundsätzlich als Nachhut eingesetzt worden, um Frontregimentern kostbare Sekunden Zeit zur Flucht zu erkaufen.

Ob sie nun reguläre VSDK-Truppen verstärkten oder

allein im Feld standen, die Angeli waren in fast jedem Konflikt mit den Clans zur Zielscheibe geworden. Marcus hatte zu viele gute Krieger fallen sehen, manche davon enge Freunde, Männer und Frauen, die ihr Leben für ein Stück Boden verloren, das unweigerlich kurz darauf von Waffen verbrannt oder unter den schweren Tritten oder Panzerketten der Kampfmaschinen verwüstet war. Aber Gli Angeli hatten überlebt, hatten die Waisen verlorener Schlachten und zerschlagener Einheiten eingesammelt. Techs und Infanteristen, Mechpiloten mit eigenen Maschinen – oder entrechtet. Ihre Überlebenskraft brachte die Nachzügler zu ihnen, und deren Erfahrungen auf der Flucht lehrten sie hervorragende Taktiken für Scharmützel kleinerer Einheiten, ganz abgesehen von speziellen Fähigkeiten wie der Bergung von Waffen und Ersatzteilen auf dem Marsch.

Aber dieses anfängliche Gefühl des Wachstums erwies sich immer wieder als flüchtig, denn die nächste Schlacht kostete neuerlich einen hohen Preis an Menschen und Ausrüstung. Diese Jahre des fast ununterbrochenen Kampfes und der Veränderung hatten die Angeli an einen nomadischen Lebensstil gewöhnt. Gleichzeitig hatten sie die Einheit in dem Glauben bestärkt, daß alle Vorteile in der Offensive lagen. Die Söldner vermieden Defensivgefechte und akzeptierten grundsätzlich keine Garnisonsaufträge. Marcus selbst würde sich nie wieder erlauben, zuviel Wert auf eine bestimmte Sache zu legen, weder auf einen Ort, eine Person, noch auf eine Schlacht. *Behalte die Initiative, und du kannst den Kampfverlauf diktieren.*

Eine Lektion, die er in der momentanen Situation zur Anwendung brachte.

Das Ceruman-Basislager der New Home Regulars war gleichzeitig deren Hauptnachschublager. Es wurde bewacht von einer verstärkten Kompanie BattleMechs und einem Bataillon konventioneller Infanterie, während Marcus nur mit einer unterbesetzten Kompanie – einer seiner Mechs fiel wegen Wartungsarbeiten aus – und einem leichten Schweber auf New Home gelandet war. Elf gegen sechzehn – nicht gerade das beste Kräfteverhältnis, und so hatte Marcus sich entschlossen, für Ausgleich zu sorgen. *Wenn man den New Home Regulars nimmt, was ihnen an der Basis wichtig ist, nimmt auch ihr Wille, sie zu verteidigen, entsprechend ab.* Marcus' Plan sah die Vernichtung der Waffen- und Nachschublager seiner Gegner vor. Darum war es bei seinem Befehl an das Prometheus-Element gegangen. Jetzt leuchtete das Areal rund um das Munitionslager im Nachglühen der Explosion und dem Widerschein der aus den umliegenden Gebäuden auflodernden Brände.

Sein *Kriegshammer* brach in einem Hagelschauer aus Stein und Holz durch die Rückwand des Gebäudes. Der feindliche *JägerMech* stand keine dreißig Meter entfernt und leicht abgewandt, in Richtung der Explosion. Marcus zog das goldene Fadenkreuz über den gegnerischen Kampfkoloß, als dieser gerade die erste Reaktion zeigte. Auf die Primärfeuerknöpfe beider Steuerknüppel waren jeweils alle linken beziehungsweise rechten Waffen des Mechs gelegt. Marcus drückte beide durch und überschüttete den *JägerMech* mit einem der vernichtendsten Lichtgewitter, das ein BattleMech der Freien Inneren Sphäre austeilen konnte.

Wobei es nicht ganz korrekt war, ihn als Maschine der Freien Inneren Sphäre zu bezeichnen. Aus ihren Einsätzen gegen die Clans hatten Gli Angeli einen kleinen Vorrat an Waffen und anderer Ausrüstung der Invasoren ansammeln können. Es war ihnen zwar nie gelungen, einen funktionstüchtigen OmniMech zu erbeuten – die gefürchtete Clan-Version des Kampfkolosses –, aber sie besaßen ein halbes Dutzend Clan-PPKs, mehrere Laser und sogar ein Gaussgeschütz. Das lieferte den Angeli einen kleinen unerwarteten Vorteil, und in diesem Augenblick stellten zwei jener PPKs unter Beweis, daß sie über die anderthalbfache Durchschlagskraft ihrer Vettern aus den Nachfolgerstaaten verfügten.

Die beiden bläulichweißen Blitze zuckten durch die Luft in den Torso des *JägerMech*, zerkochten die Panzerung und bohrten sich in das darunterliegende Skelett aus geschäumtem Titanstahl. Zwei mittelschwere Laser verstärkten den Angriff. Ein Schuß ging zu hoch und zischte über die rechte Schulter der gegnerischen Maschine, der andere streifte ihren linken Arm. Das Maschinengewehr im Torso des *Kriegshammer* spie seinen Kugelhagel auf den Kopf des *JägerMech*, wo es kaum Schaden anrichtete, aber ohne Zweifel zu den Sorgen des feindlichen Kommandeurs beitrug. Als letztes schlugen die sechs Raketen der LSR-Lafette ein, die in Sekundenbruchteilen auf Schweifen aus Feuer und Rauch die dreißig Meter Distanz zwischen den beiden Maschinen überwunden hatten. Eine Rakete detonierte zwischen den wuchtigen Beinen der Maschine und schleuderte eine beträchtliche Erdmasse als schwarzen Geyser empor. Zwei Raketen donnerten in den rechten Oberschenkel des BattleMechs, die drei übrigen flogen geradewegs in die von den PPKs geschlagene Bresche.

Die Wärmeskala schoß aus dem blauen Bereich geradewegs ins tiefste Rot, als der Fusionsreaktor im Herzen des Mechs volle Leistung liefern mußte, um den Energiebedarf dieser Breitseite zu decken. Die Temperatur im Innern des Cockpits stieg dramatisch an und überwältigte einen Moment lang die Möglichkeiten der Kühlweste. Vor Marcus' Augen verschwammen die Kontrollen, als er mit der flachen Hand auf den Vetoschalter schlug, um eine automatische Stillegung zu verhindern. Seine Augen brannten unter dem Schweiß, der ihm in Sturzbächen von der Stirn rann, und er rang keuchend nach Sauerstoff, als die heiße Luft ihm den Atem nahm.

Als Marcus sich lange Sekunden später wieder konzentrieren konnte, stürzte der *JägerMech.* Große Metallbrocken flogen aus dem Loch in seinem Rumpf. *Gyroskopbruchstücke,* dachte Marcus. Der Metallkoloß landete auf dem zertrümmerten rechten Arm und zermalmte ihn unter dem massiven Torso. Schließlich blieb er bäuchlings und verrenkt liegen wie eine gigantische Marionette, deren Puppenspieler die Fäden zerschnitten hatte. Der feindliche Kommandeur konnte seine Maschine nicht mehr kontrollieren, schaltete alle Waffen ab und öffnete in einer Geste der Kapitulation die Cockpitluke.

Das muß es gewesen sein, dachte Marcus, der allmählich seine Atmung wieder unter Kontrolle bekam. Die Kühlweste lag wie Eis auf seiner Brust, aber der Rest des Körpers fühlte sich gargekocht an. *Selbst wenn die Explosion noch nicht gereicht haben sollte, müßte das den Ausschlag geben.*

Während Marcus noch eine Verbindung zu Ki-Lynn öffnete, hörte er bereits die von ihr weitergeleiteten Meldungen seiner Lanzenführer. Der größte Teil der New Home Regulars befand sich auf der Flucht. Charlene Brooks, seine Stellvertreterin, meldete vollzählige Anwesenheit. Thomas Fabers *Marodeur* hatte einen Arm verloren und damit den schwersten Schaden erlitten. Auch die feindliche Infanterie hatte ihre befestigten Stellungen aufgegeben und befand sich in verschiedenen alten Fahrzeugen auf dem Rückzug. Charlene ließ eines davon anhalten und als Beutegut sichern: einen 5 Tonnen schweren *Savannah Master*-Schweber – ähnlich dem, den die Angeli bereits besaßen.

Plus der ausgebrannten Hülle eines *Steppenwolf* und eines zerquetschten *Heuschreck,* wie andere Einheitsmitglieder über Ki-Lynn meldeten. Und eines fast schrottreifen *JägerMech*, setzte Marcus schweigend hinzu.

Sowie eine Lagerhalle mit genug Munition und Ersatzteilen, um die Maschinen der Angeli di Avanti zu reparieren und möglicherweise sogar den *JägerMech* wieder auf die Beine zu stellen. Marcus grinste. Charlene und Vincent Foley, die beiden Mitglieder des Prometheus-Elements, hatten für eine Explosion gesorgt, aber nicht im Munitionslager. Die Angeli haßten es, Nachschub zu vernichten, der sich ebensogut erbeuten ließ, besonders, wenn die Sprengung ein paar großer Tanks mit Flugbenzin auch genügte.

»Zeit zum Aufräumen, Leute«, erklärte Marcus, als die Meldungen ausklangen. »Sperrt die Lagerhalle ab. Wir wollen nicht, daß irgendeiner der fliehenden Regulars erfährt, was geschehen ist.« Er rief die vier jüngsten MechKrieger der Einheit auf. »Ihr werdet den letzten Nachzüglern folgen und Dampf machen, aber nur gerade genug, um sie in Bewegung zu halten. Ist das klar? Laßt die Regulars laufen!«

Die Angeli hatten einen soliden Sieg errungen, und es bestand keinerlei Veranlassung, bei einer Hetzjagd ein Leben oder einen BattleMech zu riskieren. Ein derartiger Verlust hätte der Einheit weit mehr geschadet, als ein weiterer geborgener Feindmech ihr hätte helfen können. »Ein Zweierteam stellt sich in einem Viertelklick als Wache auf. Das zweite Team etabliert nach Abbruch der Verfolgung eine Streife um das Lager in einem halben Klick Abstand. Alle anderen bleiben wachsam, bis die Bodentruppen alles abgesucht haben.«

Marcus beobachtete auf dem Sichtschirm, wie der feindliche Kommandeur aus der zertrümmerten Maschine kletterte und seinen Helm zu Boden warf. »Paula, bring deine *Wespe* her und übernimm die Bewachung unseres Gefangenen.« Marcus haßte es, einen anderen MechKrieger zur Bestrafung abzuliefern, aber der Baron bezahlte die Rechnungen, und er legte wert darauf, so viele Gefangene wie möglich in seinen Kerkern zu wissen. Marcus tröstete sich mit dem Gedanken, daß der feindliche Kommandeur zurück in die Konföderation Capella geschickt werden würde, sobald dies alles vorüber war.

Er schaltete das Funkgerät zurück auf die allgemeinen Frequenzen, um sich anzuhören, was die Angeli redeten. Obwohl ihr Landungsschiff, die *Heaven Sent*, noch nicht aufgesetzt hatte, fühlten sie bereits die Erleichterung, die den Abschluß einer Mission kennzeichnete. Er schaltete wieder auf seine Direktleitung zu Ki-Lynn. Im letzten Monat hatten sie nur wenig Gelegenheit zur Entspannung bekommen, und angesichts der erschöpften Kassen würde die Einheit schon bald wieder in die Schlacht ziehen müssen. Sie hatten jeden Augenblick der Erholung verdient, den er ihnen geben konnte.

Wer wußte zu sagen, wann der nächste der Engel fiel.

2

Festung Shienzé, Bastille
New Home, Chaos-Marken

19. März 3058

Charlene Boske wanderte hinüber zu den anderen Angeli, die sich außerhalb der Mauern von Shienzé zur Nachbesprechung der Mission versammelt hatten. Sie trug Shorts und ein T-Shirt, normale MechKriegerkleidung in der schwülen Hitze einer engen Mechkanzel, aber im Augenblick trug sie es, um die träge Wärme der Nachmittagssonne zu genießen. Das lange blonde Haar hing ihr in einem dicken Zopf den Rücken hinab und gab die weiße Haut an Hals und Schultern frei. Gelegentlich wehte eine kühle Brise von Westen herüber, aus der Richtung eines großen Binnenmeers. Sie trug den Duft von Salz und Feuchtigkeit heran und verstärkte die angenehme Atmosphäre des Nachmittags.

Eine Atmosphäre, die exakt solange anhalten würde, dachte Charlene, bis die Angeli ihre nächste Mission kennenlernten.

Als Stellvertretende Kompaniechefin führte sie in der Regel alle Vertragsverhandlungen, unterstützt von Jase Torgensson, einem der erfindungsreichsten Männer, dem sie je begegnet war. Es war schon bemerkenswert gewesen, wie der aus der Freien Republik Rasalhaag stammende Torgensson zu den Angeli gestoßen war. Nachdem er von ihrer Mission erfahren hatte, die Besatzungstruppen des Geisterbären-Clans auf seiner Heimatwelt Utrecht zu überfallen, hatte er ihnen seine Dienste angeboten, falls er bei der Gelegenheit seine Familie herausholen durfte. Er hatte sogar einen der seltenen K^3-Computer des Kombinats mitgebracht, die es Mechs erlaubten, Zielerfassungsdaten auszutauschen, eine Leistung, die er durch eine bürokratische Nachlässigkeit in seiner letzten Einheit erklärte. Jetzt fungierte Jase als Chefscout der Angeli. Zudem war er ein guter Pilot für überschwere BattleMechs.

Bei dieser Mission hatten sie ihn aber auf Outreach zurückgelassen, dem Zentrum des Söldnerlebens in der Inneren Sphäre. Die Einheit befand sich immer noch in einer höchst prekären Finanzlage und brauchte schnell einen Nachfolgeauftrag. Jase hatte seinen *Kampftitan* einem der beiden entrechteten MechKrieger der Angeli geliehen und war mit dem anderen Landungsschiff der Einheit bei den Familien und dem größten Teil des Techstabs auf Outreach geblieben, um ihn zu beschaffen. Die *Stecknadelkopf* war ein uraltes Schiff der *Festung*sklasse, das hauptsächlich von Versprechungen und dem Können einiger erstklassiger Techs noch zusammengehalten wurde. Für einen Kampfeinsatz nicht mehr geeignet, beförderte die *Stecknadelkopf* gewöhnlich die Familien und Hilfstruppen der Angeli an den Einsatzort. Daß Jase auf Outreach geblieben war, um ohne sie einen neuen Kontrakt auszuhandeln, störte Charlene nicht weiter. Ihr stieß jedoch gewaltig auf, daß Marcus als einziger etwas darüber wußte und bis heute weder ihr noch einem anderen gegenüber ein Wort gesagt hatte.

Und jetzt wußte sie, warum. Sie wußte es aufgrund einer HPG-Nachricht, die soeben eingetroffen war, und die sie Marcus in diesem Augenblick überbrachte.

Kurz voraus und gute acht bis zehn Meter über ihr aufragend erhoben sich vier der schwersten Mechs im Besitz der Einheit. Sie standen in dichter Reihe, die Rücken zu den dicken, grauen Mauern aus stahlverstärktem Beton gewandt, die Baron Shienzés Festung umschlossen. Sie selbst hatte – als Geste dem Baron gegenüber – die Maschinen dorthin beordert. Die übrigen BattleMechs der Angeli waren bereits in den Ko-

kons des Mechhangars an Bord der *Heaven Sent* verstaut, des Landungsschiffs der *Union*-Klasse – keine hundert Meter hinter ihr.

Die Angeli standen oder saßen um die Füße des letzten Mechs in der Linie, Thomas Fabers *Marodeur*. Faber selbst thronte auf dem gewaltigen Fuß seiner Maschine wie ein unwahrscheinlich wuchtiger, dunkelhäutiger Kobold. Er war bis auf Kühlshorts nackt und wirkte völlig entspannt, wie er da so lang ausgestreckt auf dem Metall lag und sich die Nachmittagssonne auf den Pelz brennen ließ. Charlene erinnerte sich an die Gerüchte, Faber sei ursprünglich ein Elementar gewesen, einer der durch Genmanipulation herangezüchteten Clan-Infanteristen. Der Schwarze war fast groß genug, und die Art, wie er nur für den Kampf zu leben schien, konnte der Besessenheit eines Clanners leicht das Wasser reichen. Charlene wußte, daß Marcus Fabers Lebenslauf bis zurück zu seiner Geburt im draconischen Militärdistrikt Dieron überprüft hatte, aber manchmal kamen ihr immer noch Zweifel.

Die acht Meter hohen Mauern der Festung Shienzé warfen einen Schatten über den Bereich um die Füße des *Marodeur*. Auf einem davon saß – in die schattige Hälfte zurückgelehnt – Brent Karstchow und warf Charlene verstohlene Blicke zu, wenn er glaubte, sie bemerke es nicht. Auch die anderen Angeli schienen es vorzuziehen, New Homes G-Klasse-Sonne zu entfliehen. Die meisten hatten es sich hier und da rund um den Mech bequem gemacht, wo sie gerade Schatten fanden. Nur Paula Jacobs hatte eine Decke ausgebreitet und sich eingeölt, um ein Sonnenbad zu nehmen.

Der Anblick hätte Charlene ein Lächeln entlocken können, wäre da nicht die Botschaft gewesen, die sie zu überbringen hatte.

Marcus GioAvanti entspannte sich am Rand des Schattenbereichs. Sein schulterlanges dunkelblondes

Haar umrahmte ein jugendliches Gesicht, aber Charlene sah die Spuren der Verantwortung seiner Führungsposition, die sich als Linien um die blaßblauen Augen und auf seiner Stirn eingegraben hatten. In roten Jeans und einem schwarzen T-Shirt hätte er beinahe ein beliebiges Mitglied der Kompanie sein können, aber unabsichtlich hatten die Angeli sich so um Marcus gruppiert, daß er den Mittelpunkt ihrer Gruppe bildete. Der süße, an Honig und Kokosnuß erinnernde Duft von Paulas Sonnenöl drang an Charlenes Nase, und sie fragte sich, ob Paula wieder einmal das Interesse des Kommandeurs zu erregen versuchte, indem sie sich unmittelbar vor ihm halbnackt in der Sonne räkelte. Marcus kümmerte sich gut um seine Leute, ließ aber kaum jemand wirklich an sich heran. Es mußte ein einsames Leben sein, und in Charlenes Augen war es der einzige Fehler, den sie an ihrem Vorgesetzten bisher gefunden hatte.

»Wird auch langsam Zeit, Charlie«, meinte Marcus und warf betont einen Blick auf die nicht vorhandene Armbanduhr. Ein paar der dienstälteren Angeli kicherten, aber sie stellte fest, daß alle jüngeren Einheitsmitglieder das Grinsen unterdrückten.

Charlene trat in den Schatten und reichte ihm die Botschaft, ein gefaltetes Blatt Papier mit dem Sternwappen ComStars. Alle hier wußten, daß sie von Torgensson auf Outreach kommen mußte, und ein Teil von ihnen rutschte erwartungsvoll auf seinem Platz umher.

Während Marcus die Nachricht las, trat Charlene zurück ins warme Sonnenlicht. Als Stellvertretende Kompaniechefin der Angeli war es üblicherweise ihre Arbeit, derartige Versammlungen abzuhalten. Und wenn sie eine formlose Besprechung im Freien wollte, dann bekam sie diese. Der Text der Botschaft machte ihr zu schaffen, und sie wollte mitnehmen, was sie sich noch an Entspannung holen konnte.

»Zunächst einmal«, setzte sie an: »Baron Shienzé hat seine Wertschätzung über unsere Arbeit ausgedrückt. Die Kommandeurin der 13. Lyranischen Garde, Dolores Whitman, war ebenfalls mit uns zufrieden, was sie aber nicht daran gehindert hat, verschärft um einen Teil des Nachschubs zu feilschen, den wir aus dem Besitz der Regulars befreit haben.«

Techs und einige der erfahreneren MechKrieger nickten. Als Söldner verstanden Gli Angeli sehr wohl den Unterschied zwischen Höflichkeit unter Berufskollegen und Geschäft. »Was wir nicht an Nachschub behalten haben«, fuhr Charlene fort, »hat uns der Baron abgekauft. Das deckt die voraussichtlichen Kosten für die Reparatur unserer Maschinen und möglicherweise auch des *JägerMech*.«

Was es nicht abdeckte – Charlene sprach es nicht aus, weil alle es wußten –, war ein weiterer Monat Schulden, den die Angeli weiter über den Kredit mitziehen mußten, den sie in den letzten Jahren aufgebaut hatten. Und dann waren da noch die üblichen Unterhaltskosten. Ab Morgen würde die Einheit weitere Schulden anhäufen, wenn sie ihre Schiffe auftankte, Verwaltungsgebühren bezahlte und an Nachschub bestellte, was sie nicht erbeutet hatte. All das berücksichtigte noch nicht, daß wieder einmal kein Mitglied der Einheit bezahlt werden konnte. Als Einheit ging es den Angeli besser, aber noch immer lastete der Schatten von Arboris auf ihnen. Daran, wie einige von ihnen Marcus beobachteten, der noch immer die Botschaft studierte, erkannte Charlene deren Hoffnung, Torgensson könnte ihnen den Durchbruch verschafft haben.

Charlene entschied sich, die Stimmung zu lockern, und sprach ein paar Notizen an, die sie und Marcus während der Aktion gemacht hatten.

»Ki«, sagte sie, und suchte nach der kleinwüchsigen Asiatin. Sie kniete gelassen rechts von Marcus. Wie

Faber stammte auch Ki-Lynn Tanaga aus dem Draconis-Kombinat. Während Thomas sich aus den untersten Schichten der Gesellschaft soweit hochgearbeitet hatte, wie er es in der rigiden Sozialstruktur des Kurita-Raums nur hoffen konnte, war Kis Familie reicher gesegnet gewesen. Sie hatte sich den Angeli angeschlossen, um dem Schicksal zu entkommen, das ihre Familie für sie erkaufen wollte. Sie war eine annehmbare MechKriegerin geworden, aber es war ihr Naturtalent auf dem Kommunikationssektor, das sie unentbehrlich machte. »Gute Arbeit, wie du in die Kommleitungen der Regulars eingebrochen bist«, lobte Charlene. »Wenn wir ihren Kommandeur nicht identifiziert und abgelenkt hätten, wäre unser kleiner Trick vielleicht nicht so glatt gelaufen.«

Ki-Lynn, die trotz der Hitze einen traditionellen Seidenkimono trug, zuckte ein wenig die Achseln. »Sie haben es mir leicht gemacht«, stellte sie mit leiser, bescheidener Stimme fest, die typisch für eine draconische Mädchenerziehung war. »Den Code, den sie benutzt haben, hatte ich schon früher geknackt. Es ging nur darum, die richtigen Frequenzen zu finden.« Sie machte eine kaum merkliche Pause, bevor sie weitersprach. »Und sie benutzten dieselben spezifischen Codebegriffe, um die verschiedenen Elemente ihrer Kompanie zu identifizieren, ganz ähnlich unserer Praxis.«

Beinahe hätte Charlene Ki-Lynns Kommentar überhört. *Ganz ähnlich unserer Praxis,* wiederholte sie in Gedanken, als ihr plötzlich die Bedeutung dieser Worte klar wurde, und sie ermahnte sich, Kis scheinbar beiläufigen Bemerkungen mehr Aufmerksamkeit zu schenken. Draconier pflegten im Gespräch häufig die feine Kunst der unterschwelligen Andeutung. »Sprich mich in Zukunft vor jeder Mission darauf an. Wir werden uns angewöhnen, nicht nur die Codes, sondern auch die Rufzeichen zu variieren. Was wir gegen andere ausnutzen können, macht uns genauso verwundbar. Faber«, rief sie, und sah über die Schulter. »Die Gefechts-ROMs zeigen deine Treffsicherheit in den oberen achtzig Prozent. Du hast nur einen PPK-Schuß und ein paar Lasersalven daneben gesetzt. Gute Arbeit.«

Faber regte kaum einen Muskel. Sie glaubte fast, er hätte sie gar nicht gehört, bis er murmelte: »Itashimashite.« Charlene beherrschte genug Japanisch, um darin ein nachlässiges ›Nichts zu danken‹ zu erkennen.

»Gleichzeitig hast du auch, wieder einmal, den meisten Schaden kassiert, weil du Mechs, die du aus der Distanz hättest erledigen sollen, im direkten Zweikampf angegangen bist. Diesmal hat es dich einen ganzen Mecharm gekostet.«

»Itashimashite«, antwortete der Hüne wieder, aber er nickte einmal, um ihr zu zeigen, daß er die Botschaft verstanden hatte. Nicht, daß Charlene ernsthaft eine Änderung in seinem Kampfstil erwartete. In ihren Augen war Faber die große Ausnahme von den Regeln. Er hatte schon mehr Mechs im Gefecht verloren, die meisten mit katastrophalen Schäden, als irgendein anderer Mechpilot, von dem sie je gehört hatte. Aber irgendwie überlebte er jedesmal, und er teilte grundsätzlich mehr aus als er einstecken mußte.

Dann wartete Charlene, bis Marcus zu Ende gelesen hatte, das Blatt zusammenfaltete und in die Tasche steckte. »Danke, Charlene«, sagte er und übernahm den Vorsitz der Besprechung. Sie nickte ihm freundlich zu, ging hinüber zu Brent Karstchow und ließ sich neben ihm zu Boden fallen. Vor lauter Nervosität wäre er fast aufgesprungen. Sie grinste und lehnte sich zurück an den enormen Metallfuß des *Marodeur*. Obwohl sie im Licht saß, fand sie den schwachen Duft von Schmiermittel angenehmer als Paulas Sonnenöl.

Charlene genoß die Nervosität, die sie bei Brent auslöste. Er war das jüngste Mitglied der Einheit und erst auf Arboris zu den Angeli gestoßen, nachdem er aus Protest über die Behandlung der Söldner seinen Dienst bei der FBF aufgekündigt hatte. Alle wußten, daß Brent einen Narren an ihr gefressen hatte, aber er hatte Angst, sich seiner neuen Vorgesetzten zu nähern. Sie fand die Situation gleichzeitig amüsant und enttäuschend, hatte sich aber vorgenommen zu warten, bis Brent den Mut aufbrachte, über seinen Schatten zu springen. Als Paula sich unter dem Vorwand, ihre Glieder zu strecken, wollüstig auf der Decke räkelte, stellte Charlene freudig fest, daß Brent ihr noch weniger Aufmerksamkeit schenkte als Marcus.

»Also schön, Leute«, begann Marcus und setzte sich auf. »Baron Shienzé hat uns heute abend zum Dinner eingeladen. Es ist ein Empfang für Vertreter von Blakes Wort, die der Baron eingeladen hat, um New Homes Bedarf an militärischem Nachschub zu diskutieren. Das heißt, Abendgarderobe oder – soweit ihr noch eine habt – Ausgehuniform.«

Letzteres löste einen Chor von Stöhnen und Buhrufen aus, teilweise witzelnd, teilweise ernst. Marcus ließ sie gewähren, bis einer der Söldner scherzhaft vorschlug, die Laken von den Betten zu ziehen und sich zu Ehren von Blakes Wort alle in weiße Roben zu hüllen. Mit einer scharfen Handbewegung schnitt Marcus den Chor von »Toga! Toga!«-Rufen ab.

»Abendkleidung und/oder Ausgehuniform«, wiederholte er. »Anwesenheit ist Pflicht, außer für diejenigen, die Dienst haben. Kein Wechseln. Ausnahmen werden nur für Techs gemacht, die lieber arbeiten wollen.« Dafür erntete er Beifall von Yuri Petrowko, dem ChefTech der Angeli, und dessen Untergebenen. »Die Vertreter von Blakes Wort sind mit Höflichkeit und Respekt zu behandeln.«

Marcus blickte sich nach rechts und links um, wie

um sicherzugehen, daß alle zuhörten, aber Charlene fand diesen letzten Befehl schwer verdaulich. Ihrer Meinung nach war Blakes Wort die Verkörperung alles Bösen in ComStar, das zurückgekehrt war, um die Innere Sphäre zu quälen.

»Blakes Wort wird sich nicht in Luft auflösen, um uns einen Gefallen zu tun, Leute«, fuhr Marcus fort. »Wir verärgern keinen potentiellen Auftraggeber, auch dann nicht, wenn uns seine Politik nicht paßt.« Er machte eine Pause. »*Besonders* dann nicht, wenn uns seine Politik nicht paßt.«

Vince Foley zog seinen Cowboyhut vom Kopf und zupfte Fusseln ab. »Warum haben Sie letztes Jahr nochmal den capellanischen Botschafter auf Outreach beleidigt?«

Foleys Frage klang eine Spur zu unschuldig, um ernstgemeint zu sein, aber Charlene entschied sich, sie trotzdem an Marcus' Stelle zu beantworten. »Er hat es persönlich genommen. Das war keine Frage der Politik, sondern« – Sie machte eine Pause, um die richtige Formulierung zu finden – »eine Übung in zurückhaltender Höflichkeit.«

Das ließ Marcus lächeln, und soweit es Charlene betraf, machte das die Anstrengung wett. »Ich erwarte keine größeren Schwierigkeiten von den Blakisten. Jetzt, da sie ComStar Terra weggenommen haben, sind sie damit beschäftigt, gute Beziehungen zu ihren neuen Nachbarn in den Chaos-Marken aufzubauen. Dabei wollen wir sie nicht stören. Bei unserem letzten Besuch auf Outreach waren sie eine der wenigen Organisationen, die kleine Söldnereinheiten anheuerten, und wie ComStar haben sie Zugriff auf Material aus Sternenbundzeiten. Wir wären schön blöd, das Sprungschiff zu beschießen, um es mal so auszudrücken.«

»Aber die haben uns doch nicht verpflichtet, oder?« Brent Karstchow lehnte sich mit zweifelnder Miene vor.

»Ich meine die Botschaft. Die kam doch von Torgensson? Wir sind angeheuert worden?«

Marcus nickte ernst. »Ja, die Botschaft stammt von Torgensson auf Outreach. Gute Neuigkeiten«, rief er. »Wir haben einen neuen Auftraggeber.«

Diese Nachricht löste Applaus und erleichterte Pfiffe aus. Selbst Paula setzte sich aufmerksam auf. Charlene hörte ein tiefes Bass-Flüstern von irgendwo über ihr herabdriften – ein paar Zeilen eines der ohrenbetäubenden Lieder, die Faber während des Kampfes regelmäßig in seinem Cockpit abspielte. Nur Ki-Lynn schien etwas Ungewöhnliches zu bemerken. Charlene sah die dunklen Augen der anderen Frau kurz zu ihr herüberzucken, bevor sie sich wieder auf ihren Kommandeur richteten.

Marcus wartete, bis wieder Ruhe eingekehrt war. »Jase ist schon mit einem Ziviltransport vorausgeflogen, um die Lage in Augenschein zu nehmen und Kontakte zu knüpfen. Die *Stecknadelkopf* und der Rest unserer Leute ist unterwegs hierher zum Rendezvous. In drei Tagen trifft ein Sprungschiff für uns ein, das in etwa einer Woche absprungbereit sein wird. Wir haben also nicht viel Zeit. Wir verabschieden uns um Mitternacht von der Dinnerparty des Barons und starten zum Zenithsprungpunkt. Das heißt, die *Heaven Sent* muß in drei Stunden beladen und startklar sein.«

Charlene sah Marcus aufstehen und erhob sich ebenfalls vom Boden, wobei sie Brent beruhigend die Schulter drückte.

»Chef« rief Paula Jacobs und zupfte an seinem Hosenbein. »Wohin fliegen wir?«

Marcus zuckte die Schultern, als wäre ihr Ziel nicht weiter von Bedeutung. »Ins Magistrat Canopus«, stellte er mit geschäftsmäßigem Ton fest. »Wir fliegen hinaus in die Peripherie.«

Charlene blickte von einem Gesicht zum nächsten

und sah die plötzliche Besorgnis auflodern – dieselbe Angst, die sie in dem Augenblick gepackt hatte, als sie die Nachricht las. Die Peripherie war seit langem eine Müllhalde für zerschlagene Einheiten, auf die sich Söldner verkrochen, bis sich ihre – in der Regel ruinöse – Finanzlage entweder besserte oder ihnen endgültig den Garaus machte. Es war schwer, sich dort draußen, weitab der wichtigen Konflikte, einen Namen zu machen, und die Fürsten der Peripheriereiche waren notorisch unzuverlässig.

Vince Foley fand als erster seine Stimme wieder, und der Schock hatte ihm den langgezogenen Cowboyakzent ganz und gar ausgetrieben. »Gab es keine andere Möglichkeit? Geht es uns so mies?«

»Wir brauchen die Arbeit«, meinte Marcus, ohne auf die Frage einzugehen. »Sie suchten nach einer Einheit mit unserer Art von Erfahrung und waren bereit, gut zu bezahlen. Genug, um unsere Schulden zu tilgen und unsere Finanzen wieder auf den Stand von vor Arboris zu bringen. Und wir bekommen noch einmal die Chance, allen eine Maschine zu geben.«

Das konnte nur weitreichende Bergerechte bedeuten, eine Kontraktklausel, die den beiden entrechteten Angeli sicher gefallen würde. Aber alles hatte seinen Preis. Wenn ein Peripheriestaat bereit war, gute Bezahlung und großzügige Bergerechte anzubieten, war die Mission mit ziemlicher Sicherheit mörderisch. Das Magistrat mußte verzweifelt sein. »Dann kennst du die Mission?«

Marcus nickte. »Die meisten von euch wissen genug über die Peripherie, um davon gehört zu haben, wie aggressiv die Marianische Hegemonie in jüngster Zeit geworden ist. Sie hat nicht nur die Überfälle auf canopische Systeme verstärkt, irgendwie ist es den Marianern auch gelungen, neue Technologien und Mechkonstruktionen in die Finger zu bekommen. Unsere Aufgabe wird darin bestehen, die Nachschubroute in die Hegemonie zu suchen, sie zu zerschlagen und Emma Centrella die Identität des Lieferanten und die Position aller Nachschublager mitzuteilen, die wir nicht für unseren Bedarf erbeuten konnten. Mit etwas Glück wird Jase den ersten Teil des Problems schon für uns gelöst haben, bis wir ankommen.« Er zuckte die Achseln. »Das wär's.«

»Das wär's?« fragte Vince ungläubig. »Eine Kompanie gegen eine Nachschubdepotgarnison? Voraussichtliche Stärke irgendwo zwischen einem Bataillon und einem kompletten Regiment? Also, mir ist das genug. Mehr als genug.«

»Möchte irgendwer Urlaub nehmen?« fragte Marcus leise und sah sich um. Charlene sah auf einigen Gesichtern immer noch tiefe Besorgnis, aber sie wurde von Schamröte überdeckt, als der Blick ihres Kommandeurs von einem zum anderen wanderte. Wenn sie sonst nichts gelernt hatten, dann ihm zu vertrauen.

»Na«, meinte Faber, schwang sich zu Boden und landete für seinen riesenhaften Körperbau erstaunlich sanft. »Dann werd ich mal die *Mary Dear* einsargen.« Er ging hinüber zur Teleskopleiter ins Cockpit seines *Marodeur* mit dem unwahrscheinlichen Namen. »Sieht aus, als wären wir hier fertig.«

Ohne weiteren Kommentar marschierte auch Marcus in Richtung des Landungsschiffs davon. Charlene sah ihm nach. Sie war froh, daß die Angeli Arbeit hatten und eine Chance erhalten würden, die Einheit wiederaufzubauen, aber sie fragte sich unwillkürlich, was Marcus ihnen diesmal eingebrockt hatte.

3

**Festung Shienzé, Bastille
New Home, Chaos-Marken**

19. März 3058

Marcus' Beherrschung hielt bis zum Nachtisch.

Das Problem war nichts, was Präzentorin Sandra Schofield gesagt oder getan hatte. Im Gegenteil, von dem Augenblick an, in dem Baron Shienzé sie Marcus vorstellte, hatte Schofield ein Musterbeispiel an Höflichkeit gegeben. Das war beim Aperitif gewesen. Die Präzentorin und ihr Adjutant, Demipräzentor Ryan Hughes, waren verspätet eingetroffen.

Baron Shienzé hatte mit dem Messer gegen das Weinglas geklopft, um Aufmerksamkeit zu erbitten. Der scharfe Glockenton hatte das Murmeln Dutzender Gespräche zerschnitten und im ganzen Speisesaal für Schweigen gesorgt. Die Tafel bot Platz für zweihundert Gäste, und die Gedecke konnten es mit den Erzählungen aufnehmen, die Marcus über die fürstlichen Diners auf New Avalon oder Tharkad gehört hatte. Kristallgläser, in deren Fuß das Familienwappen der Shienzés eingraviert war. Feinstes Porzellan und glänzendes Silberbesteck, jedes Teil mit einem feinziselierten und in Blattgold hervorgehobenen ›S‹ geschmückt. Nach Auskunft des Barons stammten die Gedecke noch aus den Tagen, als New Home Teil der Terranischen Hegemonie gewesen war, eines der sechs Mitgliedsstaaten des legendären Sternenbunds. Die Hegemonie war ebenso wie der Sternenbund vor gut dreihundert Jahren untergegangen.

Die Mahlzeit bestand aus acht Gängen. Dienstboten in Livree, je einer für vier Gäste, sorgten dafür, daß Teller und Gläser nicht leer blieben. Marcus konnte nicht einmal annähernd abschätzen, wieviel der Empfang gekostet haben mußte, aber der Prunk war beeindruckend, auch wenn er sich sicher war, daß er mehr auf Blakes Wort abgezielt war als auf seine Söldnereinheit. Die Blakisten und ihr rigides Festhalten an der alten Geheimniskrämerei und dem Fanatismus vergangener ComStar-Zeiten ärgerte Marcus, aber er verstand, warum Baron Shienzé sich bei ihnen einzuschmeicheln versuchte. Der Baron brauchte eine sichere Nachschubquelle, um seine Welt weiterhin verteidigen zu können, und Blakes Wort kontrollierte neben allen anderen Aspekten Terras jetzt auch die Waffenproduktion. Außerdem hatte die festliche Atmosphäre einiges dazu beigetragen, zumindest für diesen Abend die Besorgnis seiner Leute über den Auftrag in der Peripherie zu zerstreuen, und das war ihm sehr willkommen.

Als das helle Klingen ertönte, hatte Marcus gerade den Mund voll. Die Stücke eines einheimischen Geflügels waren in Honigsoße gebraten und mit einem Gewürz abgeschmeckt, das scharf genug war, seine Augen tränen zu lassen. Er schluckte hastig und ertränkte den feurigen Nachgeschmack mit einem großen Glas trockenen Weißweins.

»Ladies und Gentlemen«, verkündete der Baron, während die beiden Besucher in ihren weißen Roben zum Kopf der Tafel geleitet wurden. »Darf ich Ihnen Präzentorin Sandra Schofield und ihren Adjutanten, Demipräzentor Ryan Hughes, vorstellen. Präzentorin, das sind Gli Angeli di Avanti, Avantis Engel, eine Söldnerkompanie, die soeben hier auf New Home erfolgreich einen Kontrakt mit uns beendet hat. Und dies hier« – er deutete auf Marcus, der sofort aufstand – »ist Marcus GioAvanti, ihr Kommandeur.« Nach Abschluß der Vorstellung befahl der Baron, für die Neuankömmlinge frische Gedecke aufzutragen.

Demipräzentor Hughes begab sich auf direktem

Wege zu seinem Platz, zwei Stühle abwärts vom Baron, neben Charlene Boske. Sandra Schofield nahm sich einen Augenblick Zeit, Marcus persönlich zu begrüßen, bevor sie zur Rechten des Barons Platz nahm. »Commandante GioAvanti.« Sie reichte ihm die Hand.

Marcus' Augen weiteten sich in nicht allzu erfreuter Überraschung, als er die italienische Rangbezeichnung und die korrekte Betonung seines Familiennamens hörte. Er war in einer wohlhabenden Händlerfamilie aufgewachsen, die ihr italienisches Erbe aufrechterhalten hatte. Es war ein Teil seines Lebens, den er eigentlich hinter sich gelassen zu haben glaubte. Die Tatsache, daß die Blake-Präzentorin seine Muttersprache beherrschte, schmeichelte ihm weniger, als daß sie ihn mißtrauisch machte.

Aber alte Gewohnheiten ließen sich nicht so leicht abstreifen. Marcus nahm Haltung an und schlug die Hacken zusammen, während er sich über die Hand der Präzentorin beugte. Unter weniger formellen Umständen hätte er sich gestattet, die Hand leicht mit den Lippen zu berühren, aber da sie der Ehrengast des Empfangs war, achtete er auf eine ganz korrekte Ausführung. »Il piacere é mio, Signorina Schofield«, erwiderte er. *Die Freude ist auf meiner Seite.*

Das Lächeln der Präzentorin war gelöst und voller Wärme. »Ich habe von ihren jüngsten Erfolgen gehört, Kommandant. Es erscheint mir durchaus passend, daß Ihre Angeli die Boten der wahren Unabhängigkeit New Homes werden.«

»Sie sind zu gütig.« Marcus verneigte sich noch einmal, diesmal etwas lockerer. *Und aalglatt.*

Der Rest des Dinners verlief weitgehend ähnlich. Präzentorin Schofield bezauberte alle, mit denen sie in Kontakt kam. Ihre Gegenüber entspannten sich augenblicklich, und nicht ein einziges Mal zitierte sie eine halbmythische Phrase des O-so-seligen Jerome Blake.

Marcus sah selbst Charlene Boske ihrem Zauber erliegen, als Schofield sich interessiert über Charlenes Herkunft aus den Vereinigten Sonnen äußerte. Auch Baron Shienzé war völlig in ihrem Bann und vergaß Essen und Trinken, als Schofield ihn mit ihrem Wissen über New Home und seine Geschichte als Teil der Terranischen Hegemonie umgarnte.

»Es stimmt«, stellte sie fest, legte die Gabel beiseite und ließ den Blick über die Gesichter der in ihrer Nähe Sitzenden wandern. »New Home war ein berühmtes Zentrum der Kultur und Eleganz. Die Künste waren hier in voller Blüte, und einige der größten Staatsmänner des Sternenbunds stammten von dieser Welt.«

»Ach, ja«, bestätigte Baron Shienzé mit deutlichem Stolz.

Marcus rief sich ins Gedächtnis, was er über die längst vergangene Terranische Hegemonie noch wußte. Es war eine grob kugelförmige Region von Sonnensystemen gewesen, die von Terra aus regiert wurden, gegründet von den McKennas und später von ihren Cousins, den Camerons, regiert. Es war Ian Cameron gewesen, der die Bündnisverträge schloß, aus denen in den 2600ern schließlich der Sternenbund entstanden war, der die Kolonialwelten der Menschheit unter einer einzigen Regierung vereinte. Dann, gegen Ende des achtundzwanzigsten Jahrhunderts, war der Sternenbund zerbrochen, und die fünf verbliebenen Häuser hatten die Systeme der Terranischen Hegemonie schließlich unter sich aufgeteilt. Er konnte sich an keine besondere Rolle New Homes erinnern, aber seine Erinnerungen aus vergangenen Schülertagen hielten natürlich keinem Vergleich mit dem allem Anschein nach akademischen Wissen der Präzentorin stand.

Sandra Schofield nickte dem Baron zu, und ihre ernste Miene verwandelte sich wie das langsame Fallen sterbenden Herbstlaubs in einen Ausdruck der Trauer.

»New Home war auch die erste Welt, die unter den Verwüstungen der Nachfolgekriege zu leiden hatte«, stellte sie langsam fest, als schmerze es sie, das von ihr aufgebaute Bild zu zerstören. »Die Nachfolgerfürsten sorgten dafür, weil es jeder von ihnen auf eine so wichtige symbolische Beute abgesehen hatte.«

Marcus fühlte ein warmes Glühen über sein Gesicht und den ganzen Kopf ziehen, und das dumpfe Dröhnen der Gespräche trat in den Hintergrund, als die Worte der Präzentorin durch seine Gedanken hallten. Warnglocken läuteten, auch wenn er nicht genau hätte sagen können warum. Er wußte nur, daß Präzentorin Schofield gefährlich war, trotz all ihres Charmes und ihrer Eleganz.

»Eine symbolische Beute?« fragte er und nippte an dem süßen Wein, den die Diener gerade eingeschenkt hatten. »Wie die Eroberung Terras von ComStar für Blakes Wort?« Marcus war sich sicher, daß niemand sonst bemerkte, wie sich Schofields Augen kurz verengten, aber natürlich würde auch niemand sonst gezielt danach Ausschau gehalten haben.

»Ich würde die beiden Vorfälle keineswegs vergleichen«, gab Schofield in ruhigem Ton zurück. »Terra ist die rechtmäßige Heimat von Blakes Wort, so wie New Home die rechtmäßige Heimat der Linie Shienzé ist. Wir legen es nicht darauf an, zusätzliches Territorium zu beanspruchen, sondern setzen nur unsere Politik fort, die Technologie vor den Verwüstungen des Krieges zu beschützen.« Sie zuckte die Schultern und drehte in einer Geste der Harmlosigkeit die Handflächen nach oben. Marcus hörte sie beinahe sagen: *Seht her, ich habe kein As im Ärmel.* »Sie werden mir sicher zustimmen, daß das eine gerechte Sache ist.«

Baron Shienzé stimmte ihr sofort zu, ebenso wie verschiedene Mitglieder der Angeli, die nahe genug saßen, um an der Unterhaltung teilzunehmen. Charlene warf

Marcus einen warnenden Blick zu, der ihm sagte, daß auch sie Mißtrauen geschöpft hatte.

Marcus zuckte nur die Achseln und nickte mit einem Lächeln, als habe er kein Interesse daran, die Worte der Präzentorin anzuzweifeln. Er nahm einen Bissen von seinem Dinner und gab vor, Würze und Aroma der Soße zu genießen. In Wahrheit hatte das Essen für ihn einen Großteil an Geschmack verloren. Er war sich nicht sicher, welches Spiel Blakes Wort spielte, aber seine eigenen warnenden Worten machten ihm zu schaffen. *Die Angeli können es sich nicht leisten, sich hier Feinde zu machen.* Er und seine Söldnerkompanie waren nach New Home gekommen, um eine Arbeit zu erledigen, waren für geleistete Dienste bezahlt worden, und jetzt näherte sich der Zeitpunkt, zu einem anderen Ziel Hunderte Lichtjahre entfernt aufzubrechen. Sie konnten es sich nicht leisten, in einen politischen Streit verwickelt zu werden, und schon bald würde New Home nur noch eine Erinnerung für sie sein. Er zwang einen weiteren Bissen hinunter und versuchte, sich selbst davon zu überzeugen. *Die Angeli mischen sich nur ein, wenn sie dafür bezahlt werden.* Das war ein Grundsatz, mit dem er leben konnte.

Bis zum Nachtisch.

»So, Baron Shienzé«, sagte Präzentorin Schofield. »Wie ich höre, leidet New Home auch unter Angriffen des Bryant-Regiments.«

Der Baron verzog das Gesicht, und seine Mandelaugen verschwanden fast zwischen den Hautfalten, als er über das Problem nachgrübelte. »Sie meinen die Bryant-Räuber. Ja, dieser Vicomte Dvensky hat Bryant praktisch an sich gerissen und scheint entschlossen, sein Reich durch Angriffe auf die Nachbarsysteme zu vergrößern. Unsere Probleme mit den New Home Regulars haben ihm reichlich Gelegenheit zu Überfällen gegeben, während wir anderweitig beschäftigt waren.«

Er sah mit einem freundlichen, fast verschwörerischen Lächeln zu Marcus herüber. »Aber es könnte sein, daß Dvensky in Zukunft weniger versessen darauf ist, uns anzugreifen. Die 13. Garde rechnet mit einer schnellen Bereinigung der Lage, seit wir die Regulars das Fürchten gelehrt haben.«

Marcus entging nicht, daß Baron Shienzé das Wörtchen *Lyranische* aus dem Einheitsnamen der 13. Lyranischen Garde gestrichen hatte, und er war sicher, daß auch die Präzentorin dies bemerkt hatte.

Präzentorin Schofield nippte an ihrem Wein. »Sie glauben also, das Bryant-Regiment wird nicht noch einmal angreifen?«

»Ich bezweifle, daß wir soviel Glück haben werden.« Der Baron breitete die Hände aus. »New Home ist Bryants nächster Nachbar. Wir sind nur wenige Lichtjahre entfernt. Dvensky wird uns ohne Zweifel auch weiter zu schaffen machen. Aber wenn wir die New Home Regulars erst ausgeschaltet haben, wird die Dreizehnte in der Lage sein, eine effektivere Verteidigung zu organisieren.«

Die Präzentorin schien Zweifel zu hegen. Die Andeutung eines Stirnrunzelns stand auf ihrer weißen Haut. »Ich habe gehört, daß die Bryant-Räuber selbst so entfernte Welten wie Capolla und Sheratan attackiert haben.«

Marcus rollte den süßen Wein auf der Zunge. Er bemerkte den fruchtigen Geschmack und das Bouquet, zog aber keinen Genuß daraus. *Was haben Sie vor, Präzentorin?* Auch ohne Sternenkarte wußte er, daß Capolla und Sheratan wenigstens dreißig Lichtjahre von Bryant entfernt waren. *Versuchen Sie, das Bryant-Regiment als Eroberer hinzustellen, indem sie ihre Überfälle ein paar Lichtjahre weiter erscheinen lassen als es tatsächlich der Fall ist?*

Shienzé nickte. »Und Procyon«, fügte er hinzu, und

nannte ein von New Home aus auf der Bryant entgegengesetzten Seite gelegenes System. »Als Ihr Präzentor Blane vorigen Monat auf New Home war, hat er erwähnt, daß Vicomte Dvensky sich geweigert hat, ihn überhaupt zu empfangen. Er und seine Leute sind ein rüder Haufen.«

»Von ihren Angriffen auf Procyon hatte ich noch nichts gehört.« Schofield klang leicht beunruhigt. »Jemand sollte diesem barbarischen Treiben wirklich ein Ende machen.«

Marcus stellte sein Glas absichtlich langsam ab. »Wenn eine unabhängige Welt eine andere angreift, nennen Sie es barbarisch, Präzentorin. Wenn Blakes Wort ComStar angreift, nennen Sie es Politik.«

Das Gespräch, das Charlene mit Demipräzentor Hughes begonnen hatte, brach ab, denn beide drehten sich hastig zu Präzentorin Schofield um.

Die lächelte nur. »Wortgewaltig von Ihnen, Kommandant. Ich beuge mich Ihrem Urteil.« Die Präzentorin hob ihr Glas ein wenig, wie um Marcus zuzuprosten, dann stoppte sie dramatisch. »Vielleicht ist das die Antwort, Baron Shienzé. Warum verpflichten Sie nicht diese fähigen Söldner, das Bryant-Regiment zu stoppen, so wie sie es mit den New Home Regulars getan haben?«

Der Baron schüttelte nachdrücklich den Kopf. »Söldner anzuheuern, damit sie mithelfen, auf meiner eigenen Welt den Frieden zu sichern, ist ganz etwas anderes, als sie für einen Angriff auf einen anderen Planeten zu verpflichten. Meine Nachbarn würden in New Home plötzlich einen möglichen Aggressor sehen, und ich ziehe soweit irgend möglich gute Nachbarschaft vor.«

»Darin liegt viel Weisheit, Baron«, nickte Schofield vielsagend. »Epsilon Indi hat weniger Überfälle zu erdulden, seit es einen Beistandspakt mit Epsilon Eridani geschlossen hat. Wie Sie gesagt haben, die friedliche Lösung.«

Der Baron riß die Augen auf. »Epsilon Indi hat seine Unabhängigkeit gewonnen? Ich hatte gehört, daß sie immer noch mit den Capellanern kämpfen.«

Sie nickte. »Ja, sicher, aber seit Herzog Abraham den Beistandspakt unterzeichnet hat, haben die Räuber ihre Angriffe auf die capellanischen Truppen konzentriert. Epsilon Eridani verfügt über eine beachtliche Handelsmacht, und selbst Vicomte Dvensky will sich nicht mit ihm anlegen.«

»Davon hatte ich noch nichts gehört«, stellte der Baron nachdenklich fest. »Soweit ich es verstanden habe, wollte Präzentor Blane nach seinem Abflug von hier Epsilon Eridani besuchen, um einen formellen Nichtangriffspakt vorzuschlagen und die Handelsbeziehungen zu vertiefen. Wenn wir uns auf New Home jetzt dem Ende der Schwierigkeiten mit den Regulars nähern, sollten wir uns vielleicht über ähnliche Arrangements Gedanken machen.«

Die Präzentorin zog eine einzelne dünne Augenbraue in die Höhe. »Wirklich? Ich werde mehrere Tage hier auf New Home bleiben, Baron, bevor ich nach Carver V aufbreche, um zu Präzentor Blane zu stoßen und ihn zu den Epsilon-Welten zu begleiten. Es wäre mir eine Ehre, ihm eine Nachricht von Ihnen zu überbringen.«

Marcus grinste breit. »Wie sich das trifft, eh, Herr Baron?« Er hielt den Tonfall locker, aber Charlenes Stirnrunzeln erinnerte ihn an seine eigene Warnung vor diesem Essen.

Die Präzentorin drehte seinen Einwand jedoch zu ihrem Vorteil, indem sie schnell zustimmte. »Das trifft sich sogar ausgezeichnet.« Sie schenkte Baron Shienzé ein warmes Lächeln. »Präzentor Blane hat den Pakt zwischen den Epsilon-Systemen vermittelt. Die Regierung Epsilon Eridanis würde Ihre Initiative ohne Zweifel mit größerer Ernsthaftigkeit behandeln, sollte er sie unterstützen.«

Marcus versuchte sich einzureden, daß er überreagierte, daß Präzentorin Schofield nur ein einfaches, ehrliches Hilfsangebot machte. *Lasse ich mich von meiner Abneigung für Blakes Wort beeinflussen?* Schofield hatte sich nur von ihrer besten Seite gezeigt, aber möglicherweise war genau dies das Problem. Sie war so aalglatt, beinahe zu vollkommen, wie sie sich bei Baron Shienzé einschleimte.

Marcus lehnte sich vor, um ihre ganze Aufmerksamkeit zu erregen. »Warum verschwendet Präzentor Blane soviel Zeit außerhalb des Solsystems? Man sollte meinen, er würde dort nötiger gebraucht denn je.«

Sandra Schofield drehte wieder die Handflächen nach oben und zuckte mit den Schultern. »Blakes Wort verleugnet seine Wurzeln nicht, Kommandant. Früher waren wir ComStar, und das macht uns zu einer logischen Wahl als Vermittler. Mittelsmänner sollten neutrale Parteien ohne persönliche Ambitionen sein.«

Marcus lächelte dünn, und ein trockenes Kichern drang trotz Charlenes verärgertem Blick aus seiner Kehle. »Wir alle haben unsere Ambitionen, Präzentorin. Nur die Methoden unterscheiden sich.«

4

Festung Shienzé, Bastille
New Home, Chaos-Marken

20. März 3058

New Homes Monde standen an entgegengesetzten Enden des samtschwarzen Himmels, zwei lächelnde Sicheln, die einen privaten Witz zu teilen schienen, während sie den Angeli beim Abschluß der Ladearbeiten an der *Heaven Sent* zusahen. Auf Marcus wirkte ihr Lächeln plötzlich wie ein sardonisches Grinsen, als lache das Universum ihn aus.

Aber die Ankunft Baron Shienzés an der Spitze eines kleinen militärischen Gefolges unterbrach seine trübsinnigen Gedanken. Mit einem beiläufigen Winken hieß der Baron die Soldaten in respektvollem Abstand anhalten und legte den Rest des Wegs zu Marcus allein zurück. Er streckte den Arm aus und schüttelte Marcus mit festem Druck die Hand. »Sie haben New Home einen großen Dienst erwiesen, Kommandant Gio-Avanti. Das werde ich nicht vergessen.«

Marcus nickte, aber die Art, wie Präzentorin Schofield Shienzé auf dem Empfang um den Finger gewickelt hatte, machte ihm immer noch zu schaffen. Marcus hatte es erst geschafft, seine Kommentare für sich zu behalten, nachdem Charlene ihm unter dem Tisch ans Schienbein trat. »Sie haben eine hübsche Welt, Herr Baron. Ich hoffe, Sie können sie behalten.«

Shienzé nickte. »Trotz der Bryant-Räuber oder Blakes Wort«, bestätigte er mit überraschend guter Laune. Als Marcus ihn nur entgeistert anstarrte, ließ der Baron ein lautes, volles Lachen erklingen. »Lassen Sie sich nicht durch das graue Haar täuschen, Commandante«, erklärte er, und stolperte über die italienische Rangbezeichnung. »Ich bin durchaus in der Lage, eine unterschwellige Absicht zu erkennen.«

»Vertrauen Sie keinem von ihnen, Herr Baron«, meinte Marcus ruhig und legte seinem Gegenüber die Hand auf die Schulter. »Halten Sie New Home fest im Griff und schicken Sie den Rest zum Teufel.«

»Ein hübscher Gedanke, aber nicht praktikabel.« Der Baron sah zum Himmel hinauf, und Marcus fragte sich, ob er auch das hämische Grinsen der beiden Monde spürte, das ihn an die Grinsekatze aus ›Alice im Wunderland‹ erinnerte. »Jeder einzelne Stern da oben ist eine Erinnerung, daß es immer andere geben wird, die uns nehmen wollen, was wir besitzen«, murmelte er. »Die Chaos-Marken tragen ihren Namen zu recht, aber so wird es nicht immer bleiben. Die Nachfolgerhäuser haben uns nicht vergessen. Und die Clans sind auch noch da draußen.«

Marcus schauderte, und seine Augen zuckten instinktiv zum Himmel, als könnte die bloße Erwähnung der Clans sie herbeirufen.

»Außerdem«, stellte der Baron im Rückgriff auf eine vorherige Bemerkung fest, »ziehe ich gute Nachbarschaft vor.«

Marcus bemerkte Charlene am Kopf der Rampe, die darauf wartete, das Landungsschiff zu schließen. Er reichte dem Baron erneut die Hand. »Wenn Sie uns irgendwann wieder brauchen, wissen Sie, wo Sie uns finden können.« *In der Peripherie,* dachte er mit Schaudern. Es war kein Ort, an dem Söldner gerne arbeiteten, aber die Zeiten waren hart, und er mußte eine Einheit unterhalten.

»Auf Outreach«, erwiderte Baron Shienzé freundschaftlich und umfaßte Marcus' Hand mit seinen beiden eigenen. »Ich gehe davon aus, daß ich Ihre Angeli jederzeit über die Werbehalle auf Outreach erreichen kann.«

Marcus salutierte, dann drehte er sich um und stieg die Rampe empor, dankbar für diesen Vertrauensbeweis. Der Baron hatte ein instinktives Geschick, mit Menschen umzugehen. Er verließ sich weder auf billige Schmeicheleien, noch wurde er gönnerhaft, wenn er mit Personen niedrigerer Stellung sprach, sondern er versuchte ehrlich, denen zu helfen, die ihm halfen. *Und darum können Sie sicher sein, daß man Ihnen folgen wird, Baron.*

Vom Kopf der Rampe sah Marcus zurück auf Shienzé, der mit seinem Gefolge zu den Toren seiner Festung zurückkehrte. In der Ferne konnte er die BattleMechs sehen, die Präzentorin Schofield und ihren Adjutanten gebracht hatten. Die riesigen Maschinen warteten stumm vor den Toren, bewacht von je einem Trupp Soldaten. Es war ein ominöser Anblick, fand Marcus, beinahe, als bewachten die Blakisten-Mechs ihre eigene Festung, nicht die ihres Gastgebers.

Es war das letzte, was er sah, bevor er im Innern des Landungsschiffs verschwand, und Marcus zwang sich, die Probleme New Homes dem Baron und seinen Untertanen zu überlassen. Seine Engel hatten ihre eigenen Sorgen.

5

Landungsschiff *Stecknadelkopf*,
an der Nadirsprungpunkt-Ladestation
New-Home-System, Chaos-Marken

27. März 3058

Marcus fluchte wütend, als das Myomerbündel sich in seiner Hand verdrehte, und dann noch einmal in Richtung Yuri Petrowkos, der laut lachte.

Die *Heaven Sent* hatte vor drei Stunden das canopische Sprungschiff *Bacchus* erreicht und am Dockkragen unmittelbar neben der *Stecknadelkopf* festgemacht. Aber bevor Marcus die canopische Repräsentantin treffen konnte, hatte er noch einige Stunden totschlagen müssen, da die *Heaven Sent* auf New-Home-Ortszeit betrieben worden war, während der Rest des Sprung-Landungsschiff-Gespanns auf Ortszeit Canopus IV lief. Dadurch waren die Söldner um vier Uhr morgens auf dem Schiff eingetroffen. Also hatte er seinen ChefTech geschnappt, und ihn mit zum Mechhangar Nummer 2 des *Festung*sklasse-Landungsschiff geschleppt, um an seinem persönlichen Mechprojekt zu arbeiten.

Der BattleMech, der ihre Aufmerksamkeit beanspruchte, war ein *Cäsar*, eine Maschine, die Marcus schon seit einem halben Jahr wiederherzurichten versuchte, schon seit dem unglückseligen Arboris-Kontrakt. Die nach hinten abknickenden Beine mit den an Vogelkrallen erinnernden Füßen machten die Verwandtschaft des *Cäsar* mit dem *Marodeur* offensichtlich. Die Konstruktion des Torsos mit dem keilförmigen, vorragenden Cockpit und einer einzelnen, schweren Torsowaffe verkündete die Verwandtschaft dieses Mechs mit dem capellanischen *Cataphract*. Aber der *Cäsar* besaß eine Ausstrahlung wie keine andere Maschine, eine ruhige, aber tödliche Haltung, die in seiner schlanken Silhouette zum Ausdruck kam.

Momentan wirkte die 70 Tonnen schwere Kampfmaschine aber vor allem verwüstet. Der rechte Arm war abgetrennt, und vom Kopf bis zu den Füßen war die Panzerung entfernt, um auch die unzugänglichsten Stellen der Konstruktion erreichbar zu machen.

Der riesige Hangar war bis auf den *Cäsar* und zahlreiche Mechersatzteile leer. Die beiden einzigen anderen Personen waren zwei AsTechs in der angrenzenden Staunische, die einen Mecharm aus dem Inventar für Fabers beschädigten *Marodeur* umzubauen versuchten. Marcus nahm ihre Anwesenheit kaum wahr. Nur das gelegentliche Zischen eines Schneidbrenners oder das Aufblitzen eines Schweißgeräts drang in sein Bewußtsein vor.

Petrowko war Ablenkung genug.

Das Myomerbündel, mit dem Marcus kämpfte, hing vom Hüftgelenk des Mechs herab. Es war ein langes, stumpfgraues Seil, das seinen Weg durch ein Labyrinth interner Stützstreben und anderer, kleinerer Bündel suchte. In Abständen von etwa einem Meter band ein dünner Metallring die Fasern eng zusammen und verhinderte, daß Marcus bei dem Versuch, das Bündel an seinen Platz zu zwingen, die Webstruktur zerstörte. Auf Petrowkos Rat hatte er außerdem Haltedrähte an jedem Ring befestigt, um die Belastung des Aktivators zu verringern, bis das Myomerbündel fertig installiert war.

»Das Gyro des *Jenner* haben wir repariert«, teilte der ChefTech Marcus mit. Der Kampfkoloß, auf den er sich bezog, war vor dem letzten Überfall auf New Home ausgefallen. Marcus hatte sich inzwischen in eine kleine Höhle gezwängt, die zwischen einem Beinpanzerblech und einigen der kleineren Myomerbündel entstanden war, und versuchte, den künstlichen Muskel des *Cäsar* in die letzte Führung zu zwängen. Petrowko beugte sich nach unten und sprach in das Gewirr aus Metall, Fasersträngen und Söldner. »Er laufen perfekt spä'tens in einer Woche.«

Marcus zuckte zusammen, als Petrowkos laute Stimme mit ihrem harten Akzent durch die enge Wartungshöhle hallte. Er verschätzte sich in der Entfernung zwischen dem Faserbündel und der Leitgabel und knallte mit den Fingern gegen die Strebe. Die dicken Handschuhe verhinderten Hautabschürfungen, aber seine Finger waren von dem Schlag taub, und er hatte vorerst keine Chance, einen erneuten Versuch zu unternehmen. Also glitt er ins Freie zurück, hielt sich mit einer Hand am Rand der Panzerplatte fest, um in der Schwerelosigkeit nicht abzutreiben, und sah zu Petrowko hoch.

Yuri Petrowko war ein älterer, robust wirkender Bursche von Valil'yevskiy, einem in der Frühzeit der terranischen Expansion ins All von einem großen russischen Siedlerkontingent kolonisierten Planeten in der Liga Freier Welten. Das rotbraune Haar und der Bart derselben Farbe waren graumeliert, und er trug beides kurzgeschoren. Sein Akzent schien mit den Jahren immer stärker zu werden, statt nachzulassen.

»Wie sieht's mit dem *JägerMech* aus?« fragte Marcus und bewegte die Finger, um das Gefühl wiederzugewinnen.

Der ältere Mann zuckte die Schultern. »Ich denke, ich bringe auch zurück von Grab«, meinte er. Dann verzog er das Gesicht. »Ich nicht sicher, was machen wegen rechter Arm. Du ihn ruiniert, und war kein Ersatz in Lagerhalle.«

»Gibt es eine Chance, den eines anderen Mechs umzubauen?«

»Ich denke nicht«, Petrowko fuhr sich mit einer Hand übers Gesicht. »Aber vielleicht ich baue neu.«

Ein elektrischer Funke hinterließ ein blauschwarzes Geisterbild in Marcus Gesichtsfeld. Er blinzelte es weg, während ihm über dem gewohnten Duft von Schmiermitteln der beißende Geruch heißen Metalls in die Nase stieg. »Ich versuche es besser nochmal«, entschied er und zog sich wieder in die enge Lücke zurück. »Man sollte meinen, es gäbe ein Werkzeug, um so etwas einfacher zu machen.«

»Es gibt«, erklärte Petrowko grinsend.

Vor der Öffnung in der Luft hängend sah Marcus zurück. »Wieso benutze ich es dann nicht?«

Petrowkos Grinsen wurde breiter. »Weil du könntest Fasern beschädigen, wenn ich nicht helfe, und du wolltest Arbeit allein machen.«

Marcus formte eine Pistole mit den Fingern und gab vor, sich einen Kopfschuß zu geben. Dann schwebte er zurück in den Mech. Diesmal gelang es ihm beim ersten Versuch, den künstlichen Muskel in die Führung zu zwingen, und er machte sich daran, das freie Ende mit einer der Knöchelstützen zu verbinden. Das dauerte fast eine Stunde, während der Petrowkos Kommentar nur durch gelegentliches Atemholen und die erste Warnung vor dem bevorstehenden Hyperraumsprung unterbrochen wurde. Als das Myomerbündel endlich installiert war, entfernte Marcus die beiden untersten Haltedrähte und die Metallringe.

Ihm war nicht aufgefallen, daß Petrowko plötzlich verstummt war, weil er den Tech – abgesehen von gelegentlichen Fragen – ausgeblendet hatte, bis er eine gedämpfte weibliche Stimme fragen hörte: »Kommandant GioAvanti?«

Ein leichter Tritt gegen seine Füße und ein »He, Marc« holten ihn schnell aus dem Innern des *Cäsar*.

Marcus hakte einen Arm in eine Strebe und zog die schweren Handschuhe aus. Seine Besucherin war fast ebenso groß wie er. Sie trug eine türkisfarbene Jacke und

Hose mit schwarzen Handschuhen und ledernen Kniestiefeln. An den Manschetten und entlang der Hosenbeine liefen silberne Litzen. Ihr dunkles, gewelltes Haar war nach hinten zu einem langen Pferdeschwanz zusammengebunden, der ihr unter normaler Schwerkraft bis zur Hüfte herabhängen mußte. Stachelbänder um das linke Hand- und Fußgelenk verliehen der Ausgehuniform der Magistrats-Streitkräfte etwas durchaus Bedrohliches, aber die gelöste Art ihrer Haltung hätte bereits genügt, Marcus klarzumachen, daß sie ihren Rang nicht nur politischen Überlegungen verdankte. »Commander Ryan?« fragte er.

Sie nickte. »Jericho Ryan, 1. Canopische Füsiliere. Ich bin Ihre Verbindungsoffizierin zum Magistrat.«

Torgenssons Nachricht hatte Marcus darüber in Kenntnis gesetzt, daß eine Verbindungsoffizierin zu ihnen stoßen würde, aber er hatte keine MechKriegerin erwartet. Und sie wahrscheinlich keinen Mechaniker. Er blickte an seinem zerknitterten Overall hinunter, der reichlich Flecken von der roten Schmiere trug, in der Myomerbündel verpackt waren. »Ich hoffe, Sie verzeihen meinen Aufzug, Commander.«

»Sieht aus, als wären Sie fleißig gewesen«, erwiderte sie und sah an dem *Cäsar* entlang. »Und bitte, nennen Sie mich Jericho. Wir werden eine ganze Weile miteinander zu tun haben.«

»Nur, wenn Sie mich Marcus nennen. Oder Marc. Das ist mein ChefTech, Yuri Petrowko.« Er nickte in Yuris Richtung. »Er paßt auf, daß ich keinen Fehler mache.«

Petrowko lächelte. »Scheint, wir werden jetzt nicht mehr viel machen. Verzeihung, bitte, ich zurück zu *Heaven Sent* gehen.« Er schwebte davon und nahm die beiden AsTechs mit einem Grunzen mit, als er an ihrem Arbeitsplatz vorbeikam.

»Ich bin extra früh aufgestanden, aber Ihre Stellvertreterin auf der *Heaven Sent* sagte mir, daß Sie die ganze Nacht hier waren.«

Marcus grinste. »Wir sind noch an New-Home-Zeit gewöhnt. Für uns ist jetzt Spätnachmittag.«

»Daran hatte ich gar nicht gedacht«, gab Jericho zu. Marcus stieß sich zu einer Gerüststelle ab, die ihm besseren Zugang zum Knie des *Cäsar* bot, und entfernte eine Reihe der temporären Haltedrähte. Jericho sah sich seine Arbeit an. »Moment mal«, warnte sie. »Das Bündel hat eine Vierteldrehung.« Nach einer kleinen Pause berichtigte sie sich. »Aber dadurch hätten Sie die Endkupplung umbauen müssen, sonst hätte es nicht gepaßt, also wissen Sie davon. Aber warum?«

»Der *Cäsar* hat häufig so etwas wie O-Beine«, erklärte Marcus durch zusammengebissene Zähne, während er mit dem Haltering kämpfte. »Yuri hat mir gezeigt, wie man die Drehung anbringt, damit das Myomerbündel, wenn es sich verkürzt …«

»Die Beine nach innen zieht und das Problem beseitigt«, beendete Jericho den Satz für ihn. »Sauber.« Ein weiterer Blick den Mech entlang. »Das sind auch keine Standardwaffen«, stellte sie fest und fischte ohne jede Verlegenheit nach Informationen.

»Clantechnologie«, gab Marcus zu. »Sowohl das Gaussgeschütz im rechten Torso wie die PPK im rechten Arm. Dadurch habe ich vier Tonnen mehr Spielraum. Wenn ich mit ihm fertig bin, wird dieser Mech eine Tonne zusätzliche Munition haben, einen zusätzlichen Doppelten Wärmetauscher, und statt vier mittelschweren Impulslasern fünf. Und die drei nach vorne feuernden sind ebenfalls Clanwaffen, wegen der höheren Reichweite.«

»Haben Sie viele dieser Clanwaffen?«

»Nicht so viele, wie Sie jetzt vielleicht glauben. Ingesamt ein Gaussgeschütz, vier PPKs, zwei schwere Laser und vielleicht acht mittelschwere. Der *Cäsar* erhält so viele davon, weil es verteufelt lange dauert, sie an Konstruktionen der Freien Inneren Sphäre anzupassen. Der *Cäsar* ist unser einziger Mech mit genügend Ausfallzeit für die nötigen Experimente.«

Sie nickte. »Ich kann mich an keinen *Cäsar* auf der Aufstellungsliste erinnern, die Victor Torgensson mit mir durchgegangen ist.«

»Glaube ich gern. Dieser Mech ist nicht einsatzbereit.« Marcus hangelte sich ein Stück zurück und sah an der riesigen Maschine empor. »Ihr fehlt ein General Motors 280 Extraleicht-Reaktor. Wir haben bis jetzt noch keinen gefunden.«

In Jerichos Stimme lag leichte Verwunderung. »Torgensson hat die Schwierigkeiten erwähnt, die Sie auf Arboris hatten. Wenn die Angeli solche Finanzschwierigkeiten haben, warum verkaufen Sie ihn nicht? Selbst dreiviertelkomplett muß dieser Mech ein hübsches Sümmchen wert sein.«

Marcus drehte sich um und musterte sie kalt. »Weil ich seit diesem Fiasko zwei Krieger ohne Mech habe, Commander. Und Gli Angeli kümmern sich zuallererst um ihre Entrechteten.«

»Ich verstehe«, nickte die Canopierin. Ihr Schaudern bei dem Wort *Entrechtete* machte Marcus klar, daß sie es ernst meinte. Für einen MechKrieger war der Gedanke, keinen BattleMech mehr zu haben, furchtbarer als die Vorstellung, im Kampf zu fallen. »Für eine kleine Kompanie wäre schon der Verlust einer einzigen Maschine schrecklich.«

»Das ist es nur teilweise«, erklärte er mit etwas freundlicherer Stimme. »Sie müßten unsere Einheitsgeschichte gesehen haben.« Auf ihr Nicken hin sprach er weiter. »Die Angeli nehmen häufig Verwaiste der Schlachten auf, in denen wir gekämpft haben. Wenn ein Krieger neu zu uns stößt, ist er häufig entrechtet, oder sein Kampfkoloß ist so zerschossen, daß er kaum mehr als Schrottwert hat. Irgendwann in unserem Leben waren wir alle schon einmal in dieser Lage, deshalb versuchen wir, ihnen so schnell wie möglich zu helfen.« Er wandte sich wieder seiner Arbeit zu. »Gli Angeli kümmern sich um ihre Leute.«

Er zog an dem Faserbündel und versuchte, einen ungünstig plazierten Haltedraht zu fassen, aber Reste der Packschmiere ließen seine Hände abrutschen. Er hoffte, nicht so scharf reagiert zu haben, daß er die Mission gleich dazu angeregt hatte, die Repräsentantin ihres Arbeitgebers gegen sich einzunehmen. Wahrscheinlich hielt sie ihn jetzt entweder für aufgeblasen oder einfach nur für rüde.

Ein leises Scharren, als sich ein Fuß hinter ihm in das Gerüst hakte, war die einzige Vorwarnung, die Marcus erhielt, bevor ein zweites Paar Hände in das Bein des *Cäsar* griff. Es war Jericho Ryan, die das Myomerbündel mit den schweren Arbeitshandschuhen faßte, die Marcus zuvor ausgezogen hatte. Sie drehte das Faserbündel gekonnt herum und brachte den Draht in Griffweite. »Manchmal«, stieß sie durch zusammengebissene Zähne hervor, »lohnt es sich, um Hilfe zu bitten.«

Marcus entfernte den Draht und stieß sich ab, während sie das Myomerbündel freigab. »Danke. Und es tut mir leid, wenn ich den Eindruck erweckt habe, Sie belehren zu wollen.«

»Sie brauchen sich nicht zu entschuldigen.« Jericho zog die Handschuhe aus und reichte sie zurück. »Ich verstehe schon. Sie müssen sich um Ihre Leute kümmern, weil niemand sonst es tut. Und das schließt meine Regierung ein.«

Er nickte. »Darauf läuft es hinaus«, bestätigte er zögernd.

»Niemand heuert Söldner an und erwartet von ihnen eine Loyalität, die über die Kontraktbedingungen hinausgeht.« Sie sah ihn mit ruhigen blauen Augen an.

»Besonders dann nicht, wenn sie für eine Aufgabe verpflichtet werden, die für reguläre Truppen zu riskant ist, und dafür wahrscheinlich auch noch unterbezahlt werden.«

Marcus konnte sich ein feines Lächeln nicht verkneifen. »Es würde mich sehr wundern, wenn eine so ehrliche Haltung Ihnen auf Canopus IV Freunde in Ihrer Regierung eintragen würde.«

Jericho zuckte die Achseln und grinste zurück. »Vielleicht hat man mich ja deswegen weggeschickt, Kommandant.«

Als er das hörte, mußte Marcus lachen, und plötzlich erschien ihm der Flug in die Peripherie gar nicht mehr so weit. Er sah hinauf zur leeren Schulterpfanne des *Cäsar*. »Wie gut kennen Sie sich mit Schulteraktivatoren aus?«

6

**Blakes-Wort-HPG-Station, Ausapolis
Campoleone, Randwelten-Kommunalität,
Liga Freier Welten**

29. März 3058

Mit einem Nicken entließ Präzentorin Demona Aziz den weißgekleideten Adepten, der sie vom Raumhafen direkt zu diesem privaten Konferenzraum in der Hyperpulsgeneratorstation gebracht hatte. Der für acht Personen ausgelegte Konferenztisch war aus wunderschönem schwarzen Ginjaholz gearbeitet, einem der wenigen Exportartikel Campoleones. Die Beleuchtung war auf drei Viertel der normalen Stärke herabgedämpft und erfüllte den Raum mit einem sanften Leuchten. Der die Rückwand beherrschende holographische Projektionsschirm zeigte ein abwärts gerichtetes Breitschwert, dessen Griff mit dem alten ComStar-Stern verziert war, um den sich nun sechs konzentrische Kreise gruppierten. Das Logo von Blakes Wort schien im gedämpften Licht des Zimmers verführerisch zu glühen.

Demipräzentor St. Jamais wartete bereits, die Hände in die weiten Ärmel seiner Robe gesteckt. Er neigte höflich das Haupt. »Der Friede Blakes sei mit dir, Präzentorin«, begrüßte er sie ehrfürchtig. »Es ist schön, dich wiederzusehen.«

Sie erwiderte die Begrüßung mit ernster Stimme und zog wie immer neue Kraft aus der Erinnerung daran, daß es Jerome Blakes heilige Vision der Zukunft war, die ihren Weg bestimmte. Demona trat zu dem Stuhl links neben dem Kopf der Tafel. »Machen wir es uns bequem«, schlug sie vor und setzte sich. Sie klappte die Kapuze nach hinten und ließ das schwarze Haar über ihren Rücken fallen. Dann beugte sie sich vor, so daß ihre Ellbogen leicht auf dem Tisch ruhten und sie in einer Haltung frommer Würde die Hände falten konnte.

St. Jamais ging zu dem ihrem Platz gegenüberliegenden Stuhl und setzte sich mit der langsamen Eleganz, die Demona in einer formelleren Umgebung erwartet hätte. Er betrachtete sie aus unergründlichen braunen Augen und mit einem kaum merklichen Lächeln.

Das hast du so leicht getan, dachte sie, *ohne auch nur einen Blick auf den Stuhl am Kopf der Tafel. Hast du tatsächlich soviel Respekt vor meiner Position, wie es scheint, St. Jamais, oder ist auch das nur ein Teil deiner sorgsam kalkulierten Maske?* Demona kniff die Augen zusammen, und ihr Blick wurde hart, als wollte sie in die Tiefen seiner Seele blicken. *Wie loyal bist du wirklich?*

»Ich verlagere die Führung unserer Operationen von Gibson auf diesen Planeten«, stellte sie ohne weitere Vorrede fest, wobei sie mit ›unsere‹ die gesamte Toyama meinte. »Präzentor Blane würde es vorziehen, mich auf der Magistratszentralwelt Canopus IV zu sehen, wo ich meine ganze Aufmerksamkeit der Herbeiführung einer Allianz mit den Tauriern widme. Aber ich konnte ihm diese Idee ausreden, indem ich versprach, ganz in der Nähe hier auf Campoleone zu bleiben, so daß ich jederzeit verfügbar bin, wenn unser Repräsentant im Magistrat ein persönliches Eingreifen für nötig hält.«

Während Gibsons zentrale Lage in der Liga Freier Welten eine bessere Koordination der verschiedenen Toyama-Aktivitäten erlaubte, war er zu weit von deren – zumindest in Blanes Augen – zentralem Projekt entfernt. Aber Demona hatte nicht vor, sich dieser Operation jemals weiter als bis hierher – auf Campoleone an der Grenze der Liga zur Peripherie – zu nähern. *Halte dir immer einen Fluchtweg frei.* Solange sie in der

Inneren Sphäre blieb und sich auf St. Jamais und seine Bewegung des 6. Juni verließ, konnte ihr niemand die Schuld geben, wenn die Operation doch irgendwie fehlschlug. In diesem Fall würden sämtliche Vorwürfe auf St. Jamais fallen.

»Demipräzentorin Nicholas ist eine meiner besten Agentinnen«, erklärte St. Jamais, dessen Miene sich verdunkelte. »Sie ist durchaus in der Lage, die unwichtigeren Belange eines Peripherie-Fürstentums zu regeln, und steht bereit, um Magestrix Centrella zu *entfernen ...«* – er betonte das Wort, um keinen Zweifel an seiner Bedeutung aufkommen zu lassen –, »... wann immer wir es wünschen.«

Und du befürchtest, ich könnte deine Macht hier draußen usurpieren, fügte Demona in Gedanken hinzu. Sie brauchte St. Jamais und seinen 6. Juni, aber der Gedanke, seine Loyalität mit Zugeständnissen erkaufen zu müssen, widerte sie an. *Aber ich habe ihm die Führungsrolle versprochen, und meine Ankunft hier auf Campoleone bringt dieses Arrangement in Gefahr ...*

Sie senkte den Blick und sah ihr Spiegelbild in der auf Hochglanz polierten Tischplatte. Es war eine düstere Karikatur, in der ihre Augen sich in böse, schwarze Murmeln verwandelten und ihr ganzes Gesicht von einem entstellenden Schatten überzogen war. Aber als sie ihren Blick einen Augenblick darauf gerichtet hielt, bemerkte sie auch die feine Maserung des Holzes, die von einer starken natürlichen Ordnung unter den Illusionen der Reflektion kündete. Das erinnerte Demona an die Worte des Seligen Blake, daß diejenigen die Führung des Weges übernehmen mußten, die »... über die Vision verfügen, die es ihnen ermöglicht, die Illusion zu durchschauen, und über die Tiefe der Überzeugung, unseren gewählten Weg zu Ende zu gehen.«

Ich bin ein solcher Mensch, dachte sie und fand darin

ihre Ruhe wieder. *Es ist mein Schicksal, bei der Verwirklichung der göttlichen Prophezeiung Jerome Blakes mitzuhelfen. St. Jamais wird das einsehen, oder er ist nicht der Helfer, den ich für die kommenden Zeiten benötige.* Sie legte die Hände flach auf die kühle Tischoberfläche, hob den Kopf und richtete sich gerade auf. Die Tiefe ihrer Überzeugung wärmte sie, und sie begegnete seinem besorgten Ausdruck mit einer Miene gelassener Stärke.

»Manchmal bestimmen die Umstände unseren Kurs, Cameron«, erklärte sie mit leiser, sanfter, fast verführerischer Stimme. »Ich *werde* auf Campoleone bleiben, Blakes Wille geschehe. Von hier aus kann ich die Anstrengungen der Toyama in der Liga Freier Welten und der Konföderation Capella lenken und gleichzeitig die Lage in der Peripherie im Auge behalten.«

Demona wartete auf seine Reaktion, ohne auch nur für einen Moment den Blickkontakt zu unterbrechen. Ein kurzes Anspannen seiner Muskeln ließ sie für einen Sekundenbruchteil tatsächlich befürchten, er wolle eine Waffe auf sie richten, trotz ihrer gemeinsamen Überzeugungen und der intimen Beziehung, die sie auf Gibson aufgebaut hatten. Aber dann wurde der Blick seiner braunen Augen sanft. Er sah zur Seite und nickte. »Du hast natürlich recht, Demona. Es ist nicht deine Schuld, daß Präzentor Blane sich eingemischt hat.«

Jetzt, nachdem er ihre Vorrangstellung wieder anerkannt hatte, wurde es Zeit, sein Vertrauen in ihr Bündnis zu stärken. »Lasse dich nicht entmutigen, Cameron. Deine Zeit wird kommen.« Er hob den Kopf, und in seinen Augen glühte fanatischer Eifer. »Warum berichtest du mir nicht von *deiner* Peripherieaktion?« forderte sie ihn auf.

St. Jamais lehnte sich zurück, steckte die Hände wieder in die Ärmel seiner Robe und lächelte. »Die Lieferung von Waffen und sonstigem militärischem Nachschub in die Marianische Hegemonie geht reibungslos voran. Ich habe die Nebenroute, die Demipräzentorin Adams über Romita aufgebaut hatte, wieder ausgesetzt. Jetzt gehen alle Lieferungen über Campoleone nach Astrokazy.«

Demona nickte. Astrokazy war eine barbarische Wüstenwelt knapp außerhalb des Marik-Raums. Das nur zwei Sprünge von Campoleone entfernte System lag genau zwischen dem Magistrat Canopus und der Marianischen Hegemonie. Fremdenfeindlich, barbarisch und korrupt war Astrokazy ein Lehrbuchbeispiel für die Ängste, die der Begriff Peripherie in der Inneren Sphäre auslöste. Der Planet war eine ausgezeichnete Verteilerstation für die geheimen Waffenströme in die Hegemonie. Er diente als Potemkinsches Dorf und verbarg jede Verbindung zwischen der Hegemonie und den Aktivitäten von Blakes Wort auf Campoleone. *So wie Cameron und seine Gruppe des 6. Juni mich und den Rest der Toyama vor Entdeckung schützen, sollte es fehlschlagen.*

»Cäsar Sean O'Reilly ist hocherfreut über die Zunahme der Lieferungen«, fuhr St. Jamais fort, »und hat tatsächlich seine Börse weit genug geöffnet, um uns seine Dankbarkeit durch eine Germaniumlieferung zusätzlich zur üblichen Bezahlung zu beweisen.«

Demona zog eine Augenbraue hoch. Ein leichtes Zucken um einen Mundwinkel machte für einen Augenblick ihre Freude über diese Nachricht sichtbar. Germanium war für die Herstellung von Kearny-Fuchida-Triebwerken unentbehrlich – jene komplexen Antriebsaggregate, die es Sprungschiffen gestattete, in Nullzeitsprüngen interstellare Entfernungen zu überbrücken. Alle Mächte der Inneren Sphäre – und darüber hinaus, fügte sie mit Gedanken an die Clans hinzu – benötigten dieses seltene Element. Und durch einen kosmischen Glücksfall war Alphard in der Marianischen Hegemonie mit reichen Vorkommen gesegnet.

Wenn Blakes Wort die Verteilung dieses Vorrats kontrollieren könnte ... »Und unsere Andeutungen bezüglich des Aufbaus einer Produktionsanlage auf Alphard?«

»Nun, natürlich hätte O'Reilly gerne die Fähigkeit, die neueren Technologien selbst herzustellen«, antwortete St. Jamais mit einem seltenen Zögern in der Stimme. »Aber er hat nicht die Absicht, Blakes Wort das exklusive Kaufrecht für sein Germanium einzuräumen.«

Demona runzelte die Stirn und überlegte, wie sie mit Cäsar Sean O'Reilly fertigwerden könnte. Dann wischte sie den Gedanken mit einer Handbewegung beiseite. »Egal. Noch. O'Reilly wird die Weisheit einer Annahme unseres Angebots noch einsehen, besonders, wenn seine wachsenden Streitkräfte plötzlich zu einer Bedrohung für naheliegende Bezirke der Liga Freier Welten werden und Thomas Marik mißtrauischer wird. Kümmere dich erst einmal darum, O'Reillys Hunger nach neuem Territorium zu zügeln. Das Magistrat soll sich bedrängt und verwundbar genug fühlen, um mehr Gewicht auf den Vertrag von Taurus zu legen. Aber falls die Marianische Hegemonie tatsächlich die ersten Systeme erobern sollte, könnten die Canopier eventuell auch ohne taurische Hilfe zurückschlagen. Und das würde ihre Unabhängigkeit stärken, statt sie in ein Bündnis zu treiben.«

St. Jamais grinste. »Keine Sorge. Cäsar O'Reilly ist die perfekte Marionette. Er weiß, daß er durch den Zugriff auf höhere Technologie mehr gewinnt als ihm die Eroberung jeder canopischen Grenzwelt bringen könnte. Außerdem könnte er die stärkere Armee, bei deren Aufbau wir ihm helfen, ja später immer noch für Eroberungen nutzen.«

Demona fuhr lässig mit der Hand über den Tisch, als besprächen die beiden nur reine Routineangelegenheiten. »Und was hat der Cäsar mit seinen neuen Spielzeugen gemacht?«

St. Jamais nahm einen tiefen Atemzug, während er sich überlegte, wie er seine Präsentation am besten aufbauen konnte. »Die Überfälle der Hegemonie auf das Magistrat Canopus haben in einem Maße zugenommen, daß sie inzwischen sechs canopische Systeme entlang einer Linie von Thraxa nach Marantha ebenso konstant gefährden wie Palladix und Tarol IV. Es handelt sich um die am nächsten an der Grenze des Centrella-Raums gelegenen Welten, so daß der Eindruck entstehen muß, die Überfälle würden vom marianischen Planeten Islington aus gestartet.«

»Gute Wahl. Und die Magistrats-Streitkräfte?«

»Die MSK arbeiten daran, die betreffenden Planeten durch große Garnisonen zu sichern, aber mit wenig Erfolg. Wir liefern der Hegemonie akkurate Informationen über die Position der Garnisonstruppen, so daß es den Angreifern immer gelingt, ihnen auszuweichen. Außerdem beschränken sich die Überfälle nicht auf militärische Ziele, was die Garnisonseinheiten zwingt, ihre Kräfte weit zu verteilen.«

»Sie greifen doch wohl keine Zivilisten an?« fragte Demona, deren Mund plötzlich trocken geworden war. Sie fühlte Hitze an ihrem Hals emporsteigen. Massenmord an einer Zivilbevölkerung bedeutet einen Bruch der Jahrhunderte zuvor in der Ares-Konvention festgelegten Regeln der zivilisierten Kriegsführung. Die Konvention hatte den Krieg humaner werden lassen, ihn im Lauf der Jahrhunderte aber auch zu einem alltäglichen Teil des Lebens gemacht. Sollte St. Jamais eine so schamlose Verletzung der Spielregeln wie ein Massaker an Zivilpersonen zulassen, konnte das unerwünschte Aufmerksamkeit erregen.

Das schnelle Kopfschütteln des Demipräzentors beruhigte sie. »Natürlich nicht. Ich würde niemals ein derartig ausuferndes Schlachtfest sanktionieren.« Er machte eine Pause. »Aber die Angreifer *dürfen* Infrastrukturanlagen wie Stromwerke und Transportzentren als Ziel wählen, ebenso wie Nachschublager großer kommerzieller Unternehmen. Angriffe dieser Art steigern die Unzufriedenheit in der planetaren Bevölkerung, was wiederum den Druck auf die örtliche Regierung und das Magistrat erhöht.«

Die Erklärung machte strategischen Sinn, aber Demona verstand auch die besondere Bedeutung der Pause. *Ausufernde Schlachtfeste im Gegensatz zu einzelnen Mordanschlägen?* Sie schluckte, um ihre trockene Kehle anzufeuchten, und rückte die Robe zurecht, um den mometanen Verlust ihrer Selbstbeherrschung zu verbergen. »Wen aber hast du *sanktioniert?*« fragte sie und benutzte seine bevorzugte Umschreibung für Attentate.

»Die planetaren Gouverneurinnen von Gambilon, Palladix und Marantha«, erwiderte St. Jamais grimmig. »Ich habe für alle Welten ausführliche Berichte vorbereitet. Meine BattleMechtruppen sind als Hegemonie-Angreifer abgesprungen und haben militärische Nachschublager angegriffen, während ein 6. Juni-Team den Amtssitz der jeweiligen Gouverneurin infiltriert und sie beseitigt hat. Eine Analyse der von echten Hegemonie-Einheiten durchgeführten späteren Überfälle zeigt ein deutliches Nachlassen in der Effizienz der Garnisonen, das von zehn bis fünfundzwanzig Prozent rangiert. Das erklärt sich durch mangelnde Koordination und fehlende Bereitschaft, sich auf ein Gefecht einzulassen. Im Falle Gambilons war die Einsetzung der ranghöchsten Regimentsführerin zur neuen Gouverneurin und die Ausrufung des Kriegsrechts notwendig, um eine adäquate Verteidigung wiederherzustellen.« Sein Lächeln wurde kalt. »Ich frage mich, wie sich ihre *Sanktion* auf die Leistung der Garnisonstruppen auswirken wird.«

Demona unterdrückte die in ihr aufbrodelnde Wut mit derselben Entschlossenheit, die ihr gestattet hatte, Präzentor Blane gegenüberzutreten und seine subtile Zurechtweisung hinzunehmen. *Ich hätte mir denken können, daß St. Jamais etwas in dieser Art versucht. Aber solange er Erfolg hat, kann ich nicht viel dagegen sagen.* Nachdem sie ihren Ärger in den Griff bekommen hatte, dachte sie über seine Worte nach und stellte fest, daß ihr Interesse am Ergebnis größer war als ihre Verärgerung über die Methoden. »Und wie sind deine Überfälle ausgegangen?« fragte sie mit nüchterner, unbeteiligter Stimme.

»Wir waren im Durchschnitt um dreißig Prozent erfolgreicher als die Anstrengungen der Marianer. Ich habe nur fünf Krieger verloren, deren Leichen alle geborgen wurden, und zehn BattleMechs. Davon wurden acht geborgen, und davon sind sieben bereits repariert und wieder im Dienst.« Er sprach schnell, um seine Aktionen vollständig rechtfertigen zu können, bevor Demona Gelegenheit zu einem Einwand hatte. »Die beiden anderen Mechs wurden das Opfer eines vollständigen Zusammenbruchs der Eindämmungsfelder im Fusionsreaktor. Es blieb nicht viel von ihnen übrig.« Eine weitere Pause. »Natürlich waren alle möglichen Erkennungszeichen vorher entfernt worden.«

Demona nickte, als entspräche sein Vorgehen ihren eigenen Plänen. Aber ihr kam ein neuer Gedanke. »Hast du analysiert, in den Besitz welcher verbesserten Technologien die Canopier durch Gefechtsfeldbergungen gekommen sind?«

Wieder hatte er die Antwort parat. »Es ist alles berücksichtigt. Dank der Beschränkungen, die wir der in die Marianische Hegemonie gelieferten Technologie auferlegen, kann Canopus wenig erbeuten, was das Magistrat nicht auch in Form von Aufrüstsätzen in der Liga Freier Welten kaufen könnte – abgesehen von einem kleinen Vorrat an neuem Konstruktionsmaterial oder einem vereinzelten Extraleicht-Reaktor. Und die Analyse beweist eindeutig, daß der beim durchschnittlichen Überfall angerichtete Schaden mehr als zweihundert Prozent über dem durchschnittlichen Bergungswert liegt. Es ist ein Verlustgeschäft für die Canopier.«

»Hat es eine offizielle Reaktion von Canopus IV auf die Attentate gegeben?«

»Demipräzentorin Nicholas hat von einem kleinen Streit zwischen Emma Centrella und zweien ihrer Töchter berichtet. Anscheinend war das der Höhepunkt der Reaktion. Eine Tochter verlangte eine öffentliche Verurteilung, während die andere zur Zurückhaltung riet. Die Magestrix war unentschlossen. Emma Centrella ist unbehaglich bei dem Gedanken, ihre Wut öffentlich zu machen, weil die Hegemonie an den Attentatsversuch gegen Cäsar O'Reilly von 3056 erinnern könnte.«

Demona griff in eine der tiefen Taschen ihrer Robe und holte eine kleine Diskette hervor. »Ich habe noch andere Nachrichten. Die Warnung der Demipräzentorin Nicholas' wurde bestätigt. Canopus heuert tatsächlich Söldner für die Hauptlast der Kämpfe an.«

St. Jamais' Miene verdüsterte sich bedrohlich. »Das ist ganz und gar nicht gut. Ich hatte gehofft, Jeffrey Calderon würde endlich auf die Bitte der Magestrix um taurische Truppen zur Verstärkung der Grenzen reagieren.«

»Wo liegt das Problem? Der Vertrag von Taurus sieht einen derartigen gegenseitigen Beistand doch vor.«

St. Jamais schüttelte den Kopf. »Wie sich herausstellt, ist der Vertragstext nicht so bindend, wie wir es erhofft hatten. Soweit meine Quellen es herausfinden konnten, will Calderon nicht die ganze Breite des Magistrats zwischen seine Truppen und die eigenen Welten legen.

Er hat angeboten, die Magistrats-Streitkräfte in Systemen an der Grenze zu seinem Reich abzulösen, um so MSK-Einheiten für eine Verschiebung an die entfernte Magistratsgrenze freizustellen. Aber Emma Centrella weigert sich. Wenn sie Calderon die Kontrolle über diese Systeme überließe, könnte er in Versuchung kommen, einfach einen großen Bereich ihres Reichs zu annektieren. Oder er könnte sie sogar als Aufmarschgebiet für einen Vorstoß geradewegs nach Canopus IV nutzen.«

Demona stieß einen langen Seufzer der Enttäuschung aus. »Gibt es irgendeine Möglichkeit, diese Mauer aus Mißtrauen und Verfolgungswahn zu durchbrechen?« Als sie das wilde Leuchten in St. Jamais' Augen sah, erweiterte sie ihre Frage. »Ohne auf die speziellen Talente des 6. Juni zurückzugreifen?«

Ein Schulterzucken. »Nur, indem wir unsere momentanen Bemühungen fortsetzen und darauf hoffen, entweder Emma Centrella oder Jeffrey Calderon zu einer weniger mißtrauischen Haltung bewegen zu können. Ich weiß allerdings, daß Emmas älteste Tochter Danai Centrella der Ansicht ist, das Magistrat sollte die Hoffnung auf Hilfe von den Tauriern vergessen und die Marianische Hegemonie direkt angreifen. Ihre Position in der Magistratshofgarde gibt ihr die Überzeugung, daß Canopus seine Probleme selbst lösen kann. Danai ist derzeit auch die wahrscheinlichste Nachfolgerin ihrer Mutter als Herrscherin des Magistrats.«

»Keine Attentate, Cameron.« Demona hielt seinen Blick gefangen und stellte seine Loyalität ihr gegenüber erneut auf die Probe. Als er endlich nachgab, legte sie ihre ganze Autorität in ihre nächsten Worte. »Behalte deine Leute an Ort und Stelle, aber gib dem Grenzkonflikt Zeit zu wirken. Deine Aufgabe ist es, diesen Konflikt in den Augen der Canopier akut und bedrohlich zu halten.«

Sie wartete auf eine Geste der Zustimmung, dann warf sie ihm einen Knochen zu. »Du kannst deine Überfälle in der Tarnung von Hegemonie-Truppen fortsetzen. Ich bringe eine zweite BattleMech-Sektion der Toyama von Gibson her. Sie wird ausreichen, unsere Interessen hier auf Campoleone zu sichern. Die andere Stufe-III-Einheit wird deinem Befehl unterstellt und kann dich nach Astrokazy begleiten.«

Der Demipräzentor blinzelte überrascht. »Nach Astrokazy?«

Demona nickte. »Der Mann, mit dem wir es da zu tun haben … Wie heißt er?«

»Kalif Shervanis. Das nächste an einem Herrscher, was sie dort haben.«

»Genau der. Behalte Shervanis im Auge und stelle sicher, daß die falschen Spuren zu Thomas Marik oder Sun-Tzu Liao gelegt sind, je nachdem, welche wir schließlich brauchen. Beschütze unsere Verteilerstelle und halte dich bereit, alle Brücken hinter dir abzubrechen. Außerdem gehe ich davon aus, daß du von dort aus Ziele angreifen kannst, die für echte Angreifer aus der Hegemonie zu gefährlich wären.«

Sie schob die Diskette über den Tisch, hielt auf halbem Weg inne und ließ die Hand darauf liegen. »Hier sind die Daten, die wir über die an der Grenze aufgestellten Söldnereinheiten gesammelt haben. Sie umfassen die Einheitsgeschichte, soweit sie verfügbar war, und sogar allgemeine Vertragsbedingungen, die Toyamamitglieder aus dem Kommunikationsverkehr gefiltert haben. Auf Grund der Zeitknappheit weisen die Daten noch erhebliche Lücken auf, aber daran wird gearbeitet.«

St. Jamais streckte den Arm aus, um die Diskette an sich zu nehmen, aber Demona ergriff seine Hand und hielt sie fest. Mit strenger Miene und harter Stimme sprach sie weiter. »Meide die Söldner, soweit irgend möglich, und vernichte sie, wenn das nicht machbar ist. Das Magistrat soll sie als zusätzlichen Unkostenfaktor sehen, der Überfälle weder abschreckt, noch eine adäquate Verteidigung gegen sie liefert.«

St. Jamais drückte beruhigend ihre Hand. »Blakes Wille geschehe«, sagte er, dann wurde sein Blick sanfter, und er lächelte einladend.

Demona gestattete ihrer eigenen Strenge zu zerfließen, als sie mit einem antwortenden Lächeln Zustimmung signalisierte, und bemerkte den augenblicklichen Effekt auf St. Jamais. *Entdecke ich da eine Schwäche an dir, Cameron? Ist es möglich, dich so zu kontrollieren?* »Behalte die Kontrolle über die Peripherie«, mahnte sie und ließ eine uncharakteristische Wärme in ihre Stimme strömen. »Ich brauche dich.«

Cameron St. Jamais nahm mit einer Hand die Diskette und steckte sie ein, während er mit der anderen weiter ihre Hand hielt. »Keine Sorge, Demona. Eine Handvoll Söldner wird keinen Unterschied machen, und ich bezweifle, daß es jemals mehr sein werden. Es gibt einfach nicht genug Menschen in der Inneren Sphäre, die interessiert, was in der Peripherie geschieht.«

7

Palast des Himmels, Sian
Kommunalität Sian, Konföderation Capella

30. März 3058

Das Büro duftete nach Sandelholzräucherstäbchen und Holzpolitur. Es war ein gemütlicher Raum, mit Holzkohlezeichnungen an den Wänden und einem kleinen Aquarium in einer Ecke. Rosenholz glänzte dunkel im gedämpften Licht, und seine kirschrote Glut umrahmte Regale, auf einen kleinen Balkon führende Glastüren und den Schreibtisch.

Sun-Tzu Liao blieb zögernd in der Tür stehen, fast, als erwarte er, hinter dem Schreibtisch Candace Liao zu sehen, seine Tante und die Präsidentin des St. Ives-Paktes. Die Erinnerung an ihren Besuch war sieben Jahre alt. An die Nacht, in der Candace seine Mutter Romano umgebracht hatte, die damalige Kanzlerin der Konföderation Capella. An die Nacht, in der Sun-Tzu den Himmelsthron bestiegen hatte.

Eine Nacht der Erinnerungen, dachte er.

Eine solche Erinnerung hatte ihn heute bedrängt und aus dem Schlafzimmer getrieben, bevor er einschlafen konnte. Jetzt zu schlafen, hätte das Risiko mit sich gebracht, daß die Erinnerung als Traum in seine Gedanken vorgedrungen wäre, und Sun-Tzu haßte Träume. Er verabscheute die halbausformulierten Gedankenstränge, aus denen sie bestanden. Seine jüngere Schwester Kali versah sie mit hoher spiritueller Bedeutung, aber sie belud ohnehin sofort alles mit hoher spiritueller Bedeutung, was in ihre pseudoreligiösen Wahnvorstellungen paßte.

Sun-Tzu betrachtete Träume als eine unterbewußte Analyse vergangener Ereignisse – und nicht mehr. Und jede alte Erinnerung, die aus den Tiefen seines sonst sehr geordneten Geistes an die Oberfläche trieb, konnte nur von ähnlicher Natur sein. Da er dies erkennen konnte, war er in der Lage, sie auf ihre wahre Bedeutung hin zu analysieren. Er ließ sich grundsätzlich Zeit mit einer solchen Analyse und weigerte sich, vorschnelle Entscheidungen zu treffen, wie es seine Schwester oder beider Mutter vor ihnen getan hätte. Sun-Tzu war sich nur allzu bewußt, daß er sich den Luxus übereilter Entschlüsse nicht leisten konnte.

Seine lange Robe flüsterte mit dem Rascheln schwerer Seide, und die Pantoffeln waren auf dem Hartholzboden fast unhörbar, als er das Zimmer betrat und die Tür hinter sich schloß. Er trat hinüber ans Aquarium, ignorierte den Schreibtisch bewußt. Es war eine Übung in Geduld, wie eine ganze Reihe anderer Routinen seines Tagesablaufs. *Alles Gute kommt zu dem, der warten kann.*

Als er sich vorbeugte, um in das klare Wasser des Beckens zu sehen, fühlte Sun-Tzu das leise Summen der Pumpe ebensosehr, wie er es hörte. Im Wasser schwamm nahe einem kleinen gelben Grasbüschel ein eleganter, flammend orangeroter Chinesischer Flossenkampffisch. Seine übergroßen Flossen zeigten einen Hauch von Violett. Es war eine wunderschöne Kreatur, deren Aggression nur ein zweiter männlicher Kampffisch im selben Becken gleichkommen konnte. Sun-Tzu griff in einen Keramiktopf, der auf einem nahen Regalbrett stand, und holte eine Prise Fischfutter heraus. Als er den Deckel des Aquariums lüpfte, wurde der Duft von Sandelholz für einen Augenblick vom abgestandenen Geruch immer wieder umgewälzten Wassers überlagert. Er sprenkelte das Futter über das Wasser, und einer der Fische stieg mit starken Schlägen der Schwanzflosse an die Oberfläche und schluckte mit eleganten Stößen große Bissen der Nahrung. »So ist's recht, Kai. Zeig, was du kannst.«

Sun-Tzu lächelte dünn. Kai Allard-Liao, sein Vetter und Candace Liaos Sohn, stellte eine der größten Bedrohungen seiner Position als Kanzler der Konföderation dar. Trotz Kais erklärtem Desinteresse am Himmelsthron war er Thronerbe des St. Ives-Paktes und seit kurzem Anführer der Bewegung Freies Capella. Er führte sie mehr wie einen Wohlfahrtsverband denn als eine Widerstandsbewegung, aber Sun-Tzu war sich der Machtbasis, die sie seinem Vetter lieferte, nur allzu bewußt. Ganz abgesehen von der Rückendeckung Kais durch Victor Davion, den Prinzen des Vereinigten Commonwealth. Auch wenn der gute Victor derzeit mehr als genug zu tun hatte, angesichts der Zustände in den Chaos-Marken und seiner Schwester Katrina, die sich mit dem halben Reich abgesetzt hatte.

Was den St. Ives-Pakt anging, einen zwischen der Konföderation Capella und dem sehr viel größeren Vereinigten Commonwealth gelegenen Kleinstaat – oder vielleicht war inzwischen die alte Bezeichnung Vereinigte Sonnen passender, denn auf deren früheres Territorium war Victor Davions Reich inzwischen effektiv zusammengeschrumpft –, so hatte diese Region des Weltraums ursprünglich den Capellanern gehört. Heute betrachtete Sun-Tzu ihn als einen Dolch in seinem Rücken, denn Victor Davion konnte seine Truppen durch das Paktgebiet schicken und vor Sian stehen, bevor er irgend etwas davon erfuhr.

Daß er seinen kleinen Kampffisch Kai getauft hatte, war nicht als Verächtlichmachung seines Vetters gedacht, obwohl diese Wirkung ein nicht unerfreulicher Nebeneffekt war. Vielmehr sollte es Sun-Tzu an die gefährliche Ähnlichkeit der beiden erinnern. Kai war ein tödlicher Krieger, der sich in politischen wie militärischen Kreisen mit beneidenswerter Leichtigkeit zu bewegen wußte. Und die großen, starren Augen des Fisches ermahnten Sun-Tzu, daß Kai jede seiner

Bewegungen auf dem Himmlischen Thron im Auge behielt.

Sun-Tzus Lächeln verblaßte. Er richtete sich auf und ging mit wenigen, ruhigen Schritten zum Schreibtisch. Noch immer nahm er nicht dahinter Platz. Statt dessen wanderte er langsam um ihn herum und fuhr dabei mit einem seiner langen Fingernägel über die Rosenholzverzierung. Der antiquierte Monitor, der den Schreibtisch früher beherrscht hatte, war verschwunden, ersetzt durch einen eben in die Platte eingelassenen Schirm. Momentan zeigte der Schirm eine Raumkarte des Draconis-Kombinats, aber dieses Bild würde bald dem eines anderen der Großen Häuser Platz machen, bis er nach einem Durchlauf aller fünf Nachfolgerstaaten eine Gesamtkarte der Inneren Sphäre anzeigte. Die Holzoberfläche rund um den Bildschirm war gewachst und auf Spiegelglanz poliert. Sun-Tzu hatte es selbst so angeordnet, als passendes Monument der Vergangenheit. Dies war Justin Xiang Allards Schreibtisch gewesen, und dieser Raum Justin Allards Büro.

Am Tag seiner Thronbesteigung hatte Sun-Tzu geschworen, das Büro zerstören zu lassen. Zuviel Verrat war von hier aus gegen Haus Liao verübt worden. Justin Allard hatte von diesem Raum aus, damals unter dem Namen Justin Xiang, die militärischen Anstrengungen der Konföderation sabotiert – und dafür gesorgt, daß sie im Vierten Nachfolgekrieg nahezu schutzlos den Angriffen Haus Davions ausgesetzt wurde. Mehr als hundert bewohnte Systeme waren an Hanse Davion und das neugegründete Vereinigte Commonwealth verlorengegangen, fast die Hälfte des Liao-Raums. Allard war zusammen mit Candace Liao die Flucht gelungen, und beide waren später im frisch abgespaltenen St. Ives-Pakt wiederaufgetaucht. Sun-Tzu war damals noch nicht geboren gewesen, aber er erinnerte sich an die Erzählungen seiner Mutter darüber, was jener Krieg aus Maximilian Liao gemacht hatte, ihrem Vater und seinem Großvater. Allards Verrat hatte den alten Liao in einen schwachsinnigen Sabbergreis verwandelt, in den Schatten des Mannes, der über ein Milliardenvolk geherrscht hatte.

Noch eine alte Erinnerung.

Aber Sun-Tzu hatte seine Meinung geändert. Statt das Büro zu vernichten, hatte er es für seinen Gebrauch renovieren lassen. Er würde sich sein Handeln nicht von Aberglauben bestimmen lassen. Von diesem Schreibtisch aus hatte er vor kaum einem Jahr die Offensive mitkoordiniert, die der Konföderation Capella viele der im Vierten Nachfolgekrieg verlorenen Welten zurückgebracht hatte, zuzüglich mehrerer Dutzend anderer unter capellanischem Einfluß, den er weiter auszubauen plante. Er wäre möglicherweise noch weiter gegangen, hätte Thomas Marik sich nicht geweigert, den Krieg fortzusetzen, nachdem er seine eigenen Ziele erreicht hatte, aber Sun-Tzu war klug genug, zu wissen, wann er aufhören mußte. Auch die Entscheidung, Thomas' Waffenstillstand zu unterstützen, war an diesem Schreibtisch gefallen. Wie so manches in seinem Leben erfüllten viele der Dinge in diesem Zimmer mehr als eine Aufgabe. Er erinnerte den capellanischen Kanzler daran, sich sowohl vor Äußerlichkeiten als auch vor Beschaulichkeit zu hüten, und daran, daß jeder Sieg verteidigt werden mußte.

Die Erinnerung, die ihn so spät abends hierher in sein Büro getrieben hatte, stand mit jenem Gedanken in Verbindung. Obwohl die Konföderation Capella einige der Systeme zurückerobert hatte, die Haus Davion im Vierten Nachfolgekrieg besetzte, befand sich der größere Teil noch immer als mehr oder weniger unabhängige Welten im Bereich der sogenannten Chaos-Marken. Manche von ihnen zögerten, eine Rückkehr unter die Herrschaft Haus Liaos zu akzeptieren, während die verhaßte Souveränität Sarna eine Bedrohung innerhalb der eigenen Grenzen darstellte. Sun-Tzu mußte zugeben, daß er einfach nicht über die militärische Stärke verfügte, diese Systeme zurückzuerobern *und* zu halten. Noch nicht.

Mit einem fast hörbaren Knacken in seinen Gedanken fiel ein weiteres Stück des Puzzles an seinen Platz. *Ja,* dachte er und nickte. *Es könnte alles bestens zusammenpassen.*

Die alte Erinnerung war die an seine Mutter Romano, die vor ihm über zwanzig Jahre die Konföderation Capella regiert hatte. Sun-Tzu war noch ein Kind gewesen – sieben Jahre alt, vielleicht acht –, als er seine Mutter in einem Besprechungszimmer gesehen hatte, wo sie Holovids der Invasion des Jahres 3030 betrachtete. Er hatte zu dieser Zeit bereits gelernt, sie zu meiden, wenn sie beschäftigt war, weil sie ohne Vorwarnung durch eine Kleinigkeit in blindwütige Raserei getrieben werden konnte. Aber sie hatte ihn bemerkt und zu sich gerufen. Auf ihrem Schoß, Romanos starke Arme fest um seinen Leib geschlungen, hatten Sun-Tzus Gedanken zwischen der Angst vor dem, was seine Mutter ihm antun könnte, und der Faszination angesichts der vor ihm ablaufenden Kriegsbilder geschwankt.

Damals hatte er sie nicht wirklich verstanden, aber heute war es anders. 3030 hatte das Herzogtum Andurien sich von der Liga Freier Welten abgespalten. In dem Glauben, die Konföderation sei durch Maximilian Liaos Wahnsinn geschwächt, hatten die Andurianer sich mit dem Magistrat Canopus in der Peripherie verbündet und waren in die Konföderation eingefallen. Romano Liao hatte das Capellanische Heer gegen sie in die Schlacht geführt und sie, getrieben von ihrer fanatischen Hingabe für den Staat und den Haß auf alles, was ihn bedrohte, bis 3035 völlig zurückgeschlagen.

Damals hatte Romano dem Sohn auf ihrem Schoß einige tapfere Verteidigungsanstrengungen der Invasoren gezeigt, zum Teil noch, als ihre Niederlage bereits besiegelt war. »Dermaßen desorganisierte Staaten hatten nie eine Hoffnung zu gewinnen, aber welchen Mut sie im Sterben beweisen!«, hatte sie fast bewundernd festgestellt. »Wenn es nur möglich wäre, sie zu kontrollieren und gegen unsere Feinde zu schicken.«

Sun-Tzu hatte weder diesen seltenen Moment der Vertrautheit vergessen noch den Gedanken seiner Mutter, daß eines Tages ein Peripheriestaat das Gleichgewicht der Macht in Händen halten konnte. Wilde Bestien konnten sich, selbst wenn sie gebrochen und an die Leine gelegt waren, gegen ihren Herren wenden. Aber wenn sie richtig behandelt und auf die richtige Beute gehetzt wurden, war es möglich, sie teilweise zu zähmen.

Sun-Tzu sah auf den Schirm, der jetzt eine Karte der Konföderation Capella zeigte. Ein paar Berührungen der Sensoroberfläche, und die Karte wurde um das Tauruskonkordat und das Magistrat Canopus erweitert, die beiden Peripheriestaaten an der randwärtigen Grenze der Konföderation. Das gemeinsame Hoheitsgebiet der beiden Peripheriestaaten war fast anderthalbmal so groß wie sein eigenes. Sie erinnerten an den Kopf eines Hammers, mit seiner Konföderation Capella als Griff, um ihn zu schwingen.

Aber wie sollte er das anfangen? Die politischen Beziehungen zum Tauruskonkordat ließen sich bestenfalls als eisig beschreiben, und Sun-Tzus Botschafter auf Canopus IV war erst kürzlich wegen seines arroganten Auftretens Magestrix Emma Centrella selbst gegenüber ausgewiesen worden. Dadurch bot die Diplomatie im Augenblick wenig Möglichkeiten.

Bis er sich an Berichte über die beständigen Aggressionen der Marianischen Hegemonie gegen das Magistrat Canopus erinnerte. Dadurch war Canopus in einer Lage, in der es Hilfe benötigte. Außerdem war das Magistrat der Peripheriestaat, der am lautstärksten in der Inneren Sphäre Unterstützung in Bildung und Technologie einforderte, zwei Gebiete, auf denen Haus Centrella verzweifelt um eine Verbesserung bemüht war. Eine letzte Erinnerung stieg in ihm auf, wieder an seine Mutter Romano und ihre Standardregeln für Verhandlungen jeder Art.

Biete ihnen das meiste, was sie wollen.

Gib ihnen etwas von dem, was sie brauchen.

Nutze sie aus, wo immer es geht.

Sun-Tzu streckte die Hand aus, tippte auf das Glas über dem Magistrat Canopus und blieb einige Sekunden lang gedankenversunken sitzen.

BUCH II

*Daher ist es in einem Krieg von höchster Bedeutung,
die Strategie des Feindes anzugreifen.
Die nächstbeste Vorgehensweise besteht in der Zerschlagung
seiner Bündnisse. Erst danach kommt der
Angriff auf seine Armee.*

– SUN TZU, *Die Kunst der Kriegsführung*

*Strategie und Diplomatie haben ihren Platz,
aber Sie sollten keine Angst haben,
den Feind zu stellen.
Der Krieg muß noch gewonnen werden,
in dem niemand stirbt.*

– Kanzler SUN-TZU LIAO
in einer Rede vor der Abschlußklasse
der Kriegsakademie Sian, Sian, 30. Juni 3056

8

Landungsschiff *Heaven Sent*,
an der Zenithsprungpunkt-Ladestation
Andurien-System, Herzogtum Andurien,
Liga Freier Welten

13. April 3058

Marcus zog in der Schwerelosigkeit des Landungsschiffs die Beine an den Körper und stieß sich von der Wand in einen der längeren Korridore der *Heaven Sent* ab. Er wand sich in der Luft, bis er mit den Füßen voraus in Richtung des Mechhangars Nummer 2 trieb und sorgte dann mit kleinen Hand- und Körperbewegungen dafür, daß er einigermaßen gerade schwebte. In die Wände versenkte Handgriffe boten zwar die Möglichkeit, abzubremsen oder sich auf kontrolliertere Weise vorwärtszuhangeln, aber er genoß es, ein wenig herumzufliegen. Seine einzige Sorge galt dem Abstand zur Korridordecke, an der die mit drahtverstärktem Sicherheitsglas umgebenen Lampen eine enorme Hitze ausstrahlten. Trotzdem genoß Marcus nach der einstündigen Trainingssitzung mit Thomas Faber das entspannende Gefühl des freien Falls. In seinen Muskeln klopften dumpfe Ermüdungsschmerzen, und das schweißnaß an seinem Oberkörper klebende Hemd fühlte sich jetzt, da sein Körper abkühlte, mit jeder Sekunde unangenehmer an.

Übungen mit Flaschenzugsystemen oder freien Gewichten waren unter längeren Perioden nahezu völliger Schwerelosigkeit praktisch wertlos. Deshalb hatte Faber sich von Yuri Petrowko einen ventilierten Lagerraum geben lassen und eine kleine Garnitur von Übungsgeräten installiert, deren Widerstand auf pneumatischem Druck oder biegbaren Graphitstangen beruhte. Marcus verbrachte jeden zweiten Abend mindestens eine Stunde an diesen Geräten, meist in der Gesellschaft Thomas Fabers, auch wenn er keine Chance hatte, mit dem Hünen mitzuhalten. Thomas trainierte mit geradezu religiöser Hingabe jede Nacht mindestens zwei Stunden lang, um seine Muskulatur steinhart zu halten.

Selbst jetzt noch, durch ein Schott und über zehn Meter Gang hinweg, hatte Marcus das Gefühl, das Grunzen und Zischen von Thomas' Kampf mit der größten der pneumatischen Preßbänke hören zu können.

Und allzu viel anderes, was wir machen könnten, gibt es ja auch nicht, dachte Marcus ärgerlich. Als die *Heaven Sent* und die *Stecknadelkopf* am canopischen *Händler*-Klasse-Sprungschiff *Adonis* ins Andurien-System gekommen waren, hatten sie erwartet, für die nächste Etappe der Reise auf einen Marik-Frachter der *Tramp*-Klasse umzusteigen.

Marcus trieb knapp unter einem harten Strahl kalter Luft aus einem Lüftungsschacht vorbei und erreichte einen Punkt, an dem der Korridor im rechten Winkel in ein zweites, kürzeres Gangstück abknickte. Er prallte gegen die Schottwand und knickte in Knien und Hüfte ab, um den Aufprall abzufedern, bis eine seiner ausgestreckten Hände auf dem kühlen Metall der Wand auflag, und die andere die Stange eines versenkten Handgriffs umklammerte. Mit geübter Leichtigkeit drehte er sich in der Luft, bis seine Füße nur Zentimeter über dem Boden hingen. Das Gangstück verlief fünf Meter weit bis zu einer der oberen Türen des Mechhangars 2. Rechts von Marcus stand ein Schott mit Radverschluß offen. Es führte in einen weiten Achsschacht, der sich entlang der drei Oberdecks zu den MechKriegerquartieren und von dort durch die Länge des Schiffes abwärts bis zu den Dockmechanismen in den unteren

Decks erstreckte und den Zugang zu allen dazwischenliegenden Decks erlaubte.

Marcus runzelte die Stirn.

In Schwerelosigkeit oder unter minimaler Gravitation hatten alle Schotten geschlossen und fest verriegelt zu sein, um Unfälle zu vermeiden, falls das Landungsschiff gezwungen war, sich schnell vom Sprungschiff abzukoppeln und zu beschleunigen. Für Landungsschiffsbesatzungen war das Einhalten solcher Regeln zweite Natur, und die Techs der Angeli standen ihnen in Sorgfalt nicht nach, denn wenn durch einen Unfall etwas entzwei ging, hatten sie die Arbeit, es wieder instandzusetzen. Marcus hob ein einigermaßen trockenes Teil seines Hemdschoßes ans Gesicht und wischte den Schweißtropfen weg, der im linken Augenwinkel brannte. Die Luke konnte auch nicht von einem unvorsichtigen Familienangehörigen der Angeli offengelassen worden sein, denn die befanden sich alle an Bord der *Stecknadelkopf* und hätten hier unten ohnehin nichts zu suchen gehabt.

Blieb ein MechKrieger.

Marcus streckte langsam die Hand aus und löste den Metallhaken, der die Luke offen hielt. Er spielte mit dem Gedanken, einfach hindurchzuschweben und sie hinter sich zu schließen, um es seinen Engeln nicht unnötig schwer zu machen. Aber dann überlegte er es sich anders. Er wollte nicht zu weich werden. Er drückte gegen die Luke, um sie zu schließen, aber kurz bevor sie in den Rahmen fiel, pfiff ein heftiger Luftstoß durch die Lücke zwischen der Metallwand und der Gummibeschlagzeising der Luke. Irgendwo im Achsenschacht mußte noch eine andere Luke offenstehen.

Marcus sicherte die Luke und verriegelte sie mit einer Vierteldrehung des Rads. Ein paar Handzüge trugen ihn an den Eingang zum Mechhangar. Wie alle Luken in den Hangarräumen wurde auch diese auf beiden Seiten durch drei schwere Metallriegel gesichert, so daß sie selbst dem Zug des Vakuums standhielt. Weil es der MechKriegereingang war, besaß diese Luke zusätzlich eine Schnellentriegelung, die mit einem Hebelgriff alle sechs Riegel gleichzeitig löste.

Marcus hielt mit einer Hand an dem glänzenden Stahlhebel an. Beinahe wäre es ihm gelungen, sich sein Vorhaben auszureden. Er haßte es, die Mutterhenne zu spielen, die ihre Kinder ermahnte, hinter sich aufzuräumen. *Aber das ist auch Teil der Arbeit.* Wahrscheinlich waren es Karstchow oder Foley gewesen, die beiden neuesten Angeli. Ungebeten trat das Bild Brent Karstchows und Charlenes vor sein Auge, die durch den Hangar schlenderten, und wieder wäre er fast umgedreht. Aber er riß sich zusammen und war entschlossen, die Kommandeursrolle durchzuziehen, als er leise die Tür öffnete. Er würde nur einen kurzen Blick hineinwerfen. Wenn es den Anschein hatte, als verletze er jemandes Privatsphäre, würde er mit der Zurechtweisung warten.

Die Luke gab den Zugang zu einem großen, kreisrunden Laufsteg frei, der hoch über dem Boden des Mechhangars verlief und Zugang zu den Kopf- und oberen Torsobereichen von acht BattleMechkokons bot. Der scharfe Geruch von Kühlmittel, vermischt mit dem unvermeidlichen Duft von Schmiermittel, verlieh der Luft ein vertrautes Aroma, das er weder als angenehm noch als unangenehm empfand.

Die gedämpfte rote Beleuchtung, häufig als ›Nachtlicht‹ bezeichnet, verwandelte die schon unter normalen Bedingungen bedrohlich wirkenden Kampfmaschinen in geisterhafte Titanen. Marcus konnte nur die nächsten drei Mechs sehen. Die große Radarantenne auf dem Kopf von Connor Monroes *Kampfschütze* verdeckte die Sicht auf das Innere des Hangars. Er stieß sich in Richtung auf den Mech ab, packte eine der Leiterstreben nahe dem Einstiegsluk des Cockpits und hing schweigend über dem riesigen, stillen Hangarsaal.

Winzige Lichtpunkte wie von Taschenlampen spielten durch das transparente Kanzeldach von Paula Jacobs' *Wespe*.

Marcus zuckte zusammen. Angst und Zweifel ließen seine Haut kitzeln, während gleichzeitig ein warmer Schauer an seinem Körper aufstieg. Die *Wespe* stand in einem Kokon keine zehn Meter vor den Hangartoren, so daß sie sich etwa zehn Meter voraus und dreißig Meter links von Marcus' Position am Kopf des *Kampfschütze* befand. Ein leichter Flug, falls er sich dazu entschloß. Die Lichter blitzten wieder auf. Eindeutig zwei. Marcus wollte sich zurückziehen und Faber holen, bevor er der Sache näher auf den Grund ging. Aber ein plötzliches Geräusch in seinem Rücken ließ ihm dazu keine Gelegenheit.

Es war das Rasseln der Laufsteggitter, der Klang, den die Belastung einer lockeren Abdeckung auslösen konnte. Marcus zog augenblicklich die Beine unter den Körper, bereit, sich in welche Richtung auch immer abzustoßen. Die Defensivaktion erwies sich schnell als gerechtfertigt, als er das scharfe Knacken eines Sicherungshebels hörte. Marcus trat hart aus und schleuderte sich in den offenen Hangarraum, als Dutzende winziger Pfeile gegen den Mechkopf prasselten, wo er eben noch gehangen hatte. Ein scharfes Stechen in seinem linken Unterschenkel ließ ihn spüren, daß er dem Schuß nicht völlig entgangen war.

Verdammt! Ein Nadler. Der Nadler war eine der tödlicheren Handwaffen. Der Feuermechanismus schabte seine Munition von einem Block Hartplastik und feuerte das in dünne Nadeln zerfetzte Material mit hoher Geschwindigkeit ins Ziel. Die Einschußwunden eines Nadlers waren in der Regel winzig, aber die Plastiknadeln verwüsteten das darunterliegende Gewebe. In der Hoffnung, daß sich der Schaden durch den Streifschuß in Grenzen hielt, drehte Marcus sich in der Luft und bereitete sich auf einen harten Aufprall im Zentrum des Hangars vor.

Unter ihm klangen fluchende Stimmen auf, als mindestens zwei Männer sich aus dem kleinen Cockpit der *Wespe* zwängten. Ein leises Husten hinter ihm, und ein weiterer tödlicher Plastikregen schoß flüsternd durch die Luft, ging weit vorbei und landete prasselnd irgendwo in den Tiefen des Saals. Aber ewig konnte Marcus' Glück nicht anhalten. Glücklicherweise war er gerade hinter die linke Schulter der *Wespe* geflogen und hatte damit eine gewisse Deckung erreicht.

Er schlug hart auf den Innenrumpf des Landungsschiffs auf. Statt zu versuchen, die ganze Wucht abzufangen, rollte er sich zu einer Kugel zusammen und prallte zuerst mit der Schulter, dann mit der unteren Rückenpartie gegen einen Feuerlöschkasten. Er griff nach einem Halt wild um sich. Bevor er zurück ins Visier des Heckenschützen prallte, bekam er die Leitungsrohre des Feuerlöschkastens zu fassen und konnte sich festhalten.

Die Rohre und der zusammengerollte Schlauch waren nur schemenhaft zu erkennen, aber er sah das kleine grüne Licht über dem Startknopf. Marcus schlug zu und wurde mit dem Aufflammen eines roten Lämpchens belohnt. Die Aktivierung der Feuerlöschstation setzte nicht nur eine Pumpe in Bewegung, sie würde auch ein Warnsignal auf der Brücke des Landungsschiffs auslösen. Aber bis jemand hier eintraf, würden mehrere Minuten vergehen. Diese Zeit mußte er sich irgendwie erkaufen. Er verfluchte das Fehlen einer Alarmsirene. Faber hätte in dreißig Sekunden eintreffen können.

Zwei Schatten fielen über ihn. *Drei gegen einen*, dachte er. *Und die gefährlichste Waffe, die ich habe, ist ein nasses Hemd.* Die Leitungsrohre als Stütze benutzend, schlug Marcus mit den Beinen aus, in der Hoffnung, einen Glückstreffer zu landen. Er fühlte, wie sein Fuß ein Bein traf und einen der Angreifer wegschleuderte. Dann faßten zwei Hände seinen Knöchel und rissen ihn von der Wand.

Marcus zog die Beine unter den Körper, wehrte sich aber nicht. In der Schwerelosigkeit hatten weder er noch sein Gegner die nötige Standfestigkeit für einen Fausthieb. Unter diesen Umständen bewegte sich der Körper des Angreifers mit derselben Geschwindigkeit nach hinten, mit der seine Faust nach vorne flog. Indem er Marcus packte, hatte sein Angreifer einen Fehler begangen, denn damit hatte er ihm nur die Hebelwirkung ermöglicht, die er brauchte, um echten Schaden anzurichten. Er trat mit dem freien Bein aus. Der Tritt traf seinen Gegner in der Magengrube, während er Marcus gleichzeitig nach hinten davonstieß. Die Wucht des Angriffs warf den anderen aus dem Gleichgewicht, aber er ließ nicht los, und beide stürzten und taumelten über die Schottwand. Marcus zog das Bein an und trat immer wieder zu, benutzte den Griff seines Gegners als Angelpunkt seiner Angriffe. Hätte der Unbekannte losgelassen, hätten die Tritte nichts weiter bewirken können, als die beiden voneinander zu lösen.

Ein zweiter Körper senkte sich über Marcus und drückte ihn schmerzhaft gegen die Metallwand. Der zweite Angreifer hatte sich wieder unter Kontrolle und griff in den Kampf ein. *Und wenn der Typ mit dem Nadler hier runter kommt, bin ich Geschichte.* Wieder zog Marcus seine Glieder an den Körper, bevor er Arme und Beine von sich stieß und versuchte, einen oder beide Gegner abzuschütteln. Er hörte ein Grunzen, als seine Beine endlich freikamen, und er nur noch mit dem zweiten Mann rang. Der jedoch hatte entweder mehr Erfahrung im Kampf unter schwerelosen oder fast schwerelosen Bedingungen oder aber eine bemerkenswert schnelle Auffassungsgabe. Er hatte die Beine um Marcus' Körper gelegt und versuchte, ihm die Luft aus den Lungen zu quetschen, während seine Hände nach dessen Kehle angelten. Marcus zog den Kopf zwischen die Schultern und hämmerte die Fäuste ins Nierenbecken seines Angreifers, während sie weiter über den Innenrumpf der *Heaven Sent* polterten.

Die Kante einer Doppel-T-Stütze traf Marcus knapp hinter dem Ohr – nicht hart genug, um ihn bewußtlos zu schlagen, aber es reichte aus, die Sterne vor seinen Augen tanzen zu lassen. Er hob beide Arme über den Kopf, faßte den Stützträger und riß die Beine zu einer Rückwärtsrolle nach oben. Ein schmerzhaftes Grunzen und das Nachlassen des Drucks um seine Taille belohnten die Anstrengung. Marcus hatte seinen Gegner Kopf voraus gegen den Stahlträger geschlagen und ihm so das Bewußtsein geraubt. Jetzt konnte er ihn leicht abschütteln und die Beine wieder unter den Körper ziehen.

Wie ein antiker Wasserspeier auf der Stütze hockend suchte Marcus die Schatten nach einer Bewegung ab. *Und wo steckt dein Kumpel?*

Der Schlag traf Marcus an der rechten Schläfe und schleuderte ihn nach links davon. Die schwere Stiefelsohle schabte über sein Gesicht. Die Umgebung verschwamm vor seinen Augen. Schummerlicht und Schatten liefen ineinander zu einem einzigen düsteren roten Nebel. Irgendwie war es ihm gelungen, sich festzuhalten, aber ein zweiter Tritt in die Magengegend schleuderte ihn davon. Er flog sich überschlagend durch den Hangar, bis er gegen die Wand und von dort auf ein Laufsteggitter schlug.

Mit einer Hand an einem Kettengeländer hing Marcus in der Luft und schüttelte langsam den Kopf, um den Schmerz und die Benommenheit zu vertreiben. *Er wird mir nachsetzen*, dachte er. *Ich muß in Bewegung bleiben.*

Der Schatten schoß schnell und lautlos heran, beinahe parallel zur Schiffshülle, beide Fäuste wie ein Rammbock ausgestreckt. Marcus beugte sich nach hinten, aus der Linie des Angriffs, hakte einen Arm nach oben über die Glieder seines Gegners und versuchte sie gegen dessen Körper zu pressen. Er wollte den anderen herumdrehen und ihn, wenn möglich, gegen das Gitter drücken. Aber die Nachwirkungen des Kopftreffers behinderten ihn, und sein Angreifer schaffte es, die Beine unter den Körper zu ziehen.

Marcus kämpfte darum, seinen Gegner, dessen Arme er noch immer gefangenhielt, aus dem Gleichgewicht zu werfen. Die beiden Männer vollführten einen schwerfälligen Null-G-Tanz, beide mit einer Hand an der Geländerkette. Dann ertönte eine Stimme weit rechts von Marcus.

»Philippe, aus dem Weg. Verschwinde.«

Er hatte den Nadlerschützen vergessen! Die Stimme war die einer Frau, aber Marcus hörte den Unterton der Verzweiflung und erkannte, daß sie bereit war, wenn nötig auf Freund und Feind gleichermaßen zu feuern. Er fing eine zweite Warnung an Philippe auf, aus dem Weg zu gehen, und die plötzlichen, panischen Bemühungen seines Gegners ließen keinen Zweifel daran, daß er sie ebenfalls gehört hatte. Während die beiden Männer miteinander rangen, schaffte Marcus es endlich, seinem Gegner den Halt zu rauben. Er stieß ihm die Beine weg und legte ihn eine Sekunde parallel zum Laufsteg in die Luft, bevor er ihn in die Richtung schleuderte, aus der er die Frauenstimme gehört hatte.

Das nur allzu vertraute Husten der Nadlerpistole klang vor ihm auf, und rasiermesserscharfe Plastiknadeln füllten die Luft. Die meisten schlugen in Philippe ein, dessen Körper wie eine Stoffpuppe herumgeschleudert wurde, als die Plastikgeschosse ihre Bewegungsenergie in ihm entluden. Ein paar kamen jedoch vorbei und zischten an Marcus vorüber, um neben und hinter ihm gegen das Metall zu knattern. Er fühlte ein scharfes Stechen im linken Arm und der Schulter. Dann riß ein Hieb von knochenbrecherischer Gewalt seine Beine nach vorne und schleuderte ihn in einem brutalen Überschlag nach hinten gegen die Schottwand.

Von dort prallte er ab und trieb viel zu langsam zur Decke empor. Feuer schoß durch sein linkes Bein, raubte ihm den Atem und ließ ihn mit den Zähnen knirschen. Es gelang ihm, ein Minimum an Stabilität zu erreichen, und er blickte in die Richtung seiner Angreiferin. Er sah ihre Silhouette, als sie sich von der Schulter der *Wespe* ins Leere beugte und den Nadler hob.

Dann zuckte hinter der Schützin eine plötzliche Bewegung auf, ein Arm packte in einem schnellen Haken ihren ganzen Kopf. Ein tiefes, dumpfes Hallen, der Aufschlag eines Körpers auf den Rumpf der *Wespe*, drang zu Marcus hoch, und sein von Schmerz benommenes Hirn versuchte sich zu erklären, was er sah. Ein großer Schatten huschte über die Schulter des BattleMechs, um die Heckenschützin aufzufangen und zu verhindern, daß sie davontrieb.

»Bist du okay, Marcus?«

Die Stimme war tief und kräftig, und Marcus sackte erleichtert zusammen. »Thomas? Woher weißt du?«

»Hab die Feuerpumpe arbeiten hören. Sie liegt gleich neben dem Trainingsraum. Also bin ich herüber geschwommen, um nachzusehen.«

Und wenn die Pumpe irgendwo anders gewesen wäre ... Marcus mochte gar nicht daran denken. »Gerade rechtzeitig«, schaffte er noch zu sagen. Dann schlug sein linkes Bein gegen die Hangardecke, und der grelle Schmerz, der durch seinen Körper schoß, brachte süßes Vergessen.

9

Landungsschiff *Heaven Sent*,
an der Zenithsprungpunkt-Ladestation
Andurien-System, Herzogtum Andurien,
Liga Freier Welten

15. April 3058

Der Besprechungsraum der *Heaven Sent* war kaum größer als der Tisch aus poliertem Metall und die acht Stühle, die um ihn herum an den Boden genietet waren. Zwischen den Rückenlehnen und den anthrazitgrauen Metallwänden war nicht einmal ein Meter Platz. Die Deckenbeleuchtung warf ein hartes, fast klinisches Licht über den Raum, das bis auf eine Stelle in der Mitte überall von der matten Tischplatte reflektiert wurde. Dort spielte es über das dunkle Glas eines holographischen Projektionsschirms. Eine Behelfsklimaanlage in einer der oberen Zimmerecken wälzte die Luft um und bemühte sich, eine angenehme Temperatur aufrechtzuerhalten. Ohne direkte Anbindung an das Ventilationssystem des Schiffes war die Luft trocken und von einem beißenden Ozonduft durchsetzt. Das laute Brummen des Geräts ließ sich leicht ausblenden, aber alle paar Minuten rasselte irgend etwas in seinem Innern laut und metallisch, was Marcus jedesmal wieder aus seiner Konzentration riß.

Marcus saß an einem Ende des Tisches, gegenüber der Luke. Die drei dienstältesten Angeli waren in die Plätze neben ihm geschnallt: Charlene Boske zu seiner Rechten, Ki-Lynn Tanaga und Thomas Faber zur Linken. Jase Torgenssons Platz neben Charlene war leer. Jericho Ryan und ihre Adjutantin Shannon Christienson saßen einander auf den beiden letzten Plätzen beider Seiten gegenüber. An der Tür schließlich hatte

Flaggführer Drake Montgomery, Kommandeur der andurischen Ladestation, Platz genommen.

Der Druck des Stützschlauchs um Marcus' linken Unterschenkel lenkte ihn fast so sehr ab wie das Rasseln der Klimaanlage. Der hauptsächlich aus einem Plastikschlauch bestehende pneumatische Verband konnte blitzschnell fest aufgepumpt und für einen maximalen Tragekomfort angepaßt werden. *Angeblich*, dachte Marcus verbittert. Momentan schützte er eine Haarrißfraktur in mittlerer Schienbeinhöhe. Er kratzte sich mit einer Hand am oberen Rand des Verbands, während er versuchte, Flaggführer Montgomerys Darstellung zu den Ereignissen der letzten zwei Tage seine ganze Aufmerksamkeit zu schenken.

Es war eine Darstellung, die dazu angetan war, Marcus' Zorn anzuheizen.

»Soviel ihrer Geschichte zumindest läßt sich nachweisen«, stellte Montgomery gerade fest. Er sprach von der Anführerin des Trios. Montgomery hatte endlich eingestanden, daß die drei Eindringlinge aus der Ladestation gekommen waren, etwas, das er vor zwei Tagen noch heftigst bestritten hatte. Aber das Zugeständnis war mit einer Geschichte garniert, die Andurien von jedweder Verantwortung freisprach. »Corporal Owens erhielt an Bord der Station eine persönliche Mitteilung, die wir inzwischen gefunden und untersucht haben. Es handelte sich um einen kodierten Befehl, gegen Sie vorzugehen, der alle Anzeichen erweckte, von offizieller andurianischer Stelle zu kommen. Wir haben einen Empfangsnachweis, aber alle andurianischen Sendestellen wurden überprüft, und die Botschaft wurde auf keiner von ihnen aufgegeben. Die Untersuchung kam daher zu dem Schluß, daß die Mitteilung *aus unbekannten Beweggründen* entweder an Bord der Ladestation ihren Ursprung hatte oder, was wahrscheinlicher ist, von einem Privatsender zum Relaissatelliten geschickt wurde. So oder so wurden die Computerdaten an Bord der Station verändert, um den Eindruck einer regierungsamtlichen Sendung zu erwecken.«

»Und die beiden Männer?« fragte Marcus.

»Techs. Sie sind unschuldig. Der Corporal hat sie aus dem Bereitschaftsraum der Nachtschicht abkommandiert. Sie erfuhren erst, worum es ging, als sie bereits an Bord der Raumfähre und auf halbem Weg zu Ihrem Schiff waren.«

Marcus versuchte nicht, seine Enttäuschung zu verbergen. »Dank ihrer Eingriffe benötigen wenigstens zwei meiner BattleMechs eine Generalüberholung ihrer Elektronik. Diese Unschuldslämmer haben die Bordcomputer beider Maschinen sabotiert. Ganz davon abgesehen, daß sie versucht haben, mich umzubringen.« Bei dem Gedanken an den Nadlerpfeil, der sein Schienbein gebrochen hatte, verzog er schmerzhaft das Gesicht. »Wer wird dafür bezahlen?«

Der Flaggführer schürzte die Lippen und seufzte schwer. »Kommandant GioAvanti, Sie müssen verstehen, daß wir einer Fälschung aufgesessen sind. Wer auch immer dies angezettelt hat, er oder sie hat Corporal Owens hinters Licht geführt, und der Rest der Operation erfolgte unter ihrem Befehl. Sie hatte nur deshalb die Möglichkeit, Aktivitäten dieser Art anzuordnen, weil sie Mitglied des andurianischen Sicherheitsdienstes ist.« Marcus verzichtete auf einen Kommentar, und Montgomery fuhr fort. »Das Herzogtum Andurien hat eine förmliche Entschuldigung für diesen Mißbrauch einer seiner Repräsentantinnen ausgesprochen und ist bereit, Sie für den Schaden an Ihren Maschinen zu entschädigen. Falls es Ihnen ein Trost ist: Die Karriere des Corporals ist damit beendet, obwohl sie sich genaugenommen nichts hat zu Schulden kommen lassen.«

Marcus schüttelte ungläubig den Kopf, ohne dabei

den Blick von Flaggführer Montgomery zu nehmen. »Das ist alles? Nachdem Sie uns hier zwei Tage aufgehalten haben, soll es damit getan sein?«

»Kommandant GioAvanti, die Tatsache, daß ein solcher Anschlag ausdrücklich gegen Ihre Einheit verübt wurde, bestätigt die Schlußfolgerung, daß er von einer Partei außerhalb des andurianischen Raums ausging. Wahrscheinlich war es jemand, mit dem Sie in der Vergangenheit zu tun hatten, jemand, der eine Antipathie gegen Sie hegt. Das einzige Interesse des Herzogtums Andurien an Ihrer Söldnereinheit besteht in dem Wunsch, diesen bedauerlichen Zwischenfall zu einem Ende zu bringen.« Die präzise Aussprache Montgomerys ließ keinen Zweifel daran, daß die Angelegenheit in der Tat beendet war, soweit es ihn betraf.

»Falls niemand eine weitere Frage hat?« Flaggführer Montgomery blickte kurz zu jedem der um den Tisch Versammelten, während er den Gurt seines Stuhls löste. »Dann kehre ich jetzt auf meine Station zurück.« Er stieß sich ab und schwebte mit der Leichtigkeit eines Mannes, für den Schwerelosigkeit zum Alltag gehört, aus dem Raum.

Das dumpf metallene Schlagen der Luke erinnerte Marcus an die Verschlossenheit bürokratischer Gehirne. Schweigen hing schwer über dem Raum, bis es von einem Rasseln aus der Klimaanlage unterbrochen wurde. »So«, meinte Marcus. »Glauben wir ihnen?« Sein Blick wanderte von einem Gesicht zum nächsten. Er glühte noch immer vor Zorn, und entschloß sich, zunächst die anderen reden zu lassen, während er sich zu beruhigen versuchte.

Charlene zuckte die Schultern. »Es könnte genauso gelaufen sein, wie er sagt. Jase hätte vielleicht mehr herausfinden können als ihre *Untersuchung*, aber er ist nicht hier. Angesichts der formellen Entschuldigung und Entschädigung haben wir keine echte Grundlage, die Sache weiter zu verfolgen.« Sie hob noch einmal die Schultern.

»Wer immer es auf uns abgesehen hat, weiß, daß wir auf dem Weg in die Peripherie sind«, erklärte Thomas Faber und beugte sich vor. »Vielleicht will man uns stoppen. Möglicherweise die Liga Freier Welten, die Waffen an die Hegemonie liefert.«

Marcus atmete laut aus und schüttelte den Kopf. »Gibt keinen Sinn. Andurien war von Anfang an ein Stachel im Fleisch der Liga. Ich kann mir nicht vorstellen, daß die Andurianer so drastische Schritte unternehmen, um Thomas Marik zu helfen, schon gar nicht gegen das Magistrat Canopus.«

»Das ist so unwahrscheinlich nicht.« Jericho Ryan fuhr sich mit der Zunge über die Lippen und runzelte die Stirn, als wäre sie nicht sicher, wieviel sie preisgeben sollte. »Bevor ich Canopus IV verließ, erhielt ich Zugriff auf Informationen, die auf eine mögliche Verbindung zwischen Andurien und der Konföderation Capella hinweisen. Nichts Großartiges, nur ein paar Flugpläne, Botschafteraustausch und die jüngsten Handelsvereinbarungen. Da Haus Liao ebenfalls unter Verdacht steht, die Angriffe der Hegemonie gegen meine Heimat zu unterstützen, ist es nicht so unvorstellbar, daß Sun-Tzu das Herzogtum für einen Vorausangriff auf Sie benutzen würde.«

Charlenes Stimme erhielt einen spekulativen Unterton. »Besonders nach unserem Auftritt gegen Liaos New Home Regulars.«

»Moment mal.« Marcus fixierte Jericho. »Hat sich das Herzogtum Andurien nicht mal mit Canopus verbündet und ist in die Konföderation Capella eingefallen? Und jetzt glauben sie, es könnte die Seiten gewechselt haben?«

»Das war vor fast dreißig Jahren, Kommandant.« Jerichos Miene war nachdenklich. »Nichts bleibt wie es war. Magestrix Emma Centrella hat die Beziehungen zu Andurien nach der fehlgeschlagenen Invasion abgebrochen und ist sogar so weit gegangen, sich in aller Form bei Haus Marik zu entschuldigen. Und sie hat Geldmittel zur Unterstützung des Wiederaufbaus von Einrichtungen auf einigen Ligawelten bewilligt, die während des andurianischen Unabhängigkeitskrieges gelitten haben.« Sie lächelte dünn. »Reiner Überlebensinstinkt. Wir mußten die Liga Freier Welten irgendwie besänftigen, und die Magestix ist billig davongekommen.«

»Und Sun-Tzu Liao?« fragte Charlene. »Wie paßt er in diese Vorstellung?«

»Der Erfolg der Marik-Liao-Invasion der alten Mark Sarna hat eine gewisse Sympathie für ihn geweckt. Blakes Wort hat sich das zu Nutze gemacht und sich bemüht, noch aus den Zeiten der andurianisch-canopischen Invasion der Konföderation zurückgebliebene Animositäten beizulegen und gute diplomatische Beziehungen wiederherzustellen. Ganz ähnlich den Bemühungen, die Allianz zwischen Canopus und dem Tauruskonkordat zu festigen.«

Marcus nickte. »Genau wie in den Chaos-Marken.« Er überlegte. »Na schön, es gibt also eine mögliche Verbindung. Stellt sich die Frage: Was können wir tun?«

»Gar nichts«, antwortete Jericho sofort. »Charlene hat recht, wenn sie sagt, daß die Entschuldigung und Entschädigung des Herzogtums die Sache beilegt, gleichgültig, ob sie ehrlich gemeint ist oder nicht. Wenn wir den Konflikt jetzt schüren, erwecken wir den Eindruck, unsere eigenen politischen Ziele zu verfolgen.« Faber und Ki-Lynn nickten. »Bestenfalls können Sie darauf hoffen, die Nachschublinie in die Marianische Hegemonie zu unterbrechen und eine Verbindung mit den Andurianern aufzudecken. In dem Falle könnten Sie eine gewisse Genugtuung empfinden.«

Marcus fand keine Schwachstelle in ihrer Argumentation. »Einverstanden.« Er löste den Sitzgurt und richtete sich auf. Mit festem Griff an der Rückenlehne drehte er sich um den Stuhl und blieb senkrecht hinter ihm hängen. »In der Zwischenzeit betrachten wir die Liga Freier Welten als Feindgebiet. Charlie, doppelte Wachen an den Luken der *Heaven Sent* und *Stecknadelkopf*. Außerdem auf beiden Schiffen zwei Bordpatrouillen. Faber, hol mir Petrowko. Wir werden beide Landungsschiffe von den Techs und MechKriegern vom Bug bis zum Heck durchsuchen. Vielleicht hat Corporal Owens noch ein paar Überraschungen an Bord zurückgelassen.« Er machte eine Pause, um Atem zu holen und sah ärgerlich zur Klimaanlage hoch, die gerade wieder ratterte. »Noch etwas?«

Charlene machte einen Vorschlag, während sie sich abschnallte und aus dem Stuhl erhob. »Kumpelsystem, wenn das Sprungschiff, mit dem wir fliegen, an einer Ladestation liegt oder Fähren erwartet.«

»Das durchzusetzen, könnte schwierig werden, aber wir werden es zumindest nachdrücklich empfehlen.«

Jericho erhob sich mit einem Nicken in Shannons Richtung. »Dann kehre ich jetzt wieder auf die *Adonis* zurück. Skipper McFarlaine ist auf Ihr Zeichen bereit zum Sprung. Soll ich ihr die Freigabe erteilen?«

Marcus nickte kurz. »Je eher desto besser.« Dann fragte er nach: »Wann werden wir schätzungsweise im canopischen Raum sein?«

»GAZ ist der neunundzwanzigste April. An diesem Tag überqueren wir die Grenze. Aber bis zu unserem geplanten Eintreffen auf Marantha wird es Anfang Mai sein.«

Mit einem dünnen Lächeln auf den Lippen schwebte Marcus in Richtung Luke. »Ich hätte nie gedacht, daß ich das nochmal sage, aber ich kann es nicht erwarten, in die Peripherie zu kommen.«

10

Palast der Magestrix, Crimson
Canopus IV, Magistrat Canopus

24. April 3058

Demipräzentorin Jamie Nicholas ging einen breiten Korridor hinab, der absichtlich prunkvoll dekoriert war. Ein dicker Teppich in dunklen Gold- und Brauntönen bedeckte den Boden über die gesamte Länge. Die Wände waren mit einem Blumenmuster verziert und mit feingewobenen Wandteppichen und gelegentlichen Hologrammen verschiedener Mitglieder Haus Centrellas behangen – den Gründerinnen und Herrscherinnen des Magistrats Canopus. Wandleuchten aus komplex geschliffenem Kristallglas sorgten für die Beleuchtung.

Etwa alle zehn Schritte bot ein großes Fenster in der linken Korridorwand den Blick auf den ein Stockwerk tiefer gelegenen Privatgarten, der jetzt, wo über Crimson der Abend hereingebrochen war, von bezaubernden Laternen erleuchtet wurde. Unter jedem Fenster lud eine mit dunklem Samt bezogene und mit zahlreichen Kissen belegte Bank zum Verweilen ein. Gelegentlich öffneten sich Türen in der rechten Wand in ähnlich reich möblierte Zimmer, die in der Besucherin ein wohlig freundliches Gefühl weckten. Alles in allem schien dies eher ein Privathaus als ein Fürstenpalast.

Die persönlichen Gemächer der Magestrix und ihrer Familie beanspruchten einen kompletten Flügel des Palastes hier auf Canopus IV. Trotz Jamie Nicholas' Stellung als Gesandte von Blakes Wort bei Hofe war sie noch nie zuvor hierher eingeladen worden, und wahrscheinlich wäre es auch jetzt nicht dazu gekommen, wäre das Päckchen unter ihrem rechten Arm weniger bedeutsam gewesen. Aber ohne Bewachung oder auch nur die übliche Begleitperson eingelassen zu werden … *Ah, Cameron, du wußtest, daß es mir gelingen würde, das Vertrauen der Magestrix zu erringen. Jetzt warte ich nur noch auf deinen Befehl.*

Jamie blieb vor einem Wandteppich stehen, der siegreiche canopische BattleMechs bei der Annahme der Kapitulation capellanischer Truppen zeigte. Das mußte in den Anfängen der Invasion gewesen sein, entschied sie, und erinnerte sich, daß es Romano Liao bereits 3032 gelungen war, das Schlachtenglück zu wenden. Aber die Kunstfertigkeit des Teppichs war bemerkenswert. Irgendwie schien es dem Künstler gelungen zu sein, die zehn Meter hohen Vernichtungsmaschinen der Canopier eleganter und edler erscheinen zu lassen, als es irgendein Mech in Wirklichkeit je sein konnte, während die Liao-Mechs an wilde Bestien erinnerten.

Haus Liao.

Sie zog das Päckchen unter dem Arm vor und wog es in den offenen Händen, als könne sie seinen Inhalt dadurch abschätzen. Es war schwer genug, aber auch wieder nicht so schwer, daß es nicht so ziemlich alles enthalten konnte. Es war mit einem Hologramm des Liao-Hauswappens eingehüllt und versiegelt – einem behandschuhten Arm mit erhobenem Katana. Das Hologramm war kunstfertig in die Fasern der Hülle eingewoben, ganz ähnlich einer Verigraphbotschaft, so daß schon die kleinste Veränderung der Verpackung es zerstören mußte. Zusätzlich trug es volle diplomatische Siegel, was Blakes Wort und insbesondere die Toyama ziemlich in die Enge trieb. *Reicht es aus, daß ich den Inhalt kenne?* Sie hatte die Zustellung bereits drei Tage verschleppt, in der Hoffnung, etwas von Demipräzentor St. Jamais zu hören, aber jetzt konnte sie es nicht länger hinauszögern.

Noch ein paar Schritte den Gang entlang, dann blieb Jamie vor der Tür stehen, zu der man sie geschickt hatte. Die fünfte Tür, rechts neben einem Hologramm der fünf Töchter und des einen Sohnes der Magestrix. Jamie grinste amüsiert. Sie konnte sich noch an die Vorbesprechung vor sechs Jahren bei ComStar erinnern, vor ihrer Abreise nach Canopus IV. ROM, ComStars Geheimdienst, hatte gemeldet, die Magestrix habe je drei Söhne und Töchter. Erst vier Monate nach ihrer Ankunft hatte sie erkannt, daß ROM sich geirrt hatte.

Emma Centrella hatte das Geschlecht ihrer beiden ältesten Töchter jahrelang hinter männlichen Vornamen versteckt. Anfang der 3040er – nachdem sie ihre Mutter abgesetzt und sich damit einige Feinde gemacht hatte – war eine derartige Vorsichtsmaßnahme angebracht gewesen. Das Magistrat Canopus war ein Matriarchat, und die Magestrix konnte die fähigste ihrer Töchter zu ihrer Nachfolgerin bestimmen. Emma Centrella hatte ihre möglichen Erbinnen beschützen wollen. 3050 hatte sie diese Täuschung aufgegeben, aber ComStar hatte die Peripherie in typischer Kurzsichtigkeit nicht weiter beachtet und diesen Fehler in den Geheimdienstberichten nie korrigiert.

Jamie Nicholas wog das versiegelte Päckchen wieder in der Hand und betrachtete es nachdenklich. *Es steht zu hoffen, daß Blakes Wort mit größerer Weisheit und Weitsicht operiert.*

Die Demipräzentorin hatte die Kapuze ihrer Robe bereits zurückgeklappt, und als sie jetzt durch die offene Tür trat, schüttelte sie das lange rote Haar über die Schultern aus. Die canopische Lebensart favorisierte eine, um es vorsichtig auszudrücken, lockere Atmosphäre, und Jamie Nicholas achtete darauf, diesen Wertvorstellungen bei jedem Besuch soweit nachzukommen, wie sie konnte.

Das private Wohnzimmer der Magestrix ähnelte der formellen Audienzkammer im Haupthaus der Residenz, aber der beherrschende Punkt dieses Raums war nicht der Platz der Magestrix. Hier war das Mobiliar so arrangiert, daß es den Blick auf einen großen Kamin lenkte, in dem ein offenes Feuer prasselte, das den Raum mit dem schwachen, aber angenehmen Duft von Zedernholz erfüllte. Zu beiden Seiten des Kamins standen exquisite Marmorstatuen. Jamie hatte lange genug im Magistrat Canopus verbracht, um sie ohne Schwierigkeiten als Darstellungen von Adonis und Aphrodite zu erkennen, altehrwürdige Verkörperungen der Schönheit und Liebe. Ihre Haltung war so natürlich und erhaben wie bei Skulpturen des antiken terranischen Griechenland.

»Hallo, Jamie.«

Die Worte wurden mit eleganter, tiefer Altstimme gesprochen, und Jamie drehte sich zur anderen Tür des Zimmers, um Magestrix Emma Centrella zu begrüßen, die in Begleitung ihrer beiden ältesten Töchter hereinkam. Die Magestrix trug eine formelle Robe, die dunkelblaue Seide mit einer trägerfreien, am Körper anliegenden goldenen Brustplatte kombinierte. Eine ebenfalls goldene, mit Saphiren besetzte Tiara hielt ihr das dunkle Haar aus dem Gesicht. Ihre dunkle Haut, die vollen Lippen und die großen grauen Augen verliehen ihr ein in gewissem Maße exotisches Aussehen. Auch mit Ende Fünfzig besaß Emma Centrella noch die sinnliche Schönheit, die ihre Gegenüber an den Ruf des Magistrats als Vergnügungsort erinnerte. »Schön, dich wiederzusehen«, sagte sie, und ihre Augen drückten zugleich Wärme und Entschlossenheit aus.

Die Demipräzentorin nahm die Begrüßung mit einem Lächeln entgegen und erinnerte sich, daß Emma Centrella in jüngeren Jahren eine MechKriegerin von beachtlichem Können gewesen war. *Das ist keine Frau, die leere Komplimente macht.* »Sie und Ihre Töchter sehen prächtig aus, Magestrix«, stellte sie fest und bewunderte die edlen Züge, die Danai und Naomi mit ihrer

Mutter teilten. Beide trugen Abendkleider. Naomis entsprach der neuesten canopischen Mode, war in weichen Farben gehalten und mit Pailletten besetzt, während Danai eine wagemutigere Kombination aus Türkis und Schwarz mit hohen Seitenschlitzen und tiefem Rückenausschnitt trug. »Störe ich?«

Emma Centrella winkte Jamie zu einem Platz auf dem dickgepolsterten Sofa. »Meine Töchter wollen ausgehen, aber etwas Zeit haben sie noch.« Sie ließ sich in einem halbmondförmigen Sessel links neben dem Sofa nieder und zog in einer entschieden neugierigen Pose die Beine unter den Körper. »Und die Nachricht schien eine gewisse Bedeutung zu haben.«

Jamie nahm Platz und legte das Liao-Päckchen auf den kleinen Tisch zwischen dem Sofa und dem Sessel der Magestrix. Danai, mit einundzwanzig Jahren Emmas älteste Tochter und die momentane Favoritin auf deren Nachfolge, saß rechts von Jamie. Naomi, dem neuen Blakes-Wort-Profil nach neunzehn, war am weitesten entfernt. Sie kniete auf dem Boden, den Rücken an den Sofarand gelehnt.

Jamie runzelte andeutungsweise die Stirn in Richtung des Päckchens, eine Geste, von der sie sicher wußte, daß Magestrix sie bemerken würde. »Ich denke, die hat sie, Magestrix, oder ich hätte Sie so spät nicht mehr gestört. Dieses Päckchen wurde Blakes Wort auf der capellanischen Zentralwelt Sian anvertraut, mit der Anweisung, es Ihnen so schnell wie möglich zu überbringen. Es kommt von Sun-Tzu Liao. Wir haben die notwendigen Prüfungen durchgeführt, um sicherzustellen, daß es keine Gefahr darstellt, ebenso wie Ihre Leute es getan haben, als ich damit ankam.«

»Und was meinst du enthält es, Jamie?«

Emma Centrella war eine viel zu gewiefte Diplomatin, um selbst bei einer so formlosen Begegnung mit ihrer Mimik irgend etwas von ihren Gedanken zu verraten, aber Jamie bemerkte den leisen Unterton von Neugier in der Stimme der anderen Frau. Verständlich. Die meisten diplomatischen Botschaften wurden ComStar oder Blakes Wort zur HPG-Übermittlung anvertraut, die eine Vidbotschaft in fünf bis zehn Tagen von Sian nach Canopus IV gebracht hätte, als entsprechend teurere Prioritätsbotschaft sogar innerhalb eines Tages. Aber Sun-Tzu hatte die Mühe und die Kosten auf sich genommen, eine Diplomatensendung zu schnüren, die per Kurier über eine Strecke von Sprung- und Landungsschiffen bis hierher zur Magestrix befördert werden mußte. Das hatte knapp einen Monat gedauert und den Kanzler beinahe das Hundertfache des Preises einer einstündigen Holovidsendung per HPG gekostet.

Und trotz dieser langen Zeit und der enormen Kosten haben wir keine Ahnung, worum es sich handelt. Und das macht mir Sorgen.

»Blakes Wort wurde über den Inhalt nicht in Kenntnis gesetzt, Magestrix. Wir wissen nur, daß es ein Geschenk an Sie ist, in der Hoffnung, die Beziehungen zwischen Canopus und der Konföderation Capella zu verbessern.«

Emma Centrellas Blick glitt wieder über das Päckchen. Sie schürzte nachdenklich die Lippen. »Kindische Spielchen«, flüsterte sie und schüttelte leicht den Kopf.

»Ich denke nicht, daß dem so ist«, antwortete Jamie, wenn auch mit leisem Zweifel in der Stimme. *Spiele beide Seiten gegeneinander aus,* hatte Präzentorin Aziz' Befehl gelautet. Im ersten Augenblick hatte Jamie das Päckchen besorgt über Sun-Tzus plötzliches Interesse an Canopus zerstören wollen. Aber Demona Aziz leitete die Toyama, und Blakes Wille geschehe. Jamie glaubte fast ebenso fest an Demona wie Cameron St. Jamais. »Sun-Tzu hat zusammen mit diesem Päckchen weitere Anweisungen geschickt. Blakes Wort soll Sie darüber informieren, daß die Konföderation einen neuen Botschafter in das Magistrat Canopus entsendet. Dieses Geschenk kommt mit der Bitte an Euch, ihm eine Audienz zu gewähren.«

Der letzte Liao-Botschafter war ein schroffer, aggressiver Militär gewesen, den die Magestrix schlußendlich aus ihrem Reich gewiesen hatte. Emma Centrellas Augen verengten sich. Es war offensichtlich, wie ungern sie an ihn erinnert wurde. *Die Narren schicken schon wieder einen Mann*, dachte Jamie mit einiger Erleichterung. *Blake sei Dank lernen die Capellaner nicht aus ihren Fehlern.* Nicht, daß männliche Gesandte im Magistrat unerwünscht waren. Der neueste Botschafter des Tauruskonkordats war ein Mann. Aber wenn Sun-Tzu sich mit einer matriarchalisch organisierten Nation wie dem Magistrat Canopus aussöhnen wollte, wäre es dann nicht sinnvoll gewesen, sich den canopischen Gepflogenheiten anzupassen?

»Schick ihn zurück, Mutter.« Danai Centrellas Ratschlag kam ebenso heftig wie plötzlich. »Es ist nicht einmal ein Jahr her. Ich bezweifle, daß sie in so kurzer Zeit Manieren gelernt haben, geschweige denn Respekt vor dir und dem Magistrat.«

Die energischen Züge Danais erinnerten Jamie an Holos von Kyalla Centrella, Emmas Mutter und frühere Magestrix von Canopus. Sie wußte, daß Danai eine erfolgreiche MechKriegerin und Bataillonsführerin der Magistratshofgarde war. Deshalb überraschte es Jamie nicht, wie wenig Geduld die junge Frau mit Liao hatte. Plötzlich ergab sogar Danais Kleiderwahl einen Sinn: das Türkis und Schwarz ihres Abendkleids entsprachen genau den Farben ihrer MSK-Uniform.

Emma Centrellas Miene sagte nichts über ihre Gefühle aus, als sie zu ihrer jüngeren Tochter hinübersah. »Was meinst du, Naomi? Sollte ich den neuen Botschafter empfangen?«

Naomi zuckte die Achseln, noch während sie über

die Frage nachzudenken schien. Das jüngere Mädchen hatte eine größere Begabung für Öffentlichkeitsarbeit, trotz ihrer offiziellen Position als Kompanieführerin der Magistratshofgarde. Würde das ihre Neigung, die Capellaner abzuweisen, dämpfen?

»Ich finde, du solltest dir dein Geschenk ansehen«, erklärte Naomi schließlich. »Zumindest wird es dir helfen, dich gegen Sun-Tzu Liao zu entscheiden.«

Jamie versuchte, sich ihre Erleichterung nicht anmerken zu lassen. Sun-Tzu Liao war nicht gerade für seine Hintergründigkeit berühmt. Wenn er sich nicht selbst den Weg verbaute, konnten die Toyama oder der 6. Juni einfach ein paar zusätzliche Vibrabomben vor seine Füße werfen.

Emma Centrella beugte sich hinüber und hob das Päckchen auf den Schoß. Sie zog an der Öffnungslasche, und ein dünner Draht zerschnitt den Saum der Sendung, die anders und vor allem unbemerkt nicht zu öffnen gewesen war. Dann hob sie den Deckel von der polierten Holzkiste, die darunter zum Vorschein kam. *»Hallo. Das ist ja höchst interessant.«*

Jamie kämpfte gegen den heftigen Drang an, aufzuspringen und in die Kiste zu sehen. Sie zwang sich, sitzen zu bleiben, als Naomi aufstand und ihrer Mutter Kiste und Verpackung abnahm. Was in den Händen der Magestrix zurückblieb, war ein großes, in Leder gebundenes Buch.

Danai war die erste, die es aussprach. »Ein Buch?«

Die Magestrix öffnete es und blätterte stumm. Das leise Rascheln der Seiten trieb Jamie fast zur Verzweiflung. *All diese Mühen für ein Buch?* Es ergab keinen Sinn. Das Magistrat Canopus hatte eines der schlechtesten Bildungssysteme der Inneren Sphäre und Peripherie. War das eine Stichelei über ihre Versuche, dieses Problem zu lösen? Und in diesem Format? Sun-Tzu hätte ein Vidbuch schicken können, das weniger schadensanfällig war. Der große Band aus Leder und dickem Papier wirkte selbst in den schmalen Händen der Magestrix äußerst vergänglich. Besser noch, er hätte die Seiten in eine Datei einscannen und den gesamten Text schneller und für erheblich weniger Geld von Blakes Wort übermitteln lassen können.

Mit einem amüsierten Lächeln schloß Emma Centrella das schwere Buch und reichte es Jamie. Obwohl sich das grobstrukturierte weiche Leder des Einbands erstaunlich angenehm anfühlte, reichte sie es sofort nach rechts an Danai weiter. *Laß dir kein allzu großes Interesse anmerken*, erinnerte sie sich. *Du spielst die Rolle einer neutralen Überbringerin.* Als sie über Danais Schulter sah, während die junge Frau einige der Seiten durchblätterte, lief ein wütender Schauer durch Jamie. *Blakes Blut! Wir haben ihn unterschätzt.*

Seite um Seite war mit wundervoll detaillierten Zeichnungen und farbigen Malereien der verschiedensten sexuellen Spielarten gefüllt.

»Ein Buch voller chinesischer Erotika«, stellte Danai leise fest und fuhr mit dem Finger über die chinesischen Schriftzeichen, die sich am Rand der Seite herabzogen. »Aber dieses Buch kann unmöglich so alt sein, wie er es erscheinen läßt.«

Jamie fühlte, wie sie rot wurde, als Danai Zeichnungen erotischer Hilfsmittel betrachtete, aber keines der beiden Mädchen schien im mindesten verlegen.

»Sun-Tzu hat ein loses Blatt mit einem englischen Vorwort beigelegt.« Die Antwort der Magestrix war beiläufig. »Das Buch ist das exakte Faksimile eines chinesischen Textes über die Erotik aus dem fünfzehnten Jahrhundert. Diese Ausgabe ist erst fünfzig Jahre alt. Gut erhaltene fünfzig«, sagte sie, und ihre Stimme verklang nachdenklich. Jamie erkannte, daß die Magestrix das Alter des Buches mit ihrem eigenen verglich, und sie fühlte Verzweiflung in sich aufsteigen.

In jedem Reich der Inneren Sphäre und den meisten Peripheriestaaten wäre ein solches Geschenk ein Skandal gewesen. Daß es aus einem so repressiven Reich wie der Konföderation Capella kam, grenzte ans Unfaßbare. Jamie hatte noch immer Schwierigkeiten, Sun-Tzu einen so mutigen und einsichtigen Schachzug zuzugestehen. Nur das Magistrat Canopus, mit seiner Betonung des Vergnügens und der Unterhaltung – ein Staat, der Zirkusveranstaltungen in der gesamten Inneren Sphäre unterstützte! –, konnte ein derartiges Geschenk so einschätzen, wie es beabsichtigt war. Als ein einzigartiges Schmuckstück, das der Wertschätzung des canopischen Lebensgefühls Ausdruck verlieh.

Naomi stellte die Frage, die Jamie in Gedanken mit wachsendem Entsetzen formulierte: »Du wirst den capellanischen Botschafter empfangen?«

Die Magestrix nickte. »Ich wüßte nicht, wie ich das nach diesem Geschenk noch ablehnen könnte. Kanzler Liao hat es sich verdient.« Allein schon, wie die Magestrix Sun-Tzus Titel benutzte, brachte Jamies Blut in Wallung. »Vielleicht hat er diesmal jemanden geschickt, mit dem sich vernünftig reden läßt. Wenn nicht …« – ihre Stimme wurde eisig-grausam scharf –, »… kann ich seinen Diplomatenstatus immer noch aufheben.«

Das Liao-Schiff, mit dem der Botschafter nach Canopus IV kam, würde in wenigen Tagen eintreffen. Danach würden zwei Wochen Flugzeit vergehen, bis sein Landungsschiff vom Sprungpunkt aus den Planeten erreichte. Jamie hoffte, daß St. Jamais bis dahin Anweisungen schickte, aber wenn er sich gerade auf einer Überfallaktion in der Tarnung marianischer Überfalleinheiten befand, konnte es einen ganzen Monat dauern, bis sie von ihm hörte.

»Inzwischen«, fuhr Emma Centrella in entschieden fröhlicherem Ton fort, »müssen wir einen Empfang planen, der diesem Geschenk angemessen ist.« Sie sah ihre Töchter vielsagend an.

Jamie sah von einer zur anderen und wußte bereits, wer mit dieser Aufgabe betraut werden würde. Wie erwartet entwickelte Danai plötzlich ein größeres Interesse am Text des Vorworts, während Naomi bei dem Gedanken an einen auszurichtenden Staatsempfang strahlte.

Naomi wußte, daß die Verpflichtung auf ihren Schultern ruhte. »Mit Darbietungen, Mutter?«

Die Magestrix nickte. »Sei extravagant. Wir werden die anderen Botschafter und alle hochrangigen Geschäftsleute einladen, an deren Wohlwollen wir ein Interesse haben. Du wirst das Buch im Gallerieflur unter Glas ausstellen, aber ich erwarte, daß es auf dem Empfang an prominenter Stelle präsentiert wird. Ich möchte die öffentliche Reaktion des capellanischen Botschafters auf Kanzler Liaos Geschenk sehen.« Sie warf einen Blick auf das Buch in Danais Schoß. »Und ich möchte, daß du persönlich eine geeignete Begleiterin aussuchst, für den Fall, daß der Botschafter ledig ist.«

Naomi lächelte und nickte.

11

Thistledown Fields Raumhafen
Canopus IV, Magistrat Canopus

9. Mai 3058

Blakes Wort braucht sich keine Sorgen zu machen.

Jamie Nicholas starrte durch das Heckfenster der Schweberlimousine auf das Landungsschiff der *Lung Wang*-Klasse, das über Thistledown Fields, dem größten Raumhafen des Planeten, hing. Es senkte sich mit einem letzten Feuerstoß der Landedüsen in die ihm zugeteilte Stahlbetonsenke, und ein gewaltiger Staubschleier wirbelte in einer braunen Wolke auf und verhüllte die untere Hälfte des Schiffes. Auf der Abdeckung knapp hinter einer der riesigen Ansaugöffnungen prangte das in leuchtenden Farben ausgemalte Wappen der Konföderation Capella. Eine behandschuhte Hand streckte sich aus einem auf der Spitze stehenden, golden umrandeten Dreieck, ein Katana haltend, das leicht die anderthalbfache Größe eines BattleMechs hatte, alles vor einem smaragdgrünen Hintergrund, der leuchtete wie soeben frisch gemalt.

Sun-Tzu schickt seinen Botschafter in einem der neuesten Landungsschiffsmodelle der Konföderation? Jamie hätte sich keine bessere Methode vorstellen können, dem Magistrat seine technologische Rückständigkeit unter die Nase zu reiben.

Sie konnte nicht anders. Jamie öffnete die Tür und stieg aus dem Wagen, noch bevor sich der heiße Wind gelegt hatte. Die Brise zerrte am Saum ihrer Robe, und der aufgewirbelte Staub überdeckte ihr jungfräuliches Weiß, aber die Verlockung der modernen Technologie zog die Demipräzentorin ins Freie. Sie hatte Berichte über diese neue capellanische Landungsschiffskonstruktion gesehen, aber dies war ihre erste Gelegenheit, sie in Wirklichkeit zu betrachten. Der *Lung Wang* war als Kugelform klassifiziert, aber sein langgestreckter Rumpf und die Triebwerksdüsen im Heck erinnerten weitaus eher an ein stromlinienförmiges Schiff wie den *Leopard* oder gar den *Hamilcar*. Er verfügte über eine beeindruckende Bewaffnung für ein Landungsschiff dieser Größe, die zum größten Teil im Bug untergebracht war, und er konnte eine komplette BattleMechlanze sowie zwei Luft/Raumjäger und einen Zug Infanterie als Hilfstruppen aufnehmen. *Eine aggressive Konstruktion. Das gefällt mir.*

Als Jamie die Hände tiefer in die Ärmel ihrer weißen Robe schob, öffneten sich die ersten Luken, und ein Techteam eilte ins Freie, um sich zu vergewissern, daß das Schiff gleichmäßig auf den Landestützen ruhte. Durch die Heckluke konnte sie in den Schatten eben noch eine riesige, wuchtige Silhouette erkennen. *Er hat seinen eigenen Mech dabei.*

Der Anflug eines Lächelns spielte um Jamies Lippen, als drei Schweber aus demselben Hangar flogen und sich zu einem kleinen Konvoi formierten, zwei kleinere Luftkissenwagen vor und hinter einer Schweberlimousine. *Sie machen es mir leicht, Botschafter.* Angesichts der einzigen Antwort, die sie von der Toyama erhalten hatte, derzufolge St. Jamais sich ›im Einsatz‹ befand und Präzentorin Aziz auf einer Inspektion der Maßnahmen in der Liga Freier Welten unterwegs war, hatte Jamie sich ernste Sorgen gemacht, wie sie auf die Ankunft des capellanischen Botschafters auf Canopus IV reagieren sollte.

Aus ebendiesem Grund hatte sie angeboten, ihn am Raumhafen zu empfangen und zum Palast der Magestrix zu begleiten – in der Hoffnung, etwas herauszufinden, das ihr helfen konnte, eine Entscheidung zu treffen. Sie lächelte bei der Erinnerung daran, daß der planetare ComStar-Repräsentant dasselbe Angebot unterbreitet und eine Ablehnung erhalten hatte. Theoretisch waren ComStar und Blakes Wort im Magistrat gleichberechtigt und konkurrierten um Aufträge. Richtiger wäre es wohl gewesen, zu sagen, daß sie sich in einem subtilen Krieg um das Magistrat befanden, in dem Blakes Wort momentan die Oberhand hatte. Jamie kam mit Magestrix Emma Centrella viel besser zurecht als der verknöcherte alte Präzentor Klein. *Leid und Qualen über den Ketzer.* Daß Sun-Tzu sein Geschenk über Blakes Wort geschickt hatte, war auch nicht gerade ein Nachteil gewesen.

Es beunruhigte sie immer noch, daß Sun-Tzu Liao ausgerechnet jetzt ein Interesse an der Peripherie entwickelte, wo die Operation der Toyama so gut voranging. Aber sie ließ sich davon nicht übermäßig aus dem Gleichgewicht bringen. Der Reiz seines Geschenks würde schnell genug verfliegen. Und so wie sich diese Begegnung entwickelte, würde der Botschafter bis zum Abend in Schimpf und Schande zurück ins All geschickt werden.

Dieser Gedanke schien auch dem Botschafter nicht fremd zu sein. Das capellanische Sprungschiff befand sich noch immer am Nadirsprungpunkt des Systems. *Für den Fall, daß der Botschafter nicht lange bleibt.* Jetzt war sie doppelt froh, daß die Magestrix ihr erlaubt hatte, den Mann zur fürstlichen Residenz zu begleiten. Angesichts seiner selbstgefälligen Ankunft gab ihr dies reichlich Gelegenheit zu überlegen, wie sie ihn so manipulieren konnte, daß er am Hofe mit Sicherheit in Ungnade fiel.

Alltägliche Arbeit.

Als die Schweber näher kamen, trat Jamie vor, um ihre Aufmerksamkeit zu erregen. Der vorderste drehte ab und hielt auf der anderen Seite ihres Wagens an. Die

Limousine stoppte wenige Schritte vor ihr, und der dritte Schweber blieb dicht hinter ihr. Ein Zischen ertönte, als sich die Versiegelung der hinteren Flügeltür der Limousine löste und die Tür nach oben aufschwang. Jamie setzte sich in Bewegung, um den capellanischen Gesandten zu begrüßen, als zwei Männer aus der Tür stiegen, und links und rechts Aufstellung nahmen. Sie waren ganz in Schwarz gekleidet und mit Maschinenpistolen bewaffnet. Sie stockte mitten im Schritt, dann kam sie stolpernd zum Stehen, als ihr Blick auf die knochenweißen Totenkopfabzeichen an den Stehkragen ihrer Uniformen fiel. *Todeskommandos! Aber das kann nur bedeuten …*

Plötzlich war ihr Mund wie ausgetrocknet. Jamie knickte fast mechanisch in der Hüfte ab und blickte vorsichtig in den dunklen Innenraum der Limousine. Als sie deren Passagier anstarrte, konnte sie nur daran denken, wie unglaublich dumm sie gewesen war.

»Sie müssen Demipräzentorin Nicholas sein«, meinte Sun-Tzu Liao mit milder Stimme. »Meine Begleitung. Ich nehme an, Sie haben nichts dagegen einzuwenden, in meinem Wagen zum Palast der Magestrix zu fahren?«

* * *

Emma Centrella atmete tief ein, als sie in die unbewegte Miene des jungen Liao blickte.

Die Magestrix saß auf etwas, was im Magistrat einem Thron am nächsten kam: einem großen, runden Sessel, reich gepolstert und auf einer flachen Empore, die in bewußtem Bruch der Symmetrie etwas versetzt zur Mitte an einer der Wände plaziert war. Ein Sessel, auf dessen Kante sie bequem sitzen, aber auf dem sie auch die Beine zu einer entspannteren Haltung unter sich ziehen konnte. Im Augenblick aber saß sie auf der Kante. Ihre linke Hand lag entspannt an ihrer Seite, die rechte spielte mit einer von einer nahen Statuette emporgehaltenen Marmorkugel. An derselben Wand – wie ihre kleine Empore – befand sich ein sehr viel platzaufwendigerer künstlicher Wasserfall mit einem Teich aus Kunstfels. Es paßte zur Vorliebe der Canopier für formlose Empfänge, daß dieses Wasserspiel den Mittelpunkt des Raumes bildete.

Auch wenn ich arg bezweifle, daß irgend jemand außer mir darauf in den letzten Minuten einen Gedanken verschwendet hat.

Die Spannung im Fürstensaal nahm nach ihrer formellen Begrüßung des Kanzlers allmählich ab, aber die Wachen standen immer noch in Hab-Acht-Stellung, die Mienen hart, die Hände an den Gewehren. Sun-Tzus zwei Todeskommandos wirkten entspannt, aber wachsam. Sie standen zwei Meter hinter ihrem jungen Herrscher, einer auf jeder Seite.

Zwei gegen Sechs. Nach allem, was sie über die Todeskommandos gehört hatte, war das mehr als genug.

Die Magestrix hatte sich inzwischen wieder voll im Griff, auch wenn sie durchaus verunsichert ausgesehen hatte, als Sun-Tzu in der prächtigen roten Seidenrobe seines Amtes durch die Tür am Ende des Saales getreten und sich vorgestellt hatte. Ihre Wachen hatten größere Geistesgegenwart gezeigt. Nur eine leichte Versteifung in ihrer Haltung und eine geringfügige Veränderung der Postur hatten erkennen lassen, daß sie nur auf den Befehl zum Eingreifen warteten. Naomi hatte sich weniger gut gehalten und wiederholt zwischen ihrer Mutter und dem Kanzler der Konföderation Capella hin und her gesehen, bevor sie sich unter Kontrolle bekam. Hinter den Posten hatte die junge Frau, die Naomi als Gefährtin für den Liao-Botschafter ausgewählt hatte, aufgekeucht und wäre fast in Ohnmacht gefallen. Glücklicherweise war sie zu unbedeutend, um ein schlechtes Licht auf die Magestrix zu werfen. Ausnahmsweise war Emma Centrella froh über die Abwesenheit ihrer ältesten Tochter. Danai hätte unangenehm reagieren können, besonders angesichts der jüngsten Hinweise auf eine mögliche capellanisch-andurianische Allianz auf Seiten der Marianischen Hegemonie.

Sun-Tzu hatte es sogar fertiggebracht, den Schock seiner Ankunft zu seinem Vorteil auszunutzen, indem er Demipräzentorin Nicholas entlassen hatte, bevor Emma sich fassen und reagieren konnte. *Ein unbedeutender Punkt, Sun-Tzu. Was auch immer du vor Blakes Wort verbergen willst, kann ich weitergeben, und damit hast du das Kapital deines überraschenden Auftauchens verspielt.*

»Kanzler Liao«, eröffnete Emma in freundlichem Ton die Unterhaltung. »Bitte verzeihen Sie die Formlosigkeit des Empfangs. Hätte ich von Ihrer Ankunft gewußt ...« Sie sprach nicht weiter und breitete in einem Ausdruck des Bedauerns die Hände aus.

Sun-Tzu stand nur wenige Schritte entfernt, am Rand des schmalen roten Teppichs, der sich bis zum Eingang erstreckte. Unter der roten Seidenrobe trug er Hemd und Hose in Schwarz. Die vor dem Leib verschränkten Hände brachten die Goldstickerei der Ärmel zur Geltung, ein Muster aus sich abwechselnden Katanas und Halbmonden. Kurz zuvor, als er sich umgedreht hatte, um Jamie Nicholas mit einem Kopfnicken aus dem Raum zu schicken, hatte Emma die Stickerei eines großen chinesischen Tierkreisrades auf dem Rücken der Robe gesehen.

Das Universum laut Liao, hatte sie gedacht.

Der junge Kanzler runzelte die Stirn. »Das verstehe ich nicht, Magestrix. Hat Blakes Wort nicht zusammen mit dem Geschenk auch meine Botschaft übermittelt?«

Emma antwortete langsam, immer noch unsicher. »Nun ja. Daß Sie einen neuen Botschafter schicken, und ob ich bereit wäre, ihm eine Audienz zu gewähren.« Sie zwang sich zu einem Lächeln. »Sicher sind Sie nicht der neue Botschafter im Magistrat.«

Sein Antwortlächeln war offensichtlich gespielt unschuldig. »Ah, jetzt sehe ich den Irrtum. Die Botschaft sollte lauten, daß der Kanzler einen neuen Botschafter zu Ihrem Hof entsandt hat. Und, daß er zudem ein persönliches Geschenk übersendet, in der Hoffnung, daß Sie *ihm* eine Audienz gewähren. Ich bin sicher, so habe ich es Blake-Präzentor Carrington auf Sian mitgeteilt.« Er breitete in einer ähnlichen Geste wie zuvor die Magestrix die Hände aus. »Botschafter Yshigo wird leider erst in zwei Wochen eintreffen. Sie hatte auf Capella noch Geschäfte zu erledigen und konnte dadurch nicht auf die Kommandostrecke zurückgreifen, die ich benutzt habe.«

Du spielst deine kleinen Spielchen mit geschickter Hand, Sun-Tzu. Aber mehr ist es nicht. Spielchen. »Hätte ich das gewußt, hätte ich den Lord der Inneren Sphäre geehrt, der mein Reich besucht. Gestatten Sie mir noch einmal, Sie in der Peripherie willkommen zu heißen.« Nur eine winzige Verengung seiner Augen zeigte der Magestrix, daß Sun-Tzu ihre bewußte Unterscheidung der Inneren Sphäre von der Peripherie nicht übersehen hatte. »Und nun, da Sie einmal hier sind: Was kann Canopus Ihnen bieten?«

Hätte Emma es nicht besser gewußt, hätte sie Sun-Tzus Ausdruck der Verwirrung glauben können. »Magestrix?«

»Ihre Absichten hier, Kanzler Liao. Wenn Sie Vorschläge unterbreiten wollen, kann es sein, daß ich Zeit benötige, sie mit meinen Beraterinnen zu erörtern. Aber außer für Fragen der Nationalen Verteidigung kann ich Ihnen versichern, daß ich in meinem Terminkalender Platz für Sie schaffen werde.«

»Die Magestrix ist äußerst großzügig, und es ist in der Tat so, daß die Verteidigung Ihrer Nation das

Thema ist, über das ich mit Ihnen reden möchte. In mehrerlei Hinsicht.«

Emma Centrella ließ sich keine Regung auf Sun-Tzus Worte hin anmerken, aber sie fühlte, wie ihre Kehle sich zusammenzog. Sie hatte keine Spur von Drohung in Liaos Stimme gehört, aber die leisen Ängste, die im Gespräch mit Jamie kurz zuvor erwacht waren, marschierten jetzt in die vorderste Front ihrer Gedanken. *Wird Sun-Tzu sein Bündnis mit der Marianischen Hegemonie aufdecken?* Sie schluckte vorsichtig. »Ach, wirklich?«

Sun-Tzu nickte. »Ich weiß, daß die Marianische Hegemonie Ihre Grenzen mit ständigen Überfällen ernsthaft bedroht. Ich möchte Ihnen die Hilfe der Konföderation Capella gegen diese Angriffe anbieten.«

Emma Centrella hatte viel von Sun-Tzu Liao erwartet oder befürchtet, aber das auf keinen Fall, und dadurch fand sie sich in einer gefährlichen Position. Sie wußte, wie riskant es war, diesen Weg weiterzugehen, ohne die Antworten bereits zu kennen. Und sie traute Sun-Tzu noch immer nicht. Sie war sich nicht einmal sicher, ob sie das jemals tun würde. Aber sie wollte mehr erfahren. »Bitte fahren Sie fort, Kanzler.«

»Soweit ich es sehe, liegt das Hauptproblem im Erwerb neuerer Technologien durch die Hegemonie. Möglicherweise gibt es einen Lieferanten, aber es wäre auch nicht undenkbar, daß sie eine LosTech-Schatzkammer entdeckt haben.«

LosTech, der allgemein übliche Ausdruck für Hochtechnologie, deren Funktionsweise durch die Auswirkungen des Krieges in Vergessenheit geraten war. Gerüchte über noch unentdeckte Sternenbundbasen waren unausrottbar, aber Emma Centrella bezweifelte stark, daß Sun-Tzu auch nur einen Hauch stärker daran glaubte, daß dies hier der Fall war, als sie selbst. »Es wäre eine Möglichkeit«, gab sie zu, und ließ gerade die richtige Menge Zweifel in ihre Stimme einfließen.

»Nun, wir sind uns sicher einig, daß die Hegemonie diese Technologie nicht selbst entwickelt hat. Das marianische Bildungswesen ist noch rückständiger als das des Magistrats.«

Naomis zischendes Einatmen brachte ihr einen zurechtweisenden Blick Emmas ein, die sich wieder zu Sun-Tzu umdrehte und freudlos lächelte. Eine derart offen respektlose Bemerkung hätte einen Anlaß geboten, einen niederen Diplomaten aus ihrem Reich zu verbannen, aber sie erkannte, daß Sun-Tzu ihre Bereitschaft testen wollte, offen und ehrlich zu sprechen, auch wenn er sich recht ungeschickt anstellte. »Es ist so, wie Sie sagen, Kanzler«, bestätigte sie leicht unterkühlt. »Alle Peripheriestaaten haben in diesem Bereich ihre Schwierigkeiten. Aber wir arbeiten daran, die Lage zu verbessern.«

»Natürlich«, gestand Sun-Tzu ein, und sein Lächeln verblaßte etwas, als habe er seinen Fehler erkannt. »Und das ist eines der Gebiete, auf dem ich zu helfen bereit bin.« Er trat einen Schritt vor, und als er weitersprach, senkte er die Stimme zu einem dramatischen Flüstern, das niemand außer seinen beiden Wachen und den Centrellas verstehen konnte.

»Magestrix Centrella, Sie bieten Söldnern mit Zugriff auf die neueren Technologien der Freien Inneren Sphäre oder welchen, denen es gelungen ist, Technologien der Clans zu erbeuten und einzusetzen, gute Preise. Ihr Problem ist aber, daß viele Söldner nur in die Peripherie kommen, wenn sie keine andere Wahl haben, und außer in den Bereichen der Unterhaltung und Medizin ist Ihre eigene Technologie nicht auf dem aktuellen Stand. Ich kann Ihnen Techs und Ausbilder zur Verfügung stellen, die es dem Magistrat ermöglichen werden, schneller Anschluß an die neuen Standards zu finden, als es Ihnen aus eigener Kraft möglich wäre. Die ersten warten bereits an Bord meines Sprungschiffs, der *Himmelswanderer*, und können auf meine Order hin starten. Und ich werde Ihnen zudem konstante Lieferungen neuer Ausrüstung zu einem sehr fairen Preis bieten. Gleiches gilt für Rohstoffe. Schließlich biete ich Ihnen noch sofortige und langfristige militärische Unterstützung gegen die Mordbanden.«

Obwohl ihre Gedanken bei den Bedeutungen der Worte Sun-Tzus in einem wilden Strudel durcheinanderwirbelten, entging der Magestrix der Sinn dieser letzten Bemerkung nicht. »Sie haben Truppen in das Magistrat gebracht?« fragte sie mit scharfer Stimme.

Sun-Tzu wischte die Angelegenheit im wörtlichsten Sinne beiseite. »Nicht mehr als eine persönliche Leibgarde. Ein Bataillon.« Das dünnlippige Lächeln und die leichte asiatische Neigung der Augen verliehen seinem Gesicht einen hinterlistigen Ausdruck. »Aber es sind alles Veteranen, und Sie stehen zum sofortigen Einsatz zu Ihrer Verfügung.«

Zu schnell, Sun-Tzu. Du bist ungeduldig, und dafür werde ich dich bezahlen lassen. »Brixtana«, erklärte sie, und nannte eine Welt an der Grenze zum Tauruskonkordat. »Sie werden Sie sofort in Marsch setzen, haben Sie gesagt? Ihr Bataillon kann Harcourts Aliens freistellen, die ich dann an die Hegemoniegrenze verlegen kann.«

Sun-Tzu saß in der Falle, konnte kein Zugeständnis von ihr verlangen, ohne den guten Willen einzubüßen, den er aufzubauen versuchte. Emma konnte in seinem Gesicht lesen wie in einem Buch. Er hatte bereits angeboten, seine Truppen in Bewegung zu setzen. Dann drehte er sich mit einem Achselzucken um und nickte einem seiner Leibwächter zu, der sich auf den Weg machte, den Befehl weiterzugeben. Als sich der Kanzler zu den Centrellas umdrehte, hatte er Miene und Stimme wieder in der Gewalt. »Die Nachricht geht noch heute abend an die *Himmelswanderer* ab. Ich werde an Bord des Landungsschiffs *Perle der Wahren Weisheit* bleiben, bis sie zurückkehrt.« Er lächelte. »So einfach ist es, Magestrix. Bei der Stärkung, die ich Ihrer Nation bieten kann, wird, was ich erbitte, lächerlich gering erscheinen.«

Du lernst schnell, Sun-Tzu. Das gebe ich zu. Aber jetzt habe ich eine potentielle Bedrohung meiner Welt und Sicherheit und gleichzeitig einen der Verhandlungsposten aus dem Spiel genommen. »Und das wäre?« fragte sie, in einem Tonfall, der glauben ließ, sie plane, seine Bitte auf der Stelle zu gewähren.

»Etwas, das unser beider Nationen dient. Ihre Truppen brauchen Erfahrung in den durch die modernen Waffensysteme erforderlichen neuen Gefechtstaktiken. Ich benötige Truppen, die mir zurückzuerobern helfen, was das Vereinigte Commonwealth meinem Reich vor fast dreißig Jahren gestohlen hat.«

Emma Centrella verbarg ihre Gedanken sorgfältig vor dem stechenden Blick des jungen Liao. *Du hast die Jahre und das Auftreten eines Mannes, Sun-Tzu. Aber ungeachtet der Stärke deiner Konföderation Capella oder deiner jüngsten Leistungen bist du ein Kind in der Politik der Inneren Sphäre. Du spielst mit Intrigen, die dir keinen echten Vorteil verschaffen, und du verrätst deine Absichten viel zu schnell. Trotzdem bietest du mir, was ich brauche – obwohl das allein schon Grund genug für mich ist, dir zu mißtrauen.* »Wir haben einen Empfang zu Ihren Ehren vorbereitet«, kündigte sie schließlich an und erhob ihre Stimme, so daß sie wieder im ganzen Saal zu verstehen war. Sie genoß das kurze Aufblitzen der Enttäuschung in Sun-Tzus Augen, ließ sich aber nicht anmerken, daß sie es gesehen hatte. »Oder sollte ich sagen, zu Ehren des capellanischen Botschafters. Aber Ihre Anwesenheit wird unsere Artisten zu noch größeren Leistungen anspornen.«

Fast, als hätte sie ihre Gedanken gelesen, stand

Naomi auf und trat einen kleinen Schritt vor. Emma lächelte ihrer Tochter zu. »Da Sie nicht in Begleitung Ihrer Verlobten, Isis Marik, gekommen zu sein scheinen, wäre es eine Ehre für meine Familie, wenn Sie Naomi gestatten würden, als Ihre Begleiterin aufzutreten.«

Sun-Tzus warmes Lächeln und die respektvolle Verbeugung vor Naomi schienen höflich genug, aber Emma bemerkte ein erneutes Zusammenzucken bei der Erwähnung Isis Mariks. »Es wäre mir eine Ehre, Lady Centrella.«

Naomi trat augenblicklich vor und beendete Sun-Tzus Audienz bei der Magestrix. »Kanzler«, erwiderte sie seine Verbeugung. Sun-Tzu bot ihr den Arm, den sie auch pflichtbewußt nahm.

Emma Centrella bemerkte den Ausdruck der Erleichterung auf dem Gesicht der für den ›capellanischen Botschafter‹ ausgewählten Kurtisane, als sie sich lautlos zurückzog und durch eine Seitentür verschwand. Während Sun-Tzu Naomi zum Hauptausgang führte, blieb die Magestrix wie in Gedanken versunken sitzen. Erst, als die Türen sich hinter den beiden geschlossen hatten und sie mit ihren Wachen allein war, gestattete sie sich ein Lachen und stand auf.

Du willst die Magistrats-Streitkräfte mieten wie eine Söldnerkompanie. Ein Moment des Nachdenkens, dann korrigierte sie sich. *Nein, wie eines deiner Kriegerhäuser. Ein wagemutiger Plan, Sun-Tzu.*

Ein breites Lächeln trat auf Emmas Gesicht, und sie ging zur selben Seitentür, durch die sie rechtzeitig auf dem Empfang eintreffen würde, um den Kanzler anzukündigen. *Möglicherweise werde ich sogar eines Tages meine Zustimmung dazu geben. Aber du bist immer noch ungeduldig, und bevor du abreist, werde ich dich wieder dafür bezahlen lassen.*

12

Großer Senat, Neu-Rom
Alphard, Marianische Hegemonie

11. Mai 3058

Cäsar Sean O'Reilly stürmte durch die halboffene Tür und schlug sie mit solcher Wucht hinter sich zu, daß die große Glasscheibe klapperte. Die goldenen Buchstaben auf dem Glas waren von innen nur in Spiegelschrift zu sehen, ließen sich aber leicht als *Kommunikationsbüro* entziffern. Demipräzentor Cameron St. Jamais beobachtete, wie der stämmig gebaute Herrscher der Marianischen Hegemonie durch die Scheibe zurückblickte und den Flur absuchte. Selbst hier, in einem der hinteren Korridore des Großen Senats von Alphard, dem Amtssitz der Legislative für die gesamte Marianische Hegemonie, entspannte der Cäsar keinen Augenblick.

Zufrieden, daß alle im Flur sich schnell wieder ihren eigenen Angelegenheiten gewidmet hatten, wirbelte O'Reilly zu St. Jamais herum, die Zähne gebleckt und die leuchtendgrünen Augen wütend aufgerissen. »Sun-Tzu Liao ist auf Canopus IV«, stellte er eisig fest, und erwartete offensichtlich eine Erklärung.

St. Jamais senkte den Blick auf die Berichte des Ordens, die er noch Sekunden zuvor studiert hatte, und beendete den Abschnitt, bei dem er unterbrochen worden war. Es war nur einer der zahlreichen Berichte über die zur Grenze des Magistrats Canopus umgeleiteten Söldnereinheiten. *Offensiv ausgerichtet. Klein, aber sehr beweglich. Spezialisten für Infiltration, ausgedehnte Überfälle, Rettungsaktionen.* Als er wieder aufsah, betrachtete er die drohende Haltung des Cäsars und zeigte deutlich, wie wenig Eindruck er damit auf ihn machte. »Ich weiß«, sagte er, und widmete sich wieder dem Bericht. *Letzter Posten New Home.*

»Sie wissen davon? Und was haben Sie deswegen unternommen?« fragte O'Reilly.

St. Jamais zog den Stapel Berichte in die Mitte des Schreibtischs und lehnte sich im einzigen Sessel des Büros zurück. Er stützte einen Ellbogen auf die Armlehne und legte das Kinn zwischen Daumen und Zeigefinger der Hand. Einen Augenblick lang spielte er mit dem Gedanken, aufzustehen. Immerhin hatte der Cäsar ihm dieses kleine Büro überlassen, weil St. Jamais' Mission es ihm unmöglich machte, sich in der HPG-Anlage von Blakes Wort einzurichten. Präzentor Alphard war zwar Mitglied der Toyama, aber Demona Aziz hatte St. Jamais angewiesen, für den Fall eines Problems höchste Vorsicht walten zu lassen. Aus demselben Grund hatte sie Astrokazy zum Stützpunkt für die Operation gewählt statt einer stark von Blakes Wort beeinflußten Grenzwelt.

Und wenn etwas schiefgeht, opfert sie mich dem Ersten Bereich. St. Jamais gab sich in dieser Hinsicht keinen Illusionen hin. Wenn nötig, würde ihn Demona als Renegaten abstempeln und vernichten lassen – um ihre eigene Stellung zu retten. So lauteten die Spielregeln. *Wäre ich es nicht, wäre es jemand anders. Aber ich werde Erfolg haben, wo ein anderer versagen würde. Und wenn Demona zur Prima gewählt wird, werde ich an vorderster Stelle ihrer Anhänger stehen und auf den Tag warten, an dem sie gezwungen ist, abzutreten.*

Und je mehr er sowohl die Risiken bedachte, die er einging, wie auch die potentielle Belohnung, desto weniger Lust bekam er, Sean O'Reilly zu ertragen. Nicht nur das, er schöpfte ein gewisses Vergnügen aus der Bittstellerhaltung des Herrschers der Marianischen Hegemonie. »Was erwarten Sie von mir?« fragte er schließlich gelassen, während er O'Reilly in die Augen sah.

O'Reilly wand sich unbehaglich. Offensichtlich war er es nicht gewohnt, verbal in die Enge getrieben zu werden. Der Mann war die skrupellose Ausnutzung seiner Macht gewohnt, und es irritierte ihn sichtlich, daß sich Blakes Wort – und St. Jamais im besonderen – nicht einschüchtern ließ. »Hören Sie«, erwiderte er in ruhigerem Ton. »Sun-Tzu Liao hat größere Investitionen in der Hegemonie getätigt, ebenso wie Thomas Marik. Liao kann sogar damit rechnen, später die Herrschaft über die Liga Freier Welten zu übernehmen, falls aus dieser Hochzeit mit Isis Marik jemals etwas wird. Ich muß wissen, ob dieser Besuch auf Canopus IV eine Verschiebung seiner Loyalitäten bedeutet.«

St. Jamais' Kichern war eiskalt. »Machen Sie sich Sorgen über die kleinen Beweisstücke für eine Verwicklung nicht nur der Liga Freier Welten, sondern auch der Konföderation Capella, die Ihre Leute nach den Überfällen zurückgelassen haben?«

O'Reilly nickte. Das Humoristische an dieser Situation entging ihm völlig. »Es wäre überhaupt nicht gut, wenn plötzlich Liao-Truppen an der canopischen Grenze auftauchen würden. Ganz davon abgesehen, daß die Liga Freier Welten unser Hauptabnehmer für Germanium ist. Und das ist kein Luxusgut, das sie sich leisten kann, mit einem plötzlichen Embargo zu belegen. Sie braucht es – Teufel, jeder braucht es – für den Sprungschiffbau.«

»Und sie könnte zu dem Schluß kommen, daß es einfacher wäre, Ihnen das Germanium wegzunehmen, als mit einem Mann Geschäfte zu machen, der sie auf eine derartige Weise ausnutzt. Sie kannten die Risiken von Anfang an«, erinnerte ihn Cameron. »Und jetzt ist es etwas spät für eine Trennung.« Das offenkundige Unbehagen seines Gegenüber ließ ihn lächeln. Dann lehnte er sich vor, die Ellbogen auf der Tischplatte, die Hände vor dem Mund gefaltet. »Keine Angst, Cäsar

O'Reilly. Sun-Tzu Liaos Ankunft war unerwartet, aber ich bezweifle sehr, daß sie Grund zur Sorge gibt. Im Gegenteil, ich glaube, sie beweist, wie verzweifelt die Lage des Magistrats Canopus ist. Die Geier versammeln sich.«

O'Reilly schien sich zu entspannen, von St. Jamais' Beurteilung beruhigt, wie dieser es vorausgesehen hatte. Er nickte in Richtung der Papiere, die der Demipräzentor zu einem ungeordneten Stapel aufgeschichtet hatte. »Und diese Berichte enthalten den Grund für Sun-Tzus Besuch?«

Ein Stirnrunzeln. »Nein.« St. Jamais sah wieder auf das oberste Blatt, einen Bericht über die von den Canopiern angeheuerten Söldnerkompanien. »Emma Centrella wirbt weitere Söldner an, wie ich befürchtet hatte. Die meisten sind vom üblichen Schlag – hauptsächlich Mechpiloten in Finanznöten, die auf schnelles Geld hoffen, das ihnen ermöglicht, sich wieder auf Outreach sehen zu lassen.«

»Die meisten?«

»Ein paar sind dabei, die uns Schwierigkeiten machen könnten. Die Maginot Mechs sind eine gute Defensiveinheit und waren ziemlich teuer. Ich habe Anweisung gegeben, ihnen wenn irgend möglich aus dem Weg zu gehen. Dasselbe gilt für das Greifenstolz-Bataillon.« Er schnippte gegen eine Ecke des obersten Blatts. »Und dann ist da noch diese Einheit hier: Gli Angeli di Avanti.«

Cäsar O'Reilly beugte sich über den Tisch und überflog den Bericht. »Hier steht ganz klar, daß die Einheit in Verteidigungsoperationen wenig bringt. Wo liegt das Problem?«

»Genau das ist das Problem, Cäsar. Warum sollte das Magistrat eine derartige Einheit verpflichten, und dazu noch zu einem guten Preis, es sei denn, man plant einen irgendwie gearteten Offensivschlag?«

»Sie machen Witze«, spottete O'Reilly. »Unseren Geheimdienstberichten zufolge haben die MSK keine Chance, meine Welten anzugreifen. Diese Söldner haben einfach gut verhandelt. Ich werde einer Überfalleinheit befehlen, sie zu vernichten.« Er winkte ab, als ließe sich die Sache mit einer Handbewegung aus der Welt schaffen. »Ich will wissen, was Liao auf Canopus IV treibt. Sie können es für mich in Erfahrung bringen, und genau das werden Sie tun.«

St. Jamais hörte die Arroganz der Befehlsautorität in O'Reillys Stimme zurück treten, und entschied sich, sie nicht noch einmal auf die Probe zu stellen. »Ich werde eine engere Überwachung seiner Bewegungen anordnen. Seine Gespräche mit der Magestrix finden im Geheimen statt, aber unsere Vertreterin am Hofe wird den Grund für Liaos Besuch schon herausfinden.« Diesmal ging St. Jamais' Stimme die Überzeugung ab, von der er wußte, daß sie den Cäsar beruhigen konnte, weil er sich immer noch Sorgen über die Mission der Angeli machte. *Du kannst dir erlauben, diese Söldner auf die leichte Schulter zu nehmen, aber ich nicht.* Trotzdem hatte der Cäsar zumindest einen guten Vorschlag.

»Wie ich sehe, sind die Angeli auf dem Weg nach Marantha«, stellte er mit einem Blick auf den Bericht fest. »Ihr Militär hat einen Piratenpunkt für dieses System?«

»Für alle Zielsysteme«, antwortete O'Reilly. »Soweit ich mich erinnere, gibt es bei Marantha einige, die sehr nahe liegen. Einen Tag Flugzeit vielleicht.«

»Und Alphard? Wie dicht kann eines Ihrer Schiffe herankommen?«

»Zwei Tage«, erwiderte O'Reilly sofort. »Aber wozu die Umstände? Ich kann eine der Überfalleinheiten umlenken. Und Sie können sich um Sun-Tzus Motive kümmern.«

St. Jamais führte ein paar schnelle Berechnungen aus.

»Weil ich, bis Sie Ihre Leute benachrichtigt haben, schon über die Kommandostrecke an Ort und Stelle sein kann, die wir für ein schnelles Eingreifen ausgearbeitet haben.« *Mit erheblich mehr Blakes-Wort-Sprungschiffen als deinen,* dachte St. Jamais und hoffte, daß sich der Cäsar ebenfalls daran erinnerte. Kommandostrecken waren eine etablierte Methode, die langen Aufladezeiten des Sprungantriebs zu umgehen, indem die Landungsschiffe nach Stafettenart zwischen an den Stationen der Strecke wartenden Sprungschiffen weitergereicht wurden. »Und ich befürchte, diese Angeli könnten meine persönliche Aufmerksamkeit erfordern. Keine Bange«, hob er die Hand, um einem weiteren Ausbruch des Cäsars zuvorzukommen. »Ich werde die Befehle bezüglich Sun-Tzu Liaos erteilen, bevor ich abfliege. Und falls er unsere Pläne stört, *werde* ich ihn aus dem Weg räumen lassen. Kali Liao als Kanzlerin mit Rachegelüsten gegen Canopus über den Tod ihres Bruders käme meinen Plänen sehr entgegen.«

O'Reillys schiefes Lächeln war ein stillschweigendes Einverständnis. »Und diese Angeli? Halten Sie die wirklich für so gefährlich?«

»Vielleicht nicht«, gab St. Jamais zu, stand auf, und ordnete die Berichte zu einem akkuraten Stapel. »Aber das ist jetzt nicht mehr von Bedeutung. Ich werde sie zu meinen Bedingungen stellen und vernichten.« Sein Blick begegnete dem des Cäsars, und plötzlich dachte er an Vorbereitungen, die er treffen konnte, um auf dieselbe Weise mit Demona zu verfahren. »Bevor sie solche Taktiken auch gegen mich einsetzen können.«

Und wieder sprach er nicht nur von den Angeli.

13

**Planetares Verwaltungszentrum, Jubilee
Marantha, Magistrat Canopus**

18. Mai 3058

Die meisten Söldnereinheiten, die auf der Welt ihres Arbeitgebers landeten, setzten auf einem Raumhafen in der Nähe der Hauptstadt auf und paradierten anschließend in einem Schauzug durch die Straßen, um die Stimmung der Bevölkerung zu heben. Als Offensiveinheit brauchten die Angeli derartige Spektakel nur selten durchzuziehen. Das machte es umso überraschender, als Marcus zu einem Gespräch mit der Planetaren Verteidigungskoordinatorin in die Hauptstadt *eingeladen* wurde, als die beiden Landungsschiffe der Kompanie die Freigabe für eine abgelegene Militärbasis erhielten. Er übergab den Befehl an Thomas Faber und stieg mit Charlene Boske und Jericho Ryan in eine Raumfähre. Marcus gefiel der Gedanke zwar gar nicht, seine Leute bei der Ankunft auf einem neuen Planeten alleinzulassen, aber er hoffte, ihnen den Rest des diplomatischen Unsinns ersparen zu können, wenn er diese Einladung akzeptierte.

Marcus und seine beiden Begleiterinnen waren am Raumhafen Jubilees von einem niederen Beamten abgeholt worden, dessen Namen er schon kurz darauf vergessen hatte, und zum Planetaren Verwaltungszentrum gebracht worden. Jetzt stand er im dritten Stock des Gebäudes am Fenster und starrte mit beständig düsterer werdender Laune hinab. Er verschränkte die Arme vor der Brust und schüttelte den Kopf, als Jericho Ryan, die sich entschieden hatte, in der kleinen Hausbar des Büros zu räubern, ihm einen Drink anbot. Das Klirren der Eiswürfel in zwei Gläsern sagte ihm, daß Charlene das Angebot angenommen hatte.

Marcus machte sich Sorgen, weil Jase Torgensson sie nicht auf Marantha erwartet hatte. Es gab auch keinerlei Hinweis darauf, daß er hier gewesen war, und am Raumhafen war keine Mitteilung über seinen Aufenthaltsort hinterlegt. Ohne Jases Kundschafterarbeit blieb den Angeli nichts anderes übrig, als eine marianische Welt zu überfallen und zu versuchen, dort etwas über den Ursprung der Waffen herauszufinden, die offensichtlich von außerhalb in die Hegemonie geschleust wurden. Das bedeutete gesteigerte Gegenwehr. Auf einer persönlicheren Ebene hieß es auch, daß Marcus irgendwo in der Liga Freier Welten oder hier draußen in der Peripherie einen seiner Engel verloren hatte. Angesichts des Sabotageversuchs über Andurien mußte er sich die Frage stellen, ob sie je wieder etwas von Jase hören würden.

Und trotz seiner Anstrengungen, sich nicht zu binden, fraß dieser Verlust an Marcus.

Die Tür des Büros öffnete sich, und als er sich umdrehte, sah er eine Frau in der türkis-schwarzen Uniform der Magistrats-Streitkräfte den Raum betreten. Die mit Stachelbändern verzierten Handschuhe und ledernen Kniestiefel ähnelten denen Jerichos und wiesen sie als MechKriegerin aus. Eine einzelne goldene Raute als Rangabzeichen kennzeichnete sie als Major, was sie in der Rangordnung des Magistrats zu einer ranghohen Bataillonsführerin machte. Sie schloß die Tür hinter sich. »Blöde, selbstgefällige, schwachsinnige Bürokratinnen«, fluchte sie und spie die Worte fast in Richtung der geschlossenen Tür.

Marcus' Stimmung hob sich.

Mit einem übertriebenen Ausatmen drehte sich der Major um und kam mit ausgestreckter Hand geradewegs auf Marcus zu. »Kommandant GioAvanti, tut mir leid, daß ich Sie habe warten lassen. Major Judith Wood, kommandierender Offizier der 2. Canopus Highlanders, McGraw's Marauders.«

Marcus erinnerte sich aus dem Bericht, den Jericho Ryan ihm über MSK-Einheiten gegeben hatte, mit denen sie rechnen konnten, in Kontakt zu kommen, an die Einheit. Die Canopus Highlanders hatten ihr Dasein als zwei Söldnerbataillone unter Langzeitvertrag mit dem Magistrat begonnen. Mit Hilfe der Canopier hatten sie die Einheit im Verlauf der letzten drei Jahrzehnte auf drei unterzählige Regimenter zu je zwei Bataillonen ausgebaut. McGraw's Marauders waren die Elite dieser Truppe, ein Veteranenregiment mit einigen erstklassigen Lanzen der berühmten *Marodeur*-BattleMechs. Obwohl sie theoretisch immer noch eine Söldnereinheit waren, hatten die Highlanders sich so weitgehend an die canopischen Traditionen angepaßt, unter anderem durch Übernahme der MSK-Rangordnung und Uniform, daß die Unterscheidung nur noch in der Datenbank existierte.

»Ich hatte darum gebeten, daß man Sie runterbringt, aber irgendeine idiotische Beamtin hat entschieden, daß es für Sie bequemer wäre, hier zu warten.« Sie zuckte die Schultern und sah sich mit offenem Widerwillen um. »Dieses Büro gehört zum Titel der Verteidigungskoordinatorin.«

Marcus schüttelte die ausgestreckte Hand und wunderte sich wieder über die matriarchalische Ausrichtung des Magistrats. Judith Wood war eine gutaussehende Frau mit strengen Zügen, die sicherlich sowohl Härte wie auch Mitgefühl ausdrücken konnten, je nachdem, wonach die jeweilige Situation verlangte. Ihr kastanienbraunes Haar zeigte erste Spuren von Grau an den Schläfen, und die Lachfältchen um die Augen ließen sie weniger alt als freundlich wirken.

»Major«, begrüßte er sie. »Gestatten Sie mir, Ihnen meine Stellvertreterin Charlene Boske vorzustellen.« Marcus wartete, während die beiden Frauen sich die Hand schüttelten. Danach drehte sich der Major zu Jericho um, und beide tauschten einen militärischen Salut aus – Fingerspitzen an der Stirn, die Hand nach innen gedreht, bis die Innenfläche fast das Jochbein berührte.

»Also, Kommandant GioAvanti, ich nehme an, Sie machen sich in erster Linie Gedanken über diesen vermißten Mann.«

»So ist es«, bestätigte Marcus und dankte ihr in Gedanken für ihre Offenheit. »Ich hatte gehofft, über die MSK eine Nachricht zu erhalten …« Er verstummte, als Major Wood den Kopf schüttelte.

»Tut mir leid. Und ich habe eine Überprüfung der Passagierlisten aller Landungsschiffe veranlaßt, die im letzten Monat niedergegangen sind. Der Name Torgensson taucht nirgends auf.« Sie kniff mißtrauisch die Augen zusammen, versuchte aber neutral zu klingen. »Er könnte natürlich unter einem anderen Namen unterwegs sein.«

Was bedeuten würde, daß er falsche Papiere benutzt und noch eine ganze Reihe anderer Dinge, von denen Sie lieber nichts wissen möchten. Marcus wußte die hintergründige Art ihrer Frage zu schätzen. »Das bezweifle ich«, antwortete er und wartete auf Charlene, die perfekt auf Stichwort in das Gespräch eingriff.

»Aber wenn Sie die Überprüfung wiederholen, Major, könnten Sie den Angeli einen Gefallen tun?« Sie machte eine Pause, um an ihrem Drink zu nippen, und Marcus überließ ihr das Gespräch. »Wir könnten ein paar Freunde in der Nachbarschaft haben, um es mal so auszudrücken. Entrechtete Söldner, die wir vielleicht verpflichten möchten. Wenn Sie nach den Namen Jon Howard und Peter Triskalion Ausschau halten könnten, wären wir Ihnen verbunden.«

Major Wood nickte. »Natürlich. Aber ich muß Sie fragen, wie Ihre Pläne für den Fall aussehen, daß Mr. Torgensson nicht auftaucht? Dem Bericht zufolge, den ich erhalten habe, agieren Sie unabhängig von meinem Kommando?«

»Ja, Major«, antwortete Jericho und trat nach vorne. »Die Angeli haben die Erlaubnis, Marantha als Operationsbasis zu benutzen und ihre Zivilisten hier abzusetzen.« Sie hatte zwei weitere Drinks gemixt, die sie dem Major und Marcus reichte, der jetzt ebenfalls einen nahm.

»Und wenn die Marianer angreifen, während sie hier sind?« fragte die ältere Offizierin.

Marcus mischte sich mit einem Kopfschütteln wieder in das Gespräch ein. »Die Angeli sind nicht verpflichtet, als Garnisonstruppen zu dienen, Major Wood. Wir bleiben nur hier, bis wir unsere Familien untergebracht und entschieden haben, wie wir weiter vorgehen.« Er nahm einen Schluck aus seinem Glas und stellte fest, daß der Drink reichlich Bourbon enthielt. »Wir können uns keine unnötige Verstrickung mit der Verteidigung Maranthas leisten.«

»Ich befürchte, das stimmt«, unterstützte Jericho ihn, wenn auch erkennbar mit einem gewissen Unbehagen. »Der Kontrakt der Angeli billigt ihnen sogar das Recht zu, nach Gutdünken des Kommandeurs jede ihnen als Basis zugewiesene militärische Position aufzugeben.«

Major Wood zog die Stirne kraus, und ihr Blick wurde hart. »Ich verstehe. Und wenn ich Ihnen einen Sekundärkontrakt anböte?«

Charlene und Marcus hoben den Kopf, dann sahen sie einander mit offenkundiger Überraschung an. Sekundärkontrakte waren selten, auch wenn ihr Abschluß ab und zu vorkam. Dieses Angebot konnte nur bedeuten, daß die Mordbanden eine größere Gefahr darstellten, als Marcus gedacht hatte. Normalerweise führten Charlene und Torgensson alle Verhandlungen. Auf Marcus' mahnendes Nicken hin fragte Charlene: »Was genau hatten Sie sich vorgestellt?«

»Mit meiner Autorität als Planetare Verteidigungskoordinatorin könnte die Regierung Maranthas Ihnen eine Entschädigung für jede Form der Unterstützung anbieten, die Sie uns in einer Krisensituation leisten. Natürlich hätte Ihr Vertrag mit dem Magistrat Vorrang.«

Charlene überlegte. Während der Wartezeit senkte sich Schweigen über den Raum. Die drei anderen nutzten die Zeit dazu, ihre Gläser ein Stück weit zu leeren, aber Marcus benetzte kaum die Lippen, während er zu erraten versuchte, was Charlene vorschlagen würde. Schließlich stellte seine Stellvertreterin ihr Glas auf den Schreibtisch und lehnte sich an seine Kante. »Gli Angeli behalten volle Autonomie. Sie müßten Ihre Truppen ohne uns einsetzen, und wir würden allein darüber entscheiden, was wir tun.«

Auf ein leichtes Kopfschütteln des Majors hin setzte Charlene hinzu: »Wir sind eine Angriffseinheit. Innerhalb unserer taktischen Doktrin ist keine andere Lösung praktikabel.« Eine kurze Pause. »Volle Bergungsrechte. Entschädigung für alle Schäden an unserer Ausrüstung. Lösegeld für jede Feindeinheit, einschließlich einem Prozentanteil für den von uns erzielten Schaden.«

Bei dieser letzten Bedienung mußte Marcus lächeln. Sie gestattete den Angeli, Angreifer zurückzuschlagen, ohne sich auf ein Vernichtungsgefecht einzulassen. *Nicht schlecht, Charlene, aber vielleicht geht es noch besser.* Er verschränkte die Arme und stützte das Glas auf die linke Armbeuge. *Mal sehen, wie verzweifelt Major Wood ist.* »Und halber üblicher Garnisonssold für die gesamte Zeit, in der sich unsere Mechs auf Marantha aufhalten«, setzte er hinzu.

Jericho riß schockiert die Augen auf und starrte Marcus ungläubig an. Major Wood ließ ein kurzes, bewunderndes Lachen ertönen. »Sie wissen ihren Vorteil auszunützen, Kommandant.« Sie dachte kurz nach. »Sagen wir ein Viertel des üblichen Garnisonssolds, angepaßt an die Anzahl der jeweils auf dem Planeten befindlichen Mechs. Diese Bedingung werde ich erst noch mit der neuen Planetaren Gouverneurin besprechen müssen, aber sie scheint bereit genug, das Geld der Magestrix auszugeben.«

»Neue Gouverneurin?« fragte Marcus. »Commander Ryan hat uns erklärt, Sonia Hastings hätte ihren Posten sicher.«

»Das hatte sie auch.« Der Tonfall des Majors wurde ernst. »Sie wurde vor fast zwei Monaten das Opfer eines Attentats. Die neue Gouverneurin hat mich als Verteidigungskoordinatorin eingesetzt.«

»Und ich wette, ein Teil Ihrer Aufgaben besteht darin, die Verteidigung des Gouverneurssitzes zu koordinieren.« Marcus grinste und die beiden anderen Frauen kicherten, als der Major mit einem Ausdruck komischer Resignation mit den Augen rollte.

Das Lachen war kaum verklungen, als ein niederer Offizier kurz anklopfte und ins Zimmer trat. Er überreichte Judith Wood eine Meldung und wartete. Die Miene des Majors verdüsterte sich. »Wie lange ist die Ortung her?« fragte sie den Ensign.

»Eine Stunde, Major. Sie sind um den äußeren Mond gekommen und bremsen mit eins komma fünf Gravitationen ab. Sie waren nicht zu finden.« Er schluckte schwer. »Sie kommen sonst nie hier hoch.«

Wood riß frustriert die Arme hoch und marschierte in die Mitte des Büros. Sie sah hinüber zu Jericho, dann zu Marcus. »Angreifer«, verkündete sie. »Ein *Overlord* und drei *Unions* mit schwerer Jägereskorte. Sie können jede Minute hier sein.«

Bis zu zwei komplette Bataillone! Die Mischung aus Wut und Unglauben, die Marcus empfand, mußte auf seinem Gesicht abzulesen gewesen sein, denn Major

Wood beantwortete sie sofort. »Ich weiß, was Sie jetzt denken, Kommandant. Ich hatte keine Ahnung, daß die Angreifer bereits im System sind. Sie sind an einem Piratensprungpunkt materialisiert, der weniger als einen Tag Flugzeit entfernt liegt, und kommen im Ortungsschatten des Mondes angeflogen.«

Marcus fühlte sich keineswegs zufriedengestellt. »Dann werden Sie wohl nichts dagegen haben, wenn wir diesen Angriff aussitzen?« fragte er mit höflichem Sarkasmus.

»Dazu werden Sie kaum Gelegenheit haben.« Judith Wood klang ehrlich bedauernd, als sie ihm die Nachricht aushändigte. »Falls der *Overlord* seinen Kurs nicht ändert, plant er eine Landung auf oder bei Indian Island. Das ist der Ort, an dem wir die Angeli stationiert haben.« Sie atmete tief durch. »Sie springen genau über Ihren Leuten ab.«

14

Planetare Verteidigungszentrale, Jubilee Marantha, Magistrat Canopus

18. Mai 3058

»Ich brauche eine Karte von Indian Island!«

Die Planetare Kontrollstation war Teil des Jubilee-Mechhofs gleich neben dem Raumhafen. Major Wood fuhr sie in ihrem Privatschweber hin, einem '56 Canopus Motorworks Highlite, der die Werbeversprechungen seiner Herstellerfirma bestätigte – schnell in der Geraden und kurvengängig mit minimalem Abdriften bei über 30 km/h. Sie legten die sechs Kilometer lange Strecke in knapp über drei Minuten zurück, und Marcus war froh, als sie für die erste Sicherheitsüberprüfung endlich abbremsen mußte. Dann raste der Major zwischen zwei Hangars hindurch und stürzte den Wagen eine Rampe hinab, die in einen großen subplanetaren Bunker mit meterdicken Stahltoren führte. Sie stellte den Zivilwagen zwischen zahlreichen Truppentransportern und Jeeps ab, dann winkte sie Jericho Ryan und die beiden Angeli durch vier verschiedene Sicherheitssperren, so daß sie direkten Zugang zum Herz ihrer Verteidungsanlage hatten.

Marcus beobachtete, wie der Ensign mit der falschen Karte sich trollte und eine andere mit der richtigen herangerannt kam, einem großen farbigen Plastikbogen. Die Farbkodierung würde ihm die topographischen Informationen liefern, die er brauchte, um detaillierte BattleMechbewegungen zu planen. Ringsum herrschte hektische Betriebsamkeit – Grüppchen von MSK-Offizierinnen beugten sich über Karten und Gefechtstische, Mannschaften bedienten die Computer, Ortungsanlagen und Kommunikatoren, die diese Zentrale mit allen

Aspekten der Verteidigung Maranthas verbanden. Er rollte das Plastik über einem Leuchttisch aus, befestigte den Bogen an zwei Seiten und schaltete das Licht ein. Die Oberfläche des Tisches wurde hell und beleuchtete von unten die Karte des Gebiets, in dem die Angeli abgesetzt worden waren.

Indian Island war eigentlich gar keine Insel, sondern eine große Halbinsel, die durch einen äußerst schmalen Landstreifen mit der äußersten Nordwestecke des größten planetaren Kontinents verbunden war. Das Gelände war bedeckt von dichtbewaldetem Mittelgebirge mit vereinzelten tiefen Tälern, und schien hervorragend dazu geeignet, die Bewegungen einer großen Anzahl von BattleMechs zu verbergen. Am Ostrand der Halbinsel, unmittelbar am Ufer des Freyja Sounds, hob sich ein großer grauer Fleck zwischen den Grün- und Brauntönen ab. Major Wood hatte ihn auf der Fahrt darüber informiert, daß Indian Island außer Bergen und Bäumen nur ein Munitionsdepot enthielt. Alles in allem bestand die Anlage aus Stellfeldern für zwei Landungsschiffe, umliegenden Gebäuden und den Zugängen zu subplanetaren Munitionsbunkern. *Und bewacht wird das Ganze von einem einzigen Infanteriezug.* Major Wood hatte die Angeli für diese Aufgabe vorgesehen gehabt und die urprünglich dort stationierte halbe Kompanie Mechs an diesem Morgen abgezogen.

Geht bei uns noch irgendwann mal was glatt? fragte sich Marcus.

Er packte die große, an einem Teleskoparm befestigte quadratische Lupe und zog sie über das Depot. *Als die Anlage gebaut wurde, hat sich jemand Gedanken gemacht,* stellte er fest. Abgesehen von ein paar kleinen Baumgrüppchen war der Wald im Norden und Süden der Anlage auf über einem Kilometer abgeholzt, und im Westen beinahe ebensoweit. Ein paar Berge und vereinzelte Barrikaden im Mechformat lieferten Verteidigern gute Deckung.

Aber als Kommandeur einer Einheit, die darauf spezialisiert war, Verteidigungsstellungen zu durchbrechen, fielen Marcus sofort mehrere Schwachstellen auf, die ein entschlossener Angreifer ausnutzen konnte. *Da.* Er stieß den Finger auf die Karte und fühlte die Hitze des Lichts durch die Glasscheibe und die dünne Plastikfolie. Sein Finger wirkte unter der Lupe riesig, aber er half ihm, sich das Gelände einzuprägen, als er Baumlinien und Berge nachzog. *Hier sollte der Gegner es versuchen.*

Genau westlich des Depots verlief die Waldgrenze dichter an der Anlage als irgendwo anders, in nicht einmal 250 Metern Entfernung. Die Bäume machten es nahezu unmöglich, anrückende Gegner zu entdecken. Der Boden wurde zum Rand des Waldes hin schnell flacher und das freie Stück bis zum Depot bot eine offene Ebene. Nördlich und südlich der Anlage erhoben sich zwei Hügel, die das ebene Stück in einen potentiellen Spießrutenlauf durch mörderisches Kreuzfeuer verwandelten. Aber Marcus erkannte, daß eine aus dem Wald hervorbrechende Einheit nach Norden abbiegen und einen dieser Hügel völlig umgehen konnte, um die Hälfte der Verteidiger abzuschneiden oder sie zu zwingen, herabzusteigen und sich auf offenem Feld zum Kampf zu stellen. Falls es soweit kam, konnte die größere Reichweite der Mordbanden ein Massaker anrichten.

Marcus sah von der Karte auf und kniff die Augen zusammen, als er versuchte, sich die Geländebedingungen einzuprägen. Es gab mehrere Vorgehensmöglichkeiten, aber er mußte sie zunächst im Kopf durchgehen. Als er die Augen wieder öffnete, sah er, daß Charlene irgendeinem Tech das Kommset abgenommen hatte und mit jemandem am anderen Ende der Leitung in ein erregtes Gespräch verwickelt war. Jericho Ryan stand nicht weit entfernt bei Major Wood. Die beiden betrachteten einen Computerschirm und unterhielten sich mit leiser Stimme.

»Major, mit was für Verstärkung kann ich rechnen? Wieviel und wann?«

Judith Wood und Jericho drehten sich beide um. »*Wofür?*« fragte Wood, aber gleich darauf hatte sie verstanden – uhd beantwortete seine Frage, ohne eine weitere Erklärung zu benötigen. »Mit nichts.«

Marcus stieß sich vom Leuchttisch ab und ging auf die Majorin zu. »Nichts?« Er zeigte mit dem ausgestreckten Zeigefinger zurück in Richtung der Karte, die braun und grün auf der Leuchtplatte des Tisches glühte. »Ein *Overlord* stürzt auf meine Leute zu, und Sie können keine verdammte Lanze erübrigen?«

»Kommandant GioAvanti, ich kann nicht einmal garantieren, daß wir *Sie* rechtzeitig zurück zu Ihrer Einheit bringen werden, geschweige denn, ein Landungsschiff dort hinaus umleiten können.« Wood wies mit dem Kopf auf den Computerschirm, den sie betrachtet hatte. »Die Flugmechanik deutet darauf hin, daß der *Overlord* nicht voll beladen ist. Vielleicht zwölfhundert Tonnen an BattleMechs. Das ergibt ein Bataillon deutlich unter Sollstärke oder wahrscheinlicher noch zwei Kompanien über Soll. Und diese Informationen sind das beste, was ich Ihnen derzeit an Unterstützung anbieten kann.« Sie winkte in Richtung des Bildschirms. »Drei Schiffe der *Union*-Klasse hängen mit Luft/Raumeskorte in einer niedrigen Umlaufbahn und können überall runterkommen. Meine BattleMechtruppen sind so schon aufs Äußerste auseinandergezogen, um die Einheiten in Einsatzreichweite voneinander zu halten. Diese Angreifer haben keinerlei Skrupel, wenn es darum geht, zivile Anlagen wie Transit- oder Industriezentren zu attackieren, und ich muß alles irgendwie beschützen. Sie können überall zuschlagen, deswegen kann ich Ihnen keine Verstärkungen anbieten, bevor sie sich auf ein Ziel festgelegt haben.«

Marcus mußte seine Wut schlucken. Er versuchte, Wood zu verstehen. Es war verteufelt hart, eine ganze Welt gegen einen Überfall zu beschützen. Die Angeli verließen sich bei ihren Attacken auf denselben Unsicherheitsfaktor. Aber ein ganzes Bataillon war selbst unter Sollstärke ein beachtlicher Gegner. »Besteht wenigstens eine Chance, daß die Infanteristen über Mechabwehrtraining verfügen?«

»Nein.« Ihre Züge lösten sich. »Tut mir leid, Kommandant. Ziehen Sie Ihre Leute zurück, wenn nötig. Aber das würde mich zwingen, mehrere Kompanien aus ihren Positionen abzuziehen und den Truppen an Bord der *Union*-Schiffe eine ganze Reihe von ungeschützten Zielen bieten.«

Marcus erkannte die Verzweiflung in ihren Augen. Major Wood sah sich durch ihre Verantwortung für die Bevölkerung Maranthas in die Enge gedrängt. Sie hatte bei ihrer Verteidigungsplanung auf die Angeli gezählt, und wenn er seine Einheit abzog, brach ihre Abwehr an irgendeiner Stelle zwangsläufig zusammen. *Sie will diese Entscheidung nicht treffen müssen, aber sie ist bereit es zu tun, wenn ich sie dazu zwinge.*

»Ich hab's, Marc.« Charlene kam herüber, spannte die Leitung des Kommsets bis ans Maximum und ignorierte den ungeduldig gestikulierenden KommTech. »Die *Stecknadelkopf* hat den *Overlord* beim Aufsetzen in einer sicheren Zone beobachtet, vielleicht drei Stunden Marschentfernung für BattleMechs südwestlich des Munitionsdepots. Anscheinend hatten sie keine Lust auf einen Schlagabtausch mit unseren Landungsschiffen.«

Marcus nahm es ihnen nicht übel. Die *Stecknadelkopf*

war zwar nur noch einen Fingerbreit von der Verschrottung entfernt, aber sie war immer noch ein Schiff der *Festung*klasse – gut gepanzert und vor schweren Waffen strotzend. Er überlegte, was das für die Vorgehensweise der Mordbanden bedeuten konnte, und entschied, daß er mit seiner Planung richtig lag. »Gibt uns das die Zeit, hinzukommen?«

Major Wood wollte den Kopf schütteln, aber Charlene schnitt ihr das Wort ab. »Ja. Ich habe einen Ensign Klepper mit einer Doppel-Fluglanze *Sperber* auf einer anderen Leitung. Er meint, sie können je einen Passagier aufnehmen und uns zum Depot befördern, falls wir den Andruck aushalten.«

Bevor einer der Angeli noch die Bitte aussprechen konnte, nahm Jericho Ryan vor Major Wood Haltung an. »Ma'am. Hilfseinheit Gli Angeli di Avanti erbittet Unterstützung durch vier *Sperber*-Luft/Raumjäger.«

Marcus und Judith Wood sahen sich an und testeten die Entschlossenheit ihres jeweiligen Gegenübers. Jerichos Bitte hatte sie an die verbale Übereinkunft erinnert, die sie im Verwaltungsgebäude getroffen hatten. Der Major würde sich an die ausgemachten Entschädigungsbedingungen halten – und Marcus sein Bestes versuchen müssen, die Anlage zu verteidigen. Die Canopierin nickte einmal kurz und wandte sich danach sofort der Karte zu, die Marcus auf dem Leuchttisch ausgebreitet hatte. »Schaffen Sie es?«

Vier *Sperber*. Die Angeli besaßen selbst keine Luft/Raumeinheiten, wußten sie aber einzusetzen. Marcus betrachtete den dichten Wald, der die meisten Anmarschwege zum Munitionsdepot bedeckte. Die Jäger würden gegen die Mechs erst etwas ausrichten können, wenn sie aus dem Wald kamen, und auch dann nur für die kurze Zeit, bis die marianischen Kampfkolosse die Militärinstallation erreicht hatten und zwischen den Gebäuden waren. *Also muß ich den Gegner vom Depot fernhalten,* dachte Marcus. *Ihn auf freiem Gelände halten.*

Und damit ergab das Ganze einen Sinn.

»Okay, Charlie, hol mir Faber auf die Leitung. Er soll seinen *Marodeur*, Kis *Schütze*, Jerichos *Greif* und meinen *Kriegshammer* zurückhalten. Und die *Savannah Master*.« Er trat zurück an die Karte und fand die beiden Hügel. *Sie werden nach Norden abbiegen wollen*, dachte er. »Der Rest soll knapp hinter der Baumlinie Aufstellung nehmen, nordwestlich des Depots, hinter Hügel 15-32. Setz Jerichos Lanzenkameradin mit der *Ballista* zu den Truppen, die in der Hinterhand bleiben.« Er sah hinüber zu Jericho, die ihm mit einem kurzen Nicken bestätigte, daß er ihre Lanze in seinen Gefechtsplan einbeziehen konnte. »Die im Wald aufgestellten Einheiten fahren die Reaktoren auf Minimalleistung herab und halten die Stellung. Das werden deine Truppen, Charlie. Du kannst den *JägerMech* noch rechtzeitig zu ihnen rausbringen, wenn wir da sind, aber sie sollen an Ort und Stelle stehen, und abgekühlt.«

Major Wood sah ihn zweifelnd an. »Strategisch nennt man so etwas die eigenen Truppen im Angesicht eines überlegenen Gegners teilen, Kommandant.«

»Seit wann sind Mordbanden überlegen?« gab er mit einem dünnen, freudlosen Lächeln zurück. »Charlie, Faber soll alle Nichtkombattanten auf die *Heaven Sent* schaffen und beide Landungsschiffe in niedriger Flughöhe auf Rasterposition 45-350 zurückziehen. Das setzt sie etwa zehn Kilometer von der Depotanlage entfernt auf die andere Seite des Freyja Sounds. Sie werden die Verstärkung bringen.«

Charlene übermittelte die Anordnungen, dann warf sie das Kommset seinem Besitzer zurück. »Die *Sperber* stehen auf dem Flugfeld und warten«, erklärte sie bereits auf dem Weg zur Tür.

Jericho packte Marcus am Arm, bevor er ihr folgen konnte. Auf ihrer Stirn standen tiefe Sorgenfalten, aber in ihrer Stimme klang nur eine sanfte Ermahnung: »Major Wood kann keine Verstärkungen garantieren, Kommandant.«

Marcus lächelte. »Ich habe es gehört. Aber die Angreifer wissen das nicht.«

15

Munitionsdepot Indian Island
Marantha, Magistrat Canopus

18. Mai 3058

Demipräzentor Cameron St. Jamais bewegte seinen TDS-9M *Todesbote* vorwärts. Der 80 Tonnen schwere Kampfkoloß brach armdicke Äste wie vertrocknete Zweige von den Bäumen, als er aus dem Wald trat. Nach fast vier Stunden Marsch durch den dichten Urwald der Halbinsel war er froh, ein Ende zu sehen. Der *Overlord* hatte zu weit entfernt aufgesetzt, das war ihm jetzt klar. Glücklicherweise hatte er den Abwurf der Mechs aus den Schiffen der *Union*-Klasse entsprechend verzögern können. Inzwischen würden die MSK-Einheiten zu sehr mit der Verteidigung dreier Großstädte beschäftigt sein, um sich allzu große Sorgen um das Schicksal von ein paar Söldnern zu machen. Er lächelte grimmig. Es konnte nicht mehr lange dauern, bis die MSK-Kommandeurin erkannte, daß pro Stadt nur eine verstärkte Lanze aus sechs leichten bis mittelschweren Mechs angriff.

Viel zu spät, um den Angeli zu helfen.

Achthundert Meter voraus konnte St. Jamais hinter einer im Norden und Süden von zwei Hügeln begrenzten Lichtung einen Zaun und einzelne Gebäude erkennen, die Außengrenze des Indian Island Munitionsdepots. Sein *Todesbote* stand am Rande des freien Geländes, das sich vom Waldrand bis zur Depotanlage erstreckte, eingekesselt zwischen den beiden Hügeln. Links und rechts von ihm traten seine BlakeGuard-Truppen aus dem Wald und stellten sich zu einer unordentlichen Schlachtreihe auf. Achtzehn Maschinen mit einem Durchschnittsgewicht von über 60 Tonnen, mehr als genug, um es mit einer Söldnerkompanie aufzunehmen.

Und einige der fortschrittlichsten Konstruktionen, dachte er. Mechs wie der *Shootist* und der *Kampfhund* ließen seinen *Todesbote* wie eine Antiquität wirken. Aber der *Großkreuzritter*, den er sonst steuerte, war zu eng mit Blakes Wort verbunden, so wie die anderen neuen Modelle entsprechend der Tarngeschichte mit der Liga Freier Welten oder der Konföderation Capella assoziiert wurden. Und auch der *Todesbote* war kein Gegner, den man ungestraft auf die leichte Schulter nehmen konnte. Mit drei Extremreichweiten-PPKs war er unabhängig von einem Munitionsvorrat und hatte eine gewaltige Durchschlagskraft.

Seine Sensoren hatten bereits fünf feindliche Mechs entdeckt und auf seinem Taktikschirm mit roten Quadraten markiert. Die größte Gefahr schien von einem *Kriegshammer-Marodeur*-Pärchen auf dem Hügel sechshundertfünfzig Meter schräg links voraus auszugehen. Ein *Schütze*, eine *Ballista* und ein *Greif* standen etwas näher und zur Rechten auf dem zweiten Hügel. Alle fünf Maschinen verharrten reglos in lockeren Baumgruppen. Als ob sie darauf warteten, daß die Angreifer ihnen den Gefallen taten und in ihr Kreuzfeuer liefen. Es dauerte einige lange Sekunden schweigender Sensorabtastung, bevor St. Jamais klar wurde, daß keine anderen Mechs zu finden waren.

Fünf Maschinen gegen eine verstärkte Kompanie von achtzehn?

Cameron St. Jamais fühlte den ersten Anflug von Unsicherheit. Wo waren die Angeli? Den Informationen zufolge, die sie vom Blake-Personal auf Marantha erhalten hatten, hätte die Söldnerkompanie schon vor Stunden gelandet sein müssen. *Und was ist mit den Landungsschiffen?* Selbst die Hügel hätten die zehn Stockwerke hohe Kugel einer *Festung* nicht verbergen können. Außerdem hatte die Mechaufstellung, die er erhalten hatte, weder einen *Greif* noch eine *Ballista* enthalten, und beide Mechs waren in den Farben des Magistrats bemalt.

Als er diese unerwartete Situation betrachtete, fiel ihm ein alter ComStar-Grundsatz ein: *Es ist besser, schnell und entschlossen zu handeln, als auf der Suche nach der perfekten Antwort lange zu zögern.* Selbst wenn sie die Söldner irgendwie verfehlt hatten, konnte Blakes Wort auf Marantha noch Schaden anrichten. Er wollte seinen Leuten gerade den Angriff befehlen, als fast auf das Stichwort hin drei grellblaue künstliche Blitzschläge aus den Geschützen des *Marodeur* und des *Kriegshammer* zuckten und Schmelzspuren über die Panzerung von Adept-MechKrieger Franklins *Amboß* zogen.

Über mehr als sechshundert Meter? Das entsprach der Reichweite seines *Todesbote*! Franklins *Amboß* stolperte rückwärts in eine große Ulme, die ihn vor einem Sturz bewahrte. Zwei der PPK-Treffer hatten das rechte Bein des Mechs sauber abgetrennt. St. Jamais war vertraut mit den Schadenswerten des *Amboß*, und für eine derartige Wirkung gab es nur eine Erklärung. *Clan-Technologie!* Vielleicht waren nicht alle Angeli hier gelandet, aber ganz offensichtlich befand sich zumindest ein Teil von ihnen hier.

Heiße Wut wärmte St. Jamais, als er seine eigenen Extremreichweiten-PPKs auf den *Marodeur* abfeuerte und zwei der Partikelbahnen über dessen linken Torso und Arm fuhren, während der dritte Schuß zu hoch angelegt war und vorbei ging. Nicht einmal die unüberblickbare Menge modernster Wärmetauscher, mit der sein Mech ausgerüstet war, konnte die Abwärme eines derartigen Energieausstoßes durch den Fusionsgenerator voll ableiten, und die Hitzewelle schlug mit beinahe physischer Gewalt über ihm zusammen.

»Alle Einheiten vorwärts«, befahl er, als ihm sein

Computer meldete, daß die drei Mechs auf dem rechten Hügel plötzlich eine gemeinsame Breitseite aus achtzig Langstreckenraketen abfeuerten. Ein derartiges Bombardement konnte einen BattleMech mit einem Schlag kampfunfähig machen, wenn es konzentriert einschlug. Seine Angreifer mußten unter dem Wipfeldach hervortreten.

Als seine Geschütze wieder aufgeladen waren, feuerte St. Jamais erneut und riskierte den Wärmestau, um alle drei PPK-Blitze in den *Marodeur* einschlagen zu sehen. Sturzbäche aus geschmolzenem Stahl flossen zu Boden und zwei der peitschenden Energiestöße schälten das rechte Bein der vogelähnlichen Kampfmaschine bis auf die Titanstahlknochen ab. Wieder brandete Gluthitze durch die Kanzel. Schweiß lief in St. Jamais' Augen und ließ die Umgebung für einen Sekundenbruchteil verschwimmen. Rechts und links von ihm rückten die BlakeGuard-Angreifer vor, feuerten LSR-Salven und beschossen die Verteidiger mit leichten Autokanonen und Extremreichweiten-Energiewaffen.

Die erste Raketensalve der Verteidiger flog über das Ziel hinaus und detonierte harmlos hinter St. Jamais im Wald. Er lachte und fühlte Blakes Segen auf sich und seinen Leuten. Engel oder nicht, sie würden die Verteidiger zermalmen.

Dann trat ein *Kampfschütze* an der linken Flanke der Gefechtsreihe einen Schritt nach vorne und verschwand in einer Serie von Detonationen, die einen Regen aus schwarzverbrannten Erdklumpen über ihn warfen. Er stolperte zurück, der linke Mechfuß war verschwunden. Er drehte sich um die eigene Achse und krachte auf der rechten Seite zu Boden.

Ein *Nachtschatten*, der leichteste Mech im Aufgebot der Angreifer, deren leichte Mechs anderweitig beschäftigt waren, hatte nicht einmal soviel Glück. Seine etwas größere Geschwindigkeit ausnutzend, hatte der

Pilot versucht, nach rechts auszuweichen, um die ArtillerieMechs zu bedrohen. Eine Serie von Explosionen in Bodenhöhe ließ ihn nach vorne stolpern und lang hinschlagen, dann riß eine zweite Detonationsserie ihm den Kopf ab und drang bis zum Fusionsreaktor in seinem Herzen vor. Die Maschine verschwand in einer sonnenhellen Feuerkugel, als habe sie nie existiert.

Minen! Das Wort hallte durch St. Jamais' Gedanken wie ein Fluch. Er hatte seine Einheit geradewegs in ein hastig angelegtes Minenfeld geführt. Das hieß Donner-LSR – speziell entwickelte Raketenmunition, die vor dem Aufprall detonierte und zahlreiche kleinere Sprengköpfe über das Zielgelände verstreute. Üblicherweise wurden Donner-LSR dazu benutzt, einem Gegner während der Schlacht wichtiges Gelände zu versperren, aber hier mußten die Angeli seine Angriffsroute erahnt und die Minen dazu benutzt haben, einen *Todeskorridor* aufzubauen. Noch während ihn diese Erkenntnis erschreckte, senkte sich eine weitere Raketensalve auf seine Truppen. *Sie wollen uns den Rückweg abschneiden!* Der Gedanke, seine Einheit könnte zwischen zwei Minenfeldern festsitzen, versetzte St. Jamais in Panik. In dem verzweifelten Versuch, das Zuschnappen der Falle zu verhindern, wechselte er das Ziel. Er drehte den Torso seines *Todesbote* und zog das Fadenkreuz über den *Schütze*. In seiner Hast brachte er nur einen einzigen Treffer an.

Er wußte, daß er gefährliche Hitzewerte aufbaute, und schlug auf den Vetoschalter, um eine automatische Sicherheitsstillegung des Fusionsreaktors zu verhindern. Einen Moment lang zur Untätigkeit gezwungen, während er auf die Bereitschaftsmeldung der Waffensysteme wartete, bemerkte der Demipräzentor, wie auf der Sichtprojektion zwei neue Feindmaschinen in Sicht kamen – rote Punkte, die sich mit großer Geschwindigkeit entlang der Rückseite seiner Gefechtslinie bewegten. Er schaltete auf die rückwärtigen Sensoren um, die das technische Profil zweier *Savannah Master*-Schweber auf den Hilfsbildschirm zeichneten, die an der Waldgrenze entlanghuschten. Eines der Luftkissenfahrzeuge feuerte auf die schwache Rückenpanzerung eines nahen *Großdracon*, während der andere sich rein defensiv verhielt. *Ein vorgeschobener Beobachter?*

Die Frage stand in seinen Gedanken, als ein halbes Hundert Raketen auf seine Maschine herabregnete.

* * *

Marcus blinzelte den Schweiß aus den Augen und schrie seinen Trotz heraus, als er und Thomas Faber mit der zweiten konzentrierten Salve den *Amboß* erledigten, während zwei andere Mordbanden-Mechs auf eines der mit Donner-LSR verminten Felder liefen. Die feindlichen Mechs wurden langsamer. Teilweise zogen sie sich schon ein paar Schritte in Richtung Wald und vermeintliche Sicherheit zurück.

Marcus und seine Begleiter waren nur eine Stunde vor der Ankunft der Gegner eingetroffen, und waren augenblicklich an Bord ihrer Maschinen gegangen. Charlene hatte sich auf den Weg gemacht, um den Befehl über die versteckten Einheiten im Nordwesten zu übernehmen, während Marcus und Jericho sich zu den drei anderen auf den Hügel gesellt hatten. Entsprechend seiner während des Anflugs kodiert übermittelten Befehle waren der *Schütze*, die *Ballista* und der *Greif* halb und halb mit Donner-LSR und normaler Munition bestückt. Sie hatten fast die gesamten Donner-Raketen dazu verwendet, das Gelände zu verminen, und nach Beginn des Angriffs hatten sie ihre letzten Salven im Rücken der Angreifer deponiert, um sie nervös zu machen.

Dann verschwand der *Todesbote*, der größte Angreifer-Mech auf dem Feld, in einem tödlichen Hagel von Langstreckenraketen. Dank der K³-Einheit in einer der *Savannah Master* stammte über die Hälfte der Geschosse aus den Lafetten von Kis *Schütze*.

Damit war der *Todesbote* aber noch nicht ausgeschaltet – diese furchterregende Kampfmaschine trug um die fünfzehn Tonnen Panzerung. Aber Marcus konnte auf mehrere Minuten Untätigkeit des Piloten hoffen, während er sich von diesem Bombardement erholte oder, besser noch, versuchte, seinen zu Boden geworfenen Mech wieder aufzurichten. Aber dann stampfte der riesige Kampfkoloß selbstbewußt aus dem Rauchvorhang der Detonationen, und Marcus fluchte.

Er feuerte zwei PPK-Energielanzen auf den vordersten Mech der Mordbanden ab, einen *Shootist*, der sich durch die Donner-Minen gewagt hatte, um bis auf Autokanonenreichweite vorzurücken. Die Doppelten Wärmetauscher des *Kriegshammer* leiteten den größten Teil der Abwärme ab, und ein zusätzlicher Kühlmittelstoß seiner Weste ermöglichte Marcus, sich trotz der hohen Cockpittemperaturen auf sein Ziel zu konzentrieren. Aber wenn ihre Gegner noch näher kamen, würde er auch die Mittelstreckenwaffen einsetzen müssen, und das dürfte die Temperaturen dramatisch erhöhen.

Marcus hatte durchaus erwartet, daß die Mordbanden angesichts seiner Verteidigungsanstrengungen zurückfielen. Er hatte sie mit dem großzügigen Einsatz von Donner-Munition und der hohen Reichweite und schweren Schadenswirkung der wenigen Clan-Waffen überrascht, die sich im Arsenal der Angeli fanden. Zwei Angreifer-Maschinen waren ausgefallen, einige andere beschädigt. Aber als immer mehr Raketen und Strahlbahnen ihrer Gegner über die beiden Hügel zuckten, auf denen sich die Angeli aufgebaut hatten, kehrten seine Sorgen zurück. Die Mordbanden waren seiner kleinen Einheit immer noch um elf Maschinen und mehr als sechshundert Tonnen überlegen. Er mußte sie dazu bringen abzudrehen, sie davon überzeugen, daß der potentielle Gewinn die Verluste nicht wert war, selbst wenn sie den Schaden absorbieren konnten.

Wie in himmlischer Antwort auf seine Gebete zog sich eine neue Spur der Vernichtung durch die Reihe der Angreifer und zerfetzte deren Panzerung, als Laserfeuer aus den Wolken herabfuhr. Marcus nickte zufrieden und faßte die Knüppel des *Kriegshammer* fester. Ensign Keppler und die *Sperber* hatten in den Kampf eingegriffen.

Zieht euch zurück, dachte er und versuchte, dem feindlichen Kommandeur seinen Willen aufzuzwingen. *Ihr müßt euch zurückziehen.*

Wieder spießte er den *Shootist* mit hell strahlenden Lanzen gebündelter Energie auf und sprengte zwei weitere Tonnen Panzerung von dessen kantigem Torso. Aber statt das Gleichgewicht zu verlieren oder angesichts des Schadens zurückzuweichen, steuerte der Pilot seine Maschine vorsichtig auf einen in der Nähe stehenden Baum zu und entwurzelte ihn. Vor Marcus' Augen schlug der 70-Tonnen-Mech mit dem Baumstamm vor sich auf den Boden und säuberte sich einen Weg durch das Minenfeld, indem er die Donner-Sprengköpfe zur Detonation brachte, bevor er darauf treten konnte. Die Vorgehensweise bremste den Mech und führte immer wieder zu Schäden an seinen Unterschenkeln, aber gleichzeitig bahnte der Mechpilot auf diese Weise einen Weg durch das Minenfeld, den auch andere Angreifer benutzen konnten, ohne diesen Preis zu bezahlen.

Marcus stieß laut den Atem aus. Das Geräusch hallte durch seinen Helm, während er die PPK-Arme des *Kriegshammer* für eine weitere Salve auf den *Shootist* ausstreckte. *Wer sind diese Angreifer?*

* * *

Das zweite *Sperber*-Paar setzte zum Angriffsflug auf die gegnerischen Mechs an. Sie folgten dem Kurs der ersten Fluglanze, niedrig und gerade an der feindlichen Schlachtreihe entlang – ein Fehler, für den der gegnerische Kommandeur sie teuer bezahlen ließ. Wie auf das Stichwort hin füllten praktisch alle mit Lafetten bestückten Mordbanden-Mechs die Luft mit Kurz- und Langstreckenraketen. Sie stiegen auf Säulen aus Feuer und Rauch in den Himmel und formten einen tödlichen Vorhang über den Feind-Mechs, in den die beiden leichten Luft/Raumjäger geradewegs hineinflogen.

Ensign Daniels' Jäger wurde voll erwischt. Die LSR-Salve eines gegnerischen *Apollo* schlug in den Bug ihrer Maschine ein und zertrümmerte die rechte Tragfläche bis auf die Stützstreben. Sie kämpfte gegen den Schaden an und hatte den Spießrutenlauf fast überstanden, als ein KSR-Schwarm ihr Cockpit durchschlug und ihre Maschine von innen aushöhlte.

Sie war tot – lange bevor das Eindämmungsfeld des Fusionsreaktors versagte und die atomare Kettenreaktion verschluckte, was sie an Brennstoff finden konnte.

* * *

Ensign Keppler lebte lange genug, seinen Fehler zu bereuen.

Daniels war eine aufstrebende Karrierepilotin gewesen, die es fast geschafft hatte, die 35 000 Credits für eine Beförderung in die Magistratshofgarde auf Canopus zusammenzubekommen. Als sie sich auf dem Angriffsflug vor ihn gesetzt hatte, hatte er sie nicht zurückgepfiffen, obwohl er die Einheit befehligte. Dann hatten sich die Raketen vor ihnen zu einem tödlichen Vorhang ausgebreitet, und er hatte getan, was seine wild rasenden Gedanken als erstes vorschlugen und sich in Daniels' Schatten durch den tobenden Feuersturm geschlagen.

Als Daniels' *Sperber* sich über dem anderen Ende des Schlachtfelds in seine Einzelteile auflöste, hatte Keppler bis auf minimale Schäden an Bug und Unterseite seines Luft/Raumjägers allen Treffern ausweichen können. Er hatte nicht einen Schuß seiner Laser abgegeben, war zu sehr mit Ausweichmanövern beschäftigt gewesen – zuerst vor dem Flakfeuer der Mechs, dann, um den Trümmern des vor ihm fliegenden *Sperber* zu entgehen. Das wiederholte Eintauchen und Ausbrechen aus Daniels' Hecksog schüttelte Kepplers Jäger so wild durch, daß er es kaum schaffte, den Steuerknüppel festzuhalten.

Den letzten Treffer steckte Keppler ein, unmittelbar nachdem Daniels' Maschine auseinanderflog. Ein großes Bruchstück ihrer Panzerung – soweit er sehen konnte, stammte es von der Triebwerksverkleidung – schlug in seine rechte Tragfläche ein und zerschmetterte fast eine halbe Tonne Panzerung. Als er aus dem Trümmerfeld in sicherere Höhen aufstieg, schaute er auf die Sichtprojektion. Die beiden anderen *Sperber* waren bereits wieder in Position und flogen hoch über dem Schlachtfeld Luftdeckung. Aus der Stratosphäre sanken die gelben Kreuzsymbole vier gegnerischer Luft/Raumjäger heran.

Kalte Wut erfaßte Ensign Nathaniel Keppler. Wut über den sinnlosen Tod Daniels' und über die schiere Frechheit der Marianischen Hegemonie, seine Welt anzugreifen. Er zog die Maschine herum, zurück zum Schlachtfeld, und ging in den Steigflug.

»Skyhook Eins an Skyhook Drei und Vier. Daniels ist tot.« Er hielt die Stimme unter Kontrolle, obwohl seine Gefühle ihm die Kehle zuschnürten. »Anfliegende Gegner auf zehn Uhr hoch. Abfangkurs anlegen.« Keppler hätte sich zu gerne ein paar der feindlichen Mechs geholt, aber er wußte, wie er den Söldnern, die unter ihm für seinen Planeten kämpften, am besten helfen konnte. »Haltet sie von den Schlammstampfern fern, so lange ihr könnt. Ich biete 1000 C-Noten von meinem Beförderungskonto für jeden Abschuß.«

* * *

»Ich rücke vor!«

Die Mitteilung kam über die allgemeinen Frequenzen, um Ki-Lynn herumgeleitet, so daß alle sie hören konnten. Marcus blickte auf die Sichtprojektion und sah Ensign Tracy Williams ihre *Ballista* sich aus deren etwas geschützten Stellung bewegen. Der Plan hatte vorgesehen, den Räubern eine blutige Nase zu schlagen, sie zum Rückzug und zur Neugruppierung zu bewegen. Ihnen das Gefühl der Niederlage beizubringen. Dann sollten die Angeli, einschließlich der noch versteckten Maschinen, zum Angriff vorrücken. Aber ihre Gegner fielen nicht zurück, sondern reagierten sehr viel organisierter, als Marcus es für möglich gehalten hätte. Wenn auch nur ein Mech seiner kleinen Truppe jetzt aus der Reihe tanzte …

Marcus versuchte, sie zurückzupfeifen. »Williams, bleiben Sie auf Ihrem Posten. Zurück, verdammt!« Sie marschierte geradewegs auf den *Shootist* zu, wollte ihn möglicherweise zur Strecke bringen, bevor er seinen Weg durch das Donner-Minenfeld gehen konnte.

Marcus fluchte. Die *Ballista* hatte kaum eine Chance. Alle ihre Mechs waren beschädigt, wenn auch nicht so schwer, wie es ohne ihre wiederholten Überraschungen für die Angreifer hätte kommen können. *Ich habe nur noch einen Trick übrig,* dachte Marcus und drückte einen Knopf auf der Kommkonsole, der über Ki-Lynns Relaisstation das Aktivierungssignal auslöste. *Mal sehen, für wie stark sich der feindliche Kommandeur hält.*

16

Munitionsdepot Indian Island
Marantha, Magistrat Canopus

18. Mai 3058

Auf Marcus' Zeichen traten Charlene und die restlichen zwölf Mechs der Angeli nördlich der Schlacht, knapp fünfhundert Meter oberhalb der Position, an der die Mordbanden aus dem Wald gekommen waren, aus dem Versteck. Charlene führte in ihrem 65 Tonnen schweren *JägerMech* mit seinem unverwechselbar schwankenden Gang die Streitmacht an und durchquerte einen der fünf sicheren Korridore durch das Minenfeld, die Faber nach dessen Herstellung ausgekundschaftet hatte. Sie hämmerte aus äußerster Entfernung mit der leichten Autokanone auf die Angreifer-Mechs ein und brachte fast unmittelbar anschließend auch die mittelschweren Mydrons Modell C ein. Die Granaten aus erschöpftem Uran zerschmetterten die Panzerplatten feindlicher Kampfmaschinen und schlugen riesige Löcher in Baumstämme oder den ohnehin schon aufgerissenen Boden.

Zwei Minuten. Eine digitale Zeitanzeige in der oberen linken Ecke der Instrumentenkonsole zählte in großen roten Leuchtziffern von 120 Sekunden an rückwärts. *Wir müssen sie zwei Minuten unter Druck setzen.*

Charlene sah auf die Sichtprojektion. Ihr *JägerMech* und Brent Karstchows *Feuerfalke* führten den Angriff an, auch wenn die anderen dicht hinter ihnen waren. Der bläulichweiße Blitzschlag eines PPK-Schusses schlug unmittelbar unterhalb des Cockpits in den Torso des *JägerMech* ein. Der durch das Kanzeldach einfallende grelle Lichtblitz zwang sie, für einen Moment die Augen zu schließen, obwohl bereits rote Speere aus gebündelter Lichtenergie am rechten Mechbein emporstiegen und sich in die von der PPK geschlagene Bresche bohrten. Aber ihr Mech überstand die Treffer. Die Wucht des Angriffs schleuderte sie in die Gurte der Pilotenliege, aber über die vom Neurohelm an das riesige Gyroskop ihres Mechs geleiteten Signale ihres Innenohrs konnte Charlene den *JägerMech* aufrecht und auf Kurs halten. Die Vektor-Schadensanzeige des Hilfsmonitors meldete den Verlust von gut zwei Tonnen Panzerung, hauptsächlich am rechten Torso.

Da muß ich aufpassen, dachte sie, und blinzelte, um das blauschwarze Geisterbild des PPK-Blitzes vor ihren Augen zu vertreiben. Auf dem Sichtschirm suchte sie nach dem Mordbuben, der sie unter Beschuß genommen hatte, und drehte den Torso ihrer Maschine hin und her. Wie auf Bestellung trat der *Todesbote* aus dem Pulk von Kampfkolossen in der Mitte der Lichtung und feuerte eine Breitseite aus drei Partikelstrahlen geradewegs in ihren *JägerMech*.

* * *

Sie müssen umdrehen, dachte Marcus immer wieder, während er den *Kriegshammer* den Hügel hinabbewegte. *Sie müssen.*

Eine solche Hartnäckigkeit paßte nicht zu Räubern. Es lohnte sich einfach nicht für sie, sich dem Schaden eines langen Feuergefechts auszusetzen, nicht, solange es anderswo leichtere Ziele gab. Genau das war der Vorteil einer Überfallaktion. Darauf stützte sich die Gefechtstaktik der Angeli. Aber hier mußte Marcus mitansehen, wie die feindliche Streitmacht die Richtung ihres Feuers sauber um neunzig Grad drehte und der Bedrohung durch Charlenes Mechs begegnete, die nach Süden vorrückte, um Marcus' Flanke zu ersetzen. So gnadenlos hartnäckige Gegner hatte Marcus seit den

Einsätzen gegen die Clans nicht mehr erlebt ... und dieser Gedanke ließ ein düsteres Phantom in seinem Geist aufsteigen.

Das sind keine Clanner, machte sich ein neues Mantra in seinen Gedanken breit. *Das sind keine ...*

Die Knöchel seiner um die Steuerknüppel des *Kriegshammer* geballten Fäuste standen weiß hervor, als er den *Shootist* unter Beschuß nahm. Sekunden zuvor hatte dessen Pilot mit der Unterstützung eines *Sturm* und dessen Gaussgeschützes Williams' *Ballista* zerfetzt und zerschlagen zu Boden geschleudert, mit schweren internen Schäden und kaum genug Panzerung, um sie vor einem entschlossenen Zug Fußsoldaten zu beschützen. Jetzt führte Marcus die drei verbliebenen Mechs seiner kleinen Truppe aus ihren Verteidigungsstellungen nach vorne und versuchte, das Feuer von dem zerschossenen Mech abzulenken, damit Williams eine Chance hatte, sich abzusetzen und ihr Leben zu retten. Dieses Manöver war kein Teil seiner Planung gewesen, aber der war inzwischen ohnehin Makulatur. Wenn die Angreifer das Minenfeld verlassen konnten, hatten Gli Angeli keine Chance mehr, sie aufzuhalten.

Ein Rückzug muß ihnen die bessere Wahl erscheinen als weiter vorzustürmen. Das ist alles, was wir noch auf unserer Seite haben ... Das, und die zweite Hälfte unserer Verstärkungen. Er schaute auf die Digitalanzeige der Instrumentenkonsole. Noch 60 Sekunden.

* * *

Brent Karstchow sah mit wachsendem Entsetzen, wie der *Todesbote* aus nächster Nähe eine Breitseite auf Charlenes *JägerMech* abfeuerte, drei PPK-Blitze, die sich in den Torso des Angeli-Mechs bohrten, gefolgt von einer Salve Kurzstreckenraketen, deren vier weiße Kondensstreifen die beiden Kampfkolosse einen Augenblick zu verbinden schienen. Wie von einer unsichtbaren Riesenhand geschoben fiel der *JägerMech* zurück – aber an den unbeholfenen Bewegungen seiner Beine erkannte Brent, daß ein Gyroskoptreffer die geringste von Charlenes Sorgen war.

In einer Wolke aus Rauch und freigesetzter Druckluft flog das Kuppeldach des *JägerMech*-Cockpits davon, und Charlenes Schleudersitz schoß durch die entstandene Öffnung empor. Sie stieg auf der Druckwelle der Sprengladung gute hundert Meter in die Höhe und löste am Scheitelpunkt ihrer Flugbahn den Fallschirm aus, der sie sicher zu Boden tragen sollte.

Wäre da nicht der *Todesbote* gewesen, dessen Waffen in einem offensichtlichen Versuch, sie zu erledigen, ihrer Flugbahn folgten.

Brent aktivierte hastig die Sprungdüsen und trat die Pedale so hart durch, daß die Sitzgurte sich in seinen Körper gruben. Der Ausstoß des Fusionsreaktors im Innern seines *Feuerfalke* wurde durch spezielle Auslaßöffnungen, die links und rechts am Rücken des Mechtorsos montiert waren, umgeleitet. Als der 45-Tonnen-Koloß auf Zwillingssäulen supererhitzten Plasmas in den Himmel stieg, führte ihn der Sprung direkt auf den *Todesbote* zu und trug den *Feuerfalke* zwischen Charlenes Fallschirm und den einzelnen PPK-Blitz des überschweren Angreifer-Mechs.

Der junge Söldner dachte weder an Ruhm noch an Vergeltung, als der elektrischblaue Teilchenstrom in den Kopf seines aufsteigenden BattleMechs einschlug und die dünne Panzerung auflöste. Es war nicht einmal die Liebe zu Charlene, die ihn noch mit den Kontrollen kämpfen ließ, als er unter der Gluthitze, die durch die Risse in der Pilotenkanzel schlug, bereits vor Schmerzen schrie.

Der letzte Rest von Schutz fiel in einem Nebel aus geschmolzenem Metall davon, der PPK-Blitz füllte die Pilotenkanzel mit einem Inferno aus purer Energie, und Brent Karstchow starb bei dem Versuch, das Leben einer Kameradin zu beschützen.

* * *

Charlene schlug auf die Armlehnen ihrer Pilotenliege und schrie Brents Namen, als der *Feuerfalke* sich auf steuerlosen Sprungdüsen langsam und elegant gen Boden kehrte. Ihre Schreie hallten laut durch den Neurohelm, als sie den eingebauten Kommschaltkreis zum Leben erwecken wollte, obwohl die Verbindung zu den Systemen des zerstörten *JägerMech* nicht mehr existierte. Sie kämpfte gegen die Gurte, die sie festhielten, als wolle sie sich aus dem absinkenden Schleudersitz werfen, während sie durch verweinte Augen den sterbenden *Feuerfalke* unbeholfen aus dem Himmel stürzen sah.

Dann drehte sich der Mech, fast, als würde er noch gelenkt, in den ursprünglichen Kurs und stürzte auf den *Todesbote*. Die rechte Schulter des *Feuerfalke* beulte den linken Torso des überschweren Angreifer-Mechs ein. Als Brents kopflose Maschine sich um die Beine des feindlichen Titanen wickelte, kippte der *Todesbote* nach hinten und stürzte auf die rechte Seite. Sein rechter Arm brach unter dem enormen Gewicht der riesigen Kampfmaschine ab, aber zum Glück ihres Piloten fiel sie auf keine Donner-Minen.

Charlene steuerte die Pilotenliege an den Rand des Feldes, in der Hoffnung, auf sauberem Gelände zu landen, während sich der unzerstörbar scheinende *Todesbote* befreite und aufrichtete. Er stand mehrere erschreckend lange Sekunden reglos da, während ringsum die Schlacht tobte, ohne die überschwere Maschine zu berühren.

In diesem Augenblick zerriß eine laute Explosion

mehrere Bäume am Waldrand und schleuderte einen großen Erdbrocken in den Himmel. Eine zweite Detonation kostete einen *Quasimodo* ein Stück weiter entfernt Arm und Bein der rechten Seite. Charlene registrierte die Geschehnisse nur mechanisch. Auf ihren Lippen schmeckte sie das Salz der Tränen, und ihr Blick war gebannt auf den breitschultrigen *Todesbote* gerichtet, der majestätisch über dem gestürzten *Feuerfalke* aufragte. Er war zerbeult und verbrannt, und Charlene bezweifelte, daß er noch mehr als ein Viertel der Panzerung tragen konnte, mit der er auf das Schlachtfeld gekommen war. Aber irgendwie war das schwarzblaue Rittersymbol der Marianischen Hegemonie auf der unteren linken Torsohälfte intakt geblieben.

In einer bewußt bösartigen Geste ging der überschwere Mech in Stellung und setzte mehrere gezielte Tritte in das Wrack des *Feuerfalke*. Dann drehte er sich beinahe in einer Aura der Verachtung um und verfolgte seinen Weg durch das Minenfeld zurück. Der Pilot war so geschickt, daß der *Todesbote* fast exakt in seine eigenen Fußstapfen trat.

Charlene sah ihm nach, dann blickte sie zurück zu den Trümmern des *Feuerfalke*. »Du verdammter Idiot, Brent Karstchow«, flüsterte sie in der Privatsphäre ihres Neurohelms.

* * *

Eine Salve aus zwölf Langstreckenraketen hämmerte auf Marcus' *Kriegshammer*, zertrümmerte die Panzerung und trieb die Maschine zurück. Dann zuckte das rote Stakkato von Impulslasern auf und bohrte sich in seinen Mech, zerschmolz die Stahlkeramik und schälte die Panzerplatten vom Rumpf. Ein graugrüner Nebel brach aus einer Bresche im rechten Torso, als die Laser die Kühlmittelkammer eines Wärmetauschers zerschlugen.

Schweiß strömte über Marcus' Gesicht und Arme. Der Einsatz der mittelschweren Laser und PPKs trieb die Innentemperatur der Pilotenkanzel langsam durch den gelben Warnbereich der Wärmeskala in die rote Gefahrenzone. Die *Ballista*, zu deren Schutz er vorgerückt war, lag knapp hinter ihm, leblos und aufgegeben wie die zerbrochene Puppe eines Riesenkinds. Marcus wußte nicht, ob die Pilotin noch lebte. Er blockierte den Weg nur noch, um die Angreifer aufzuhalten. Kis *Schütze* und Jerichos *Greif* unterstützten ihn noch von den unteren Hängen ihres Hügels aus, aber Fabers *Marodeur* war längst wirkungslos. Sein Kreiselstabilisator hatte sich in riesigen Bruchstücken aus einer enormen Bresche in der Torsomitte verabschiedet.

Und ich werde ihm bald folgen. Marcus drehte den Torso des *Kriegshammer* extrem nach rechts und versuchte, die Angreifer daran zu hindern, tiefer ins Innenleben seines Kampfkolosses vorzustoßen, während er einen einzelnen PPK-Schuß auf einen anrückenden *Quasimodo* abfeuerte.

»Rogue«, erklang Ki-Lynns Flüstern durch sein Kommset, ein scharfer Gegensatz zu den wilden Detonationen des Schlachtfelds. »Rogue, hier Ombrello Eins. Rückbrett Eins ist im Feld gestürzt, Vier ist gestürzt und zerbrochen. Rückbrett Zwo meldet schwere Gegenwehr.«

Marcus verspürte ein ungutes Gefühl in der Magengrube, als Kis Meldung zu ihm durchdrang. Charlene war aus ihrem Mech geschossen worden, aber immer noch im Feld und in Gefahr. Karstchow war wahrscheinlich tot. Paula Jacobs in ihrer *Valkyrie* hatte den Befehl übernommen, aber in einer offenen Feldschlacht wie dieser würde ihr leichter Mech kaum lange durchhalten. Er fluchte vor Enttäuschung. Das Donner-LSR-Feld hatte nicht funktioniert. Der *Sperber*-Luftangriff war zu einem Desaster geworden. Und jetzt drohte die erste Hälfte seiner Verstärkungsaktion zusammenzubrechen.

Der *Kriegshammer* wurde einen wankenden Schritt nach hinten geworfen, als eine Granate aus der schweren Autokanone des *Quasimodo* in seine Torsomitte einschlug. Eine Hitzewelle schlug über Marcus zusammen, und die Temperaturanzeige schoß weiter in den roten Bereich. *Reaktortreffer*, dachte er und überprüfte die Schadensanzeige. *Ich habe Abschirmung verloren.*

Die erste Detonation, die im entfernten Bereich des Schlachtfelds einige große Föhren zu Streichhölzern zerschmetterte, nahm er gar nicht bewußt war, so sehr war er auf die Taktikanzeige konzentriert. Dann verschwand der *Quasimodo*, auf den er es abgesehen hatte, hinter einem Vorhang aus aufgeschleuderter Erde und Rauch. Als die Sicht wieder frei war, lag der Mordbanden-Mech auf der Seite und hatte den rechten Arm und das Bein derselben Seite verloren. Zuerst dachte Marcus an die Donner-LSR. Dann erst bemerkte er, daß die Digitalanzeige auf seiner Konsole eine Serie von Nullen zeigte. Er sah auf die Sichtprojektion und fand, wonach er suchte, in der äußersten rechten Ecke des komprimierten 360°-Schirms. Zwei neue Lichtpunkte näherten sich, vom Computer identifiziert als die *Heaven Sent* und die *Stecknadelkopf*.

Die zweite Hälfte der Verstärkungen war eingetroffen.

»Dreht ab!« brüllte er die Angreifer an und pumpte eine weitere bläulichweiße Lanze geladener Teilchen in den *Quasimodo*, um sicherzustellen, daß er nicht wieder aufstand. Währenddessen deckte das *Festung*klasse-Landungsschiff der Angeli ihre Gegner mit einer weiteren Salve aus seinem im Bug montierten *LongTom*-Artilleriegeschütz ein. *Jetzt müßt ihr abziehen.*

* * *

St. Jamais sah die beiden Landungsschiffe über der Indian-Island-Anlage hart abbremsen. Ihre Schubtriebwerke loderten unter der Anstrengung, die riesigen Schiffe gegen den Sog der Schwerkraft in der Luft zu halten. Das Schiff der *Festung*klasse feuerte sein Artilleriegeschütz in die hinteren Bereiche des Schlachtfelds, wo es nur die Angreifer bedrohte. Die *Union* senkte sich auf den Landeplatz des Depots und verschwand hinter den Hügeln, gerade als die Tore seiner Mechhangars sich öffneten.

Damit war alles klar. Die Söldner hatten Hinhaltetaktiken eingesetzt, während ihre Landungsschiffe Verstärkung geholt hatten. Sie hatten seine Einheit nicht zur Ruhe kommen lassen und sich so verteilt, daß sie allein den Vorteil hatten, ihr Feuer kombinieren zu können. Jetzt sah er die Angeli beim geordneten Rückzug in Richtung des Depots, um sich mit den Neuankömmlingen zu vereinen und neu zu gruppieren. Der Demipräzentor schlug wütend mit der flachen Hand gegen eine Seitenkonsole und zerschmetterte das Glas über dem magnetischen Hilfskompaß des *Todesbote*.

»Alle Einheiten zurückziehen«, befahl er mit abgehackten Worten. »Springer direkt in den Wald. Die anderen verfolgen ihren Kurs zurück.«

St. Jamais betrachtete das Schlachtfeld, auf dem seine Leute immer noch unter Artilleriebeschuß lagen. Acht Mechs seiner achtzehn waren abgeschossen worden, aber drei davon waren mit Hilfe anderer Maschinen noch in der Lage, das Gefechtsfeld zu verlassen und würden nach entsprechenden Reparaturarbeiten wieder zur Verfügung stehen. Die Angeli hatten nur sechs Kampfkolosse verloren. Finanziell gesehen, waren die Söldner schwer angeschlagen. Aber sie hatten das Schlachtfeld so sicher beherrscht und ihnen in so kurzer Zeit dermaßen viel Schaden zugefügt …

Aus schierer Frustration trat St. Jamais mit der

ganzen Wucht der 80 Tonnen seines *Todesbote* auf das nahe Wrack des abgeschossenen *Feuerfalke* ein und zertrümmerte dessen Reaktor. »Das gibt ihnen noch etwas mehr Arbeit«, murmelte er wütend.

Dann drehte er um und verließ in seinen Fußstapfen das Schlachtfeld. Sicher unter den Bäumen angekommen, warf er ein paar Schalter um und wählte die abgeschossenen Mechs seiner Einheit aus. Ein Knopfdruck, und St. Jamais konnte hinter sich auf der Lichtung die Explosionen aufblühen sehen. Drei der fünf ausgefallenen Mechs wurden im Feuerball der durch das Funksignal freigesetzten Fusionsreaktionen aufgezehrt. Die Reaktoren der beiden anderen waren stillgelegt und konnten nicht mehr detonieren. *Aber dadurch wird sich ihr kostbares Bergungsgut in Grenzen halten,* stellte er befriedigt fest.

Diese Sache war noch nicht zu Ende, versprach er sich. Während er den *Todesbote* zurück zum Rendezvouspunkt steuerte, arbeitete er bereits neue Pläne aus, um die Angeli zu erledigen. Er war in der Lage, aus seinen Fehlern zu lernen. *Einen Krieger besiegt man auf dem Schlachtfeld,* dachte er. *Aber einen Söldner erledigt man über die Geldbörse.*

17

Munitionsdepot Indian Island
Marantha, Magistrat Canopus

19. Mai 3058

Die Sonne war kaum über den Bergen am östlichen Horizont aufgegangen, als Jericho Ryan Ensign Kepplers SPR-B5 *Sperber* mit Minimalschub durch die Wolkendecke herabstoßen und in hundert Meter Höhe über die Baumwipfel jagen sah. Keppler rollte den *Sperber* auf die rechte Tragfläche und vollführte mit leerlaufenden Triebwerken eine langsame, enge Kehre über dem Feld, auf dem Brent Karstchow im Kampf gefallen war – und wo seine Kameraden sich jetzt in schweigendem Gedenken versammelt hatten. Sie konnte es aus dieser Entfernung nicht sehen, aber sie wußte, daß sich ein spezielles Luk im Rumpf des Luft/Raumjägers öffnete und Brents Asche verstreute.

Obwohl es nicht wirklich Brents Asche war. Jericho war dabeigewesen, als Marcus und Charlene die Trümmer des *Feuerfalke* inspiziert hatten. Von dessen Kopf war kaum etwas übrig geblieben, und die einzigen Spuren seines Piloten waren ein paar vereinzelte Splitter – möglicherweise verkohlte Knochenreste. Im Zentrum der PPK-Entladung des *Todesbote* war Brent Karstchow in seine Atome aufgelöst worden. Marcus hatte ein Messer aus dem Stiefel gezogen und es wie eine kleine Kelle dazu benutzt, Asche und winzige, rußgeschwärzte Metallsplitter aufzunehmen und sie vorsichtig in das Säckchen zu füllen, das Charlene mitgebracht hatte.

Die ultimative Vereinigung von Mensch und Maschine.

Draußen auf dem Feld nahmen Gli Angeli auf Marcus' Befehl Haltung an und erboten ihrem toten Kameraden einen persönlichen letzten Gruß. Die meisten Nichtkombattanten der Einheit trugen schwarz, so daß die vereinzelten Uniformen sich deutlich abhoben. Ki-Lynn war leicht zu erkennen, da sie ihren Respekt mit der weißen Trauerkleidung der japanisch inspirierten Kultur des Kombinats bezeugte. Auch einige andere Einheitsmitglieder draconischer Herkunft trugen weiß. Thomas Faber und Charlene hatten die letzte Uniform angelegt, die sie im Dienst eines der Nachfolgerstaaten getragen hatten: er die braune Felduniform der VSDK, sie die Ausgehuniform des Vereinigten Commonwealth, beide ohne Rang- und Einheitsabzeichen. Faber verbeugte sich zusammen mit Ki. Sein hünenhafter Leib senkte sich langsam nach vorne, kam anschließend ebenso langsam wieder hoch. Charlene legte die geballte Faust auf die linke Brust.

Wie immer, so war es auch diesmal Marcus, der Jericho Rätsel aufgab. Nach Beendigung der Zeremonie nickte er Charlene kaum zu, bevor er das Feld verließ, während die anderen auf ein kurzes Gespräch bei ihr stehenblieben. Jericho wußte aus Gesprächen mit anderen Mitgliedern der Kompanie, daß GioAvanti ursprünglich aus der Isle of Skye des ehemaligen Vereinigten Commonwealth und der jetzigen Lyranischen Allianz stammte und zuletzt zusammen mit Faber und Boske in den VSDK gedient hatte. Trotzdem hatte er keine Uniform angelegt, sondern trug eine einfache schwarze Hose und ein Hemd in derselben Farbe. Die Farbwahl war passend, aber die informelle Kleidung hob ihn zugleich von den anderen ab.

Aber vielleicht wollte er ja genau das.

Marcus wurde langsamer, als er sich ihr näherte, und blieb schließlich stehen. »Commander Ryan.«

Jericho fühlte die Kälte in seiner Stimme und glaubte, den Grund dafür zu verstehen. *Das ist meine Nation, nicht die seine,* erinnerte sie sich. *Und Kontrakt oder nicht,*

Bezahlung oder nicht, wir haben ihn einen Kameraden und einen Krieger gekostet. Sie hatte sich abseits der Zeremonie gehalten, um sich nicht aufzudrängen, aber nah genug, um Marcus Ansprache zu hören. »… Der hart daran gearbeitet hat, einer von uns zu werden«, hatte er gesagt. »Keiner Nation verpflichtet, keiner Welt, nicht einmal einem Zahlmeister, sondern der Einheit. Gli Angeli.«

Ist es wirklich so simpel, Marcus? Hatte Jericho fragen wollen. Jetzt nickte sie nur grüßend. »Falls der Zeitpunkt ungünstig ist, verstehe ich das.«

Er zuckte die Schultern. »Söldner finden immer Zeit fürs Geschäft. Sie brauchen unsere Kostenprojektionen und Verlustentschädigungsansprüche für die Schlacht?«

Sein Tonfall war beinahe mechanisch, als wäre die Frage Teil einer auswendig gelernten Litanei. Jericho suchte sein Gesicht nach Hinweisen darauf ab, was in ihm vorging, fand aber keine. »Im Augenblick nicht«, erwiderte sie. »Mir ist klar, daß es ein paar Tage dauern kann. Ich bin autorisiert, Ihnen die vorläufige Ausrüstung aus den Vorräten der Indian-Island-Installation zu gestatten und Ihre Einheit nach Jubilee zu verlegen, sobald Sie die Bergungsoperationen abgeschlossen haben. Oder auch schon früher«, fügte sie hastig hinzu, »falls Sie Ihre Familien und sonstigen Nonkombattanten schneller unterbringen möchten. Aber das ist nicht der eigentliche Grund, aus dem ich hierher gekommen bin, um mit Ihnen zu reden.«

Marcus kniff die Augen zusammen. »Nicht?«

»Ich hatte gehofft, mich mit Ihnen über die Schlacht unterhalten zu können.« Sie sah zurück zum Schlachtfeld, auf dem nur noch wenige Söldner zu sehen waren. *Und auch sonst nicht viel.* »Vielleicht ist jetzt nicht der beste Zeitpunkt dafür.«

»Ich habe Major Wood gestern abend einen Bericht

übermittelt«, stellte er gleichmütig fest. »Er hat das gesamte Gefecht detailliert dargestellt, und ich habe ihr Kopien der GefechtsROMs versprochen. Wenn es ...«

»Verdammt, Kommandant«, schnitt sie ihm mit einem Kopfschütteln das Wort ab. »Ich will keinen Aktionsbericht lesen. Ich war dabei, falls Sie sich erinnern. Ich habe es gesehen. Sie haben eine verstärkte Mechkompanie scheinbar mühelos geschlagen und zurückgetrieben.« Sie gestattete ihrer Stimme, etwas an Schärfe zu verlieren, als ein paar Angeli im Vorbeigehen den Kopf drehten und herüberstarrten. »Und ich erinnere mich, wie Sie ihren Gefechtsplan über den Haufen geworfen haben, um eine meiner Kriegerinnen vor ihrer eigenen Dummheit zu retten. Ensign Williams wäre sonst in ihrer *Ballista* gestorben, und dafür bin ich Ihnen dankbar. Ich kann Ihre Taktik den ganzen Tag analysieren, Marcus, aber was ich wirklich wissen will, ist, was Sie dachten!« Sie machte eine Pause, biß sich auf die Unterlippe, wußte nicht recht, was sie sagen sollte. Schließlich riskierte sie die Wahrheit. »Major Wood hat keinerlei Verstärkungen für Sie eingeteilt. Nicht einmal, als sie wußte, daß sie es nirgends mit mehr als sechs mittelschweren Mechs zu tun hatte. Sie hat Sie und die Anlage abgeschrieben, weil sie nicht erwartete, daß sie bis zum Eintreffen der Hilfe überleben könnten. Ich kann immer noch nicht glauben, daß Sie die Mordbanden zurückgeschlagen haben – und dann noch so schnell –, und ich war dabei.« Sie schüttelte den Kopf und wandte sich zum Gehen. »Ich will nur nicht irgendwann denselben Fehler begehen wie Major Wood.«

»Jericho.«

Marcus' Stimme war leise aber fest und ließ sie in der Drehung erstarren. Als sie zurücksah, begegnete er ihrem Blick mit einem zögernden Nicken und trat an ihre Seite. Sie gingen gemeinsam zurück. »An mir ist nichts besonderes«, setzte er an, dann zuckte er die Achseln. »Nicht wirklich. Sie sind in der Peripherie geboren und aufgewachsen, deshalb haben Sie nicht ganz so viele verschiedene Taktiken miterlebt wie ich.« Er hob beschwichtigend die Hand, bevor sie antworten konnte. »Und ich bin sicher, hier draußen gibt es einiges, was ich noch nie gesehen habe«, wehrte er ihren unausgesprochenen Widerspruch ab.

Nach einer Weile fuhr er in sanfterem Ton fort. »Aber bedenken Sie folgendes: Die Freie Innere Sphäre hat vor kurzem gegen die größte Bedrohung gekämpft, der sie sich je gegenübergesehen hat, als sie die Clan-Invasion stoppte. Alte Taktiken wurden von neuen hinweggefegt, und diese Taktiken verbreiten sich noch viel langsamer nach draußen als die neuen Technologien. MechKrieger haben Angst vor der Peripherie.« Er sah hinüber zu einigen der Angeli, die in ihrer Nähe zur Anlage unterwegs waren, und senkte die Stimme. »Sie sehen diesen Teil des Raums als Walhalla.«

»Die Halle der gefallenen Krieger«, entgegnete Jericho. »Ich verstehe. Ein großer Teil der Peripherie ist von Ausgestoßenen, Rebellen und Raumpiraten bevölkert. Und sie war nie berühmt für ihre Sicherheit. Aber so ist es seit Generationen nicht mehr. Jedenfalls nicht hier im Magistrat.«

»Sicher«, erwiderte Marcus. »Aber für eine Menge MechKrieger ist die Peripherie das Ende, ein Ort, an dem man sich versteckt, wenn man auf der Flucht ist, oder an den man verbannt wird, wenn man nicht mehr das Zeug hat, es in der Inneren Sphäre zu packen.«

Sie nickte. »Zugegeben. Und wie hat Ihnen das gestern geholfen? Als sie aus dem Wald kamen, habe ich erwartet, daß sie uns in ein paar Minuten zu Schrott schießen würden, Minen hin, Minen her.«

Marcus stieß die Hände in die Taschen und starrte in die Ferne, als könne er in eine andere Wirklichkeit sehen. »Ich auch«, gestand er schließlich ein. »Der Plan hatte Löcher, durch die man einen *Atlas* hätte steuern können. Nicht im mindesten die Tatsache, daß nur fünf BattleMechs zwischen den Räubern und dem Depot standen.«

»Da Sie das gerade ansprechen, warum haben Sie einen Teil der Mechs zurückgehalten?«

»Weil wir fünf eine ausreichend große Bedrohung für die Angreifer dargestellt hätten, um sie zu binden, während die anderen die Flucht ergriffen, falls die Sache von Beginn an daneben gegangen wäre.« Er sah zu Jericho hinüber, als wolle er ihre Reaktion abschätzen. »Ich habe gespielt. Marantha hat gewonnen.«

Jericho überlegte einen Augenblick, bevor sie antwortete. »Waren Sie sich Ihres Plans so unsicher?«

»O, es war ein guter Plan. So gut wie unter den Umständen möglich. Aber auf dem Schlachtfeld heißt das nicht viel.« Marcus zuckte die Achseln. »Die Mordbanden hätten das Depot jederzeit erobern können.«

»Wenn Sie der Kommandeur der Angreifer gewesen wären, wie hätten Sie die Verteidigung gestürmt, der er sich gegenübersah?«

Der Schatten eines traurigen Lächelns spielte um Marcus' Mundwinkel. »Ich war nicht in der Defensive. Aber um Ihre Frage zu beantworten: Ich hätte meine Kräfte nicht gebündelt gehalten. Es hätte ziemlich offensichtlich sein müssen, daß wir es uns nicht leisten konnten, die ganze Ebene mit Donner-LSR zu verminen. Nur die direkte Anmarschlinie und hier und da ein paar Flecken. Also hätte ich die sprungfähigen Mechs auf kurze Distanz vorgeschickt, um uns zu beschäftigen, während die anderen Einheiten nachrückten, um die Arbeit zu beenden.«

»Was soll das heißen, Sie waren nicht in der Defensive? Wie nennen Sie das, wenn Sie einen Stützpunkt verteidigen?«

Marcus wich ihrem Blick aus. »Ich habe den Stützpunkt nicht verteidigt, ich habe in seiner Umgebung eine Schlacht geschlagen. Geben Sie sich keinen Illusionen hin, Jericho, die Angeli hätten das Depot augenblicklich und ohne einen Gedanken aufgegeben. Wir haben angegriffen. Wir haben zuerst zugeschlagen und weiter auf sie eingehämmert, als sie sahen, daß sie von den Minen eingeschlossen waren. Deshalb haben die Mordbanden keine großartigen taktischen Spielereien versucht. Sie sahen sich in der Falle. Dann haben wir sie mit den Jägern und Charlies Maschinen aus dem Wald attackiert, um ihnen keine Gelegenheit zum Nachdenken zu geben. Als die Landungsschiffe auftauchten, glaubten sie, es wären Einsatztruppen eingetroffen – und das war der letzte Stoß, der nötig war, um sie zu vertreiben.«

Jerichos Gedanken wirbelten wild durcheinander. Plötzlich nahm ihr der beißende Pulvergeruch des Schlachtfelds den Atem. »Sie haben unser Leben, Ihre Einheit, für einen Bluff riskiert?« Dann fiel eines der Puzzleteile fast hörbar an seinen Platz. »Aber Sie haben die Anlage ja gar nicht verteidigt, deshalb wußten sie, daß die Angeli sich aus dem Gefecht zurückziehen konnten.«

»Einschüchterung ist ein wichtiger Faktor in jedem Gefecht. Die Angeli verlassen sich seit Jahren darauf.« Marcus ließ den Blick über das Schlachtfeld schweifen. »Die Angreifer fühlten sich bedrängt, dadurch hatte ich die Initiative. Aber als der *Shootist* den Baum ausgerissen und als Besen benutzt hat, dachte ich tatsächlich, wir wären erledigt.« Er verzog das Gesicht. »Einer von ihnen war wieder zum Angriff übergegangen. Glücklicherweise blieb es bei diesem einen.«

»War das ihr Kommandeur? Was meinen Sie?« Jericho klang hoffnungsvoll. Die Trümmer des *Shootist* und die Überreste seines Piloten lagen über das Schlachtfeld verteilt.

Marcus zuckte die Schultern. »Kann sein, aber ich bezweifle es«, stellte er nach einer Weile fest. »Ich würde auf den *Todesbote* wetten. Es war der einzige überschwere Mech, und sein Pilot war verdammt gut.«

»Außer, daß er während der ganzen Schlacht nur auf das reagiert hat, was Sie taten.« Jericho schenkte ihm mit dem Lob ein dünnes Lächeln, versuchte, ihn aus der Reserve zu locken. Sie wollte diesen seltsamen, abweisenden Mann definitiv näher kennenlernen, aber er machte es ihr ganz und gar nicht leicht.

Marcus kniff die Augen zusammen, als er weiter das Schlachtfeld absuchte. »Der Punkt dabei ist, *wie* er reagiert hat. Die Mordbanden sind zu keiner Zeit zurückgewichen und schienen nicht einmal unschlüssig. Der *Todesbote* schaffte es sogar, Charlenes Vorstoß fast allein zu stoppen.«

»Aber er hat sein Ziel aus den Augen verloren«, erklärte Jericho, die es unangenehm berührte, Lob für einen Feind zu hören, selbst für einen besiegten Feind. »Es müssen mindestens zehn sprungfähige Mechs auf dem Feld gestanden haben. Mit einer derartigen Mobilität hätten die Angreifer in den Nahkampf springen *und* ein paar Einheiten ins Munitionsdepot schicken können.«

»Diesen Angreifern ist es nie um das Munitionsdepot gegangen.«

Jericho starrte Marcus an, als hätte er ihr eine Ohrfeige verpaßt. »Wie meinen Sie das?«

Marcus schüttelte den Kopf. »Bis jetzt habe ich es selbst nicht gesehen, aber alles deutet in diese Richtung. Zum einen: Wer Nachschub stehlen will, setzt sein Landungsschiff nicht kilometerweit entfernt auf. Wer sie vernichten will, teilt bereits im voraus BattleMechs für diese Aufgabe ein, aber nicht eine der Mordbanden-Maschinen schien irgendein Interesse daran zu haben. Der Knackpunkt aber ist, daß sie nur Stunden nach unserer Ankunft gelandet sind, mit minimalen Kräften in den anderen Landungsschiffen, die nur dazu dienten, die MSK daran zu hindern, uns zu Hilfe zu kommen. Sie haben auf uns gewartet.«

»Soll das heißen, sie hatten eine persönliche Feindschaft gegen Sie?«

Marcus zuckte die Schultern. »Vielleicht. Aber vielleicht wissen sie auch, daß die Angeli nicht zum Garnisonsdienst hier sind, und wollen uns daran hindern, in der Hegemonie herumzuschnüffeln. Wie auch immer«, stellte er in einem Ton fest, der deutlich machte, daß er keine weitere Diskussion über dieses Thema wünschte. »Sie haben unsere Maschinen beschädigt, wenn auch wahrscheinlich nicht so schwer, wie sie glauben – dank des Sekundärkontrakts. Aber die wahren Wunden werden sich erst noch zeigen.«

Jericho folgte seinem Blick. Hinter ihnen, wo die Söldner ihre Gedenkzeremonie für Brent Karstchow abgehalten hatten, stand immer noch Charlene – jetzt allein – und sah hinauf in den langsam heller werdenden Morgenhimmel. Charlene trauerte, soviel war deutlich. Jericho hatte auf dem Flug von New Home die gutmütigen Witzeleien über die sich entwickelnde Beziehung zwischen Brent und Charlie mitbekommen.

Sie fragte sich, was dieser Marcus GioAvanti in diesem Augenblick dachte, fühlte plötzlich ein ebenso großes persönliches wie berufliches Interesse an dem Söldnerkommandeur. Aber die Gelegenheit zu einem weiteren Gespräch verschwand in der kühlen Morgenbrise, als Marcus ein unbehagliches Schweigen über sie sinken ließ. Und so beobachtete Jericho Marcus, wie er Charlene beobachtete, die auf dem Schlachtfeld stand und schweigend Maranthas Sonne aufgehen sah.

18

**Palast der Magestrix, Crimson
Canopus IV, Magistrat Canopus**

19. Mai 3058

Sun-Tzu Liao lehnte sich ans Balkongeländer und legte die Hände fest um das kühle Metall, damit sie nicht zitterten. Er starrte aus weit geöffneten grünen Augen zum Horizont, ohne einmal zu blinzeln. Canopus sank gerade unter den Horizont, und die Wolken leuchteten in einem fleckigen Rosa und Gold. Die leichte Abendbrise fühlte sich auf dem Gesicht kühl und herrlich an und spielte durch die Haare in seinem Nacken. Der süße Duft der magistralen Gärten drei Stockwerke tiefer stieg zu ihm herauf, und er sog ihr Parfüm in tiefen Zügen ein.

Es stimmt, was man sagt. Eine Begegnung mit der eigenen Sterblichkeit schärft die Sinne.

Er starrte über den Garten hinaus zur Thetis, die majestätisch an den Mauern der fürstlichen Residenz vorbeiströmte. Im Zwielicht nahm der Fluß die harte Farbe von Gewehrstahl an. Aber gleichzeitig hörte er das beruhigende Plätschern der Wellen über einer Untiefe. *Eine Untiefe kurz bevor die Thetis auf über zehn Meter abfällt. Perfekt für die stillschweigende Entsorgung der Leiche der Demipräzentorin.* Der Gedanke, den Körper der Attentäterin der Göttin des tiefen Wassers zu übergeben, gefiel Sun-Tzu.

Aufgrund dessen, was seine Leute in der letzten Stunde herausgefunden hatten, war Demipräzentorin Nicholas nahe an der *Perle der Wahren Weisheit* gewesen, wo sie erfahren hatte, daß Magestrix Centrella ihm den gesamten dritten Stock der fürstlichen Residenz zur Verfügung gestellt hatte. Natürlich in einem anderen

Flügel als dem, den sie bewohnte. Sun-Tzu hatte die Verdoppelung der Wachen um die Magestrix und ihren Privatflügel bewußt *nicht* zur Kenntnis genommen, während er ihr gleichzeitig in Gedanken Beifall zollte. Indem sie ihm diese Unterkunft zur Verfügung stellte, hielt sie ihn unter Beobachtung, und er war sich sicher, daß es mehr als genug versteckte Wachen gab, um seine Todeskommandos abzuwehren.

Aber um seine eigene Sicherheit hatte er sich keine Sorgen gemacht. Das letzte, was sich das Magistrat Canopus leisten konnte, war ein Rachefeldzug seiner Schwester Kali. Nicht, daß sein Tod Kali sonderlich getroffen hätte. Aber er hätte ihr einen willkommenen Anlaß für den Versuch geliefert, das Magistrat zu erobern. Nein, Emma Centrella brauchte ihn lebend. Und das hieß, sie steckte auf keinen Fall hinter diesem im letzten Augenblick vereitelten Anschlag auf sein Leben.

Ein leises Geräusch aus dem Raum hinter ihm erregte seine Aufmerksamkeit, aber Sun-Tzu wartete, während einer der beiden Posten an der Balkontür nachsehen ging. Seine Vermutung wurde bestätigt, als der Soldat des Todeskommandos zurückkehrte und Naomi Centrella ankündigte. Sun-Tzu nickte zustimmend, ohne sich umzudrehen. Er fühlte ihre ruhige Präsenz, als sie hinter ihm auf den Balkon trat, dann lag ihre Hand nahe genug neben der seinen auf dem Geländer, ihn deren Wärme spüren zu lassen, auch wenn sie einander nicht berührten. Er wartete geduldig, bis sie das Gespräch mit ein paar belanglosen Höflichkeiten eröffnete.

»Was für eine Aussicht, Kanzler. Ein herrlicher Sonnenuntergang, und die Thetis ist schön wie immer.«

Sun-Tzu lächelte, und sein Blick zuckte zurück zu den dunklen Fluten des Flusses. »Ja, das ist sie wohl.« Er hielt seine Stimme sanft und leise, als wolle er den Zauber des Augenblicks nicht zerstören. »Und Ihre

Gesellschaft ist mir zu jeder Zeit höchst willkommen«, fügte er hinzu. Er fragte sich, ob seine Männer noch so angespannt waren, daß sie womöglich zu vehement darauf bestanden hatten, sie nach Waffen abzusuchen.

»Sie sind ein wichtiger Mann.« Ihre Stimme war warm und enthielt keinerlei Vorwurf. »Ihre Leute sind loyal.«

Auf dem Empfang hatte Sun-Tzu Naomi als bezaubernde Begleiterin kennengelernt. Sie schien in der Lage, die Darbietungen und übrigen Aspekte der Veranstaltung um ihrer selbst willen zu genießen, und hatte zu keiner Zeit gestattet, daß die Politik den Abend trübte. In der Woche seither hatte Sun-Tzu gelernt, sich über ihre Gegenwart zu freuen. Wie auch jetzt. Aber als sie wieder in ein behagliches Schweigen versanken, gelang es ihm dennoch nicht, den Anschlag auf sein Leben aus seinen Gedanken zu verdrängen.

Demipräzentorin Nicholas war sichtbar nervös gewesen, als sie in seine Gegenwart vorgelassen worden war. Er hatte es auf die Bedeutung der Botschaft geschoben, die sie zu übermitteln vorgegeben hatte, aber es hatte genügt, seine Leibwächter mißtrauisch zu machen. Trotzdem, hätte sie sich mit dem in den weiten Ärmeln ihrer weißen Blakes-Wort-Robe versteckten Nadler weniger ungeschickt angestellt oder die Weitsicht besessen, darunter Schutzkleidung zu tragen, wäre er jetzt wahrscheinlich tot. Von allen Möglichkeiten, Zugang zu seiner Person zu erlangen, hätte er Blakes Wort zuallerletzt als Bedrohung empfunden.

Thomas Marik? Der Name stieg wie ein Geist vor seinem inneren Auge auf. Der Generalhauptmann der Liga Freier Welten war der größte Gönner von Blakes Wort. Hatte Thomas sich entschlossen, Sun-Tzus Verlobung mit Isis dauerhaft zu beenden? In gewisser Hinsicht ergab es einen Sinn, nur konnte Sun-Tzu sich nicht vorstellen, daß Thomas auf derart hinterhältige Weise vorgehen würde. Thomas umgab sich mit einer Aura des Edelmuts, hoher moralischer Werte, der Ehre und hehren Ideale. Und im Gegensatz zu den meisten Fürsten der Freien Inneren Sphäre schien dieser Narr das auch ernst zu meinen. Sun-Tzu konnte sich kein Bündnis des Generalhauptmanns mit der Marianischen Hegemonie vorstellen, und Emma Centrellas bohrende Fragen in den letzten Tagen schienen darauf hinzudeuten, daß sie diese Einschätzung teilte.

Der letzte Schimmer der Sonnenscheibe versank hinter dem Horizont, auch wenn die Wolken das majestätische Licht Canopus' weiter reflektierten. Naomi drehte sich halb zu ihm um. Leise fragte sie: »Woran denkst du, Sun-Tzu?«

Die Frage schien zu gleicher Zeit unschuldig und voller versteckter Bedeutung. Ihm entging auch nicht das zögernde Du. Er zuckte unbehaglich die Schultern. »Manchmal können Äußerlichkeiten täuschen.« Aber häufig auch nicht, erkannte er plötzlich. Wie lautete der Begriff? Ockhams Skalpell? Die einfachste Lösung ist im allgemeinen die richtige.

Naomi Centrella sah hinaus über den Garten und hoch zum Himmel. »Also ich finde den Sonnenuntergang wunderschön. Und er kennzeichnet den Beginn des canopischen Nachtlebens, das durchaus unvergeßlich sein kann.«

In Sun-Tzus Hirn tobten die Gedanken, so daß er Naomis Worte kaum wahrnahm. *Eine Blakes-Wort-Fanatikerin hat versucht mich umzubringen, weil Blakes Wort meinen Tod will!* Seine Gedanken wandten sich anderen Teilen des Puzzles zu, für die er einen Platz suchte, während er Naomi so ruhig antwortete, wie er es nur konnte. »Aber in diesem Augenblick und möglicherweise unter einem ähnlich friedlichen Himmel kämpfen Mitglieder deines Volkes vielleicht an der Grenze eures Reichs um ihr Leben. Oder begraben ihre Toten. Oder sehen hilflos zu, wie die Marianische Hegemonie einen Teil ihrer Welt zerstört.«

»Oder lieben sich«, erwiderte Naomi ohne eine Spur von Verlegenheit. »Ich bin für das Kriegshandwerk ausgebildet, ebenso wie meine Mutter und Schwester, aber ich ziehe es vor, an die Vorteile zu denken, die der Frieden unserem Volk bringt. Findest du das falsch?«

Sun-Tzu hörte ihr mit leisem Lächeln zu, aber in seinem Geist wetteiferten die Fragen. Wie profitierte Blakes Wort von den Überfällen auf den Centrella-Raum? Er war sicher, daß die Blakisten die marianischen Angreifer unterstützten – aber warum? Er brauchte einen Grund. Es mußte derselbe oder ein ähnlicher Grund sein, aus dem sie seinen Tod wollten. *Weil ich Canopus Hilfe anbiete. Sie wollen Instabilität im Magistrat.* Und ein instabiles Magistrat konnte zu engeren Bindungen zwischen Emma Centrella und dem Tauruskonkordat führen, oder zu einer größeren Abhängigkeit von Blakes Wort, falls es dem Orden gelang, einen Waffenstillstand oder besondere Bündnisvereinbarungen zu vermitteln, wie er es in den Chaos-Marken versuchte. Oder beides. Während er Naomi auf ihre Frage antwortete, dachte er gleichzeitig über diese Möglichkeit nach. »Es ist nicht falsch, an die Vorteile des Friedens zu denken, es sei denn, man hat ein Volk zu führen. Ein Fürst muß immer auf den Krieg vorbereitet sein.«

Naomi nickte. »Krieg ist von lebenswichtiger Bedeutung für den Staat«, zitierte sie, »eine Angelegenheit von Leben und Tod, der Weg zu Überleben oder Untergang.« Als Sun-Tzu sie überrascht ansah, lächelte sie verlegen. »Sun Tzu, *Die Kunst der Kriegsführung*. Dein Namensvetter. Seine Schriften waren Teil des Lehrplans an der Canopischen Kriegsakademie.« Sie biß sich auf die Unterlippe. »Wird der Krieg meine Welt erreichen, Sun-Tzu?«

»Der Krieg kommt überallhin.«

»Aber wirst du ihn herbringen?«

Sun-Tzu studierte Naomis Gesicht eine Weile. *Sie scheint wirklich zu glauben, ich würde ihr diese Frage ehrlich beantworten.* »Nein, Naomi«, sagte er sanft, und legte soviel an unschuldiger Wärme in ihren Namen, wie er konnte. »Ich würde dir keinen Krieg bringen.« Er wandte sich wieder seiner Kontemplation der jenseits des Flusses untergehenden Sonne und möglicher Motive von Blakes Wort zu, und ließ ihr Zeit, alle möglichen Bedeutungen seiner Antwort zu überdenken.

Dann schob sich ihre Hand auf dem Geländer an die seine. Die Berührung war leicht und sehr warm. »Meine Mutter vermutet, du könntest den Hegemonie-Räubern helfen«, warnte sie ihn leise.

Er nickte, weil das von ihm erwartet wurde. *Wundervoll gemacht*, zollte er ihr in Gedanken Beifall. *Du verrätst mir nichts, was ich nach den Gesprächen mit deiner Mutter nicht schon vermutet hatte, und versuchst gleichzeitig, mein Vertrauen zu gewinnen.* Vielleicht besaß Naomi nicht die kriegerischen Neigungen ihrer Schwester, aber Sun-Tzu fiel es nicht schwer, sie sich als Staatsführerin vorzustellen. »Deine Mutter ist sehr klug«, stellte er vorsichtig und mit ausreichendem Bedauern fest. »Aber sie hat nicht immer recht.«

»Ich glaube nicht, daß du Krieg gegen uns führst, Sun-Tzu.«

»Ich weiß.« Er versuchte, zugleich Trauer und Sympathie in seine Stimme zu legen. »Ich weiß.«

Wieder sank Schweigen über sie herab, und Sun-Tzu zählte langsam die Sekunden, bis er die leise Berührung auf seinem Arm spürte.

»Woran denkst du gerade, Sun-Tzu Liao?«

Er faßte ihre Hand, nahm sie in beide Hände und drückte sie leicht. »Wie gut es ist, einen Freund hier zu haben«, flüsterte er und schaute zu den ersten Sternen empor, damit sie das Lächeln nicht sah, das ohne Zweifel in seinen Augen funkeln mußte.

* * *

Emma Centrella blickte ins Feuer und sah den Flammen bei ihrem krachenden Tanz zu. Ihre einfache weiße Satinrobe reflektierte die Farben des Feuers und lieferte einen guten Kontrast zu ihrer dunklen Haut. Die Magestrix übersah solche Details niemals, auch nicht in der Privatsphäre ihrer Gemächer.

»Und er schien abgelenkt?« Sie blickte hinüber zu ihrer Tochter. »Du glaubst nicht, daß er mit diesen dreckigen Räubern zu tun hat?«

»Das kann ich nicht sicher sagen, Mutter.« Naomi verlagerte das Gewicht von einem Fuß auf den anderen und erinnerte Emma damit an ihre Jüngste – bei der Frage, ob sie mit ihren Hausaufgaben fertig war. »Es könnte sein, daß Sun-Tzu sich hier tatsächlich allein und verwundbar fühlt. Falls es so ist, stehe ich ihm am nächsten.«

Ein weiterer Beweis dafür, daß Sun-Tzu weder das Selbstbewußtsein noch die Selbstbeherrschung besitzt, die ein Hausfürst der Inneren Sphäre benötigt. Andererseits, erinnerte sich, *ist er auch nicht dumm. Unerfahren, ja, vielleicht auch ein wenig naiv. Und wenn er Sympathien für Naomi entwickelt, könnte sich das als nützlich erweisen. Immerhin findet Thomas Marik seit Jahren einen Grund nach dem anderen, die Hochzeit seiner Tochter mit Liao zu verschieben. Es ist allgemein bekannt, daß sie erst stattfinden wird, wenn der Generalhauptmann absolut keine andere Wahl mehr hat … Sun-Tzu könnte verletzlich sein.*

»Naomi, wäre es dir zuwider, diese Beziehung weiterzuentwickeln?« Emma kniff die Augen zusammen. »Ich möchte, daß Sun-Tzu sich bei uns entspannt. Bei dir. Versuche, seine Freundin zu werden.«

Naomi sah nicht auf. »Wie es der Magestrix beliebt, natürlich.«

»Danke, Naomi. Es ist wichtig, daß er unserer Sache gewogen ist. Er bietet uns vieles von dem, was wir brauchen, um das Magistrat wieder stark zu machen.«

»Dann planst du, den Capellanern Truppen zu leihen?«

Emma sah wieder ins Feuer. »Darüber habe ich noch keine Entscheidung gefällt. Der Gedanke hat seine Vorzüge.« Sie machte eine Pause. »Aber erst wollen wir sehen, wie viel Sun-Tzu uns ohne Gegenleistung gibt.« Hatte der Atem ihrer Tochter da einen Moment gestockt? »Immerhin sind seine technischen Berater und so weiter nur sechs Flugtage entfernt. Wäre es nicht angebracht, wenn er uns sofort Zugriff auf sie gewähren würde, um den guten Willen zu zeigen, den er fördern will?«

Naomi lächelte. »Natürlich, Mutter.« Sie wartete etwa eine Minute, dann zog sie sich zurück.

»Einen Augenblick noch, Naomi.« Die Magestrix hielt ihre Stimme sorgfältig nüchtern, als habe die Frage keine wirkliche Bedeutung. »Du hast den Sonnenuntergang und Sun-Tzus Begeisterung davon erwähnt. Inzwischen ist es ziemlich spät ...« Sie ließ den Satz offen ausklingen.

Emma Centrella konnte das Gesicht ihrer Tochter nicht sehen, aber die Vorsicht in der Stimme der jungen Frau sagte ihr, was sie wissen wollte, noch bevor Naomi zwei Worte gesprochen hatte. »Wir haben zugesehen, wie die Sterne erschienen, Mutter. Und einige Zeit ... geredet.«

Emma drehte sich zu ihrer Tochter um und lächelte warm. »Natürlich. Gute Nacht, Naomi.«

Das Lächeln hielt eine Sekunde länger als Naomi benötigte, um die Tür hinter sich zu schließen. Es verblaßte nicht zu Zorn oder Trauer, es verwandelte sich nur in ein etwas härteres, nachdenklicheres Lächeln.

19

Landungsschiff *Stecknadelkopf*,
Jubilee Raumhafen, Jubilee
Marantha, Magistrat Canopus

22. Mai 3058

Marcus hob einen Finger unter die Schutzbrille, um sich etwas Staub aus dem Auge zu reiben, der durch die lose Manschette gedrungen war. Der beißende Gestank von heißem Metall und Schweiß hing schwer in der drückend warmen Luft des Mechhangars. Selbst die großen Umluftventilatoren im offenen Hangartor der *Stecknadelkopf* richteten wenig aus, denn auch draußen auf dem Landefeld herrschte Gluthitze, und es kühlte kein nennenswerter Wind die Luft.

Die Angeli waren nach Jubilee gekommen, nachdem eine MSK-Garnison auf Indian Island eingetroffen war. Die *Stecknadelkopf* war zurückgeblieben, um das Bergungsgut aufzunehmen, und am vorigen Abend zum Rest der Einheit gestoßen.

Marcus beugte sich, den Schneidbrenner in der Hand, wieder über die Panzerplatte. Er versuchte die beste Methode zu finden, die Panzerung für die dreieckige Schutzkachel über dem Knie von Vince Foleys *Vollstrecker* zu finden, als Jericho Ryan erschien.

Ein schneller Dreh am Griff des Schneidbrenners schaltete das Gas ab. Marcus reichte das Gerät einem von Petrowkos Techanwärtern und verließ den Arbeitsbereich. Im gesamten Hangar waren Angeli damit beschäftigt, Panzer zurechtzuschneiden und Myomerbündel aus den Lagercontainern zu schleppen. Alle arbeiteten daran, die auf Indian Island erlittenen Schäden zu reparieren. Der größte Teil der Hauptarbeiten – die Reparatur oder der Austausch von Aktivatoren,

Kreiselstabilisatoren und Kontrollschaltkreisen – war bereits erledigt. Petrowko hatte die letzten Aktionen an Bord der *Heaven Sent* geleitet.

»Bedeutet Ihr Erscheinen hier, daß ich wieder ein komplettes Mechkontingent habe?« fragte Marcus. Er schrie die Frage heraus, weil sowohl er wie auch Jericho wegen des Lärms der Reparaturarbeiten Ohrschützer trugen, aber trotzdem mußte er sie wiederholen.

»Sozusagen«, brüllte sie mit einem Schulterzucken zurück, dem sie ein schelmisches Lächeln folgen ließ. Sie winkte ihm, mitzukommen, und ging in Richtung der großen Hangartore voran.

Was hat sie jetzt vor? fragte sich Marcus. Wegen Mangel an Ausrüstung hatten die Angeli nach der Schlacht das Cockpit von Karstchows *Feuerfalke* nicht reparieren können. Außerdem fehlte ihnen so ziemlich alles, was sie für den *JägerMech* brauchten. Nur durch pures Glück war es ihnen gelungen, den Arm zu finden, um den sich Petrowko auf dem Flug durch die Liga Freier Welten Sorgen gemacht hatte. Jetzt benötigte die Maschine einen zweiten Arm, und eine vollständig neue Reaktor- und Gyroskopausstattung. Jericho hatte als teilweise Bezahlung für die Leistungen der Angeli die Dienste und Vorräte des Jubilee-Mechhofs am anderen Ende des Raumhafens angeboten.

Als er die Rampe vom Mechhangar hinabstieg, mußte Marcus die Augen gegen die grelle Nachmittagssonne abschirmen, die aus Maranthas klarblauem Himmel strahlte. Einen Augenblick lang dachte er, in der plötzlichen Helligkeit würden ihm seine Augen einen Streich spielen. Als ihm klar wurde, daß dem nicht so war, schaffte er es kaum noch, Jericho nach unten zu folgen.

Dort auf dem Stahlbeton des Landefelds stand Karstchows *Feuerfalke*, einen großen, verstärkten Lastcontainer in den Armen. Aber daneben ragte nicht Charlenes *JägerMech* auf. Der zweite Mech hatte breite Schultern, die zu einer schmalen Taille zusammenliefen. Seine Hüften und Knie waren deutlich verstärkt, und Marcus brauchte die Auslaßöffnungen an der Rückseite nicht erst zu sehen, um zu wissen, daß diese Maschine sprungfähig war. In einer Variation der üblichen Konstruktionsweise hingen an beiden Seiten mittelschwere Laser unter den Armen, und nicht wie sonst auf der Oberseite. Zwei weitere, die aus dem linken und rechten Torso ragten, rahmten den schweren Laser in der Torsomitte ein. Eine weitere Abweichung von üblichen Konstruktionskriterien war eine im Kopf untergebrachte LSR 5er-Lafette.

»GHR-5H *Grashüpfer*«, stellte Jericho fest und sah Marcus an, als wüßte sie nicht, welche Reaktion sie erwarten sollte. »Er ist fünfzig Jahre alt, aber die Eigentümerin hat mir versichert, daß er noch gut in Schuß ist.«

Marcus hatte den Kampfkoloß auf den ersten Blick erkannt, aber er wußte, daß die MSK ihn ihm niemals im Tausch für einen *JägerMech* überlassen würde. Der *Grashüpfer* war für den Nahkampf gebaut. Er war mit Energiewaffen bestückt und fast doppelt so schwer gepanzert wie ein *JägerMech*. Ein *Grashüpfer* konnte sich in einen längeren Gefechtseinsatz wagen, ohne daß sein Pilot sich Sorgen um Munitionsverbrauch zu machen brauchte. »Und der *JägerMech*?«

Jericho schüttelte den Kopf. »Zu schwer beschädigt. Wir konnten keinen Standard-Nissan 260 für die Reaktorbucht umbauen, jedenfalls nicht, ohne die Autokanonen/5 gegen ältere Modelle auszutauschen. Und es wird Monate dauern, bis wir den richtigen Extraleichtreaktor hier draußen haben. Also dürfen Sie den hier als Leihgabe betrachten, bis – falls – wir Ihren *JägerMech* wieder zusammengeflickt bekommen.« Ihre Augen glitzerten amüsiert. »Das ist Major Woods Reservermech. Es ist eine Art Wiedergutmachung dafür, daß sie Ihre Einheit im Stich gelassen hat.« Sie wurde wieder ernst. »Und sie läßt ihr Bedauern über Karstchow ausrichten.«

Erzählen Sie das Charlie, dachte Marcus und verzog das Gesicht beim Gedanken an seine Stellvertreterin. Nach der Zeremonie für Brent hatte Charlene Marcus' Taktik öffentlich als zu riskant und zu effekthascherisch kritisiert. Sie erklärte, er hätte einen größeren Sicherheitsspielraum lassen müssen und sogar argumentiert, eine direkte Verteidigung des Depots hätte den Angeli ermöglicht, die Angreifer so lange wie nötig abzuwehren. *Verteidigung!* Marcus konnte nicht fassen, daß sie das wirklich gesagt hatte.

Er hatte versucht, sie zu beruhigen, als sie die Bombe platzen ließ. Nicht nur, daß sie ihn beschuldigte, sich nicht um seine Leute zu kümmern, sie hatte geradeheraus erklärt, er sei unfähig, etwas für einen anderen zu empfinden. Marcus hatte sich den Ausbruch mit ihrem Verlust erklärt, aber an den Mienen der übrigen Angeli hatte er erkannt, daß sich da ein mögliches Problem zusammenbraute. Einige düstere Blicke in Charlenes Richtung machten ihm klar, daß nicht alle ihre Meinung teilten, doch gab es genug Kopfnicken und abgewandte Gesichter, um ihn wissen zu lassen, daß manche es sehr wohl taten.

Mein Job ist es, Gli Angeli zusammen und funktionstüchtig zu halten, hatte er sich damals eingeschärft, und jetzt wiederholte er es in Gedanken. *Ich kann es mir nicht leisten, jemanden zu nahe zu kommen, oder ich breche bei jedem Verlust zusammen – wie es Charlie jetzt ergeht.* Wie viele Brent Karstchows hatte es in der Vergangenheit gegeben? Wie viele standen ihnen noch bevor? Zu viele, als daß Marcus sich den emotionalen Ballast ihres Verlusts aufladen konnte. *Ich tue, was ich kann,* wollte er hinausbrüllen.

»Marcus?«

Jerichos besorgte Blicke brachten ihn zurück in die Gegenwart. »Ja«, antwortete er. »Ich habe nur eben nachgedacht.« Er stoppte einen Tech auf dem Weg in die *Stecknadelkopf*. »Schick Charlie raus.« Dann nahm er das Gespräch mit Jericho wieder auf. »Ein 5H? Dann ist das alles Originalausstattung?«

»Na ja, hier in der Torsomitte ist ein schwerer Extremreichweitenlaser montiert.« Sie zeigte hoch. »Aber das ist im Nahkampf ein Nachteil. Treibt die Temperatur schneller hoch, besonders, wenn die mittelschweren zum Einsatz kommen.« Sie stockte, als müsse sie nachdenken, dann sprach sie weiter. »Was ist? Sie sahen besorgt aus. Stimmt mit dem Mech irgendwas nicht?«

»Nein, mit dem ist alles in Ordnung.« Marcus rieb sich das Gesicht. »Es ist Charlie«, erklärte er und gab ihr einen kurzen Abriß der plötzlichen Veränderung im Verhalten seiner Stellvertreterin.

»Marc, einer Ihrer Leute hat auf dem Schlachtfeld sein Leben gelassen. Und es war jemand, der ihr viel bedeutete. Da müssen Sie eine gewisse Niedergeschlagenheit erwarten, und als Kommandeur sind Sie automatisch das Ziel, gegen das sie sich entlädt. Was die anderen betrifft ...« Sie zuckte die Achseln. »Kein MechKrieger wird gerne an seine Sterblichkeit erinnert.« Sie sah zu den beiden Mechs hoch, die wie olympische Götter über ihnen aufragten. »Wenn wir lange genug in diesen Dingern sitzen, glauben wir, nichts könnte uns etwas anhaben. Die Illusion geht in tausend Scherben, wenn wir sehen, was mit Brent geschehen ist.«

Es ist mehr als nur das, Jericho. Charlene stellt alles in Frage, was seit der Clan-Invasion aus uns geworden ist. Alles, was aus mir *geworden ist. Wie kann ich ihnen klarmachen, daß ich mir eine größere Nähe nicht leisten kann, nicht angesichts der Entscheidungen, die ich treffen muß?* Aber natürlich würde sie das nie verstehen.

Jericho sah, daß er nicht überzeugt war, und deutete hinüber zu dem fünfzig Meter neben dem Landungsschiff stehenden *Sperber*. »Sie ringen Respekt ab. Ensign Keppler hat gedroht, sein Patent zurückzugeben, wenn er die Angeli nicht begleiten darf.« Sie holte ein gefaltetes Blatt dünnes Papier aus dem linken Handschuh. »Major Wood hat ihn meinem Befehl überstellt, und er wird uns begleiten, wenn Sie nichts dagegen haben. Aber ich muß ihm die offizielle Entscheidung noch mitteilen, Wo steckt er?«

Marcus deutete mit dem Kopf hoch zum Landungsschiffseingang. »Drinnen. Er lernt, wie man einen *Savannah Master* neu panzert.« Er zuckte die Schultern. »Hat seine Hilfe angeboten.«

»Sehen Sie? Genau davon rede ich. Ihre Leute haben Keppler sofort das Gefühl gegeben, Teil des Teams zu sein, und er ist bereit, Ihnen in die Schlacht zu folgen. Das ist ein beachtliches Kompliment.«

Sehen Sie es so, Jericho? Marcus starrte in ihre leuchtend grünen Augen. *Ich sehe einen jungen Mann, der Rache will und eine günstige Transportmöglichkeit sieht.* Aber welches auch immer der wahre Grund war, Marcus wäre ein Narr gewesen, die Gelegenheit, Luftdeckung zu erhalten, abzulehnen. Laut sagte er nur: »Vielleicht haben Sie recht. Inzwischen muß ich jemanden finden, der sich auf einem *Grashüpfer* auskennen soll.«

»Das ist noch nicht alles.« Jericho deutete mit dem Daumen auf den Container in den Armen des *Feuerfalke*. »Ich würde sagen, Sie brauchen auch einen Ersatzpiloten für einen *Kriegshammer*.«

»Wie meinen Sie denn das?«

Jericho zupfte das Stachelarmband um den rechten Handschuh zurecht und gab sich nonchalant. »Wie gesagt, einen Nissan-Extraleicht haben wir nicht finden können. Aber Major Wood hatte bei einem früheren

Überfall einen *Cataphract* geborgen. Und der wird von einem ...«

»... General Motors 280 Extraleicht angetrieben«, beendete Marcus den Satz für sie. »Ist das ihr Ernst? Den hat Wood freigegeben?« Der Gedanke daran, daß der *Caesar* aus eigener Kraft aus dem *Festung*sklasse-Schiff marschierte, ließ einen kalten Schauer sein Rückgrat hinunterlaufen. »Jericho, das ist fantastisch!«

»Was ist fantastisch?« Charlene Boske kam die Laderampe der *Stecknadelkopf* herab.

»Jericho hat einen Reaktor für den *Caesar* aufgetrieben. Du bist auf einem *Kriegshammer* ausgebildet, aber wenn du willst, habe ich hier einen *Grashüpfer* für dich.«

Charlene musterte den schweren Mech mit kritischem Blick. »Tamara Cross wäre eine bessere Wahl. Sie mag große Maschinen, und sie hat ein Gefühl für Sprünge mit derartigem Gewicht.« Sie drehte sich zu Marcus und Jericho um. »Ich will den *Feuerfalke*.«

Ich hätte es kommen sehen müssen, dachte Marcus. Er nickte. »In Ordnung. Gib Brian Phillips meinen *Kriegshammer*. Dann bleibt ein *Whitworth* frei.«

Charlene schürzte nachdenklich die Lippen. »Was ist mit der MechKriegerin, die in der *Ballista* gesessen hat? Der Mech war schrottreif, als ich ihn zuletzt gesehen habe.«

Es ließ sich nicht sagen, wer über Charlenes Vorschlag überraschter war, aber Jericho fing sich zuerst. »Ensign Williams steht zum Einsatz bereit. Normalerweise hätte ich sie das aussitzen lassen müssen. Danke, Charlene.«

Die Stellvertretende Kompanieführerin der Angeli zuckte die Achseln. »*Whitworth* und *Ballista* sind ähnliche Modelle. Und ein leerer Mech nützt auf dem Feld niemandem etwas.«

Marcus nickte zustimmend. »Gut, mit Jerichos Erlaubnis, was Ensign Williams betrifft, wird für alle drei doppelte Simzeit angesetzt, bis du der Meinung bist, sie sind bereit.«

»Was ist mit Ihnen, Kommandant?«

Marcus versteifte sich. »Wenn du meine Simulatorzeit überwachen willst, habe ich nichts dagegen. Einsatzbereitschaft fällt unter deine Verantwortung.« Er fixierte Charlie und forderte sie stumm zu einer Konfrontation heraus. Als sie nicht darauf einging, drehte er sich plötzlich um, um nach Petrowko zu suchen, und stieß fast mit einem Mitglied der Landungsschiffsbesatzung zusammen, das die Rampe herunter gelaufen kam. Der Mann reichte ihm ein Blatt Papier, dessen Text ein Lächeln auf Marcus' Gesicht zauberte. »Jase Torgensson ist gerade auf dem Freeburg Raumhafen auf dem Südkontinent gelandet«, verkündete er und sah breit grinsend zu seinen Begleitern auf. »Er wird mit einer Militärfähre hergebracht und müßte in zwei Stunden eintreffen.«

20

Planetare Verteidigungszentrale, Jubilee
Marantha, Magistrat Canopus

22. Mai 3058

»Ich bin über Ryerson gekommen, am Rand des Herzogstums Andurien. Hab mich auf der Ladestation mit jemand angefreundet, der ein kleines Problem mit Spielschulden hatte.« Jase Torgensson nahm einen tiefen Zug an seiner Zigarette und blies den Rauch höflicherweise in Richtung des Ventilationsgitters in der Wand von Major Judith Woods Büro. Sein Blick wanderte zwischen den beiden anwesenden MSK-Offizierinnen hin und her, dem Major hinter dem Schreibtisch und Jericho Ryan neben ihr. »Er hat mir einen Blick auf seinen Compblock erlaubt, eine Datei über Sprungschiffe, die durch das Ryerson-System gekommen sind, und aus diplomatischen oder militärischen Gründen ihre Ladung nicht anzugeben brauchten.«

Von seinem Platz neben der Tür nickte Marcus ihm zu. Er war mit Jases Gewohnheit, die empfindlicheren Aspekte seiner Arbeit zu übergehen und auf die wichtigen Fakten zu konzentrieren, vertraut. Wenn Major Wood oder Jericho nicht selbst in der Lage waren zu erkennen, daß Jase den andurianischen Offizier bestochen hatte, um auf der Suche nach den Waffenschmugglern an vertrauliche Informationen zu kommen, würden sie sich damit zufriedengeben müssen, was Marcus später in seinen Bericht setzte. Daß er diese Besprechung in Major Woods Büro abhielt, war nicht mehr als eine Höflichkeitsgeste.

Außerdem war dieser Ort günstig gelegen, da Charlene darauf bestanden hatte, daß Jase vom Medstab der Canopus Highlanders untersucht wurde. Das war eine

Entscheidung, die Marcus' volle Unterstützung besaß, obwohl Torgensson darauf bestanden hatte, ihm gehe es gut. Seine Reisen hatten ihn sichtlich mitgenommen. Eine geplatzte Oberlippe war noch nicht völlig verheilt, und die Haut um sein linkes Auge wirkte gelblichbraun verfärbt und leicht aufgedunsen. Außerdem trug er den linken Arm in einem Stützschlauch, dessen Lufttaschen ihn fest umschlossen und einem Haarlinienbruch Gelegenheit zur Heilung gaben. Und an seiner rechten Schulter war eine Stichwunde genäht worden. Mit seiner tiefen, sonoren Stimme und dem skandinavischen Akzent des Rasalhaagers erweckte Jase in der Regel einen gebildeten, weltmännischen Eindruck. Jetzt klang er nur erschöpft, und sein sonst makelloses Äußeres wirkte zerzaust und vernachlässigt.

Das versprach, eine interessante Geschichte zu werden.

»Der Block enthielt keine Sprungschiffe außerhalb des normalen Verkehrs mit Ausnahme der Liga Freier Welten, die Nahrungsmittel auf einen von einer Dürrekatastrophe heimgesuchten Planeten verschiffte und Blakes Wort beim Transport zusätzlicher Leute und Ausrüstung nach Terra. Aber die Datei hatte einen Anhang über Schiffe, nach denen das Personal die Augen offenhalten sollte.«

»Die *Adonis?*« fragte Charlene, und Jase zog die Braue über dem gesunden Auge hoch. »War nicht schwer zu erraten«, meinte sie. »Wir sind über Andurien gekommen, und jemand hat versucht, unsere Mechs zu sabotieren.«

Marcus beugte sich vor, die Arme auf die Knie gestützt. »Die Frage ist, wer? Jase?«

»Die *Adonis* sollte beim Auftauchen sofort gemeldet werden, und zwar dem Präzentor Andurien ...« – Jase machte eine Pause, und sein Blick suchte Major Wood – »... Und Präzentor Sian.«

»Zur direkten Weitergabe an Herzogin Humphreys von Andurien und Sun-Tzu Liao«, stellte Wood fest und sah zu Jericho. »Wir können dankbar dafür sein, daß die Meldung nicht an Thomas Marik auf Atreus ging. Genau genommen ...« Ihre Augen wurden zu Schlitzen. »Wenn wir handfeste Beweise dafür hätten, daß Liao hinter dieser Sache steckt, wäre die Liga Freier Welten gezwungen, zu unseren Gunsten zu intervenieren.«

»Tut mir leid«, meinte Jase. »Ich bin nahe ran gekommen, aber Beweise habe ich keine.« Er hob den gebrochenen Arm. »Etwas zu nahe, könnte man sogar sagen.«

»Red weiter, Jase.« Marcus konnte sich denken, was Torgenssons nächster Zug gewesen war. »Du hast versucht, uns eine Mitteilung zukommen zu lassen?«

Jase Torgensson nickte und zog noch einmal tief an seiner Zigarette. »Ja, sobald ich das Herzogtum verlassen hatte. Habe mich mit jemandem auf der Granera-Ladestation angefreundet, im nächsten System, durch das ich kam, und sie hat die Nachricht in ihrem Namen abgeschickt. Hätte euch erreichen müssen, lange bevor die *Adonis* den andurianischen Raum verließ.«

Charlene schüttelte ungläubig den Kopf. »Würde Blakes Wort so etwas mit uns machen? Wäre es nicht gefährlich für sie, eine bezahlte Botschaft zu unterschlagen?«

»Auch nicht gefährlicher als das Spiel, das sie gerade mit ComStar treiben«, stellte Jericho fest. »Vor etwa zwei Monaten haben Blake-Fanatiker auf Harminous mehrere ComStar-Akoluthen erschossen und ComStars Präsenz auf dieser Magistratswelt damit effektiv ein Ende bereitet.«

»Die Magestrix war alles andere als erfreut«, unterbrach Major Wood. »Aber anscheinend haben die Blakisten die Verantwortlichen freiwillig entfernt und Entschädigungen gezahlt.« Sie zögerte. »Natürlich kontrollieren sie trotzdem immer noch alle HPG-Stationen des Planeten.«

»Blakes Wort tut, was immer Blakes Wort einen Vorteil verschafft«, erklärte Marcus. »Ich denke nicht, daß sie die Nachricht tatsächlich unterschlagen würden, aber ich kann mir gut vorstellen, daß sie auf eine etwas längere Relaisroute umgeleitet wird, wenn Sun-Tzu den Präzentor Sian darum bittet. Sie dürfte uns in etwa einer Woche erreichen, zusammen mit einer Entschuldigung und einer Rückerstattung der Übermittlungsgebühr.«

Jase beugte sich vor und drückte die Zigarette in einem auf dem Schreibtisch stehenden Aschenbecher aus. »Das dürfte hinkommen, Kommandant.« Er ließ sich wieder zurücksinken. »Jedenfalls habe ich bei Aspropirgos die Liga-Canopus-Grenze erreicht und bin dann auf der Marik-Seite bis Romita geflogen. Ich bin gut vorangekommen und war Mitte April auf der Romita-Ladestation. Ich war zu dem Schluß gekommen, daß Romita der beste Punkt sei, um in die Marianische Hegemonie zu wechseln – das nächste System an der Hegemoniezentralwelt Alphard.« Torgenssons Stimme schien durch seine Erschöpfung wie gedehnt. »Unterwegs habe ich auf mehreren Ladestationen Halt gemacht und alles überprüft, was ich in die Finger bekam, von Ladebriefen bis zum Nachrichtenverkehr. Ich war mir sicher, etwas zu finden. Waffenlieferungen hinterlassen ihre Spuren, sofern sie das entsprechende Volumen haben. Die größten Schwierigkeiten bei der Geheimhaltung hätte es auf der örtlichen Regierungsebene geben müssen, besonders da, wo Handelsrouten die Grenze kreuzen. Die Grenzsysteme sind verpflichtet, die Ladungen zu kontrollieren. Aber wenn die Waffen aus der Liga Freier Welten kommen, sind sie hervorragend versteckt. Ich habe nichts entdecken können.«

Marcus lehnte sich zurück und rieb sich mit beiden Händen das Gesicht. Dann sah er hinüber zu den Canopierinnen. »Was meinen Sie? Hat Sun-Tzu soviel Einfluß in der Liga? Könnte er die Lieferungen verschleiert haben?«

Major Wood schüttelte entschieden den Kopf. »Ich würde nicht einmal Thomas Marik soviel Einfluß über die Außenbezirke der Liga zugestehen. Sun-Tzu hat Anhänger, sicher. Kurzsichtige Opportunisten, die in seiner Verlobung mit Isis Marik ein Gegengewicht zur Steiner-Davion-Gefahr sahen. Aber seit dem Bruch zwischen Victor Davion und seiner Schwester und dem offensichtlich nachlassenden Enthusiasmus Thomas Mariks, was Liaos Heirat mit seiner Tochter angeht, hält sich diese Unterstützung in Grenzen.«

»Sun-Tzu könnte die Waffen nicht direkt aus den Liga-Fabriken liefern, oder?« überlegte Jericho laut. »Indem seine Nachschubfrachter auf Marik-Sprungschiffen zurück zur capellanischen Grenze fliegen, während ihre für die Konföderation Capella bestimmte Ladung auf unabhängige Händler umgeladen wird?« Sie bemerkte die Andeutung eines Lächelns auf Jases Lippen. »Das ist die Lösung? Aber Sie haben gesagt ...«

Seine erhobene Hand schnitt Jericho das Wort ab und sorgte dafür, daß keiner der anderen ihn unterbrach. »Ich weiß es nicht sicher«, begann Jase, »aber es ist die einzige Erklärung, die einen Sinn ergibt. Auf dem Weg nach Romita wurde ich nach Campoleone umgeleitet. Damals habe ich mir nichts dabei gedacht. So etwas kommt vor. Ein Landungsschiff storniert den Vertrag oder muß Fracht auf einer anderen Welt aufnehmen ... Es gibt Dutzende von Gründen. Ich kam also auf Romita an, habe dort aber überhaupt nichts entdeckt. Und es gab keine Möglichkeit, nach Alphard zu fliegen und es danach noch rechtzeitig hierher zu schaffen, um euch zu treffen. Also flog ich dieselbe Route zurück.

Und wurde wieder nach Campoleone umgeleitet. Die Erklärung war durchaus plausibel, aber ich wurde nachdenklich. Also habe ich auf Gatchina Halt gemacht, einen Sprung diesseits von Campoleone, um auf das nächste planmäßige Sprungschiff zu warten. Und wir wurden wieder nach Campoleone umgeleitet, diesmal angeblich, um ein Landungsschiff mit medizinischem Nachschub und Personal auf Kurs nach Romita aufzunehmen. Aber das war einfach zu viel. Also habe ich mich mit jemandem im Datenarchiv der Gatchina-Ladestation angefreundet.«

Major Wood verbarg ihr Grinsen hinter der vorgehaltenen Hand, dann hatte sie sich lange genug zusammen gerissen, um festzustellen: »Mr. Torgensson, Sie müssen den größten Freundeskreis in der Inneren Sphäre haben.«

»Ich leiste nur meinen Teil, um die Galaxis schöner zu machen«, erwiderte Jase trocken. »Mit Ausnahme von Campoleone. Ich habe keinen Weg hinein gefunden. Soweit ich es feststellen konnte, ist das System von jeder Art regulärem Verkehr isoliert.«

Charlene hatte eine Weile schweigend zugehört, aber jetzt beugte sie sich mit leicht verwirrter Miene vor. »Ich dachte, du hättest gesagt, Romita wäre der beste Ort, um über die Grenze zu kommen?«

»Für einen Direktflug nach Alphard, ja. Man springt in die Niops-Vereinigung und verbringt zwei Wochen mit dem Aufladen, weil dort keine Sprungschiffe als Teil einer Kommandostrecke auf Landungsschiffe warten dürfen. Wenn danach die Relaisstrecke nach Alphard funktioniert, ist man innerhalb von ein paar Tagen in der Hegemonie.«

»Das wäre also die direkte Route«, sagte Marcus langsam und versuchte, dem Gedankengang seines Scouts zu folgen. »Aber du glaubst, daß sie vorher irgendwo anders einen Zwischenstop einlegen?«

Jase und Major Wood antworteten gleichzeitig. »Astrokazy.«

»Was ist ein Astrokazy?« fragte Charlene.

Jase nickte Major Wood zu. »Sie können darauf wahrscheinlich besser antworten als ich. Bitte.«

»Astrokazy ist ein Planet knapp außerhalb der Liga Freier Welten, etwa zwei Sprünge von Campoleone entfernt. Es ist eine harte Welt mit riesigen Wüsten und einer arabischen Kultur. Und mit dem Ruf, ein äußerst gefährlicher Ort zu sein.« Wood lächelte amüsiert. »Die MSK hat vor rund dreißig Jahren auf Astrokazy gegen die Marianische Hegemonie gekämpft. Nicht wirklich um die Kontrolle des Systems, nur, um den marianischen Anspruch anzufechten. Bevor die Sache ausgestanden war, wurden noch Einheiten der Liga Freier Welten und zweier weiterer Peripheriestaaten darin verwickelt. Es heißt, die Welt sei seitdem noch barbarischer geworden – ein Zufluchtsort für Gesetzlose und Renegaten.« Sie verzog das Gesicht. »Seit gut einem Jahr hören wir Gerüchte über eine vergessene Sternenbundfabrik auf Astrokazy, gestützt auf Geschichten über neue Mechs und Waffensysteme, die auf seiner Oberfläche gesehen wurden.«

»Und davon erfahren wir erst jetzt?« fragte Marcus.

Jericho verteidigte die Majorin. »Wie viele Geschichten über LosTech-Funde haben Sie im letzten Jahr gehört, Marc? Zehn? Zwanzig?«

»Mindestens«, mußte GioAvanti zugeben. »Aber zurück zu den Waffenschmugglern. Warum sollten sie über diesen Astrokazy liefern?«

»Um ihre Herkunft zu verschleiern. Astrokazy besitzt bereits einen florierenden Schwarzmarkt. Die Waffen und Materialien werden dorthin geschickt, und der Planet dient als Isolations- und Verteilerstelle. Egal aus welcher Richtung die Waffenlieferungen verfolgt werden, es existiert keine definitive Verbindung zwischen der

Hegemonie und ihren Lieferanten.« Er zögerte. »Würde mich nicht überraschen, wenn es eine Kommandostrecke geben würde. Es wäre eine längere Sprungschiffkette als aus der Niops-Vereinigung nötig – das Doppelte bis Dreifache – und alle in unbewohnten Sonnensystemen, aber wenn sie richtig plaziert wären ...«

Jericho erkannte die tiefere Bedeutung zuerst. »Dann würden sie bereits zwei Drittel einer Kommandostrecke für die Mordbanden zurück an unsere Grenze bilden. Und das Material brauchte gar nicht den ganzen Weg nach Alphard zurückzulegen. Sie könnten ihre Truppen gleich auf Astrokazy neu ausrüsten. Verdammt.«

»Bleibt nur noch eine wichtige Frage offen: Wer liefert die Waffen?« fragte Marcus.

Jase schüttelte den Kopf. »Das kann ich nicht mit Sicherheit sagen. Irgendwo zwischen Romita und meiner Rückreise über Campoleone habe ich eine Frage zu viel gestellt. Oder ...« – er warf Major Wood ein kleines Lächeln zu – »... ich habe mir tatsächlich einen Feind geschaffen. Als ich aus der Gatchina-Station geworfen wurde, begriff ich, daß meine weitere Anwesenheit nicht erwünscht war.«

»Die Antwort könnte also auf Astrokazy liegen.« Marcus stand auf. »Und selbst wenn nicht, scheint mir dieser Planet das entscheidende Glied der Nachschubkette. Wir können dorthin fliegen und diesen Gestalten einen dicken Strich durch die Rechnung machen – und wer weiß, vielleicht finden wir sogar ein altes Sternenbund-Materiallager. Jase, wie schnell könnten wir dort sein?«

»Da draußen gibt es keine Ladestationen. Das bedeutet drei Sprünge durch unbewohnte Systeme. Plus der Flugzeit für die Landungsschiffe.« Er verstummte für eine Weile und runzelte nachdenklich die Stirn. »Wenn wir die richtigen Sonnen zum Aufladen finden, könnten wir in anderthalb Monaten vor Ort sein.«

Marcus schnitt eine Grimasse. »Autsch. Das ist ein langer Heimweg.« Er drehte sich zu Major Wood um. »Heute abend habe ich einen offiziellen Bericht für Sie. Läßt sich zusätzliche Ausrüstung für eine ausgedehnte Operation arrangieren – Panzerplatten, Wärmetauscher, Munition?«

Der Major nickte. »Wann fliegen Sie ab?«

»In zwei Tagen. Die kleineren Reparaturen können wir unterwegs fertigstellen. Ich möchte zuerst die Sternkarten studieren, und wäre Ihnen für jede Information dankbar, die Sie über Astrokazy haben, aber erst einmal: Hat hier und jetzt noch jemand eine Frage?«

Jericho Ryan brach das Schweigen. »Also, es ist nicht so schrecklich wichtig, aber ich bin neugierig.« Sie wandte sich an Jase. »Sie haben gesagt, Sie wurden auf der Gatchina-Station angegriffen. Wie sind Sie dort weg und quer durch den Marik-Raum gekommen, wenn doch offensichtlich jemand hinter Ihnen her war?«

Jases linker Mundwinkel verzog sich zu einem schrägen Grinsen. »Ich bin unter zwei Namen gleichzeitig gereist, und habe für beide die Tickets bezahlt. Der zweite war für Notfälle wie diesen vorgesehen. Ich habe den Gesuchten in einem Schrank deponiert und auf einem Landungsschiff der Kline-Frachtkompanie einen Flug gebucht. Ich mußte allerdings die landschaftlich schönere Strecke zurück nehmen, bis ich den Centrella-Raum erreicht hatte.«

»Und Ihr Aussehen? Hat das keine Fragen ausgelöst?«

Das Grinsen wurde breiter. »Würde es Sie überraschen zu hören, daß der Bord-MedTech des Frachters ein alter Freund war?«

21

Palast der Magestrix, Crimson
Canopus IV, Magistrat Canopus

24. Mai 3058

Die beiden Flügel der fürstlichen Residenz rahmten einen großen Hofgarten ein, in dem Hunderte Blumen und andere Pflanzen aus dem gesamten Magistrat Canopus in üppiger Pracht gediehen. Der Garten war von Meisterhand angelegt und bot eine harmonische Mischung aus Farben und Gerüchen. Emma Centrella benutzte ihn mit Vorliebe für informelle Gespräche – nicht so sehr, weil sie den Garten liebte, sondern eher weil die Umgebung ihre Besucher ablenkte.

Sie wartete, während ein Mitglied der Hofgarde Sun-Tzu Liao nach versteckten Waffen absuchte, bevor er zu ihr vorgelassen wurde. Von ihrem Sitzplatz auf einer nahen Bank aus bewunderte Emma die stoische Ruhe, mit der der junge Kanzler die Prozedur über sich ergehen ließ, obwohl er sie ohne Zweifel als Impertinenz betrachtete. Er sah nicht einmal hinüber zu ihrer Tochter Naomi, obwohl er den Verdacht hegen konnte, daß sie ihrer Mutter von dem Gespräch des früheren Abends erzählt haben mußte. Niemand war imstande, eine Großmacht zu leiten, ohne derartige Annahmen automatisch zu treffen.

Mit einem knappen Nicken, das seine Zufriedenheit ausdrückte, führte der Gardist Sun-Tzu schließlich in den Garten. Naomi begrüßte ihn und begleitete ihn hinüber zu ihrer Mutter. Emma Centrella erhob sich und erwartete ihn auf gleicher Höhe. *Eine Konzession, die ich schon sehr bald zurückzunehmen gedenke.*

»Magestrix«, begrüßte Sun-Tzu sie ruhig. Sein schlanker Körperbau wirkte unter der violetten Seidenrobe äußerst elegant. Obwohl die drei allein waren, hielt er die Hände in fast militärischer Art auf dem Rücken verschränkt, auch wenn von dieser Haltung nichts Bedrohliches ausging. »Ihre Einladung, Sie hier zu treffen, war eine angenehme Überraschung. Wir hatten in der letzten Zeit wenig Kontakt.«

»Ich wurde von dringenden Geschäften abgehalten.« Emma schlenderte einen der vielen Feldsteinwege entlang. Sun-Tzu ging neben ihr her, Naomi folgte den beiden. »Unter anderem durch Ihre skrupellosen Aggressionen gegen mein Reich.« Sie hatte ihn offen beleidigt, aber seine einzige Reaktion bestand in einer leichten Anspannung der Schultern und der Verhärtung seiner Miene.

Nur in privater Umgebung konnte der Kanzler der Konföderation Capella eine derartige Herausforderung hinnehmen, ohne das Gespräch sofort zu beenden. Aber hier war es möglich, ohne Gesichtsverlust auf Förmlichkeiten zu verzichten – ein Spielfeld nach Emma Centrellas Gusto. Sie wanderte weiter den Pfad entlang, genoß die schweren Düfte der seltenen und kostbaren Flora ihres Reiches und wartete ab, ob Sun-Tzu auf das Spiel einging.

Als er schließlich antwortete, geschah es ohne die geringste vorgetäuschte Höflichkeit. »Wenn ich eine Offensive gegen das Magistrat starten wollte, würden meine Truppen in diesem Augenblick auf Canopus IV landen.« Seine Stimme war leise, kalt und hart. Es war der richtige Ton für Drohungen.

Aber ein Fehler, wenn er glaubt, mich auf meinem Heimatboden einschüchtern zu können. Emma ging selbstverständlich davon aus, daß die Todeskommandos des Kanzlers inzwischen über dem Garten in Angriffsposition gegangen waren, aber trotz ihres großen Respekts vor deren Fähigkeiten machte sie sich deswegen keine Sorgen. Danai war zur Zeit sicher entfernt. *Und ich ver-*

traue den Fähigkeiten meiner Tochter, an meiner Stelle zu herrschen, völlig. Wie steht es mit dir, Sun-Tzu Liao? Bist du bereit, die Konföderation deiner wahnsinnigen Schwester Kali zu überlassen?

»Wir sind nicht auf Sarna, Kanzler«, stellte sie mit einem Hinweis auf die Feindseligkeiten zwischen der Konföderation Capella und der winzigen Allianz unabhängiger Systeme an dessen Grenze zu den Chaos-Marken fest. »Das Magistrat bietet stärkeren Widerstand, und wir besitzen Möglichkeiten, über die Sarna nicht verfügt.« Eine kurze Pause, dann fuhr Emma mit eisiger Ruhe fort. »Sie schleusen Waffen in die Marianische Hegemonie.« Ein umfangreicher Bericht der Söldner von Gli Angeli di Avanti war drei Tage zuvor mit einem Begleitschreiben von Major Judith Wood eingetroffen, der Garnisonskommandeurin Maranthas. Er hatte ihr alles mitgeteilt, was sie wußten oder glaubten, und inzwischen mußten die Angeli bereits auf dem Weg aus dem Marantha-System sein. »Nach Campoleone und über Astrokazy nach Alphard. Und währenddessen haben Sie die Frechheit, Ihre Truppen in mein Reich zu bringen, während Sie gegenseitigen Beistand predigen.« Der neue Blakes-Wort-Repräsentant hatte den Bericht mit Kopien des Nachrichtenverkehrs und der Sprungschiffrouten bestätigt, und selbst die ComStar-Vertreter auf Canopus IV hatten ihre Haltung etwas gelockert und halfen bei den Untersuchungen.

Falls ihre Kenntnisse über die Route, auf der Waffen und Ausrüstung geschmuggelt wurden, Sun-Tzu überraschten, ließ er sich außer einem nur angedeuteten Ausdruck der Neugierde nichts anmerken. »Wenn Sie über so detaillierte Kenntnisse dieser Verschwörung verfügen, nehme ich an, Sie besitzen auch klare Beweise gegen mich persönlich?«

Ist er amüsiert? »Ich habe genug Beweise, um sicher zu sein, daß ich Ihnen nicht trauen darf.« Emma wurde langsamer, dann blieb sie stehen. »Was befindet sich zum Beispiel an Bord der Landungsschiffe, die morgen hier eintreffen? Mein Stab hat mich darüber informiert, daß ihr Schub und Kursvektor auf eine Ladung von *über vierhundert Tonnen Masse* hindeutet! Das sind etwa dreihundertfünfzig Tonnen mehr, als ich erwartet hätte.«

Wieder gelang es ihr, ihn zu überraschen, und er brauchte einen Moment, um sich zu fassen, bevor er antwortete. »Das war als Überraschungsgeschenk gedacht, Magestrix. Zwei Lanzen modernster BattleMechs, einschließlich zwei der neuen OmniMechs der Freien Inneren Sphäre, TG2-O *Totschläger*. Ein Zeichen meiner Absicht, das Magistrat auf einen höheren technologischen Standard zu heben.«

»Oh, ich bezweifle keinen Moment, daß sie als Überraschung gedacht waren, Sun-Tzu. Aber diese Schiffe werden ganz sicher nicht aufsetzen.« Ihre Stimme behielt denselben ruhigen Befehlston bei, mit dem sie das Gespräch begonnen hatte, und sie genoß das kurze zornige Aufblitzen in seinen Augen, als sie ihn mit dem Vornamen ansprach. Das war lediglich eine unwichtige Kleinigkeit, und daß es ihn traf, bestätigte nur ihren ersten Eindruck. Er war nichts weiter als ein Knabe, der den großen Staatsmann mimte. *Mal sehen, wie verzweifelt du bist.* »Sie werden sich und Ihre Truppen augenblicklich aus meinem Reich entfernen.«

Hinter Sun-Tzus dunklen Augen konnte sie die Gedanken wirbeln sehen. *Das ist der Punkt, an dem du das Spiel aufgeben solltest, Liao. Aber genau wie dein Großvater bist du unfähig zu erkennen, wann du verloren hast. Und wie deine Mutter kannst du die kleinen Siege, die du erzielst, nicht richtig ausnutzen.*

»Magestrix.« Sun-Tzus Stimme klang gelassen, obwohl er nun deutlich besorgt schien. »Sagen wir, ich bin bereit, die Landungsschiffe von einer Minimalcrew

Ihrer Truppen übernehmen zu lassen, die meine Besatzungen ablöst und in einer harmlosen Raumfähre absetzt. Damit hätten Sie die Kontrolle über das Material und die Mechs, die ich für Sie mitgebracht habe.«

Du greifst nach Strohhalmen. Emma zwang sich, der Versuchung zu widerstehen. »Meine Leute sind in diesem Augenblick dabei, die Verbindung über Astrokazy zu verifizieren. Dieselben Leute, gegen die Sie bei ihrer Passage durch Andurien einen Sabotageanschlag befohlen haben.«

Sun-Tzu runzelte die Stirn. »Ich habe nichts dergleichen befohlen.«

Naomi zog schnell die Blakes-Wort- und ComStar-Dokumente aus einem kleinen Ordner, den sie mitgebracht hatte, und reichte sie ihrer Muter. »Hier sind die Beweise«, erklärte Emma und wedelte mit den Papieren. »Als der canopische Händler *Adonis* durch das Herzogtum Andurien flog, einem Mitgliedsstaat der Liga Freier Welten, zu dem Sie bekanntermaßen Beziehungen unterhalten, wurden Sie über die Prioritätsverbindung informiert.« Sie reichte Sun-Tzu den von Blakes Wort aufgestellten Bericht und ließ ihm einen Augenblick Zeit, ihn durchzusehen. »Und vor zwei Tagen haben Sie via ComStar Anfragen über die Produktion von Kriegsmaterial in der Liga Freier Welten und deren Verschiffung abgeschickt.«

Sun-Tzu blickte sich zu Naomi um. Auf seinem hageren Gesicht standen deutlich Mißtrauen und Überraschung. Dann verschloß seine Miene sich wieder und er studierte die beiden Frauen mit kaltem Blick. Emma ergriff das Wort, bevor Naomi etwas verraten konnte. »Nein, das weiß ich nicht von meiner Tochter.« Das stimmte nur zur Hälfte. ComStar hatte ihr diese Information gegeben. Naomi hatte sie allerdings durch die Gespräche, die sie mit Sun-Tzu in den letzten Tagen geführt hatte, bestätigt. »ComStar und Blakes Wort haben beide bei dieser Untersuchung mitgeholfen.« Sun-Tzu wirkte niedergeschlagen. Seine Schultern sackten nach unten, er schüttelte leicht den Kopf. »Es ist nichts so, wie Sie meinen. Ich habe mich nur in Ihrem Interesse erkundigt. Ich wollte Ihren Verdacht der Liga gegenüber bestätigen oder widerlegen.«

»Aber ich verdächtige die Liga Freier Welten nicht.« Emmas Stimme war von tödlicher Süße. »Ich halte Sie für den Verantwortlichen, und nicht eine HPG-Station meines Reiches wird Ihnen gestatten, Befehle an Ihr Schmugglernetz zu übermitteln. Bis Sie Ihren Heimatraum erreicht haben, werde ich die Beweise, die ich brauche, von Astrokazy haben.« Sie lächelte breit. »Danach werde ich Thomas Marik bitten, Ihre Operation auf Campoleone zu zerschlagen.« *Was er mit Freuden tun wird, weil deine Aktionen sein sorgfältig gehütetes Image als edler Staatsmann ankratzen. Möglicherweise wird er sogar Entschädigung für unsere Verluste zahlen.*

»Gestatten Sie mir noch eine letzte Feststellung, Magestrix? Bevor Sie mich zur Unerwünschten Person erklären?«

»Bitte.«

»Falls ich hinter diesen Angriffen stecken sollte, würde ich damit offensichtlich das Ziel verfolgen, das Magistrat im Vorfeld einer Invasion zu destabilisieren. Richtig?« Er wartete mit entwaffnendem Lächeln auf ihr kurzes Nicken. »Was sollte mich in diesem Fall davon abhalten, einen entsprechenden Angriff auf der Stelle anzuordnen, nachdem Sie jetzt von meinen heimtückischen Plänen erfahren haben? Sind Sie imstande, Ihre Truppen schneller von den Grenzen zurückzuziehen, als meine Canopus angreifen können?« Seine Stimme wurde hart. »Und kommen Sie mir nicht mit den Paragraphen ihres Beistandspaktes mit dem Tauruskonkordat. Wieviel Hilfe haben die Taurier Ihnen gegen die Überfälle der Hegemonie geleistet, trotz all Ihrer Beistandsschwüre?«

Emma Centrella wußte, daß ihr der Zorn im Gesicht stand, und für einen kurzen Moment spielte sie mit dem Gedanken, Sun-Tzu erschießen zu lassen. Sicher, Kali Liao würde das als Entschuldigung für einen Angriff auf das Magistrat benutzen, aber unter ihrer Herrschaft würde Capella leiden. Ein entschieden warnender Blick Naomis hielt sie auf, und sie gab ihrer Tochter mit einem stummen Nicken recht. *Ich darf nicht so heftig reagieren, nur weil Sun-Tzu auf mein Spiel eingegangen ist.*

Ohne auf eine Antwort zu warten, sprach der Capellaner weiter. »So, falls Sie sich aber irren ...« Er hob die Hand, um ihre Antwort abzuwehren. »Bitte, werte Lady, hören Sie mich an. Wie gesagt, falls Sie sich irren, verlieren Sie alles, was ich Ihnen versprochen habe, und Sie warnen diejenigen, die tatsächlich gegen Sie arbeiten.«

»Und wann haben Sie versprochen, Demipräzentorin Jamie Nicholas zu ermorden?«

Zwei Jahrzehnte als Herrscherin über das Magistrat Canopus hatten Emmas Sinne geschärft, und jetzt benutzte sie all diese Erfahrung bei dem Versuch, in Liaos Gesicht eine Reaktion zu lesen. Davon ausgehend, wie wenig er bisher in der Lage gewesen war, seine Regungen zu verbergen, erwartete sie, eine Mischung aus Wut, Verzweiflung und Überraschung zu sehen. Aber es war seine völlige Ausdruckslosigkeit, die sie von Sun-Tzus Beteiligung an Nicholas' Tod überzeugte. Daß sein Gesicht angesichts dieser Beschuldigung so unbeteiligt bleiben konnte, ließ sie gleichzeitig frühere Einschätzungen seines Charakters in Zweifel ziehen. »Blakes Wort behauptet, ihren durch Nadlerschüsse getöteten Leichnam gefunden zu haben. Zuletzt wurde sie auf dem Weg zu Ihnen gesehen, um Botschaften zu überbringen.«

Die ruhige, sachliche Miene Sun-Tzus zeigte keinerlei

Regung. »Das wäre eine rein interne Angelegenheit zwischen mir und Blakes Wort«, stellte er nur fest.

»Das kommt einem Geständnis gleich, Sun-Tzu. Jamie Nicholas war eine Beraterin meines Hofes und stand unter dem Schutz des Magistrats.«

Er lächelte grausam. »Und die ComStar-Akoluthen, die Blakes Wort auf Harminous ermordet hat? Standen die nicht unter Ihrem Schutz? Wenn ich mich recht entsinne, haben Sie dem Orden gestattet, diesen Zwischenfall dem Magistrat gegenüber zu einer – was war es noch – internen politischen Auseinandersetzung zu erklären? Na schön. Ich erhebe denselben Anspruch und bin bereit, eine entsprechende Entschädigung zu zahlen.« Plötzlich kehrte das Leben in sein Gesicht zurück und es erhellte sich wie bei einem Kind, das einen brillanten Einfall hatte. »Um genau zu sein, werde ich Sie in politischer Münze bezahlen.«

Was auch immer er vorschlägt, lehne es ab. Emma Centrella wußte nicht weiter. Plötzlich war sie sich nicht mehr sicher, ob sie Sun-Tzu korrekt eingeschätzt hatte – oder ob sie das jemals getan hatte. Ein Blick zu Naomi überzeugte Emma, daß auch ihre Tochter die Gefahr spürte. »Und wie würde das aussehen, Sun-Tzu?« Die Verwendung seines Vornamens schien ihn nicht mehr so zu beleidigen wie zuvor.

»Ich werde herausfinden, wer wirklich hinter den Waffenlieferungen an die Marianische Hegemonie steckt.«

Emma wollte gerade wütend ablehnen, als eine Hand auf ihrem Arm sie aufhielt. Naomi trat neben ihre Mutter. »Wie wollen Sie das erreichen, Kanzler Liao?«

Trotz leichter Verärgerung über Naomis plötzliche Einmischung in das Gespräch bewunderte Emma die Art, wie ihre Tochter die Konversation geschickt zurück auf eine förmlichere Ebene gesteuert hatte. Die Magestrix sah Sun-Tzu an, dessen Blick zu keiner Zeit ihr Gesicht verlassen hatte, und nickte.

»Ich schlage vor, Sie bei einer Invasion der Liga Freier Welten zu unterstützen«, stellte er fest.

Ohne den sanften Druck von Naomis Hand auf ihrem Arm hätte Emma dem jungen Mann ins Gesicht gelacht. Es schien tatsächlich so, als hätte Romano Liao ihren Wahnsinn an beide ihrer Kinder vererbt. Es schien so. Aber Emma hatte gelernt, dem politischen Instinkt ihrer Tochter zu vertrauen. Naomi mochte keine großartige Kriegerin sein, aber ihr politisches Können konnte sich mit Emmas eigenem messen.

Naomi lächelte ermutigend. »Warum sollten wir das tun, Kanzler?«

»Weil die Beweise, nach denen Sie suchen, auf Astrokazy möglicherweise nicht zu finden sind, aber mit Sicherheit auf Campoleone. Astrokazy dürfte der Verteilerpunkt sein, und es wird Ihnen vielleicht gelingen, den Fluß von Waffen in die Hegemonie zu unterbrechen, aber es wird, wenn überhaupt, kaum einen Hinweis auf deren Quelle geben. Also werden die Lieferanten sie nur umleiten müssen. Jedenfalls ...« – sein Grinsen hatte etwas Tückisches – »... würde ich das tun. Astrokazy ist ein Potemkinsches Dorf.«

»Falls wir Campoleone angreifen«, erklärte Emma, »muß Thomas Marik zurückschlagen, ganz egal, ob er die Waffen an die Marianer liefert oder nicht.«

»Sie haben recht. Er wäre gezwungen, zurückzuschlagen und eine militärische Lösung zu suchen.« Sun-Tzu zuckte die Achseln, aber Emma übersah sein kurzes Stirnrunzeln nicht. »Gegen mich würde er jedoch eine andere Form der ...« – er stockte – »... Vergeltung finden.«

Ja, er hätte endlich einen Grund, deine Verlobung mit Isis Marik aufzulösen. Das ist ein ziemlich großes Risiko. Sprach Sun-Tzu die Wahrheit? »Sie wollen also Ihre Truppen nach Campoleone führen, und wir sollen Ihrem Bericht über das glauben, was sich dort abspielt?«

»Nein, ich würde erst *Ihre* Truppen nach Astrokazy führen. Es könnte sein, daß wir schon dort finden, was Sie brauchen. Falls nicht, werde ich Sie unter der Flagge der Konföderation Capella über die Grenze nach Campoleone führen. Betrachten Sie es als Manöver canopischer Einheiten unter meinem Befehl.«

Naomi kaute stirnrunzelnd auf der Unterlippe. »Es könnte funktionieren«, meinte sie zu ihrer Mutter. »Indem wir ihm unsere Truppen anvertrauen, würde der Kanzler die Verantwortung für ihre Aktionen und ihr Verhalten tragen. Falls unsere Leute ihm folgen, heißt das.«

»Sie würden Sun-Tzu nicht zu folgen brauchen«, korrigierte Emma den einzigen Fehler in Naomis Gedankengang. »Sie würden ihrer Kommandeurin folgen, die Kanzler Liao unterstellt wäre.« Emma schien nicht zu bemerken, daß sie ebenfalls wieder dazu übergegangen war, Sun-Tzu mit seinem Amtstitel anzusprechen. *Für Sun-Tzu könnte das einem politischen Selbstmord gleichkommen. Er muß sich seiner Sache sehr sicher sein. Und es entbindet mich von jeder direkten Verantwortung. Wie könnte irgendein Peripheriestaat ein derartiges Angebot ausschlagen?* »So funktionieren Ihre capellanischen Kriegerhäuser, nicht wahr?«

»In etwa.« Sun-Tzu schnupperte an einer blutroten Orchidee, die er im Vorbeigehen gepflückt hatte, dann reichte er die süß duftende Blüte Naomi, bevor er sich wieder Emma zuwandte. »Die Kommandeurin sollte eine enge Beziehung zu Ihrem Haus unterhalten, damit Ihre Truppen nicht das Gefühl haben, die Bindung an ihre Heimatnation zu verlieren. Außerdem sollte sie in der Lage sein, die Kontrolle über die Streitmacht zu übernehmen, falls sich erweisen sollte, daß ich entgegen den Interessen des Magistrats handle.«

Emma lächelte dünn. Er konnte dabei nur an eine Person denken. Und auch wenn Naomis Qualifikationen als Kriegerin bestenfalls durchschnittlicher Qualität waren, konnte ihre Tochter tatsächlich eine gewisse Unabhängigkeit bewahren und wenn nötig die Entscheidung treffen, Sun-Tzus Planung zu konterkarieren. »Ich habe diese Mission noch nicht genehmigt, Kanzler. Aber ich wüßte zu gerne, welche canopische Offizierin Sie sich an Ihrer Seite wünschen würden.«

Aber Sun-Tzu überraschte sie wieder. Mit einem kurzen Blick des Bedauerns, den er auf Naomi warf, sagte er: »Danai Centrella halte ich für die einzige logische Wahl. Sie ist eine fähige Kriegerin und könnte ein Bataillon kommandieren, was mehr als ausreichen würde. Sie wäre nicht auf Führung durch mich oder meine BefehlsLanze angewiesen.«

Und du entziehst mir meine Thronfolgerin. Kein schlechter Zug. Emma ignorierte den verletzten Ausdruck auf Naomis Gesicht und formulierte ihre Bedingungen. *Du gehst wieder einmal zu weit, Sun-Tzu Liao. Und wie versprochen wirst du für deine Anmaßung bezahlen.* »Sie werden canopische Sprung- und Landungsschiffe benutzen, natürlich mit Ausnahme Ihres Landungsschiffs der *Lung Wang*-Klasse. Danai bleibt völlig selbständig in ihren Entscheidungen.« Sie lächelte bei der Erinnerung an diese bittere Klausel im Vertrag mit GioAvantis Söldnern. »Ihre BefehlsLanze wird durch eine Verbindungsoffizierin und deren Lanze verstärkt.« *Und mit so vielen meiner Leute, die dich bremsen, wird dein Befehl über die Einheit rein ehrenhalber existieren. Wir werden, wenn nötig, unter deiner Autorität die Grenze überschreiten, aber es wird keinerlei Zweifel daran möglich sein, daß ganz allein Danai die canopischen Truppen befehligt.*

Sun-Tzu nickte zögernd. »Ich würde eine kleinere Änderung vorschlagen, Magestrix.«

»Und die wäre, Kanzler?«

»Der Einsatz der *Himmelswanderer*. Ihre Lithium-Fusionsbatterien verleihen ihr die doppelte Reichweite

Ihrer normalen Sprungschiffe. Soweit ich informiert bin, besitzen Sie mehrere Ladestationen, die es uns gestatten würden, die Grenze des Magistrat schneller zu erreichen. Bis dahin könnten Sie zwei MSK-Sprungschiffe an Ort und Stelle haben, die uns über eine kurze Kommandostrecke nach Astrokazy bringen.«

Emma Centrella wog den Vorteil schnellen Handelns gegen die Tatsache ab, daß dies Sun-Tzu länger als nötig Zugriff auf eigenes Personal ermöglichte. »Einverstanden«, erklärte sie schließlich. »Unter der Voraussetzung, daß Sie eine canopische Besatzung mitnehmen, die alle Manöver des Schiffs kontrolliert.«

»Magestrix, man könnte meinen, Sie vertrauen mir nicht.« Sun-Tzu lachte trocken. »Und wer wird meine Verbindungsoffizierin? Ich möchte sie so schnell wie möglich kennenlernen.«

»Sie kennen sie bereits, Kanzler«, erklärte Emma mit einem Lächeln. »Naomi wird diese Expedition ebenfalls begleiten.«

Sun-Tzu war sichtlich geschockt, fing sich aber wieder. »Natürlich, ganz, wie Sie es wünschen.«

Ja, Sun-Tzu. Ich vertraue dir meine beiden ältesten Töchter an. Beide werden daraus einen Nutzen ziehen. Naomi ist eine fähige Diplomatin, kann aber noch einiges an Menschenführung lernen. Danai würde dir am liebsten ins Gesicht spucken, aber möglicherweise wird sie sich bei dieser Gelegenheit trotz allem ein Quentchen politischen Könnens aneignen. Währenddessen können beide auf dich aufpassen. Und sollte einer von ihnen etwas zustoßen, läge auch dafür die Verantwortung bei dir. In der Zwischenzeit werde ich deine Techs und deine Ausbilder und dein ›Geschenk‹ von OmniMechs der Inneren Sphäre zu nutzen wissen – und mehrere Monate Zeit haben, soviel wie möglich zu lernen, ohne daß meinem Reich zusätzliche Kosten entstehen.

So macht man Geschäfte.

BUCH III

»Wer wenig hat, muß Vorkehrungen gegen den Feind treffen.
Wer viel hat, bringt den Feind dazu, Vorkehrungen gegen ihn zu treffen.«

– SUN TZU, *Die Kunst der Kriegsführung*

»Ich ziehe erst in den Krieg, wenn ich soweit bin.«

– Aus einem *Interview* mit Kanzler SUN-TZU LIAO, Universitätsverlag Sian, 7. Oktober 3057

22

Landungsschiff *Heaven Sent*,
Raumhafen Shervanis, Kalifat Shervanis
Astrokazy, Peripherie

28. Juni 3058

Die Laderampe senkte sich langsam vom Tor des Hauptmechhangars der *Heaven Sent* hinab zum fahlgelben Sand des Raumhafens Shervanis. Marcus stand an den Toren, außerhalb des grellen Sonnenlichts, aber nahe genug an der Öffnung, um von der Hitze bedrängt zu werden, die wie ein nicht enden wollender Wärmestau eines Mechreaktors vom Sand emporstieg. Schweiß perlte ihm über die Haut und tränkte seine Kleidung. *Und ich hab gedacht, der Asphalt auf Marantha wäre heiß!*

Einen halben Kilometer nach Osten, seiner momentanen Position genau gegenüber, lag häßlich und geduckt die Stadt, der dieses Landefeld seinen Namen verdankte. Shervanis war Astrokazys größte Siedlung, schien aber wenig mehr als eine sich über Kilometer erstreckende Ansammlung heller Lehmbauten und dunkler, enger Straßen. Im Süden konnte Marcus am Rand der Hangarschotten vorbei gerade noch das öde Vorgebirge ausmachen, hinter dem, wie er aus den Karten wußte, die Wildnis ihren Anfang nahm. Die Wildnis, ein fünf Kilometer breiter Streifen zerklüfteter Felsen und tückischer Schluchten, war alles, was zwischen den sandigen Ebenen des Kalifats Shervanis und der Shaharazadischen Wüste lag.

Auf halber Strecke zwischen dem Stadtrand und dem Landungsschiff näherte sich eine kleine Karawane, Dutzende dunkelhäutiger Diener, gebeugt unter dem Gewicht sechs überdachter Sänften. Marcus teilte seine

Aufmerksamkeit zwischen der Stadt und der sich nähernden Karawane und machte sich seine ersten Eindrücke von Astrokazy bewußt.

Trostlos, wüst und gottverlassen waren die Begriffe, die ihm in den Sinn kamen.

Die Reise von Marantha nach Astrokazy war beinahe problemlos über die Bühne gegangen. Dorian Anastius, der Skipper des canopischen *Händler*-Klasse-Sprungschiffs *Marathon*, kannte sein Geschäft. Oder besser gesagt, seine Handelsrouten. Selbst für ein so abgelegenes Ziel wie Astrokazy wußte der erfahrene Raumfahrer genau, wie weit er springen konnte, und welche Systeme entlang der Strecke die schnellste Aufladezeit ermöglichten. Bei der Vorbereitung des Absprungs aus dem Marantha-System mit der *Heaven Sent* und der *Stecknadelkopf* am 29. Mai hatte Anastius Marcus eine Flugzeit von nicht mehr als vier Wochen versprochen, einschließlich der acht Tage, die beide Landungsschiffe für den Flug vom Sprungpunkt zur Oberfläche Astrokazys benötigten.

Und wäre es unterwegs nicht zu einem unerwarteten Zwischenfall gekommen, hätte die *Marathon* diese Vorgabe exakt eingehalten. Selbst so hatten sie den Termin nur um zwei Tage überschritten.

Bei der Vorbereitung des dritten und letzten Sprungs hatte es Probleme mit der Ausrüstung zum Einholen des riesigen Solarsegels der *Marathon* gegeben. Ein Sprungschiff entfaltete dieses Segel, um die Sonnenenergie zu sammeln, die benötigt wurde, um den Kearny-Fuchida-Sprungantrieb aufzuladen, und kein Skipper war bereit, sein Segel ohne wirklich zwingenden Grund aufzugeben. Es hatte vier Tage gedauert, bis es der Crew gelungen war, die Ausrüstung zu reparieren und die verhedderte Takelage zu entwirren. Um den Zwischenfall wiedergutzumachen, war Kapitän Anastius dann an einen Piratenpunkt des Astrokazy-Systems gesprungen, der die übliche Flugdauer von acht Tagen zur Planetenoberfläche um zwei Tage reduzierte.

Von der Macht, die ein MechKrieger in seinem Kampfkoloß verkörperte, war während des Raumtransports nichts zu spüren. Dort mußte er sein Leben und seine Ausrüstung dem Können anderer anvertrauen. *MechKrieger ziehen eine kurze Flugdauer vor*, dachte Marcus und starrte hinaus auf die abweisende Szenerie. *Selbst auf so eine trostlose Ödwelt wie diese.*

Aus der Umlaufbahn hatte ihm Jericho die Shaharazadische Wüste gezeigt, einen trockenen Ozean aus sonnengedörrten Ebenen, zerklüfteter Wildnis und wogenden Dünen, der sich um den Äquator des Planeten zog und von Nord bis Süd nirgends weniger als fünftausend Kilometer maß. Eigentlich hätte man glauben sollen, daß nichts in dieser gelbbraunen Einöde überleben konnte. Aber wie auf Tausenden Welten der Inneren Sphäre und der Peripherie hatten sich die Menschen auch hier eine Nische geschaffen. Entlang der Nord- und Südgrenzen der Shaharazad, wo die *Durchschnitts*temperatur erträglich war und man in oasenähnlichen Teichen und einigen wenigen kläglichen Bächen die geringen Trinkwasservorkommen des Planeten fand. Die knapp zwei Dutzend größeren Städte, die selbst zu Zeiten der Dürre andernorts noch über ausreichend Wasser verfügten, waren Machtzentren, und jede von ihnen wurde von einem Kalifen regiert: einem selbsternannten Despoten.

Den MSK-Informationen zufolge beanspruchten diese Kleintyrannen die Macht über naheliegende Dörfer und weite Teile der Wüste, die sie als *Kalifate* bezeichneten. Aber in Wirklichkeit endete ihre Macht in aller Regel am Stadtrand. Die Dorfbewohner zollten dem Kalifen Tribut und symbolische Loyalität, der gerade Krieger in ihrem Dorf stationiert hatte, eine Lage, die durch Überfälle und sporadische Invasionen der verschiedenen Kalifen ständig im Fluß war, ohne daß sich die Grenzverläufe irgendwo wirklich ernsthaft veränderten. Das Ganze erinnerte Marcus an die Streitigkeiten zwischen den Großen Häusern der Inneren Sphäre. Obwohl sie seit fast dreihundert Jahren um die Vorherrschaft rangen, hatten sich die Grenzverläufe ihrer Nationen bis zur jüngsten Clan-Invasion und den Problemen in den Chaos-Marken nicht wesentlich verschoben.

Was die Wüste betraf – falls irgend jemand die Shaharazad wirklich beherrschte, so waren es die Scheiche der Nomadenstämme.

Die Karawane, die Marcus beobachtet hatte, kam jetzt am Fuß der Landungsschifframpe zum Stehen. Sechs überdachte Sänften wurden von je acht Sklaven getragen. Fünf waren leer, die sechste hatte einen einzelnen Insassen. Zwei Wachen mit Automatikgewehren flankierten jede der Sänften. Die Wachen trugen einen Kaftan, eine weite, helle Robe zum Schutz vor der Sonne. Die Sklaven trugen nur grobe graue Baumwollhemden, und ihre dunkle Haut warf an Schultern, Armen und Füßen Blasen. Sie waren an den Fußgelenken aneinander gekettet. Abscheu fraß an Marcus' Eingeweiden, und das Klirren der Ketten zehrte an seinen Nerven.

»Denken Sie daran, wir sind nicht gekommen, um die hiesigen Gebräuche zu reformieren«, ermahnte ihn Jericho in lautem Flüsterton, als sie neben ihn trat. Sie wurde begleitet von Ki-Lynn Tanaga und Thomas Faber. Jase Torgensson, der sich von seiner Tortur in der Liga Freier Welten erholt hatte und wieder so elegant wie eh und je aussah, hielt sich ein Stück zurück. Wie immer zog er eine gewisse Distanz vor.

Marcus nickte einmal kurz, während er die einzelne Gestalt aus der Sänfte steigen und sich dem Schiff nähern sah. Jericho hatte sie vor Sklaverei und anderen barbarischen Praktiken gewarnt. Dies war nicht der Zeitpunkt für einen Kreuzzug. »Aber es weckt Zweifel an der Gastfreundschaft dieses Shervanis«, raunte er zurück.

Kalif Malachye Shervanis hatte seine Grüße übermittelt, als das Landungsschiff der Angeli in die Umlaufbahn eingetaucht war, und sie eingeladen, seine prächtige Residenzstadt zu besuchen und ihm den gebotenen Respekt zu zollen. Der Anruf hatte sie alle überrascht, Söldner und Canopier gleichermaßen, denn keiner unter ihnen hatte auf Astrokazy eine bis zur Möglichkeit des Orbitalfunks fortgeschrittene Zivilisation erwartet. Einen Moment lang hatte Marcus sich gefragt, ob ihre Gegner sich vielleicht durch den Einsatz moderner Technik selbst verraten hatten, aber dann waren ein Dutzend gleichartiger Einladungen rivalisierender Kalifen eingegangen. Einer von ihnen, ein gewisser Kalif Rashier, hatte es sogar mit einer kaum verhüllten Bestechung versucht und den Angeli eine ›Ein-Tages-Garnisonsbezahlung‹ angeboten, wenn sie ihm zum Essen und einer Unterhaltung einen Besuch abstatteten.

Die Angeli hatten auch in Erfahrung gebracht, daß Blakes Wort in den Außenbezirken von Shervanis eine kleine Kommunikationsanlage unterhielt. »Warum nicht? Sie sind schließlich auch sonst überall heutzutage«, war Jerichos einziger Kommentar gewesen. Marcus hatte nur stillschweigend festgestellt, daß Blakes Wort sehr viel mehr Interesse an der Peripherie zeigte, als ComStar je aufgebracht hatte.

Die Familie Shervanis, Nachkommen der ersten Siedler des Planeten, hatte traditionell große Macht auf Astrokazy ausgeübt. Da die Angeli irgendwo mit ihrer Suche nach den Waffenschmugglern und einem möglichen Aufmarschgebiet der Mordbanden beginnen mußten, hatten sie entschieden, ein Treffen mit Malachye Shervanis sei ein guter Anfang. Sein Kalifat galt als eines der aufgeklärteren Astrokazys. Außerdem versprach die Präsenz von Blakes Wort in der Stadt den Söldnern die Möglichkeit zum direkten Kontakt mit dem Magistrat, und wenn nötig konnten die Blakisten zwischen den Angeli und Shervanis vermitteln.

Aber Marcus hatte sich auch sagen lassen müssen, daß keinem Kalifen allzuweit zu trauen war. Sie kämpften ständig gegeneinander um die Vorherrschaft, und gelegentlich auch gegen die Wüstenscheiche, und zögerten nicht, den kleinsten Vorteil auszunutzen. Jericho hatte vorausgesagt, daß die Ankunft einer verstärkten Söldnerkompanie zu Angeboten sämtlicher Kalifen führen würde, und wenn diese nichts fruchteten, zu Drohungen. Marcus hatte nur Jericho, Ki-Lynn, Jase und Thomas in der *Heaven Sent* mit auf die Oberfläche gebracht. Jerichos Lanze und der Rest der Angeli waren auf die *Stecknadelkopf* umgestiegen und blieben unter Charlene Boskes Befehl als Abschreckung in der Umlaufbahn. Die MSK-Berichte, die Major Wood ihnen ausgehändigt hatte, beschrieben Kalif Shervanis' Privatarmee als zwei schlecht erhaltene BattleMechlanzen. Und gleichgültig in welcher Verfassung die *Stecknadelkopf* war, ein Landungsschiff der *Festung*sklasse konnte die gesamte Stadt des Kalifen dem Erdboden gleichmachen. Also hatte Jericho ihre MSK-Uniform gegen eine passendere Söldnerkluft getauscht, und die fünf hatten eine Einladung akzeptiert, die sie möglicherweise in die Höhle des Löwen führte.

Marcus trat hinaus ins Sonnenlicht, um Kalif Shervanis' Boten zu begrüßen. Der Mann trug eine formelle Robe aus schwerer Seide und anderen Stoffen, die Marcus nicht identifizieren konnte. Alle waren reich mit Goldfaden bestickt. Wie in einer Trotzgeste der heißen Sonne des Planeten gegenüber trug der Mann keine Kopfbedeckung auf dem kahlrasierten Schädel. Seine dunkelbraune Haut glänzte unter einer dünnen

Schweißschicht. Er blieb mehrere Schritte vor Marcus stehen und verneigte sich ein wenig, die Hände vor dem Körper, die Fingerspitzen aneinander gelegt. Marcus erwiderte die Geste unsicher.

»Ich bin Erzwesir Ji-Drohmien«, stellte der Mann sich mit schwerem Akzent und stark rollendem ›r‹ vor. »Persönlicher Ratgeber des Erhabenen und«, er lächelte dünn, »seine rechte Hand.«

Marcus entging der Witz dieser letzten Bemerkung. Er bat den Mann hinauf in den Schatten des Mechhangars. »Marcus GioAvanti, Kommandeur von Gli Angeli di Avanti.«

Die scharfen Augen des Mannes zuckten durch den Hangar und stoppten nur kurz bei jedem der fünf BattleMechs. »Herrliche Maschinen, Kommandant. Und der Rest Ihrer Kompanie?«

»Bleibt in der Umlaufbahn, Erzwesir. Ich möchte nicht den Eindruck erwecken, unserem Gastgeber zu drohen, indem ich mehr BattleMechs mitbringe, als er zur Verfügung hat.« Marcus beobachtete Ji-Drohmiens Gesicht auf Anzeichen hin, daß Shervanis mehr als zwei Mechlanzen aufbieten konnte.

Die Miene seines Gegenübers blieb respektvoll nüchtern. »Eine weise Entscheidung«, stellte er fest und deutete zu den wartenden Sänften. »Mein Herr hat eine Transportmöglichkeit geschickt. Wenn Sie soweit sind.«

»Nein«, stellte Marcus entschieden fest. Er sah, wie Jericho sich anspannte, aber er dachte nicht daran, sich in eine von Sklaven getragene Sänfte zu setzen. »Wir würden es vorziehen, unseren Transport selbst zu regeln.« Er warf Torgensson einen Blick zu. »Jase, hole einen unserer Schweber. Den großen Bus.« Er wandte sich an Ji-Drohmien. »Vielleicht möchten Sie uns Gesellschaft leisten, Erzwesir?«

Das listige Lächeln des Astrokaszy verunsicherte Marcus und ließ ihn sich fragen, ob er einen Fehler begangen hatte. »Eine hervorragende Geste«, meinte Ji-Drohmien. »Im Namen unseres erleuchteten Gebieters, Kalif Malachye Shervanis, heiße ich Sie auf Astrokazy willkommen.«

* * *

Jericho entging der besorgte Ausdruck auf Ki-Lynn Tanagas Gesicht nicht, als Marcus Jase den Schweber holen schickte. Aber solange Ji-Drohmien bei ihnen stand, konnte sie nichts sagen. *Was immer es ist, wir werden es früh genug herausfinden,* dachte sie und stieg ein. Das Dach des Wagens war abgenommen worden, so daß sie offen fahren konnten. Glücklicherweise, denn die Kühlung hätte es mit der Wüstenhitze kaum aufnehmen können. Jase setzte sich ans Steuer, und innerhalb von Minuten fuhren sie durch die engen Gassen der Stadt.

Einige der Gebäude waren aus Holz und Stein gebaut, aber die meisten waren hellbraune Lehmziegelhäuser, wie sie für Wüstengebiete typisch waren. In den Außenbezirken der Stadt bemerkte Marcus mehr als ein Gebiet, das fast zur Gänze aus Trümmerhaufen bestand, Überreste des letzten Kriegs zwischen Shervanis und wer-weiß-welchem anderen Kalifen. Wie es schien, lebten die Menschen dort in primitiven Verschlägen, während sie versuchten, Häuser von etwas besserer Qualität wiederaufzubauen. Hinter dem vom Krieg verwüsteten Bereich umfuhr der Schweber ein großes Industriegebiet, das vor allem aus ausgebrannten Fabrikgebäuden und verlassenen Lagerhallen zu bestehen schien. Dann erreichten sie ein überfülltes Wohngebiet, das nach Urin und verrottendem Abfall stank.

Die Menschen auf der Straße trugen hauptsächlich selbstgenähte Kleider, die Erwachsenen lange, fließende Kaftane, die Kinder formlose Hemden. Vereinzelt waren hell gefärbte Kleider etwas besserer Qualität zu sehen, aber ansonsten schien nicht viel Unterschied zwischen Wohlhabenden und Armen zu bestehen. Selbst als die kleine Gruppe sich dem Stadtzentrum näherte, waren die einzigen Anzeichen von Wohlstand ein grober weißer Verputz an den Hauswänden oder die Präsenz eines vereinzelten Sklaven. Alle Städter, denen sie begegneten, starrten den Schweber offen an, bis sie den Erzwesir auf dem Vordersitz erkannten und sich hastig wieder ihren eigenen Geschäften zuwandten.

Neben ängstlichen und haßerfüllten Blicken bemerkte Jericho auch zahlreiche Pistolen und Gewehre. Sie fragte sich, wie sich Ji-Drohmien so schutzlos und ohne Sorge um sein Leben durch die Straßen bewegen konnte. Aber als sie die Leute näher studierte, erkannte sie, daß die vorherrschende Emotion in der Tat Angst war. Und anscheinend nicht vor dem Erzwesir.

Diesen Mann hassen sie vielleicht, aber vor Shervanis haben sie Angst. Der Kalif könnte seine BattleMechs gegen sie einsetzen, und wer könnte ihn aufhalten? Sie können sonst nirgends hin, außer in die Wüste.

Der Palast des Kalifen im Zentrum der Stadt war von einer Schutzmauer aus verstärktem Stahlbeton umgeben. Mit zwanzig Metern Höhe und fast zehn Metern Dicke stellte diese Mauer für jeden Angreifer ohne sprungfähige BattleMechs ein beachtliches Hindernis dar. Gleichzeitig zeigte sie Jericho, daß Malachye Shervanis eine solide Verteidigung seiner Person für wichtiger hielt als die außerhalb der Mauern verfallende Stadt. Und am Haupttor sah sie einen weiteren Hinweis auf Shervanis' *erleuchtete* Herrschaft: ein Dutzend aufgespießter Köpfe, die auf langen Stangen in der trockenen heißen Wüstenluft verrotteten.

Ji-Drohmien wischte den Anblick mit einer hochtrabenden Handbewegung beiseite. »Ein Exempel«, stellte er fest, ohne sich die Mühe zu machen, diese Bemerkung näher zu erläutern. Als der warme Wüstenwind den Gestank verfaulenden Fleisches herantrug, stieg in Jericho Übelkeit auf.

Der Palast des Kalifen bot einen erstaunlichen Kontrast zur Stadt. Das gut fünfhundert Quadratmeter messende Gelände enthielt mehrere von Sklaven gepflegte Obsthaine. In seiner Mitte erhob sich ein großer, zweistöckiger Palast, dessen gedrungene, zwiebelförmige Kuppeln in Rot und Gelb in kleine Türmchen ausliefen. Die Wände waren glatt und jungfräulich weiß. Zwei BattleMechs, ein uralter *Paladin* und ein kaum besser erhaltener *Clint* patrouillierten über das Grundstück. Alles kündete von Reichtum und Macht, ein Eindruck, der sich noch verstärkte, als sie das Gebäude betraten.

Die Fußböden waren mit rosa Marmor gefliest, und überall waren Sklaven damit beschäftigt, das Interieur zu säubern und zu polieren. Ji-Drohmien führte sie mehrere enge Korridore hinab, an mit schwerer Seide oder Perlenvorhängen verschlossenenen Türen vorbei, die gelegentlich von einem turbantragenden Beduinen mit riesigem Krummsäbel bewacht wurden. Schließlich bat er sie, in einem kleinen Vorraum zu warten, während er ihre Ankunft meldete. Sklavinnen versorgten sie mit Weinkrügen, Tellern voll Datteln und Nüssen und flachen Wasserschalen, um sich den Staub von den Händen zu waschen. Jericho war immer noch übel von der Erinnerung an die abgeschlagenen Köpfe, und sie war froh, als Marcus die Früchte ablehnte.

Erst, als sie endlich allein waren, meldete sich Ki-Lynn. »Die Sänften bedeuteten eine Höflichkeit«, stellte sie fest. »Ein Geschenk des Kalifen Shervanis.«

»Und er wird es als Beleidigung ansehen, daß ich sie nicht angenommen habe?«

»Nein. Solange der Kalif Ihnen etwas nicht persönlich überreicht, dürfen Sie es ablehnen. Das ist Ihr Recht als Gast. Aber dann haben Sie eine überlegene Transportmöglichkeit eingesetzt. Das kann und wird ein Pascha als Beleidigung ansehen.«

Jericho bemerkte die Andeutung einer möglichen Ausnahme. Anscheinend war sie auch Marcus nicht entgangen. »Es sei denn?«

»Es sei denn, Sie schenken den Schweber jetzt dem Kalifen.«

Auf Marcus' Miene trat ein erschreckter Ausdruck. »Deshalb war Ji-Drohmien über meinen Vorschlag so erfreut.« Auf Kis leichtes Nicken, stieß er in einem kurzen, scharfen Stoß den Atem aus. »Jetzt läßt es sich nicht mehr ändern. Bitte warn mich nächstesmal, Ki.«

»Ich werde es versuchen. Aber es wäre fast ebenso beleidigend, wenn eine Frau an einem Ort wie diesem das Wort ergreift.«

Woher weiß sie soviel über die arabische Kultur? fragte sich Jericho. Die Kommunikationsoffizierin der Angeli schien eine unerschöpfliche Quelle nützlicher Informationen. Aber das war jetzt nicht von Bedeutung. Und auch wenn es ihr bitter aufstieß, merkte sich Jericho die Information über ›den Platz der Frau‹ für später. Dies war nicht das Magistrat. Wenn sie hier versuchte, ihre Rechte durchzusetzen, würde sie den Angeli nur Schwierigkeiten machen und diese Mission für ihr Volk gefährden.

Aber Marcus dachte nicht daran, sich darauf einzulassen. »Du bist eine Kriegerin, Ki. Das werden diese Leute respektieren.« Er machte eine Pause und schien nachzudenken. »Aber überlege dir das nächste Mal einen Vorwand, um mich beiseite zu nehmen und mir zu sagen, was du auf dem Herzen hast. Das gilt für alle«, fügte er hinzu und sah sich unter ihnen um. Jericho hatte das Gefühl, daß sein Blick etwas länger auf ihr ruhte, aber seine grauen Augen waren unergründlich.

»Du hast Sherivan einen Pascha genannt«, meinte Jase. »Ich dachte, er wäre Kalif?«

Ki nickte. »Pascha ist ein Ehrentitel, kein Herrscheramt. Ähnlich wie san und sama im Kombinat. Die korrekte Anrede wäre Malachye-Pascha.«

Das Gespräch erstarb, als Ji-Drohmien mit rauschender Seidenrobe zurückkehrte. »Seine Erhabenheit ist jetzt bereit, Sie zu empfangen«, sagte er und führte die Angeli einen weiteren kurzen Gang hinab und durch einen glänzend rotgoldenen Perlenvorhang. Jericho erkannte, daß der Grundriß dieses Palasts mit seinen engen Korridoren und häufigen Biegungen Besucher ebensosehr verwirren wie einschüchtern sollte. Man wußte nie, ob hinter einem Vorhang ein neuer Gang oder ein Raum voller Wachen lag.

Diesmal führte er in einen kreisrunden Saal. Auf einer mit Kissen übersäten Empore lag ein nur in eine kleine Purpurweste und weite weiße Hosen gekleideter Mann, in dem sie Kalif Malachye Shervanis vermutete. Hinter der Empore ragte eine dicke Kupferwand auf, auf der in einem gewaltigen Reliefmotiv riesige Dschungelkatzen wirbelten und tanzten. Am Rand der Empore stieg der starke Duft aromatischen Weihrauchs aus einem qualmenden Metallfaß, und ein in der Nähe stehender Tisch enthielt neben einer großen Wasserpfeife ein Arrangement verschiedener Tabaksorten und Drogen.

Shervanis betrachtete seine Besucher mit so dunklen Augen, daß sie schwarz schienen. Sie erinnerten Jericho an Bilder eines alten terranischen Raubfischs namens Hai. Obwohl er ein Sohn der Wüste war, erschien ihr der Kalif ebenso tödlich.

Ihren Informationen nach war Shervanis fast sechzig, aber er war schlank gebaut und zeigte immer noch dieselbe drahtige Stärke, die er sein ganzes Leben über besessen haben mußte. Zwei spärlich bekleidete Sklavinnen umsorgten ihn. Eine der beiden fütterte ihn aus einer Fruchtschale, während die andere in der Nähe kniete und wartete. Ein einzelner Wachtposten stand etwas abseits und hielt einen großen Fächer aus riesigen Federn, den er langsam bewegte, um im Innern des stickigen Raums einen Windhauch zu erzeugen.

»Erhabener«, rief Ji-Drohmien von der Türe aus, und ließ die Angeli vorgehen. »Kommandant GioAvanti und vier seiner Krieger.«

»Ah, ausgezeichnet.« Die Stimme des Paschas war leise und besaß einen starken Akzent, so daß er kaum zu verstehen war. »Mein Erzwesir hat mir von der großzügigen Leihgabe eines Schwebers berichtet, der Ihre Reise verkürzen soll.« Seine dunklen Augen sahen Marcus erwartungsvoll an.

Der Söldner reagierte ohne Zögern. »Natürlich in der vollen Absicht, dieses Fahrzeug Eurer Erhabenheit als Geschenk zu überreichen, Kalif Shervanis.«

Die schwarzen Augen zwinkerten einmal langsam. »Sehr großzügig, Kommandant«, stellte er schließlich fest. »Wir wissen es zu schätzen. Aber wir können dieses Geschenk nicht annehmen.« Er sprach langsam und sorgfältig, damit seinen Zuhörern die Bedeutung seiner Worte nicht entging. »Als Ihr Gastgeber wäre es unziemlich, einen Vorteil aus Ihrem Unglück zu schlagen.«

»Unglück, Kalif?« Marcus wirkte entsprechend besorgt, auch wenn Jericho wußte, daß alles nur geschauspielert war. Jeden Augenblick würde Marcus zugeben, daß er in finanziellen Schwierigkeiten steckte, und die Angeli nach Astrokazy gekommen waren, um mit der Suche nach der gerüchtehalber hier zu findenden Sternenbundbasis jüngste Verluste wettzumachen. Auf diese Tarngeschichte hatten sie sich vor dem Abflug von Marantha geeinigt. Es bestand keine sonderliche Gefahr, daß der Kalif sie anzweifelte.

Aber Malachye Shervanis wartete nicht auf die Erklärung. Er breitete mit einem weiten Achselzucken die Arme aus, und sein rechter Arm rutschte zwischen den Kissen hervor. Seine Hand war am Gelenk abgetrennt worden, und keineswegs sauber. Das Narbengewebe zog sich über die Innenseite des Unterarms hin, auch wenn der Stummel gnädigerweise mit einer silbernen Kappe abgedeckt war. »Heute ist eine HPG-Botschaft eingetroffen, mit der alle Peripheriestaaten und unabhängigen Welten aufgefordert werden, nach Ihnen Ausschau zu halten. Es scheint, daß auf Outreach die sofortige Einlösung Ihrer Schulden gefordert wird. Ihre Gläubiger haben Sie für bankrott erklärt und alle planetaren Milizen sind aufgefordert, Ihre Mechs zu beschlagnahmen und als Pfand an Ihre Gläubiger zu schicken.« Der Kalif nahm eine Traube aus der Hand seiner Sklavin an und lächelte böse, während er sie zerkaute und schluckte. »Es scheint, Kommandant, daß Sie so schnell nicht in die Innere Sphäre zurückkehren werden.«

23

Palastgrund, Shervanis, Kalifat Shervanis
Astrokazy, Peripherie

28. Juni 3058

So schnell werden Sie nicht in die Sphäre zurückkehren.

Die Worte hallten immer noch durch Marcus' Gedanken, während er die engen Korridore des Palasts durchstreifte. Die Absätze klackten auf dem Marmorboden, und das hohle Echo seiner Schritte verfolgte ihn, gejagt vom leisen Flüstern der Sandalen, das ihn beständig an seine ›Eskorte‹ erinnerte.

Erzwesir Ji-Drohmien hatte auch den anderen vier Angeli je einen turbanbewehrten Krieger zugeteilt, um sie zu ihren Zimmern zu führen und ihnen später zu helfen, sich im Palastgebäude zu orientieren. *Um uns zu bewachen und einzuschüchtern, bis der Kalif bekommt, was er will,* übersetzte Marcus. Er war noch geblieben, um ein paar abschließende Worte mit Shervanis zu wechseln, und bei seiner Verabschiedung hatten zwei dieser Begleiter auf ihn gewartet.

»Wie es Ihrem Status als unser höchst ehrwürdiger Gast geziemt«, hatte Ji-Drohmien mit einem dünnen Lächeln erklärt. Marcus hatte auf eine Antwort verzichtet. Er wollte nur aus den engen Mauern des Palasts entfliehen und seine Enttäuschung verschmerzen. Die beiden Wachen korrigierten ihn nur einmal, als er falsch abbiegen wollte, und kurz darauf marschierte er durch die weite Eingangshalle und die Vordertüren hinaus in den Garten.

An einem Ende des überdachten Eingangs wartete jemand auf ihn. Die Frau kehrte ihm den Rücken zu, und einen Moment lang glaubte Marcus, es sei Jericho Ryan. Aber sie hatte weder Jerichos Größe noch ihre volle

Figur, und ihr Haar war viel zu lang und glatt. Nein, es war Ki-Lynn. Marcus war überrascht, daß er die beiden hatte verwechseln können, dann wurde ihm klar, daß er gehofft hatte, Jericho zu treffen. Irgendwie konnte er mit ihr als Außenstehender viel leichter reden. Jedenfalls war es bisher so gewesen. Jetzt, da sie und ihre Lanze den Angeli angegliedert waren, trug er auch für sie die Verantwortung. Und der Gedanke, daß sie einen besonderen Platz in seinem Herzen beanspruchen könnte, wurde plötzlich beunruhigend. So beunruhigend, daß er die wartende Ki-Lynn fast vergessen hätte.

»Konnichi-wa, Marcus«, begrüßte sie ihn.

An der gelassenen Geduld ihrer Stimme erkannte GioAvanti, daß sie die Worte schon einmal gesprochen hatte, und sie wahrscheinlich im selben nüchternen Ton auch ein zweites und drittes Mal wiederholen würde, bis er antwortete. »Konnichi-wa, Ki-chan.« Sein Japanisch war alles andere als perfekt, aber nach Jahren in den Diensten des Draconis-Kombinats reichte es für ein einfaches Gespräch. »Gomen-nasai«, entschuldigte er sich. »Ich war in Gedanken.«

»Wakarimasu. Verständlich, wenn man die Dauer Ihres Gesprächs mit Kalif Shervanis bedenkt.«

Wie immer achtete Marcus mehr darauf, wie Ki etwas sagte oder manchmal nicht sagte. Die Kunst der Konversation unter Draconiern erforderte den Einsatz von Subtilität und vagen Andeutungen selbst für die alltäglichsten Themen. Und Ki-Lynn hatte darin Meisterschaft erlangt. Marcus schloß aus ihrer Feststellung, daß sie sich über das Gespräch unterhalten wollte. »Laß uns etwas gehen, Ki.«

Auch die leichte Bewegung ihrer Augen, mit der sie seine Aufmerksamkeit auf ihre Eskorte zog, einen großen Beduinen, der reglos auf der anderen Seite einer Säule wartete, entging ihm nicht. Marcus ging voraus in den Palastgarten, einen Feldsteinpfad entlang, der um das Gebäude herumzuführen schien. Ki-Lynn spazierte eleganten Schritts neben ihm, und drei der Krieger des Kalifen folgten ihnen wenige Schritte zurück. *Sollen sie,* dachte Marcus. »Wir sind nicht allein«, stellte er auf japanisch fest. Falls es nicht weiter von Bedeutung war, geheimzuhalten, worüber sie sprechen wollte, konnte sie das Gespräch auf Anglik fortsetzen. Es überraschte ihn nicht, als sie in derselben Sprache antwortete.

»Hat der Oyabun Sie bedroht?«

Oyabun. Das war das japanische Wort für den Anführer einer Yakuza-Verbrecherorganisation. Marcus grinste. Ki hatte einen Namen für Shervanis gefunden, bei dem keine Gefahr bestand, daß ihre Wachen eine Verbindung zum Kalifen zogen. »Iie. Er hat sich auf einen schwerfälligen Erpressungsversuch beschränkt. Er weiß, daß er uns fünf bestenfalls unter Arrest stellen kann. Aber dann müßte er uns und unsere Mechs zur sofortigen Überstellung nach Outreach an Blakes Wort ausliefern. Währenddessen hängt Charlie mit einer ganzen Kompanie BattleMechs über seinem kostbaren Reich.«

»Dann sind wir tatsächlich bankrott erklärt worden?«

Marcus zuckte unbehaglich die Achseln. »Du kennst unsere finanzielle Lage so gut wie jeder andere. Dem Oyabun zufolge hat jemand unsere Schuldscheine aufgekauft, und unsere neuen Gläubiger fordern sofortige Bezahlung. Ich will nicht ausschließen, daß wir irgendeine Nebenklausel in unseren Vereinbarungen übersehen haben, aber die einzige Möglichkeit für uns, diese Sache zu regeln, besteht darin, zurück nach Outreach zu kommen. Und ganz egal, ob wir die Sache in Ordnung bringen können oder nicht, wenn wir jetzt abfliegen, brechen wir unseren Kontrakt mit dem Magistrat – ganz abgesehen davon, daß uns allein schon die ausstehenden Betriebskosten in den Ruin treiben würden.« *Wieder in den Ruin treiben*, dachte Marcus, aber das brauchte er nicht laut auszusprechen.

Ki-Lynn blieb einen Moment still. »Haben wir eine Wahl?«

Soll heißen: Was will Shervanis von uns? Sie hatten die Seite des Palasts erreicht und näherten sich einem Hain von Zitronenbäumen, deren Duft in der warmen Brise herüberwehte. Marcus hob die rechte Hand an die Augen, um sie gegen die spätnachmittägliche Sonne abzuschirmen, und beobachtete die Sklaven, die im Peitschengras nach Fallobst suchten. Sie wurden von turbanbewehrten Kriegern mit Krummsäbeln und einzelnen Automatikgewehren bewacht, und ein vernachlässigter 40-Tonnen-Mech vom Typ *Clint* stand über dem gesamten Wäldchen auf Posten.

»Er hat einen benachbarten Oyabun erwähnt, Rashier – derjenige, der versucht hat, mit dieser lächerlichen Bestechung unsere Aufmerksamkeit zu erregen. Er hat den Mann als gewalttätigen Terroristen beschrieben, der unaussprechliche Verbrechen gegen die Bevölkerung seines Reiches ebenso wie die aller anderen verübt. Unser Gastgeber möchte, daß wir die humanitäre Mission ausführen, Astrokazy von diesem Monster zu befreien.«

»Glauben Sie ihm?«

»Daß Rashier ein Monster sein könnte?« Marcus zuckte die Schultern. »Warum nicht? Daß der Oyabun anders ist? Nein. Er will einfach nur von uns profitieren, ohne zu bezahlen. Uns anzuheuern, kann er sich nicht leisten, also setzt er uns unter Druck. Ich nehme an, er will uns geiseln und Charlie zwingen, im Austausch für unsere Freilassung seinen Rivalen anzugreifen.«

Im Obsthain lief ein Sklave mit einer Frucht zu einem der Krieger. Vielleicht war sie gequetscht oder anders beschädigt, jedenfalls untersuchte die Wache sie und warf sie danach mit einem leisen Fluch und einem Hieb ins Gesicht des Sklaven weg. Der Sklave stand nur armselig winselnd da, während die übrigen Wachen lachten. *Ich hasse es hier*, dachte Marcus. Als hätte der Pilot seine Gedanken gelesen, drehte der *Clint* den Torso gerade weit genug, um ihr Grüppchen in das Frontalschußfeld seiner Waffen zu bringen. Marcus fühlte, wie seine Hände zuckten. Er wünschte sich, an den Kontrollen seines Mechs zu sitzen und die Maschine des arroganten Shervanis-Posten zu Klump zu schießen.

»Er wird sich nicht lange mit Versuchen aufhalten, Sie zu überreden«, stellte Ki fest, als sie weitergingen. »Wenn Sie nicht bald zustimmen, wird er sich auf Drohungen verlegen.«

»Du scheinst viel über diese Leute zu wissen«, fischte Marcus nach Neuigkeiten. Ki war ziemlich verschlossen, was ihre Vergangenheit betraf, aber in diesem Fall hatte es Bezug aufs Geschäft, und er wollte erfahren, woher sie ihr Wissen hatte.

»Der Drache hatte bereits mit ähnlichen Kriegern zu tun«, erklärte sie. *Der Drache*, das wußte Marcus, bezog sich auf das Kombinat als Ganzes und den Koordinator als dessen Verkörperung. »Sie waren ein stolzes und fanatisches Volk.«

Als hätte jemand einen Lichtschalter umgelegt, kam ihm die Erleuchtung. »Die Arkab-Legionen. Natürlich.« Marcus erinnerte sich, in verschiedenen VSDK-Besprechungen von ihnen gehört zu haben, auch wenn er nie mit ihnen zusammengetroffen war. Die Krieger der Arkab-Legion waren die Nachkommen islamischer Siedler, die von Terra aus mehrere Wüstenwelten im draconischen Raum kolonisiert hatten. Arkab war eine orientalische Ableitung des Wortes ›Araber‹. »Siehst du große Ähnlichkeiten?«

»Manche«, bestätigte Ki. »Dieser Planet ist barbarischer und primitiver, aber seine Bewohner scheinen nach einigen derselben Grundsätze zu leben. Vor allem gilt dabei, daß ein Mächtiger Anspruch auf Tribut von Seiten der Schwächeren hat. Danach können sie als gleichrangig verkehren, aber wenn man die Beziehung als Schuldner beginnt …« Sie zuckte die Schultern.

Marcus verstand. Wenn man von vornherein als Schuldner erschien, verlor man mehr als nur Geld oder Gesicht. Man büßte einen psychologischen Vorsprung ein, der sich kaum mehr einholen ließ. »Die Frage ist also, kann unser Gastgeber die Gesetze umgehen, indem er ein persönliches Anrecht auf uns und unsere Ausrüstung erhebt?«

Ki-Lynn blieb stehen und sah ihrem Kommandeur in die Augen. »Sie stellen die falsche Frage, Marcus. Es muß nicht heißen *kann er,* sondern *wann wird er?* Und die Antwort darauf lautet: Sobald er keine Möglichkeit mehr sieht, unsere Unterstützung auf einfachere Weise zu erhalten.«

* * *

Von einem Balkon des Obergeschosses blickten zwei Männer auf den Söldnerführer und seine Kommunikationsoffizierin hinab, die gerade um eine Ecke hinter den Palast verschwanden. Beide Männer hielten Becher mit dunkelrotem Wein in den Händen, der gekühlt serviert worden war, aber schnell wärmer wurde.

Demipräzentor St. Jamais beobachtete seinen Begleiter aufmerksam. »Sind Sie sicher, Erzwesir? Kalif Shervanis wird sie mir mitsamt ihren Mechs ausliefern?«

Der dunkelhäutige Mann strich sich mit einer großen Hand über den kahlrasierten Schädel. »Wie Sie selbst sehen, haben wir bereits ihren Kommandeur und vier seiner MechKrieger als unsere …« – er lächelte – »… Gäste.«

St. Jamais winkte ab. »Aber die Maschinen. Jede ist Millionen C-Noten wert. Damit lassen sich die Angeli am besten treffen. Leere Cockpits können Sie mit anderen Kriegern füllen. Vielleicht aus einem anderen Kalifat.«

»Wir hatten gehofft, daß sie mit ihren Mechs in die Stadt marschieren, was sie aus dem Landungsschiff geholt hätte. Jetzt versucht Kalif Shervanis, sie mit dem Angebot einer Mission dazu zu bewegen, die Maschinen auszuschiffen.«

Der Demipräzentor starrte Ji-Drohmien über den Rand des Bechers an, während er einen tiefen Schluck nahm, um seine Verärgerung hinunterzuspülen. »Versuchen Sie nicht, mich für dumm zu verkaufen«, antwortete er leise. »Shervanis will die Söldner zwingen, Kalif Rashier oder möglicherweise Kalif Zander anzugreifen.«

Ji-Drohmiens Lächeln war breit und zeigte zwei Reihen starker weißer Zähne. »Sie haben uns die Maschinen versprochen. Was macht es aus, ob wir sie einsetzen, bevor oder nachdem wir sie erhalten?«

»Es beeinflußt meine Zeitplanung. Ich bin mir nicht sicher, wieviel GioAvanti weiß, aber mit ihm und seinen Leuten auf Astrokazy ist es gut möglich, daß die Magistrats-Streitkräfte nicht weit entfernt sind. Ich habe Ihnen die Berichte gezeigt. Emma Centrella plant etwas, jongliert mit Sprungschiff-Flugplänen und verschiebt ihre Truppen. Die Angeli müssen erledigt und meine Einheiten von hier weg sein, bevor MSK-Sprungschiffe eintreffen.« Nicht zum erstenmal verfluchte St. Jamais den Verlust von Demipräzentorin Nicholas. Sie war ein wichtiges Rad in seiner Geheimdienstmaschinerie gewesen, und ohne sie fühlte er sich halbblind. »Haben Sie auch irgendwelche guten Nachrichten?«

»Der Kommandeur, dieser GioAvanti, ist besorgt über die Nachricht, daß seine Einheit gepfändet werden soll.«

St. Jamais nickte. Es lief alles wie geplant. »Ein Schachzug, der nur funktioniert, solange wir die Angeli isolieren können. Aber wenn wir ihnen den Zugang zur HPG-Anlage zu lange verwehren, werden sie bestimmt mißtrauisch. Malachye-Pascha sollte besser schnell arbeiten.«

»Keine Sorge, mein Freund. Seine Erhabenheit hat bisher noch jedes Versprechen eingehalten, und er wird auch diesmal liefern. Sie werden die Söldner bekommen, und wir ihre Maschinen.«

St. Jamais wirbelte auf dem Absatz herum, und der Umhang seiner Robe wehte hinter ihm auf, als er durch die offenen Balkontüren zurück ins Palastinnere trat. »Aber bald, Ji-Drohmien«, erklärte er über die Schulter. »Sorgen Sie dafür, daß es bald geschieht.«

24

Prunkpavillon, Palastgrund, Shervanis,
Kalifat Shervanis
Astrokazy, Peripherie

28. Juni 3058

»Nicht unbedingt der Ort für ein privates Treffen«, stellte Jericho Ryan halb schreiend fest.

Ringsum toste Musik. Der tiefe, wogende Bass eines Dutzends Trommeln unterlegte das hellere Krachen der Becken und Tamburine. Sie stieg in wilden, sinnlichen Wellen hoch zur Kuppeldecke des Pavillons. Dunkelhäutige Tänzerinnen bewegten sich in erotischer Ekstase über den Boden, schwenkten das Becken und zogen an Armen und Beinen lange Bänder aus farbiger Seide hinter sich her, die bei jeder Bewegung wirbelten und knallten. Andere trugen gewaltige Tabletts mit dampfendem Essen und eisgekühlten Früchten oder riesige Weinamphoren, aus denen sie jeden ihnen angebotenen Becher nachfüllten. Der Geruch gebratenen Fleisches vermischte sich mit dem Moschusduft von Parfüm, Weihrauch und Schweiß.

Thomas Faber spießte ein großes Stück verbranntes Fleisch vom Tablett eines vorbeikommenden Dieners und legte es zu dem wachsenden Berg von Essen auf seinem Teller. »Es ist vielleicht nicht privat, aber wenigstens ist die Versorgung gut«, stellte er fest, was Jericho sichtlich verärgerte.

»Sie scheinen heute nachmittag nicht allzuviel herumgekommen zu sein.« Jase Torgensson nippte an dem Zinnbecher, den er beim Betreten des Ballsaals gereicht bekommen hatte. »Ich habe die Sklavenkarawane gesehen, die dieses Festmahl geliefert hat. Eine alte Frau ließ einen Korb mit Orangen fallen.« Seine leise Stimme war außerhalb ihrer kleinen Gruppe nicht zu verstehen. »Sie wurde zu Tode geprügelt.«

Faber schaute auf die Orangenscheiben auf seinem Teller, hörte auf zu kauen und spie die Frucht aus. »Tut mir leid.« Er wirkte verlegen.

Marcus wartete einen Augenblick, bevor er das Wort ergriff. »Hast du sonst noch was herausfinden können, Jase?« Seine Stimme klang tonlos und gedrückt, was der Stimmung entsprach, in der er seit seinem zweiten Treffen mit Shervanis war, auch wenn er ein falsches Lächeln für ihren Gastgeber aufgesetzt hatte, der hin und wieder herübersah, wie, um sich zu vergewissern, daß die Angeli noch anwesend waren. Als er wieder einmal den Blick des Kalifen bemerkte, hob Marcus den Becher zu einem stillen Gruß. »Schlange«, murmelte er in den Wein und zwang sich, einen Schluck zu nehmen.

»Mein Wachhund scheucht jeden weg, der womöglich bereit wäre, mit mir zu reden«, stellte Jase fest. »Es ist schwer, Freunde zu finden. Aber ich habe Kontakt mit einem Blake-Akoluthen aufnehmen können. Er hat mich nur allzugern darüber informiert, daß ComStar die Anlage hier nicht mehr betreibt und daß die Einladung an die Blakisten von Shervanis kam. Ich habe gefragt, wie es mit Prioritätssendungen nach Outreach aussieht, bin aber nur hingehalten worden. Anscheinend muß ich dazu mit dem Demipräzentor reden – der aber nicht zu sprechen war.« Er schüttelte den Kopf. »Sieht ganz so aus, als wollten sie verhindern, daß wir mit irgend jemandem Kontakt aufnehmen. Ich kann noch nicht mit Sicherheit sagen, daß es von Shervanis ausgeht, aber bis morgen abend weiß ich mehr.«

Ki-Lynns Stimme klang leise, aber trotzdem war sie über dem Getöse der Musik und des Feierns ringsum zu verstehen. »Es ist mir gelungen, nach unserer Unterhaltung mit Erzwesir Ji-Drohmien zu reden, Marcus. Als Ihr Kommunikationsoffizier hatte ich begrenzten

Zugang zu Malachye-Paschas Funkstation.« Es war nicht nötig zu erwähnen, daß sie die ganze Zeit bewacht und ihr Funkverkehr abgehört worden war.

»Ich habe mit der *Heaven Sent* gesprochen. Sie hat nur eine einzelne Meldung von Charlene empfangen. Die *Stecknadelkopf* hat einzelne BattleMechs in der Shaharazad südlich und westlich von hier gesichtet. Ältere Maschinen in schlechtem Zustand.«

Es konnte sich also nicht um die Hegemonie-Angreifer handeln. Und hätte die *Stecknadelkopf* neuere Mechs in Shervanis entdeckt, hätte Ki es erwähnt. Marcus senkte die Stimme, als die Musik leiser wurde. »Morgen wird die *Heaven Sent* eine Munitionsexplosion im Mechhangar melden.« Er sah die Überraschung auf den Gesichtern aller anderen außer Ki-Lynn. »Das habe ich arrangiert, bevor wir das Schiff verlassen haben, als Vorsichtsmaßnahme. Es sollte genügen, damit Shervanis uns zum Landungsschiff zurückkehren läßt. Natürlich nur unter schwerer Bewachung. Unser Gastgeber wird nicht wollen, daß wir abheben, ohne einen Tribut zu zahlen, aber ich denke nicht daran, ihn seine gierigen Hände auf irgend etwas von unserer Ausrüstung legen zu lassen.« Er verzog das Gesicht, als er Fabers und Jerichos amüsierte Blicke sah. »Okay – seine gierige Hand. Jase, du hast bis Mitte des Nachmittags herauszufinden, soviel du kannst.«

»Geht klar.«

»Sie werden versuchen, uns von den Mechs fernzuhalten, aber in jeder Maschine wird ein Tech sitzen, der sie auf Wartungsmodus geschaltet hat. Außer die Arme zu bewegen, werden sie nicht viel ausrichten können, aber vom Standpunkt unserer Bewacher aus müßte das Einschüchterung genug sein.«

Die anderen nickten. Dann runzelte Jericho die Stirn und deutete mit dem Kopf zur Haupttanzfläche des Pavillons. »Was geht da vor?«

Die Musik war bis auf ein tiefes Grollen der Trommeln verklungen, und die Tänzerinnen führten die Gäste zur Seite, so daß in der Mitte des Saals ein großer freier Kreis entstand. Zwei der Männer des Kalifen traten in die offene Fläche. Beide trugen nur weite schwarze Hosen und hielten in einer Hand je zwei Krummsäbel. Die Männer waren groß und muskulös. Einer hatte dunkle, olivbraune Haut, während die des anderen schwarz wie poliertes Ebenholz war. Der Braunhäutige trug das Haar kurzgeschoren, und auf seinen Brustkorb war ein großes, brennendes Schwert tätowiert. Der schwarze Krieger trug sein Haar lang und geflochten, fast wie ein Pferd mit geflochtener Mähne.

»Gladiatorenkämpfe«, wisperte Ki-Lynn.

Gladiatoren. Marcus beobachtete mit morbider Begeisterung, wie die beiden Krieger vor dem Kalif salutierten, indem sie mit der freien Hand Brust und Stirn berührten. Dann stellten sie sich einander gegenüber auf und nahmen eines der Schwerter in die freie Hand, während sie in die klassische Abwehrstellung gingen. Marcus wußte, daß Gladiatorenkämpfe im Draconis-Kombinat früher eine etablierte Form der Unterhaltung gewesen war, die in manchen Gebieten offensichtlich bis heute überlebt hatte. Aber mitanzusehen, wie diese beiden einander so lässig gegenübertraten, scheinbar ohne einen Gedanken daran, was sie vorführen wollten, ließ ihm kalte Schauer über den Rücken laufen.

Kalif Shervanis erhob sich von den Kissen und streckte um Aufmerksamkeit heischend die Arme in die Höhe. Die Trommler verstummten. »Am heutigen Tage traf eine Gruppe Krieger auf Astrokazy ein und erwies mir vor allen anderen die Ehre ihres Besuchs. Nun erwidere ich diese Ehre mit der Demonstration des Könnens zweier unserer Krieger.« Er half mit der gesunden Hand einer der Tänzerinnen auf die Beine, die in beiden ausgestreckten Händen einen herrlichen juwelenbesetzten Dolch präsentierte. »Dem Sieger«, verkündete er.

Marcus war sich keineswegs sicher, daß der Kalif damit ausschließlich den Dolch meinte. Und die plötzliche Anspannung um die Augen der Tänzerin zeigte ihm, daß das Mädchen seine Zweifel teilte.

Als der Kalif wieder Platz nahm, donnerten die Trommeln und steigerten sich zu einem Crescendo, dessen Höhepunkt ein lautes Krachen der Becken markierte. Wie verwandelt pirschten die beiden Kämpfer aufeinander zu. Ihre Gesichter waren plötzlich zu Masken des Hasses verzerrt, und die Schwerter wirbelten in einem großartigen Schauspiel martialischer Künste um ihre Körper. Die Klingen trafen mit stählernem Scheppern aufeinander, als beide innerhalb von Sekunden ein gutes Dutzend Hiebe ausführten und abwehrten. Es schien, als könnte dies in einer endlosen Abfolge von Hieb und Parade so weitergehen, als der olivbraune Krieger seinen Gegner plötzlich mit einem Tritt gegen den Brustkorb gute drei Meter wegschleuderte.

Aber der ebenholzschwarze Kämpfer war in einer einzigen, fließenden Bewegung wieder auf den Beinen, und der Kampf setzte sich fort. Jetzt ging der olivbraune Hüne zu Boden, diesmal von einem Tritt zur Schulter, die bereits von einer Schnittwunde blutete.

Der Schwarze warf den Kopf zurück, um seine langen Zöpfe über die Schulter zu schleudern, und stürmte vor. Wieder schlug Stahl auf Stahl. Beide Männer traten aus, beide wichen unter einem plötzlichen Wirbeln der Klingen zurück. Dann versuchte der Braunhäutige, sich durch die Verteidigung seines Gegners zu arbeiten und wurde ebenso plötzlich zurückgeworfen. Sein linker Fuß war sauber am Knöchel abgeschlagen, ein zweiter Schnitt klaffte quer über der Tätowierung auf seiner Brust. Aber selbst jetzt, da der Kampf so gut wie vorbei war, ließ der schwarzhäutige Krieger nicht locker, sprang vor und spießte den anderen mit dem Schwert in seiner linken Hand auf.

Das Donnern der Trommeln und Krachen der Becken hallte hohl in Marcus' Ohren, als ihn das gurgelnde Keuchen des Sterbenden erreichte. Hatte Shervanis diese Vorstellung in einem Versuch arrangiert, ihn zu überzeugen? Erwartete er womöglich, Marcus damit zu beeindrucken, wie wenig ihm am Leben seiner Untertanen lag? Der Gedanke ließ ihn an Charlenes Vorwürfe denken. Er hätte keinen seiner Leute je für irgendeinen Sport oder auch nur zur Unterhaltung geopfert, aber seit sie ihn beschuldigt hatte, war es ihm nicht gelungen, seine Zweifel zu vertreiben.

Die Trommeln verstummten unter dem Jubel der schwarzhäutigen Astrokaszys. Kalif Shervanis stand auf und rief über den Tumult zu den Angeli hinüber: »Kommandant GioAvanti. Wie hat es Ihnen gefallen?«

Einen Augenblick lang überlegte Marcus, ob er vorgeben konnte, es nicht gehört zu haben, aber er änderte seine Meinung, als die dunkelhäutigen Krieger rings um die Angeli erwartungsvoll zu ihm herübersahen. Er nahm einen kräftigen Schluck aus seinem Becher mit süßem Wein, um sich ein paar Sekunden Zeit zu verschaffen. »Eine bemerkenswerte Darbietung«, rief er schließlich zurück. »Ein furchteinflößender Krieger.«

Kalif Shervanis lächelte. Als seine Lippen sich von den Zähnen zurückzogen, erinnerte er an ein zähnebleckendes Raubtier. »Furchteinflößend. Eine gute Eigenschaft für einen Krieger. Aber ist es seine beste? Was meinen Sie, Kommandant GioAvanti? Was ist die beste Eigenschaft, die man an einem Krieger finden kann?« Er stellte die Frage als offensichtliche Herausforderung, dann griff er nach dem Schlauch einer langen Wasserpfeife und nahm einen tiefen Lungenzug einer Droge – welche man hier auf Astrokazy auch immer rauchte.

Marcus starrte den Kalifen einen Moment lang an, bevor er antwortete. Er war sich nur zu bewußt, wie sorgfältig er seine Worte wählen mußte. »Ein Glaube an die Sache, für die er kämpft«, erklärte er. »Eine Rechtschaffenheit, die immer zum Sieg führt, selbst, wenn die Schlacht verloren geht.«

Shervanis atmete geräuschvoll aus. »Ein interessanter Gedanke, Kommandant. Und höchst passend für jemanden, der eine Einheit befehligt, die sich Engel nennt.« Er setzte sich auf. »Ich würde ihn gerne auf die Probe stellen. Sie werden gegen Kabahstalla antreten«, erklärte er mit einem Nicken zu dem schwarzen Krieger, der im Kreis der Zuschauer geblieben war. »Nein«, korrigierte er sich. »Einer Ihrer Krieger sollte gegen ihn kämpfen. Um den Glauben an seinen Kommandeur zu beweisen.«

Marcus starrte den Kalifen aus weiten Augen an. Shervanis erwartete von ihm, einen seiner Krieger gegen diesen – er rang nach Worten – wirbelnden Derwisch antreten zu lassen? Das kam einem Todesurteil gleich. »Kalif ...«, setzte Marcus zu einer Ablehnung an, von der er nur hoffen konnte, sie höflich genug formulieren zu können – aber er wurde unterbrochen.

»Der dort«, meinte Shervanis, und deutete mit dem rechten Armstummel auf Faber. »Er sieht nach einem passenden Gegner aus.«

Denk nach, herrschte sich Marcus an. *Spiel auf Zeitgewinn.* Dann erinnerte er sich daran, wie eine überlegene Clanstreitmacht für die Ehre, an einem Kampf teilzunehmen, einen Teil ihrer Kräfte im Bieten aufgab. Bestand die Möglichkeit, hier etwas Ähnliches zu erreichen? *Versuch zu handeln.*

»Vielleicht«, stellte Marcus fest und machte eine Pause, damit der Kalif das Zögern in seiner Stimme bemerkte. Er fühlte Ki-Lynns warnende Berührung im Rücken. »Thomas ist ein guter Krieger. Wahrscheinlich käme es auf die Bedingungen an.«

»Bedingungen?« Die seelenlosen schwarzen Augen des Kalifen wurden zu Schlitzen, und sein Tonfall wurde scharf. »Was meinen Sie mit Bedingungen, Kommandant?«

Thomas Faber erhob sich neben Marcus von den Kissen, und sein hünenhafter Körper ließ seinen Kommandeur wie einen Zwerg erscheinen. Bevor Marcus antworten konnte, tat Thomas es für ihn: »Die Bedingungen sind in jedem Fall die wichtigste Frage, Kalif Shervanis«, erklärte er und zuckte die Achseln, als sei das offensichtlich. »Ich bin ein Söldner. Worum kämpfe ich?«

* * *

Thomas Faber hatte den Gladiatorenkampf mit dem kritischen Blick eines Berufskriegers verfolgt. Als junger Mann hatte er im Draconis-Kombinat selbst an solchen Veranstaltungen teilgenommen. Seine Größe und sein Temperament hatten ihn schon als Teenager zu einem Naturtalent gemacht. Als Unterklassekind war es für Thomas eine Möglichkeit gewesen, seine Heimatwelt Bjarred zu verlassen. Er hatte hart gearbeitet und sich durch die Ränge hochgearbeitet, bis er die Aufmerksamkeit des planetaren Gouverneurs erregt hatte und gebeten worden war, für ihn gegen die Champions benachbarter Welten zu kämpfen. Im Gegenzug hatte der Mann Thomas die Aufnahme in eine weniger bedeutende MechKriegerakademie versprochen. Alles, was Thomas dafür tun mußte, war ein Jahr als Gladiatoren-Champion von Bjarred zu überleben.

Seit jener Zeit hatte der Hüne versucht, dieses Jahr des Metzelns zu vergessen, aber die Spuren waren immer noch in seinem Mechkampfstil zu erkennen.

Jetzt stiegen all diese Erinnerungen wieder an die Oberfläche, und Thomas haßte Kalif Malachye Shervanis dafür.

Er hatte augenblicklich erkannt, daß der dunkelhäutigere Kämpfer im ersten Kampf im Vorteil gewesen war. Sein Gegner hatte Angst vor ihm gehabt. Außerdem hatte er den unverhüllten Hunger nach der Tänzerin in den Augen des Schwarzen gesehen, fast wie bei einem Hund, dem man als Belohnung für seine Arbeit ein großes, blutiges Steak vors Maul hält. Während des Kampfes hatte Thomas jede Bewegung beider Kontrahenten verfolgt. Seine Muskeln hatten sich angespannt, als er eine leichte Öffnung bemerkte, die der hellhäutigere Krieger hätte ausnutzen können, aber übersah. Dann war es vorbei, und Thomas knirschte mit den Zähnen, als er das erste glucksende Keuchen des Sterbenden hörte.

Als Kalif Shervanis einen Kampf gegen einen der Angeli vorschlug, war Thomas klar, daß er antreten würde. Die Frauen waren in dieser Situation bestenfalls ein Preis für den Sieger, und Thomas hätte nicht zugelassen, daß Jase oder Marcus gegen diesen Kabahstalla in den Ring traten. Und so stand Thomas auf, als Shervanis nach den Bedingungen fragte, um selbst zu verhandeln.

Seine Antwort schien Shervanis zu amüsieren. Er lachte einige Sekunden laut und herzhaft, bevor er etwas erwiderte. »Ein wahrer Söldner«, sagte er dann und rieb die ihm verbliebene Hand. »Was willst du haben?« fragte er schließlich.

Die Frage hallte durch Thomas' Gedanken. *Was willst du haben?* Exakt diese Frage hatte ihm vor so langer Zeit der Gouverneur auf Bjarred gestellt. Diese Worte hatten ihn auf den Weg zum MechKrieger gebracht, eine Position weit jenseits dessen, was er ansonsten hätte erreichen können. Thomas bezweifelte, daß er Shervanis so weit treiben konnte. Er zeigte auf die Tänzerin, die am Rand der Empore stand und immer noch den Preisdolch in den nach oben gedrehten Handflächen hielt. »Sie. Ich möchte, daß sie ganz und gar meiner ...« – Pause – »... Aufsicht übergeben wird.« Er grinste wölfisch, versuchte, das Urbild des grobklötzigen Kriegers darzustellen.

Thomas hatte nie die Ausbildung in der Kriegerkunst erhalten, um das Wa oder Ki eines anderen, oder wie immer man es nannte, zu erfühlen, aber trotzdem konnte er die plötzliche Feindseligkeit Jericho Ryans und die Überraschung bei Jase und Marcus spüren. *Ich weiß, was ich tue,* wollte er ihnen sagen, als Shervanis' wildes Grinsen noch breiter wurde. »Gemacht«, erklärte er und schlug mit der Silberkappe am Ende des rechten Arms in die linke Hand.

»Dann brauchen wir zwei Neuropeitschen«, stellte Thomas gelassen fest, gerade als Shervanis sich wieder in seine Kissen sinken ließ.

»Zwei *was?*« fragte der Kalif, erheblich freudloser als er noch eine Sekunde zuvor gewesen war.

»Neuropeitschen. Sie sind die bevorzugte draconische Handwaffe«, log Thomas. In Wahrheit waren Neuropeitschen äußerst sadistische Waffen, die bei jedem Treffer extreme Schmerzen verursachten, indem sie das Nervensystem des Opfers angriffen. Sie waren im größten Teil der Inneren Sphäre verboten und auch im Kurita-Raum nur unter genau eingegrenzten Bedingungen erlaubt.

Thomas gab vor, vom plötzlichen Schweigen des Kalifen überrascht zu sein. »Vergeben Sie meine Impertinenz, Erhabener, aber ich hielt es für üblich, daß der Herausgeforderte die Waffen wählt. Ich fürchte, ich bin nur mit der Peitsche und dem waffenlosen Kampf vertraut.« *Und das Einzige, was mich dazu bringen könnte, wieder ein Schwert aufzunehmen, wäre, um dir damit den Kopf abzuschlagen.*

Thomas fixierte den Kalifen. In diesem Augenblick wünschte er sich, länger in den Disziplinen trainiert zu haben, die Ki-Lynn beherrschte, und die es ihr gestatteten, die innere Energie eines Gegners zu erfassen und mit der eigenen zu überwältigen. Statt dessen war er gezwungen, die Entscheidung des Kalifen abzuwarten.

»Wir würden natürlich nicht von dir erwarten, eine Waffe zu wählen, mit der Kabahstalla keinerlei Erfahrung hat«, sagte Shervanis nach einer Weile, und seine dunklen Augen erinnerten Thomas an die einer Kobra. »Ich dachte mehr an einen Kampf ohne Waffen. Ein Wettstreit des Geschicks und – wie hat es dein Kommandeur ausgedrückt – des Glaubens.«

Thomas atmete langsam aus und trat vor. *Soviel zu den Schwertern. Jetzt brauche ich nur noch zu siegen.*

Zwei Sklaven zerrten die Leiche des olivbraunen Kriegers aus dem Ring und hinterließen eine blutige Schleifspur auf dem Boden. Thomas trat zwischen zwei Gästen in den Ring und zog das Hemd aus. Die Schuhe warf er zur Seite, die Socken hinterher. Kabahstalla reichte seine Schwerter einem in der Nähe stehenden Posten und wartete gelassen, bis sein Gegner soweit war. Ein paar Dehnungsübungen, um die Muskeln zu lockern, dann nickte Thomas dem anderen Schwarzen zu.

Als Kabahstalla vor Shervanis salutierte, verneigte Thomas sich auf draconische Art zunächst vor dem Kalifen, dann etwas tiefer vor Marcus. Das war möglicherweise ein Bruch der Etikette, aber es zeigte, wem seine Loyalität gehörte, und das mußte genügen. Die Trommeln steigerten sich zu einem wilden Donnergrollen, und mit dem Krachen der Becken traten die beiden Männer aufeinander zu.

Kabahstalla griff schnell und aggressiv an. Er versuchte, Thomas in einem Stil – ganz ähnlich seiner Schwertkampftechnik – zu überwältigen. *Fehler*, dachte

Thomas. Er ging in die Hocke, um den Körperschwerpunkt nach unten zu verlagern, die Füße weit auseinander, die Arme vor dem Leib. Wie erwartet, versuchte Kabahstalla einen Tritt auf den einladend gesenkten Kopf des Angeli. Thomas duckte sich unter dem Angriff weg und traf mit einem weiten Schwung des rechten Beins den Knöchel seinen Gegners. Kabahstalla fiel unbeholfen zu Boden, und Thomas sprang zurück in die Verteidigungshaltung. *Wenn ich ihn wütend machen kann, gehört der Sieg mir.*

Die beiden Neger tänzelten umeinander. Kabahstalla schonte den rechten Knöchel kaum. Vorsichtig geworden, versuchte der Astrokaszy keinen weiteren Sturmangriff. Er schlug mit Händen und Füßen aus, um Fabers Abwehr zu testen. Faber für seinen Teil konzentrierte sich aufs Abblocken und Ausweichen und grinste Kabahstalla dabei an, als wären die Angriffe seines Gegenüber ohne jede Bedeutung. Dessen Attacken wurden heftiger, und Thomas' Paraden kamen immer später, während er seinen Gegner unter der Vortäuschung wachsender Ermüdung an sich heran lockte.

Jetzt! Thomas öffnete seine Deckung, duckte sich unter dem Hieb gegen seinen Kopf weg und schlug mit offener Hand und steifem Arm in Kabahstallas unteren Brustkorb. Er fühlte mindestens zwei Rippen unter dem Hieb brechen, als Kabahstalla vom Boden gehoben wurde und zwei Meter weiter hart auf dem Rücken aufschlug.

Der Kampf ist vorbei. Er kann nicht mehr. Thomas hörte die Stimmen in seinem Kopf, während er zusah, wie Kabahstalla wieder hoch zu kommen versuchte. Aber die Erinnerung an dessen letzten Gegner war noch zu frisch in Fabers Gedächtnis. Als der Mann es schaffte, das rechte Bein unter den Körper zu ziehen, sprang Thomas ihn in einem flachen Flugtritt an, der Kabahstallas Knie traf, so daß das Bein nach hinten knickte.

Das ist das Ende deiner Kämpfertage, dachte Thomas, als sein Gegner vor Schmerzen schrie. Mit einem Tritt gegen den Kopf nahm er ihm das Bewußtsein und erlöste ihn vorerst von seinen Schmerzen.

Thomas wanderte betont langsam zur Empore des Kalifen. Viele der Gäste gingen ihm aus dem Weg und schufen einen freien Pfad, aber andere unter den scharfäugigen Einheimischen starrten ihn mit trotzigem Abscheu an. Zu spät wünschte er, er hätte auf die Kapitulation seines Gegners gewartet, und verfluchte die Wut, die ihn zu den letzten beiden Attacken getrieben hatte.

Am Rand der Empore nahm Thomas den juwelenbesetzten Dolch, den er in den Gürtel schob. Dann ergriff er die Hand der Tänzerin und half ihr herab. Sie starrte ihn aus großen braunen Augen an, die zwar wunderschön waren – aber in ihnen stand die Furcht vor ihrem neuen Besitzer.

Thomas war klar, daß Shervanis ihn beobachtete und überlegte, ob er sich beleidigt fühlen sollte. Wenn er zuließ, daß der Despot den Zorn sah, der immer noch in seinen Augen loderte, konnte sich das nur gegen die Angeli auswirken. Deshalb starrte er unverhohlen auf seinen ›Preis‹ und zwang sich, nicht einmal zum Kalifen hochzusehen. »Mein Dank, Malachye-Pascha.« Er grinste lüstern und haßte sich dafür, wie er damit die Angst in den Augen der jungen Frau noch vergrößerte. »Eine wirklich hübsche Belohnung.«

25

**Großer Pavillon, Palast des Kalifen, Shervanis,
Kalifat Shervanis
Astrokazy, Peripherie**

28. Juni 3058

Eine kleine Einheit wie Gli Angeli lebte von den Stärken jedes einzelnen ihrer Mitglieder. So sehr Thomas Fabers ruhige Akzeptanz der Herausforderung Marcus zunächst überrascht hatte, so schnell war ihm klar geworden, daß der Hüne die Lage unter Kontrolle hatte, und sich zurückgehalten. Er würde sich darauf verlassen, daß Thomas wußte, was er tat, auch wenn es danach aussah, als wollte er bei dem Versuch, die anderen zu retten, sein Leben opfern.

Wie Karstchow es getan hat.

Der Gedanke, daß er bereit war, diese Entscheidung einem einzelnen Mitglied seiner Einheit zu überlassen, schockierte Marcus. Charlenes Vorwürfe wurden wieder in ihm wach. Kümmerte er sich um seine Leute? *Ja. Verdammt, ja.* Er ging keine unnötigen Risken mit ihrem Leben oder ihrer Ausrüstung ein, und er würde niemals das Leben eines anderen Angeli opfern, gleichgültig, wie viele andere er damit hätte retten können. *Außer, das Leben wäre mein eigenes,* dachte er. *Vielleicht halte ich ja Distanz zu den anderen, Charlie, aber das bedeutet nicht, daß sie mir egal sind.* Er sah zu, wie sich Thomas einen Weg durch die Menge bahnte. *Und ich respektiere sie genug, um ihre persönlichen Entscheidungen anzuerkennen.*

Trotzdem blieb Marcus während des gesamten Kampfes angespannt. Er biß so fest die Zähne zusammen, daß sein Kiefer schmerzte. Er schüttelte Jerichos Hand auf seiner Schulter ab, obwohl er wußte, sie bot ihm nur stumme Unterstützung an. Und auch als Faber siegte, freute er sich weder, noch entspannte er sich. *Siege müssen verteidigt werden,* erinnerte er sich. Und Shervanis' düstere Miene warnte ihn, daß er damit besser nicht allzu lange warten sollte.

»Eine wirklich hübsche Belohnung«, erklärte Faber mit lüsternem Blick auf die Tänzerin.

Marcus kannte Thomas als jemanden, der im einen Moment laut lacht, im nächsten verschlossen ist. Es waren keine Stimmungsschwanken, vielmehr sammelte er Kraft für seine lebhafteren Augenblicke. Aber er hatte nie erlebt, daß Thomas sich Frauen gegenüber anders als respektvoll verhalten hätte, daher erkannte er ohne Schwierigkeiten, daß Faber den ungehobelten Lüstling nur spielte. An Jerichos Reaktion sah der Söldnerkommandeur jedoch, daß sie ihm alles abnahm. Möglicherweise fiel dann auch Shervanis darauf herein.

»Exzellenz«, rief Marcus laut und lenkte Shervanis' Aufmerksamkeit von Thomas ab. »Ich weiß Ihre Lektion zu schätzen. Sie haben mir meinen Irrtum bewiesen.«

Der Kalif runzelte die Stirn, und in seinen schwarzen Augen stand Zweifel. »Wie das, Kommandant Gio-Avanti? Ihr Söldner hat einen meiner besten Krieger besiegt.«

Und das ziemlich gekonnt. Marcus sah zu seinem Mann hinüber. Thomas war auf dem Rückweg zu den anderen Angeli, seinen Preis im Schlepptau. *Das wäre einfacher, hättest du diesen Kaba-was-auch-immer nicht zum Krüppel getreten,* dachte er, sah sich aber nicht in der Lage, es Thomas zum Vorwurf zu machen. Er hatte etwas in den Augen des Hünen gesehen und wußte, daß er nicht anders hatte handeln können.

»Wie Sie selbst gesagt haben, Kalif Shervanis. Thomas ist ein Söldner. Er hat nicht für mich oder die Angeli gekämpft.« Er versuchte, angewidert auszusehen. »Er hat für *sie* gekämpft.« *Das ist deine Chance, das Ge-*

sicht zu wahren, Kalif. Es sei denn, du bist bereit, uns alle abzuschlachten und die Rache meiner Einheit zu riskieren.

»Wollen Sie damit sagen, Lust hätte Kabahstallas Glauben an mich besiegt?« Der Pascha klang noch immer zweifelnd, und gefährlich.

Vorsicht, Marcus. »In dieser Umgebung?« meinte er und schwenkte die Hände, um die Gäste und Schausteller einzubeziehen, die inzwischen alle verstummt waren. »Wie könnte irgend jemand hier die Macht des Verlangens abstreiten, Malachye-Pascha. Sie haben uns allen heute abend selbst seine Anziehungskraft demonstriert.« Marcus lächelte. Dann wurde er ernst. »Um Kabahstalla Fairness angedeihen zu lassen« – Der Name bereitete ihm Schwierigkeiten – »Thomas liebt es auch zu kämpfen. Es ist schwer zu sagen, woran er mehr Freude hat«, beendete er seine Ausführungen und beäugte die Tänzerin sehr auffällig.

Kalif Shervanis grinste breit, dann brach er in schallendes Gelächter aus. Die Spannung im Saal löste sich, als auch andere auflachten oder sich wieder unterbrochenen Gesprächen zuwandten. Auf ein Zeichen von Shervanis nahmen die Musiker eine lebhafte Melodie auf, die schnell dafür sorgte, daß die Tänzerinnen wieder in einem Wirbel nackter Haut und bunter Bänder durch den Pavillon huschten. Der Kalif hob einen großen Kelch mit purpurnem Wein in Richtung der Angeli, und Marcus erwiderte den Gruß, bevor er seine Aufmerksamkeit erneut seinen Leuten zuwandte.

»Danke, Marc.« Thomas trat wieder in die kleine Gruppe, die Tänzerin an der Hand. Sie wirkte besiegt, jenseits von Furcht in stiller Resignation angelangt. Jericho sah von Marcus zu Thomas und wieder zurück, als wisse sie nicht recht, an wem sie ihre Wut zuerst auslassen sollte.

»Was machen wir jetzt mit ihr?« fragte Marcus und nickte in Richtung der spärlich bekleideten Frau.

»Sie ist weg von ihm«, stellte Thomas mit einem Achselzucken fest. »Das ist die Hauptsache.« Er lächelte die junge Frau entschuldigend an. »Ich bringe Sie fort von Astrokazy«, versprach er leise. »Danach sind Sie frei.« Er drehte sich zu Jericho um und lächelte. »Sie könnte doch sicher eine Anstellung im Magistrat finden? Vielleicht als Tänzerin?«

Überraschung – gemischt mit Erleichterung – schwappte über Jerichos Gesicht. »Ja. Ja, natürlich.«

Ki-Lynn hob den Becher an den Mund, um ihre Lippen zu verbergen. »Seht euch nicht um.« Sie machte eine Pause, um sicherzugehen, daß alle in der Gruppe erfolgreich gegen die natürliche Neigung, genau das zu tun, angekämpft hatten. »Der Kalif kommt herüber.«

Jase reagierte am schnellsten und änderte das Thema, indem er laut spekulierte, wo die Angeli mit der Suche nach der angeblichen Sternenbundanlage beginnen könnten. Marcus machte erste Vorschläge, als der Kalif unterbrach. »Kommandant, ich störe doch nicht?«

»Natürlich nicht, Kalif Shervanis.« Marcus setzte ein dünnes Lächeln auf, als mache die Aufmerksamkeit des Kalifen ihn nervös. Schwer fiel ihm das nicht. »Die Angeli haben immer Zeit für Sie.« Marcus sah an dem älteren Mann vorbei zu den beiden ausladend gebauten Wachen, die ihm von der Empore gefolgt waren, und auf zwei weitere Tänzerinnen, die Shervanis unterwegs aufgelesen haben mußte.

»Ausgezeichnet«, erklärte der Kalif. Er schwankte leicht, und auch sein Atem verriet, daß er an diesem Abend reichlich Wein und Haschisch genossen hatte. »Kommandant, ich möchte Ihnen noch einmal zu Ihren Kriegern gratulieren. Vielleicht war ich zu überrascht von Kabahstallas Niederlage, um MechKrieger Faber angemessen zu gratulieren.«

Was hast du vor, Shervanis? Marcus hielt das Lächeln aufrecht, aber innerlich rasten seine Gedanken bei dem

Versuch, den tückischen Pascha zu durchschauen. Selbst halbberauscht war Shervanis noch jemand, den man nicht unterschätzen durfte. »Exzellenz ist zu gnädig.«

»Tatsächlich habe ich meine Pflichten als Gastgeber sträflich vernachlässigt.« Shervanis winkte die beiden Tänzerinnen vor. »Mir ist plötzlich klargeworden, daß ich vergessen hatte für ...« – er grinste breit und wölfisch mit einer Geste in Richtung der Tanzmädchen – »... angenehme Gesellschaft zu sorgen.«

»Äh ... Kalif Shervanis.« Marcus stockte, wußte nicht, wie er reagieren sollte. Was hatte Ki ihm gesagt? Ein direktes Geschenk abzulehnen, wäre eine persönliche Beleidigung? Aber wenn der Kalif darauf bestand, ihnen Begleiterinnen zu stellen, würde das die Angeli voneinander trennen. »Höchst großzügig«, versuchte er Zeit zu gewinnen. Er wünschte, er hätte Zeit gehabt, sich mit Ki-Lynn zu beraten, aber dazu war einfach keine Gelegenheit. Irgendwie mußte Marcus mit dieser Lage selbst fertigwerden. »Zu großzügig, um die Wahrheit zu sagen. Ich könnte das nicht annehmen.«

Shervanis' dunkle Augen verengten sich. »Und warum nicht?« Seine Stimme war hart und von gefährlicher Kälte.

»Also«, setzte Marcus an und verstummte wieder. *Denk nach.* »Würde ich annehmen ...«

Marcus hatte die Sache nicht wirklich durchdacht, sondern verließ sich auf einen Bluff. Zu seinem Glück nahm Jericho den Faden auf. »Würde er annehmen«, stellte sie fest, trat näher und nahm seinen Arm, »würde er sich in bösen Schwierigkeiten wiederfinden. Möglicherweise würde er selbst die Wüsten Astrokazys einladender finden.« Ihre Stimme klang zugleich spielerisch und entwaffnend.

Der Kalif blinzelte überrascht. »Das wußte ich nicht. Will sagen, Erzwesir Ji-Drohmien hat nie erwähnt, daß Sie beide ...« Er verstummte.

»Eine Beziehung haben?« beendete Marcus den Satz für ihn, und hoffte inständig, daß man seinem Gesicht die Überraschung nicht ebenso deutlich ansah. Er war sich der Berührung Jerichos nur allzu bewußt. Die Wärme ihrer Hand breitete sich seinen Arm hinauf aus. Er schluckte schwer und mußte sich bemühen, ruhig zu bleiben. »Nun, der Erzwesir hat nicht danach gefragt. Und wir stellen unsere Beziehung nicht öffentlich zur Schau. Das verstehen Sie natürlich.« Er senkte die Stimme, als spräche er nur zum Kalifen. »Als Kommandeur muß ich den Eindruck ...« – er stockte, als suche er nach dem passenden Wort – »... moralischer Überlegenheit aufrechterhalten. Keine Verbrüderung während einer Mission.«

Er fühlte, wie sich Jerichos Griff verstärkte, aber sie überspielte ihr Unbehagen und führte die Scharade weiter. »Typisch«, beschwerte sie sich mit einem Lächeln. »Immer nur die Arbeit, keine Zeit fürs Vergnügen.« Sie beugte sich vor und knabberte spielerisch an Marcus' Ohrläppchen, bevor sie wieder in ihre ursprüngliche Position zurückkehrte.

Shervanis betrachtete das Pärchen mit einer Miene, die wieder ihre alte Neutralität besaß. »Tatsächlich«, murmelte er. »Und die beiden anderen?«

»Genauso«, antwortete Jase Torgensson sofort, breit lächelnd und fröhlich, als er zu Ki-Lynn und dann wieder zurück zum Pascha blickte. »Wir leiden nicht unter dem Kommandeursdilemma, aber da bliebe noch die kleine Schwierigkeit draconischer Etikette.«

»Faber ist der einzige der wenigen ungebundenen Junggesellen bei den Angeli«, log Marcus. »Aber er hat seine Abwechslung schon gefunden.«

Shervanis ließ sich weder im Gesichtsausdruck noch im Tonfall etwas anmerken. »Natürlich«, stellte er nur fest, und winkte den beiden Tänzerinnen ab, die schnell im Hintergrund der Feier untertauchten und zu ihren

Pflichten zurückkehrten. »Nun denn, amüsieren Sie sich, geschätzte Gäste. Genießen Sie, was Shervanis Ihnen bieten kann. Und Kommandeur, morgen hoffe ich noch einmal darüber zu reden, was ihre Angeli mir bieten können.«

»Ich stehe Ihnen zur Verfügung, Kalif Shervanis«, erklärte Marcus, als der Pascha zu seiner Empore zurückkehrte. Er wartete schweigend, bis er sicher war, daß die ein Stück hinter ihm gehenden Wachen das Gespräch auch ohne Musik nicht mithören konnten. Faber setzte die Tänzerin etwas abseits auf ein paar Kissen, wo sie nichts von der Unterhaltung aufschnappen konnte.

»Ich glaube nicht, daß er es geschluckt hat«, stellte Marcus schließlich fest, »aber er wird nicht nachhaken. Ich bin sicher, er hat andere Pläne für uns.« Er kaute auf der Unterlippe und dachte nach. »Ich weiß nicht, wie es mit euch steht, aber ich habe genug *Vergnügen* für eine Nacht gehabt. Wir werden uns im Laufe der nächsten Stunde langsam verabschieden, pärchenweise, um diese neue Tarngeschichte aufrechtzuerhalten. Deshalb werden wir auch weiter zusammen bleiben. Einer kann schlafen, während der andere Wache hält.« Er schluckte schwer. »Jericho ...«

Sie unterbrach ihn mit einem neckischen Lächeln. »Wir sind ein Pärchen. Ich komme damit klar, Marcus.« Sie machte eine Pause und legte den Kopf zur Seite, als dächte sie nach. Als sie weitersprach, klang ihre Stimme leichter. »Ich habe das Bett gemacht, und jetzt muß ich drin schlafen?«

Jase verbarg sein Lächeln diplomatisch hinter vorgehaltener Hand, und auch wenn Ki-Lynn ihre Miene völlig unter Kontrolle hatte, sah Marcus die Belustigung in ihrem Blick. Faber versuchte nicht einmal, sein Grinsen zu verstecken. »Thomas«, befahl Marcus leicht verärgert. »Du gehst in zehn Minuten. Danach Ki und Jase.«

»Ich habe eine bessere Idee, Marc.« Jase sah sich um. »Das ist das erstemal heute, daß mir kein Wachhund folgt. Ich würde gerne noch etwas bleiben und vielleicht ein paar Freundschaften schließen.« Er sah hinüber zu Ki-Lynn. »Nichts für ungut, aber ...«

»Aber allein schaffst du mehr«, beendete Marcus den Satz. »Okay, Jericho und ich in einer halben Stunde. Ki, du verziehst dich in etwa fünfzig Minuten in dein Zimmer. Laß Jases Abschied nach etwas aussehen.« Ki nickte, was Marcus als Garantie reichte. »Jase, bleib nicht allzulange hier. Dieser Ausflug nach Shervanis war den Versuch wert, aber hier gefällt es mir nicht. Wir gehen bis Morgen auf Nummer Sicher, und dann verschwinden wir.«

* * *

Keine zehn Meter von den Angeli entfernt lehnte Cameron St. Jamais an der Wand und sah zu, wie die Söldner Malachye Shervanis abblitzen ließen und sich dann kurz besprachen. Er trug einen sandfarbenen Kaftan, und seine dunkle Haut gestattete ihm, unter den einheimischen Astrokaszys unterzutauchen.

Er streichelte die Schulter der Kurtisane, die ihm Erzwesir Ji-Drohmien besorgt hatte. Das ungebändigte Haar und die fahle Haut der Frau erinnerten ihn an Demona Aziz. Die Musik hätte sein Interesse auf niederere Instinkte umlenken können, aber die Ausbildung des Ordens verlieh ihm die nötige Klarheit der Gedanken, als er die Schulter des Mädchens liebkoste und gleichzeitig weiter die Söldner ausspionierte.

St. Jamais sah Thomas Faber mit der Tänzerin verschwinden. Keine halbe Stunde später folgte ihm Marcus GioAvanti mit seiner canopischen Schlampe. *Schlafen Sie gut, Kommandant*, entbot der Demipräzentor dem Söldnerkommandeur einen stummen Gute-Nacht-Gruß. *Morgen werden Sie und Ihre Angeli sterben.*

26

Palastgrund, Shervanis, Kalifat Shervanis
Astrokazy, Peripherie

29. Juni 3058

Wer auch immer es war, sie gingen kein Risiko ein.

Marcus hörte die Geräusche im Flur, als jemand allem Anschein nach die Wachen überwältigte, die ihnen zugeteilt worden waren. Er griff nach den Waffen und weckte Jericho. Die beiden gingen hinter einem umgekippten Tisch, der ihnen einen gewissen Schutz gegen die Eindringlinge bieten sollte, in Deckung. Vier schattenhafte Gestalten drangen in das Zimmer, gekleidet in die üblichen weiten Kaftane, aber von dunkler Farbe statt weiß oder hellbraun. Zwei von ihnen hatten Maschinenpistolen und traten sofort ans Fenster. Der dritte richtete ein Nadlergewehr in Marcus' und Jerichos Richtung. Der letzte der Eindringlinge stoppte und schloß die Türen. Er war nur mit zwei breiten Krummsäbeln bewaffnet.

Attentäter machen sich nicht die Mühe, die Tür abzuschließen, dachte Marcus und hielt Jericho zurück, während die Eindringlinge sich im Zimmer zu schaffen machten.

Der Mann mit den Schwertern kam herüber. Über den Tuchstreifen, mit denen die untere Hälfte seines Gesichts maskiert war, waren nur seine Augen zu erkennen, und sie zeigten seine Überraschung darüber, sie hier zusammen zu finden. Beide Schwerter in der Linken, gestikulierte er mit der rechten Hand. »Kommt. Wir bringen euch hier heraus.« Er hatte einen starken Akzent und sprach viel zu schnell. Er mußte den Satz mehrmals wiederholen, bis Marcus ihn verstand.

Einer der Männer benutzte ein spezielles Schneidwerkzeug dazu, das einzelne große Fenster des Zimmers aus dem Rahmen zu lösen. Marcus hatte es bereits inspiziert und wußte, daß es sich nicht ohne Schwierigkeiten öffnen oder einschlagen ließ. Mit Hilfe von Seilen erreichten sie den Boden, dann hasteten alle sechs zur Außenmauer, wo andere Männer mit Seilen auf sie warteten. Marcus war besorgt um die anderen drei Mitglieder seiner Gruppe, aber der Schwertträger versicherte ihm, daß andere Teams dabei waren, sie ebenfalls in Sicherheit zu bringen.

Der Schwertträger, der die Gruppe, die Marcus befreit hatte, offensichtlich befehligte, stellte sich während der Flucht als Nihail Sallahan vor und erklärte, daß er und seine Leute von Kalif Rashier geschickt worden waren, um die Angeli aus den Klauen des bösen und verruchten Shervanis zu befreien. Als lautes Maschinengewehrfeuer und mehrere Explosionen durch die Nacht hallten, versicherte er ihnen auch, daß all das Teil eines Ablenkungsmanövers war, um ihre Flucht zu decken. Wenn alles gut ging, würde er die Angeli zur *Heaven Sent* bringen, die sie alle in Sicherheit bringen konnte.

Erst als die kleine Gruppe den Stadtrand erreichte, tauchten die ersten Löcher in der Planung auf.

Die fünf Gruppen trafen sich in einem halb eingestürzten und verlassenen Lehmziegelhaus. Vor dem Haus standen mehrere Pferde und ein einzelner, zerbeulter Geländewagen, alles Teil des Fluchtplans. Sallahans Team kam als zweites an, nach der Gruppe, die Jase Torgensson geholt hatte.

Marcus unterbrach Nihail, als dieser ihm zu erklären versuchte, daß Jase nicht in seinem Zimmer gewesen war. »Das ist mir klar. Er müßte bei Ki-Lynn sein.« Das erforderte weitere Erklärungen, aber Nihail schien zufrieden und versank in Schweigen.

Als nächstes kam das Team, das nach Jericho gesucht

hatte. Es hatte zwei seiner vier Kämpfer verloren. »Sie sind einer Djinn-Streife begegnet«, erklärte Nihail. Auf Marcus Frage erfuhr er, daß Djinn wohl das arabische Wort für Dämonen des Teufels, al Shaitan, war. *Shervanis ist im Kalifat Rashier nicht allzu beliebt*, dachte er, und setzte sich wieder, um auf die anderen Angeli zu warten.

Ein viertes Team brachte Ki-Lynn Tanaga unter Waffengewalt zum Treffpunkt.

Sie verneigte sich förmlich vor Marcus. Er legte keinen Wert darauf, wußte aber, daß sie es tat. »Gomen nasai, Kommandant. Jase war noch nicht von der Feier zurück. Ich konnte sie nicht davon überzeugen, zu warten, während ich ihn holte.«

Marcus sah hinüber zu den vier Mitgliedern ihres Teams, die in hastigem Arabisch mit Nihail sprachen. Einer von ihnen hielt eine Kompresse an sein Gesicht, und als er sie entfernte, um besser reden zu können, erkannte Marcus an der Schwellung und Biegung, daß seine Nase gebrochen war. Ein böser Blick in Ki-Lynns Richtung sagte, was sein Kommunikationsoffizier nicht konnte. »Schon gut, Ki. Sie hatten ein Team für jeden von uns, unserer getrennten Unterbringung wegen. Es war einfach Pech.« Er bezweifelte, daß Ki sich davon sonderlich getröstet fühlte. Innerlich rang er mit dem Schicksal und versuchte, einen Plan zu entwickeln, wie sie zurückkehren und Jase retten konnten.

Thomas hatte er völlig vergessen, bis ein einzelner Krieger hereingestürzt kam, um mit Nihail zu reden. Der Anführer zog den Mann zu Marcus herüber. Marcus entschied, das als Hinweis darauf zu nehmen, daß Thomas Faber jetzt ebenfalls ein Gefangener von Shervanis war, und dachte, schlimmer könne es nicht mehr kommen. Daher traf es ihn wie ein PPK-Blitz, als Nihail ohne Vorwarnung feststellte: »Ihr Schiff wird angegriffen. Viele Maschinen.« Der Mann sagte noch etwas, und

Nihail übersetzte. »Kann nicht starten. Größter Teil der Besatzung ist in Flugfahrzeugen geflohen und in Sicherheit. Zweites Schiff ist in Vorgebirge südlich gelandet.«

Die Neuigkeiten verschwammen in Marcus' Gedanken, bis eine Aussage sich unaufhaltsam in den Vordergrund schob. *Zweites Schiff? Nein!* Marcus drängelte sich an Nihail und einigen anderen Astrokaszykriegern vorbei und rannte nach draußen. Vom Dach des Geländewagens sprang er auf das niedrige Lehmziegelhaus und starrte nach Südwesten.

Die unverwechselbare Triebwerksfackel des *Festung*sklasse-Landungsschiffs brannte einige Kilometer entfernt hell und stetig. Es hielt schätzungsweise dreihundert Meter über dem Boden Position, während alle paar Sekunden ein Lichtblitz meldete, daß eine der PPKs im Rumpf des Schiffes auf die Planetenoberfläche feuerte. Marcus fühlte, wie das Bedauern in ihm aufstieg. Charlene hätte ohne Befehl nicht angreifen sollen. Oder erst, wenn sie Grund zu der Annahme hatte, daß er nicht mehr in der Lage war, einen solchen Befehl zu geben. Selbst ein Angriff auf die *Heaven Sent* hätte erst von ihm bestätigt werden müssen. Marcus konnte sich nur eine andere Erklärung für ihr Auftauchen vorstellen.

Er wirbelte zu Nihail herum, der mit einigen seiner Männer und Jericho hinter ihm hergeklettert war. »Gegen wen kämpfen sie?«

»Sie kämpfen gegen den verdammten Shervanis. Er will unsere Welt in seine Sklaverei ...«

Marcus schnitt ihm mit einer Handbewegung das Wort ab. »Ja, ja, aber welche Kräfte? Welche BattleMechs? Wie viele?«

Nihail sprach mit dem Boten, der am Boden geblieben war. »Viele, sagt er. Einige Dutzend. Maschinen mit Shervanis' unheiliger dunkler Sonne und andere mit dem Zeichen des Gefolgsmanns al Shaitans – eine dunkle, gepanzerte Gestalt.«

Die Mordbanden aus der Marianischen Hegemonie! »Nein!« brüllte Marcus zum Horizont. »Verdammt, Charlene, nein!« Nihails Mann hatte gemeldet, das zweite Schiff habe im südlichen Vorgebirge aufgesetzt, aber jetzt flog die *Stecknadelkopf* Luftunterstützung. Das konnte nur bedeuten, die BattleMechs waren bereits am Boden und im Gefecht.

»Nihail, ich brauche den Wagen und ein Funkgerät. Eines, das auf den höheren Gefechtsfrequenzen senden kann. Ich muß da hinaus.«

Der dunkelgekleidete Krieger schüttelte den Kopf. »Unmöglich. Wir fallen auf Reserveplan zurück. Gehen nach Norden zu verstecktem Landeplatz für Hubschrauber.« Marcus wollte sich wegdrehen, aber sein Gegenüber packte ihn an der Uniform und zog ihn zurück. »Hören Sie zu, Sahib. Kalif Rashier wird Ihnen helfen. Er ist der einzige Mann, der Ihnen noch helfen kann. Ich bringe Sie zu ihm.«

Marcus riß den linken Arm hoch und brach den Griff des Astrokaszy. Sein Gesicht brannte trotz der kühlen Wüstennacht. »Durch die Hilfe deines Kalifen sind zwei meiner Leute immer noch im Palast verschollen. Ich würde auf der Stelle zurückgehen, um sie zu holen, wenn mich die da draußen in der Wüste im Augenblick nicht dringender bräuchten. Also gehe ich dorthin.« Er sah hinüber zu den fernen Kämpfen. »Diese Schiffe bedeuten alles für Gli Angeli. Ich werde sie nicht im Stich lassen.«

Nicht im Stich lassen. Marcus' letzte Worte hallten durch seine Gedanken. Hatte er mehr Angst, seine Leute zu verlieren, oder die Landungsschiffe und deren Ladung? Wie auch immer die Antwort lautete, im Augenblick fehlte ihm der Abstand, sie als solche zu erkennen. Wie auch immer, er mußte dieses Schlachtfeld erreichen.

»Sie dienen Ihren Freunden am besten, indem Sie mit

mir kommen«, erwiderte Nihail. »Wenn Ihre Leute die Nacht überleben, kann Kalif Rashier ihnen helfen.«

»Es ist genau dieses *wenn*, das mir Sorgen macht, Nihail. Hat dein Kalif dir Befehl gegeben, mich zu erschießen, wenn ich Widerstand leiste?« Marcus starrte seinem Gegenüber in die Augen, bis er nachgab. »Hab ich auch nicht erwartet.«

Marcus ging über das flache Dach an den beiden anderen Astrokaszykriegern vorbei, die hinter Nihail heraufgestiegen waren. Er bemerkte die Bewegung im Augenwinkel, jedoch einen Sekundenbruchteil zu spät, um dem Schlag effektiv auszuweichen. Der Gewehrkolben traf ihn knapp über dem Ohr, warf ihn auf die Knie und ließ eine übelkeiterregende Schwärze in engen Wirbeln um ihn kreisen.

Der zweite Schlag brachte die Dunkelheit mit erstickender Gewalt über ihn herab.

27

Shervanis, Kalifat Shervanis
Astrokazy, Peripherie

29. Juni 3058

Thomas Faber trug seinen eigenen Kampf mit der Bewußtlosigkeit aus, als das Feedback des Neurohelms sich in sein Gehirn bohrte. Die Steuerknüppel des *Clint* zitterten wild, als er durch einen weiteren Flachbau brach. Der Mech wankte betrunken von einer Seite zur anderen. Dann brach er frei und ließ einen zusammenstürzenden Trümmerhaufen zwischen sich und dem ihn verfolgenden *Derwisch* zurück. Eine einzelne Langstreckenrakete schlug in seine rechte Schulter ein, kaum genug, dem mittelschweren Mech einen Schubs zu geben. Amaáli, die Tänzerin, die er von Shervanis gewonnen hatte, wimmerte vor Angst. Sie kauerte in der Enge hinter der Pilotenliege. Thomas biß unter den Schmerzen des Neurohelmfeedbacks die Zähne zusammen und lockte eine höhere Geschwindigkeit aus den Kontrollen des Mechs.

Thomas erfuhr nie wirklich, wer die Leute gewesen waren, die ihnen bei der Flucht aus dem Palast geholfen hatten, nur, daß sie von Kalif Rashier geschickt worden waren und Waffen besaßen, um ihren Befehlen Nachdruck zu verleihen. Sie hatten ihn und das Mädchen durch enge Palastkorridore geführt, bis sie geradewegs in eine Gruppe von Shervanis-Wachen gelaufen waren. Thomas hatte einem der verhüllten Krieger die Rorynex-Maschinenpistole abgenommen, sich Amaáli gegriffen und war mit ihr durch gewundene Gänge und Korridore gerannt, bis sie weit entfernt waren und sich völlig verirrt hatten.

Dann hatten die Alarmsirenen aufgeheult.

Thomas hatte den nächsten Wachmann überfallen, der ihnen begegnete. Durch puren Zufall hatten sie irgendwo einen Weg eingeschlagen, der sie zu einem kleinen Mechhof führte, in dem zwei von Shervanis' BattleMechs abgestellt waren. Thomas hatte sich einen der Wächter vorgenommen, dessen Schmerzschwelle sich als wesentlich tiefer herausstellte als sein Wunsch, zum Märtyrer zu werden. Nach seiner Versicherung, daß die Stimmerkennung längst ausgefallen und der *Clint* mittels Kenncode zu starten war, hatte Thomas den Mann gefesselt und bewußtlos zurückgelassen.

Seit es BattleMechs gab, existierten Methoden, ihren Diebstahl zu verhindern. Seit Jahrzehnten waren Stimmerkennung und ›Schlüssel‹-Codesätze die Standardmethode, seit die Neurohelmtechnologie verbessert worden war. Vorher waren die Helme so präzise an die Gehirnwellen eines bestimmten Trägers angepaßt worden, daß nur der Besitzer eines bestimmten Helms ihn benutzen konnte, ohne daß es zu äußerst schmerzhaften Feedbackeffekten kam.

Zu Thomas' Pech stammten der Neurohelm und die Kontrollschaltkreise des *Clint* aus einer Zeit, lange bevor sich das geändert hatte.

Der *Clint* geriet ins Stolpern, als acht LSR von hinten in seine linke Rumpfseite einschlugen und sich bis zur internen Stützstruktur der Maschine von Knochen aus geschäumtem Titanstahl fraßen. Der Kampfkoloß ging in die Knie, und Thomas stützte ihn mit der linken Mechhand an der Mauer einer Lagerhalle ab. Statisches Rauschen schlug über ihm zusammen, und hinter seinen Augen begann ein pulsierendes Trommelkonzert.

Er versuchte den Stadtrand zu erreichen. *Fast geschafft*, dachte er und zwang die 40-Tonnen-Maschine wieder auf die Beine. Knapp voraus ragten die höheren Bauten des verlassenen Industriebezirks auf, zwei- und dreistöckige Lagerhallen, die eine gewisse Deckung gegen Shervanis' *Derwisch* versprachen. Wenige hundert Meter dahinter lagen der Stadtrand und die Freiheit. *Halt noch ein paar Minuten durch, Thomas. Wir sind fast da.*

Allerdings hatte er keinen blassen Schimmer, was ihn außerhalb der Stadt erwartete. Die Mechsensoren hatten bereits ein Landungsschiff der *Festung*klasse identifiziert, das sich aus einer Luftunterstützungsposition nahe dem Stadtrand in Richtung der südlichen Wildnis zurückzog. Das mußte die *Stecknadelkopf* sein – aber bedeutete das, daß die Angeli auf dem Rückzug waren? Die Mechs der Einheit verständigten sich auf Frequenzen, die er nicht einstellen konnte, und keines der Landungsschiffe reagierte auf seine Rufe über die allgemeinen Kanäle.

Ich muß hier raus, dachte Thomas. Raus und in seinen eigenen Mech. Das Feedback des Neurohelms störte seine Sehnerven so extrem, daß er die Geschützmündung praktisch hätte auf den *Derwisch* setzen müssen, um ihn zu treffen. Das war nicht der Zeitpunkt, den Helden zu spielen, nicht jetzt, wenn die Angeli ihn möglicherweise brauchten. Er drehte den Torso des *Clint* herum und gab einen Schuß mit der AK/5 ab, die dessen rechte Hand ersetzte. Er legte es nicht wirklich darauf an, einen Treffer zu landen, sondern hoffte vielmehr, den *Derwisch*-Piloten davon überzeugen zu können, daß er nicht völlig hilflos war.

Wie als Antwort schlug eine weitere LSR-Salve in den Mech ein. Fünf Raketen erweiterten die Bresche im linken Torso und zertrümmerten den dort installierten mittelschweren Laser. Sechs andere bohrten sich mittig in den Rücken des *Clint* und fraßen sich in die Abschirmung des Fusionsreaktors. Thomas schaffte es, die Kontrolle über den schwerfälligen Mech zu behalten, aber der plötzliche Ausschlag auf der Wärmeanzeige machte ihm klar, daß er in argen Schwierigkeiten steckte, wenn ihm nicht schnell etwas einfiel.

Hastig warf er die Sprungdüsen an. Der *Clint* stieg in die Höhe und schleuderte superheißes Plasma durch die Sprungdüsenauslaßöffnungen im hinteren Torso und den Beinen. Thomas richtete ihn auf die fernen Stadttore. Amaáli kreischte, aber daran konnte er im Augenblick nichts ändern. Es war schon schwierig genug, vierzig Tonnen alles andere als aerodynamisch geformtes Metall durch die Luft zu steuern. Hinzu kam das Feedback des Neurohelms und die Tatsache, daß er kaum Erfahrung mit sprungfähigen Mechs besaß. Er hatte nicht einmal die Hoffnung, die riesige Kampfmaschine aufrecht wieder zu Boden zu bringen. Ihm reichte es völlig, eine Möglichkeit zu finden, die bevorstehende Bruchlandung etwas sanfter zu gestalten.

In eine zweistöckige Lagerhalle abzustürzen war zwar nicht gerade, was er eine sanfte Landung genannt hätte, aber für einen BattleMech bedeutete es zwei Bremsbarrieren vor dem Aufprall auf den harten Boden des Planeten. Das Dach der Halle brach augenblicklich in einer Wolke aus Stein und Zement zusammen, als vierzig Tonnen BattleMech in einer Bauchlandung aufschlugen.

Er wurde hart genug in die Haltegurte geschleudert, um blaue Flecken davonzutragen, aber die Erschütterung, mit der sein gekaperter *Clint* zum Stillstand kam, war trotz allem sanfter als Thomas erwartet hatte. Der Sichtschirm war schwarz, also schaltete er auf Infrarot und danach auf magnetische Anomalie um. *Ich bin in einem Keller.* Das erklärte die sanfte Landung: Der Sturz war von drei Schichten Beton gebremst worden – statt nur von zweien. Aber trotzdem zeigte das Schadensdiagramm den Ausfall eines Schulteraktivators am linken Mecharm und den Verlust mehrerer Tonnen Panzerung über den gesamten Rumpf verteilt. Thomas versuchte den Mech aufzurichten, aber er schien unter herabgestürztem Schutt begraben zu sein.

Der Mech lag auf der Vorderseite, und Thomas hing über den Kontrollen in den Haltegurten. Er zog den schweren Neurohelm vom Kopf und drehte sich nach seiner Passagierin um. Amaáli schluchzte hysterisch, wirkte wie im Schock und blutete aus einer kleinen Schnittwunde am Kinn – durch einen Aufschlag auf die Kontrollkonsole –, schien aber ansonsten in Ordnung. Er warf eiligst einige Schalter um und versuchte so schnell es ging, den Fusionsreaktor herunterzufahren. Zwischen seiner Maschine und dem sie verfolgenden *Derwisch* lagen mehrere hundert Meter und mindestens zwei Gebäude, also ließ sich der *Clint* momentan nicht orten. Unter den Trümmern der Lagerhalle begraben, konnte jetzt nur noch das Magnetfeld sie verraten, das half, die Fusionsreaktion im Herzen des Mechs zu kontrollieren. Er konnte den Gedanken nicht abschütteln, daß er in einem perfekten Versteck gelandet war.

Thomas haßte den Gedanken, das Geschehen an sich vorbeiziehen zu lassen, aber er sah keine Chance mehr, den Stadtrand zu erreichen. Der *Derwisch* würde ihn eingeholt haben, bevor er sich aus den Trümmern befreit hatte, und das Neurofeedback drohte, sein Urteilsvermögen zu beeinträchtigen. Vielleicht war es besser, hier eine Weile in Deckung zu bleiben und einen Ausbruch zu versuchen, wenn niemand mehr damit rechnete. Und so blieb ihm nur noch, was ihm am schwersten fiel:

Abwarten.

* * *

Auf der Flucht durch die Berge südwestlich von Shervanis versuchte Charlene Boskes halbe Kompanie Angeli-Mechs den Rand der Wildnis um die Hauptstreitmacht der Hegemonie-Mordbanden in einer Flankenbewegung zu umgehen und wieder auf die nördliche Ebene zu gelangen. Charlene Boske, deren *Feuerfalke* zu den schnelleren Maschinen der Einheit gehörte, hatte die Rückendeckung übernommen. Sie zog in weiten Schwüngen um jeden einzelnen Berg, traf und löste sich konstant wieder von den anderen, während sie die Verfolger erst nach rechts, dann nach links weglockte.

Sie kaufte Zeit, auch wenn Charlene nicht mehr wußte, wofür. Jetzt konnte sie nur noch ein Wunder retten, dachte sie, als Paula Jacobs' Stimme wieder durch den Hintergrundlärm drang, begleitet von leichtem Knattern. »Wiederhole, ich habe Flanker Zwo und Drei verloren«, meldete Paula aus ihrer *Valkyrie*. »Sie haben Kelseys *Jenner* ein Bein glatt abgeschossen, aber ich glaube, sie konnte aussteigen. Geoff hat's erwischt. Der verdammte *Todesbote* hat seinen *Panther* zerfetzt und dann absichtlich seinen Kopf eingetreten.«

Charlene biß sich auf die Unterlippe, als sie den Bericht der FlankenLanze hörte. Warmes, salziges Blut floß in ihren Mund. Sie drehte den *Feuerfalke* mit beinahe waghalsiger Leichtigkeit auf dem rechten Fuß um fast einhundertachtzig Grad und feuerte mit dem schweren Laser auf den sie verfolgenden *Luchs*. Der smaragdgrüne Strahl aus gebündelter Lichtenergie brannte eine Schmelzspur über die obere Brustpartie und den Kopf des Mordbanden-Mechs. Es reichte nicht aus, die Panzerung zu durchschlagen, aber seine Wirkung auf den Pilot des *Luchs* konnte dieser Treffer nicht verfehlen. Ihren Schwung ausnutzend, legte Charlene den *Feuerfalke* nach vorne in einen Sprint und huschte in den Einschnitt zwischen zwei Bergen. Das lieferte ihr einen Augenblick Ruhe. Mehr nicht.

Charlene und der Rest der Angeli waren auf der *Stecknadelkopf* geblieben, während Marcus und sein Team in der *Heaven Sent* auf die Oberfläche Astrokazys hinabgeflogen waren. Als das andere Landungsschiff einen Angriff unbekannter Kräfte auf die Stadt meldete, hatte sie Marcus' Anordnung erwartet, auf der einen oder anderen Seite einzugreifen. Die Angeli würden Shervanis stürzen, falls er mit den Räubern zusammenarbeitete, oder ihm helfen und so sein Wohlwollen gewinnen. Sie hatte der *Stecknadelkopf* befohlen, tiefer zu gehen, um in zwei Kilometern Höhe auf den Angriffsbefehl zu warten. Dann war die Meldung der *Heaven Sent* eingetroffen, daß sie von einer aus der Stadt kommenden Gruppe von Hegemonie-Räubern angegriffen wurde. Charlene hatte Skipper Stanislaus augenblicklich befohlen, die *Stecknadelkopf* südlich der Position der *Heaven Sent* aufzusetzen, dann war sie mit den übrigen acht Angeli und drei MSK-MechKriegerinnen ausgestiegen, um ihr zu Hilfe zu kommen.

Mach dir nichts vor, dachte sie, während sie um einen anderen Berg lief, um zurück zu ihrer Einheit zu kommen. *Du hast an nichts anderes gedacht als an Rache für Brent, und jetzt hast du damit das Leben eines weiteren Angeli verspielt.* Geoff Vanderhavens' freundliches Lächeln trat ungebeten vor ihr inneres Auge, und sie vertrieb es mit einem wilden Kopfschütteln. Noch hingen elf andere Leben von ihr ab. Sie konnte später trauern.

Charlene war klar, daß Marcus die Einheit niemals so unüberlegt in den Kampf geführt hätte. Noch bevor die *Stecknadelkopf* aufgesetzt hatte, war eine Meldung der *Heaven Sent* eingegangen, derzufolge das Schiff gestartet war, wenn auch mit schwer beschädigten Schubtriebwerken. Die Besatzung hoffte, das Gebiet verlassen zu können. Die Räuberkompanie war abgezogen, um die *Stecknadelkopf* anzugreifen, und sechs weitere BattleMechs waren ihnen aus der Stadt zu Hilfe gekommen. Charlene hatte die Hälfte ihrer zwölf Kampfkolosse am Rand des Vorgebirges gehalten, wo sie von der *Stecknadelkopf* unterstützt worden waren, die aus geringer Flughöhe auf die anrückenden Mordbanden gefeuert hatte. Dann hatte Paula – die den Befehl über die sechs anderen BattleMechs führte, die Marcus ihr überlassen hatte – noch eine Räuberkompanie gemeldet, die aus dem Norden anrückte. Paula hatte versucht, in deren Rücken zu kommen, und wurde jetzt schwer zurückgeschlagen.

Charlenes Rachefeldzug hatte sich in ein Katz-und-Maus-Spiel zwischen den niedrigen Bergen südwestlich der Stadt verwandelt. Die Mordbanden setzten ihnen von zwei, inzwischen drei Seiten zu. Sie kontrollierten die erhöhten Positionen und trieben die Söldner methodisch vor sich her. Charlene konnte gerade verhindern, daß die Angeli in die zerklüfteten Felsen und Schluchten der Wildnis getrieben wurden, deren verräterisches und unbekanntes Gelände ihr große Sorgen bereitete. Aber davon abgesehen schaffte sie es nicht, die Initiative zurückzugewinnen. Ihr fehlte Marcus' intuitives Verständnis des Schlachtfelds. Sie mußte einfach zu viele Faktoren berücksichtigen.

Zum Beispiel das Fehlen von Luft/Raumunterstützung auf Seiten der Angreifer. Es beunruhigte sie, auch wenn sie nicht daran dachte, sich darüber zu beschweren. Kadett Keppler, der MSK-Pilot, der sie nach Astrokazy begleitet hatte, flog in seinem *Sperber* Aufklärung und stieß gelegentlich zu einem Tiefflugangriff herab – aber das reichte nicht, das Kampfglück zu wenden. Soviel zumindest war Charlene klar. Und sie wußte auch, daß sie etwas tun mußte – und zwar sofort.

Sie öffnete einen Kommkanal. »FlankenLanze, mit Höchstgeschwindigkeit zurückfallen. Neu gruppieren.« Sie gab den Befehl, obwohl sie wußte, wie problematisch er war. FlankenLanze befand sich etwas nördlicher der Wildnis als Charlenes Einheit. Wenn es ihr nicht gelang, sich schnell genug zu lösen und neu zu formieren, saß sie zwischen den eigenen Marianern und denen in der Falle, die Charlene verfolgten. »Wir halten das Tor offen, so lange es möglich ist«, versprach sie.

»Falke Eins, bitte wiederholen.« Die Funkverbindung filterte den größten Teil der Emotionen aus Paulas Stimme heraus, aber Charlene hörte ihre Verwirrung dennoch. »Ich habe gemeldet, daß Kelsey ausgestiegen sein könnte. Wiederhole, Kelsey lebt noch. Ich brauche Unterstützung, um die Mordbanden zurückzudrängen und sie rauszuholen.« Gegen Ende des Satzes wurde Paulas Stimme schrill, und das machte Charlene ernste Sorgen. Wenn es etwas gab, was sie jetzt ganz und gar nicht gebrauchen konnte, dann war es eine hysterische Flankenführerin. *Aber ich kann nicht von ihr erwarten, daß sie das versteht, weil ich normalerweise auch nicht bereit wäre, eine Angeli zurückzulassen. Verdammt sollst du sein, Marcus. Warum bist du nicht hier.* »Flanker Eins, wir können uns im Augenblick keine Rettungsaktion leisten. Wir müssen uns sofort zurückziehen. Augenblicklich zum Rendezvouspunkt. Falke Eins Ende.« Sie schaltete auf den Privatkanal zum Landungsschiff. »*Stecknadelkopf*, wir benötigen sofortige Einschiffung. Suchen Sie den nächstgelegenen Landepunkt und senden Sie ein Peilsignal.«

Noch während sie auf die normalen Kommkanäle zurückschaltete, kreischten die Sensoren, und Charlenes Blick zuckte zur Sichtprojektion hoch, die knapp über ihrem normalen Blickfeld schwebte. Durch die Kompression einer 360°-Sicht in einen 120°-Blickfeld dauerte es ein paar Sekunden, bis sie den feindlichen Mech entdeckt hatte, der sie anvisierte. Es war der *Luchs*, der über die Kuppe eines nahen Berges kam.

»Den Fehler zu bereuen, wirst du keine Gelegenheit mehr bekommen«, murmelte sie, auch wenn der feindliche Mechpilot sie natürlich nicht hören konnte. Die Sichtprojektion zeigte einen zweiten Angeli und eine MSK-Kriegerin in ihrer Nähe. Wie auf Stichwort drehten alle drei Mechs bei, und ein Feuersturm aus Laserbahnen und Raketen zuckte durch die Luft, gerade als der Mordbube eine LSR-Salve auf Charlenes *Feuerfalke* abschoß. Sie wurde leicht durchgeschüttelt, als sieben der Raketen in dessen Torso einschlugen und fast eine halbe Tonne Panzerung wegfetzten. Aber der *Luchs* zahlte einen hohen Preis für seine Tollkühnheit. Seine Position auf einer Bergkuppe machte ihn zu einem leichten Ziel, und Charlenes Feuererwiderung verwüstete seine Frontpanzerung. Den Schaden hätte der *Luchs* allerdings noch überstehen können, aber dann traf ein mittelschwerer Laserschuß eines der beiden anderen Mechs seinen Kopf und schälte die letzten Reste Panzerung ab, kurz bevor eine Salve AK/2-Granaten durch das Cockpit schlugen.

Der *Luchs* kippte langsam nach vorne, die Pilotenkanzel war nur noch ein Knäuel zerschmolzenen Stahls und zerbeulter Panzerplatten, und stürzte Kopf voraus ins Tal. Er blieb nicht weit entfernt von Charlenes *Feuerfalke* liegen. Der Anblick ließ sie erzittern. Die Vernichtung des *Luchs*-Cockpits erinnerte sie an Brent Karstchows feuriges Ende. »Danke«, sagte sie mechanisch. »Wer immer das war.«

»Gern geschehen, Falke Eins.«

Charlene hatte nicht bemerkt, daß ihr Mikro eingeschaltet gewesen war, aber die ernste Stimme aus dem Funklautsprecher riß sie zurück in die Wirklichkeit. Sie blickte auf den an die rückwärtigen Sensoren gekoppelten Hilfsbildschirm und sah den Mech, der den *Luchs* abgeschossen hatte. Die in tonnenförmigen Ausläufern endenden Arme und die vorspringende Kugelkanzel machten ihn als *Vulkan* erkennbar. Einer der MSK-BattleMechs – und der einzige unter ihnen, der von einem Mann gesteuert wurde. Sie erinnerte sich nicht an seinen Namen, deshalb wiederholte sie nur ihr ›Danke‹, während sie über dem gestürzten Mordbuben stand.

Selbst auf dem Rückzug lassen wir uns keine Bergungschance entgehen. Sie packte den rechten Arm des *Luchs* mit der linken Hand des *Feuerfalke* und riß ihn hoch, benutzte den schweren Laser im rechten Arm, um ihn an der Schulter abzutrennen. Ein mittelschwerer Laser, ein paar Aktivatoren und etwas Panzerung. Dafür hatte sie zwei BattleMechs und das Leben eines Angeli verspielt. Beinahe hätte sie den Arm wieder weggeworfen, aber das ließ die Söldnerin in ihr nicht zu. *Marcus wäre stolz auf mich,* dachte sie und haßte sich dafür.

»Falke Eins von *Stecknadelkopf.*« Obwohl die Funkverbindung zu schlecht war, um feinere Stimmnuancen zu erkennen, war eine gewisse drängende Hektik nicht zu überhören. »Wir sind am Boden. Wiederhole, sind am Boden. Einen Kilometer westlich von Ihrer Position, mit einer Lanze Hegemonie-Mordbanden im Anmarsch.«

Wir sind am Boden konnte viel bedeuten, aber am entsetzten Tonfall des Funkspruchs erkannte Charlene, was in diesem Fall gemeint war. »Ganz ruhig. Wer spricht da, und wie ist Ihr Status genau?«

»Richtig. 'schuldigung, Lieutenant Boske.« Es folgte eine Pause, und als die Stimme sich wieder meldete, war sie spürbar gefaßter. »Hier 2. Maat Davis. Der Kapitän ist bewußtlos, und der 1. Maat hat mit dem *Long-Tom*-Geschütz ausgeholfen und ich weiß nicht, wie es ihm geht. Wir sind in einem Minenfeld runtergekommen. Schwere Schäden an Landestützen und Hauptantrieb. Hüllenbrüche im gesamten Backbord- und Heckbereich. Wir sind auf Kurs ins Nirgendwo, Falke Eins. Und das verdammt schnell.«

Und ich habe die letzte Möglichkeit verloren. Charlene betrachtete die topographische Karte auf dem Zweitmonitor. *Sie haben uns ganz bewußt in diese Richtung getrieben,* erkannte sie. Hier wurde das Gelände höchst unsicher, voller enger Schluchten, scharfer Klippen und seltener freier Stellen wie der, für die sich die *Stecknadelkopf* entschieden haben mußte. *Ein idealer Platz für ein Minenfeld, weil sie genau vorhersagen können, wohin wir gehen. Die Mordbanden haben aus unserem Donner-LSR-Einsatz gegen sie gelernt.*

Wir können sie nicht stellen. Und wir können nicht entkommen. Jedenfalls nicht als Einheit. Charlene öffnete eine Verbindung zu den Angeli. Obwohl das Cockpit des *Feuerfalke* einer Sauna glich, fröstelte sie. *Ich muß retten, was ich kann.* »Alle Einheiten von Falke Eins. Der Code ist Luzifer Sieben.«

Ihre Stimme war schwach, und ihre Kehle trocken und wie zugeschnürt, als sie ihren Leuten den letzten Befehl gab. Ein Luzifer-Code kennzeichnete eine hoffnungslose Lage. Er war zuletzt benutzt worden, als sie über sieben Jahre zuvor auf Labrea von den Nebelpardern in die Flucht geschlagen worden waren. Luzifer Sieben bedeutete, daß auch eine Evakuierung nicht garantiert war. Daher war von nun an jeder der Söldner auf sich gestellt. Sie würden fliehen, wie immer es sich anbot, in der Hoffnung, sich später irgendwo neu gruppieren zu können. Charlene wußte, daß es keine andere Wahl mehr gab, aber das machte es nicht einfacher.

»Ich wiederhole. Luzifer Sieben. Die *Stecknadelkopf* ist ausgefallen und die *Heaven Sent* beschädigt. Südlich gelegene Berge in der Nähe der Wildnis sind möglicherweise vermint. Was das angeht, die Wildnis wahrscheinlich auch. Benutzt euren Verstand.«

Es mußte noch mehr geben, was sie tun konnte. Für eine derartige Situation ließ sich nur schwer eine Vorgehensweise planen, also waren Entscheidungen vor Ort gefordert. Charlene dachte wie besessen nach. An ihren um die Steuerknüppel des *Feuerfalke* gelegten Händen standen die Knöchel weiß hervor. »*Stecknadelkopf*-Crew verläßt mit allen verfügbaren Fahrzeugen das Schiff. Nehmt mit, was immer ihr könnt, aber haltet euch nicht so lange auf, daß die Mordbanden euch auseinandernehmen. Alle BattleMechs formen soweit möglich Paare. Bleibt in Zweiergruppen. Flieht in die Wüste, aber nicht direkt nach Süden. Und versucht nicht, mit irgend jemandem sonst in Kontakt zu bleiben! Wenn wir zusammen bleiben, können die Mordbanden uns alle erledigen. Wenn wir uns verteilen ...« Sie verstummte. *Wenn wir uns verteilen, werden einige – einige wenige – es nicht überleben*, beendete sie den Satz in Gedanken. »Geht den Räubern um jeden Preis aus dem Weg.« *Was noch?*

»Keppler, Sie fliegen Aufklärung für jeden, der es verlangt. Danach sehen Sie zu, daß Sie so schnell es geht zurück zum Sprungschiff kommen. Erstatten Sie im Magistrat Meldung.« Sie gab ihrer Stimme einen überzeugten Klang. *Gib ihnen Hoffnung.* »Wir sind noch nicht am Ende, Angeli. Macht euch davon. Wartet ein paar Tage, dann versucht, Hilfe zu finden. Die Nomadenkrieger könnten uns aufnehmen oder auch nicht. Die *Heaven Sent* könnte uns abholen. Bis dahin, haltet euch bedeckt.«

»Wir sind verstoßene Engel«, flüsterte sie. »Aber wir können immer noch auf die Erlösung hoffen.«

28

Mechsammelplatz, Rashier, Kalifat Rashier
Astrokazy, Peripherie

29. Juni 3058

Marcus sprang auf den Boden, während die langen Rotorblätter des Hubschraubers noch mit einem gefährlich schneidenden Geräusch durch die Luft peitschten. Er duckte sich instinktiv, während er Nihail Sallahan über den Asphalt des Landeplatzes folgte – und richtete sich erst wieder auf, als sie vor einem großen, alten Hangargebäude ungepflasterten Lehmboden erreichten. Jericho und Ki-Lynn folgten dicht hinter ihm.

Der schwarzgekleidete Krieger hatte nur kurz entschuldigend genickt, als Marcus im Hubschrauber das Bewußtsein wiedererlangt hatte. GioAvanti hätte ihn am liebsten aus der offenen Tür geworfen, aber es dauerte nicht lange, bis er erkannte, daß der Astroskaszy recht gehabt hatte. So ziemlich das einzige, was er in einem zerbeulten alten Geländewagen inmitten eines Mechkampfes hätte erreichen können, wäre sein Ableben gewesen. Nur verhalf ihm diese Einsicht keineswegs dazu, sich besser zu fühlen.

Der Hangar war aus Lehm und Steinen über einem Rahmen aus grobbehauenen Holzbalken und Preßspanplatten gefertigt und stand knapp innerhalb der Mauern einer weiteren Kalifenfestung, viel kleiner als die von Shervanis, aber ihrer schwereren Verteidigungsanlagen wegen durchaus beeindruckend. Aus der Luft hatte Marcus erkennen können, daß kleinere Teile der Stadt in Trümmern lagen, aber hier am Boden wirkten die Häuser viel solider gebaut. Das warf ein gutes Licht auf den hiesigen Herrscher, Kalif Rashier.

Nihail winkte die Wachen an den offenen Hangartoren weg und ließ die drei MechKrieger ohne Aufenthalt eintreten. Im Innern des improvisierten Mechhangars standen zwei alternde Kampfkolosse. Ob es sich dabei um die gesamte Mechstreitmacht des Kalifen oder nur um einen Teil von ihr handelte, konnte Marcus nicht sagen. Was er sah, war eine *Spinne* und ein *Centurion* – beide reichlich mitgenommen. Um die Füße der beiden Mechs waren mehrere Hilfsfahrzeuge geparkt, wie Spielzeugautos zweier Riesenkinder. Ein alter *Rommel* und zwei zerbeulte *Striker* waren noch die besten Exemplare. Nihail ging in Richtung der Fahrzeuge und einer Postenkette um die *Spinne* voraus.

Die Wachen wirkten um nichts weniger bedrohlich als die in Shervanis. Sie waren offensichtlich mit einem Auge auf Größe rekrutiert und mit langen Krummsäbeln bewaffnet, die mit beiden Händen geführt werden mußten. Sie trugen das Uniformähnlichste, was Marcus auf Astrokazy bis jetzt gesehen hatte: weite blutrote Hosen und ein loses Hemd derselben Farbe, an Knöcheln und Handgelenken gerafft, kurze schwarze Westen, und auf dem Kopf statt eines Turbans ein Kaffiych, ein von einem Seilring gehaltenes Tuch.

Außerdem hatte Marcus den Eindruck, in der Art, wie sie vor Nihail zur Seite wichen, mehr als nur Respekt zu erkennen. Eher so etwas wie Angst. Das ließ ihn nachdenklich werden. Inzwischen gingen sie durch die Reihe der Kriegerposten auf einen weiteren Mann zu, der auf sie zu warten schien. GioAvanti war so in Gedanken verloren, daß Jericho ihn anstoßen mußte, sonst hätte er die erste Bemerkung ihres Gastgebers nicht verstanden.

»Kommandant GioAvanti?« Der dunkelhäutige Mann lächelte, als er Marcus' Aufmerksamkeit erregt hatte. »Ah, gut. Ich bin Kalif Srin Obbaka Rashier. Nihail hat seinen Bericht über Funk vorausgeschickt. Es tut mir leid, daß wir nicht in der Lage waren, alle Ihre Leute herauszuholen.«

Nach Shervanis dachte Marcus zu wissen, was er von einem Kalifen zu erwarten hatte, aber Rashier überraschte ihn. Der lässig an den Fuß der *Spinne* gelehnte Mann war in eine lose schwarze Baumwollhose und ein weißes Hemd mit bauschigen Ärmeln gekleidet. Seine Haut war dunkel, fast so dunkel wie die Thomas Fabers, und sein Haar fiel in öligen schwarzen Locken bis über die Schultern. Sein Gesicht war lebhaft, aber Marcus bemerkte, daß sein Lächeln die grausamen dunklen Augen nicht erreichte.

»Kalif Rashier«, erwiderte er die Begrüßung und neigte den Kopf nur ein wenig. »Können Sie mir etwas über das Ergebnis der Schlacht sagen? Wissen Sie, was aus den Angeli geworden ist?«

»Im Kalifat Shervanis geschieht kaum etwas, über das ich nicht informiert bin, Kommandant. Ohne die Unterstützung der verfluchten Krieger des technologischen Götzen hätten wir Shervanis schon vor Jahren auf die Knie gezwungen.«

Marcus sah den fanatischen Glanz in Rashiers Augen und tat die religiöse Anspielung als Hinweis auf die neue Hegemonie-Ausrüstung ab. »Und was wissen Sie über die Schlacht?« fragte er wieder, bemüht, seine Ungeduld im Zaum zu halten.

Das Lächeln des Kalifen war kein angenehmer Anblick. »Ihre Söldner wurden eine Stunde nach ihrer Landung zurück in die Wüste getrieben. Die Helfer al Shaitans verfolgen sie. Und was sie übersehen, wird die Wüste verschlingen. Die Shaharazad ist kein Ort, der zu hoffnungsvollen Erzählungen anregt, Kommandant. Sie ist verräterisch, und wo das Land nicht feindselig ist, herrschen die Nomadenkrieger. Sie werden verschlingen, was von Ihrer Einheit übrig ist.«

So einfach ist das. Marcus fühlte die Spannung in der

Brust- und Armmuskulatur, als er die Fäuste so fest ballte, daß seine Fingernägel sich schmerzhaft in die Handfläche gruben. *Nein, ich weigere mich, das zu akzeptieren. Die Angeli sind Überlebenskünstler.* Er konnte die Möglichkeit eines so katastrophalen Schlachtverlaufs nicht annehmen, daß es unmöglich für ihn sein sollte, seine Einheit wiederaufzubauen.

»Was verloren ist, läßt sich allzeit zurückerlangen«, stellte der Kalif wie ein Echo von Marcus' Gedanken fest. »Ich brauche Krieger, Kommandeure, Ausbilder. Zusammen können wir den unseligen Shervanis stürzen.«

Marcus schüttelte den Kopf. »Ich weiß die Anstrengung zu schätzen, die Sie für unsere Rettung auf sich genommen haben, aber jetzt habe ich dringendere Probleme. Vielleicht können wir das diskutieren, nachdem ich meine Leute gefunden habe. Wenn Sie mir ...«

»Ich habe Ihnen bereits das Leben geschenkt«, schnitt Rashier ihm mit plötzlich düsterer Miene das Wort ab. »Shervanis hatte nie die Absicht, Sie ziehen zu lassen. Er hätte sie den Räubern übergeben und Ihre BattleMechs behalten. Ich habe mein Agentennetz riskiert, um Ihre Flucht zu unterstützen. Ich habe unglaubliche Werte eingesetzt und zweiundfünfzig meiner besten Krieger verloren. Ich schlage vor, Sie überdenken Ihre Position, Kommander.«

Marcus kochte innerlich. Er sah Nihails Hand in die Falten seiner dunklen Robe gleiten, eine Geste, die mit Sicherheit für seine Augen bestimmt und als Warnung gedacht war. Aber Wut und Trauer über den möglichen Verlust seiner Kompanie wogen weit schwerer für ihn als irgendeine Vorsicht in bezug auf angemessenen Respekt einem weiteren Astrokaszytyrannen gegenüber. Zur Hölle mit der Etikette.

Doch bevor er ein Wort sagen konnte, trat Ki-Lynn vor. »Kommandant GioAvanti beabsichtigte keine Beleidigung, Srin-Pascha. Da Sie selbst Krieger verloren haben, können Sie möglicherweise seine Sorge um die Mitglieder der Angeli verstehen, die vielleicht noch leben und der Hilfe bedürfen.« Sie drehte sich halb zu Marcus um. »Ebenso wie er die Notwendigkeit versteht, Sie für Ihre Verluste bei unserer Befreiung zu entschädigen.«

Du machst es mir nicht leicht, Ki-Lynn. Sie selbst hatte ihm erklärt, daß die Anerkennung der überlegenen Position und der Einsatz von Bestechung in Form von Geschenken Teil des Spiels waren. *Wir befinden uns schon wieder ernsthaft in seiner Schuld, und diesmal haben wir weniger anzubieten.* Dann erinnerte sich Marcus, daß die Völker dieses Planeten überzeugte Anhänger des Grundsatzes ›Auge um Auge, Zahn um Zahn‹ waren. »Ich kann Ihnen nicht viel versprechen, Kalif Rashier. Aber ich garantiere Ihnen die Köpfe von einhundertvier Shervanis-Kriegern in Vergeltung Ihrer Verluste.« *Das Doppelte deiner Verluste, und in einem Krieg zwischen euch leicht zu garantieren.*

»Ein respektables Angebot, Kommandant. Aber sie.« Rashier nickte in Ki-Lynns Richtung. »Lassen Sie immer eine Frau für sich sprechen?«

»Die Frauen meiner Einheit sind Kriegerinnen, Kalif Rashier. Wenn Sie unsere Hilfe wollen, müssen sie entsprechend behandelt werden.« Marcus sah Rashier in die Augen, entschlossen, sich in diesem Punkt durchzusetzen.

»Kriegerinnen?« fragte dieser. »Hier ist nicht Canopus IV. Hier müssen Krieger sich beweisen.«

Marcus hörte, was geschah, und als er sich umdrehte, war bereits alles vorbei. Jericho Ryan hatte blitzartig einen von Rashiers Wachen entwaffnet, der jetzt bewußtlos vor ihr auf dem Boden lag. Sein Krummschwert steckte Spitze voran im Lehm. Marcus drehte sich wieder zum Kalifen um, und sah Nihail, der einen anderen Krieger mit einem wie ein Torflügel ausgestreckten Schwert zurückhielt. Alles wartete angespannt, bis der Kalif sich ein dünnes Lächeln abrang und nickte. »Wie Sie es wünschen. Sie werden als Krieger behandelt.«

»Dann haben Sie mein Versprechen, Kalif Rashier. Und wenn es mir gelingt, etwas von den Angeli zu retten, werde ich Ihnen jede Unterstützung gegen Shervanis geben. Mein Wort.«

Kalif Rashier ließ das Angebot eine Weile im Raum hängen. Nihail nutzte die Gelegenheit, den Posten mit der Breitseite des Krummschwerts zurück an seinen Platz zu schubsen und die Klinge wieder in den Falten des Umhangs verschwinden zu lassen. *Rashier hat keine Angst davor, sich mit Könnern zu umgeben*, stellte Marcus fest. Er war ebenso gefährlich wie Shervanis, aber möglicherweise umgänglicher.

»Erinnern Sie sich, was Sie dem Teufel Shervanis gesagt haben?« fragte der Kalif schließlich. »Darüber, daß der Glaube eines Kriegers ihn zum Sieg führen kann?« Er wartete auf Marcus' vorsichtiges Nicken. »Ich freue mich darauf zu sehen, wie stark der Glaube Ihrer Angeli tatsächlich ist. Meine Leute sind in Kontakt mit Ihrem Landungsschiff *Heaven Sent*. Es ist ihm gelungen abzuheben, aber es war gezwungen, tief in der Sharahazad wieder niederzugehen. Ein Kapitän … Cliffy? Er meldet, das Schiff sei in drei Tagen bereit zu einem Rendezvous.«

Ein plötzliches Hochgefühl, daß nicht die gesamte Ausrüstung der Einheit verloren war, erfaßte Marcus. Es hielt jedoch nicht lange an: Die erwartungsvolle Miene des Kalifen ernüchterte ihn. »Es scheint, Srin-Pascha, daß wir erneut in Ihrer Schuld stehen.«

Rashiers dünnes, kaltes Lächeln sagte Marcus, daß sein Gegenüber ihn diese Schuld nicht würde vergessen lassen.

29

**Wildnis, Shaharazadische Wüste
Astrokazy, Peripherie**

29. Juni 3058

Der Sonnenuntergang in der Shaharazadischen Wüste wurde als wunderbarer Anblick beschrieben: fahle Rot- und Goldtöne, die sich über das verwaschene Blau des Firmaments von Astrokazy ausbreiteten. Sand und Fels der Wüste verloren den harten Glanz des Tages, und der leichte Wind, der ständig aus Osten wehte, brachte die erste Ahnung der nächtlichen Kälte.

Für Cameron St. Jamais, der das Farbenspiel durch den Sichtschirm seines *Todesbote* beobachtete, besaß das Schauspiel wenig Reiz.

Er hätte den Kampf eines tiefdunklen Blaus gegen prächtige Streifen aus Rot, Gold und Violett vorgezogen. Vielleicht eine tiefhängende Wolkendecke am Horizont, die blutrot schaumig zu kochen schien, als die Sonne sich ihr entgegensenkte. So sah der Sonnenuntergang auf Campoleone aus. Wild und leidenschaftlich. Seltene Augenblicke in den Diensten von Blakes Wort.

Aber die Zeiten änderten sich. Die Innere Sphäre stand an der Schwelle einer neuen Ära, eines Zeitalters des Chaos und des Wahnsinns, aus der sie ans Licht der wahren Ordnung geführt werden konnte. Es war die erhabene Verpflichtung von Blakes Wort, dafür zu sorgen, daß es so kam. Nicht als Marionetten Thomas Mariks und seiner Liga Freier Welten – noch durch die Rückkehr zu den alten ComStar-Methoden des aufmerksamen Abwartens. Nein. St. Jamais wußte, daß er das Zeug hatte, zum Instrument des Chaos zu werden, und wenn Demona Aziz sich nicht einmischte, würde er ihr gestatten, den Weg ans Licht der Vision Blakes einzuschlagen. Dann, früher oder später, würde er selbst auf den Thron eines Primus der Neuen Ordnung aufsteigen. Der Sturz der Angeli kündigte seinen Aufstieg zur Macht an.

Er suchte den Horizont ab, als erwarte er, BattleMechs auf dem Marsch zu sehen, obwohl er wußte, daß die Überreste der Gli Angeli di Avanti fast eine Tagesreise entfernt und in die unterschiedlichsten Richtungen verstreut waren. Er hatte sie zerschlagen, sie in eine Falle getrieben ganz ähnlich der, die sie auf Marantha gegen ihn benutzt hatten. St. Jamais war dankbar für Kalif Rashiers günstig getimten Angriff. Er hatte ihn ein paar mehr Leben und vielleicht einen BattleMech mehr gekostet als es sonst der Fall gewesen wäre, aber schließlich hatte er ihm eine Gelegenheit geboten, wie sie Shervanis nie zustande gebracht hätte.

Was jetzt noch von den Angeli übrig war, konnte nicht über ein paar verstreute BattleMechs ohne Zugriff auf Nachschub oder Hoffnung auf Abtransport hinausgehen. Seine Luft/Raumkräfte hatten während der gesamten Zeit an einem Piratensprungpunkt über Astrokazy auf der Lauer gelegen und ihr Sprungschiff inzwischen aus dem System vertrieben, so daß für die Söldner keine Rückzugshoffnung mehr bestand. Das Magistrat würde zwar erfahren, daß die Mordbanden von Astrokazy aus zugeschlagen hatten, aber bis die Canopier soweit waren, mit massierten Kräften hier zu erscheinen, würden seine Leute längst fort sein und die einzigen Hinweise auf Sun-Tzu Liao deuten. Das war schließlich Sinn und Zweck dieser Blindpartie. Isolation. Schutz.

Nein, die Angeli waren besiegt, und wenn ein Söldner den Einheiten entging, die er am Rand der Wüste auf Streife gesetzt hatte, würde er dort draußen nicht lange überleben. Ihr Verschwinden würde keine größere Unruhe auslösen. Nur eine weitere Söldnereinheit, die aus der Peripherie nicht zurückgekehrt war. Er hatte inzwischen besseres zu tun, indem er sicherstellte, daß die Schutzmaßnahmen um das versteckte Verteilerzentrum in Shervanis lückenlos funktionierten. Die drei Lanzen, die er hierher abgestellt hatte, waren mehr als genug, um mit den Söldnern aufzuräumen.

Ohnehin hatte nur ein einziger Angeli ihn jemals wirklich interessiert. GioAvanti. St. Jamais hatte sich die Schlacht zwischen ihm und dem Söldnerkommandeur, der ihn auf Marantha so geschickt überlistet hatte, oft ausgemalt. Aber Shervanis hatte gemeldet, daß GioAvanti zusammen mit drei anderen bei einem Fluchtversuch aus dem Palast gestorben war. Zwei MechKriegerinnen wurden im Verteilerzentrum gefangengehalten, aber sie waren St. Jamais gleichgültig. Vielleicht würde er sie Malachye ausliefern – der Kalif hatte ein besonderes Interesse an den zwei Frauen ausgedrückt, und möglicherweise konnte er damit das lästige Drängen des kleinen Tyrannen für eine Weile beschwichtigen, daß St. Jamais die auf Astrokazy stationierten BlakeGuard-Einheiten gegen Rashier einsetzte. Andererseits gefiel Cameron St. Jamais der Gedanke nicht, frühere Mechkriegerinnen einem Schicksal als Sklavinnen oder schlimmerem auszuliefern. Besser, auf dem Schlachtfeld zu fallen. Vielleicht würde er die Gefangenen auch einfach nur exekutieren, sobald er sicher sein konnte, daß sie keinen Wert als Geiseln mehr hatten.

Er wendete den *Todesbote* und marschierte auf das ferne Leuchten von Shervanis zu. Während des ganzen Weges schlug er in Gedanken eine ruhmreiche Schlacht gegen Marcus GioAvanti – Schlag um Schlag, und wie immer gehörte der Sieg Cameron St. Jamais.

30

Wildnis, Shaharazadische Wüste
Astrokazy, Peripherie

1. Juli 3058

Charlenes Sensoren kreischten schrill und durchdringend, um sie vor anfliegenden Raketen zu warnen. Eine Sekunde später schlug eine Salve Langstreckenraketen dicht neben ihr in eine Säule aus geschichtetem Sandstein ein. Große Brocken des gelb-rosa-gestreiften Steins regneten auf ihren *Feuerfalke* herab und prasselten über das Cockpitdach und den oberen Torso. Sie drehte den Oberkörper des Mechs in Richtung der Flugbahn und zog das Fadenkreuz über den fernen Punkt, den ihr Bordcomputer als *Attentäter*-BattleMech identifizierte. Dann feuerte sie den smaragdgrünen Strahl ihres schweren Lasers ab. Die Zielerfassung meldete einen Streifschuß am rechten Arm des *Attentäter,* und der Mordbanden-Mech verschwand zwischen den zerklüfteten Gipfeln und Felssäulen ringsum außer Sicht.

Sie lassen nicht locker. Versuchen, uns in die offene Wüste zu treiben. Die Temperatur im Innern des Cockpits stieg kurz an, als die Wärmetauscher des *Feuerfalke* sich bemühten, mit der Wüstenhitze und der Abwärme des schweren Lasers fertigzuwerden, aber die automatisch verstärkte Kühlleistung ihrer Weste kompensierte den Hitzestoß ohne große Probleme. *Aber wenn es wirklich heftig wird, werde ich gesotten.*

Nach dem Befehl an die Angeli, in die Wüste zu fliehen, hatte sie sich mit Chris Jenkins zusammengetan – dem MSK-Offizier am Steuer des *Vulkan.* Sie waren in die Wildnis vorgedrungen und hatten sich am Rand der offenen Wüste entlang in westlicher

Richtung weitergearbeitet. In jener ersten Nacht hatten sie nur ein paar Stunden Pause eingelegt. Weil sie sich sicher fühlten, hatten sie dann in der letzten Nacht früher Halt gemacht und in Schichten geschlafen: zwei Schichten zu je sechs Stunden.

Und früh am Morgen hatte eine mittelschwere Lanze der Marianer sie entdeckt.

Chris' *Vulkan* hatte die Flucht durch die steilen, gewundenen Schluchten, scharfkantigen Klippen und hochaufragenden Felssäulen angeführt, die den äußeren Rand der Shaharazad markierten. Die Wildnis. Obwohl beide Mechs sprungfähig waren, hatten sie auf den Einsatz der Sprungdüsen verzichtet, um Reaktionsmasse zu sparen – und in der Hoffnung, ihre Verfolger abhängen zu können. Der *Feuerfalke* hatte die Rückendeckung übernommen, weil er auf größere Distanz schlagkräftiger war.

Charlene lief um einen breiten Vorsprung aus orangerotem Sandstein und wurde schneller, als sie und Chris eine kurze Gerade erreichten. *Wir müssen sie abschütteln.* Bereits nach einer Stunde ihrer Flucht hatten die Sensoren des *Vulkan* heute morgen zwei weitere Mechs geortet, die ihnen in der Wüste folgten. Dieselben Daten waren seither noch wiederholt aufgetaucht, in der Regel im Süden, als sie dichter an die Wüste herankamen, aber gelegentlich auch weiter voraus. Es waren keine anderen Angeli. Zumindest hatten sie auf ihre Funksignale nicht reagiert. *Wenn das ebenfalls Mordbanden sind, die einen Hinterhalt planen, müssen wir hart zuschlagen und an ihnen vorbei, bevor die anderen aufgeholt haben.*

Plötzlich zeichnete der Computer des *Feuerfalke* zwei Ziele auf die Sichtprojektion: den *Attentäter* und einen *Verteidiger*. Eine neue LSR-Salve zuckte auf den Rücken des *Feuerfalke* zu, fast augenblicklich gefolgt von einem Strom bläulichweißer Energie, als der *Ver-*

teidiger seine PPK abfeuerte. Charlene hatte den Mech bereits gedreht, um den Schaden mit der rechten Seite statt der schwächeren Rückenpanzerung abzufangen. Die fünf LSR krachten in das rechte Mechbein und schlugen kleine Krater in die Panzerung. Der PPK-Blitz zuckte über sie hinweg und zerschmetterte die Spitze einer nahen Felsnadel. Charlene dankte dem Himmel für ihr Glück und erwiderte das Feuer mit einem einzelnen Schuß des schweren Lasers. Sie war bereits um die nächste Biegung verschwunden, bevor ihr Computer registrieren konnte, ob sie getroffen hatte.

Vor ihr öffnete sich ein flaches Tal, das zur anderen Seite, an der Chris Jenkins' *Vulkan* wartete, immer breiter wurde. Mehrere flache Hügel zerschmetterter Felsen waren über den Talboden verstreut. Der Wind trieb feinen Sand wie fahle Nebelschwaden über den Boden, die sich an den Felsen und den Beinen des BattleMechs brachen. Hinter dem *Vulkan* sah Charlene die Dünen der offenen Wüste.

»Falke Eins, wir haben ein Problem.« Chris' Stimme klang selbst durch die elektronischen Filter der Funkleitung matt.

»Nach Norden, Ensign. Wir verziehen uns tiefer in die Wildnis.«

Der *Vulkan* drehte sich, bis er dem näherkommenden *Feuerfalke* genau gegenüberstand. »Keine gute Idee, Falke. Im Norden ist Wüste. Wir würden in einen Ausläufer hineinrennen, auf drei Seiten nichts als Sand und freier Raum. Fünf bis sechs Klicks offene Wüste, bis wir wieder im Gebirge wären.«

Charlene schlug wütend mit der flachen Hand auf die Lehne der Pilotenliege. *Verdammt.* »Hast du auch eine gute Nachricht?«

»Mein Flammer arbeitet noch.«

Das war's also. Sie konnten es entweder in der offenen Wüste darauf ankommen lassen, oder sich hier zum Kampf stellen, wo sie zumindest ein wenig Deckung finden mochten. Chris schlug vor, hier zu kämpfen, wo sein Mech dicht an den Gegner herankommen und mit dem fusionsgetriebenen Flammenwerfer dessen Betriebstemperatur in die Höhe jagen konnte. Charlene mußte zugeben, daß sie des Weglaufens müde war. Sie ließ den Arm des *Luchs* fallen, den sie seit zwei Tagen mitschleppte. »Wir schlagen zu, wenn sie um die Ecke kommen«, entschied sie. »Dann springen wir zu dem Hügel da links. Mit etwas Glück schaffen wir es, zwei Salven abzufeuern, bevor sie reagieren können.«

Jetzt muß ich büßen, daß ich die Angeli ins Unglück geführt habe, dachte sie und richtete alle Waffen auf den Taleingang. Sie war entschlossen, ihr Leben so teuer wie möglich zu verkaufen und Chris Jenkins eine Fluchtchance zu verschaffen, wie sie es für jeden Angeli getan hätte. *Wie Brent es für mich getan hat.*

Der *Verteidiger* hatte das Pech, als erster Mech um den Felsvorsprung zu kommen, der den Taleingang bewachte. Der smaragdene Laserstrahl des *Feuerfalke* schlug hart ein, gefolgt von einem Stakkato rubinroter Lichtpfeile aus den mittelschweren Lasern beider Maschinen. Der von diesem Angriff völlig überraschte Mordbanden-Mech kippte nach hinten, als er mehr als anderthalb Tonnen Frontpanzerung verlor. Er fiel aus ihrer Sichtlinie, zurück hinter den Felsen, um den er gebogen war.

Der ist eine Weile draußen, dachte Charlene, die mit dem *Feuerfalke* bereits in Richtung des Hügels unterwegs war, und machte die Geschütze für einen weiteren Schlag gegen den *Attentäter* klar. Die Hitze im Cockpit war nach der ersten Breitseite bereits beträchtlich, der Schweiß ergoß sich in Sturzbächen über ihr Gesicht und sammelte sich in den

Armbeugen. Wenn sie die Angreifer nicht schnell erledigen konnten, steckten sie in bösen Schwierigkeiten.

Aber der *Attentäter* kam nicht um die Biegung, wie sie es erwartet hatte. Von den eigenen Sprungdüsen getragen, flog der 40-Tonnen-Mech über die flache Steigung links von Charlene und bedrohte ihre Flanke. Fast gleichzeitig traten ein *Hermes II* und ein *Centurion* in den Eingang des Tals.

Allesamt ältere Konstruktionen, erkannte Charlene und dankte dem Himmel für dieses kleine Geschenk. Diesmal beschränkte sie sich auf den Einsatz der mittelschweren Laser, um den Wärmetauschern etwas länger Gelegenheit zu geben, die Betriebstemperatur auf ein erträgliches Maß zu senken. Zufällig nahm sie denselben Angreifer unter Beschuß wie Chris: den *Centurion*. Dann trat der Canopier mit seinem *Vulkan* aus der Deckung und rannte auf den *Attentäter* zu, zog dessen Feuer auf sich und ließ Charlene in ihrer geschützten Position, um von dort den Taleingang zu halten.

Durch ihre teilweise Deckung, die den beiden anderen Räubern einen Angriff über weitgehend ebenes Gelände aufzwang, hatte Charlene einen leichten Vorteil, den sie auszunutzen wußte. Die Autokanonen des *Centurion* sprengten große Brocken aus dem Berghang vor ihr, aber nur eine der Granaten aus erschöpftem Uran schlug bis zu ihr durch. Die allerdings zerschmetterte fast eine Tonne Panzerung in der Torsomitte des *Feuerfalke*. Der Laserbeschuß war etwas kräftiger, kostete ihren Mech eine weitere Tonne Panzerung am rechen Torso und peitschte über seinen rechten Arm, bis ihr Angst und Bange um den schweren Laser wurde. Dann kehrte der *Verteidiger* in die Schlacht zurück, und ein künstlicher Blitz aus seiner PPK kochte noch das letzte Gramm Panzerung von ihrem linken Mecharm und entblößte sein Titanstahlskelett.

Mit einer schnellen Drehung und zwei langen Schritten brachte Charlene den *Feuerfalke* ganz hinter den Hügel. Damit hatte sie sich bestenfalls ein paar Sekunden erkauft, und die benutzte sie dazu, nach Chris zu sehen. Der *Vulkan* und der *Attentäter* waren am breiteren Ende des Tals in eine Art mörderischen Walzer verstrickt – der *Attentäter* versuchte, Chris' Flammer auszuweichen, Chris war nicht weniger darum besorgt, keine Treffer von den KSR-Lafetten oder dem mittelschweren Laser seines Gegners zu kassieren. *Komm schon, Chris, benutz deinen Grips. Du bist doch noch nicht lebensmüde.*

Dann erschienen, geradeso wie vorher der *Attentäter*, zwei neue Mechs auf Fackeln superheißen Plasmas über dem Rand des Tals. Wegen ihrer flachen Sprünge waren sie bis zuletzt unsichtbar geblieben, bevor sie plötzlich über dem Felskamm auftauchten und sofort wieder absackten, diesmal in den Talkessel. Sie landeten hinter Charlene, die damit zwischen den drei Räubern in der Falle saß. Ein *Dunkelfalke* und ein *Vollstrecker*, und beide hoben ihre Armwaffen in ihre Richtung. Charlene hob den rechten Arm des *Feuerfalke*, bemüht, ein Ziel zu erfassen, war sich aber klar, daß sie es nicht mehr rechtzeitig schaffen konnte. Beide Mechs spien einen Sturm von Lichtenergie und AK-Granaten aus, der ihren *Feuerfalke* im günstigsten Fall noch den letzten Panzerschutz kosten mußte. Wahrscheinlicher war, daß sie in wenigen Sekunden nur noch fünfundvierzig Tonnen Altmetall steuerte.

Aber beide neueingetroffenen BattleMechs verfehlten sie.

Charlene brauchte nur eine Sekunde, die neue Situation zu durchschauen, wenn es ihr subjektiv auch erschien wie mehrere Minuten. Die neuen Mechs trugen nicht das düstere Ritterwappen der Marianischen Hegemonie. Sie hatten beide das zusammengeflickte Aussehen von Maschinen, die im Feld in einer Art Flickenmuster mit ursprünglich von anderen Modellen stammenden Panzerplatten repariert worden waren. Die AK/5 des *Dunkelfalke* wirkte, als sei sie schon seit langer Zeit ausgefallen und nie wieder instandgesetzt worden.

Das waren keine Mordbanden, erkannte Charlene, sondern Mitglieder der nomadisierenden Kriegerstämme, die durch Astrokazys Wüsten streiften! Und trotz Jericho Ryans Warnungen vor der Tendenz der Nomaden, jeden als Beute zu sehen, der nicht ihrem Stamm angehörte, griffen sie die Mordbanden an, und das machte sie zumindest vorerst zu Verbündeten.

Als die Nomaden sich nach beiden Seiten absetzten, trat Charlene hinter dem Hügel vor und stellte fest, daß der *Verteidiger* dabei war, ihn von der anderen Seite zu umrunden. *Deine Zeit ist abgelaufen,* dachte sie und preßte die Auslöser beider Steuerknüppel. Der schwere Laser bohrte sich auf der linken Seite in den Torso des Mordbanden-Mechs, während die mittelschweren Laser und Maschinengewehre an den Armen weiter die Panzerung von der Frontpartie des BattleMechs geißelten. Der Antwortschuß aus der PPK des *Verteidiger* kochte fast die gesamte Panzerung vom rechten Bein des *Feuerfalke,* und einen Augenblick lang hatte Charlene Angst, es nicht zu überleben. Aber dann spie der *Vollstrecker* eine Hundert-Millimeter-Granate aus erschöpftem Uran aus der Mündung seiner Autokanone, die den linken Torso des *Verteidiger* glatt durchschlug.

Eine Trümmerwolke schien aus dem Rücken des Mordbanden-Mechs zu steigen, als er um seine Achse drehend nach vorne stürzte. *Munitionsexplosion,* dachte Charlene. *Sein LSR-Magazin ist auseinandergeflo-*

gen. Das CASE-Sicherheitssystem des Mechs hatte die potentiell vernichtende Energie der Detonationen durch spezielle Sprengpanele im Rücken der Maschine abgeleitet, aber deren Wucht war trotzdem mehr, als der Pilot bewältigen konnte, und die 45 Tonnen schwere Maschine bohrte sich, die linke Schulter voraus, in den Boden. Bevor sie sich wieder erheben konnte, setzte der *Vollstrecker* zwei weitere Granaten in ihren Rücken, die dessen dünnere Panzerung durchbrachen und in das Gyroskopgehäuse schlugen.

Er weiß, wie man einen Mech am schnellsten ausschaltet. Charlene drehte ihre Waffen in Richtung des *Attentäter,* bereit, Chris zu Hilfe zu kommen, und froh, daß die Nomaden das Feuer nicht auf sie eröffnet hatten. Zumindest noch nicht.

Aber ebenso plötzlich, wie die Nomadenkrieger aufgetaucht waren, hatte der *Attentäter*-Pilot die Nase voll. Er stieg jäh auf zwei Plasmasäulen in den Himmel und verschwand über den Rand des Tals. Es war sinnlos, dem leichteren Mech nachzusetzen. Seine Höchstgeschwindigkeit betrug über 110 Stundenkilometer, und sie hatte keine Chance, ihn einzuholen. Aber sein plötzliches Verschwinden ergab keinen Sinn. *Selbst drei gegen vier haben die Mordbanden die überlegenen Waffen und die bessere Panzerung, und sobald sie um den Hügel gekommen und uns in einen direkten Schlagabtausch gezwungen hätten, wäre ihnen der Sieg sicher gewesen. Es ist fast, als ob …*

Der Gedankengang brach ab, als auf der Sichtprojektion neue Ortungssignale auftauchten. *Als hätten sie etwas gesehen, das ich noch nicht bemerkt habe.* Zwei weitere Mechs kamen aus der offenen Wüste in das Tal gerannt. Es waren leichte Maschinen, ein *Panther* und eine *Hornisse.* Charlene nahm den Druck auf die Pedale zurück, wurde langsamer und brachte den *Feuerfalke* schließlich neben Chris' *Vulkan* zum Stehen. Der

Zustand der beiden neuen Mechs entsprach dem der ersten beiden, mit einem Flickenteppich aus Panzerplatten und keinerlei Insignien. Während sie auf die näherkommenden Maschinen wartete, betrachtete sie die Schadensanzeige des *Feuerfalke* und mußte feststellen, daß ihre Panzerung genaugenommen nicht mehr existierte.

Wieder eine doppelte Übermacht. Bei den Mordbanden wußte ich wenigstens, woran ich war.

31

**Mechsammelplatz, Rashier, Kalifat Rashier
Astrokazy, Peripherie**

3. Juli 3058

Marcus verzog schmerzhaft das Gesicht, als sich die *Heaven Sent* mit Mühe über die Stadtmauern Rashiers erhob und schwerfällig über dem freigeräumten Landeplatz in der Nähe des Hangars hing. Die Auswirkungen ihrer Schäden waren nicht zu übersehen.

Als sich das Schiff langsam auf den festgestampften Lehmboden senkte, kniff Marcus die Augen zum Schutz vor der durch die Fusionstriebwerke aufgewirbelten Staubwolke zusammen und registrierte die schweren Panzerschäden und das klaffende Loch in der hinteren Backbordseite. Mehrere Mordbanden-Mechs hatten ihr Feuer darauf konzentriert, Landestütze Nummer 2 beschädigt und den hinteren Backbordgeschützturm zertrümmert, waren in den Jägerhangar durchgestoßen und hatten schließlich sogar noch den Fusionsreaktor im Herzen des Antriebsaggregats beschädigt. Es war kaum zu glauben, wie Skipper Clifford Mattila es geschafft hatte abzuheben, geschweige denn, gute fünfhundert Kilometer am Rand der Wüste entlang zu fliegen.

Das Kreischen verbogener Hydraulikkomponenten und gestreßten Metalls ließ Marcus' Zähne schmerzen. Einen Augenblick dachte er, Landestütze Nummer 2 würde wegknicken. Das Gelenk verformte sich sichtlich unter ihrem Anteil an den fast viertausend Tonnen Gewicht, aber dann hielt es doch. Die heiße Brise von den Triebwerken aufgeheizter Luft erstarb, als die Maschinen des Schiffes von einem donnernden Röhren über ein tiefes Grollen schließlich verstummten.

Kalif Rashier, der die Ankunft aus etwas sichererer Distanz verfolgt hatte, kam näher. Seine Eskorte erreichte Marcus und trat an ihm vorbei, um einen schützenden Kreis zu formen, in dem die beiden Männer sich unterhalten konnten. Rashier schien fast zu sehr auf Sicherheit bedacht, aber Marcus wußte, daß der Kalif auch einen großen Teil der Zeit außerhalb seines Palastes zubrachte, wenn er aktiv bei der Vorbereitung des Krieges gegen Shervanis mithalf.

»Ein bemerkenswerte Leistung, Kommandant. Wenn ich Ihr Schiff so sehe, hätte ich nicht gedacht, daß es noch zu einem Start in der Lage ist.«

Der Zustand der *Heaven Sent* bereitete Marcus beinahe körperliche Schmerzen. Nicht, daß ihm das Schiff mehr bedeutet hätte als das Leben seiner Leute, aber es stellte ihre einzige Möglichkeit dar, den Planeten wieder zu verlassen. »Ich bin sicher, Kapitän Mattila wird sich freuen, das zu hören«, kommentierte er trocken. Er sah, wie die Rampe des unteren Mechhangars ausfuhr und Ki-Lynn hochsprang und ins Schiff lief. »Er reklamiert schon lange die Fähigkeit für sich, das Unmögliche möglich zu machen.« *Wir werden sie reparieren*, versprach er. *Die Angeli werden nicht auf Astrokazy stranden, was immer von ihnen noch übrig ist.*

Falls der Kalif den Sarkasmus seiner Antwort bemerkte, ging er nicht darauf ein. »Sie haben um eine Unterredung gebeten, Kommandant. Kann ich etwas für Sie tun?«

»Genau genommen, wollte ich Ihnen ein bloßes Symbol meiner Wertschätzung überreichen, Kalif Rashier.« Er preßte die Worte durch zusammengebissene Zähne, wenn auch in einigermaßen freundlichem Ton. Am Kopf der Rampe tauchte Ki-Lynn wieder auf und winkte zwei Schweber aus dem Hangar. Die in einem gelb-schwarzen Wüstentarnschema bemalten Luftkissenfahrzeuge wurden von großen Propellern am Heck angetrieben. Ihre Bewaffnung bestand zwar nur aus einem einzelnen mittelschweren Laser, aber dafür waren sie wirklich verflucht schnell.

»*Savannah-Master*-Schweber«, erklärte Marcus. »Sie erreichen auf einigermaßen ebenem Grund über zweihundert Stundenkilometer, perfekt für den Wüstenkampf. Nur leicht gepanzert, aber richtig eingesetzt sind sie nicht mehr da, wenn der Gegner das Feuer eröffnet.«

Der Kalif wirkte sichtlich beeindruckt. Seine Augen waren weit vor Gier, als er jeden Zentimeter der an ihm vorbei in den Hangar fahrenden Schwebefahrzeuge studierte. Als sie außer Sicht waren, verschwand jedes Gefühl aus seiner Miene, und er wandte seine Aufmerksamkeit wieder Marcus zu. »Ein ausgezeichnetes Geschenk, Kommandant. Aber vielleicht ein wenig viel als Entgegnung für das, was ich für Sie getan habe.«

Und jetzt willst du wissen, was ich damit erkaufen möchte. Ich muß zugeben, Kalif, euer System macht einiges an politischem Geplänkel überflüssig. »Nun, da wäre noch etwas, falls der Kalif die Mittel dazu erübrigen könnte.« Marcus wartete auf Rashiers Nicken. »Ich würde gerne Kontakt mit den Wüstenstämmen aufnehmen. Ich möchte meine Leute aufspüren und sehen, ob sich ein Teil von ihnen uns gegen Shervanis anschließt.«

»Wüstenabschaum«, erklärte Rashier und verzog verächtlich das Gesicht. »Ohne sie sind wir besser dran.«

Der plötzliche Ärger in der Stimme des Kalifen machte Marcus nachdenklich. *Hast du schon mal versucht, sie zu rekrutieren, Rashier?* »Sie haben BattleMechs. Vielleicht nicht so gut erhalten wie Ihre, aber ich habe gehört, daß einige der größeren Stämme ebenso viele besitzen.«

»Ich habe fünf Mechs in gutem Zustand, voll bewaffnet und gepanzert. Sie besitzen ebenso viele, und haben geschworen, mir gegen Shervanis zu helfen.«

»Und wir könnten Shervanis damit vernichten, wenn er nicht mehr als zwei Lanzen älterer Maschinen hätte. Aber dem ist nicht so. Er hat fast ein vollständiges Bataillon neuerer Kampfkolosse, mit Waffen, die uns auf Entfernungen vernichten können, über die unsere Mechs nicht imstande sind zu feuern.«

Der Kalif schien diesem Argument nur sehr widerwillig folgen zu wollen. »Die Wüstenkrieger führen Schrott, der keine Minute gegen Shervanis' Helfer standhalten würde.« Sein Tonfall schien anzudeuten, daß die Diskussion beendet war.

Aber Marcus dachte nicht daran, schon aufzugeben. »Das ist eine Minute, in der Shervanis und die Mordbanden nicht auf uns schießen, Hoheit. Sicherlich sind Sie in der Lage, ihren Wert als Ablenkung zu erkennen, wenn schon als nichts anderes.« Er glaubte, ein Funkeln in Rashiers dunklen Augen zu erkennen und hakte nach. »Außerdem geht es nur in zweiter Linie darum, ihre Hilfe zu rekrutieren. Ich möchte meine Krieger aufspüren, und die Wüstennomaden könnten etwas über ihren Aufenthalt wissen. Was, wenn die Angeli nicht vernichtet sind? Wenn ich noch eine Lanze zusammen bekäme, würden sich unsere Chancen deutlich verbessern.« *Eine verstärkte Kompanie gegen ein Bataillon. Ich muß von Sinnen sein.* Er korrigierte sich. *Nein, Rashier ist von Sinnen, ich bin verzweifelt.*

»Ich denke, Kommandant, Sie könnten mit dem Schiff Kontakt zu Ihren Kriegern aufnehmen, falls einige überlebt haben.« Die Miene des Kalifen war unergründlich, und er beobachtete Marcus sorgfältig.

»Normalerweise wäre das bestimmt der Fall. Aber als die Mordbanden die *Stecknadelkopf* erobert haben, sind ihnen mit Sicherheit die Unterlagen über unsere Frequenzen und Codes in die Hände gefallen. Soweit sie die Kanäle nicht stören, werden Sie versuchen, die Angeli selbst zu kontaktieren und in eine Falle zu locken.« Marcus nickte Ki-Lynn zu, die mit Clifford Mattila, dem Skipper der *Heaven Sent* die Rampe herabkam. »Glücklicherweise hat Ki-Lynn einen routinemäßigen Wechsel aller Codes zwischen den Schlachten eingeführt, und als Charlie einen Luzifercode durchgegeben hat, verloren alle bisherigen Codes ihre Gültigkeit. Deshalb müssen wir den Kontakt anders herstellen.«

Rashier nickte. »Ich verstehe.«

Der Kalif schien seine Bitte zu überdenken, aber Marcus war sicher, daß Srin-Pascha nur nach seinem Vorteil suchte. »Mir ist klar, daß der Versuch, in Kontakt mit den verschiedenen Wüstenstämmen zu treten, zusätzliche Unkosten mit sich bringen könnte. Auch sind bei ihnen Lösegeldzahlungen gebräuchlich. Ich kann im Augenblick nicht mehr versprechen, aber ich werde Sie entschädigen, so gut ich kann.«

»Natürlich«, erwiderte Rashier glatt. »Schließlich benötigen Sie die Ausrüstung an Bord der *Heaven Sent*, um Ihre eigenen Maschinen zu warten.« Er machte eine Pause, und Marcus nickte erleichtert. »Aber wenn wir den Hund Shervanis besiegen, könnte es sein, daß wir Ihr anderes Schiff erbeuten, nicht wahr?«

Trotz der heißen Nachmittagssonne fühlte Marcus einen kalten Schauer, als Rashier die *Stecknadelkopf* so beiläufig ins Gespräch brachte. *Will er das Landungsschiff?* Eine weitaus besorgniserregendere Frage stieg in ihm hoch. *Wenn ja, was könnte ich dagegen tun?* »Ja, Kalif Rashier, das wäre möglich.« Er schluckte schwer. »Aber hier und heute sind solche materiellen Gedanken von sekundärer Bedeutung für mich und müssen hinter der Suche nach meinen Leuten zurückstehen.«

Kalif Rashier lächelte breit. »Wir werden sehen, was wir tun können.«

Marcus nickte dankend und drehte sich um, bevor Rashier seine Miene lesen konnte. *Ich wäre bereit, die*

Stecknadelkopf *aufzugeben, wenn ich damit auch nur ein Leben retten könnte, Kalif, und wenn das der Preis ist, den ich zahlen muß, weil ich Geschäfte mit dem Teufel mache, dann ist es so. Aber vergiß nicht: Luzifer war ein gestürzter Engel, der in der Hölle zu neuer Macht kam.*

Er sah sich in der heißen, dürren Einöde um, in die es seine Angeli verschlagen hatte. *Und du bist schon halbwegs da.*

32

Oase Amina, Shaharazidische Wüste
Astrokazy, Peripherie

1. Juli 3058

Steile Felswände stiegen auf drei Seiten empor, der Rand einer Sackgassenschlucht, der den klaren Nachthimmel über der Shaharazad abschnitt. Die Klippen wirkten grauschwarz unter der dünnen Sichel des einzigen Mondes, der mit einem spöttischen Grinsen über ihnen hing. Während des Tages boten die hohen Wände Schatten, und jetzt in der Nacht hielten sie einen Teil der Tageshitze zurück und schirmten die Oase gegen die Kälte der Wüstennacht ab.

Die erlöschenden Kohlen eines riesigen Feuers warfen rötliches Licht über die Gesichter der darum Versammelten. Der dunklen Haut der Astrokaszys verlieh es einen fast goldenen Glanz. *Ich sehe wahrscheinlich aus wie eine Tomate.* Charlene stellte den Teller weg, obwohl sie ihn nur halb geleert hatte. Das Fleisch war so scharf gewürzt, daß sie nicht weiteressen konnte.

Eine verschleierte Frau trat leise aus der Dunkelheit, um den Teller mitzunehmen, während eine andere Charlenes Becher mit gegorener Ziegenmilch nachfüllte. Charlene fühlte sich unbehaglich, so umgeben von Männern, die sie mit beunruhigender Miene beobachteten. Mit dem Mißtrauen und der Feindseligkeit wurde sie fertig, aber die bedeutenderen Krieger betrachteten sie mit Belustigung. Wie sie ein Kind angesehen hätten, das sich an Erwachsenenspielen versuchte. Sie wußte nicht so recht, wie sie darauf reagieren sollte, außer durch ständige Erinnerung daran, daß sie ebenfalls eine Kriegerin war.

Sie drehte sich um – langsam, um sicherzugehen, daß

alle um das Feuer sitzenden Männer sie sahen – und winkte zweimal zu dem *Vulkan*, der wie ein stummer Posten am Rand des Lagers stand. Knapp hinter ihm ragten die schattigen Riesengestalten des *Feuerfalke* und dreier Wüstenkrieger-Mechs in die Nacht. Die vierte Maschine der Lanze, die sie Stunden zuvor getroffen hatte, hielt Wache am Eingang der Schlucht. Selbst beim Angriff eines anderen BattleMechs hätte ein Feuerstoß aus Chris' fusionsgespeistem Flammer genügt, um das Lager und alle in seinen Grenzen in Asche zu verwandeln. Aber statt sich durch diese indirekte Drohung beleidigt zu fühlen, bedachten einige der Wüstenkrieger ihre Vorsicht mit beifälligem Nicken.

Aldar Sildig beugte sich über die Glut, und sein Gesicht leuchtete auf wie eine Kinderlaterne. Er hatte die Lanze angeführt, die ihre Angreifer vertrieben und sie dann hierher gebracht hatte, ins Lager des Wüstenwindstamms. »Charlene, was hältst du von unserem Zuhause?«

Charlene sah sich unter den Männern um. Viele von ihnen trugen Bart und Schnurrbart. Der bärtige Mann, der ihr auf einem riesigen Kissen direkt gegenübersaß, war der Scheich – ihr Herrscher. Aidar hatte ihn nicht namentlich vorgestellt, und seit ihrer Ankunft hatte der Mann nicht mehr als drei Worte gesprochen. *Es ist gut*, soweit sie sich erinnerte. Und das ließ sich auf verschiedene Weise interpretieren.

Den größten Teil der Unterhaltung seit ihrer Ankunft hatte Aidar bestritten. Er hatte sie auch im Lager herumgeführt. Die Haut des Wüstenkriegers war so tief gebräunt, daß er wie ein Einheimischer aussah, aber seine Stimme verriet den Fremdweltler. Er hatte zugegeben, vor zehn Jahren mit einer Söldnerkompanie auf Astrokazy gelandet zu sein, die nach der legendären Sternenbundbasis gesucht hatte. Sie waren nie wieder abgeflogen. In den Kriegen zwischen den Kalifen war die Einheit zerrieben worden, bis die letzten Überlebenden sich in die Wüste geflüchtet hatten. Er war schließlich vom Wüstenwind adoptiert worden.

Seine Geschichte ließ Charlene immer noch kalte Schauer über den Rücken laufen. Sie traf ein wenig zu sehr ins Schwarze. »Es ist überraschend«, antwortete sie schließlich auf seine Frage. »Und effizient.« Sie schaute hinaus in die Dunkelheit, wo jenseits des Feuers die vordersten Zelte eben noch erkennbar waren. Weiter hinten lag ein notdürftiger Pferch für Ziegen, Schafe und Pferde. »Ihr seid hier gut geschützt, aber wenn nötig, könnt ihr weiterziehen. Ich habe nichts gesehen, was sich nicht leicht verlegen ließe, besonders mit den Trägern, die ihr für die BattleMechs gebaut habt.«

Das Kompliment war verdient, und die Männer wußten es. Die Träger waren riesige Metallkörbe, die sich wie ein Tornister auf dem Rücken eines Mechs befestigen oder in seinen Armen tragen ließen, teilweise mit Handgriffen. Aidar hatte ihr erklärt, daß sich das gesamte Lager, einschließlich des Viehs, auf die vier alternden BattleMechs laden und schneller verlegen ließ als mit irgendeiner anderen Methode. Ein paar der feindseligeren Blicke hatten sich auf Charlenes Anerkennung hin gemildert, aber das Mißtrauen und die Belustigung blieben.

»Und unsere Maschinen? Was ist damit?«

Charlene schürzte die Lippen und überlegte sich ihre nächsten Worte genau. »Ich bin beeindruckt, wie ihr sie in Stand gehalten habt.« Das zumindest war die reine Wahrheit. Nach der Rückkehr zur Oase in dieser Schlucht am äußeren Rand der Wildnis hatten die Wüstenbewohner den *Verteidiger* auseinandergenommen. Das Werkzeug wurde mit äußerster Sorgfalt behandelt, denn wenn es einmal beschädigt wurde, war es kaum zu ersetzen. Andere arbeiteten an den leichten Panzerungsschäden des *Dunkelfalke*. Der *Vollstrecker* fungierte dabei als Kran und hob eine Plattform, auf der die Techs der Nomaden arbeiten konnten. Ein anderer ihrer Kampfkolosse, der *Panther*, hatte ein Flaschenzuggestell gehalten, mit dem Panzerplatten und dergleichen hochgezogen und zum Schweißen an Ort und Stelle gebracht werden konnten. Es war eine effiziente und ganz und gar autarke Organisation. *Aber ...* »Aber sie fallen trotzdem auseinander. Ohne eine Generalüberholung, wie sie nur ein Mechhof zustande bringt, werden sie irgendwann durch natürlichen Verschleiß ausfallen. Und wenn die Mordbanden sich auch nur halbherzig gewehrt hätten, bezweifle ich stark, daß ihr heute hättet entkommen können, ohne daß wenigstens ein Mech schrottreif geschossen worden wäre.«

Einer der MechKrieger sprang auf und hätte sie über die Kohlen hinweg angesprungen, hätte Aidars Hand ihn nicht zurückgehalten. Die meisten der Männer widersprachen und versuchten, einander mit ihrer Ablehnung zu übertönen. Dann lehnte der Scheich sich vor und schnitt mit einer herrischen Geste durch die Luft. »Genug!«

Der Tumult legte sich schnell. »Was die Frau sagt, stimmt«, stellte er fest und versank wieder in Schweigen.

Aidar nahm den Gesprächsfaden auf. »Wir tun, was wir können. Wir überfallen andere Wüstenstämme, und wenn die Kalifen dumm genug sind, Streifen in die Wüsten zu schicken, überfallen wir diese. Aber das genügt nicht. Deshalb sind wir immer auf der Suche nach möglichen neuen Mitgliedern unserer Familie. Wie eine Familie neues Blut braucht, so braucht sie auch neue Maschinen.«

Sie meinen mich. »Versteh das nicht falsch, Aidar, aber ich habe nicht vor, hier zu bleiben. Ich muß die Überreste meiner Leute finden und einen Weg suchen, Astrokazy zu verlassen.« Sie machte eine Pause, dann richtete sie sich an den Kreis der Männer. »Jeder von euch würde es genauso machen. Ihr seid MechKrieger. Soweit Aidar es erklärt hat, sind mindestens dreißig Mann in diesem Lager fähig, alle vier eurer BattleMechs zu steuern. Wenn ihr zurück in die Innere Sphäre kommen würdet, oder selbst hinaus in einen anderen Peripheriestaat, könntet ihr die Chance bekommen, wieder einen Mech zu führen.«

»In den Diensten eines anderen und für seine Ziele«, stellte ein Mann fest, den Charlene vorher noch nicht gehört hatte. »Das ist keine Zukunft.«

Charlene runzelte die Stirn. »Und ist das hier eine?«

»Es ist ein hartes Land.« Aidar sah in die Glut. Seine Stimme wurde leiser und nahm einen fast ehrwürdigen Klang an. »Es prüft uns. Aber irgendwo verbirgt es den versprochenen Schatz, der uns die Macht geben wird, die Kalifen und ihre kleinen Königreiche zu stürzen.«

Du bist schon viel zu lange hier, Aidar Sildig. »Sprichst du von den Gerüchten über eine Sternenbund-Basis?«

Aidar nickte.

Charlene schüttelte traurig den Kopf. »Auf fast jeder Welt, die ich je besucht habe, gibt es eine ähnliche Legende. Ich glaube nicht daran.«

Aidar sagte nichts, also antwortete der Scheich für ihn. »Sie existiert. Und bis sie gefunden ist, stärkt uns unser gemeinsames Ziel.«

Für Charlene hörte sich das alles nach pseudoreligiösem Geschwätz an, mit dem die einheimischen Astrokaszys Söldner wie Aidar einlullten. *Hilf uns, den Schatz zu finden, und wir werden alle belohnt werden.* Aber sie verkniff sich eine scharfe Erwiderung. *Wenn es ihnen etwas gibt, woran sie glauben können, habe ich kein Recht, mich darüber lustig zu machen. Ich brauche nur deshalb keine Religion, weil ich an die Angeli glaube.* Dann erkannte sie den Humor dieses Gedankens und mußte grinsen. Wer weiß, vielleicht hatte Marcus den Namen der Einheit aus einem ganz ähnlichen Grund gewählt.

Aidar verwechselte die plötzliche Veränderung in ihrer Stimmung mit einer Bejahung der Worte des Scheichs. »Du denkst darüber nach?«

»Hmm? O nein, Aidar, tut mir leid, aber ich trage Verantwortung für meine Leute. Wenn noch welche von ihnen leben, erwarten sie, daß ich mich mit ihnen in Verbindung setze.«

Aidar sah hinüber zu seinem Scheich, der den Blick aus unergründlich dunklen Augen erwiderte. »Einige deiner Söldner sind von einem anderen Stamm aufgenommen worden. Drei, vielleicht vier.«

Charlene sprang mit geballten Fäusten auf, dann drehte sie sich hastig um und winkte Chris in seinem *Vulkan* ein *Alles in Ordnung* zu, bevor sie Aidar und den Wüstenwind-Scheich wütend anstarrte. »Warum hast du das nicht schon längst erwähnt?«

Der alte Mann hob die Hand als Zeichen für Aidar, zu schweigen, und sah Charlene an. Die Glut des Feuers tanzte in seinen Augen und verlieh ihnen ein beinahe dämonisches Leuchten. »Weil ich weiß, was es bedeutet, auf dieser Welt zu stranden. Ich wurde vor dreißig Jahren hier zurückgelassen, als Teil einer Söldnereinheit, die von der Liga Freier Welten nach dem Scheitern der Friedenstruppenmission im Stich gelassen wurde. Ein rivalisierender Stamm hat seine Kräfte kürzlich um drei BattleMechs verstärkt, und es ist meine Pflicht, unsere Stärke entsprechend zu erhöhen. Hättest du nicht den Kriegerinstinkt besessen, einen Mann auf Wache zu lassen, hätte ich euch beide umbringen lassen, um an eure Maschinen zu kommen.«

Die Überzeugung, die in den Worten des Mannes lag, ließ Charlene erschaudern. Brutale Ehrlichkeit konnte eine erstaunliche Wirkung haben. Aber statt sich einschüchtern zu lassen, fühlte sie Mitleid mit dem alternden Krieger. »Warum kämpft ihr gegen die anderen Stämme? Ist euch nie der Gedanke gekommen, daß ihr einem der Kalifen an Stärke ebenbürtig wärt, wenn ihr euch verbündet?«

»Einem, ja.« Aidar übernahm auf ein Nicken seines Herrschers wieder das Gespräch. »Nicht Shervanis, aber vielleicht einem der anderen. Aber das hieße, den anderen Stämmen vertrauen, und das tun wir nicht. Und wir müßten unsere Truppen sammeln, was sie verwundbar machen würde. Hier draußen in der Wüste können wir überleben.«

»Du meinst, hier könnt ihr euch verstecken.« Jetzt wurde Charlene absichtlich beleidigend, um die Aufmerksamkeit der Nomaden zu erregen. »Die Kalifen haben ganz offensichtlich den ersten Zugriff auf alles, was Astrokazy erreicht, die Mordbanden nicht eingerechnet, die Shervanis derzeit helfen. Sie werden euch in diesem Rennen immer voraus sein. Wenn ihr keine direkten Maßnahmen ergreift, werden sie immer die stärkeren bleiben.«

»Glaubst du?« Der Scheich legte sich auf seinem riesigen Kissen zurück. »Vielleicht hast du recht. Aber du kennst nicht alle unsere Möglichkeiten, Kriegerin Charlene.«

Charlene setzte sich wieder, hielt aber mit ruhigem Blick die Aufmerksamkeit des Scheichs wach. »Mag sein. Aber ich kann euch etwas anbieten, das ihr aus eigener Kraft nicht zu erreichen in der Lage scheint. Wenn ihr mir helft, Kontakt mit den Angeli aufzunehmen, garantiere ich euch, daß sie nicht bei euren Rivalen bleiben werden. Das löst eines eurer Probleme. Und wenn ihr mir erlaubt, hier, im Schutz dieser Schlucht die Einheit neu zu gruppieren, werde ich euch zwei weitere Dienste erweisen.«

»Ich höre.«

»Wir haben noch immer ein Landungsschiff irgendwo in der Wüste. Die *Heaven Sent*. Ich glaube nicht, daß Shervanis es sich geholt hat, weil die Mordbanden immer noch die Frequenzen stören, über die es Kontakt mit uns aufnehmen könnte. Es kann euch die Mittel zur Verfügung stellen, eure Maschinen gründlich zu überholen. Und wenn wir uns zurückmelden, kann ich euch mit ziemlicher Sicherheit versprechen, daß noch andere Kräfte uns folgen werden, um Shervanis und seinen Verbündeten ein Ende zu machen.«

Der Scheich klang amüsiert. »Die *Engel* versprechen uns Beistand gegen unsere Rivalen, den Nutzen eines *Vom Himmel gesandten* Schiffes und schließliche Erlösung.« Er lächelte, dann lachte er in einem vollen, tiefen Bariton. »Es scheint, die Zeit des himmlischen Gerichts ist gekommen.« Dann wurde er wieder ernst und fixierte Charlene nachdenklich. »Morgen wird die Nachricht abgeschickt«, versprach er. »Und in der Zwischenzeit wäre es wohl gut, wenn du einen Eindruck unserer wahren Stärke bekämst.«

Charlene nickte vorsichtig, unsicher, worauf sie sich einließ, aber froh, eine gewisse Unterstützung gefunden zu haben. »Es wäre mir eine Ehre.« *Denke ich.*

»Gut. Aidar wird einen Überfall organisieren, und du wirst daran teilnehmen. Ich werde anordnen, daß die Panzerung deines Mechs erneuert wird. Wenn es stimmt, was Aidar mir über diese neuen Maschinen Shervanis' in der Wüste berichtet hat, wird es Zeit ihn daran zu erinnern, warum er Mauern um seinen Palast gezogen hat.«

33

Rashier, Kalifat Rashier
Astrokazy, Peripherie

Der Marktplatz hallte wider von den Angeboten der Händler, die lockend ihre Waren in die Höhe hielten. Die meisten verkauften aus Schubkarren oder Wagen, nur ein oder zwei der Gebäude fungierten annähernd wie Läden. Ein paar Händler verkauften Dauerwaren wie Tuch oder fertige Kleider, aber zum größten Teil wurden die Grundnahrungsmittel angeboten, die zum täglichen Überleben auf Astrokazy unentbehrlich waren. Nichts hier wirkte frisch. Die Hitze des Tages ließ Blätter braun werden und saugte die Feuchtigkeit aus allem, was nicht konstant im Schatten gelagert wurde. Der süße Duft reifen Obstes hing über dem Markt, lockte die Passanten und versprach Erlösung von Hunger und Durst. Aber darunter stand noch der beißende Geruch von Schweiß und die krankhaft süßliche Note überreifer und verdorbener Früchte.

Marcus blieb an einem Kasten Blutorangen stehen. *Wie bei allem auf Astrokazy lauert der Gestank der Verwesung dicht unter der Oberfläche, so einladend es zunächst auch aussehen mag.* Er traf seine Wahl mit Sorgfalt, schob die Hand unter die obere Schicht weicher Früchte und packte eine feste Blutorange, die vor der Sonne geschützt geblieben war. Er reichte sie Jericho und fischte nach einer zweiten. Die Besitzerin des Karrens ließ ihn gewähren, aber das leichte Stirnrunzeln auf ihrem dunkelhäutigen Gesicht zeigte, daß sie nicht allzu begeistert von Marcus' überlegtem Einkaufen war. Jedenfalls nicht, bis er eine C-Note aus der Tasche zog. Sie riß sie ihm aus der Hand und schenkte ihm ein dünnes Lächeln gelber Zähne, während sie in einem Geldbeutel nach astrokazischen Münzen grub. Marcus gab ihr keine Gelegenheit, ihn mit dem Wechselkurs übers Ohr zu hauen. »Stimmt so.« Das schien ihre harte Miene aufzuweichen, auch wenn er sich dessen nicht absolut sicher sein konnte.

»Du bist großzügig«, meinte Jericho und benutzte ihre etwas längeren Fingernägel dazu, ihre Orange zu schälen. Ein Teil des Safts spritzte unter ihren Fingern hervor und zeichnete eine dunkle Linie auf die Frontpartie des Overalls, den sie von einer Tech der *Heaven Sent* geliehen hatte. Marcus hatte sich für Hosen und ein loses Hemd entschieden, trug aber seine weiße Neolederjacke wie ein Cape über die Schultern gelegt, um Nacken und Arme vor der Gluthitze der Sonne zu schützen.

Er zuckte die Schultern und schnitt seine Frucht mit einem Taschenmesser in vier gleiche Teile. »Ich habe Leute verloren, für die es keinen Ersatz gibt, und Maschinen, von denen jede Millionen Credits kosten. Wenn ich diese Staubkugel verlasse – falls mir das je gelingt –, stehen die Angeli vor dem Bankrott. Da spielen ein paar C-Noten mehr oder weniger keine Rolle mehr.«

Jericho zuckte zusammen. »Tut mir leid«, sagte sie leise, dann wanderten sie ein paar Minuten schweigend weiter. Sie sah zu, wie Marcus eine Handvoll Datteln kaufte, wieder mit einer C-Note bezahlte und ihr die Hälfte seines Einkaufs gab. »Ich sehe kaum Papiergeld. Ich hätte gedacht, Fremdweltvaluta wäre hier kaum etwas wert, aber diese Leute behandeln sie wie Gold.«

»Na ja, ich bezweifle, daß canopische Dollar hier sonderlich weit reichen würden, oder selbst Liga-Real. Die Kalifen kontrollieren den Währungsmarkt, und sie werden die Kurse für Geld niedrig halten, das sie nur schlecht ausgeben können.«

Jericho nickte. »Und Credits lassen sich jederzeit an einer HPG-Station ausgeben.«

C-Noten, eigentlich ComStar-Noten oder umgangssprachlich Credits, waren die einzige gemeinsame Währung der gesamten Inneren Sphäre und Peripherie. Sie basierten nicht auf Edelmetall, sondern waren Wechsel auf Übertragungszeit im Hyperpulsgenerator-Kommunikationsverkehr. Die von ComStar und Blakes Wort verwalteten überlichtschnellen Verbindungen waren das einzige, was eine über Tausende besiedelter Welten verstreute Zivilisation daran hinderte, vollends auseinanderzubrechen. *Selbst eine isolierte Welt wie Astrokazy unterhält Verbindungen zu anderen Systemen,* dachte Marcus. Und obwohl die Präsenz einer Blake-HPG-Station – selbst einer kleinen – ihn überrascht hatte, sah er durchaus den Bedarf der stärkeren Kalifen ein. *Aber sie versteht es nicht wirklich.*

»Zum Teil.« Marcus biß in ein Viertel der roten Frucht. Sie war süß und stillte den Durst besser als Wasser. Er saugte den Saft aus, dann schälte er mit den Zähnen das Fruchtfleisch aus der Schale. »Nehmen wir an, du herrschst über ein Kalifat. Wenn in deinem Reich C-Noten im Umlauf sind, wie legst du den Wechselkurs so fest, daß du in beide Richtungen verdienst? Deine Untertanen sollen dir die Scheine überlassen, aber gleichzeitig hast du kein Interesse daran, daß Blakes Wort am Wechselkurs übermäßig Profit macht.«

»Das ist nicht möglich. In beide Richtungen verdienen, meine ich. Es sei denn …«

»Es sei denn, du kontrollierst die örtliche Währung«, erinnerte Marcus sie.

Jericho blieb stehen und führte einen Blutorangenschnitz zum Mund, hielt dann aber inne. »Die Kalifen prägen zusätzliches Geld, um ihren Untertanen die Noten abzukaufen? Aber damit unterminieren sie ihre eigene Währung.«

Marcus zuckte die Schultern und sah sich unter den Astrokaszys in ihren die Sonne abhaltenden Roben oder besonders leichten Baumwollsachen um. »Solange es nur die Masse trifft und nicht dich, warum sollte dich das kümmern?« Er ging weiter.

Jericho erinnerte sich wieder an das Obst, steckte sich den Schnitz in den Mund und lief ihm nach. »Das ist unverantwortlich«, erklärte sie in frustriertem Ton.

»Und irgendwann in seiner Geschichte hat es wahrscheinlich jedes der Großen Häuser schon mal gemacht. Aber nicht im selben Ausmaß. Nur in äußersten Notlagen. Das ist einer der Gründe, warum Hauswährungen fast immer tiefer im Kurs liegen als C-Noten.«

Die beiden blieben im Schatten eines zweistöckigen Ladengeschäfts stehen. Der Besitzer des Lehmziegelbaus verkaufte im unteren Geschoß Körbe und Töpferei. Alles Nutzgefäße. Marcus sah nichts, was rein dekorativen Wert gehabt hätte. An der aus einem Fenster im ersten Stock hängenden Wäsche sah man, daß die Besitzer über dem Geschäft wohnten. »Astrokazy unterscheidet sich nicht allzu sehr vom Rest der Inneren Sphäre oder der Peripherie. Es gibt immer jemanden, der die absolute Macht anstrebt und bereit ist, andere anzuheuern oder einzuschüchtern, damit sie ihm helfen zu bekommen, was er will.« *Und möglicherweise liegt es daran, daß ich in so einer fatalistischen Stimmung bin. Fühlst du dich ausgenutzt, Marcus?*

»Währenddessen schachern sie um den Besitz von Dörfern – wie die Nachfolgerhäuser Planeten tauschen«, beendete Jericho den Gedanken.

Marcus lehnte sich an die Lehmziegelwand, und streifte sich dadurch unfreiwillig die Lederjacke von der Schulter. »Nur etwas brutaler«, stimmte er ihr zu. Dann aß er schweigend den Rest seines Obstes.

Es war ganz interessant, hier zu stehen und die Gesichter der Passanten zu betrachten, aber es war schwer zu sagen, was sie dachten oder fühlten. Die meisten Mienen waren entweder unergründlich oder vom

Kampf ums Überleben jeder Emotion beraubt. Die Wenigen, die von den beiden Fremden Notiz zu nehmen schienen, betrachteten sie mit einer unterschiedlichen Mischung aus Neugierde, Angst und einer nicht unbeträchtlichen Dosis Haß. Feuerwaffen waren allgegenwärtig, hauptsächlich Revolver und Pistolen, und Marcus fühlte sich allmählich nackt ohne seinen Sunbeam-Laser. Aber niemand pöbelte sie an, und jetzt, da er darüber nachdachte, wunderte ihn, daß niemand sie um eine milde Gabe angebettelt hatte, angesichts der Tatsache, daß er für einfaches Obst mit Geld nur so um sich geworfen hatte.

Dann erinnerte er sich an die Angst in den Blicken. *Man hat gehört, daß Kalif Rashier meine Sicherheit garantiert. Nihail hat mir versprochen, daß ich meine Waffe nicht brauchen werden, und er hatte recht.* Er dachte an den dunkelgekleideten Berater des Kalifen. Selbst nach mehreren Tagen hier in der Stadt gab der Mann ihm Rätsel auf. Aber dann holte ihn eine Hand auf seinem Arm zurück in die Gegenwart.

Jericho hatte sich zu ihm umgedreht und sah ihm in die Augen. Ihre linke Schulter lag immer noch an der hellen Hauswand. »Wie geht es jetzt weiter, Marcus?«

Das war ein Gespräch, vor dem er sich gefürchtet hatte, seit sie sich selbst eingeladen hatte, ihn bei diesem Spaziergang durch die Stadt zu begleiten. Er konnte die wahre Frage hören, die hinter diesen Worten lag. *Wie geht es jetzt mit UNS weiter?* So schwer zu beantworten war sie eigentlich nicht, wäre da nicht das sichere Gefühl gewesen, daß sie eine Antwort erwartete, die über diesen Spaziergang hinausging, möglicherweise sogar über ihren Aufenthalt auf Astrokazy.

Also lenke das Gespräch in einen Bereich, mit dem du fertig wirst. »Ich werde zusammenziehen, was ich von den Angeli finde, immer vorausgesetzt, es gibt noch etwas zu finden. Dann werde ich mir überlegen, wie ich uns zurück ins All bringe.«

»Und wenn es nichts zu finden gibt?«

Ihre Hand lag immer noch auf seinem Arm, und Marcus versuchte, die Wärme zu ignorieren, die langsam zu seiner Schulter emporstieg. »Ich habe die Angeli mit nicht mehr als vier Mechs, einem zerbeulten Landungsschiff und einem kleinen Stapel geborgener Panzerung begonnen«, antwortete er brüsker als beabsichtigt. »Das ist ungefähr so viel, wie ich jetzt habe. Wenn nötig, kann ich die Einheit neu gründen.« Er sah zu Boden. »Ich werde sie hier nicht sterben lassen.«

»Die *Marathon* wird die Magistrats-Streitkräfte herbringen. Das weißt du doch? Wir werden Hilfe bekommen.«

Marcus schüttelte den Kopf und weigerte sich, sie anzusehen. Er hatte Angst davor, was er in ihren Augen erkennen würde. »Darauf kann ich mich nicht verlassen, Jericho. Keppler hat gemeldet, daß die *Marathon* schon geflohen war, als er ihre Position erreichte, aber das heißt nicht, daß sie rechtzeitig mit Verstärkung wieder hier sein wird, um uns irgend etwas zu nutzen. Die Strecke hin und zurück, das dauert Monate.«

Die Hand verschwand. »Du planst, schon vorher abzufliegen?«

Ein kurzes Nicken. »Aber erst«, – er hob den Kopf wieder, auch wenn er sie immer noch nicht direkt ansah –, »werde ich Shervanis eine verpassen, so hart ich kann.«

»Als Racheengel?« fragte sie ohne eine Spur von Humor.

»Wenn du so willst. Manche Religionen lehren, daß ein Erzengel das Himmelstor bewacht. Wenn Shervanis und Rashier einen heiligen Krieg wollen, werde ich das Tor mit Freuden weit für sie auftreten.«

Jericho lächelte, aber ihre grünen Augen blickten

immer noch traurig. »Na toll. Das ist das Bild der Himmelspforte, das ich in Zukunft mit mir herumschleppen werde: schwer befestigt, mit einem großen BattleMech als Wache.«

Marcus grinste über das Bild, das sie malte, schüttelte jedoch den Kopf. »Bereit, dich ins Paradies zu führen oder ins Nichts zu zerblasen«, stellte er mit der Andeutung eines Lachens in der Stimme fest. »Ich würde sagen, manche Leute sehen BattleMechs genau so.«

Sie erwiderte sein Lächeln, und ein paar Sekunden herrschte freundliches Schweigen zwischen ihnen. »Wie kannst du erwarten, Shervanis eine verpassen zu können?« fragte sie nach einer Weile. »Selbst mit gewissen Verlusten in jener Nacht müssen seine Freunde aus der Hegemonie noch fast zwei Kompanien haben.«

»Ich weiß nicht. Divide et impera, schätze ich. Aber das wird schwer bei den Zahlen, mit denen wir arbeiten müssen. Es sei denn, mir fällt eine Mörder-Strategie ein.«

Jericho kniff konzentriert die Augen zusammen. »Wer wenig hat, muß Vorkehrungen gegen den Feind treffen. Wer viel hat, bringt den Feind dazu, selber Vorkehrungen zu treffen«, zitierte sie.

Marcus nickte. Er erkannte die Zeilen sofort. »In den MSK wird auch *Die Kunst der Kriegsführung* gelesen?« Dann erinnerte er sich an einen anderen Merksatz, der ihm besonders lag. »Der Starke befiehlt, der Schwache produziert sich. Wenn mein Feind den Unterschied nicht erkennt, habe ich bereits gewonnen.« Er zuckte die Schultern. »Oder so ähnlich.«

»Kann ich nicht unterbringen«, gab Jericho mit einem leichten Kopfschütteln zurück.

»Shiro Kurita. Zweitausenddreihundert … lange her.«

Jericho ließ sich zurück gegen die Hauswand sinken und starrte in die Menge. »Du findest also einen Weg, deinen Kontrakt zu erfüllen – und verschwindest. Hoffentlich bevor Rashier eine Möglichkeit findet, dir noch mehr Ausrüstung abzunehmen. Dann kassierst du den Rest deiner Bezahlung vom Magistrat und kehrst zurück in die Innere Sphäre.«

Wieder hörte Marcus die unausgesprochene Frage hinter ihren Worten, und sie ließ nicht locker. Er wußte, worauf sie aus war, wußte, sie suchte nach einem Hinweis auf seine Gefühle, womöglich sogar nach einem Eingeständnis seiner Zuneigung für sie. Aber so tief er auch für sie empfand, er würde es ihr nie sagen. Es stand eine Schlacht bevor, und das hieß, er konnte sie verlieren wie so viele andere vor ihr. Vielleicht war es besser, nur daran zu denken, was hätte sein können. Er streckte den Arm aus, faßte ihre Hand, hielt sie locker fest. *Belaß es dabei, Jericho.*

»Wie geht es jetzt weiter, Marcus?« Dieselbe Frage wie zuvor. Derselbe bittende Tonfall. So leise geflüstert, daß er es kaum hören konnte.

»Ich gehe zurück zum Hangar«, stellte er mit ruhiger Stimme fest. Er stieß sich mit einem schnellen Schulterstoß von der Hauswand ab, gab ihre Hand dabei aber nicht frei. Mit der anderen zog er die Jacke gerade. »Unterwegs werde ich einen ganzen Beutel dieser teuren Orangen kaufen. Und später habe ich vor, mich mit meinen Offizieren zusammenzusetzen und einen Plan zu schmieden.« Er ließ ihre Hand los. »Und darüber hinaus plane ich nicht. Noch nicht.«

34

Palastgrund, Shervanis, Kalifat Shervanis
Astrokazy, Peripherie

5. Juli 3058

Cameron St. Jamais blieb vor der Türöffnung stehen, das Gesicht fast auf den schweren Holzperlen des Vorhangs. Die Wachen hatten ihn anstandslos passieren lassen, und nun belauschte er Kalif Shervanis und Erzwesir Ji-Drohmien, während letzterer seinem Meister von den Verteidigungsanstrengungen der Nachbarstadt Rashier berichtete. St. Jamais war sich bewußt, daß es wahrscheinlich als Ehre galt, als eine von nur zwei Personen unbeschränkten Zugang zu Shervanis zu haben, aber tatsächlich empfand er für den Kalifen nur Abscheu und Verachtung.

Beim Erzwesir war das allerdings etwas anderes. Irgend etwas an dem Mann beunruhigte den Demipräzentor. Ji-Drohmien war schlau, möglicherweise sogar ebenso verschlagen wie Shervanis. Auf Astrokazy konnte das einen Mann mächtig machen. Aber gleichzeitig schien er ein Gefühl für Angemessenheit zu besitzen, und nach allem was St. Jamais gesehen hatte: schier unendliche Geduld. Eine Seltenheit auf diesem barbarischen Planeten, und eine Qualität, die jeden Mann gefährlich machen konnte. In diesem Augenblick versuchte der Erzwesir geduldig zu erklären, warum Shervanis keine Großoffensive gegen das Kalifat Rashier befehlen sollte.

»Selbst ohne den *Clint* habe ich immer noch mehr Mechs als Rashier«, erklärte Shervanis. »Wie kannst du behaupten, es wäre anders?«

»Erhabener, wir haben Agenten im Kalifat Rashier. Wir wissen, daß die *Heaven Sent* innerhalb der Stadtmauern gelandet ist, und daß sie mindestens fünf BattleMechs von besserer Qualität als Eure mitführt.«

Shervanis fuhr mit dem Stummel des rechten Handgelenks durch die Luft. »Zur Hölle mit den Söldnern und ihren Mechs. St. Jamais kann mir eine seiner Lanzen geben, um sie zu stoppen. Oder eine Kompanie, um sie zu zermalmen.«

»St. Jamais wird nichts dergleichen tun«, stellte der Demipräzentor gelassen fest und schob sich durch den raschelnd hinter ihm wieder an Ort und Stelle fallenden Perlenvorhang. »Meine Truppen bleiben, wo sie sind, bis die Angeli neutralisiert sind.«

»Rashier ist in meine Stadt eingefallen. Das schreit nach einer Antwort.«

St. Jamais zuckte die Schultern. »Dann legen Sie ein paar Brände in seiner Stadt und stehlen Sie ein paar seiner Gefangenen. Ich sehe keine Veranlassung, BattleMechs einzusetzen, wenn ich dabei nichts gewinne.«

»Verspotte mich nicht, Blakist. Du hast gewisse Übereinkünfte abgeschlossen, und du wirst sie einhalten.«

»Mein Gebieter will nur sagen«, erklärte Ji-Drohmien und trat einen Schritt näher, »daß er sich an Ihr Versprechen erinnert, ihm dabei zu helfen, die Vorherrschaft über die anderen Kalifate zu erlangen.«

St. Jamais sah hinüber zu Shervanis, der neben einem kleinen Tisch mit Wein und Obst stand und ihn wütend anstierte. »Unsere Vereinbarung war klar: wir werden Ihnen nach Verfügbarkeit unserer Kräfte beistehen. Es wurde keinerlei Zeitplan festgelegt. Im Augenblick bin ich zufrieden, die Verteilerstelle gegen die Reste der Angeli zu bewachen. Ich habe nur noch eine Kompanie Mechs und kann bis zum Eintreffen des nächsten Schiffs von Campoleone keine Verstärkung erwarten. Ich werde keine weiteren Mittel des Ordens darauf verschwenden, Wüstenvagabunden zu jagen oder persönliche Rachefeldzüge zu verfolgen. Meine Streifen werden in wenigen Tagen zurückkehren und dann in der Stadt bleiben.«

»Ich hätte vielleicht gar keinen Bedarf für Ihre Kräfte, wenn ich meine Maschinen mit dem Material hätte überholen können, das Sie aus dem anderen Landungsschiff geborgen haben. Unsere Übereinkunft sah vor, daß Maschinen und Material der Söldner mir gehören, wenn ich ihren Kommandeur neutralisiere. Was ich getan habe.«

»Erst, nachdem meine Truppen für tatsächliche Gefechtsverluste entschädigt wurden. Wegen dieses verdammten *Festung*klasse-Landungsschiffs habe ich gegen die Söldner drei Mechs verloren. Und dann zwei weitere bei dem Versuch, die Angeli in die Wüste zu verfolgen.« St. Jamais machte eine Pause. »Und Sie haben Marcus GioAvanti *nicht* neutralisiert. Um genau zu sein, Sie haben ihn entkommen lassen und dann versucht, mich zu belügen und Ihr Versagen zu verschleiern, als ich noch ohne weiteres ein paar Mechs hätte abstellen können, um sicherzugehen, daß er die Stadt nicht verläßt.«

»Soll das heißen, ich erhalte nichts?«

»Ich überlasse Ihnen das Landungsschiff.«

»Das ich nicht reparieren kann«, erwiderte Shervanis knurrend. Als St. Jamais die Achseln zuckte, verschränkte er die Arme und fragte gehässig: »Und was ist mit den Gefangenen? Sie haben zwei MechKriegerinnen und noch ein paar andere gefangengenommen. Oder haben Sie vor, sie als Ersatz für Ihre eigenen Krieger zu rekrutieren?«

»Die Gefangenen interessieren mich nur so lange, wie ich den Eindruck habe, daß sie über Informationen verfügen oder mir in irgendeiner anderen Weise gegen die Angeli helfen können. Sobald ich mit ihnen fertig bin, können Sie die Frauen haben.«

»Ich habe Ihnen auch den anderen Angeli ausgehändigt. Den Mann.«

»Machen wir uns nichts vor, Malachye. Der kümmert Sie einen Dreck. Er hat Glück noch zu leben, bei dem Zustand, in dem Sie ihn mir übergeben haben.«

»Mein Vater hätte sie alle auf Pferde gefesselt in die Wüste getrieben, damit die Sonne sie langsam verzehrt.« Shervanis lächelte dünn. »Ich finde zumindest eine angemessene Verwendung für zwei von ihnen.« Eine Pause. »Finden Sie irgend etwas amüsant?«

»Nur ein Gedanke, Malachye-Pascha. Sie haben mich auf eine interessante Idee gebracht, für die ich in der Zukunft noch Verwendung haben könnte.«

»Gut. Dann werden Sie mir im Gegenzug eine Lanze Ihrer Maschinen leihen, um Rashier zu bestrafen.«

Er gibt einfach nicht auf. Vielleicht braucht er noch eine Erinnerung. »Und wenn ich das nicht tue?« fragte St. Jamais leise.

Shervanis schüttelte die mahnende Hand Erzwesir Ji-Drohmiens auf seiner Schulter ab. »Sie könnten feststellen, daß mein Kalifat ihrer Sache weniger aufgeschlossen gegenübersteht als bisher.«

»Es gibt mehrere Dutzend Kalifate auf Astrokazy, die für unsere Zwecke groß genug sind. Ich könnte mir vorstellen, allein die Miete, die wir Ihnen für die Verwendung einiger leerstehender Lagerhallen bezahlen, würde genügen, Rashiers Loyalität zu kaufen.«

Shervanis' Grinsen wurde bösartig. »Aber Sie möchten nicht, daß allgemein bekannt wird, daß Blakes Wort hinter dieser Operation steckt. All die Spuren, die in die Konföderation Capella führen, die wir so mühsam gelegt haben ... Es wäre doch eine Schande, wenn die ganze Arbeit umsonst gewesen wäre.«

St. Jamais schüttelte traurig den Kopf. »Dann lassen Sie mir wenig Wahl.«

Shervanis schlug mit dem Stummel seines rechten Handgelenks in die linke Handfläche. »Gut. Wir erwarten …«

»Nein, gar keine Wahl«, unterbrach St. Jamais. »Immerhin stehen zur Zeit mehr BlakeGuard-Mechs in Ihrer Stadt als Astrokazy-Mechs.«

Diesmal trat Ji-Drohmien mit dem eigenen Körper zwischen seinen Kalifen und den Demipräzentor. »Natürlich ist dem so«, stellte er geschmeidig fest. »Und wir wissen, daß wir nichts zu befürchten haben, weil Blakes Wort ein Freund Astrokazys und daher ein Freund Kalif Shervanis' ist. Mein Meister wollte soeben vorschlagen, daß Sie die auf Haus Liao hinweisenden Spuren gründlich überprüfen. Besonders den Hinweis, der deutlich macht, daß wir keine andere Wahl hatten als mitzuarbeiten, wenn wir keinen Angriff der Todeskommandos provozieren wollten.«

St. Jamais verschränkte die Arme vor der breiten Brust. »Ist das wahr, Kalif?« Er wartete auf Shervanis' knappes Nicken. *Na, so einfach kommst du mir nicht davon.* »Dann sind wir immer noch Freunde, ja? Und ich würde die Spuren mit Freuden überprüfen. Aber mein Terminkalender ist so voll, Kalif. Sie werden verstehen, daß es wertvolle Zeit kostet, unsere gemeinsamen Angelegenheiten zu überwachen.« *Du erkennst mich als den Stärkeren an, also mußt du für meine Dienste zahlen. Das sind deine eigenen Regeln. Lerne, sie einzuhalten.*

Ji-Drohmien zuckte mit keiner Wimper, aber St. Jamais bemerkte über die Schulter des Erzwesirs, wie Shervanis' Haltung sich versteifte. »Wenn mein Meister die Güte hat, seine Erlaubnis zu geben, würde ich Ihre Geduld und Großzügigkeit gerne mit einem Geschenk ehren. Natürlich aus meinen Gütern. Ein halbes Dutzend der feinsten arabischen Pferde meiner Stallungen. Auf einer anderen Welt würden sie eine hübsche

Summe einbringen. Und natürlich einen steten Vorrat an frischem Obst für Ihre Männer.«

Und alle wahren das Gesicht, wie? St. Jamais nickte dem Erzwesir zu. *Welche Verschwendung, daß so ein Mann Shervanis dient. Ich werde ihm einen Gefallen tun und Shervanis aus dem Weg räumen, bevor ich abfliege. Der 6. Juni kann seine bewährten Methoden überall anwenden, selbst an einem so armseligen Ort wie Astrokazy.*

35

Shaharazadische Wüste
Astrokazy, Peripherie

7. Juli 3058

Die Hitze traf Charlene wie eine Backsteinmauer, als der konstante Einsatz des schweren und der mittelschweren Laser die Cockpittemperatur zuerst in den gelben und dann in den roten Bereich trieb. Die Ventilatoren bemühten sich so gut es ging, die Hitze abzuleiten, aber inzwischen rang sie nach Luft, während der Schweiß an ihrem Gesicht herablief und auf Armen und Beinen perlte. Nur die Kühlweste hielt sie noch bei Bewußtsein – die Kühlweste und ein dickköpfiger Widerstand gegen alles, was an Kapitulation erinnerte, selbst ihrem eigenen Körper gegenüber.

Die großen wogenden Dünen der Shaharazad breiteten sich auf allen Seiten aus, hoben und senkten sich wie ein gewaltiger, sandfarbener Ozean. Dunkle, glasige Flecken, wo BattleMechlaser den Sand geschmolzen hatten, schleuderten grelles Sonnenlicht zurück. Die einzigen Orientierungspunkte waren in die Bordcomputer der Kampfkolosse einprogrammiert. Nach mehreren Tagen dieser Tortur fing Charlene allmählich an, die winzigen Unterschiede zwischen den Dünen zu erkennen, aber sie war zu sehr Realistin, um diesen Eindrücken zu vertrauen.

Der *Feuerfalke* wurde nach hinten geworfen, als eine volle Salve aus zehn LSR des Mordbanden-*Großdracon*, dem sie gegenüberstand, sich links in seinen Torso grub. Eine bläulichweiße Energielanze aus der rechten Arm-PPK folgte und sprengte weiter Durallex-Panzerung ab. Allmählich war von ihrem Panzerschutz in dieser Trefferzone mehr Erinnerung als Wirklichkeit übrig. Vorsichtig bewegte sie den *Feuerfalke* rückwärts und um die Steigung der Düne, die ihre Sichtprojektion als Navigationspunkt A-1 markiert hatte. Sechzig Meter weiter hielt sie die riesige Kampfmaschine an und sah zwischen der Sichtprojektion und dem Schauspiel auf ihrem Sichtschirm hin und her, während die Temperatur in der Kanzel langsam auf erträgliche Werte zurückging.

Und jetzt soll ich warten.

Ihr Zielerfassungsystem hatte einen der Wüstenkrieger und den Mordbuben, gegen den er kämpfte, bereits verloren. Der Mordbube verfügte über einen *Attentäter*, auch wenn sie nicht sagen konnte, ob es dieselbe Maschine dieses Typs war, auf die sie schon früher gestoßen war. Aidar Sildig in seinem *Vollstrecker* wurde nur ab und zu kurz gezeichnet, gute dreihundert Meter links von ihr, wo er in ein tödliches Katz-und-Maus-Spiel verwickelt war, mit zwei schweren Mordbanden-Mechs als Katzen. Sie hatte ihre Arbeit getan und den *Großdracon* aus der Formation gelockt, indem sie vorgab, vor der schwereren Maschine zurückzuweichen. Nicht, daß sie dazu viel Schauspielkunst gebraucht hatte. Der Mordbanden-Pilot war verdammt gut, und zudem hatte er ihrem Mech 15 Tonnen Masse voraus. Der größte Teil der Panzerung, die Aidars Leute ersetzt hatten, war seinen LSR und der PPK bereits wieder zum Opfer gefallen.

Der *Großdracon* kam um die Düne. Seine breiten Füße wirbelten große Sandwolken auf. Er drehte sich plötzlich nach links, um Charlene anzugreifen. Rauch und Flammen schlugen aus den Abschußrohren, als eine neue LSR-Salve aus der vorragenden Lafette zischte. Charlene löste hastig die Sprungdüsen des *Feuerfalke* aus und legte ihn in einen kurzen Sprung nach hinten. Nur zwei der Raketen trafen und konnten kaum die Panzerung am rechten Bein der Maschine einbeulen.

Sechzig Meter weiter hinten sank sie hinter dem Ausläufer einer anderen Düne in teilweise Deckung. *Nur noch ein paar Schritte,* lockte sie in Gedanken und feuerte ihre beiden mittelschweren Laser absichtlich zu hoch. *Nur, damit du siehst, daß ich noch interessiert bin.*

Der *Großdracon* kam drei Schritte näher und erzielte dabei weitere Treffer mit PPK und Langstreckenraketen. Der künstliche Blitzschlag schlug hoch in der Torsomitte des *Feuerfalke* ein, konnte die Panzerung jedoch nicht durchschlagen. Zum Glück traf die gesamte LSR-Salve die Düne, hinter der die untere Rumpfhälfte des Mechs verborgen war und schleuderte eine Sandwolke wie einen Vorhang empor. Der Sand schwappte wie ein Brecher in der Brandung über Charlenes Mech, und als der Sichtschirm wieder klar wurde, schien es, als wäre sie aus dem Gefecht mitten in ein Holoviddrama transportiert worden.

Ein Dutzend prächtiger Rösser stürmte auf den *Großdracon* zu, galoppierte zu beiden Seiten die Dünen herab, ein Teil preschte auch aus seinem Rücken heran. Die langen, seidenen Mähnen und Schweife der starken, eleganten Tiere peitschten im Wind. Sie trugen ihre Reiter auf den Mordbanden-Mech zu, dessen Pilot ihre Annäherung überhaupt nicht zu bemerken schien. Angesichts der hohen Hintergrundwärme der Wüste überraschte das Charlene nicht weiter.

Aber als die ersten Enterhaken emporflogen und sich in den Mecharmen, Schulterwülsten und Kommantennen verfingen, mußte der Pilot schließlich doch erkannt haben, daß irgend etwas nicht stimmte. Sein Kampfkoloß wich mit einem schwerfälligen Schritt nach hinten aus, und der PPK-Lauf des rechten Mecharms schwang auf der Suche nach einem Ziel herum.

Charlene hatte gehört, was sie zu erwarten hatte, aber es war trotzdem ein erstaunlicher Anblick, wie acht Reiter plötzlich vom Rücken ihrer Pferde sprangen und mit Hilfe von Seilen und Enterhaken am Rumpf der riesigen Kampfmaschine hochkletterten. Vier andere, die mit dem ersten Wurf kein Glück gehabt hatten, galoppierten in verwirrenden Mustern um den BattleMech und versuchten, die Aufmerksamkeit des Piloten von ihren Kriegergefährten beim Aufstiegsritus abzulenken. Als ein Schuß aus dem mittelschweren Laser im linken Arm des *Großdracon* einen Reiter samt dem halben Pferd, auf dem er saß, verdampfte, schien niemand außer Charlene dem weiter Beachtung zu schenken.

Sie war baß erstaunt, daß die reiterlosen Pferde weder davonstürmten noch die mindeste Panik erkennen ließen. Sie warteten geduldig auf die Rückkehr ihrer Reiter, wo diese sie zurückgelassen hatten, den Kopf hoch erhoben – ein edles Bild. *Einige von ihnen werden nicht zurückkehren,* dachte Charlene, als der *Großdracon* nach rechts ruckte und einen der Krieger abschüttelte, der an seiner Flanke emporstieg. Ein Krieger war zum Teil in das Kniegelenk des Mechs gerutscht, und als der Kampfkoloß sich jetzt aufrichtete, wurde der Mann von den sich drehenden Metallplatten regelrecht zerteilt. Ein anderer wurde vom ausladenden linken Unterarm des Mechs auf dessen Hüfte zerquetscht. Und ein vierter stürzte ab, als er versuchte, über die ausladenden Schulterwülste des *Großdracon* zur Cockpitluke des Mechs hinunter zu rutschen – der nachfolgende Schritt der Kampfmaschine zur Seite begrub ihn unter sechzig Tonnen Metall.

Was für eine Verschwendung guter Krieger, dachte Charlene. Sie stand selbstvergessen vor dem *Großdracon,* während dieser sich der Wüstenkrieger zu erwehren versuchte, die an seinem Rumpf hingen. Vier von ihnen hatten die Cockpitluke erreicht und klammerten sich an die Handgriffe für Techs und den Piloten. Jeder von ihnen hatte eine geformte Sprengladung dabei.

Einer mußte in die Pilotenkanzel eindringen und den MechKrieger im Innern ausschalten, so daß die Maschine nahezu unbeschädigt in die Hände der Nomaden fiel. Als der Kopf des *Großdracon* nach vorne ruckte und eine kleine weiße Rauchwolke hinter ihm aufstieg, war klar, daß die Luke offen stand.

Aidar Sildig hatte ihr das Ritual erklärt, aber sie hatte es kaum fassen, geschweige denn glauben können, daß er die Wahrheit sprach. Reiter gegen einen BattleMech? Mit Seilen und Enterhaken statt den Kletterstangen der Mechabwehrtruppen? Ganz abgesehen davon, daß ihre gesamte Bewaffnung aus Messern bestand. Das Ganze erschien ihr wie Selbstmord, aber die besten Krieger des Stammes drängten sich darum, unter den zwölfen sein zu dürfen. Vier von ihnen waren tot, vier hatten nur Pech gehabt, und vier weitere saßen auf den Schultern des *Großdracon*. Noch während Charlene entgeistert zusah, drang einer der Krieger mit gezücktem Messer in die Pilotenkanzel ein.

Die Sprengladungen, mit denen die Nomaden das Cockpit aufgebrochen hatten, waren bewußt schwach gewesen, um keine wichtigen Kontrollelemente zu beschädigen. Die Wüstenkrieger hatten keine Skrupel, was das Leben des Piloten betraf, aber sie wollten den Mech so intakt wie möglich erbeuten. Der Mordbanden-Pilot hatte mit ziemlicher Sicherheit eine Waffe dabei, die ihn einem einzelnen Krieger mit einem Messer mehr als gleichwertig machte. Aber der Kampf mit unterlegener Bewaffnung war ein wichtiger Teil des Rituals. Die drei anderen Nomaden warteten außerhalb der Luke darauf, ob der erste Krieger Erfolg hatte oder versagte.

Anscheinend hatte er es nicht geschafft. Der nächste Krieger hechtete durch die Luke, das Messer zwischen den Zähnen.

Charlene kam die Galle hoch, aber sie riß sich zusammen. Das Ritual schien barbarisch in seiner Einfachheit, in seiner tragischen Verschwendung von Leben, dachte sie, als der nächste Krieger im Cockpit des *Großdracon* verschwand. Sie konnte den puren Mut und die Treue zu ihren Traditionen auf Seiten der Nomaden bewundern, aber ihre Gleichgültigkeit dem Tod gegenüber ließ sie erschauern.

Plötzlich wurde ihr klar, wie sehr sie sich in Marcus geirrt hatte, als sie ihm vorgeworfen hatte, das Leben der Söldner grundlos gefährdet zu haben. Wie hatte sie so ungerecht sein können? Es mußte die Trauer um Brent gewesen sein, die sie dermaßen verwirrt hatte. Nur weil Marcus versuchte, eine gewisse emotionale Distanz zu wahren, bedeutete das nicht, daß ihm seine Leute gleichgültig waren.

Dann setzte sich der *Großdracon* plötzlich wieder in Bewegung, aber unbeholfener als zuvor, und der vierte Krieger rutschte an seinem Seil zurück in den Sattel des Pferdes. *Sie haben ihn.* Sie hatte es selbst mitangesehen – nur mit einem Messer bewaffnete Reiter hatten einen BattleMech erbeutet –, aber trotzdem fiel es ihr schwer, ihren Augen zu glauben. Die überlebenden Krieger ritten davon. Jeder von ihnen führte wenigstens ein Pferd eines Reiters mit, der nicht zurückkehren würde. *Sie werden sich eine Stunde Wegs von hier neu gruppieren, wo Aidar und ich wieder zu den Transportern stoßen, die sie hergebracht haben. Bis dahin muß ich den anderen helfen, die Verfolger abzuschütteln.*

Und wenn ich Glück habe, bekomme ich irgendwann noch eine Gelegenheit, mich bei Marcus zu entschuldigen.

36

**Mechsammelplatz, Rashier, Kalifat Rashier
Astrokazy, Peripherie**

8. Juli 3058

Haken flogen an der Seite der *Spinne* empor und zwei von fünf verfingen sich in einem der Rücken-›Flügel‹, die gleichzeitig als Kühlflossen fungierten und halfen, den leichten Scoutmech auf längeren Sprüngen zu stabilisieren. Zwei von Rashiers Männern kletterten die Seile hoch. Einer von ihnen verpatzte seine ersten Versuche, einen Halt am Rumpf zu finden, und kam nur zwei Meter hoch, bevor die schrille Pfeife des ›Generals‹ die Übung abbrach.

Marcus sah zu, wie der ›General‹ die traurigen Gestalten der Infanteristen von seiner Position auf einem Container mit der Aufschrift: *Gefahr! Explosiv! MG-Munition* musterte. Hanford Lee war der Kommandeur der Bodentruppen der Angeli, aller vierzehn Mann. Sie hatten es geschafft, die *Stecknadelkopf* in den *Savannah Masters* zu verlassen und die *Heaven Sent* zu erreichen, bevor Mordbanden-Streifen oder marodierende Wüstennomaden sie aufgreifen konnten. Die Angeli setzten außer für Wachaufgaben oder Aufräumarbeiten wie auf New Home nur selten Fußtruppen ein. Aber in vierzig Jahren Dienstzeit, erst in den VSDK, dann bei den Rasalhaag-Drakønern, hatte Lee gelernt, seine Truppen vorzubereiten und in Bereitschaft zu halten. Alle nannten ihn den ›General‹, aber trotz seines Alters und seiner Gefechtserfahrung hatte er keine Probleme damit, Marcus als Vorgesetzten anzuerkennen.

Lee öffnete den Mund und ließ die Pfeife an ihrem Band auf seine Brust fallen. »Nennt ihr das einen Angriff?« Seine Stimme war laut und kräftig, gewohnt, Befehle über eine heißumkämpfte Gefechtszone zu brüllen. Er sprang von der Kiste und ging zu der Gruppe Astrokaszykrieger hinüber. Er hinkte leicht, weil er das rechte Bein mit dem künstlichen Kniegelenk etwas schonte.

Die beiden Männer hingen noch mit angespannten Muskeln hoch über dem Boden am Seil. Die drei anderen standen wie festgefroren in Hab-Acht-Stellung. Gleich am ersten Tag hatten sie gelernt, sich ohne Befehl nicht zu rühren, als einer von ihnen sein Seil losgelassen und sich mit dem ›General‹ angelegt hatte. Nachdem er sich vom Boden aufgerappelt hatte, war Nihail Sallahan hinübergegangen und hatte ihn wegen Insubordination gleich wieder niedergeschlagen.

»Warum hängen bloß zwei von euch da oben?« fragte der ›General‹. Er stieß den Daumen in Richtung einer langen, schweren Eisenstange, die in etwa drei Metern Höhe zwischen zwei Leitern hing. Alle drei Männer, deren Würfe das Ziel verfehlt hatten, setzten sich in Bewegung und sprangen hoch, um mit halbgebeugten Armen hängenzubleiben. Der ›General‹ wandte sich derweil dem höchsten der beiden Kletterer zu, der knapp über dem Knie der *Spinne* hing.

»Du wolltest zur Hüfte, nicht wahr, Blitz?« Er wartete, bis der dunkelhäutige Mann auf den Spitznamen reagierte, den ihm der ›General‹ verpaßt hatte, und nickte. »Wenn diese Babys im Gefecht mal kurz anhalten, hast du höchstens zehn Sekunden. Wenn deine Ladungen bis dahin nicht plaziert sind, jagen sie wie die Raketen wieder los, und wie ein Wimpel hinter ihnen herzuwehen bringt einen Dreck. Solange du nicht *weißt*, daß du es schaffen kannst, werd nicht übermütig. Nimm das Knie.« Noch ein Nicken. »Komm runter.«

»Bodenwelle«, rief Lee, und drehte sich dem Mann zu, der kaum zwei Meter hoch gekommen war. »Knöchel zählen nicht. Du mußt mit dem Seil hochschwingen. Niemals den Schwung verlieren. Es ist ohne weiteres möglich, mit jedem Zug einen Meter höher zu kommen. Du schaffst bestenfalls dreißig Zentimeter. Wenn du nicht so verdammt gut mit dem Haken wärst, würde ich dich aus der Truppe werfen. Aber mit Kletterstangen würdest du wahrscheinlich jedesmal einen Treffer landen.« Er seufzte schwer. »Komm runter. Der Rest bleibt eine Weile hängen und überlegt sich, wie er das Klassenziel beim nächstenmal erreicht.«

Marcus verbarg sein Grinsen unter einem leichten Husten. Er hatte eine entsprechende Ausbildung in der Vergangenheit schon freiwillig mitgemacht und erinnerte sich nur zu gut daran, was für eine Folter es war, so zu hängen. Dann schluckte er seine Belustigung und brach das Schweigen mit einer eigenen Beobachtung. »MechKrieger werden euch in aller Regel ignorieren. Jedenfalls bis die Haken fliegen. Mit tragbaren Waffen könnt ihr nicht viel Schaden anrichten, es sei denn, ihr wärt eine ganze Menge Leute mit schwerer Ausrüstung. Sie werden euch unterschätzen. Nutzt es aus! Und verlaßt euch nicht auf die zehn Sekunden. Wir sind vielleicht manchmal langsam, aber das heißt nicht, daß wir blöd sind. Haken und Seile bedeuten Sprengladungen, und kein MechKrieger, der schon einmal mit einem zertrümmerten Kniegelenk zurück ins Landungsschiff humpeln mußte, legt Wert darauf, das ein zweites Mal zu erleben.«

Lee nickte und hatte ebenfalls einen Kommentar parat. »Und werdet nicht übermütig, wenn ihr es schaffen solltet, einen Blechkameraden umzuwerfen. Selbst flach am Boden mit beschädigtem Gyro und heißlaufendem Fusionsreaktor ist ein Mech noch gefährlich. Er kann immer noch schießen, und er kann sich herumwerfen. Wenn ihr einen am Boden findet, Klasse. Verpaßt ihm einen Einlauf. Das Beste, was ihr für eure

MechKrieger tun könnt, ist über einen Mech schwärmen, nachdem sie ihn abgeschossen haben und ihm den Rücken zukehren. Nicht wahr, Kommandant?«

Marcus zuckte bei der Erinnerung zusammen. »He, er hat den Reaktor runtergefahren.«

»Ja. Und gleich wieder hoch, nicht wahr?« Der ›General‹ sah ihn streng an, und Marcus hob kapitulierend die Hände. »Traut keinem MechKrieger«, sagte er und betonte jedes Wort wie den wichtigsten Rat, den er überhaupt geben konnte.

Dann ließ der ›General‹ die anderen Männer herunter, und nach ein paar Sekunden Zeit, um wieder etwas Leben in ihre Arme zu massieren, wiederholte er die Übung. Vier der fünf Haken fanden ihr Ziel. Marcus sah den Blick der Verzweiflung im Gesicht des fünften Mannes und fragte sich, wie es dem ›General‹ gelang, innerhalb von drei Tagen eine solche Angst in einem zunächst feindseligen und streitsüchtigen Krieger zu wecken. Aber diese Runde würde er nicht verfolgen können. Gerade als die Pfeife wieder ertönte, bemerkte Marcus Kalif Rashier und seine Eskorte aus Wachen, die durch den alten Hangar in seine Richtung kamen. Er sprang zu Boden, damit der ›General‹ nicht gestört wurde. Hauptsächlich, weil er nicht dafür garantieren konnte, was der Mann vor dem Kalifen gesagt hätte.

Oder sogar *zum* Kalifen.

Nihail schob sich zwischen zwei der vorderen Wachen und machte Marcus den Weg zu Rashier frei. Ihre Blicke trafen sich einen Augenblick, und wie immer hatte Marcus den Eindruck, als wolle der andere ihm etwas mitteilen, das er einfach nicht verstand. Es war zwar irritierend, daß Nihail ihm immer noch ein Rätsel war, aber nicht unangenehm. Eher eine Herausforderung.

Marcus überlegte, was er von dem Mann wußte. Nihail Sallahan hatte eine hohe Stellung im Beraterkreis des Kalifen und schien gleichzeitig die einfache Bevölkerung besser zu verstehen, als Rashier es jemals erhoffen konnte. Es war Nihail gewesen, der Marcus geraten hatte, seine Waffen an Bord der *Heaven Sent* zu lassen.

Der Schutz des Kalifen ist innerhalb der Stadtgrenzen völlig ausreichend, hatte Nihail versprochen. Und er hatte recht gehabt. Marcus hatte den Mann nie anders als in den fließenden schwarzen Gewändern des Wüstenkriegers gesehen, mit einem roten Stoffgürtel und gelegentlich mit einer roten Kordel um sein Kaffiych. Außer den beiden Schwertern, die manchmal aus den Falten seiner Kleider auftauchten, schien er keine Waffen zu tragen, aber es machte den Eindruck, daß er darin nahezu alles verstecken konnte. *Aber was sagt mir das über den Mann?*

Und dann wurde Marcus klar, was Nihail so auffällig machte, und es hatte nichts mit seiner Kleidung zu tun. *Die Bevölkerung unterstützt Rashier, weil er die Macht hat und sie ihn fürchten. Die Krieger kämpfen aus so ziemlich demselben Grund für ihn.* Aber Nihail hatte keine Angst. Er diente Rashier aus Respekt und Loyalität. Was das anging, war sich Marcus sicher.

Und möglicherweise ist das einer der Gründe für meine Abneigung dem Kalifen gegenüber. Er scheint die Loyalität eines Mannes wie Nihail nicht zu verdienen, der das Zeug zu einem weit besseren Herrscher zu haben scheint. Er erinnerte sich, ganz ähnlich über Ji-Drohmien gedacht zu haben, Shervanis' Erzwesir. *Gibt es auf Astrokazy ein Gesetz, daß überlegene Führer unter Tyrannen oder religiösen Fanatikern dienen müssen?* Dann dachte Marcus an die Alternative – das Amt des Kalifen, mit einer imaginären Zielscheibe auf der Stirn, auf die ein Dutzend anderer Herrscher angelegt hatten –, und fragte sich, ob Ji-Drohmien und Nihail nicht klüger waren, als er ihnen zugestand.

»Kommandant GioAvanti«, begrüßte Kalif Rashier ihn. »Verzeihen Sie die Störung Ihres Trainings.«

Marcus fragte sich, was der Mann ihm jetzt wieder abpressen wollte, aber natürlich sprach er das nicht aus. »Kein Problem, Srin-Pascha. Ich bin mit Ihren MechKriegern für heute fertig, aber der ›General‹ würde sich auch nicht unterbrechen lassen, wenn der Hangar um ihn herum niederbrennt.«

Rashiers Blick zuckte besorgt zu den Mauern des alten Bauwerks hinüber. »Ja, nun, ich würde hoffen, daß es in meiner Stadt zu so etwas nicht kommt.«

Aus irgendeinem Grund fühlte Marcus sich an die Geschichten erinnert, die er über Romano Liao und deren blutige Säuberungen im Namen ihrer persönlichen Sicherheit gehört hatte. *Das könnte auch hier leicht geschehen*, dachte er, *wäre Nihail nicht als die Stimme des gesunden Menschenverstands zur Stelle.* »Was kann ich heute für Ihre Hoheit tun?«

»Ich möchte wissen, ob Ihre Krieger in drei Tagen gegen den räudigen Köter Shervanis losschlagen können.«

In drei Tagen! Marcus hatte eher an drei Wochen gedacht, um genug Zeit für die Suche nach seinen Angeli zu haben. »Warum so schnell? Ist etwas geschehen?«

Rashier nickte Nihail zu, der auf seine geduldige Art die Erklärung übernahm. »Der bösartige Shervanis versucht den Ketzerkommandeur zu überzeugen, mit ihm Kalif Rashiers Besitztümer anzugreifen. Wir möchten dem zuvorkommen.«

»Das kann ich verstehen. Aber wir sollten nicht losschlagen, bevor wir bereit sind. Wir hätten keine Chance, die Stadt einzunehmen.«

Nihail schüttelte den Kopf. »Wir glauben schon. Nur könnten wir sie wahrscheinlich nicht halten. Der Angriff hätte den Zweck, Shervanis' Kräfte zu schwächen, wie Sie es bereits vorgeschlagen haben. Dann hätten wir Hoffnung, beim nächsten Angriff zu siegen. Oder vielleicht beim übernächsten.«

Was ist das? Rashier wird endlich vernünftig? Marcus war erstaunt. »Wir versuchen, eine schwere oder überschwere Lanze wegzulocken, und sie mit minimalem Schaden für uns zu vernichten. Ein Verlust dieser Größenordnung würde ihn treffen.«

»Nein«, antwortete der Kalif. »Wir müssen in größerem Rahmen denken. Sie werden Ihre gesamte Streitmacht aus der offenen Wüste führen, genau südlich der Stadt, durch die Wildnis, und die Männer herausziehen, die unter falschen Farben kämpfen. Diese Fremdweltler. Nach Beginn der Schlacht werden meine Maschinen und zweihundert meiner besten Krieger sie von der Seite angreifen, aus dem Nordwesten, und gemeinsam werden wir sie vernichten. Dann bleiben Shervanis nur seine eigenen Maschinen.«

»Shervanis erwartet Verstärkungen«, stellte Nihail fest. »Mehr dieser gottlosen Schurken.«

Marcus zuckte zusammen. »Sind Sie sicher?«

Kalif Rashier wirkte beleidigt. »Ich habe es Ihnen bereits gesagt: In Shervanis' Reich geschieht nichts, ohne daß ich davon erfahre. Also, können Sie es tun?«

Marcus schüttelte den Kopf. »Fünf BattleMechs gegen zwei Kompanien aufgerüsteter Kampfkolosse? Wir wären aufgerieben, noch bevor Ihre Truppen erscheinen.« Er dachte nicht daran, Rashier die Reste der Angeli als Köder verbraten zu lassen. »Selbst dann stünden wir einer zweifachen Übermacht gegenüber.«

»Aber wenn *Sie* zweimal soviel Maschinen hätten?« Die Stimme des Kalifen war ein beinahe seidiges Schnurren.

»Mit Ihren Maschinen in der Hauptstreitmacht? Dann hätten wir keine brauchbare Angriffseinheit mehr für den Überraschungsschlag aus der Flanke.« Marcus stockte. Rashiers Betonung auf dem ›Sie‹ drang langsam zu ihm durch. »Die Angeli?«

Nihail zog ein Blatt rauhes Papier aus den Falten seiner schwarzen Robe und reichte es GioAvanti. Während Marcus es öffnete und überflog, informierte Nihail ihn gleichzeitig mündlich über den Inhalt. »Ihre Stellvertreterin erklärt, sie habe fünf Ihrer Leute plus einen weiteren gefunden. Aber nur fünf Maschinen, die nicht alle in gutem Zustand sind. Sie warten im Schutz des Wüstenwind-Stammes.«

Fünf Angeli! Und der sechste mußte ein Mitglied von Jerichos Lanze sein. Die Angeli waren angeschlagen, aber jetzt sah er die Möglichkeit eines Wiederaufbaus als sehr viel mehr denn nur ein Versprechen, das er Jericho gegeben hatte. Seine Gedanken rasten, berechneten die Zeit für den Transport und die Reparatur der beschädigten Maschinen. »Dieser Wüstenwind-Stamm. Wo ist er?«

Rashier zuckte die Achseln. »Das weiß niemand, und wenn doch, würde es keiner zugeben. Irgendwo zwischen uns und dem finsteren Shervanis.«

»Also in einem fünfhundert Kilometer großen Gebiet östlich von hier, wahrscheinlich näher, sonst hätte die Funkstation der *Heaven Sent* den Spruch nicht aufgefangen, bei dem Zustand, in dem sie sich befindet. Wir könnten sie mit einem Gewaltmarsch innerhalb eines Tages erreichen, da bin ich sicher. Geben Sie mir einem Tag, sie mit dem Rest unserer Materialreserven neu zu bewaffnen und zu panzern, und, ja, dann könnten wir in drei Tagen angreifen.« Marcus konnte kaum fassen, daß die Angeli wiedervereint werden sollten. »Aber können Sie den Zeitpunkt Ihres Eingreifens garantieren? Ich kann die Stellung halten, solange wir in Bewegung bleiben, aber ohne Ihren Flankenangriff, um sie zu verwirren, habe ich keine Siegchance. Diese Mordbanden sind gut.«

Rashier winkte ab, als sei Marcus' Besorgnis ohne jede Bedeutung. »Ihr Anmarschweg ist gut versteckt. Sie können durch die Wildnis bis in den Bereich vorstoßen, den wir den Übergang nennen, ein felsiges Hügelland, das in die Ebene übergeht. Indem sie die nördliche Route wählt, dürfte meine kleinere Streitmacht an Ort und Stelle versteckt sein, bevor Sie überhaupt in Stellung sind. Und wenn nicht, befindet sich ein kurzes Stück östlich ein Irrgarten ausgetrockneter Flußtäler, in dem sie diese Mordbanden sicherlich eine gute Stunde binden könnten, ohne übermäßige Verluste zu erleiden.«

Wieviele Leben betrachtest du als mäßige Verluste, Rashier? wollte Marcus fragen, hielt sich aber zurück.

»In der Zwischenzeit«, fuhr Rashier fort, »werde ich meine Agenten in der Stadt anweisen, kleinere Überfälle und andere Ablenkungsmanöver zu starten. Das wird dafür sorgen, daß ein Teil der Ketzer-Krieger zusammen mit allen Maschinen Shervanis' in der Stadt zurückbleibt. Dadurch bessern sich ihre Chancen noch weiter.«

»Wir bereiten uns seit einiger Zeit auf diesen Angriff vor«, erklärte Nihail. »Wir kennen das Gelände und ein Dutzend Anmarschwege für jeden Bereich rund um die Stadt.« Er sah bedeutungsvoll zu dem *Centurion* hinüber, dem anderen Mech im Innern des Hangar, und gab Marcus damit zum erstenmal einen Hinweis darauf, daß dieser Mann ebenfalls ein MechKrieger war. Irgendwie überraschte es ihn nicht. »Wir werden da sein«, versprach er. »Und Shervanis' Helfer vor uns hertreiben.«

Marcus nickte. Nihails einfache Worte hatten ihn weit mehr beruhigt als alle Versprechungen Rashiers. »Das genügt mir«, stellte er Nihail gegenüber fest, dann wurde er wieder allgemeiner. »Der Plan könnte funktionieren. Aber ich muß Karten von der Gegend sehen und vielleicht noch ein, zwei kleine Anpassungen einbringen. Zunächst einmal, Kalif Rashier, brauche ich zwei Ihrer MechKrieger-Anwärter, um die zusätzlichen

BattleMechs an Bord unseres Landungsschiffs zum Nomadenlager zu bringen. Unsere Infanterie kann ich in normalen Schwebern transportieren, würde aber Ihre *Savannah Master* gerne als Geleitschutz ausleihen, bis wir für den letzten Vorstoß auf Shervanis Aufstellung nehmen.« *Zur Abwechslung bist du mir etwas schuldig,* dachte Marcus, *und du bezahlst besser verdammt hurtig.*

Kalif Rashier zögerte keinen Augenblick. Er nickte Marcus grinsend zu. »Natürlich, Kommandant. Was immer Sie brauchen.«

37

Oase Amina, Shaharazadische Wüste
Astrokazy, Peripherie

10. Juli 3058

Im Wüstenwind-Lager wimmelte es von Aktivitäten wie in einem Ameisenhaufen. Manche der Nomaden waren noch damit beschäftigt, die schwerer angeschlagenen BattleMechs der Angeli so gut es ging zu reparieren, eine Arbeit, bei der die Techs, die Marcus mitgebracht hatte, ihnen zu helfen versuchten. Der Rest des Stamms schwärmte nervös – und die Neuankömmlinge mißtrauisch beäugend – herum. Charlene bezweifelte, daß irgendwer unter ihnen jemals so viele Kampfkolosse versammelt gesehen hatte, und wahrscheinlich fühlten sie sich mehr als nur ein wenig bedroht.

Der *Kampftitan* und *Schütze* der Angeli ragten über dem Schluchteingang auf wie zwei gigantische Wachen und befanden sich zur offenen Wüste gekehrt reglos auf Posten. Sechs weitere Mechs standen an den Klippenwänden, wo sie hoch über dem Lager und den Palmenhainen aufragten. An den beiden letzten Mechs wurde noch gearbeitet, einschließlich eines verzweifelten Versuchs, den linken PPK-Arm wieder an Brian Phillips' *Kriegshammer* anzubringen.

Charlene wischte sich mit dem Handrücken den Schweiß von der Stirn. Selbst bei 32° im Schatten der Felswände war ihr klar, daß es nicht allein an den Temperaturen lag. Sie konnte nur hoffen, daß man ihr die Nervosität nicht ansah. Sie hatte vor, ihren Posten als Stellvertretende Kompanieführerin aufzugeben, sofern Marcus ihr nicht zuvorkam und sie entließ. Bei dem Gedanken wurde ihr übel. *Die Angeli sind mein Leben. Aber ich habe töricht und mit derselben Fahrlässigkeit ge-*

handelt, die ich Marcus vorgeworfen habe. Und dadurch sind sie fast vernichtet worden.

Bevor sie etwas sagen konnte, war Marcus an ihr vorbei zum Rest der versammelten Angeli gegangen. Sie beobachtete, wie er sie alle persönlich begrüßte und sich nach ihrem Zustand erkundigte. Obwohl er es beiläufig tat und immer mit Blick auf ihre Gefechtsbereitschaft, konnte sie die Erleichterung in seiner Stimme spüren, und einmal sah Charlene sie auch in seinen schiefergrauen Augen, als ihre Blicke sich kurz begegneten. Auch die andern schienen eine leichte Veränderung zu spüren und reagierten entsprechend. Marcus zuckte nicht einmal zurück, als Paula einen Kuß auf seine Wange drückte.

Dann drehte er sich wieder zu Charlene um, die augenblicklich Haltung annahm und einen militärischen Gruß geradewegs aus dem Drillhandbuch des Vereinigten Commonwealth ablieferte. »Übergebe die Einheit wieder Ihrem Befehl.«

Marcus antwortete mit der kurzen – fast knappen – Verbeugung und dem Zusammenschlagen der Absätze, die ein Überbleibsel seiner Erziehung als Mitglied des wohlhabenden Hauses GioAvanti war. Dann sah er sich unter den Angeli um, die sich auf typische Weise entspannten. »Fünf?« zählte er. »In deiner Nachricht hieß es fünf plus eins. Ich dachte, das hieße eine von Jerichos Leuten.«

»Stimmt. Chris Jenkins hilft bei Paulas *Valkyrie* aus.« Sie deutete mit einem Kopfnicken zu Connor Monroe. »Connor ist erst heute morgen eingetroffen, leider ohne seinen *Kampfschütze*.«

»Mein Lösegeld« erklärte der junge Mann sichtlich verärgert. »Sie haben ihn ausgeschlachtet, was auch so ziemlich das einzige war, wozu er noch taugte. Die Nomaden haben ihn praktisch aufgeschlitzt, als sie mich überfielen. Trotzdem, es war unsere Maschine.«

»Hatte eh eine papierdünne Panzerung«, stellte Marcus fest. »Fabers *Marodeur* hat ein einigermaßen ähnliches Cockpit. Meinst du, du kommst damit klar?« Er wartete auf Monroes überraschtes Nicken. »Wer hat noch keine Maschine?«

Brandon Corbett zuckte unbehaglich die Achseln. »Das wäre dann wohl ich, Marc. Mehr oder weniger dieselben Umstände. Mein *Quasimodo* wurde von den Wüstenkriegern auf weite Entfernung zu Fetzen geschossen. Ich habe ihn aufgegeben, um freies Geleit für Tamara und ihren Mech zu erkaufen.«

»Der in beinahe perfektem Zustand ist«, fügte Charlene hinzu. »Bis du aufgetaucht bist, war der *Grashüpfer* die beste Maschine, die wir hatten.«

Marcus nickte. »Jericho ist auf dem *Kampftitan* abgenommen«, sagte er zu Corbett. »Du kannst ihren *Greif* nehmen. Der ist ohnehin näher an deiner Gewichtsklasse. Der *Greif* und der *Marodeur* sind freigestellt, ihr könnt also eure eigenen Sicherheitsprozeduren installieren und euch an die Maschinen gewöhnen. Nehmt sie raus in die Wüste, wenn ihr wollt, aber höchstens einen Kilometer. Abmarsch.«

Beide Männer setzten sich sofort in Richtung der BattleMechs in Bewegung. Charlene entging der ernste Gesichtsausdruck der beiden nicht, und sie ahnte: ihre Miene sah nicht anders aus. Sie wußten immer noch nicht sicher, wer es aus der Stadt geschafft hatte und wer nicht. »Jase und Thomas?« fragte sie, um sich zu vergewissern.

»Haben Shervanis nicht mehr verlassen«, antwortete Marcus, dann faßte er die Ereignisse der vergangenen Woche knapp zusammen. »Was wissen wir von den anderen?« fragte er, als er fertig war.

Charlene schluckte schwer. »Geoff ist tot. Das ist sicher. Ebenso eine von Jerichos Kriegerinnen. Kelsey Chase könnte es geschafft haben, sich aus ihrem *Jenner* zu retten, und wir wissen nicht, was aus Shannon Christienson geworden ist, der vierten Canopierin.« Sie setzte ein gequältes Lächeln auf. »Vince Foley lebt. Er und sein *Vollstrecker* werden von einem anderen Stamm als Geiseln gehalten. Selbst wenn wir die Ausrüstung hätten, die sie verlangen, wäre keine Zeit da, ihn zu holen.«

»Und die anderen? Wie hast du sie herbekommen?«

»Wir schulden zwei Stämmen Zeit in unseren Mechhangars, falls wir das hier überleben. Sie waren bereit, Schuldscheine zu akzeptieren. Ich habe getan, was ich konnte.«

Marcus zuckte die Schultern, als er ihren entschuldigenden Tonfall hörte. »Damit kann ich leben.« Mit einem Kopfnicken entließ er die anderen. »Gehen wir ein wenig spazieren.«

Charlene hatte keine Ahnung, was in Marcus' Kopf vorging, und jedesmal, wenn sie ihren Rücktritt anbringen wollte, mußte sie eine andere Frage beantworten. Sie führte ihn durch das Lager und stellte ihn den Kriegern vor, die sie kannte. Aidar Sildig und Scheich Carrington – sie hatte endlich seinen Namen in Erfahrung gebracht – waren gerade in einer Besprechung. Marcus schien über Aidars Status nicht erstaunt. »Es scheint auf dieser Welt die Regel zu sein, daß kompetente Männer es zum Stellvertreter bringen. Was ich nicht verstehe, ist, warum sie uns nicht gegen Shervanis helfen.«

»Carrington hat sie alle in irgendeine religiöse Queste nach einem mythischen Schatz verstrickt«, meinte Charlene. »Aidar plant, uns mit einigen seiner Krieger in Richtung Stadt zu folgen. Aber sie werden nur Nachzügler ausschalten, die sich zu weit vom Rest der Truppe entfernen. Sie sind nicht bereit, ihre Leute bei einer Operation zu riskieren, die einem Kalifen nutzt.«

Marcus verzog das Gesicht. »Verdammt. Wir hätten sie gebrauchen können. Wie es momentan aussieht, rechne ich höchstens mit einem Fenster von zwanzig Minuten für Kalif Rashiers Flankenangriff, auch wenn er optimistisch von einer Stunde ausgeht. Vier zusätzliche Mechs hätten die Zeit auf dreißig oder sogar vierzig Minuten erhöhen können.«

So wie diese Nomaden kämpfen, hätten wir Rashier vielleicht gar nicht gebraucht, dachte Charlene. »Ich habe mir den Grundplan angesehen, den du uns geschickt hast, und ich glaube, wir können uns selbst mehr Zeit erkaufen. Es hängt alles davon ab, wie wir unsere Kräfte aufteilen.« Sie dachte einen Augenblick nach. »Wie dicht willst du an die Stadt heran?«

»Rashier garantiert, daß wir bis auf fünf Klicks herankommen können. Persönlich rechne ich nur mit zehn.«

Charlene sah hinüber zur Reihe der BattleMechs. »Hat dir schon mal jemand gesagt, daß Weiß und Grau nicht unbedingt die Farben für ein Wüstentarnschema sind?« fragte sie, und war nicht in der Lage, die Belustigung in ihrer Stimme ganz zu verbergen. Vier der fünf Mechs, die Marcus mitgebracht hatte, waren in diesen Farben bemalt.

Er lächelte dünn. »Wenn wir erst so nahe rankommen, sind wir ohnehin nicht zu übersehen. Da macht die Farbe nichts mehr aus. Und sie sollen wissen, wer wir sind.«

»Das Problem hast du bereits gelöst, würde ich meinen.« Sie blickte zu dem fünften Mech in der Reihe, Marcus' *Caesar*. Er hatte eine glänzendweiße Grundierung mit einer darüberliegenden Speziallackierung erhalten, die ihm einen schimmernden Effekt fast wie Perlmutt verlieh. Und als hätte das noch nicht gereicht, um Aufmerksamkeit zu erregen, leckten in dunklen Rot- und Brauntönen gemalte Flammen außen an beiden Beinen hoch. Auf der Brustpartie des Mechs prangte in einem leicht zur Seite verschobenen Halbkreis der Name ›Erzengel‹ in glänzend goldenen Lettern.

»Das hat Jericho gemacht, nach einem ...« – er stockte – »... Gespräch, das wir hatten.«

Die beiden standen eine Weile schweigend nebeneinander und sahen zu dem Mech hinüber. Schließlich entschied Charlene, daß der Zeitpunkt gekommen war. Die eisige Hand um ihre Eingeweide drückte noch fester zu, als sie sich endlich räusperte. »Erlaubnis, eine persönliche Verpflichtung zu erfüllen?«

»Gewährt.« Marcus klang beinahe amüsiert.

Ihre Stimme wurde leiser, und sie sprach fast ins Leere. »Es tut mir leid«, sagte sie einfach. »Es war falsch von mir, dich auf New Home zu kritisieren, ein Fehler, dir vorzuwerfen, du hättest die Leben der Einheit fahrlässig aufs Spiel gesetzt. Und ich bin bereit, Empfehlungen für einen neuen Stellvertreter auszusprechen, Marc.« Sie sah zu ihrem Kommandeur auf. Marcus schürzte die Lippen, als dächte er darüber nach. Sie riß sich zusammen, um einen Gefühlsausbruch zu unterdrücken, als er zu seiner Antwort ansetzte.

»Ich habe schon jemanden im Auge«, erklärte er und rieb sich mit einer Hand die Wange. »Soweit ich es gehört habe, steuert sie inzwischen einen *Feuerfalke*.«

Die Verkrampfung löste sich, als Charlene sah, daß er es ernst meinte. »Ich bin sicher, du kannst auf sie zählen.« Das war alles. Es war genug. *Vielleicht ist zwischen uns noch nicht alles wieder im Lot. Aber ich werde es einrenken.*

38

Industriegebiet, Shervanis, Kalifat Shervanis
Astrokazy, Peripherie

11. Juli 3058

Die Vormittagssonne knallte draußen vom Himmel und heizte die Umgebung auf die gewohnten Tagestemperaturen auf. Das Innere der Lagerhalle war dagegen relativ kühl. Im Innern des Lehmziegelbaus standen zwei Kompanien BlakeGuard-BattleMechs in engen Rängen aufgebaut. Die MechKrieger kletterten zum Teil in ihre Cockpits, zum Teil waren sie bereits aufgesessen und dabei, die Maschinen hochzufahren.

Cameron St. Jamais hielt in der Luke seiner Pilotenkanzel an und sah zu einem *Paladin* hinüber, der in der Nähe der riesigen Hallentore die ersten schwerfälligen Schritte tat. Nach all den Jahren seiner Ausbildung bei ComStar und später bei Blakes Wort, bei all den Plänen und Intrigen der Toyama und der Bewegung des 6. Juni, blieb das ein Anblick, der ihn immer wieder beeindruckte.

BattleMechs auf dem Marsch in die Schlacht.

Er duckte sich durch die Luke, zog sie hinter sich zu und verriegelte sie mit einer ruckartigen Drehung des Griffs. Es ging in den Kampf.

Rashiers Krieger hatten während des Morgens bereits verschiedene Angriffe im Stadtgebiet durchgeführt. Scharfschützenfeuer auf Palastwachen. Ein paar Kommandoeinheiten waren in das Palastgelände eingedrungen, und mindestens eine Gruppe befand sich immer noch im Innern des Palastes bei einem Feuergefecht. Dann hatte Ji-Drohmiens Agentennetz verstärkte Landungsschiffaktivität im Kalifat Rashier gemeldet. St. Jamais erinnerte sich noch deutlich daran, wie frustriert er wegen der mangelnden Präzision dieser Angaben gewesen war. *Verstärkte Landungsschiffaktivität* konnte alles mögliche bedeuten, einschließlich der Ankunft canopischer Verstärkungen. Er war gezwungen gewesen, seine verbliebenen Luft/Raumjäger einzusetzen, um Genaueres in Erfahrung zu bringen.

Schließlich hatten Shervanis' Beobachtungsposten am Rand der Shaharazad Anzeichen einer vollen Kompanie Angeli-BattleMechs gemeldet, die aus der Wüste im tiefen Süden der Stadt anrückten. *Die Söldner sind also doch noch nicht so dauerhaft zerschlagen, wie ich dachte.* Die Meldungen über Landungsschiffaktiväten konnten eine Finte sein. Tatsächlich schienen sie genau die Art von Täuschungsmanöver, die Marcus GioAvanti einfallen würde. Aber es war trotzdem besser, sicherzustellen, daß nicht doch irgendwelche canopischen Ersatzeinheiten auf wundersame Weise Wochen früher eingetroffen waren als erwartet.

Soso, Kommandant GioAvanti. Wir begegnen uns doch noch einmal auf dem Schlachtfeld.

St. Jamais ließ sich auf die Pilotenliege gleiten, und seine Finger preßten eine Serie von Knöpfen, die den Fusionsreaktor seines *Todesbote* in Betrieb setzte. Unter seinem Platz klang ein tiefes Grollen auf, wie das Knurren eines eingesperrten Raubtiers. Er zog das Gurtgeschirr über den Kopf und befestigte alle Riemen an dem Schnellverschluß auf seiner Brust. Als nächstes folgte die Leitung zur Kühlweste. Er steckte sie in eine Buchse an der linken Seite und zuckte zusammen, als der erste Kühlmittelschub durch die Leitungen strömte, die in das ballistische Tuch der Weste eingelassen waren.

Der Neurohelm stand auf einer Leiste über seinem Kopf. Er nahm ihn herunter und setzte ihn auf. Die gepolsterten Schultern der Weste halfen, das beträchtliche Gewicht aufzufangen. Vier Sensorleitungen hingen von der Kinnpartie des Helms herab. Er verband sie mit Biomedpflastern. Dann zog er die Abdeckschicht von der Unterseite der Sensorpflaster und klebte sie auf Oberarme und Schenkel. Mensch und Maschine waren zu einer Einheit verbunden. Er fühlte einen Adrenalinstoß, der seine Muskeln vor aufgestauter Energie erzittern ließ.

Die Angeli können in keinem guten Zustand sein, dachte er. *Ich werde sie am Rand der Wildnis stellen, bevor sie in den Schluchten und Hohlwegen untertauchen können, und sie ein für allemal zerquetschen.* Diese Söldner erwiesen sich als konstante Bedrohung, und St. Jamais wollte sie vernichtet sehen.

Anscheinend galt dasselbe für Shervanis und Ji-Drohmien. Trotz starker rashierischer Aktivität innerhalb der Stadt hatte der Kalif vier seiner sieben einsatzbereiten Mechs befohlen, die Blake-Truppen zu begleiten. Ji-Drohmien hatte dem Kalif versichert, daß drei Mechs ausreichten, jeden Infanterieangriff Rashiers hier in der Stadt niederzuschlagen, insbesondere, da seine Agenten gemeldet hatten, alle BattleMechs Rashiers befänden sich noch in dessen Kalifat.

St. Jamais war nicht so arrogant, daß er diese Unterstützung zurückgewiesen hätte, erst recht nicht, nachdem er die Angeli bereits zweimal unterschätzt hatte. *Vielleicht zertrete ich nach dieser Aktion Rashier, als Lektion für alle anderen, sich Blakes göttlichem Willen nicht zu widersetzen. Und als Gefälligkeit für Shervanis.* Mit zwei Kompanien seiner ›Mordbanden‹, verstärkt durch eine Lanze von Shervanis' Mechs, sollte er in der Lage sein, mit allem fertigzuwerden, was die Angeli ihm entgegenwerfen konnten.

Dann erinnerte er sich an eine Bemerkung, die Shervanis ein paar Tage zuvor gemacht hatte, und St. Jamais nickte grimmig. Ja, das konnte ganz nützlich werden. *Für den Fall eines Falles.* In seinem Innern nagte leiser

Widerstand gegen die Idee. *Es sind MechKrieger*, wandte eine innere Stimme ein, aber er schmetterte sie ab. Hatte er nicht erst letztens entschieden, daß die Prinzipien des 6. Juni gegen jedermann zum Tragen kommen konnten?

Als die Bildschirme um ihn herum aufflackerten und Informationen über den Status der Waffen und anderen Bordsysteme lieferten, klang in seinem Ohr eine Computerstimme auf. »Identifikation.«

»Cameron St. Jamais.« Er wartete eine Weile, während der Bordcomputer sein Stimmuster mit den tief im Innern seiner Sicherheitssysteme gespeicherten Daten abglich. Aber weil die Stimmerkennung mit einer Aufzeichnung getäuscht werden konnte, gab der Computer die Kontrollen erst frei, nachdem er zusätzlich einen Kennsatz erhalten hatte, den der autorisierte Pilot der Maschine selbst einprogrammiert hatte und den nur er allein kannte.

»Ich bin meines Bruders Hüter«, sagte St. Jamais und schwor in Gedanken, daß die Angeli ihm zum letzten Mal Schwierigkeiten gemacht hatten.

* * *

Thomas Faber widerstand der Versuchung, den *Clint* hochzufahren.

Gerade war der Befehl an Shervanis' Erste Lanze über Funk gekommen, sich außerhalb des Südosttors bei jemandem namens St. Jamais zum Einsatz zu melden. Thomas hatte keine Ahnung, wer dieser St. Jamais war, aber er hätte wetten können, daß es sich um den capellanischen Kommandeur der falschen Hegemonie-Mordbanden handelte. Und die beiden Truppen sollten sich keine zweihundert Meter von seiner Position treffen, was eine Menge Mechs sehr viel näher an ihn heranbrachte, als ihm lieb sein konnte.

Zwölf Tage im Untergrund hatten ihre Spuren bei dem hünenhaften MechKrieger hinterlassen. Die Lagerhalle, in die er gestürzt war, befand sich am Rand eines Viertels, das Shervanis wahrscheinlich ein Industriegebiet nannte. Die meisten der Gebäude in der Nähe standen leer und wurden nur noch von gelegentlichen Patrouillen aufgesucht, die ihm die Suche nach Nahrung und Wasser unliebsam erschwerten. Trotzdem war es ihm in der zweiten Nacht gelungen, Amaáli in eines der sichereren Wohngebiete zu schmuggeln, wo sie sich verstecken konnte. Seitdem hatte er die Tage mit dem Versuch gebracht, die Neurotransmitter des gestohlenen BattleMechs ohne entsprechendes Werkzeug an seine Hirnwellenmuster anzupassen.

Nachts allerdings sah alles anders aus. Nachts ging er auf Erkundungstour.

In der achten Nacht hatte er die drei Lagerhallen gefunden, die als Waffenverteilerstelle für die Marianische Hegemonie dienten. Sie lagen tiefer im Industriegebiet. Es überraschte ihn, daß sie nicht besser gesichert waren. Außer den Routinestreifen in diesem Gebiet gab es keine weiteren Schutzmaßnahmen. Anscheinend befürchteten die Capellaner nicht, entdeckt zu werden. Vor zwei Nächten war es ihm endlich gelungen, in eines der Gebäude einzubrechen, und dort hatte er Container mit dem Katanawappen der Konföderation Capella gefunden. Er hatte ID-Nummern, Transportrouten und alles andere aufgeschrieben, was er finden konnte, und was später als Beweis dienen konnte. Beinahe zu einfach, hatte er gedacht, es aber auf die jüngste Niederlage der Angeli und die lasche Disziplin geschoben, die Missionen auf Hinterwäldlerplaneten häufig eigen war.

Thomas hatte sich entschieden, den Angeli noch ein paar Tage Zeit zu einer Aktion zu geben. Seine Position, unter teilweiser Kontrolle eines gestohlenen Mechs zu stehen, mochte einen gewissen taktischen Vorteil bringen. Jetzt schien es, daß sich der Kampf außerhalb der Stadt abspielen würde. Sobald die Mordbanden-Mechs weit genug voraus waren, konnte er hier weg und versuchen, sie einzuholen.

Er schaltete die Cockpitbeleuchtung an und starrte eine ganze Weile ins Licht, um seine Augen an die ungewohnte Helligkeit zu gewöhnen. Jetzt konnte es nicht mehr lange dauern, und er mußte sich auf das grelle Tageslicht vorbereiten. *Dreißig Sekunden, den unteren Rumpf aus dem Schutt zu befreien,* schätzte er. *Noch eine Minute, um den Stadtrand zu erreichen und Shervanis' erleuchtete Herrschaft ein für allemal hinter mir zu lassen. Selbst wenn sie mich bemerken, wird Shervanis es kaum schaffen, einen seiner Mechs schnell genug hier zu haben, um mich aufzuhalten.*

»Mordbanden, hier spricht St. Jamais.« Die Stimme drang aus dem leise gestellten Funkgerät, das Thomas hastig lauter stellte. Er hörte die Spur eines Akzents durch die Filter der Anlage, konnte ihn aber nicht einordnen. Das war nicht weiter überraschend angesichts der tausend möglichen Dialekte in der Inneren Sphäre und Peripherie. »VorhutLanzen rücken geradeaus vor und nehmen fünfhundert Meter hügeleinwärts Aufstellung. Sturm- und EinsatzLanzen stellen sich am Rand der Hügel auf. Auf mein Zeichen warten. Raymond und Terrence bleiben einen Moment hier bei mir.«

Worauf warten sie noch? Thomas ging davon aus, daß sie sich am Stadttor befinden mußten, wenn sie ihre Aufstellungsbefehle erhielten, aber wozu die Verzögerung? Er erhielt die Antwort einen Augenblick später, als St. Jamais weitersprach, und sie ließ kalte Schauer über seinen Rücken laufen.

»Bringt die Gefangenen«, befahl die Stimme. »Die beiden Frauen zu Terrence und Raymond, aber diesen Torgensson-Burschen nehme ich.«

Thomas' Hand legte sich auf den Schalter, der seinen Mech zum Leben erwecken konnte. »Nein«, flüsterte er in der Stille der Kanzel. »Noch nicht. Halte dich an den ursprünglichen Plan, oder das hier wird dein Grab.«

Es kostete ihn seine ganze Kraft, die Hand zurückzuziehen, aber er versprach sich, nicht länger zu warten als nötig war. *Wozu er die Gefangenen auch immer braucht, es kann nichts Gutes sein.*

39

Wildnis, Shaharazadische Wüste
Astrokazy, Peripherie

11. Juli 3058

Marcus stieg in seinem *Caesar* über einen felsigen Hügel, dann bewegte er die Kampfmaschine hinab in ein weites, dürres Talbecken. Rote Felsformationen beherrschten den Sichtschirm. Ringsum hatten der Wind und gelegentliche Springfluten den Stein zu irrsinnigen Mustern ausgehöhlt. Selbst die seltenen ebenen Flächen, wie die, über die er seinen Mech gerade bewegte, waren von tückischen engen Spalten und Löchern übersät, die einen BattleMech das Bein kosten konnten, wenn der Pilot sich nicht vorsah.

»Erster Kontakt. Speerspitze meldet eine mittelschwere Lanze.« Pause. »Korrektur: Zwei.«

Verdammt. Soviel zu Rashiers Garantien. Marcus schluckte trocken. Der Ozongeruch und beißende Geschmack heißer Schaltkreise kratzte in seiner Kehle, als Ki-Lynn ihn gelassen über die Präsenz von Mordbanden-Truppen vierzig Minuten früher als erwartet informierte. Das war gar nicht gut.

Schon jetzt hatte die Leistung des Fusionsreaktors kombiniert mit der natürlichen Hitze des Tages die Temperatur im Innern des Cockpits in die Höhe getrieben. Die Angeli hatten die Nachladezeit aller Waffen neu konfiguriert, um sie an die langsamere Wärmeableitung anzupassen, aber trotzdem würden ein paar Minuten heißen Gefechts genügen, die Abwärme in den roten Bereich zu treiben. Marcus faßte die Kontrollknüppel des *Caesar* fester. Die Neolederverkleidung der Knüppel brannte in seiner Handfläche. *Und wir müssen das lange genug hinziehen, damit Rashier sich uns anschlie-*

ßen kann. Geschickt umging er einen Felsspalt, der fast den Fuß *Erzengels* eingeklemmt hätte. *Ich sollte mir besser schnell etwas einfallen lassen.*

Speerspitze bestand aus den beiden Mechs von Paula Jacobs und Brandon Corbett. Jericho Ryan und Chris Jenkins, die letzten Canopier, waren Besucher, ein zweites Mechelement aus zwei Maschinen, das parallel zu Speerspitze als Vorhut dem Rest der Einheit vorauslief, wenn auch mit kleinerem Bewegungsradius. Beide Elemente fungierten als Kundschafter und bewegten sich mehrere Minuten vor der Hauptstreitmacht der Angeli einen in nordnordöstlicher Richtung verlaufenden Weg entlang, der sie bis an die Stadtgrenze von Shervanis hätte führen sollen.

Marcus befehligte die Hauptstreitmacht, eine Lanze ihrer schwersten Kampfkolosse, die bereits in einer lockeren Schlachtreihe aufgestellt war. Kis *Schütze*, sein *Caesar*, Connor Monroe in Fabers *Marodeur* und Brian Phillips, der in Marcus' altem *Kriegshammer* die Westflanke hielt. Sie lieferten einen soliden Anker für die äußeren Elemente.

Die beiden letzten BattleMechs waren Charlenes *Feuerfalke* und Tamar Cross im *Grashüpfer*. Begleitet vom ›General‹ und seinen Bodentruppen in drei zivilen Schwebern formten sie das in ein paar Kilometer Abstand folgende Reserve-Element. Das war Charlenes Beitrag zur Planung, mit dem Ziel, für eine weitere Verzögerung zu sorgen. Wie es schien, würden sie die auch brauchen.

Zwanzig Kilometer weiter hätte Speerspitze laut der Planung, die Marcus und Kalif Rashier ursprünglich aufgestellt hatten, wenigstens eine Lanze der Mordbanden nach Osten abziehen können, um sie im Labyrinth enger Felsspalten und ausgetrockneter Flußbetten in ein Versteckspiel zu verwickeln. Wenn sie das jetzt täten, hätte es die Angeli hier festgesetzt, mitten in der Wildnis, wenigstens eine Stunde südöstlich von Rashiers Einheiten – wahrscheinlich näher an neunzig Minuten.

Und das war einfach zu weit entfernt.

Marcus öffnete die Verbindung zu Ki-Lynn. »Speerspitze soll nach Westen ausweichen. Ich wiederhole, nach Westen.« So ergab es einen Sinn. *Wenn die Verstärkung dich nicht rechtzeitig erreichen kann, bring die Schlacht zur Verstärkung.* »Sie sollen ein Rennen daraus machen. Sie zum Rendezvouspunkt locken.« Marcus spielte mit dem Gedanken, Ki die Funkstille brechen und bei Rashier nachfragen zu lassen, aber das wäre riskant geworden. *Ki ist gut, aber das ist eine beachtliche Strecke durch schwieriges Gelände, und Rashier würde sich wahrscheinlich eh nicht melden.*

Vierzig Minuten zu früh. Die Zeit hing wie ein dunkler Schatten über seinen Gedanken, und Marcus kämpfte gegen den Drang an, seinen Mech losrennen zu lassen. Das verfrühte Auftauchen des Feindes machte ihm Sorgen. Was war geschehen? Patrouillen, von denen sie nichts gewußt hatten? Rashier hatte Marcus einen unbemerkten Anmarsch garantiert. In diesem Augenblick hätten die Krieger des Kalifen ihre ersten Ablenkungsangriffe gegen Shervanis ausführen müssen, Angriffe, mit denen sie einen Teil der feindlichen Truppen binden sollten. Jetzt konnte Marcus nicht einmal darauf zählen.

Es war der Alptraum jedes Kommandeurs. Kein Plan überlebt Feindberührung.

Laß sie auf deine Maßnahmen reagieren. Der Gedanke schnitt durch die ganzen sinnlosen Überlegungen. Es war eine militärische Taktik, die Tausende Jahre zurückreichte, und lief im Grunde darauf hinaus, den Feind *denken* zu lassen, daß man dabei war ihn zu besiegen. Die Angeli wußten, wie das funktionierte. Und Marcus wußte, daß irgendwo weit abseits beider Flanken die MechKrieger des Wüstenwinds und möglicherweise noch anderer Stämme lauerten. Sie würden sich nicht einmischen, aber es bestand die Chance, daß sie Nachzügler erledigten.

»Drache, hier Lyra«, rief er Ki-Lynn. Wie üblich fungierte sie als Filter, auch wenn einer seiner Kanäle als offene Leitung diente, über die ihn jeder erreichen konnte. Marcus nannte ihn den Panikkanal. Stimmen auf dieser Verbindung brachten schlechte Nachrichten. »Speerspitze soll etwas weiter als geplant abbiegen und sich keine Sorgen machen, zu schnell zu werden. Wenn sie es einrichten können, daß ein Teil der Mordbanden zurückbleibt, könnten uns die Stämme doch noch helfen.« *Falls sie uns tatsächlich in die Wildnis gefolgt sind,* dachte Marcus. *Und nicht in der offenen Wüste geblieben sind.*

»Verstanden, Lyra«, antwortete Ki, und die Funkfilter nahmen ihrer natürlich ruhigen Stimme jede Spur von Emotion, die sie möglicherweise gezeigt haben mochte. Ein paar Sekunden später teilte sie ihm ebenso ruhig mit: »Besucher fällt zurück, meldet Kontakt mit schweren BattleMechs.«

Jericho Ryan und Chris Jenkins. Sie würden zu Marcus' Mechlanze zurückfallen und versuchen, die schnelleren Mordbanden mitzuziehen, damit sie von den sechs Maschinen gemeinsam schnell erledigt werden konnten. »Alarmiere die Reserve«, befahl er. »Akute Bereitschaft.« Eine der Optionen, die ihnen die Reserve lieferte, bestand darin, im Kleinen zu exerzieren, was Rashier im Großen plante – einen Flankenangriff nach Beginn des Gefechts, um den Gegner zu verwirren. *Alle Spieler sind auf dem Feld, und jeden Augenblick muß der Startschuß fallen.*

Der *Caesar* kam keine zwei Dutzend Schritte weit, bevor Jerichos *Kampftitan* und Chris Jenkins' *Vulkan* weniger als dreihundert Meter rechts voraus aus einem

Hohlweg auftauchten und auf Marcus' Lanze zurannten, die in einer Linie über das Becken verteilt war. Nach hundert Metern drehte sich der *Kampftitan* um. Marcus hob die rechte Arm-PPK auf den Ausgang des Hohlwegs und legte den Daumen auf den Auslöser – gerade als ein Mordbanden-*Ostsol* ins Tal stürmte und ein *Paladin* zu seiner Deckung über eine niedrige Felsformation sprang. Auf der entfernten linken Seite traten zwei andere Mordbanden-Mechs hinter hohen Felssäulen hervor und versuchten, Brian Phillips im *Kriegshammer* auf extreme Distanz in einen Kampf zu verwickeln.

Der Computer war noch damit beschäftigt, die Mordbanden-Mechs als rote Quadrate auf der Taktikanzeige des *Caesar* zu zeichnen, im Gegensatz zu den blauen Kreisen der Angeli, als Marcus die größere Bedrohung erkannte. Er drückte den Feuerknopf der PPK und löste eine Entladung blauleuchtender Energie aus, die in Richtung des *Paladin* zuckte. In hoher Umgebungstemperatur waren mit Raketen und Autokanonen bewaffnete Mechs die gefährlicheren. Der *Ostsol* war mit Lasern bestückt, die schnell zum Wärmestau führen und die Kampfkraft des Mechs dramatisch senken würden.

Bei einem Kräfteverhältnis von vier gegen zwei – oder fünf gegen zwei, wenn er Connor Monroes *Marodeur* mitzählte, der sich gegen beide Mordbanden-Teams am äußersten Rand seiner Waffenreichweite befand – hätte man denken können, daß der Kampf schnell vorbei sein würde. Aber Marcus wußte es besser. BattleMechs konnten eine Menge Schaden wegstecken, und das gab den Mordbanden die Chance, sich zurückzuziehen oder ihrerseits ansehnlichen Schaden bei den Söldnern anzurichten. Wie auch immer, die Hauptstreitmacht der Angreifer konnte nicht weit sein, und die Angeli konnten sich keine Feldschlacht leisten, egal, wie gut sie die Truppen des Gegners aufteilen konnten.

Der erste schwere Feuerwechsel bewies ihm, daß er recht hatte.

Auch Jericho hatte den *Paladin* mit einer Breitseite aus vier mittelschweren Lasern und den KSR erwischt. Connor Monroe hatte ihm mit beiden PPKs des *Marodeur* zugesetzt. Zehn Jahre früher wäre ein derartiger Schuß für den *Marodeur* unmöglich gewesen: Die Entfernung zum Ziel betrug fast sechshundert Meter. Aber die wiederentdeckten Technologien hatten die Waffenreichweite verbessert, und die K^3-Computer, die Monroes Feuerleitsystem an das von Jerichos *Kampftitan* koppelten, verbesserten die Zielerfassumg um fast fünfzig Prozent.

Ihr kombiniertes Geschützfeuer schlug in den *Paladin* ein, als der gerade landete, ließ Panzerung verdampfen und warf eine Wolke geschmolzenen Metalls rund um den Mordbanden-Mech auf. Dessen Pilot konnte das Gleichgewicht nicht halten, feuerte aber, bevor er stürzte, eine weitere Breitseite aus Lang- und Kurzstreckenraketen in den Rücken von Jenkins' noch auf der Flucht befindlichem *Vulkan*.

Schon ein paar Raketen hätten genügt, die dünne Rückenpanzerung des Mechs zu durchschlagen. Noch während der *Paladin* unter dem schweren Beschuß zu Boden ging erschauderte der *Vulkan*, stolperte, fiel auf die Knie und kippte schließlich ganz um. *Gyroskoptreffer*, konstatierte Marcus und biß die Zähne zusammen, bis sein Kiefer schmerzte. *Der* Paladin *wird wahrscheinlich schneller wieder auf den Beinen sein als Jenkins.*

Marcus fluchte leise, dann warf er einen Schalter an der Funkkonsole um und öffnete eine Leitung nur zum Besucher-Element. »Jenkins, Ihre Waffen befinden sich an der Vorderseite des Mechs. Genau wie die bessere Panzerung. Stehen Sie auf, verdammt.«

Der *Ostsol* richtete in Marcus' Team fast ebensoviel Schaden an. Der Pilot wählte Kis nahen *Schütze* als sein Ziel und fraß mit beiden schweren Impulslasern die Panzerung an dessen rechter Torsohälfte ab. Er zerkochte fast die gesamte Panzerung über Ki-Lynns Munitionsvorrat. Ki hielt den Mech aufrecht und reagierte, indem sie eine Breitseite aus vierzig Raketen auf den Weg schickte. Nur ein Drittel von ihnen schlug im Ziel ein, und die Hälfte der Geschosse detonierte zu früh. Die Wirkung schien minimal.

Bis der *Ostsol* den nächsten Schritt tat.

Die Frühzündungen hatten den Boden mit Donner-Sprengköpfen übersät und fast neunhundert Quadratmeter vor den Füßen des *Ostsol* in ein Minenfeld verwandelt. Der Fels selbst schien hinter der Mordbanden-Maschine zu explodieren, die hinter einem Schleier aus Rauch und aufgewirbeltem Gestein verschwand. Einen Moment lang wagte Marcus zu hoffen, daß beide feindlichen Mechs am Boden lagen und schnell unschädlich gemacht werden konnten, aber dann war der *Ostsol* aus der Rauch- und Trümmerwolke heraus und rannte immer noch geradewegs auf den *Schütze* zu. Die Panzerung seines rechten Beins war zerfetzt – bis auf die Titanstahlknochen der Inneren Struktur abgeschält –, aber er lief weiter.

Schweiß strömte an Marcus' Gesicht herunter und brannte salzig auf seinen Lippen. Er konnte sich nicht erlauben, die Betriebstemperatur so früh hochzujagen, und er durfte auch die Munition für das Gaussgeschütz im Torso nicht verschwenden. *Nur sechzehn Schuß*, erinnerte er sich und nahm sich extra Zeit, den drohenden *Ostsol* zu erfassen. *Jeder Schuß muß sitzen.*

Der Mordbanden-Pilot war nicht so dumm, seine Maschine aufzuheizen, bevor er auf eine Entfernung heran war, in der seine mittelschweren Laser den Gegner zerfetzen konnten. Darauf zählte Marcus, auch wenn Ki-

Lynn so früh wie möglich eine weitere Raketenbreitseite abfeuerte. Diesmal waren alle vierzig Geschosse von der normalen Sorte, und mehr als die Hälfte traf ins Ziel. Panzerplatten auf der gesamten Frontpartie des *Ostsol* zerbarsten. Ein paar Geschosse gruben sich tiefer in das bereits ruinierte rechte Bein, aber anscheinend trafen sie nichts von Bedeutung. Wie ein Bulldozer kam der Mordbanden-Mech unaufhaltsam näher.

Im unteren linken Teil des *Caesar*-Torsos floß Energie in die Kondensatoren des Gaussgeschützes, um sie bei dessen Auslösung in sehr viel höherer Geschwindigkeit freizugeben, als es der Fusionsreaktor konnte. Voll aufgeladen drang genug Strom ins Freie und in die Spulen, die den langen Lauf umhüllten, um ein leichtes Magnetfeld zu erzeugen. Das Feld erfaßte die solide Nickel-Eisen-Kugel in der Geschützkammer und magnetisierte sie. Dann pumpten die Kondensatoren nacheinander Energie in jeden der Spulensätze, beschleunigten die Kugel den gesamten Lauf entlang und schleuderten sie schließlich mit einer Mündungsgeschwindigkeit von nahezu einem Kilometer in der Sekunde davon.

Die leicht ovale Kugel, die durch den Zug des Laufs in nahezu perfekte Rotation versetzt war, wog über hundert Kilo und brauchte nicht einmal eine halbe Sekunde für die Distanz bis zum linken Torso des *Ostsol*. Sie schlug mit einer Wucht ein, die sich mit der größten Autokanone messen konnte, zerschmetterte Panzerung wie Glas und durchschlug mehrere interne Streben. Sie prallte von der Abschirmung des Reaktors ab, wobei sie eine Bresche schlug, durch die reichlich Hitze entweichen konnte. Schließlich rammte sie, nachdem ihre Energie fast völlig verbraucht war, noch in das Munitionslager des Raketenabwehrsystems, das mit genug Kraft auseinanderflog, um die letzten Überreste des linken Torsos auszuweiden.

Marcus sah den *Ostsol* nicht zu Boden gehen. Er hatte den Torso des *Caesar* schon wieder weggedreht und sich auf den *Paladin* konzentriert, sobald er die ersten Sekundärdetonationen der Rakabwehr-Munition sah. Der zweite Mordbanden-Pilot hatte sich entschieden, am Boden zu bleiben und stützte seinen Mech mit dem linken Arm auf dem Boden ab, während er die Raketen und den rechten Armlaser einsetzte. Jericho und Connor Monroe pumpten Megajoules an Energie in die Maschine, deren Gegenschläge sich auf Jerichos *Kampftitan* konzentrierten. Endlich zog sich die Canopierin aus der Reichweite seiner mittelschweren Waffen zurück. Auf einer vielleicht achthundert Meter entfernten Bergkuppe zählte Marcus drei weitere anrückende Mechs. An der linken Flanke geriet Brian Phillips allmählich in Verzweiflung, als sein *Kriegshammer* unter konzentriertem Beschuß von vier weiteren mittelschweren und schweren Mordbanden-Mechs zurückgetrieben wurde.

»Wir brauchen die Reserve«, erklärte Marcus. Über das Zielerfassungssystem des *Kampftitan* konnte er den *Paladin* anvisieren und die Probleme des Mordbanden-Piloten mit einem erneuten Stoß elektrischblauer PPK-Energie noch erhöhen. Kis Bestätigung des Befehls kam einen Augenblick später, während sie dem *Ostsol* den Garaus machte, unterstützt von Chris Jenkins, der den *Vulkan* endlich wieder hochbekommen hatte.

»Monroe soll abbrechen und Phillips an der linken Flanke helfen. An alle: Wir ziehen uns nach Westen zurück und schwingen dann nach Norden, hinter Speerspitze her.« Auf diese Weise konnten der *Kriegshammer* und der *Marodeur*, zwei Maschinen, die auf Distanzgefechte ausgelegt waren, die Bresche schlagen, die sie brauchten. Marcus konnte die Gesamtstruktur des Planes sehen und hatte alle taktischen Implikationen ausgearbeitet. Aber die Details bereiteten ihm Kopfzerbrechen, weil er Menschen und Maschinen weitgehend nach Gefühl plazierte.

»Hier spricht der Kommandeur der Marianischen Hegemonialkräfte.«

Die Stimme klang selbst durch die elektronischen Filter tief und böse, und Marcus erkannte instinktiv, daß sie für den Einsatz im Schlachtfeld trainiert war. Sie vermittelte Emotion durch Tonhöhe und Rhythmus. *Wahrscheinlich hat er für die eigenen Leute eine sanfte, beruhigende Stimme auf Lager*, dachte Marcus.

»Wir sind bereit, die Kapitulation aller Mitglieder von Gli Angeli di Avanti anzunehmen. Wer jetzt sofort das Feuer einstellt, wird mit seinem Mech vom Planeten abtransportiert und darf nach Outreach zurückkehren. Dies ist das einzige Angebot dieser Art, das wir machen werden.«

Und ein äußerst generöses dazu. Marcus brachte *Erzengel* in Position, um Phillips und Monroe zu unterstützen. Er glaubte dem Mann kein Wort. Es war nicht nur die auf Einschüchterung trainierte Stimme. Die Mordbanden hatten bereits zweimal extreme Anstrengungen unternommen, um die Angeli mit überlegener Streitmacht zu zerschlagen, und beide Male waren sie gescheitert. *Sie wollen uns tot und begraben sehen. Um ihr Geheimnis zu wahren.* Er konnte kaum glauben, daß der Mordbanden-Kommandeur ein derartiges Angebot auch nur aussprach, und noch viel weniger, daß einer der Angeli es ihm abnahm.

Er hat es klingen lassen, als hätten wir keine Wahl.

»Marcus.« Jerichos Stimme war körperlos und elektronisch gefiltert, aber trotzdem hörte er ihre Verzweiflung. Außer Charlie und Ki war sie die einzige Person mit einem Privatkanal zu ihm. »Marcus, sieh dir die anrückenden Mechs an. Den *Todesbote*.«

Der *Todesbote* war der Mech des feindlichen Kommandeurs. Schon auf Marantha war sich Marcus dessen sicher gewesen. Warum das Jericho so berührte, verstand er nicht, aber wenn die Angeli diesen Mech zur Strecke bringen konnten, bestand auch die Möglichkeit, daß es die Mordbanden aus dem Konzept brachte. Er fand den *Todesbote* auf der Sichtprojektion – eine der drei Maschinen auf der Bergkuppe direkt voraus – und rief eine Großansicht auf dem Hauptschirm auf. In Gedanken dirigierte er bereits den Angriff, mit dem er den überschweren Mech zur Strecke bringen wollte.

Seine Pläne zerbarsten in einem Sturm aus Schock und Entsetzen, als die breitschultrige Kopfpartie des feindlichen Mechs auf seinen Schirm kam.

Knapp unterhalb des Kanzeldachs befand sich ein schmaler Metallsteg. Eine Deflektorplatte. Im Falle eines katastrophalen Bruchs der Reaktorabschirmung lenkte diese Platte den Energiestoß aus dem Bereich unmittelbar über dem Mech ab, damit ein mit dem Schleudersitz aussteigender Pilot nicht erfaßt wurde. Auf dieser Platte stand ein Mensch, an Armen, Beinen und Körper festgebunden. Marcus holte das Bild noch näher heran, verlor dabei zwar an Detailschärfe, konnte aber immer noch Körperbau und grobe Züge erkennen.

Jase Torgensson.

Eine schnelle Überprüfung zeigte, daß knapp unter den Cockpits der beiden Mechs, die den *Todesbote* begleiteten, zwei weitere Krieger angebunden waren. Kelsey Chase und möglicherweise Shannon Christienson, eine von Jerichos MechKriegerinnen. Marcus benommener Verstand lieferte ihm den Namen, während er den *Caesar* geschockt zum Stehen brachte. Er konnte kaum fassen, was er sah.

Wer auch immer der Kommandeur der Mordbanden war, er hatte dafür gesorgt, daß wenigstens drei MechKrieger starben, bevor auch nur einer seiner Mechs getroffen wurde.

40

Übergang, Shaharazadische Wüste
Astrokazy, Peripherie

11. Juli 3058

Eine Hitzewelle brandete durch das Cockpit und verwandelte es in eine Sauna. Die Luft stank nach Schweiß und dem beißenden Ozongeruch heißer Schaltkreise. Marcus riß den Torso des *Caesar* in einer harten Drehung herum, unter der die Drehkupplung in Hüfthöhe kreischend protestierte, und suchte den Horizont hinter sich nach dem *Orion* ab, der ihn in diesen Irrgarten aus Felsnadeln und engen Passagen gejagt hatte.

Die Flankenbewegung, die Marcus beim ersten Kontakt mit den Mordbanden organisiert hatte, hatte den Angeli erlaubt, sich zunächst aus dem Gefecht zurückzuziehen. Sie hatten die Mordbanden in einem laufenden Gefecht nach Nordwesten gezogen – ständig nach Nordwesten – und versucht, zu Kalif Rashiers Truppen zu stoßen. Sie hatten fast vierzig Minuten gewonnen. Aber jetzt hatten sie die Wildnis und deren Deckung fast hinter sich gelassen und das Gebiet erreicht, das Rashier als den Übergang bezeichnet hatte. Und Marcus gingen allmählich die Möglichkeiten aus.

Ringsum kämpften und duckten sich die übrigen Mitglieder der Angeli durch das steinerne Labyrinth, zum Teil mit zwei Mordbuben auf den metallenen Fersen. Wann immer Marcus ein Ziel erfaßte, half er mit der höllischen blaustrahlenden Energie seiner Extremreichweiten-PPK aus. Alle paar Sekunden zwang ihn der Wärmestau, auf drei mittelschwere Laser umzuschalten, um nicht in den roten Gefahrenbereich der Wärmeskala zu geraten. Bis jetzt gelang es ihm, die Anzeige am äußeren Rand des gelben Bands tanzen zu lassen. Er schaltete immer knapp vor dem Punkt um, an dem die aufgestaute Abwärme zu einer ernsthaften Behinderung der Zielerfassung wurde.

Der *Orion*, der ihn verfolgte, litt unter keinen derartigen Problemen. Er neigte sich hinter einer breiten Felssäule hervor und feuerte seine LB-X-Autokanone. Die Granate zerplatzte kurz hinter der Mündung in kleinere Geschosse, die in einem lauten Stakkato in den *Erzengel* einschlugen und wie eine überdimensionale Schrotladung seine Panzerung wegscheuerten. Ein oder zwei Platten prallten seitlich vom nach vorne ragenden Kopf des *Caesar* ab und warfen Marcus so heftig in die Gurte, daß er das Feuer nicht erwidern konnte.

Er öffnete die Verbindung zu Ki-Lynn. »Wo, zum Teufel, bleibt die Reserve? Sie hätte vor zehn Minuten hier sein sollen. Dieser *Orion* nagt mich ganz allmählich zu Tode.«

Was das anging – wo, zur Hölle, blieb Rashier? fragte Marcus sich. Ki versuchte seit einer guten Viertelstunde, Kontakt mit dem Kalifen aufzunehmen. Inzwischen mußte der Mann doch erkannt haben, daß ihre Planung durch das verfrühte Auftauchen der Mordbanden Makulatur geworden war. Oder zumindest Nihail mußte Grips genug haben, das zu sehen.

Als hätte sie seine Gedanken gelesen, beantwortete Ki-Lynn beide Fragen. »Die Mordbanden haben ihre zweite mittelschwere Lanze in unseren Rücken geschoben«, teilte sie ihm wie immer ruhig mit. »Reserve meldet zwei *Totschläger*, die mit Blitz-Kurzstreckenlafetten Schwierigkeiten machen. Von Rashier noch keine Antwort.«

Marcus sah sich den Alptraum auf seiner Taktikanzeige an. Die Wege waren so schmal, und der Fels dick genug, um die Magnetischen Anomaliedetektoren so abzublocken, daß er nur eine ungenaue Vorstellung davon besaß, wo seine Leute steckten. Die Hälfte war aus dem hinteren nördlichen Bereich des Labyrinths auf eine Hochebene getrieben worden – einen Teil des als Übergang bezeichneten Bereichs. Der Übergang bot den Angeli noch eine gewisse Deckung, aber dahinter lag nur noch das offene Tiefland von Shervanis und einigen seiner *beschützten* Dörfer. Soweit Marcus es sagen konnte, befanden sich vielleicht nur noch vier der Angeli in diesem klaustrophobisch engen Teil der Wildnis. Um ihn herum tobte die Schlacht, aber im Augenblick hatte er keinerlei Kontrolle mehr über sie.

Dann hol sie zurück unter Kontrolle, befahl er sich. Die Knöchel seiner Hände an den Steuerknüppeln waren fahlweiß.

»Unterstützung mit indirektem Beschuß, Ki. Donnermunition. Charlie soll zurückweichen und als Beobachter fungieren, damit du die Minen außer Sicht der *Totschläger* und dessen, was sie, zum Teufel, da hinten noch haben, plazieren kannst. Dann kann Tamara sie in das Minenfeld locken. Die Donnergranaten werden den leichteren Mechs die Beine wegreißen.« Als er um die nächste Ecke bog, legte Marcus sich zu weit zur Seite und schlug gegen eine Wand aus rosa und rot gestreiftem Fels. Ein paar Sekunden mußte er gegen den Zug der Schwerkraft ankämpfen. Der über den Neurohelm mit Signalen aus seinem Innenohr gesteuerte Kreiselstabilisator des *Caesar* hatte Mühe, die Maschine am Umfallen zu hindern. »Ich weiß, dir geht die Donner-Munition allmählich aus. Zwei Salven müssen reichen. Sag Charlie, sie muß sehen, was sie damit ausrichten kann.«

Noch drei Mechs in diesem Irrgarten, die ihn gegen eine ganze Kompanie Mordbanden verteidigten. Vier oder fünf andere Angeli, die auf dem Hochplateau gegen eine weitere Kompanie kämpften. Lange konnte das so nicht weitergehen. Die Verzögerungstaktik seiner Einheit funktionierte bis zu einem gewissen Punkt.

Die Schlacht zog sich bereits fast eine Stunde hin, aber während sie einerseits die Angeli funktionstüchtig hielt, verhinderte sie gleichzeitig andererseits, daß sie den Mordbanden genug Schaden zufügten, um sie auszuschalten. Es hatte keine Wiederholung des ersten Feuerwechsels mit den schnellen Abschüssen des *Paladin* und *Ostsol* mehr gegeben. Seit der Ankunft ihres Kommandeurs kämpften die Mordbanden sehr viel zurückhaltender und legten es darauf an, die Söldner zu ermüden.

Und mit Erfolg. Diese Gewißheit hing wie ein Fallbeil über Marcus' Kopf. Die Hälfte der Angeli war bereits aus der vorherigen Begegnung angeschlagen in den Kampf gezogen, und die Mordbanden hatten zusätzliche Unterstützung durch mindestens eine Lanze von Shervanis' BattleMechs. Noch eine Garantie Rashiers, die den Atem nicht wert war, den er dabei verbrauchte, dachte Marcus. Shervanis konnte kaum noch Truppen zum Schutz der Stadt behalten haben, und Marcus hoffte, daß die Ablenkungsangriffe der Männer Rashiers sie in Schutt und Asche legten. Marcus hatte den Befehl gegeben, die Mechs des Kalifen bei jeder sich bietenden Gelegenheit durch konzentrierten Beschuß zu vernichten, weil sie weniger gut ausgerüstet und leichter abzuschießen waren als die der Mordbanden. Aber die Zahlen sprachen trotzdem gegen die Söldner. Es war nur noch eine Frage der Zeit.

Wenn wir ihren Kommandeur ausschalten könnten, hätten wir vielleicht eine Chance. Aber in dem Augenblick, in dem der Gedanke aufkam, verwarf Marcus ihn wieder. Nicht um den Preis von Torgenssons Leben! Es hätte die Moral der Angeli zerschlagen, einen der Ihren so kaltblütig opfern zu müssen, eine Tatsache, die der gegnerische Kommandeur ausnutzte. Marcus hatte strikte Order gegeben, nicht auf diese drei Maschinen zu schießen, aber je länger sich die Schlacht hinzog, desto schwieriger würde es werden, diese Entscheidung durchzuhalten.

Der *Caesar* trat zwischen zwei hohen Felswänden hervor und fand sich in einer flachen Senke am Südrand der Hochebene. Voraus spielte die Hälfte seiner Angeli zwischen Kratern und spärlichen Felsformationen ein tödliches Versteckspiel mit den Mordbanden-Mechs, die es bis hierher geschafft hatten. *Und hinter mir kommen noch mehr. Wo, zum Teufel, steckt Rashier?* Dann kamen etwas entfernt zwei weitere Metallriesen in die Senke: Jericho in einem völlig zerbeulten und humpelnden *Kampftitan*, verfolgt von einem *Caesar*, wie Marcus ihn führte. In zweihundert Metern Entfernung befand sich der Mordbube außerhalb der Optimalreichweite, aber Marcus stand in seinem Rücken, und der *Kampftitan* hatte die K^3-Mastereinheit der Angeli an Bord.

Er klinkte sich in Jerichos Ortungs- und Zielerfassungssysteme ein und konnte den Mordbube anvisieren, als befände er sich hundert Meter näher. Das Gaussgeschütz des *Erzengels* schleuderte eine silberne Kugel aus Nickel-Eisen-Legierung aus dem Lauf, die mitten im Rücken des Mordbanden-*Caesar* einschlug. Marcus, der wußte, wie dünn die Panzerung dort war, konnte sich ein mitfühlendes Zucken nicht verkneifen.

Die Gausskugel krachte durch die Rückenpanzerung, als wäre sie gar nicht vorhanden, und zerschmetterte die darunterliegende Interne Struktur mit einer unglaublichen Gewalt. Die Einschußöffnung glühte einen Moment rot auf, fast, als blute der Mech. Dann breitete sich die aus der Gefangenschaft des Reaktors befreite Fusionsreaktion aus und verzehrte alles erreichbare Material. Der feindliche *Caesar* flog mit einer Wucht auseinander, die ausreichte, Felsen aus den ringsum aufragenden Klippenwänden zu schütteln. Eine Felsnadel brach hinter Marcus zusammen und verschüttete die Passage, durch die er kurz zuvor gekommen war.

Marcus warf den Mech in einen Sprint und hetzte leise fluchend auf einen flachen Krater zu, in dem er wenigstens etwas Deckung zu finden hoffte. *Ich stehe völlig frei, genau wie der andere* Caesar. Der Gedanke war kaum formuliert, als die Sensoren schon schrillten und der Computer einen Feindmech auf die Sichtprojektion zeichnete. *Hinter mir!* Marcus riß *Erzengel* hart nach links, geradewegs in eine steile Felsformation, aber das war die schnellste Möglichkeit, die dünne Rückenpanzerung aus dem Schußfeld des Mordbubens zu bringen. Roter Stein füllte den Sichtschirm, und er fühlte den Drang, nach dem Himmel zu greifen. *Warum hast du an Stelle der zusätzlichen M-Laser keine Sprungdüsen eingebaut,* machte er sich Vorwürfe, dann riß er die Arme hoch, um den Aufprall abzufangen und sich wieder abzustoßen.

Die Raketen schlugen in den linken Arm und Torso der Maschine ein, als er gerade zurückfederte und sich drehte, um zu verhindern, daß *Erzengel* an der Felswand zu Schaden kam. Marcus bewegte den Mech sofort rückwärts, denn ihm lag im Augenblick mehr daran, in Bewegung zu bleiben, als das Feuer zu erwidern. Dann trat der *Orion* aus einer entfernteren Passage, schoß eine erneute Salve Langstreckenraketen ab und begleitete sie mit einem Feuerstoß der Autokanone. Diesmal schoß Marcus mit der Partikelkanone zurück. Die blaustrahlende Energiepeitsche schnitt eine Brandspur in den Fels unmittelbar rechts neben dem Mordbanden-Mech. Glücklicherweise hatte der *Orion*-Pilot auch nicht besser gezielt. Die Granatensalve war zu hoch plaziert, und nur ein Viertel der Raketen traf das rechte Bein des *Caesar*.

Marcus warf einen Blick auf die Munitionsanzeige des Gaussgeschützes und stellte fest, daß sie auf unter eine Tonne geschrumpft war. *Dann müssen wir halt den Wärmestau riskieren*, dachte er und feuerte noch einmal mit der PPK. Diesmal traf er den *Orion* voll in der Torsomitte.

Als er das Antwortfeuer über sich ergehen ließ, schaute er auf die Ortungsanzeige und bemerkte zum erstenmal einen grünen Kreis, der auf das Gefecht zuraste. *Ein Fahrzeug?* Dann tauchte ein zweites und ein drittes auf. Einen Augenblick lang hoffte Marcus, Rashier sei endlich gekommen, und suchte die Sichtprojektion nach anrückenden BattleMechs ab. Nichts. Dann identifizierte der Bordcomputer die Fahrzeuge als Zivilschweber, und er verstand, was los war. Der ›General‹ und seine Infanteristen hatten sie endlich eingeholt und versuchten, den *Orion* abzulenken. Marcus bewunderte ihre Tollkühnheit, aber gleichzeitig konnte er nicht fassen, wie dumm sie waren. Die Schweber waren nicht gepanzert und kamen in ihren Leistungsdaten nicht annähernd an *Savannah Masters* heran. *Die sind schon mit MG-Feuer zu zerfetzen.*

Aber der *Orion*-Pilot sah sich bald einem ernsteren Problem gegenüber als der Infanterie in zivilen Schwebern. Zwei BattleMechs brachen in seinem Rücken plötzlich aus der Wildnis und stürmten auf ihn zu. Wie auf ein Stichwort stiegen beide Maschinen auf Plasmazungen in die Luft und teilten sich, bis sie zusammen mit Marcus eine Dreiecksformation um den *Orion* bildeten, in der in jedem Fall eine Maschine dessen Rückenpanzerung im Visier hatte. *Die Reserve*, erkannte Marcus, *und keinen Moment zu fruh.*

Von drei Seiten bedroht wandte der Mordbube seine schwächere Seite dem *Feuerfalke* zu und konzentrierte sich auf den *Caesar*. *Muß die Bemalung sein*, dachte Marcus mit einem grimmigen Lächeln. Das Gaussgeschütz verfehlte sein Ziel und die silbrige Kugel prallte von der in der Ferne aufragenden Klippenwand ab, aber die

PPK traf. Charlene und Tamara Cross deckten den *Orion* mit Laserfeuer ein, auch wenn Tamara mit dem schweren Laser ihres *Grashüpfer* daneben schoß. Daß der Mordbanden-MechKrieger den leichtesten der drei Angeli-Mechs als die geringste Gefahr eingeschätzt hatte, erwies sich als böser Irrtum.

Charlenes *Feuerfalke* setzte den schweren und beide mittelschweren Laser ein und bohrte ihre Lanzen aus kohärentem Licht in den Rücken des *Orion* und das Gehäuse seines Gyroskops. Der schwere Mech brach zusammen wie eine Marionette, deren Fäden jemand durchgeschnitten hatte, Arme und Beine vom Torso abgespreizt. Am Boden, aber noch nicht besiegt.

Doch jetzt traten immer mehr Mordbanden-Mechs aus dem Felslabyrinth, ein *Sturm* eingeschlossen, der Ki-Lynns *Schütze* vor sich her trieb. Die langsame Gangart und das deutliche Humpeln des *Sturm* zeugte von einer Begegnung mit Ki-Lynns Donner-Munition, aber er rückte unbeeindruckt weiter vor. Tamara und Charlene sprangen näher an Marcus' Position und gaben Ki-Lynn Deckung so gut sie konnten, während sie aus der Umgebung der gefährlichen Mordbanden-Mechs verschwanden.

Wir haben die Initiative verloren, dachte Marcus. Über den Panikkanal kam nur ab und zu eine Bitte um Unterstützung, aber er fühlte es in seinem Innern. Er zog sich mit *Erzengel* in Richtung des Kraters zurück, den er sich zuvor als Ziel auserkoren hatte. *Verdammt, wir haben ihnen zugesetzt, und nach meiner Zählung können wir bis jetzt nicht mehr als drei Mechs verloren haben. Aber Rashier kommt nicht mehr rechtzeitig, und wir werden müde.* Marcus konnte an der Art ihrer Bewegung erkennen, daß mehrere seiner Mechs Gyroskopschaden erlitten hatten, und Maschinen wie Jerichos *Kampftitan* und jetzt auch Kis *Schütze* waren praktisch wandelnde Skelette.

»Alle Einheiten«, rief er über eine der Allgemeinen Frequenzen, die er für derartige Gelegenheiten reserviert hatte. »Angeli aus der Wildnis zurückfallen. Verteidigungslinie auf dem Plateau etablieren. Reserve und Besucher Eins zu Lyra.« Er sah auf der Sichtprojektion, daß Chris Jenkins die Wildnis nicht mehr verlassen hatte. *Jetzt ist Jericho allein, bis auf eine ihrer Kriegerinnen, die auf der Brustpartie eines Mordbanden*-Kampfhund *angebunden ist.* »Haltet euch bereit, umzudrehen und auf die Mordbanden zu feuern, die schon auf der Hochebene stehen. Wenn wir die Chance bekommen, kämpfen wir uns den Weg nach Westen frei.«

Der *Todesbote* und seine beiden Begleitmaschinen, immer noch beschützt durch ihre menschlichen Schilde, bildeten das Zentrum der Mordbanden-Kampflinie, die sich im Schatten der Wildnisklippen formierte und jetzt mit tödlicher Entschlossenheit anrückte. Die meisten der BattleMechs waren kaum beschädigt, mit Ausnahme von ein oder zwei Maschinen wie dem *Orion*, der sich langsam und schwerfällig aufrichtete und einen Platz an der linken Flanke der Schlachtreihe fand. *Wir können sie nicht besiegen, und wir können sie nicht aufhalten.* Der *Todesbote* war ebenso der Schlüssel, wie die Mordbanden wußten, daß sie die Angeli besiegen konnten, indem sie seinen *Caesar* vernichteten. *Aber nicht auf Kosten von Torgenssons Leben, verdammt.* Wütend über die Ungerechtigkeit schlug Marcus mit der Faust auf die Armlehne der Pilotenliege. *Aber es ist entweder das, oder die Flucht zurück in die Wüste, und beim nächstenmal werden wir nur halb so viele Mechs aufbieten können.*

Das war die Lage. Klar und deutlich. Drei Leben gegen zehn. Nicht nur Torgensson, sondern alle drei gefangenen Krieger. Hier ging es nicht mehr darum, einen Kontrakt zu erfüllen. Von jetzt an wurde es persönlich. Gli Angeli hatten zuviel mitgemacht. Jetzt zu fliehen hätte sie vernichtet. Ja, auf Marantha oder New Home oder wann auch immer zuvor hätten sie die Flucht ergriffen, um ihre Verluste in Grenzen zu halten. Aber Marcus brachte es einfach nicht mehr über sich. Seine Leute litten, weil sie an ihn glaubten. Er schuldete ihnen mehr als ein paar Worte und ein Schulterzucken an einem Grab. Und er konnte nicht weglaufen, wenn das hieß, drei seiner MechKrieger einem Feind zu überlassen, dem ihr Leben so gleichgültig war.

Er schluckte schwer, fühlte, wie seine Kehle sich zuschnürte. Dann öffnete er erneut die Leitung zu allen Maschinen der Einheit. »Angeli, vorbereiten zum Angriff auf die Mordbanden-Linie. Feuer auf die linke Flanke konzentrieren. Reserve, ihr beide greift den *Todesbote* und seine beiden Partner an. Befreit die Geiseln, wenn möglich. Ihr habt nur einen Versuch, danach werden Besucher Eins und ich den *Todesbote* mit allem eindecken, was wir noch haben. Auf mein Zeichen.« Die Anspannung ließ jeden Muskel in Marcus' Körper verkrampfen. »Jetzt! Vorwärts, Angeli!«

Falls die Angeli irgendwelche Zweifel hatten, war davon nichts zu bemerken, als sich sämtliche Einheiten von den wenigen Mordbanden-Mechs im Zentrum der Hochebene lösten und plötzlich zur Hauptkampflinie der Angreifer umschwenkten. Die Mordbanden hatten über sechshundert Meter zurückgehangen, während sie sich formierten, aber jetzt zählten sie mehr als eine Kompanie, und die Hälfte der Maschinen zeigte keine Spur des Kampfes. Es kam zu einem gewissen Schußwechsel über größere Distanz, mit einzelnen Glückstreffern beider Seiten. Connor Monroe schleuderte im *Marodeur* einen PPK-Blitz geradewegs durch den Kopf des angeschlagenen *Orion*, mit dem Marcus zu tun gehabt hatte, und schoß ihn ab. Aber der *Todesbote* schlug zurück. Zwei seiner drei bläulich weißen Partikelstrahlen vereinigten sich zu einem enormen Energieblitz, der durch die verbliebene Torsopanzerung an Brandon Corbetts *Greif* schlug und dessen Gyroskop und Fusionsreaktor zerblies. Der junge MechKrieger wurde von der Rettungsautomatik seiner Maschine hundert Meter hoch und nach hinten geschleudert.

Marcus betrachtete das Geschehen mit kaltem, losgelöstem Blick. Beide Seiten brachen auseinander, auch wenn sie sich dabei weiter annäherten. Sein *Caesar* wurde von leichtem Autokanonenfeuer erschüttert, blieb aber auf den Füßen. Er beschleunigte den Mech in Vorbereitung des Angriffs auf den *Todesbote*, bremste aber schnell wieder auf Gehgeschwindigkeit ab, als die Szene auf dem Sichtschirm plötzlich surreale Aspekte entwickelte.

Die Infanterie der Angeli, die vorübergehend in Vergessenheit geraten war, während die Schweber sich im Innern des flachen Kraters versteckt hatten, schoß auf die Vorauselemente der Mordbanden-Reihe zu. Es war nicht allzu überraschend, daß Hanford Lee sich entschlossen hatte, sich den Angeli bei ihrem verzweifelten Befreiungsschlag anzuschließen. Was Marcus überraschte, war jedoch, daß der ›General‹ Helfer rekrutiert hatte – und was für Helfer!

Aus dem Krater strömten Pferde und ein paar alte Wüstenfahrzeuge und stellten sich zu einer eigenen Schlachtreihe nur fünfzig Meter vor den anrückenden Mordbanden auf. Große, herrliche Tiere mit wilden Mähnen und Schweifen, jedes mit einem kaftanbekleideten Nomadenkrieger auf seinem Rücken. Mindestens dreißig von ihnen. Auch die Geländewagen waren mit Wüstenkriegern bemannt, aber die waren mit Lasergewehren und KSR-Werfern bewaffnet, so wie Lee und seine Leute.

Marcus konnte sich nicht vorstellen, was sie zu erreichen hofften, abgesehen davon, daß sie Geschützfeuer auf sich zogen, das sonst seine Mechs getroffen hätte.

»Volle Kraft voraus«, schrie er über die Gefechtsfrequenz. »Jetzt, da wir die Chance haben.« Die eisige Unbeteiligtheit, die ihn einen Moment zuvor noch in den Klauen gehabt hatte, war vergessen, als er dreißig Reiter, ein paar zerbeulte Geländewagen und drei zivile Schweber gegen die BattleMechreihe der Mordbanden prallen sah. *Wir haben nur ein paar Sekunden,* dachte er. *Die Mordbanden werden die Linie durchbrechen, und nur die Schweber haben die geringste Chance, mitzuhalten.*

Dann flogen die ersten Seile von den Pferden in die Höhe und die Enterhaken griffen an Schultergelenken und Funkantennen. Wenigstens die Hälfte der schwarzgekleideten Krieger verließen die Sättel und kletterten an der Seite der Mordbanden-Mechs empor, und Marcus erfaßte derselbe Schock, den Charlene bei diesem Anblick gespürt hatte. Ein elektrischer Schlag schien durch seinen Körper zu strömen und ihm plötzlich neue Kraft zu schenken.

Mut und Entschlossenheit gegen tausend Tonnen Technik. Wenn es sonst nichts gab, dessen er sich sicher sein konnte, diesen Augenblick würde Marcus wohl nie wieder erleben.

41

**Übergang, Shaharazadische Wüste
Astrokazy, Peripherie**

11. Juli 3058

Und dann brach die Hölle auf.

Die uralte Zeile aus Miltons *Paradise Lost* drängte sich Charlene unwiderstehlich auf, als sie die Szenerie vor sich betrachtete. Die Nomadenkrieger schwärmten an der Seite eines halben Dutzends Mordbanden-Mechs empor und brachten Chaos in die gesamte Schlachtreihe der Angreifer. Während die Angeli die linke Flanke der Mordbanden unter schweren Beschuß nahmen, ängstlich darauf bedacht, keinen Mech zu beschießen, auf dem sich Menschen befanden, tauchten hinter der Schlachtreihe plötzlich vier neue Mechs auf, die auf ihrer Sichtprojektion mit goldenen Dreiecken gekennzeichnet waren. Zwei flogen in flachen Sprungbahnen heran, die sie nur knapp über die zerklüfteten Felsformationen am Rand der Wildnis trugen, die beiden anderen stürzten sich aus der Wildnis ins Herz der Mordbanden-Kräfte. Charlene erkannte Aidars *Vollstrecker*, den *Dunkelfalke* und den erst kürzlich erbeuteten *Großdracon*. Der Wüstenwind-Stamm machte einen gewagten Zug, einen Zug, der eine gleich große Chance hatte, den ganzen Stamm zu vernichten, wie ihn zu stärken.

Entlang der gesamten linken Flanke zogen die Angeli neue Kraft aus dem Eingreifen der Wüstenkrieger. Zwei der gegeiselten MechKrieger waren von den Nomaden befreit worden. Kelsey Chase saß bereits auf einem freien Pferd und ritt hinter einem Seil her, das von dem *Orion* baumelte, an dem sie angebunden gewesen war. Die MSK-MechKriegerin Shannon Christienson war vom ›General‹ in seinem Schweber aufgenommen worden, während er den Gegnern weiter mit seinen Infanteristen zusetzte.

Blieb noch Torgensson.

Charlene im *Feuerfalke* und Tamara im *Grashüpfer* hielten die Mitte des Felds für die Angeli. Sie hatten sich nicht durch die Reihen der Nomadenreiter drängen wollen, aber es schien, daß ihnen keine Wahl blieb. Der *Todesbote* feuerte seine PPKs auf jeden, der sich ihm näherte, sei es ein Reiter oder ein BattleMech. Der Mordbanden-Kommandeur hatte in einem konzentrierten Feuerstoß die Torsomitte des *Dunkelfalke* ausgebrannt und den *Großdracon* zurückgetrieben. Verkohlte Leichen und Asche einiger Pferde und Reiter bedeckten den Boden rings um die Maschine, ein Beweis der vernichtenden Feuerkraft des überschweren Mechs gegen ungeschützte Gegner.

Charlene löste den schweren Laser aus und brannte eine Schmelzspur über die Schulter eines Mordbanden-*Fallbeil* an der rechten Flanke. Nur der *Großdracon* und der *Vollstrecker* der Nomaden hielten diesen Teil des Schlachtfelds, und sie waren kurz davor, zermalmt zu werden.

Als wäre das noch nicht genug, kam ein weiterer Mech aus der Wildnis in die Reihen der Mordbanden, die auf ihrer Anzeige durch rote Quadrate gekennzeichnet waren. Es war ein *Clint*, der sich seltsam unbeholfen bewegte, wahrscheinlich auf Grund von Problemen mit seinem Kreiselstabilisator. Aber trotzdem konnte er die Angreifer mit einer weiteren AK/5 verstärken.

»Reserve Zwei, Sprung auf mein Zeichen vorbereiten. Spring hinter den *Todesbote*. Greif ihn aus dem Rücken an, vielleicht schaffen wir es, ihn stillzulegen, bevor es Torgensson erwischt.« Es war nicht der geeignetste Plan, aber der einzige, der Charlene in den wenigen Sekunden einfiel, bis Marcus den konzentrierten Beschuß befehlen würde.

Dann kam ihr der *Clint* zuvor.

* * *

Thomas Faber kämpfte gegen das Neuralfeedback an. Er konzentrierte sich ganz darauf, aufrecht zu bleiben, während der 40 Tonnen schwere *Clint* mit der ganzen Grazie eines einbeinigen *Goliath* vorwärtsstolperte. Die Umluftventilatoren waren vor einer Stunde ausgefallen, und die Wüstenhitze hatte das Cockpit in einen Backofen verwandelt, in dem er bei mehr als fünfundvierzig Grad langsam gesotten wurde. Nur die Kühlweste hielt ihn noch bei Bewußtsein. Die Kühlweste und das Wissen, daß die Angeli ihn brauchten.

Er hatte es aus der Stadt und den ganzen Weg bis hier heraus geschafft, ohne einem von Shervanis' BattleMechs zu begegnen. Während er hinter den Mordbanden her hinkte, hatte er Funkverkehr über Ablenkungsangriffe gegen die Stadt aufgefangen. Aber er wußte, die Angeli waren da, wo die Mordbanden waren. Er hatte den Feind entlang der halbkreisförmigen Strecke geortet, und während er am Rand des Übergangs wartete, hatte er sehen können, wie sich die Dinge entwickelten und was genau dieser St. Jamais getan hatte. Als er die Mordbanden-Linie im Zentrum zurückweichen sah, während die Mechs versuchten, die hartnäckigen Nomadenkrieger abzuschütteln, hatte er entschieden, daß hier sein einziges Ziel darin bestehen mußte, den Mordbanden den Vorteil zu entreißen, mit dem sie seine Einheit unter Druck setzten. Er mußte Torgensson retten.

Auf dem Weg zu dem *Todesbote* dachte er nur daran, auf den Beinen zu bleiben und hoffentlich keinen wilden PPK-Blitz seiner eigenen Kameraden abzubekommen.

Eine neue Reitergruppe galoppierte auf den *Todesbote* zu, um in den toten Winkel seiner PPKs zu gelangen. Thomas trat von rechts hinten an den Mech heran, packte die Arm-PPK der überschweren Kampfmaschine mit der linken Hand des *Clint* und bog sie nach hinten.

Normalerweise kamen sich zwei Kampfkolosse nicht derart nahe. Aber der Pilot des *Todesbote* hatte keinen Grund gehabt, Thomas zu mißtrauen, und es war viel zu spät für eine Abwehrreaktion, als Thomas seine Autokanone an die Torso-PPK des Mechs setzte und eine Fünfzig-Millimeter-Granate geradewegs in die Mündung jagte. Der *Todesbote* hatte die Waffe für den nächsten Schuß vorbereitet, und jetzt entlud sich die aufgestaute Energie durch die Risse im Lauf. Aber sie reichte nicht bis zu Torgensson empor, der immer noch lebte, auch wenn er halbtot aussah. Und es kostete den überschweren Mech ein Drittel seiner Feuerkraft.

Das war die Öffnung, nach der die Nomaden Ausschau gehalten hatten. Drei von ihnen hängten sich an den *Todesbote* und kletterten über Flanke und Rücken an ihm hoch. Einer schwang sich nach vorne, wo er mit einem gefährlich aussehenden Krummdolch Torgenssons Fesseln durchtrennte. Den nahm er sofort wieder zwischen die Zähne, sobald die Geisel wegsackte. Faber schaffte es, die linke Mechhand unter den halb bewußtlosen MechKrieger zu bringen, der in die offene Handfläche des *Clint* rutschte.

Das reicht. Faber bewegte den Mech rückwärts und löste sich von dem *Todesbote,* dessen Pilot plötzlich mehr Interesse an den schwarzgekleideten Nomaden zeigte, die über seinen Rumpf krabbelten. Torgenssons Retter starb auf der Brustpartie des Mechs, als dessen riesige, kastenförmige Linke ihn gegen die Panzerung quetschte.

Aber der Mordbanden-Pilot hatte Faber nicht vergessen. Als er feststellte, daß er einen anderen Krieger nicht erreichen konnte, der an seinem Rücken hochkletterte, drehte er sich statt dessen um und feuerte aus beiden ihm verbliebenen PPKs, Lasern und Kurzstreckenlafetten auf den ohnehin schon angeschlagenen *Clint*. Ein PPK-Treffer amputierte dessen rechtes Bein am Knie, während die zweite Panzerung am oberen Torso verdampfte und sich tief in die Interne Struktur bohrte. Statt gegen das Unvermeidliche anzukämpfen, lieferte Thomas sich dem Zug der Schwerkraft aus und versuchte vor allem, die empfindliche Fracht in seiner linken Mechhand zu beschützen.

* * *

Es war nicht die Unterstützung, die Marcus erwartet hatte, aber er und seine Söldner wußten sie zu nutzen. Die linke Flanke der feindlichen Linie zerbrach unter dem entschlossenen Angriff durch kombinierte Breitseiten aus nächster Nähe, der sich jetzt in individuelle Mechduelle auflöste. Aber dann schob sich die rechte Flanke der Mordbanden heran und drohte, den Angeli mit gleicher Taktik den Garaus zu machen.

Marcus pumpte seine vorletzte Gausskugel in den linken Arm eines *Fallbeil*. Sie zerschmetterte den letzten Rest von Panzerung, durchschlug Myomerbündel und Titanstahlknochen und kam irgendwo in der Nähe des Schulteraktivators zur Ruhe. Der Arm fiel leblos herab, aber das *Fallbeil* konnte den Angriff mit dreien seiner vier mittelschweren Laser und einer Salve aus sechs Kurzstreckenraketen erwidern. Die rubinroten Lichtpfeile fraßen sich in das rechte Bein und die Torsomitte des *Caesar*, wo sie weitere Teile der Panzerung abschälten. Vier der Raketen trafen ins Ziel, schlugen aber verteilt genug ein, um die Panzerung nicht zu durchschlagen.

Viel mehr stehe ich nicht durch, dachte Marcus und kämpfte um die Kontrolle über seinen schwer beschädigten Mech. *Das schafft keiner von uns.*

Die Temperatur im Innern der Kanzel war auf erträgliche Maße gesunken, seit die Vernichtung der von den Clans erbeuteten Extremreichweiten-PPK des *Caesar* die Möglichkeiten des Mechs, Abwärme zu erzeugen, drastisch gesenkt hatte. *Das Gaussgeschütz hat gleich keine Munition mehr, dann bleiben mir nur noch die mittelschweren Laser.*

Auf der taktischen Anzeige der Sichtprojektion noch etwas zu erkennen, war praktisch unmöglich. Zu viele Mechs hieben aus nächster Nähe aufeinander ein. Soweit er es sehen konnte, hatten die Nomaden in der Mitte der Mordbanden-Linien ein Chaos verursacht und zwei ihrer zerbeulten Mechs gegen den Mordbanden-*Kampfhund* eingetauscht. Die Reiter hatten tatsächlich den ernsteren Schaden angerichtet und schienen drei feindliche Mechs erbeutet zu haben, auch wenn erst einer von ihnen, der zweite *Orion*, sich bereits wieder in Bewegung gesetzt hatte. Auf dem Sichtschirm sah Marcus Charlenes *Feuerfalke* auf der anderen Seite des *Fallbeil* zu Boden sinken. Sein rechter Arm war an der Schulter abgeschnitten, das rechte Bein hing nur noch an ein paar Myomerfasern von der Hüfte.

Damit haben wir noch fünf Mechs auf den Beinen. Und zwei der Wüstennomaden. Allerdings ist das Hauptgeschütz des Vollstrecker *hin, und er sieht mehr nach einem wandelnden Schrotthaufen aus.* Marcus tauschte mittelschwere Laserschüsse mit dem *Fallbeil* aus, rubinrote und smaragdgrüne Lichtpfeile, die den Raum zwischen den beiden Kampfmaschinen kreuzten und auf beiden Seiten Panzerung in rotglühenden Schmelzströmen zu Boden tropfen ließen. *Ein letzter Gauss-Schuß, aber nicht für dich.* Marcus drehte sich um, bereit, es dem *Todesbote* zu zeigen.

Den Mordbanden-Kommandeur ausschalten und zur Kapitulation zwingen. Das ist die einzige Chance, die uns noch bleibt. Das oder die Flucht. Und jetzt den Rückzug anzutreten, nachdem wir so viele Leben und Mechs verloren haben, würde das Ende der Angeli als effektive Kampftruppe bedeuten.

»Landungsschiff!« brüllte eine Stimme über den Panikkanal. »*Overlord* im schnellen Anflug aus Nordnordwest, Entfernung ein halber Kilometer. Hegemonie-Insignien.«

Nein, verdammt, nein. Ein *Overlord* konnte die Angeli mit seiner gewaltigen Feuerkraft wie ein titanischer Hammer auf dem Amboß der Mordbanden-Mechs zerschmettern. Marcus stieß die Hand auf die Funkkonsole und schaltete auf einen einheitsweiten Kanal. »Verlange Bestätigung«, befahl er.

»Bestätigt, Lyra.« Es war Jerichos Stimme. Resignation drang durch den Äther, als ihr geborgter *Kampftitan* sich in einen Krater zurückzog, um etwas Schutz gegen die anrückende rechte Flanke der Mordbanden-Linie zu finden. »Es wird von ein paar Luft/Raumjägern attackiert, ist aber ohne Zweifel ein marianisches Schiff.«

Marcus zog den *Caesar* nach hinten, während er mit den Steuerknüppeln kämpfte, um den Torso in Richtung des *Todesbote* zu drehen. *Nur ein Schuß ...* Er mußte jetzt fallen, oder die Angeli würden gezwungen sein, in die Wildnis zu fliehen, wenn sie überhaupt noch eine Chance haben wollten, der Vernichtung zu entgehen.

Luft/Raumjäger?

Im selben Augenblick, in dem die Frage in Marcus' Gedanken laut wurde, fiel ihm auf, daß er keinen Treffer von den Waffen des *Fallbeil* mehr hatte einstecken müssen. Die Antwort darauf wurde offensichtlich, als er die Sichtprojektion überprüfte und mit einem ungläubigen Blick aus dem Kanzeldach bestätigte, was er dort sah. Die Mordbanden zogen sich zurück! Ein paar waren noch zurückgeblieben, um die weiterhin aktiven Angeli zu binden, aber das *Fallbeil* war schon gute hundert Meter weit entfernt und wurde immer schneller. Noch fünfhundert Meter hinter ihm war die fliehende Silhouette des *Todesbote* zu erkennen.

Jetzt drehte sich auch die Nachhut um und ergriff die Flucht. Die Mordbanden gaben keinen Schuß mehr ab, sondern konzentrierten sich darauf, so schnell wie möglich ihr Landungsschiff zu erreichen. Marcus verstand nicht, was da vorging, aber als das *Fallbeil* in zweihundert Meter Entfernung am *Kampftitan* vorbeilief, klinkte er sich in Jerichos Zielerfassung ein und feuerte seine letzte Kugel Gaussmunition ab. Die Silberkugel traf den schweren Mech voll in die rechte Rückenpartie, schmetterte durch die dünnere Panzerung und schleuderte die 70 Tonnen schwere Kampfmaschine herum und zu Boden.

Dann erschienen neue BattleMechs am Rand der Wildnis, preschten auf das Schlachtfeld und stellten sich in einer Kampfreihe zwischen den Angeli und den Mordbanden auf. Zunächst eine Lanze, dann eine ganze Kompanie. Alle Maschinen trugen das Wappen des Magistrats Canopus, drei goldene Sterne auf einem geschlossenen grünen Halbmondfeld. Sie schienen zufrieden, die Mordbanden fliehen zu sehen – und zeigten wenig Verlangen, sich mit einem *Overlord* anzulegen. Aber zumindest schützten sie die Angeli vor weiterem Schaden.

Marcus sah sich an, was von seiner Einheit noch übrig war. Jericho Ryan im *Kampftitan*. Tamara Cross im *Grashüpfer*. Kis *Schütze* half dem *Marodeur* Connor Monroes auf die Füße. Und er im *Erzengel*. Fünf Mechs auf einem Schlachtfeld aus qualmendem Fels und verbogenen Metalltrümmern.

Immer mehr Mechs strömten aus der Wildnis. Zwei Kompanien. Ein ganzes Bataillon. Alle trugen die Farben der MSK. Es war nicht Major Woods Einheit, aber Marcus war keineswegs in der Stimmung, kleinlich zu sein. *Wir leben noch, und können Gli Angeli wiederaufbauen.*

Dann trat die letzte Lanze aus dem Felsenlabyrinth der Wildnis. Vier schwarzlackierte Mechs, drei davon mit einem großen Totenkopfsymbol auf der oberen rechten Brustpartie. *Todeskommandos.* Marcus lief es eiskalt den Rücken herunter, als er diese berüchtigten Krieger sah. Er konnte sich kein Szenario vorstellen, bei dem sie als Teil canopischer Truppen auftraten.

Der letzte Mech war mehr als beeindruckend, ja, erhaben, als er auf die Hochebene trat, als habe sein Pilot auf diesem Planeten nichts und niemanden zu fürchten. Ein 90 Tonnen schwerer *Imperator*, mit ausladenden Schultern und gewaltigen LB-X-Läufen als Unterarmen. Der Koloß wirkte gleichzeitig beherrschend und tödlich. Er trug keinen Totenkopf. Statt dessen prangte auf seiner breiten Brustpartie das Katanawappen der Konföderation Capella.

Marcus blieb stehen, wo er war, als der überschwere Mech sich langsam an seinem *Caesar* vorbeibewegte. Sein Pilot schien das Gefühl zu haben, das Schlachtfeld völlig zu kontrollieren. *Arroganter Hurensohn,* dachte Marcus. Dann entschloß er sich, ihn zunächst zu ignorieren. Er drehte *Erzengel* herum und beobachtete, wie das *Overlord*-Landungsschiff in einer riesigen Staub- und Sandwolke abhob.

Es ist noch nicht vorbei, schwor er in Gedanken. Er war sich nicht sicher, wie oder wann – aber die Angeli würden wieder auf diese Mordbanden treffen. *Ich werde dich finden,* versprach er dem feindlichen Kommandeur. *Ich werde dich finden, und dann werde ich dich zerquetschen.* Er atmete tief aus, und die gesamte Anspannung der Schlacht verließ mit dem Atem seine Muskeln. Erschöpfung nahm ihren Platz ein. *Aber nicht heute.*

Erst mußte er nach seinen Kriegern – seinen Freunden – sehen und seine Einheit – seine Heimat – wiederaufbauen.

BUCH IV

*Daher ist es nur dem aufgeklärten Souverän
und dem würdigen General, die in der Lage sind, ihre
intelligentesten Leute als Agenten einzusetzen,
sicher gegeben, Großes zu erreichen. Geheimoperationen
sind in Kriegszeiten unumgänglich.
Die Armee stützt jede ihrer Bewegungen auf ihrem Fundament.*

– SUN TZU, *Die Kunst der Kriegsführung*

*Einer einzelnen Person sollte man niemals
zuviel Vertrauen, Macht oder Wissen schenken.
Allzu häufig wird man von ihr enttäuscht.*

– SUN-TZU LIAO, *Tagebucheintragung*, 24. Juni 3045

42

Übergang, Shaharazadische Wüste
Astrokazy, Peripherie

11. Juli 3058

Die Angeli trafen sich im Schatten des *Lung-Wang*-Landungsschiffes Sun-Tzu Liaos. Die *Perle der Wahren Weisheit* hatte kurz nach dem Abflug des *Overlord* aufgesetzt und ruhte nun friedlich auf dem Hochplateau unweit des Gebiets, in dem noch kurz zuvor die Schlacht getobt hatte. Jericho Ryan stand bei den Söldnern und unterhielt sich mit Paula Jacobs. Adair Sildig hielt sich etwas abseits als Repräsentant des Wüstenwind-Stamms, während der Rest seiner Krieger sich in unterschiedlich entspannter Haltung um das Landungsschiff gruppiert hatte.

Die meisten von Marcus' Leuten trugen noch die schweißnassen Shorts und T-Shirts ihrer Cockpitmontur, und ein oder zwei hatten sogar die Kühlwesten noch um. Die Nomaden waren in ihre langen Kaftane gehüllt und erinnerten Marcus an Nihail, aber ihre Gewänder waren hell, zum besseren Schutz gegen die Sonne. Alle wirkten erschöpft, selbst die abgehärteten Wüstenbewohner wie Adair. Marcus sah in ihren Augen und an ihrem müden Lächeln, wie nahe sie einer Niederlage gewesen waren.

Nur um von Sun-Tzu Liao gerettet zu werden.

Marcus schüttelte den Kopf. Er konnte es immer noch kaum glauben, besonders angesichts des Berichts, den Thomas Faber über die Waffenlager abgeliefert hatte, die er in Shervanis entdeckt hatte. War es möglich, daß Sun-Tzu eine dritte Täuschung in diesem Versteckspiel namens Astrokazy versuchte? Eine, die Marcus nicht begriff? Er wußte, daß diese Möglichkeit durchaus bestand, aber irgendwie fühlte sich der Gedanke falsch an.

Er nahm einen tiefen Zug aus einer Plastikliterflasche Vita-Orange, einem bei manchen MechKriegern beliebten Getränk zum Ausgleich des Flüssigkeitsverlusts in der intensiven Hitze eines BattleMechcockpits. Der schwache Orangengeschmack ließ die elektrolytisch angereicherte Flüssigkeit glatt über seinen Gaumen rinnen, und das kühle Getränk war eine Wohltat für seine rauhe Kehle. Ein weiteres Beispiel für Sun-Tzus Großzügigkeit. Neben der Bereitstellung der Medostation seines Landungsschiffs für alle Verletzten, egal ob Astrokaszy, Canopier oder Söldner, hatte der Kanzler der Konföderation Capella den Angeli und ihren Verbündeten Nahrung und Getränke zur Verfügung gestellt. Marcus mußte zugeben, daß er anfing, auf Sun-Tzu Liaos Seite zu wechseln.

»Torgensson wird's überleben«, stellte Marcus fest, während er vor den versammelten Kriegern auf und ab ging und sich die rechte Schulter rieb, wo die Gurte der Pilotenliege sich zu tief eingegraben hatten. »Er hat ein gebrochenes Bein und leidet unter einem längeren Aufenthalt in der Gesellschaft von Malachye Shervanis – ganz abgesehen von dem Erlebnis, an einen kämpfenden Mech gefesselt worden zu sein –, aber im Großen und Ganzen ist er okay. Ich glaube sogar, er freundet sich bereits mit dem capellanischen Doktor an.«

Das sorgte für ein Grinsen auf einigen Gesichtern, auch wenn Marcus mehrere unbehagliche Blicke zu dem riesigen capellanischen Wappen auf der Flanke des Landungsschiffes über ihnen bemerkte. Er konnte es seinen Leuten nicht übelnehmen, daß sie nervös waren. Haus Liao war nicht gerade für seine Großzügigkeit berühmt, und noch viel weniger für humanitäre Hilfe. Bis jetzt hatte er selbst Sun-Tzu nur einen Augenblick zu Gesicht bekommen, als er ihn um eine Unterredung gebeten hatte, nachdem sein *Imperator* im Mechhangar des *Lung Wang* verstaut worden war. Selbst bei diesem kurzen Wortwechsel war Marcus unter dem Blick des jungen capellanischen Herrschers flau geworden.

»Shannon Christienson und Kelsey Chase leiden noch etwas darunter, daß sie so lange der prallen Sonne ausgesetzt waren«, fuhr Marcus fort. »Aber sie sind beide in Ordnung, und Kelsey wird morgen schon wieder aus der Krankenstation entlassen, nachdem sie sich richtig ausgeschlafen hat. Und bevor einer von euch anfängt, sich Sorgen zu machen: Es war meine Idee, daß sie dort bleibt.« Marcus kannte seine Leute, und Kelsey hätte sich garantiert übernommen, wenn er sie gelassen hätte. Das bewies schon, daß sie auf den *Orion* geklettert war, an den sie gefesselt gewesen war, und ihn übernommen hatte, nachdem die Nomadenkrieger es nicht geschafft hatten.

Charlene meldete sich von ihrem Platz auf einem Stück sonnengetrockneten roten Lehm. »Aidar, sobald möglich wird jemand aus dem Schiff kommen und mit dir über den Zustand eurer Verwundeten reden.«

Der dunkelhäutige Astrokaszy nickte. »Ich bin mehr an den BattleMechs interessiert, die unsere Krieger erbeutet haben.«

Wie Charlie es gesagt hat, mehr an Ausrüstung interessiert als an Leben. Marcus dachte an die Angeli, die er nicht mehr zu Gesicht bekommen würde, die gefallen waren und hier für immer fern der Heimat in der Peripherie bleiben würden. Brent Karstchow, Geoff Vanderhaven und jetzt Brandon Corbett. Jeder einzelne von ihnen hinterließ eine Lücke in seinem Innern, die lange brauchen würde, um zu verheilen. »Ich werde es erwähnen, wenn ich mit dem Kanzler rede«, versprach Marcus. »Zusammen mit einem fairen Anteil am Bergegut dieser Schlacht.«

Thomas räusperte sich. »Ziehen wir nicht los und überreichen Shervanis seinen Kopf auf dem Silbertablett?«

»Würde ich gerne«, erklärte Marcus eine Spur heftiger als beabsichtigt. »Aber wir werden uns diesmal zurückhalten. Dieses Privileg beansprucht Danai Centrella für ihre MechKrieger.« Er leerte die Flasche. »Zu schade, den Materialvorrat hätten wir zum Wiederaufbau gebrauchen können.«

Charlene nickte. »Und unser Vertrag?«

»Ist abgeschlossen. Unser Kontrakt hat hier mit dieser Schlacht ein Ende gefunden. Die Lieferungen von Waffen und Ausrüstung in die Hegemonie sind unterbrochen, und mit meinem Bericht an Danai Centrella sind die canopischen Streitkräfte über die exakte Position der restlichen Vorräte informiert.« Marcus grinste breit. »Und Danai hat mir versichert, daß im Magistrat kein Pfändungsbescheid eingetroffen ist. Selbst wenn sich das inzwischen geändert haben sollte, kümmert sich das Magistrat Canopus um seine Krieger – gleichgültig, ob reguläre Truppen oder Söldner. Der Staat übernimmt unsere Schulden, und wir zahlen sie an das Magistrat zurück. In der Hinsicht sind wir sicher.«

Er wartete, bis die erleichterten Pfiffe und Hurrarufe verklungen waren, bevor er weitersprach. »Ich weiß nicht, wie gut oder schnell wir neue Leute oder Ausrüstung finden werden. Wir haben hier gute Männer verloren, und das wird uns noch lange zu schaffen machen.« Er sah verlegen zu Jericho hinüber. »Aber wir können auch darauf hoffen, daß uns ein Teil derer, die mit uns gefochten haben, erhalten bleibt. Was unser Material angeht …« Er zuckte die Schultern, als sei das weniger wichtig. »Im Augenblick haben wir fünf bis acht funktionstüchtige oder reparierbare Maschinen. Das schließt die Auslösung von Vince und seines *Vollstrecker* von diesem anderen Wüstenstamm ein. Mit einer anständigen Bergequote aus der Schlacht sind wir bald wieder auf den Beinen. Die Angeli sind Überlebenskünstler.« Er ließ seinen Stolz auf sie in seiner Stimme und seiner Miene durchscheinen. »Das kann uns niemand nehmen.«

Ein zufriedenes Schweigen senkte sich über die Versammlung der Krieger, das erst unterbrochen wurde, als Charlene den Fuß ausstreckte und Marcus' Stiefel antippte. Sie zeigte mit dem Kopf zum Haupt-Mechhangarluk. »Marc, sie kommen runter. Du solltest ihnen entgegengehen.«

Der Söldnerkommandeur sah zu Sun-Tzu und zwei MSK-Offizierinnen auf, die begleitet von einem Trupp Wachen die Rampe herabschlenderten. »Ja, das sollte ich wohl. Kommst du mit?«

Charlene schüttelte den Kopf. »Sun-Tzu bringt seine canopischen Verbindungsoffiziere mit. Du solltest dasselbe tun.«

Marcus riß sich zusammen, um keine Nervosität zu zeigen, und bot Jericho die Hand, um ihr vom Boden aufzuhelfen. Er bemerkte die Überraschung in ihrem Blick, als er ihre Hand nicht gleich wieder losließ, sondern ein Stück des Wegs festhielt. Er fing auch einige amüsierte Blicke anderer Angeli auf, einschließlich eines zustimmenden Nickens von Paula Jacobs. Es würde ihn Zeit kosten, sich an solche öffentlichen Auftritte zu gewöhnen, aber Marcus gab sich selbst das Versprechen, es zumindest zu versuchen. Er war froh, daß Jericho nichts sagte und zu verstehen schien, was in ihm vorging. Sie drückte nur kurz seine Hand, bevor sie einander auf den letzten Schritten hinüber zu Sun-Tzu Liao freigaben.

Falls der capellanische Kanzler irgend etwas von ihrer Beziehung bemerkt hatte, ließ er es sich nicht anmerken. Er stand in der Mitte seiner Leibwache und erinnerte Marcus damit an Rashiers Gewohnheit, ebenso aufzutreten. Sun-Tzu war schlank und wirkte noch jünger als er ohnehin war, nämlich sechs- oder siebenundzwanzig. Es gab keine Anzeichen von Wahnsinn oder Tobsucht, zwei Eigenschaften, die häufig mit dem capellanischen Herrscherhaus in Verbindung gebracht wurden. Wie zuvor schon, empfand Marcus auch jetzt Stimme und Auftreten des Liao als ruhig und gelassen.

»Kommandant GioAvanti«, begrüßte Sun-Tzu ihn. Er war in seine seidene rote Amtsrobe gekleidet, trug aber immer noch das schwarze Stirnband, das er bereits im Mech getragen hatte.

Ein praktisch denkender Mann, stellte Marcus fest und blinzelte brennende Schweißtropfen aus den Augenwinkeln. »Kanzler. Bitte gestatten Sie mir, Ihnen Commander Jericho Ryan vorzustellen, meine canopische Verbindungsoffizierin.«

Sun-Tzu winkte ab, als Jericho salutierte. »Natürlich.« Dann stellte er sie den beiden Töchtern Emma Centrellas vor, auch wenn sich Danai knapp angebunden verabschiedete, um nach ihren Truppen zu sehen.

»Sie müssen meiner Schwester vergeben«, stellte Naomi Centrella fest und schenkte Marcus ein entwaffnendes Lächeln. »Der Lauf der jüngsten Ereignisse hat sie ziemlich niedergeschlagen.«

Marcus hatte den giftigen Blick gesehen, den Danai Sun-Tzu beim Abschied zugeworfen hatte, und entschied, daß er auf nähere Erläuterungen verzichten konnte. Der Versuch, mit Sun-Tzu und jetzt auch noch einer weiteren Tochter der Magestrix eine Übereinkunft auszuhandeln, war mehr als genug für einen Tag.

Sun-Tzu studierte die lackierten Fingernägel einer seiner Hände. In typisch capellanischer Mode waren die letzten drei Nägel beider Hände besonders lang. Es wirkte nicht im mindesten feminin. Die Nägel schienen rasiermesserscharf, und der Kanzler musterte sie mit demselben kritischen Blick wie ein draconischer Krieger eines seiner Samuraischwerter. »Nun, Kommandant, Sie wollten etwas mit mir besprechen?«

Marcus nickte und versuchte, die eisigen Blicke der vier Todeskommandos zu ignorieren, die den Kanzler bewachten. »Zunächst einmal das Bergegut. Über die Hälfte der Angeli-BattleMechs liegt noch da draußen. Und über eine Kompanie der Mordbanden-Mechs.«

»Ja.« Sun-Tzu strich sich mit der Breitseite des Nagels an seinem kleinen Finger übers Kinn. »Aber es war unsere Ankunft, die sie zum Rückzug getrieben hat. Ich würde meine Pflichten als Anführer dieser Truppen sträflich vernachlässigen, wenn ich nicht darauf bestände, einen Anteil des Bergeguts zu erhalten.«

Und mit fast einem Bataillon an Truppen hast du die Oberhand. Wird das wieder ein Geschäft nach Astrokazy-Regeln? »Natürlich«, stellte Marcus laut fest. »Ich würde Euch nicht beleidigen, indem ich etwas anderes auch nur andeutete.« *Nur einmal in der näheren Zukunft möchte ich mal geradeheraus sagen, was ich denke, ohne Angst haben zu müssen, wem ich dabei auf die Zehen trete. Aber der Kanzler der Konföderation Capella ist nicht der Gesprächspartner, um damit anzufangen.*

»Gut. Dann werden Sie zunächst das Bergegut mit den astrokazischen Einheimischen aufteilen, wie Sie es für angemessen halten. Danach werde ich zehn Prozent des Bergeguts beider Parteien entsprechend ihrer Ansprüche akzeptieren.« Sun-Tzu machte eine Pause. »Ich erwarte nicht, daß die drei intakt erbeuteten Mechs in dieser Rechnung auftauchen.«

Zehn Prozent? Das ist alles? »Der Kanzler ist äußerst großzügig.« Das machte Marcus nervös. »Und das Nachschublager in Shervanis? Unser Kontrakt umfaßte einen Zehntelanteil an erbeuteten Materiallagern.« *Obwohl du uns das theoretisch vorenthalten kannst, indem du die Stadt selbst angreifst.*

Sun-Tzu lächelte dünn wie über einen privaten Witz.

»Lassen Sie uns darauf später zurückkommen. Nach Danais Auskunft werden Sie gezwungenermaßen noch einige Zeit hier verbringen. Ihre beiden Landungsschiffe sind beschädigt? Ich werde eine Lanze BattleMechs hier lassen, mehr nicht. Sie werden Ihre Truppen verstärken, bis ich zurückkehre.«

»Ihr fliegt weiter nach Campoleone?« fragte Marcus vorsichtig. Canopische Truppen über die Grenze der Liga Freier Welten zu führen konnte als aggressiver Akt verstanden werden, selbst wenn es unter der Fahne der Konföderation Capella geschah. Er wollte Sun-Tzu nicht verärgern, indem er auf Einzelheiten bestand, aber die Hegemonie-Mordbanden waren ein Thema, das auch die Angeli betraf. »Meine Einheit wäre interessiert, Euch zu begleiten, falls das eine Gelegenheit bedeutet, noch einmal gegen die Mordbanden anzutreten.«

»Die Mordbanden fliegen nicht nach Campoleone«, informierte Naomi ihn mit sorgfältig nüchtern gehaltener Stimme. Sie sah den Kanzler an.

»Ich habe mir geschworen, diesen Mordbanden-Kommandeur zu vernichten«, erklärte Marcus. »Es besteht die Chance, daß er ...«

»Er fliegt weder nach Campoleone noch zurück in die Hegemonie«, unterbrach Sun-Tzu. »Er durfte nur abziehen, weil wir während seiner Einschiffung in den *Overlord* eine Übereinkunft getroffen haben. Sie werden ihn nicht wieder zu Gesicht bekommen.«

Marcus gab sich zufrieden. Er konnte die Endgültigkeit in der Feststellung des Kanzlers heraushören. Natürlich machte er sich Gedanken. Alle Gefangenen der Schlacht waren von Sun-Tzu im Namen des Magistrats Canopus beansprucht worden, und jetzt erfuhr er von privaten Verhandlungen und einer möglichen Aktion gegen Campoleone. *Politik*, dachte er. *Die Angeli brauchen sie nicht.* »Und der andere Punkt? Die Lagerhalle in Shervanis?«

Sun-Tzu zuckte die Achseln, seine harten Züge wurden weicher, und ein dünnes Lächeln spielte um einen Mundwinkel. »Genaugenommen ist die Lagerhalle bereits erobert.«

»Was?«

Die Stimme des Kanzlers war im Gegensatz zu seinem amüsierten Blick kalt und ernst. »Während Sie sich in der Wüste verausgabt haben, hat Kalif Rashier Shervanis angegriffen. Anscheinend ist es ihm gelungen, die zum Schutz der Stadt zurückgehaltenen BattleMechs zu besiegen, und ein Verräter im Palast ermordete den dortigen Kalifen. Rashier herrscht jetzt über die Stadt.«

Marcus konnte fühlen, wie die Wut in ihm aufbrodelte, aber er hielt sie im Zaum, während seine Gedanken rasten. *Rashier hat uns verraten?* Dann erinnerte er sich an das Gespräch, das er mit dem Kalifen über den Einsatz einer Ablenkungstruppe geführt hatte, um einen Teil der feindlichen Kräfte wegzulocken.

Sun-Tzu sprach weiter. »Ich habe keinen Grund, Rashier anzugreifen. Und es wäre ein unkluger politischer Zug für das Magistrat, sich gegen einen Herrscher zu wenden, der soeben einen gemeinsamen Feind besiegt hat.«

Rashier hat uns den Wölfen vorgeworfen. Hätte er sich anschließend mit den zurückkehrenden Mordbanden arrangiert? Wahrscheinlich. Also entspräche es guter alter Astrokaszy-Sitte, ihm seinen Verrat heimzuzahlen. Er überdachte Sun-Tzus Worte sorgfältig, und dann verstand er dessen amüsierte Miene. Anscheinend verliefen die Überlegungen des Kanzlers entlang derselben Bahnen wie seine eigenen.

»Das ist schon in Ordnung, Kanzler Liao. Ich bin sicher, wir können uns irgendwie einigen.« Marcus lächelte. *Er hat vielleicht keinen legitimen Grund zum Angriff, aber die Angeli haben einen.* »Wieviel würde es kosten, Euer Bataillon für eine leichte Arbeit zu mieten? Wären neun Zehntel des Nachschubvorrats der Mordbanden angemessen?«

Naomi Centrella verbarg ihre Gefühle hinter einer nichtssagenden Maske, aber Sun-Tzu erwiderte Marcus' Lächeln. »Das dürfte sich arrangieren lassen, Kommandant.«

43

Najah (ehemals Shervanis), Kalifat Rashier
Astrokazy, Peripherie

13. Juli 3058

Marcus fiel auf, daß nicht eine der Wachen ihm in die Augen sah. Sie durchsuchten ihn an der Tür, eine Tatsache, die ihm ebenfalls nicht entging, bevor sie ihn in die Lagerhalle ließen. Als er durch die weite, aber nicht allzu geschäftige Halle ging, drang das Geräusch aus Holzbrettern gebrochener Nägel und das Brummen von Lastfahrzeugen an seine Ohren. Kalif Rashier und ein paar andere standen etwa in der Mitte des Gebäudes, während Arbeiter eine Kiste mit Militärbedarf nach der anderen aufbrachen, katalogisierten und dem begeisterten Kalifen den Inhalt präsentierten.

»Kommandant«, begrüßte ihn Rashier wie einen alten Freund. An einer Leine führte er zwei riesige gefleckte Raubkatzen, die an terranische Leoparden erinnerten – die früheren Haustiere Kalif Shervanis'. Nihail Sallahan stand wachsam ein wenig abseits, und Erzwesir Ji-Drohmien war ebenfalls anwesend. Er hielt einen Korb mit frischem Fleisch in der Hand, aus dem er den Raubkatzen gelegentlich etwas zuwarf. Rashier deutete um sich. »Sehen Sie, was wir erreicht haben? Das Ende des Teufels Shervanis und die Entdeckung einer Schatzkammer von Waffen und Ausrüstung.«

Marcus lächelte scheinbar freundlich. »Den Teil der Einsatzbesprechung muß ich irgendwie verpaßt haben.«

Sah er ein Moment des Zweifels in Rashiers Augen? »Ja, nun. Ji-Drohmien hat uns mitgeteilt, daß nur eine mittelschwere Lanze die Stadt bewachte. Ich mußte zuschlagen, denn eine solche Gelegenheit hätte sich nie wieder geboten. Es tut mir leid, daß ich keine Möglichkeit hatte, Ihnen das mitzuteilen, aber es hat ja alles funktioniert.«

Marcus suchte Nihails Blick. Dessen dunkle Augen hielten die seinen einen Moment lang ruhig und unergründlich, dann sah er zu Boden. Marcus hatte keinen Zweifel, daß der Mann den Blickkontakt bewußt gebrochen hatte. *Also hat er dich auch benutzt.*

»Und natürlich werden wir Ihnen helfen, Ihre beiden Landungsschiffe zu reparieren. Ich möchte Sie sogar aus diesem Vorrat belohnen. Gute Ausrüstung für Ihre Angeli.«

»Der Kalif ist zu gnädig.«

Rashier grinste breit. »Warum auch nicht? Sie haben Ihren Teil der Abmachung gehalten. Haben Sie unsere Ausstellung gesehen?«

Das hatte Marcus in der Tat. Entlang der Straße zum Haupttor der Stadt waren in einer langen Reihe abgeschlagene Köpfe auf hohe Stangen aufgespießt, von denen noch das Blut in den Sand tropfte. Der Blutgestank war kaum zu ertragen, und von seinem ersten Besuch in der Stadt her wußte Marcus, daß er bald vom Verwesungsgeruch sonnengedörrten Fleischs abgelöst werden würde. Er hatte die Köpfe gezählt, nur um sicher zu gehen, obwohl er die Antwort schon kannte. *Einhundertvier. Genauso viele, wie ich dir versprochen habe, Rashier.* Und auf der letzten Stange steckte der Kopf von Malachye Shervanis.

»Ji-Drohmien hat es arrangiert«, fuhr der Kalif fort. »Um Sie zu beruhigen, was Ihre Verpflichtungen mir gegenüber betrifft.«

Marcus sah hinüber zu Shervanis' Erzwesir, und plötzlich wußte er, woher das frische Fleisch stammte. Ihm wurde leicht übel bei dem Gedanken. *Du willst sagen, um mich daran zu erinnern, was ich dir schulde. Aber das funktioniert nicht, Rashier.* Marcus fühlte die Erschütterungen schwerer Mechfüße und wußte, die Zeit war gekommen.

Jetzt wirst du den Preis für deinen Verrat erfahren.

Schreie aus der Richtung des Haupteingangs erregten die Aufmerksamkeit aller Anwesenden mit Ausnahme von Marcus. Dann krachten vereinzelte Schüsse, als ein Teil von Rashiers Wachen reflexartig auf den anrückenden Kampfkoloß feuerte. Die riesigen Metallfäuste des *Grashüpfer* brachen durch das Dach, ließen den Eingang über Rashiers Kriegern einstürzen und rissen ein Loch, durch das man fast die gesamte zwölf Meter hohe Kampfmaschine sehen konnte. Die Arbeiter rannten in Panik zur Hintertür davon, als ihr rechter Arm sich hob und den mittelschweren Laser auf einen nahen Container richtete, dessen Inhalt deutlich als Explosivmunition gekennzeichnet war.

»Was? Was soll das heißen?« stammelte Rashier.

»Göttliche Vergeltung«, stellte Marcus eisig fest und verschränkte die Arme. »Gli Angeli holen dich.«

Heiße Wut brannte in den Augen des Kalifen. »Töte ihn«, befahl er Nihail und stieß einen Finger in Marcus' Richtung. »Nein, warte. Ich will ihn lebend. Sie werden um ihren teuren Kommandeur verhandeln.«

»Nein, Rashier, das werden sie nicht. In meiner Abwesenheit kommandiert Sun-Tzu Liao die Einheit. Er würde diese ganze Stadt eher dem Erdboden gleich machen.«

Die Erwähnung Sun-Tzus ließ Furcht in den Augen des Mannes aufblitzen, die jedoch schnell blankem Haß weichen mußte. »Dann bist auch du ein toter Mann.« Er wandte sich zu Nihail. »Bring ihn um.«

Jetzt werde ich wohl erfahren, ob ich dich richtig eingeschätzt habe, dachte Marcus und sah Nihail in die

Augen. Die dunklen, unergründlichen Augen erwiderten seinen Blick ohne ein Blinzeln. *Ich bin bereit, für meine Leute mein Leben zu geben,* dachte Marcus. *Bist du immer noch bereit, für diesen Mann zu sterben?*

Nihails Geschwindigkeit war beeindruckend. Mit einem schnellen Griff in seinen Kaftan zog er mit einer Hand seine beiden Krummsäbel hervor, mit der anderen einen alten Nadler. Er warf Marcus den Nadler zu, nahm eines der Schwerter in die freie Hand. Im nächsten Augenblick hatte er eine der Klingen an Rashiers Kehle gelegt und drohte, ihm den Hals von einem Ohr zum anderen aufzuschlitzen, wenn er eine falsche Bewegung machte.

Marcus fing die Waffe auf und nickte Nihail zu. »Willkommen auf der Seite der Engel.« Er richtete den Nadler auf Rashier. »Du hast die Angeli verraten, und das hat dich alles gekostet, Rashier. Selbst die Loyalität deiner eigenen Leute.«

Zur Ehre des Kalifen mußte Marcus zugeben, daß dieser entschlossen schien, sein Leben mit aller Würde zu beenden, die er noch aufbringen konnte. »Töte mich, Kommandant. Erschieß mich kalten Bluts.« Seine Miene verdüsterte sich. »Meine Männer werden mich rächen.«

»Da wäre ich mir nicht so sicher. Eine Kompanie canopischer Mechs unter dem Befehl Naomi Centrellas hat die Stadt besetzt. Wahrscheinlich kampflos. Alle militärische Ausrüstung wird von den Magistrats-Streitkräften beschlagnahmt werden. Danai Centrella rückt im Süden gegen deine eigene Stadt vor, mit der Anweisung, ihr jede Verteidigungsmöglichkeit zu nehmen. Und alle benachbarten Kalifate sowie sämtliche Nomadenstämme wurden bereits informiert, daß beide Städte schutzlos zurückbleiben werden. Sie werden euch in guter alter Astrokaszytradition das Fleisch von den Knochen picken. Aber dich umbringen?« Marcus schüttelte den Kopf. »Nein, Rashier. Der Wüstenwind-Stamm hat sich bereiterklärt, dich und Ji-Drohmien zu adoptieren. Ihr werdet wahre Krieger werden oder bei dem Versuch sterben. Ich schenk dein Leben Astrokazy und der Wüste. Das hast du dir verdient.«

44

Blakes-Wort-HPG-Station Ausapolis, Campoleone Randwelten-Kommunalität, Liga Freier Welten

2. *August 3058*

Die Atmosphäre im Hauptkontrollraum der HPG-Station war angespannt und nervös. Alpha-Adepten rannten durch den Raum oder saßen an ihren Konsolen. Ein Teil konzentrierte sich auf die üblichen Operationen der Station, aber die meisten halfen bei der Koordination mit den Militärkräften. Die weißen Roben der Blake-Kommtechs waren nach einer langen Nacht auf Posten zerknittert und durchgeschwitzt, und die meisten hatten ihre weißgoldenen Umhänge abgestreift.

Präzentorin Demona Aziz beherrschte die Mitte des Saals. Die Kapuze ihrer reinweißen Amtsrobe war zurückgeschlagen, um ihr Gesicht und das schwarze, drahtige Haar freizugeben. Sie tigerte um die riesigen, in den Fliesenboden eingelassenen Insignien des Ordens, immer knapp außerhalb des äußeren Rings, und darauf bedacht, nicht auf das Breitschwert zu treten, das in die Richtung des Hyperpulsgenerators wies. Jetzt blieb sie stehen, als einer der Techniker mit einer neuen Meldung zu ihr kam.

»Was soll das heißen, sie sind einfach wieder abgeflogen?« Ihre Augen waren weit vor Zorn und mehr als nur ein wenig Angst. *Das ist ihr dritter Landungsversuch. Welches Spiel treibt dieser Liao?*

Der Adept wagte nicht, sie anzusehen. »Ich weiß nur, was uns gemeldet wurde, Präzentorin. Der canopische *Overlord* hat aufgesetzt. Diesmal wurden BattleMechs ausgeschifft, genug, um unsere Luft/Raumkräfte – mindestens zwei Kompanien – mit den Farben des Magistrats Canopus zu identifizieren. Als *unsere* Schiffe in fünf Kilometer Abstand niedergingen, lud der *Overlord* sie wieder ein und flog mit maximalem Schub davon.«

Versuchst du, meine Leute müde zu machen, indem du sie die ganze Nacht hinter dir herjagen läßt, Sun-Tzu? Aber meine Truppen sind ausgeruht an Bord des Landungsschiffs geblieben, und den Kontrollraum kann ich jederzeit mit frischen Adepten besetzen, also komm und zeig, was du kannst. Ich habe alte Sternenbund-Mechs und ein paar der neuesten Konstruktionen aus den Arsenalen von Blakes Wort. »Ruft die Landungsschiffe zurück und beendet den Alarmzustand für die Jäger.« Befahl sie. Dann: »Was melden die Sprungpunktsensoren?«

»Außer dem canopischen Schiff keine anderen Sprungschiffe«, antwortete ein Tech an einer hinteren Konsole.

Mit seiner letzten Botschaft von Astrokazy, bevor er die HPG-Station vernichten ließ, hatte Cameron St. Jamais sie über das unerwartete Eintreffen der Magistrats-Streitkräfte informiert, höchstwahrscheinlich unter der Führung Sun-Tzu Liaos. *Aber er hätte sein Sprungschiff Tage vor Sun-Tzus Abreise vom Planeten erreichen müssen. Wo steckst du, Cameron?*

Demona wanderte weiter wie ein eingesperrtes Raubtier durch die Halle. Die Operation auf Astrokazy war zerschlagen, und die zurückgelassenen Hinweise mochten ausreichen, die Spuren des Ordens zu verwischen. Aber es bestand keine Chance, daß sie Sun-Tzu Liao darüber hinwegtäuschen konnten, wer die Verantwortung dafür trug. Sie hätte nie geglaubt, daß der Kanzler fremde Truppen in den Marik-Raum führen würde, in sich ein kriegerischer Akt. Aber sie hätte auch nie erwartet, daß ihre Pläne von einer kleinen Söldnereinheit und den Winkelzügen des schwächsten aller Nachfolgerfürsten so völlig ruiniert werden konnten.

Nein, schwach ist er nicht. Sie erkannte, daß sie Liao

unterschätzt hatte, ein folgenschwerer Fehler. Sie wünschte sich, St. Jamais wäre bei ihr, damit sie ihm befehlen konnte, Sun-Tzu Liao umbringen zu lassen und ihren Fehler auszulöschen. Gleichzeitig brannte kalte Wut in ihr infolge der Tatsache, daß er eben das bereits versucht und dabei versagt hatte – und das gegen ihren Befehl. Ein dritter Teil von ihr sehnte sich nach seiner Berührung.

Hauptsächlich will ich ihn hierhaben, um ihm die Schuld zuschieben zu können.

Ihr fähigster Untergebener hatte versagt, und jetzt war er nicht einmal zur Stelle, um die Rolle eines Märtyrers für die Sache zu übernehmen. *Mein persönlicher Potemkin ist nicht da. Wie selbstsüchtig von ihm.* Sie lachte leise. Es war mehr ein Ausdruck der Niedergeschlagenheit als der Belustigung.

Und dann ertönte, wie als Antwort auf ihr Lachen, das Geräusch von Schüssen und einigen kleineren Explosionen. Sie hatte kaum Zeit, herumzuwirbeln, bevor die beiden Türen in den Hauptkontrollraum aufglitten und vier kleine olivgrüne Objekte hindurchflogen. Die Metallkugeln schepperten über den Fliesenboden, dann krachten vier Donnerschläge, die ihre Sinne überluden und ihr das Bewußtsein raubten.

* * *

Naomi Centrella begleitete Sun-Tzu Liao. Er bewegte sich aufrecht und zielsicher, und sie fühlte Bewunderung für die Haltung des Kanzlers, als er zwei Todeskommandos den Flur hinab und in den Hauptkontrollraum der Campoleone-HPG-Station folgte.

Bis auf eine Person waren alle Mitglieder von Blakes Wort aus dem Raum entfernt worden. Präzentorin Demona Aziz stand in der Mitte des Raums. Sie war aus der von der Schockgranate bewirkten Ohnmacht geweckt und durchsucht worden. Die Präzentorin hielt den Rücken gerade und den Kopf stolz erhoben, aber Naomi hatte jahrelange Erfahrung darin, Höflinge zu studieren, und erkannte in ihren Augen und auf ihrem verhärmten Gesicht den panischen Blick eines in die Enge gedrängten Tiers.

»Kanzler Liao«, stellte Aziz fest. Ihre Stimme drückte nichts als höflichen Respekt aus. »Ich hoffe, Euch ist klar, wie prekär Eure Position ist.«

Sun-Tzu und Naomi standen auf der Spitze des Breitschwerts im Blakes-Wort-Logo, nur wenige Schritte von der Präzentorin entfernt. Der Kanzler verschränkte die Arme vor der Brust und musterte sie stoisch. »Inwiefern?«

»Ihr habt fremde Truppen in die Liga Freier Welten geführt und mit ihnen eine Hyperpulsgenerator-Station des Blake-Ordens angegriffen. Das wird der Generalhauptmann nicht gerne hören.«

»Er hat keinerlei Anlaß zur Beschwerde. Meine Truppen haben keinen Fuß auf Campoleone gesetzt, bevor ich die Erlaubnis des Planetaren Gouverneurs hatte, der mehr als bereit war, Sie zu verraten. Er war nicht allzu erfreut über seine Zukunftsaussichten als Anhängsel eines untergehenden Sterns, bis ich mich bereit erklärte, seinen Namen aus allen offiziellen Berichten zu halten.«

Naomi studierte Sun-Tzu und bemerkte, wie er auf jede Art von Verschleierung oder Wortgefecht verzichtete. Er stieß geradewegs zum Kern der Sache vor. Seine Präsenz dominierte die Begegnung aus dem Wissen heraus, daß er die Situation tatsächlich völlig in der Hand hatte. Jedesmal, wenn sich die Umstände änderten, bekam sie ein neues Gesicht des Kanzlers zu sehen, und immer war es das, welches Sun-Tzu ihr zeigen wollte. Aber nicht diesmal. Hier schauspielerte niemand außer Präzentorin Aziz. Und wenn Danai hier gewesen wäre, hätte sie Sun-Tzu nicht länger als jemanden abtun können, der keine nähere Beachtung verdiente. Ohne Zweifel war genau das der Grund, aus dem Danai die Ablenkungseinheit befehligte, die den größten Teil der Verteidiger fortgelockt hatte.

Aber was mache ich dann hier? Naomi hatte das Gefühl, eine eisige Hand streiche über ihren Nacken. Ihr schauderte. Sie fühlte sich nicht mehr unparteiisch genug, diese Frage zu beantworten.

Präzentorin Aziz nickte wie eine Schachspielerin, die einen guten Zug des Gegners anerkannte. »Gouverneur Searcy war schon immer ein Schwächling. Das mag Euch eine gewisse Gnade im Hinblick auf die Anwesenheit canopischer Truppen hier bringen, aber nicht, was den unprovozierten Angriff auf uns angeht. Ihr könnt uns nichts nachweisen.«

Sun-Tzu zuckte die Achseln. »Das ist nicht mehr von Bedeutung. Die Marianische Hegemonie hat ihren Lieferanten verloren, und ohne Sie wird ihr Vorrat an neuer Technologie stetig abnehmen. Canopus andererseits lernt die Grundlagen jüngster technischer Fortschritte kennen und wird sich bald selbst beschützen können.« Ein leises Lächeln trat auf Sun-Tzus Lippen, reichte aber nicht bis zu seinen Augen. »Mit Thomas werde ich fertig.«

Einen Augenblick lang verschleierte Zweifel Demona Aziz' Blick, aber sie ließ ihre berechnende Maske der Höflichkeit keinen Augenblick verrutschen. »Ich glaube tatsächlich, daß es Euch gelingen wird, mit Thomas Marik fertigzuwerden. Ihr habt euch eindeutig als findiger erwiesen, als ich es jemals erwartet hätte.«

»Vielen Dank für dieses Vertrauen.« Sun-Tzus Stimme war kalt wie Eis.

»Aber jetzt können wir einander helfen«, stellte die Präzentorin schnell fest. »Die Toyama kann Euch mehr Einfluß auf die Angelegenheiten Haus Mariks verschaffen, und mit Eurer direkten Unterstützung wäre es mir möglich, Blane die Führung in Blakes Wort streitig zu machen. Natürlich wäre ich bereit, Euch zum Ausgleich für die begangenen Fehleinschätzungen der Toyama Zugeständnisse zu machen.«

Sun-Tzu legte den Kopf zur Seite, als erwäge er das Angebot, und fragte: »Aber was ist mit Astrokazy? Die Nachricht wird sich ausbreiten.«

»Lastet das Ganze Thomas Marik an. Oder droht damit. Allermindestens könntet Ihr Eure Vermählung mit Isis auf diese Weise forcieren.«

Naomi versteifte sich unwillkürlich. Sie wußte, daß Sun-Tzus Verlobung sie persönlich nicht hätte berühren dürfen, und plötzlich machte es ihr Sorgen, daß dies doch der Fall war.

»Blakes Wort weiß wirklich, wie man einen Vorteil aus Ereignissen zieht, nicht wahr?« fragte der Kanzler. »Selbst aus den eigenen Fehlschlägen.«

Demona las eine gewisse Anerkennung aus Sun-Tzus Stimme und entspannte sich ein wenig. Als sie wieder das Wort ergriff, lag große Überzeugung darin. »Wir sind wahre Überlebenskünstler, Sun-Tzu Liao. Blakes Wort könnte Euch gute Dienste erweisen.«

Bevor Naomi reagieren konnte, zog Sun-Tzu Liao einen Nadler aus dem weiten Ärmel seiner roten Amtsrobe und richtete ihn auf Demona Aziz. Die erste Nadelsalve zerfetzte ihre Schulter und ihren Hals. Er zog den Abzug noch zweimal durch und feuerte beide Schüsse in ihre Brust. Sie schlug hart auf dem Boden auf, als Sun-Tzu die Waffe einem Todeskommandosoldaten reichte. »So erweist du mir den besten Dienst«, stellte er fest und blickte auf die Leiche hinab.

Das blutüberströmte Gesicht Demona Aziz' starrte Naomi Centrella aus toten Augen an. Naomi hatte dem Tod noch nie so direkt ins Auge gesehen. Sie war schockiert und verwirrt, weil er zugeschlagen hatte, nachdem die Präzentorin praktisch vor Sun-Tzu kapituliert hatte. »Ich verstehe nicht«, sagte sie.

Sun-Tzu Liao legte sanft die Hand auf ihren Arm und drehte sie weg. »Das kommt noch«, versprach er leise und führte sie hinaus. »Ich werde dich lehren.«

EPILOG

Zentralkammer von Blakes Wort, Genf,
Neuschweiz
Terra

27. August 3058

Das Sitzungszimmer des ehemaligen Hauptquartiers eines multiplanetaren Konzerns schien hell und bequem zu sein. Blakes Wort hatte es renoviert und den ursprünglichen Konferenztisch durch einen Kreis halbdurchsichtiger Podeste ersetzt. Nur das leicht erhöhte Podest des Primus und die weichen Scheinwerfer über jedem Einzelplatz fehlten, um das Bild komplett zu machen. Tatsächlich erinnerte die Kammer den einzigen momentan Anwesenden, Demipräzentor Cameron St. Jamais an eine billige Kopie des alten Sitzes des Ersten Bereichs auf Hilton Head Island. Aber der war natürlich im Verlauf von Operation Odysseus fast völlig vernichtet worden.

Läge es an mir, ich würde alles völlig neu aufbauen und einen gewaltigen, kathedralenähnlichen Bau errichten. Unsere Stärke speist sich aus der Geschichte, und dieses Zimmer erinnert mich zu sehr an ComStars weltliche Philosophie.

Cameron hatte die Spaltung zwischen ComStar und Blakes Wort immer als persönliche Beleidigung empfunden. Er war eines der göttlichen Instrumente des Willens des Seligen Jerome Blake. *Das Schwert der Rechtschaffenheit.* Er sah auf den Boden vor dem Podium, an dem er stand, auf die Breitschwert-Insignien des Ordens. *Meine Idee, Demona – die du schnell genug gestohlen hast. Aber das ist nicht mehr von Bedeutung, denn du bist endlich tot und kannst mir nicht mehr im Weg stehen.*

Die Nachricht vom Tod der Präzentorin Aziz hatte ihn schon vor seiner Ankunft erreicht. Sie war vor mehr als einer Woche über Hyperpuls eingetroffen. *Also hat Sun-Tzu seine Drohung wahr gemacht.* Im Augenblick wußte man auf Terra nur, daß Demonas Tod irgendwie mit Berichten über eine capellanisch-canopische Militäreinheit in Verbindung zu bringen war, die in den Marik-Raum eingedrungen sein sollte. Es lagen kaum Einzelheiten vor, und Cameron St. Jamais wußte mehr, als irgendein anderer je erfahren würde. Nicht zum ersten Mal dankte er dem Seligen Blake, daß er der enormen Versuchung widerstanden hatte, entgegen der Warnung Liaos nach Campoleone zurückzukehren. Wenn nicht, hätte es leicht sein Kopf auf der Stange sein können.

Die Türen in der rechten Seitenwand des Raumes öffneten sich, und Präzentor Blane trat ein. Die goldbesetzte Robe, der schmale goldene Torque und das Stirnband aus demselben Metall kennzeichneten ihn als Primus. St. Jamais fragte sich, wie ein Mann von so unbedeutendem Äußeren hoffen konnte, Blakes Wort jemals zu irgend etwas inspirieren zu können. *Du bist ein großer Schlichter, Blane, und wenig mehr. Ich werde mich deines vermittelnden Wesens bedienen, um meine Ziele zu erreichen.*

»Demipräzentor«, begrüßte Blane ihn, nachdem die Wachen auf dem Flur die Türen hinter ihm geschlossen hatten. »Entschuldige, daß ich dich warten ließ.«

St. Jamais nickte ernst. »Präzentor Blane.«

Der Präzentor trat an das Podest neben dem Camerons. Es war nicht seine übliche Position, aber solange sie allein waren, konnten sie auf gewisse Formalitäten verzichten. »Ich wollte vor der formellen Sitzung unseres Ersten Bereichs mit dir reden. Ich habe deinen Bericht gelesen und muß zugeben, daß die Lage mich beunruhigt.«

Unser Erster Bereich? St. Jamais biß sich auf die Zunge, um eine scharfe Entgegnung zurückzuhalten. Seiner Meinung nach mußte es *Der* Erste Bereich heißen. Aber Blane schien ComStar immer noch nur für fehlgeleitet zu halten, statt die Abtrünnigen als die Ketzer zu erkennen, die sie in Wirklichkeit waren. *Wir werden uns niemals wieder mit ihnen einigen, aber Blane weigert sich, das zu akzeptieren.* »Ja, Präzentor, sie ist wirklich unangenehm. Ich hatte gehofft, Euch klarere Beweise für Demona Aziz' Verrat vorlegen zu können, aber sie hat es geschickt geschafft, meine Person zwischen sich und jede offizielle Verbindung zu der Operation zu schieben. Jetzt scheint es, daß meine Anstrengungen vergeblich waren. Präzentorin Aziz wurde ermordet, die Toyama ist führungslos und ich werde die Härte der Kritik des Ersten Bereichs zu tragen haben.« St. Jamais verzog in einem perfekten Schauspiel der Enttäuschung die Miene und wartete auf Blanes Reaktion.

Sie fiel anders aus als erwartet.

»Du mißverstehst mich, Cameron. Ich bin beunruhigt, daß der Plan scheitern konnte, obwohl er bestens hätte funktionieren müssen.«

St. Jamais brauchte nicht zu schauspielern, um von Blanes Aussage überrascht zu wirken. »Aber Demona hat daran gearbeitet, Eure Autorität zu untergraben.« Er schüttelte ruckartig den Kopf. Als ein leichtes Lächeln einen Mundwinkel Präzentor Blanes in die Höhe zog, breitete sich ein Gefühl der Kälte in St. Jamais aus. »Ihr habt es gewußt? Ihr habt es die ganze Zeit über gewußt?«

Die Belustigung in Blanes Stimme war offenkundig. »Hast du tatsächlich geglaubt, ich würde Präzentorin Aziz eine derartige Gelegenheit bieten, ihre Macht zu vergrößern, ohne sie im Auge zu behalten?«

»Warum habt Ihr sie dann nicht aufgehalten?« St. Jamais zwang sich zur Ruhe, preßte die Hände flach auf das Podest, um sie ruhig zu halten. Beinahe hätte er *uns* gesagt statt *sie.* »Mit Eurer Unterstützung hätte ich die Operation sauber beenden können.« Dann ging ihm ein Licht auf, und zum erstenmal seit Jahren fühlte St. Jamais sich unterlegen. *Blane hat es gewußt und war insgeheim einverstanden!* »Ihr habt sie benutzt. Habt uns alle benutzt.« Er war schockiert, aber bei alldem konnte er einen Hauch von Bewunderung in seiner Stimme nicht unterdrücken.

Präzentor Blane lächelte breit. Er schien guter Dinge. »Demona Aziz war eine brillante Frau, aber zu ungeduldig. Zu fanatisch. Ich habe ihr gestattet, ihr Spiel zu spielen. Wäre es gelungen, hätte ich es den anderen gegenüber als großen Sieg gefeiert, ein Beispiel meiner Fähigkeit, für jeden die ihm angemessene Aufgabe zu finden. Dann hätte ich ihr eine andere Mission gegeben, um sie beschäftigt zu halten. Du dürftest ebensogut wie ich wissen, daß sie nicht die Geduld besaß, die nötig gewesen wäre, auf längere Sicht gute Beziehungen zu Canopus aufrechtzuerhalten.«

In Wahrheit konnte sie sehr geduldig sein, Blane. Wenn es nötig war. St. Jamais' Unbehagen verflog rapide. »Und hätte sie versagt?«

»Dann hätte ich sie öffentlich verurteilt und ihren Fehlschlag als Anlaß benutzt, die Toyama aufzulösen. Ein klassisches Doppelspiel, Präzentor St. Jamais. Demona Aziz war meine Sicherheit, umso mehr, als sie nichts davon ahnte.« Blane zupfte am Kragen seiner weißgoldenen Robe und rückte die hohen Schulterpolster zurecht.

Ein Szenario ohne die Möglichkeit einer Niederlage. Blanes Ansehen in St. Jamais' Augen nahm weiter zu. *Sauber eingefädelt und – hat er Präzentor gesagt?*

Anscheinend hatte Blane die Frage in seinen Augen gelesen. »Demona hat versagt und dafür bezahlt.

Wegen Sun-Tzus Beteiligung wird die ganze Affäre geheimgehalten, so daß ich die Öffentlichkeit nicht mit einem Opfer zu beschwichtigen brauche. Und wie du selbst festgestellt hast, ist die Toyama führerlos.«

St. Jamais wollte laut jauchzen, aber er ließ sich nach außen hin nichts anmerken. »Was erwartet Ihr von mir, Präzentor Blane?«

Blane wurde wieder ernst, verschränkte die Arme vor der Brust und studierte St. Jamais. »Du wirst meine Politik unterstützen, solange sie nicht in direktem Widerspruch zu den Interessen der Toyama-Fraktion steht. Wenn du aufmüpfig wirst, werde ich dich vernichten.« Er machte eine Pause, wie um sicherzustellen, daß seine Warnung angekommen war. »Als erstes wirst du persönlich unsere Angelegenheiten in der Peripherie in Ordnung bringen.«

»Was ist seit meiner Abreise geschehen?«

»Nun, Sun-Tzu Liao ist auf dem Weg nach Atreus, und von dort aus zum Gipfelgespräch auf Tharkad. Ich nehme an, du hast inzwischen vom Jadefalken-Angriff auf Coventry gehört. Er wird alle Hände voll damit zu tun haben, den Politiker zu spielen, aber ich schätze, wir werden seine Forderungen noch früh genug zu hören bekommen. Naomi Centrella allerdings, die den Liao immer noch begleitet, hat bereits beträchtliche Konzessionen für das Magistrat verlangt.«

»Naomi? Nicht Emma Centrella?« *Seltsam.*

Blane nickte ernst. »Vermutlich bleiben uns keine zwei Wochen, bis Danai mit ihrem Bericht auf Canopus IV eintrifft und die Magestrix selbst ihre Forderungen stellen kann. Du wirst schon vorher – über Naomi – Reparationen an das Magistrat Canopus arrangieren. Das zieht sie auf unsere Seite, *bevor* Emma Centrella uns zu unerwünschten Personen erklären kann. Du wirst die Reparationen aus den Mitteln der Toyama zahlen und die gesamte Schuld auf Demona schieben.«

Blane verstummte, und Cameron überdachte das Angebot. *Ich steige zur nächsten Stufe auf, aber dank Blane – statt ihm zum Trotz. Und ich muß eine Schwächung der Toyama durch die Finanzierung voller Reparationen hinnehmen. Aber was heute verlorengeht, können wir morgen zurückerlangen.* »Akzeptiert, Präzentor Blane.« *Als hätte ich eine Wahl.*

St. Jamais erwiderte Blanes Abschiedsnicken und wartete, während der Primus leise den Raum verließ. Dann trat er um das Podium, ging hinüber zum Blakes-Wort-Logo auf dem Fußboden und wanderte langsam um die Ringe und danach die Klinge hinab. An ihrer Spitze drehte er sich um und sah zurück.

Präzentor St. Jamais. Die gesamte Toyama stand unter seiner Kontrolle, damit würde die Bewegung des 6. Juni zu größerem Einfluß gelangen als jemals zuvor. Schon formte sein Hirn erste Pläne, wie er zuerst mit dem Magistrat, und später mit der Konföderation Capella fertigwerden würde. Und irgendwann auf seinem Weg zur Macht versprach sich Cameron St. Jamais, eine Kleinigkeit zu erledigen, die er in der Peripherie nicht hatte zu Ende bringen können.

Irgendwann werde ich Gli Angeli di Avanti wiederfinden. Und wenn es soweit ist, werden sie alle in den Abgrund stürzen, eine Sternschnuppe nach der anderen.

GLOSSAR

Autokanone: Eine automatische Schnellfeuerkanone. Leichte Fahrzeugkanonen haben Kaliber zwischen 30 und 90 mm, während eine schwere Mechautokanone ein Kaliber von 80 bis 120 mm oder mehr besitzen kann. Die Waffe feuert in schneller Folge panzerbrechende Hochexplosivgranaten ab.

Bataillon: Ein Bataillon ist eine militärische Organisationseinheit der Inneren Sphäre, die in der Regel aus drei Kompanien besteht.

BattleMech: BattleMechs sind die gewaltigsten Kriegsmaschinen, die je von Menschen erbaut wurden. Diese riesigen humanoiden Panzerfahrzeuge wurden ursprünglich vor über 500 Jahren von terranischen Wissenschaftlern und Technikern entwickelt. Sie sind in jedem Gelände schneller und manövrierfähiger, besser gepanzert und schwerer bewaffnet als jeder Panzer des 20. Jahrhunderts. Sie ragen zehn bis zwölf Meter hoch auf und sind bestückt mit Partikelprojektorkanonen, Lasergeschützen, Schnellfeuer-Autokanonen und Raketenlafetten. Ihre Feuerkraft reicht aus, jeden Gegner mit Ausnahme eines anderen BattleMechs niederzumachen. Ein kleiner Fusionsreaktor liefert ihnen nahezu unbegrenzt Energie. BattleMechs können auf Umweltbedingungen so verschieden wie glühende Wüstenei und arktische Eiswüsten eingestellt werden.

Blakes Wort/ComStar: Das interstellare Kommunikationsnetz ComStar wurde von Jerome Blake entwickelt, der in den letzten Jahren des Sternenbunds das Amt des Kommunikationsministers innehatte. Nach dem Zusammenbruch des Bundes eroberte Blake Terra und organisierte die Überreste des Sternenbund-Kommunikationsnetzes in eine Privatorganisation um, die ihre Dienste mit Profit an die fünf Häuser weiterverkaufte. Seitdem hat sich ComStar zu einem mächtigen Geheimbund entwickelt, der sich jahrhundertelang in Mystizismus und Rituale gehüllt hat, bis es nach der Entscheidungsschlacht gegen die Clans auf Tukayyid unter Prima Sharilar Mori und Präzentor Martialum Anastasius Focht zur Reformation des Ordens und Abspaltung der erzkonservativen Organisation Blakes Wort kam.

Blitz-Kurzstreckenraketen: Blitz-KSR enthalten Zielsuchgeräte, die ein Abfeuern erst gestatten, wenn die in die Lafette geladenen Raketen ein Ziel erfaßt haben. Ist dies einmal geschehen, treffen die Raketen das Ziel automatisch.

Donner-Langstreckenraketen: Donner-LSR erzeugen Streuminenfelder. Die ›Donner‹-Kennzeichnung ist die in der Freien Inneren Sphäre gebräuchliche Bezeichnung für FA-(Feldartillerie-)Streuminen-Gefechtsköpfe. Die Clans benutzen praktisch identische Gefechtsköpfe.

Extremreichweiten-Laser: Bei diesen Waffen handelt es sich um verbesserte Versionen des normalen Lasers, mit überlegenen Fokussier- und Zielerfassungsmechanismen. In der Clan-Ausführung haben diese Waffen eine deutlich größere Reichweite als sonstige Laser und erzielen einen etwas höheren Schaden. Allerdings verursachen sie dabei eine um 50% höhere Abwärme. In der Freien Inneren Sphäre befindet sich die ER-Lasertechnologie noch im Entwicklungsstadium. Bisher machen Umfang und Größe der benötigten Ausrüstung eine Anwendung nur bei schweren Lasern möglich. Zudem erreicht der schwere ER-Laser der Freien Inneren Sphäre zwar eine größere Reichweite als ein schwerer Normallaser, der Reichweitengewinn ist jedoch geringer als bei entsprechenden Clan-Waffen, und die Schadenswirkung ist nicht höher als bei einem gewöhnlichen S-Laser. Die Wärmeentwicklung ist jedoch ebenso groß wie bei einem schweren Clan-ER-Laser.

Extremreichweiten-PPK: Ebenso wie bei den Laserwaffen haben die Clans auch eine erheblich verbesserte Version der Partikelprojektorkanone entwickelt. Diese Extremreichweiten-PPK ist kleiner, leichter und leistungsfähiger als die Normalversion, mit größerer Reichweite und höherer Durchschlagskraft. Allerdings ist auch die Wärmeentwicklung erheblich größer, was beim Einsatz dieser Waffe zu einem Problem werden kann. Die Freie Innere Sphäre besitzt ebenfalls eine ER-Version der PPK, diese Waffe ist jedoch weniger hoch entwickelt. Größe und Gewicht entsprechen denen einer Normal-PPK, ebenso wie die Schadenswirkung, während Reichweite und Abwärme in etwa denen der Clan-Version entsprechen.

Gaussgeschütz: Ein Gaussgeschütz benutzt eine Reihe von Elektromagneten, um ein Projektil durch den Geschützlauf in Richtung des Ziels zu beschleunigen. Obwohl sein Einsatz mit enormem Energieaufwand verbunden ist, erzeugt das Gaussgeschütz nur sehr wenig Abwärme, und die erreichbare Mündungsgeschwindigkeit liegt doppelt so hoch wie bei einer konventionellen Kanone.

Impulslaser: Ein Impulslaser verwendet einen Hochfrequenz-Hochenergiepuls zur Erzeugung gepulster Laserstrahlen. Der Effekt ist vergleichbar mit MG-Feuer. Diese Konstruktion erhöht die Trefferwahrscheinlichkeit des Laserangriffs und erzeugt einen größeren Schaden pro Treffer, allerdings unter Inkaufnahme erhöhter Hitzeentwicklung und verringerter Reichweite.

Innere Sphäre: Mit dem Begriff ›Innere Sphäre‹ wurden ursprünglich die Sternenreiche bezeichnet, die sich im 26. Jahrhundert zum Sternenbund zusammenschlossen. Derzeit bezeichnet er den von Menschen besiedelten Weltraum innerhalb der Peripherie. Der nicht von den Clans besetzte Teil der Inneren Sphäre wird auch als ›Freie Innere Sphäre‹ bezeichnet.

K^3-Computer: Das K^3-Computersystem (Kommando/Kontrolle/Kommunikation) steht nur Einheiten der Freien Inneren Sphäre zur Verfügung. Es ist für den Einbau in Befehls- oder Scout-Mechs bzw. -Fahrzeuge vorgesehen und soll den Einheitskommandeur bei der Koordination von Aktivitäten auf Lanzen- und Kompanieebene unterstützen, indem es angeschlossenen Einheiten gestattet, das Zielerfassungssystem einer beliebigen anderen Einheit des K^3-Netzwerks zu benutzen.

Kompanie: Eine Kompanie ist eine militärische Organisationseinheit der Inneren Sphäre, die aus drei BattleMech-Lanzen oder bei Infanteriekompanien aus drei Zügen mit insgesamt 50 bis 100 Mann besteht.

Kröten: Die in der freien Inneren Sphäre übliche Bezeichnung für mit Kampfanzügen ausgerüstete Eliteinfanterie, eine zuerst bei den Clans entwickelte Waffengattung. Diese sogenannten Elementare sind wahre Riesen, die speziell für den Einsatz der von den Clans entwickelten Rüstungen gezüchtet werden. Die freie Innere Sphäre ist bei der Entwicklung ähnlicher Gefechtsanzüge deutlich im Hintertreffen, nicht zuletzt, da als Träger dieser Anzüge nur normale Menschen zur Verfügung stehen.

KSR: Abkürzung für ›Kurzstreckenrakete‹. Es handelt sich um ungelenkte Raketen mit hochexplosiven oder panzerbrechenden Sprengköpfen.

Landungsschiffe: Da Sprungschiffe die inneren Bereiche eines Sonnensystems generell meiden müssen und sich dadurch in erheblicher Entfernung von den bewohnten Planeten einer Sonne aufhalten, werden für interplanetare Flüge Landungsschiffe eingesetzt. Diese werden während des Sprungs an die Antriebsspindel des Sprungschiffes angekoppelt. Landungsschiffe besitzen selbst keinen Überlichtantrieb, sind jedoch sehr beweglich, gut bewaffnet und aerodynamisch genug, um auf Planeten mit einer Atmosphäre aufzusetzen bzw. von dort aus zu starten. Die Reise vom Sprungpunkt zu den bewohnten Planeten eines Systems erfordert je nach Spektralklasse der Sonne eine Reise von mehreren Tagen oder Wochen.

Lanze: Eine Lanze ist eine militärische Organisationseinheit der Inneren Sphäre, die in der Regel aus vier BattleMechs besteht.

Laser: Ein Akronym für ›Light Amplification through Stimulated Emission of Radiation‹ oder Lichtverstärkung durch stimulierte Strahlungsemission. Als Waffe funktioniert ein Laser, indem er extreme Hitze auf einen minimalen Bereich konzentriert. BattleMechlaser gibt es in drei Größenklassen: leicht, mittelschwer und schwer. Laser sind auch als tragbare Infanteriewaffen verfügbar, die über einen als Tornister getragenen Energiespeicher betrieben werden. Manche Entfernungsmeßgeräte und Zielerfassungssensoren bedienen sich ebenfalls schwacher Laserstrahlen.

LB-X Autokanone: Die LB-X (Large Bore-Extended, Großkaliber-erweiterte Reichweite) Autokanone ist eine verbesserte Version der gewöhnlichen Autokanone, bei der durch den Einsatz leichter, wärmeableitender Legierungen Gewicht und Wärmeentwicklung reduziert worden sind. Die eingesetzten Materialien machen die Waffe teurer als eine gewöhnliche Autokanone, aber die Vorteile wiegen die höheren Kosten auf. Die LB-X kann Bündelmunition abfeuern, die man mit Schrotmunition im BattleMechformat vergleichen kann. Nach Verlassen des Laufs zerfällt eine Bündelgranate in kleinere Geschosse. Dadurch wird die Chance auf einen Glückstreffer erhöht, gleichzeitig jedoch der erzielte Schaden über das gesamte Zielgebiet verteilt – statt auf einen Punkt konzentriert. Bündelmunition kann nur in LB-X Autokanonen eingesetzt werden.

LSR: Abkürzung für ›Langstreckenrakete‹, zum indirekten Beschuß entwickelte Raketen mit hochexplosiven Gefechtsköpfen.

Nachfolgerfürsten: Die fünf Nachfolgerstaaten werden von Familien regiert, die ihre Herkunft von einem der ursprünglichen Lordräte des Sternenbunds ableiten. Alle fünf Hausfürsten erheben Anspruch auf den Titel des Ersten Lords. Sie kämpfen seit Ausbruch der Nachfolgekriege im Jahre 2786 gegeneinander. Ihr Schlachtfeld ist die riesige Innere Sphäre, bestehend aus sämtlichen einstmals von den Mitgliedsstaaten des Sternenbunds besetzten Sonnensystemen.

Nachfolgerstaaten: Nach dem Zerfall des Sternenbunds wurden die Reiche der Mitglieder des Hohen Rats, die sämtlich Anspruch auf die Nachfolge des Ersten Lords erhoben, unter dem Namen Nachfolgerstaaten bekannt. Die Nachfolgerstaaten bestehen aus ursprünglich fünf und derzeit noch vier Herrscherhäusern: Haus Kurita (Draconis-Kombinat), Haus Liao (Konföderation Capella), Haus Steiner-Davion (Vereinigtes Commonwealth) und Haus Marik (Liga Freier Welten). Die Clan-Invasion unterbrach die Jahrhunderte des

Krieges seit 2786 – die Nachfolgekriege – einstweilen. Die Nachfolgerfürsten setzten ihre Streitigkeiten aus, um der Bedrohung durch den gemeinsamen Feind, die Clans, zu begegnen. Die trügerische Ruhe seit Abschluß des Waffenstillstands von Tukayyid hat diese Solidarität jedoch inzwischen sehr brüchig werden lassen, und im Jahre 3057 brechen die Kämpfe innerhalb der freien Inneren Sphäre wieder aus.

Peripherie: Jenseits der Grenzen der Inneren Sphäre liegt die Peripherie, das weite Reich bekannter und unbekannter Systeme, das sich bis in die interstellare Nacht erstreckt. Die einstigen terranischen Kolonien in der Peripherie wurden durch den Zerfall des Sternenbundes technologisch, wirtschaftlich und politisch verwüstet. Derzeit ist die Peripherie größtenteils Zufluchtsort für Banditenkönige, Raumpiraten und Ausgestossene.

PPK: Abkürzung für ›Partikelprojektorkanone‹, einen magnetischen Teilchenbeschleuniger in Waffenform, der hochenergiegeladene Protonen- oder Ionenblitze verschießt, die durch Aufschlagskraft und hohe Temperatur Schaden anrichten. PPKs gehören zu den effektivsten Waffen eines BattleMechs.

Regiment: Ein Regiment ist eine militärische Organisationseinheit der Inneren Sphäre und besteht aus zwei bis vier Bataillonen von jeweils drei oder vier Kompanien.

Sprungschiffe: Interstellare Reisen erfolgen mittels sogenannter Sprungschiffe, deren Antrieb im 22. Jahrhundert entwickelt wurde. Der Name dieser Schiffe rührt von ihrer Fähigkeit her, ohne Zeitverlust in ein weit entferntes Sonnensystem zu ›springen‹. Es handelt sich um ziemlich unbewegliche Raumfahrzeuge aus einer langen, schlanken Antriebsspindel und einem enormen Solarsegel, das an einen gigantischen Sonnenschirm erinnert. Das große Segel besteht aus einem Spezialmaterial, das gewaltige Mengen elektromagnetischer Energie aus dem Sonnenwind des jeweiligen Zentralgestirns zieht und langsam an den Antriebskern abgibt, der daraus ein Kraftfeld aufbaut, durch das ein Riß im Raum-Zeit-Gefüge entsteht. Nach einem

Sprung kann das Schiff erst weiterreisen, wenn es durch Aufnahme von Sonnenenergie seinen Antrieb wieder aufgeladen hat.
Sprungschiffe reisen mit Hilfe ihres Kearny-Fuchida-Antriebs in Nullzeit über riesige interstellare Entfernungen. Das K-F-Triebwerk baut ein Raum-Zeit-Feld um das Sprungschiff auf und öffnet ein Loch in den Hyperraum. Einen Sekundenbruchteil später materialisiert das Schiff am Zielsprungpunkt, der bis zu 30 Lichtjahre weit entfernt sein kann.
Sprungschiffe landen niemals auf einem Planeten und reisen nur sehr selten in die inneren Bereiche eines Systems. Interplanetarische Flüge werden von Landungsschiffen ausgeführt, Raumschiffen, die bis zum Erreichen des Zielpunktes an das Sprungschiff gekoppelt bleiben.

Sternenbund: Im Jahre 2571 wurde der Sternenbund gegründet, um nach dem Aufbruch ins All die wichtigsten von Menschen besiedelten Systeme zu vereinen. Der Sternenbund existierte annähernd 200 Jahre, bis 2751 ein Bürgerkrieg ausbrach. Als das Regierungsgremium des Sternenbunds, der Hohe Rat, sich in einem Machtkampf auflöste, bedeutete dies das Ende des Bundes. Jeder der Hausfürsten rief sich zum neuen Ersten Lord des Sternenbunds aus, und innerhalb weniger Monate war die gesamte Innere Sphäre im Kriegszustand. Dieser Konflikt hält bis zum heutigen Tage, knapp drei Jahrhunderte später, an. Die Jahrhunderte nahtlos ineinander übergehender Kriege werden in toto als die ›Nachfolgekriege‹ bezeichnet.

Waffenstillstand von Tukayyid: Der Waffenstillstand von Tukayyid hat eine fünfzehnjährige Waffenruhe zwischen den Clans und der Inneren Sphäre begründet. Khan Ulric Kerensky, ilKhan der Clans, vereinbarte mit dem Präzentor Martialium ComStars, Anastasius Focht, auf dem Planeten Tukayyid eine Entscheidungsschlacht. Bei einem Sieg der Clans verpflichtete sich ComStar, ihnen Terra auszuhändigen, bei einem Sieg ComStars verpflichteten sich die Clans zu einem fünfzehnjährigen Waffenstillstand. Der nach einem überwältigenden Sieg der ComGuards auf Tukayyid unterzeichnete Vertrag etablierte eine Grenzlinie, die durch den Planeten Tukayyid verläuft. Die Clans dürfen diese Grenzlinie bis zum Ablauf des Waffenstillstands nicht überschreiten.

Zug: Ein Zug ist eine militärische Organisationseinheit der Inneren Sphäre, die üblicherweise aus etwa achtundzwanzig Mann besteht. Ein Zug kann in zwei Abteilungen aufgeteilt werden.